朗孟驿

程维功 著

陕西出版传媒集团
太白文艺出版社

图书在版编目（CIP）数据

朗孟驿 / 程维功著. -- 西安：太白文艺出版社，2013.4
ISBN 978-7-5513-0374-3

Ⅰ.①朗… Ⅱ.①程… Ⅲ.①长篇小说－中国－当代 Ⅳ.①I247.5

中国版本图书馆CIP数据核字(2013)第044274号

朗孟驿

作　　者　程维功
责任编辑　闫瑛靳嫦
整体设计　高薇
出版发行　陕西出版传媒集团
　　　　　太白文艺出版社
　　　　　（西安北大街147号 710003）
　　　　　E-mail:tbyx802@163.com
　　　　　　　　tbwyzbb@163.com
经　　销　陕西新华发行集团有限责任公司
印　　刷　安康天宝实业有限公司
开　　本　787毫米×1092毫米　1/16
插　　页　2
印　　张　31.25
字　　数　620千字
版　　次　2013年4月第1版第1次印刷
书　　号　ISBN 978-7-5513-0374-3
定　　价　54.90元

陕西省重大文化精品项目

西风烈·陕西百名作家集体出征

主　办：陕西省委宣传部　陕西省新闻出版局

陕西省作家协会　陕西出版集团

承　办：太白文艺出版社

编委会：

主　任：胡　悦

副主任：刘　斌　薛保勤　雷　涛　陈建国

委　员：吴丰宽　禹鸿斌　齐雅丽　张　炜　党　靖

评审委员会：

主　任：陈忠实　贾平凹

委　员：肖云儒　李　星　畅广元　李国平　韩鲁华　刘炜评

段建军　杨乐生　王芳闻　冯希哲　韩霁虹

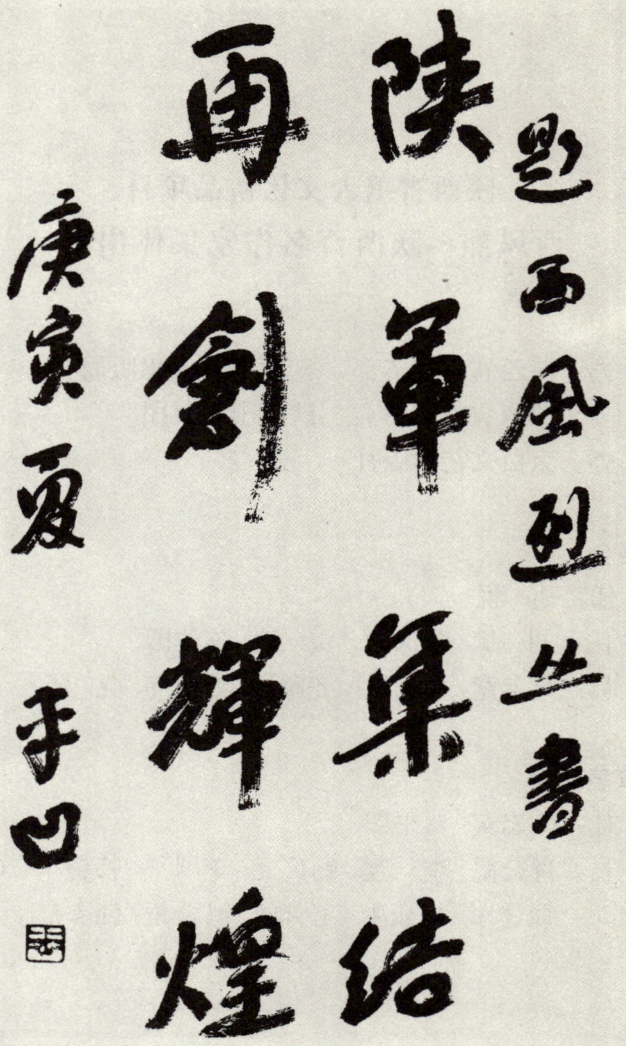

■ 陕西省作家协会主席贾平凹题词

导言

陕西省委宣传部副部长、陕西省文联党组书记　刘斌

陕西厚重的历史文化孕育出了一代又一代的文学大家。杜鹏程、柳青、胡采、李若冰等老一辈作家是陕西文学的奠基者，路遥、陈忠实、贾平凹铸造了新时期陕西文学的辉煌,陕西文学对中国文学有着举足轻重的作用。自1993年“陕军东征”引起全国广泛关注和好评之后，作为文化大省，陕西作家已经形成了整体优势，但还没有摆脱各自为战的格局，没有形成陕西文学创作的浩大声势。

鉴于此，遵照省委常委、省委宣传部部长胡悦同志的指示，由陕西省委宣传部牵头，省委宣传部、省新闻出版局、省作家协会、陕西出版集团联合主办，由太白文艺出版社承办的“西风烈·陕西百名作家集体出征”的陕西省重大文化精品项目，就是希望通过三四年的时间，筛选陕西本土作家原创作品，推出能够展示我省文学创作水平的优秀作品，形成“文学陕军”的品牌，带动我省作家进入新一轮的创作热潮。

实施项目带动发展战略是省委、省政府根据全省发展实际，着眼于加快文化、经济长远发展做出的重大决策。当前，陕西文化产业发展已进入了一个新的发展阶段，省委、省政府对文化产业的重视程度是前所未有的。大力扶持原创性的“大戏、大剧、大片、大作”，使我省的文化精品生产水平持续稳步提高。省委宣传部决定对“西风烈·陕西百名作家集体出征”这个重大文化精品项目从政策、财政上给予一定的帮助和支持，就是为文化资源和文化产业搭建桥梁，编织纽带。

文学即是人学。一个民族的复兴，首先是人文的复兴。陕西经济的腾飞，离不开良好的人文环境和氛围。我们推出“西风烈·陕西百名作家集体出征”这个宏大的文学工程，就说明我们有勇气、有能力、有信心把陕西文化大省的文学资源转化成新的生产力。

陕西省作协党组书记、常务副主席　雷涛

去年这个时间，和省作协的几位同事在一起闲聊，话题由陕西作家是否存在“断代”现象扯到了有无希望使文学陕军再次勃兴。当时有人直言，陕军有望“二次东征”。我不主张用“东征”一词，因为它有对兄弟省市同行们的不敬之意。但我渴望陕西文学再度辉煌，当然也包括大量新人新作的涌现。

闲聊中有人提出可否以“集体亮相”的方式推出一批作品，主要是长篇小说和报告文学。这个话题当时只是说说而已，但当我们把这个想法和太白文艺出版社交流并向省委宣传部领导汇报时，得到的赞同和响应都是热烈的。这就足以使人感到这是一个只要想干事、能干事，就能干成事的时代。

作家和出版方到底是一种什么样的关系？我想，不论是在过去的计划经济时期，还是在现在的市场经济时期，都应当建立互信互爱、密切合作的战略伙伴关系。“西风烈·陕西百名作家集体出征”这个项目有了省委宣传部的肯定和支持，就有了整个社会和媒体的关注；有了和太白文艺出版社的“联姻”，我们就搭建起了文化资源和文化产业的桥梁，这样可以集结更多更好的作品，做最广泛的宣传、最大化的市场，不光要出成果，还要出效益以及影响力。这对促进陕西文化事业和文化产业的大发展大繁荣具有深远的现实意义。

为了将这个项目做好，我们一方面要继续争取上级部门强有力的支持，另一方面要加大媒体的舆论宣传，在全国营造更加浓厚的关注陕西文学创作的氛围。更重要的是，要动员社会力量关注和支持这项工作。

对文学创作者也应提出更高的要求。要积极创新文学观念、内容、风格和流派，从生活实践中丰富素材、提炼主题、鲜活语言、捕捉灵感，创作更多生活气息浓郁、底蕴丰厚，有一定的精神高度和艺术感染力的原创性文学精品，为广大群众提供一场文学盛宴。

中国作家协会副主席、陕西作协名誉主席　陈忠实

在“西风烈·陕西百名作家集体出征”的新闻发布会上听到这项前所未有的文学图书出版计划的基本思路时，一个作家从我的记忆深处浮泛出来。

他年轻时穷困，穷困到不惜冒险参与海盗行径。但他突然发生了良知反省，产生了想写小说的欲望，而且这欲望强烈到不可压抑，急切到刻不容缓，他便逃离了海盗团队，栖居在海边小镇一个小屋里写起了小说。写成一部小说后，跑了几家出版社，没有一家出版社看中，但他痴心不改，更加专注于新的小说构思和创作。终于有一部小说得到了一家出版社老板有点勉强的认可，决定出版。他喜不自胜，拿着说不清是稿酬还是版税的10美元酬金，到当铺把自己的一辆自行车赎了回来，再把剩下的几美元全部买成最粗劣便宜的面包，堆在屋子里，潜心进入下一部小说的写作。到面包吃完的时候，他又把那辆自行车送到当铺里，换几美元再买粗劣便宜的面包，继续他的长篇小说写作……直到他走红并响亮于美国文坛，直到他的作品被众多出版社预约、抢购，甚至高价收购，这样，一个享誉美国乃至世界的伟大作家终于铸成不朽。他就是杰克·伦敦。

在“西风烈·陕西百名作家集体出征”即将启程的庄重而又令我鼓舞的仪式上，我想到杰克·伦敦如果是在当代中国陕西，肯定会进入“西风烈”图书出版系列，而且完全可能早几年就破土而出。因为“西风烈”出版工程的决策，正是基于目前中国文学图书出版现状做出的。任谁都能看到，文艺书籍的出版呈现着一热一冷的现象，名家的作品成为抢手货，本省难得留住，多数流向省外出版社出版；而众多尚未成名的青年作家，写出的作品却少有人问津，出书成为普遍性困难。这是实施市场经济运作的出版业必然发生的现象。而“西风烈”出于发掘、扶植和培养有才华有潜力的新一代陕西青年作家，整合陕西作家整体实力的主旨，出版工程不是只盯着知名走红的作家。

面对“不相信眼泪”的图书出版市场，能够做出这样大气魄大动作的出版工程的决策，无疑出自一种富于远见的大思路大眼光，是为着尚未破土而出也尚未成名的陕西的“杰克·伦敦”们铺桥修路的，也就是为着陕西未来的文学事业的灿烂前景的。

陕西被认为是文学重镇。中国“十七年文学”有陕西作家的重要建树，新时期文艺复兴以来的当代中国文学，也有陕西作家不同凡响的声音。在当代文学界，尤其是陕西文坛的各界读者群体，似乎都在关注陕西文学的未来，更偏重于30岁以下的青年作家的成长和前景。能引起各方各界读者的关注，深以为幸，也是一种催发的力量。在我看来，这个“西风烈·陕西百名作家集体出征”出版工程的实施，便是最务实的扶植青年作家成长发展的举措。得着这样有力的扶持，陕西的青年作家将减除杰克·伦敦当年的苦苦挣扎，能够缩短破土而出峭立未来中国文坛的时间，不仅创造陕西文学的新风景，也将成就中国文学别具一格的景观。

我为进入“西风烈·陕西百名作家集体出征”的作家庆祝，并期待好作品不断出现。我对项目的创立者和实施者诚表钦敬之意，你们的思路，你们的用心，都是为着神圣的文学事业的。

著名文化学者　肖云儒

“西风烈·陕西百名作家集体出征”属于叫人眼前一亮、拍案而起的大点子。这是陕西文学队伍的一次大的展示，也是陕西文学创作的一次大的策划，还是陕西文学出版的一次大的行动。面对着这个行动，很多人会很自然地联想起以前陕西的几次文学出征，包括六十年代柳青、杜鹏程、王汶石那一个群体在全国的影响，获得了“陕西是中国文学重镇”这样一个称号的回报；包括九十年代的“陕军东征”，强化了陕西是文学大省的这种威望和力量。

这一次行动和上两次出征相比，有很大的不同。上两次陕西文学出征，基本上是陕西文学创作力的展示；这一次出征是策划力、创作力、营销力、执行力的综合展示。上一次的出征还停留在文学生产传统的循环圈内，也就是“作者——出版社——读者”这样一个传统的三维循环圈内；这一次出征已经进入了“作者——策划者——出版者——营销者——读者”整个一个市场经济时代文学生产的大的良性循环圈，我觉得它是非常有意义的。这一次这个行动，基本上是策划和创作同步，但是策划先行。它策划意识之强烈，对资源组合的观念之强烈，包括创作资源、出版资源、党政资源、市场经济的资金资源的组合，还有它形成品牌的带动能力等等，标志着陕西文学生产力进入文化产业的一个良好的开端。所以，这次行动在陕西的文学史上和出版史上都具有一个转型的意义。我唯一希望的是，把这个输血型的行动转化为造血型的，更新资金，融合资金，使文学产业链能够更快地提升。

引 子

大凡五十岁以上的人都记得，县城西关有个旅店，门楣上横书三字“朗孟驿”。字体遒劲有力，堪称书法一绝。

新中国成立后，“朗孟驿”改作“西关旅社”。

“文化大革命”中破四旧，“朗孟驿”三字不翼而飞。

20 世纪 90 年代初，旅居香港的“朗孟驿”法定继承人梁女士回国办理了移接手续。表示将在“朗孟驿”旧址上建造全城最高的高楼大厦。

1997 年 7 月 1 日香港回归日，大楼落成竣工，鸣炮庆贺。红有机玻璃贴面、被放大了的“朗孟驿”三字又迎着朝阳熠熠生辉。

90 年代兴起考古热，许多鲜为人知的优秀古代文化被相继挖掘出来。“朗孟驿”始终是个谜。

1998 年 5 月，该县历史文化年会专题研讨了“朗孟驿”。与会者众说纷纭，莫衷一是。

笔者苦思冥想，认为“朗孟驿”只能是这样一个故事——

一

隆冬,干冷的西北风呼啸着卷起黄尘,巷道空落落的,一只瘦骨嶙峋的黑狗嘴巴贴地,循着巷道搜寻食物。它猛抬头,看见村边麦场上发情的小花母狗,箭一般飞跑而去,小花母狗见黑狗追来了,转身就走,黑狗一边撵、一边闻、一边跳,两只狗亲热着向麦秸垛后跑去。

麦场上几个十岁左右的孩子正在玩跳房房。胖嘟嘟的郭辉和其他骨瘦如柴的孩子形成明显对比,但不管他怎样有力地把铁塔般的身子"嗵嗵"地抬上落下,也跳不出身瘦脖长、扎两条小辫儿的梁兰歌那样优美的姿势来。远处传来郭家二太太胡榴花的呼喊声:"郭辉,快回家吃饭啰。"郭辉高声答应着跑去了。黑瘦,穿着补丁衣服的子善说:"不玩儿了,饿,回家。"高鼻梁、大眼睛的双牛说:"回家也没饭吃。"兰兰揩着头上的汗低声说:"我家也是。"

双牛看看天,望着远处说:"子善,我看咱去后沟,那儿崖上有没掉落的酸枣,柿子树上也许还有鸟儿没啄的软柿子。""行,走!"子善一仰头说,抱着双牛的肩就走。兰兰犹豫了一下问:"双牛哥,带我去吗?"双牛回头说:"带呀。哥就是吃个虱也要分给你一条腿。走!"

"等等,我去撒泡尿。"子善说着,向麦秸垛后跑去。

郭辉很快就拿着一个白馍馍边吃边跑边喊:"哎,等等我。"

双牛对兰兰耳语了几句,然后大声说:"郭辉别过来。把馍拿一边吃去,引得人口酸。"

郭辉放慢了脚步,拿眼瞥了瞥说:"兰兰过来,咱俩玩儿,我给你馍馍吃。"兰兰一扭头说:"我不要!"这时,子善在麦秸垛旁喊:"快来看哟!"几个人跑过去。原来是两只狗在交媾连蛋。男孩子拍着手笑起来。兰兰羞得脸面通红,双手捂眼转身跑走了。双牛在后边大声说:"兰兰,不到后沟去啦?"

"不去了!我回家。"

双牛和子善并肩向后沟走去。郭辉说:"子善,咱俩玩儿。"子善头也没回说:"我要到后沟去。"郭辉气呼呼地站在那儿,面红耳赤,狠狠地啃了口馍,蠕动嘴巴咀嚼着。与他一般大小的钱常有、梁满仓跑过来,见他大口地吃馍,不由得眼馋口酸,直咽口水。郭辉瞥了他俩一眼,咽下一口馍说:"你俩愿意跟我玩儿吗?"

钱常有咂吧嘴说:"那……那你给我们一点儿馍吃!"

"对!就……就一点点。"梁满仓用手比画着说。郭辉看看手上的馍,分了一半给他俩。常有接了馍,又分了一半给满仓,两人一小口一小口慢慢吃起来。那两只连蛋的狗,屁股连着屁股从旁边跑过,三人用土块、石子撵打着狗,嘴里喊着:"打日×贼！打日×贼！”狗号叫着一拉一扯跑着。双牛听见喊叫声回头看，心里酸楚楚的真不是滋味，讨厌的狗把兰兰羞跑了。更让双牛没想到的是，那次竟是他和兰兰童年最后一次玩耍。

那两只狗实在是爱得太深了，结合得像火车挂钩一样牢靠，以至被赶了好长一段路都分不开。一方面经受着顽童们施加的皮肉之苦，一方面又被爱情所累不能自拔，真是苦不堪言，生不如死。围观的孩子越来越多，土疙瘩、石块雨点般打来。本来就是瘦狗，怎耐得这般打击，那黑狗终于倒在地上。郭辉举起一块大青石狠狠向狗头砸去，那无辜的黑狗“咯哇”一声，便气断身亡，成了爱情的殉葬品。见狗死了，那些胆小的孩子都吓跑了，唯有郭辉、钱常有、梁满仓幸灾乐祸地蹦跳着狂呼大笑。

二

一所破旧的农家小院，土打的围墙，只有三间低矮的西屋，北边的院基上长着一棵大榆树，下边一人多高的树皮已被剥得剩下二指宽一绺儿皮，光秃秃的枝丫在风中摇曳。昏暗的豆油灯影中，梁瑞生跌跌撞撞走进屋，一头倒在炕上，气息奄奄。

肖翠花把一碗野菜汤端给他，瑞生闻着那苦味儿直想吐，恹恹然说：“兰她妈，我怕不行了，饿了几天，再加上受气，折杀我了！”

“再别胡思乱想。怎么，又没借下？”

梁瑞生上气不接下气地说：“狗日的不……不但不给一星半点儿，还……还讨前边的债。”

瑞生家前年青黄不接时借了地主郭麻子郭福山五斗麦，利滚利已成了三担三，给郭家熬了一年活，才顶了一担一，如今遭年馑，家里一贫如洗，他求郭麻子再借给他点儿粮以度饥荒，可狗地主就是不给。

“看你肚量小的，天不降无路之人，他能把咱逼死？”

“老……老东西心术不正。”他小声说。

肖翠花警觉地问：“郭麻子说什么啦？”

“他……他说，”他喘起来，她给他捶捶背，他缓解了些，“只要答……答应典你半年，前……前边的账就一笔勾销，还借……借给咱五斗麦。”

“呸！”肖翠花啐了一口，脸涨得通红。“你怎么回答？同意将我典出去？”

“没有，死也不能做那……那事！兰她妈，如……如果我死了，你就和娃远走高飞……”他想咳痰，一起身，眼发花、脸煞白、又躺倒，晕了过去。

肖翠花焦急地摇着他叫：“瑞生！瑞生！兰她爹！兰她爹……”眼里蓄满了泪水。

停了好一阵子，瑞生才微微睁开眼，有气无力地说："翠……翠花，我死了，把我埋……埋深些，别让人刨吃了或让狗……狗撕了！"说毕，头一歪，断了气。

肖翠花嘤嘤地哭起来，惊醒了睡在旁边的兰兰，兰兰伏在爹身上号啕大哭："爹！你醒醒，我要我爹！"肖翠花止住哭，拍了下兰兰："别哭！小心让人听见了。"哭声戛然而止。兰兰抱着妈啜泣着说："妈，咱们咋办呀？""乖女儿，你先睡吧，让妈给你爹擦洗擦洗，换件干净衣服。"

肖翠花边给瑞生擦洗身子换衣服边想，该不该给邻人说？如果让郭麻子知道了，我还走得了吗？思忖半晌，他对着瑞生的身体，又像自言自语，我就先把你寄埋在榆树下，等情况好转了……眼泪又模糊了眼睛。她试着挪动他的尸体，累得满身汗，险些昏倒。因为她也三天没进五谷了，肠肚内塞的尽是菜。不行，得吃点儿东西，不然就别想搬动他，她想。

她坐在炕沿上苦思冥想，哪儿有吃的呢？丈夫弥留之际的话忽然在耳边回响，"把我埋深些，别让人刨吃了……"她心里一震，打消了那个突然闪现的邪念。

她踱到屋外，夜黑漆漆的，寒星眨着狡黠的眼睛，树木晃动着光秃秃的枝丫。北墙下那棵大榆树在风中战栗，好像是被她的目光吓得发抖。它知道，她每饥饿难忍时就打它的主意。她每次剥树皮时都想，如果树是人，该要痛苦成啥样子呢！可是她每次都原谅了自己。那棵榆树还能靠着一绺皮顽强地维系着生命，以便逢春再发，难道人就眼睁睁地饿死吗？

她回到屋内，又试着搬动丈夫。比第一次还要艰难。她心里明白，不吃东西，绝对办不了丈夫的后事，恐怕都难走出家门。那个可怕的念头又强烈地占据了脑海，难道三个人都饿死，让人宰吃了吗？她又在原谅自己。她轻轻抚着丈夫的脸在心里说，瑞生，别怪我心硬，我……我实在没办法呀！

她吹熄了灯，摸黑从墙龛里取出那把杀羊刀，手颤颤地伸进盖瑞生的被子里，心突突地跳，不由得又缩回了手，小声呜呜地哭。兰兰也小声哭起来："妈妈，你要把爹怎么办？"

"兰兰别哭，妈正在想办法。"她咬了咬牙，心一横，在瑞生的小腿肚上下了一刀，匆忙拿到灶房洗净下到锅里煮。然后又回来摸黑给瑞生包扎了伤口。

灯亮了，两碗人肉菜汤端进了屋子，屋里飘散着诱人的香味。兰兰禁不住诱惑地问："妈妈，什么饭这么香？""肉菜汤，吃了就饿不死了！"说着，递给兰兰一碗。兰兰迫不及待地吸溜着吃起来："妈，什么肉这么香？""小娃娃兴吃不兴问！"一碗肉菜汤三下五除二就下了肚，二人顿时来了精神。

"兰兰，起床！帮妈把你爹弄到外边去。"肖翠花抱着瑞生的身子，兰兰抱着爹的脚，二人吃力地把瑞生的尸体移至榆树下的一张破席上，肖翠花挖好坑，把瑞生的尸体卷在席筒内往下推。

兰兰挡住哭着说："妈，我不让把爹推下去。我要爹！"

"听话，兰兰，人死了就得埋掉，埋了尸体，他的灵魂就升天了。"兰兰哭泣着帮妈掩埋爹。

黎明，肖翠花锁了门，拉着女儿，背个破铺盖卷，手里提个破包袱，顶着冬晨凛冽的寒风向村外走去。走过打麦场时，双牛喜滋滋迎着她叫："兰兰，来玩儿啊！"兰兰跑过去。他随即惊愣地看着她——兰兰的鞋面漫上了白布，头发用白绸扎着，眼红肿红肿的。他诧异地问，"怎么啦？兰兰。"

兰兰眼噙泪水说："我爹死了。""怎么死的？""饿死的。""啥时候？""昨晚。""人呢？""已经埋了。"

双牛低下头，不由得用拳头揉眼睛，老梁叔叔是个大好人，和蔼可亲，见了他就用粗糙的巴掌抚他的头，说他是个乖孩子，小时候梁叔还爱把手伸进他的开裆裤内摸他的小牛牛。他抬头看兰兰，兰兰眼泪兮兮。双牛心里也很难受，想对她说什么又噎住了，改口说："兰兰，饿吧？我给你一点儿好吃的。"说着，从口袋内掏出一小角硬邦邦的死面板玉米面烙馍递给她。

兰兰眼睛一亮接到手中，又觉得不好意思地说："你吃吧！""我吃过了，留给你的。"她三两口就吃掉了那块烙馍。咂着嘴，似乎勾起的食欲一发不可收拾。他看着她吃得香甜的样子，微笑着，不由得咽了口口水。兰兰看着他，满脸歉疚，从贴身的口袋掏出一个香荷包说："给你！双牛哥。"

"我不要！你舍得吗？"

"舍得，舍得，给你。"兰兰硬往他手里塞，"拿上吧！双牛哥，我要走了，还不知再能见不。"双牛拿着香荷包，怔怔地望着她："去哪儿？""去要饭，走得远远的，再也不回河西村来了。""为什么要去要饭呢？大家帮衬着不就熬过去了吗？""郭麻子家逼债，妈说不走不行。"

双牛眼湿湿的，扭过脸不敢看兰兰，手把香荷包捏扁了，又展开手看香荷包，说："那……那我没什么送你。"

"不用了，你那角烙馍在我肚内，或许，我就饿不死了。再见！双牛哥。别给人说我们走了。"兰兰摆摆手，转身跑走了。双牛怅惘地望着远处——肖翠花牵着兰兰的手，愈走愈远，愈变愈小，终于消失在大路拐弯处。

三

大地主郭福山打错了算盘。他想，梁瑞生若不想全家饿死，天明就得乖乖把媳妇给他领来。他操纵着这一片土地上的粮食，也就是说，掌握着这一方人的性命，庄稼连着两料没收，唯一能救人命的粮食都在他的囤内，让谁生谁死也只是扼腕之功。他一夜都在做着美梦，肖翠花这一枝花，他谋算日久了，现在该是上手的时候了。他一大早起来，躺在躺椅上抽大烟，烟雾缭绕。脑际闪现肖翠花的倩影。心想，这瑞生怎么还没把人领来？他大声喊："天顺！"

高掌柜人未到声先至："哎。来啰。"

"去！催催梁瑞生家的债！""是！"高天顺一弹腿蹦了出去。

郭麻子又深深吸了两口烟，蹙眉打呛。大声说："把我的长袍短褂，礼帽、自由拐拿来！"大太太张凤仙从内间屋探出头说："不走亲戚不过节，穿那么新做啥？""少废话，让你拿你就拿。"

高掌柜没多时就溜了回来，低眉俯首立在郭麻子面前说："大东家，瑞生家门锁着，听邻人说，半夜里听见过哭声，像是死了人。一大早，有人见瑞生媳妇牵着女儿的手走了。"

"嗯？"郭福山一愣，挺直身说，"走了！"

大太太拿来了衣服，"给！你换吧！"

"去去去！"郭麻子手一抡说，"不换了，不换了。"随后"嘿嘿"冷笑两声，"哼！走了，跳得出如来佛的掌心吗？听着！"

"是！"高掌柜打了个立正，侧耳倾听。

"派人去追，一定要把那婆娘掳回来。""是！"高掌柜一弹腿又蹦了出去。

大太太边抱着衣服往内屋走，边小声叨唠："老骚货！不自量力。"

双牛心不在焉地来回转悠着，时不时向兰兰母女消失的方向张望。回头又把脚边的石子踢得飞出去老远，心里像塞了一团棉花，憋闷难忍。高掌柜、二狗和两个家丁骑马走过来。二狗两边看看说："该向哪个方向追？"

高掌柜四下瞅瞅，发现了双牛，用鞭子指着他说："哎！小娃，看见瑞生媳妇和她女儿朝哪个方向去了吗？"

"不知道。"双牛瞅了他一眼，转身就走。

"哎哎哎，别走！"高掌柜说着跳下马，"小娃，告诉我，说了实话，我奖你两个蒸馍。"

"我不要。我不知道。"

"咦，你这贱东西，敬酒不吃吃罚酒！"说着，拧他的耳朵。双牛动作灵活，头往后一躲，抓住他的手狠咬一口，转身跑走了。高掌柜痛得"哎哟！"尖叫一声。举起鞭子要打，双牛早蹿出了老远。二狗策马要追，高掌柜挡住他说："算啦，办正事要紧。你带着三子往北，顺着大路直追到黄河口，我带着木桩沿大路直向南追。"

"行，驾！"二狗与三子策马向北驰骋而去。高掌柜拨转马头，与木桩向南飞奔。

肖翠花领着女儿茫然地向南走着。天灰蒙蒙的，田野荒凉萧条。偶尔可见一两片青绿的麦田。这儿一堆那儿一堆零散的玉米秆还堆在田间。

一只狗叼着一只小娃胳膊飞跑而过，兰兰吓得抱住妈说："妈，看，哪是什么？我怕。"

肖翠花抚着她的头说："别怕，那是死娃胳膊。"

"妈，那娃怎么死了呀？""八成是饿死的。"

“妈,那我不饿死。”

“活人不怕狗。走！到那边妈给咱折两根棍子,狗咬人,咱就用棍子打。”肖翠花折了两根棍子,一人拿一根继续前进。兰兰拿上棍子,似乎胆大了许多。她抡起棍子打一棵枯干的蒿秆,蒿秆应声而折。

又走了一截路,兰兰说:“妈妈,什么时候才能要到饭呀？我都饿了。”

“再赶一段路,离咱的村子远了,咱就开始沿村乞讨。再说,还不知道郭财主家的人会不会撵咱们。”

兰兰胆怯地朝后看看,说:“妈妈,我想撒尿。”

肖翠花左右前后看看,把兰兰领到田内一堆干玉米秆后边。兰兰刚脱下裤子,就指着远处对肖翠花说:“妈妈,你看!”肖翠花望去,远远看见两个人骑马飞奔而来,那不是高掌柜吗？于是急忙对兰兰说:“快！藏这里面去,别动也别出声。”两人把禾秆豁开藏进去,又用禾秆将自己遮住,屏息倾听。哒哒哒的马蹄声飞奔而过,渐渐远去。肖翠花悄悄出来向远处张望,骑马人已不见踪影。于是她唤出兰兰,背离公路插斜向西而行,踏列石跨过一条小河,在河边洗了把脸,给自己和兰兰梳理好头发,弹衣拽襟,对着河水照了照,然后沿着一条笔直的白杨路向村子走去。巷道里人迹寥寥,几个村妇在自家门口聊着什么。

肖翠花牵着兰兰的手来到一家门口,对着正在纳鞋底的中年妇女说:“大嫂,可怜可怜我们,给点儿吃的吧!”

村妇疑惑地打量打量她们,犹犹豫豫回家取来一个馍给了她说:“天灾遭年馑,我们家也紧张,将就给你点儿,别见怪呵。”

“谢谢大嫂。”肖翠花接了馍走了。有几个妇女见肖翠花母女走过来,忙转身回家关了门。肖翠花羞容满面地领着兰兰向另一个巷道走去。村妇们又走出来在她身后议论——

“看模样就不像个要饭的,哪有要饭的还收拾得那么漂亮。”

“谁知葫芦里卖的啥药？”

“绣花枕头！有本事的话,还会走要饭这条路。”刻薄、讽刺的话像一窝蜂似的钻到耳朵里,蜇得肖翠花心痛难忍。来到一大户人家门口,她怯怯地叫:“东家,给施舍点儿吃的吧!”一只黄狗汪汪着跑出来扑咬她们。肖翠花和兰兰边用棍子挡,边往后退。一个穿着艳丽的中年妇女走出来,瞅了肖翠花几眼说:“要什么要！你那眉眼还要饭啊？妓院内去还挣不下几个饭钱吗!”

肖翠花面红耳赤,羞愧难当,拉着兰兰转身就走。心想,我为什么要干这种事呢？可饥肠辘辘,迫使她不得不忍气吞声。又想,人在屋檐下,不得不低头,等渡过了这暂时的难关再说。巷道拐角处,浪人金光斗从对面走过来,不怀好意地盯着肖翠花娘儿俩看。肖翠花低头匆匆绕道走过去。

金光斗回头招手道:“哎哎哎！慢走,”她们停住。他走过来说,“你们不是要饭吗？来,我给你们一点。”说着,从身上掏出一个银圆给她。

肖翠花小心翼翼接了银圆，低头躬身说："谢谢大哥！"

"不用谢，跟我走，好好侍候爷，钱有的是。"他嬉皮笑脸伸手拉她。肖翠花忽地变了脸，"呸"地唾了他一口，把钱往他身上一摔，转身就跑。金光斗拾起钱，对着她们的背影轻蔑地说："嘿！臭娘儿们。不识抬举的东西，等着瞧吧！"

中午时分，高掌柜急急火火走进厅堂说："老爷，我们北到黄河边，南到司马坡，可就是不见那娘儿俩的踪影。"郭福山正在抽水烟，长长地吐了一口烟说："她还插翅飞了不成？"高掌柜又神秘兮兮地说："老爷，刚才去时，我看见老秦家的孩子双牛站在村边，说不定，他知道那娘儿俩的去向，拉来几下打得他就碟儿碗儿都供出来了。"

"哎呀，你那啥馊主意！你要让我把人得罪完啊，我一再对你说，宁惹一人，不惹众人，那些穷鬼们联合起来对付咱，还有咱的好日子过吗？真是的！"

"是是是！"

"把眼线撒出去，一发现那婆娘踪迹，立即告诉我。"

"是。"

黄昏的河边，暮霭弥漫开来。归巢的鸟鹊鸣叫着飞进树林。肖翠花和兰兰在河边吃着要来的几块馍，喝了些河水。然后向离村不远的山坡上一座破庙走去。庙门写着"山神庙"三字，年久失修，破败不堪。几间西厢房已断瓦颓垣，大殿尚存，但门窗不全。庙前有一小打麦场，母女二人抱了些麦草铺在大殿角落依偎着躺卧，两人合盖一床薄被。月光晦暗，树影婆娑，风从破门吹进来，兰兰冷得瑟瑟发抖。肖翠花把她往怀里揽了揽说："来，和妈挨紧些，妈抱着你就不冷了。"兰兰伏在翠花怀里说："妈，咱为什么不在家待着，要出来要饭呀？"

"咱欠郭麻子家粮，人家催债，咱还不起，不躲出来，行吗？"

"双牛哥家不是也欠郭麻子家的债吗？那他们怎么就不用躲出来呢？"

"唉，"肖翠花叹息一声，"你还小，有些事你不懂。"

"妈，我好怕呀。这破庙里如果来了狼，怎么办呀？"

"别怕！妈护着你，妈有棍子，狼来了，妈就用棍子打。"肖翠花说着给兰兰壮胆，其实她心里更担忧更害怕。

肖翠花一边拍，一边哼催眠曲，兰兰渐渐进入梦乡。肖翠花见她睡熟了，轻轻放下她，把麦草往她身边拥了拥，自己则靠着墙遐想。远处狼嗥狐鸣，猫头鹰凄厉地叫着。她龟缩着身子，心想，狼真的闯进来怎么办？她看看对面，昏暗中，山神慈祥的面孔似乎正对着她笑。她心里默念：老天爷呀！睡在你的脚下，你还能不保佑我吗？她心释然，于是往下一躺，睡着了。月落天暗，万籁俱寂。一个蒙面人悄悄潜入庙内，他先从窗户向内窥视着，借着微弱的亮光，现出肖翠花母女俩熟睡的面孔。蒙面人蹿入殿内，恶虎般扑到肖翠花身上。肖翠花被惊醒，"啊！"大叫一声与其搏斗。

兰兰从睡梦中被惊醒，看见一个人爬在母亲身上撕扯，已顾不得害怕，拽住那人的一只脚使劲往下拉。那人一蹬，就把她蹬了个后蹲。"兰……兰兰，别过来，快去喊人！"肖翠花焦急地说。兰兰跑到庙院大声呼喊："救人呀，抓坏人啊！救人呀，抓坏人啊！"喊声消失在茫茫夜空，空留回响。兰兰又跑回殿里，那人已撕破了妈妈的衣服，眼看就要得手。兰兰左顾右盼，发现了献台上的香炉，她双手抱起香炉，狠狠地向那人后脑勺砸去。那人"哎哟"一声倒下了。肖翠花翻身起来，胡乱收拾了一下东西，拉着兰兰跑出了庙院。

二人颠三倒四跑到河边，气喘吁吁倒坐在河边上，肖翠花被撕扯得衣烂裤破，头发凌乱。兰兰头上身上沾满了草屑。肖翠花捋了捋头发，整了整破衣。又抹了抹兰兰头上的草梢。

"妈，你说那人死了吗？"

"我看，八成是昏过去了。"

"如果那人醒来又找咱的麻烦怎么办呀？"

肖翠花果决地说："走！离开这里。"

"妈，咱不要饭了吗？"

"不啦，饿死都再不讨饭了。"肖翠花牵着兰兰的手，朝着县城方向走去，边走边担心地回头张望，猫头鹰"幸候！幸候！"叫了两声，兰兰吓得扑到妈妈怀里。

肖翠花紧紧抱住兰兰说："别怕！"然后拾起一块土疙瘩向鸟叫的方向甩去，嘴里骂，"报丧鬼！你也想乘人之危？"远处传来了马蹄声，她忙拉着兰兰躲进一块未收禾秆的玉米地里。像是一小队骑兵跑了过去，一切复归平静。他们又匆匆赶路。

四

清晨，二太太正给儿子郭辉穿一件新衣服。

高掌柜走进来看见了说："小胖穿这身衣服漂亮极了！"抚摸着他的头说，"叫——"

二太太忙给他使眼色，说："叫叔叔。"

郭辉叫："高叔叔。"

"哎！"高掌柜抱着他的头问，"小胖，将来要娶怎样一个媳妇？"

郭辉脱口而出："我要娶兰兰。"说得两人都笑了。

"哟！小胖还怪有眼力！老子看上了她妈，儿子看上了她女儿，好，叔叔一并给你们弄回来。"说着，从身上掏出两个铜钱塞在他手里，"给你买糖吃吧！"郭辉拿着钱跑出去了。

高掌柜看着他的背影摇着头说："明明是我的孩子，却要违心地叫叔叔。"

"你急啥嘛！"

高掌柜哼笑一声，“倒也是，老家伙死了，我儿子一掌权，那时，咱就是名正言顺的老爷、太太了！”

二太太用食指戳了下他的额头：“你这个吕不韦！”高掌柜抱住她连吻带晃荡。

二太太忙推开他：“死鬼！大白天的，小心让人看见了。”

兰兰走了，双牛觉得生活中好像少了什么，耳中听不到“双牛哥！双牛哥！”那脆生生的叫声；眼里看不见那清瘦但灵秀的身影，心里憋闷得很，说不出是一种什么滋味。麦场上，阳光撒下一片金辉，双牛凝望着南方，心里默默念叨：“兰兰不知去哪儿了？要得下吃的吗？”子善悄悄来到双牛身后，一蹦就趴上他的双肩。双牛一惊，要在往常，他准会跳转身，两个好朋友的游戏就在打斗和追逐中开始了。可今天，他却郁郁寡欢，满脸愁容。子善疑惑地看着他说：“怎么不高兴？来，玩儿跳房房。”

双牛恹恹然说，“没有兰兰，跳房房还有啥意思？”

“你在等兰兰吗？她怎么没来？”

“兰兰不会来了，她去要饭了。”

“去哪儿了？”

“朝那个方向走了，嘘！”他指着南方，又对着他耳根小声说，“可别告诉别人，兰兰说，不让人知道。”

“你说兰兰为什么去要饭？”

“都是郭辉家害的，整天派高掌柜向穷人讨债！把兰兰爹都逼死了。”

“是吗？”子善不无同情地点点头说，“那咱俩玩丢窝子！”

“好！”两人正玩儿得热乎，郭辉跑了过来说：“也加我玩儿吧？”双牛说：“滚，谁和你玩儿！”郭辉悻悻地立在旁边看，看了一会儿，掏出他的铜钱说：“看，我有这个。”子善瞥了一眼说：“谁稀罕你那臭钱。”

“不臭，是高叔叔给我的。高叔叔还说将来给我娶兰兰做媳妇。”

双牛停住玩，瞪着眼说：“去你妈的！你那副猪眉眼还想娶兰兰，癞蛤蟆想吃天鹅肉，没撒泡尿把你照照！”

“我家有钱、有家丁，她不愿意就把她绑过来。”

双牛怒不可遏，摔了手内的杏核儿：“你敢动兰兰一根毫毛，我揍死你狗日的！”说着飞起脚要踢郭辉，郭辉吓得扭头就跑。

子善哈哈大笑说：“看那熊样儿。”

双牛说：“以后别和他玩儿。”

“谁跟他玩儿，笨得跟猪一般。”

过了一会儿，郭辉又悠悠然走过来，手里拿个大白蒸馍。站在旁边一边看他们玩儿一边吃。子善看了看，忍不住吞口水。双牛厉声喝：“滚一边去，兴得你有白馍吃？”

“这又不是你家的地方，我就要在这儿吃，羡娃羡。”郭辉把馍擎在面前转了转。

双牛盯着他看了一会儿，附在子善耳旁嘀咕了几句。

子善点点头，然后笑着说："郭辉，你的馍不香，抹点儿糖好吃，来，我给你抹点儿。"

"你没有糖。"

"有，你看，真香。"子善在衣兜内空抓了一把，把手掌捂在嘴上咂吧着。

郭辉走过来说："让我看！"

待他走到跟前，子善迅速在鼻子上空抓一把往他的馍上一甩。郭辉"哇"一声哭起来，"你把鼻涕甩我馍上了，我不吃了。"丢了馍，哭着走了。双牛和子善哈哈大笑。子善拾起馍，擦了擦馍上的尘土，给双牛分了一半，二人高兴地吃起来。

高掌柜正和二太太眉来眼去，调情嬉闹，郭辉哭着跑回来。二太太忙跑过去抱住郭辉问："怎么啦？怎么啦？"

"双牛打我。子善把鼻涕甩在我的馍上，把馍抢走了。"

高掌柜眼一瞪说："哼，胆大包天，敢在太岁头上动土！"

二太太拍打着郭辉身上的尘土说："就你窝囊，只见你一次次被人打得哭着回来了，没见你把谁打哭了。"

"小胖别哭，看老子怎样收拾他。"高掌柜来到郭麻子客厅，"老爷，秦怀德的孩子双牛把郭辉打了，还和周天福的孩子子善把娃的馍抢了。"

郭麻子正在练字，擎着笔说："有这等事呀？"

"郭辉哭着回来了，我想，孩子总不会说谎吧！"

大太太说："小孩话不可信，人常说，小孩打架忙拖过，不要伤了大人和。"

郭福山一脸严肃地说："做事要有个分寸，不管一管，以后打顺手了尽打怎么办？"

"是呀，老爷说得对，这事非管一管。"高掌柜溜须拍马地说。

"高掌柜，你出个主意，这事该怎么处理？"郭福山又伏案写字。

"那很简单，通知老秦、老周，把他们的孩子领来，当着老爷、少爷的面狠狠教训一顿，出了这口气。"

郭福山摇摇头说："不，先不要惊动天福家。"然后对着高掌柜的耳朵交代着。

高掌柜点头如鸡啄米，"是！对！"转身就走。

"哎，"郭麻子又叫住他，"记住，一句也别提孩子打架的事。"

"知道了。"高掌柜答应着去了。

大太太不满地瞅了丈夫一眼说："心眼儿多，使给大人也就罢了，值当对一个孩子使心眼儿！"

"你知道什么！后生可畏，你得从小让他知道——他是下人，下人不可以欺侮主子。"这时候，他的一幅字写完了，他搁了笔，欣赏着自己的作品——己所不欲，勿施于人。

老秦一家四口正在吃玉米面糊糊就煮野菜。高掌柜突然来访，老秦和妻子忙站起来搭讪:“啊呀！什么风把高掌柜刮来啦?”“哎呀,席圆啦。生活不错嘛!”高掌柜讥讽地说。

老秦诚惶诚恐地说:“啊呀,高掌柜,我家连喝面糊糊都难保证了,请你高抬贵手,欠东家的粮,我时刻铭记在心,一旦情况好转,马上就还。”

“嘿嘿,我说嘛,老秦是聪明人,我还没开口,就知道我干什么来了,既然你说破了,那我就直接传达老爷的指示吧,你家欠粮二石六,限十日内还清!”

“高掌柜,我家现在都提锅掉顿的,哪儿来粮还债呀！求求你了,来年收成好了,一定加倍还。”

“哼！就你算计得美,现在,粮是什么价？金子的价！来年丰收了,粮还不如土呢,老爷是什么人？愿意把金子放成土吗?”

双牛妈说:“高掌柜,我家真的没粮还,不信你搜搜,除这几间破房和这几个要吃饭的桩,再什么也没有,要不,拿人扛活去顶债吧。”

“哈哈,还是老嫂子精灵,既然你有这心思,那我就成全你,不过这次不要你家老秦去,要你家二儿子双牛去。”

“啊!”秦家人同时惊呼。老秦说:“高掌柜,你该不是说笑话吧,那么大点儿孩子能干了啥?”

双牛妈说:“我家双牛还是娃芽儿呀。”

大牛虎着脸说:“双牛不能去。要扛活,我去。”

“你们先别紧张嘛,”高掌柜忽闪着眼说,“老爷说了,之所以要双牛去,主要是给少爷做陪读,跑跑小腿儿,既挣了钱,还能学点儿知识,一举两得,何乐而不为!”秦家人面面相觑。老秦沉思片刻说:“高掌柜,这事缓一缓,让我们商量一下,好吗?”

“行,不过得抓紧,想干这差使的人多呢,过了这个村就没这个店了。嘿嘿嘿!”高掌柜皮笑肉不笑地走了。

老秦一边吧嗒吧嗒抽旱烟,一边想,这老家伙葫芦里卖的什么药。

双牛妈说:“那老狐狸狡猾得像抹了油,越是说好事的时候,越得防着,我不想让娃去。”大牛也说不让双牛去。

老秦犯难了,不去的话郭麻子又借口逼债如何是好？此时双牛说:“我想去,我也想听他家的老师讲课。”双牛妈把双牛拉到怀里,抚着他的头说:“好娃,你太小,我怕人家对你使坏。”

“他敢,他敢对我使坏,我就把他郭辉眼打瞎。”

“胡说。”老秦厉声说,“如果那样想,我就不让你去。”双牛不服地眨眨眼。

“娃啊,”老秦语重心长地说,“贵贱不能那么想,咱家穷,人家是老爷,咱是奴才,凡事要忍着点。听见了没?”双牛点点头。双牛妈说:“那和他说好,娃先试一段时间,不行,就不去了。”“行,我这就和他说去。”老秦在鞋底上磕了烟灰,起身走了。

五

庙宇楼阁，红椽绿瓦；走马门楼、四合院；古色古香而又富庶繁华，使得这个小县城褒有“小北京”之称。清澈激荡的县河绕城南流过，穿越二十里川入黄河。沿河两岸，柳翠杨青、稼禾茂盛、风光旖旎。肖翠花带着兰兰紧赶慢赶，天亮前赶到住在城里的瑞生姨家，叩响了门环。

瑞生姨王婶一边出来开门一边叨唠：“谁这么早叫门？耽误人的黎明觉。”开了门，惊讶地望着母女俩，心想，叫花子怎么这么早就上门要饭。

“姨，我是瑞生媳妇翠花。”

“啊，翠花？怎么这副模样？快进屋。”王婶说着把二人领进屋，“怎么回事？该不是和瑞生打架了吧？”肖翠花哽咽着说了来龙去脉，事情经过。王婶不由得大放悲声：“我可怜的外甥儿呀！”见甥媳衣破裤烂，一副可怜相，怜悯之心油然而生。可也一时不知如何帮她，于是问，“那你打算怎么办？”肖翠花也早想到了姨的难处，如今这年月，穷人家光蛋对蛋光，谁也靠不上谁！要不然，她也不会要饭碰了钉子才找上门来，急忙说：“姨，我也不想连累你，我只想求你帮我在城内寻爿小屋开个小店，好自食其力度日。”

王婶搔搔脑袋，自言自语，这世道，一个独身女人带个孩子怎么过呢？随即说：“翠花，姨知道你难，我看你不如找个对象改嫁算了。那你就什么难也不用作了。”

“不！姨，我一定要活出个人样儿来，况且，瑞生过世还没百天，我怎能就急着嫁人呢？”

“也好，姨知道你是个要强的女人，那你先去和孩子梳洗梳洗，我让你表嫂找两身衣服你们换上，吃了饭先歇着，天大亮了，我去找人讨个主意。”

吴学究是这一方小有名气的大秀才，五十多岁年纪，通古博今，知书达理，尤其写得一手好毛笔字。左邻右舍谁家过个红白喜事，他必定是堂堂的账房先生；逢年过节、老人祝寿、儿女完婚、字号开业……请他编写对联的络绎不绝；房屋交易、商号转让、兄弟分家……当中人写契约，非他莫属。他中等个儿，清癯消瘦。此刻，他正在挥毫泼墨。庭堂上挂着条幅、对联、名人字画等。

王婶找到他说明情况。吴学究放下笔笑呵呵地说：“真是来得早不如来得巧，西关米记骡马大店门旁那个小店转让，店掌柜找我好几次了，我这儿写完了就去说，如果行，就把你们两家叫到一块，协商办转让手续。”世间事说难也易，没过半个时辰，吴学究就笑吟吟地来到王婶家。王婶热情招呼，递烟倒茶。他睖睁着肖翠花看，把翠花看的满面通红，不好意思。

王婶作了介绍，肖翠花矜持地赔笑说：“吴老先生好。”

"好好好！好好好！"吴学究点头如鸡啄米，转身对王婶说，"你这外甥媳妇五官端庄，面态和蔼，貌蕴福相，福祉不浅啊！"

"托老先生的福，让好人有好报。吴先生，那店说的咋样了？"王婶问。

吴学究弹了下烟灰说："没问题，那是个外地人，急着脱手回去，价钱不大，货物也全着呢，一接手就可开张营业。咱现在就去看看吧。"

王婶拍打拍打身子："事不宜迟，咱这就去看。"说着，三人起身就走。

一家急着推出手，一家急着开张营业，商谈一拍即合。

肖翠花高兴地收拾着小店，把"兴盛杂货店"招牌卸下来擦洗了一遍又挂上。

兰兰说："妈，这店就成咱们的啦？"

"嗯！"肖翠花抑制不住喜悦地说，"今后，咱好好做生意，再不用去讨饭了。"

兰兰高兴地拍着手说："噢，我家有店了！我们做生意了！"

母女俩洒水扫地，把里里外外打扫得干干净净，把店面收拾得特别引人注目，还在门前摆了个摊。母女俩也打扮得整洁漂亮，吸引了不少人的眼球。买货人络绎不绝。

吴学究嘻嘻地笑着走过来："大妹子，买包烟。""吴先生好。"肖翠花取了包烟给他。"生意可好？""托先生的福，开门大吉！"

吴学究付钱，肖翠花不要，说："算啦！就一包烟嘛，先生担保让我延期付款就感激不尽了。"

"那是两码事，你做小生意也不易。"吴学究说着付了钱。点着烟，边吸边观览小店，指着牌子说，"人换了，这招牌也该换换。"

"先将就将就，过一阵儿再说吧！"

"开门大吉，也该放挂鞭炮扬扬声威，要不，大家都不知道换了人。"

"先生不提我都忘了，那就放一挂吧。"肖翠花说着，从货架上取下一挂贰佰头鞭炮，面有难色地说，"我都不敢放呢！"

"拿来，我找人给你放！"他接过鞭炮，向远处瞅了瞅，大声叫："陈刚，来。帮大妹子把这鞭炮放了。""哎，来喽。"正在斜对面茶馆前谝闲传的陈刚答应着走过来。陈刚宽额方脸，二十多岁年纪，体壮身强，提着鞭炮，吴学究点燃，鞭炮噼里啪啦炸响。孩子们欢呼雀跃，争着拾落地未燃放的小鞭炮。兰兰喜笑颜开。人们听见鞭炮声都围过来看热闹。

陈刚问："吴叔，这女人是你亲戚？"

"不是，"吴学究简单地对他介绍了肖翠花的情况。"噢，怪可怜的。"陈刚谦逊地对肖翠花说，"婶，有什么要帮忙的，你言语一声。"

"好。"肖翠花微笑着点了下头，热情地递烟给他抽。

吴学究又指着陈刚说："我这老侄外号叫陈铁拳，侠肝义胆，好打抱不平，有事儿你尽管找他。"

六

郭福山家请的私塾先生姓樊，六十岁左右年纪，戴一副老花镜，头上一大片已谢顶。樊先生书屋在西院南边，桌子上摆着文房四宝及一摞线装书，他摇头晃脑地教郭辉读书："子曰：学而时习之，不亦说乎。"

郭辉结结巴巴地念："子曰：学而……而习之，不……不说乎。"

"别急！慢慢来，子曰：学而时习之……"

高掌柜领着双牛走进来说："樊先生，找来个书童，该使唤就使唤，该调教就调教！""好。"樊先生停止授课转脸看他。高掌柜又对双牛说："你的任务就是侍候先生和少爷，陪少爷读书，嘴要乖，腿要勤，听见了没？"双牛瞪眼看他。

郭辉嚷："我不要他，他打我。"

"他敢！你是少爷，他是奴才，只有你打他，他哪敢打你！双牛，听见了没？你若敢欺侮少爷，我剥了你的皮！"高掌柜厉声说。双牛咬着嘴唇瞅着他，不言语。

高掌柜走了，樊先生安排双牛坐在郭辉旁边说："坐好。我教一句，你们念一句，看谁记得快。"于是他重新念起来，"子曰：学而时习之，不亦说乎！"郭辉和双牛同时跟着念。念了几遍后，樊先生说："现在，你们分别背，我看谁记下了！双牛，你先背！"双牛流利地背完了，郭辉仍然结结巴巴背不下去。樊先生失望地摇摇头："唉，朽木不可雕也！好啦，休息一会儿继续学。"

"噢——"郭辉高兴地跳起来。

双牛见老师坐到桌旁取杯子，忙提起茶壶给老师倒水，樊先生抚着他的头说："这娃还怪识眼色，是个聪明孩子，多大啦？""十岁。"双牛小声温顺地说。

郭辉在那边大声说："双牛，我想撒尿，给我解裤带。"

双牛瞪了他一眼说："你手坏啦。"

樊先生说："事必躬亲，怎么裤带也要别人解？"

"我告诉我妈去。"郭辉说着，"噔噔噔"地跑了。

二太太正对镜梳妆，高掌柜坐在一旁抽水烟。郭辉拖着哭腔跑进来嚷："妈，我想撒尿，双牛不给我解裤带。"

"你呀，这么大了，怎么连个裤带都解不开？来，妈给你解。"

"慢！"高掌柜说，"让我把这小东西调教调教。"

"闲雇了个人。"二太太撅着嘴瞅了高掌柜一眼。

"妈的，刚来就敢犟，以后还怎么管得下。"高掌柜对着书屋叫，"双牛，你过来！"双牛沉着脸来到二太太屋。"少爷让你解裤带，你竟敢违抗？"双牛低头不语。很不服气地朝两边瞅着。"去，给少爷解裤带。"

双牛不情愿又不敢违抗，慢腾腾地走过去，心想，哼，我给你解！他低头掀起郭辉的袄襟，顺手拽了一下，就把他的裤带拽成了死结，然后又假装解不开。郭辉让尿憋得直嚷嚷："我尿急，我尿急，憋死我了！"双牛却扭过头暗自发笑。二太太忙去解，郭辉还是尿裤子了。

高掌柜上前"啪啪"扇了双牛两个耳光："小坏蛋，你找死！"双牛眼红气憋，上齿咬着下唇。傍晚，双牛给高掌柜端了洗脚水，又给郭辉端洗脚水。郭辉脚往水里一伸，立即又抽出来，大声嚷嚷："烫死我了。"高掌柜呵斥："给舀点儿凉水兑上。"双牛用瓢舀来凉水倒进去。水溅了出来。高掌柜瞪了他一眼，他也回敬了他一眼。

晚上，樊先生写字，双牛站在旁边磨墨。樊先生脱鞋，双牛立即为其端来洗脚水，并要为其脱袜洗脚。

樊先生忙挡住说："不用，不用，乖孩子，你也快去休息吧。"双牛站在先生面前半天不离开，一副难于启齿的样子。

"你还有啥事吗?"

"先生，我……我想看你的书可以吗?"

"行，行，你想看啥就拿啥，不过，"先生看看书架，"你刚开始学，最好先背《三字经》。""是。"双牛高兴地挑了本《三字经》走了。双牛就住在和先生连间的小屋里。夜深人静，双牛屋内的油灯还亮着，双牛在灯下默念《三字经》——"人之初，性本善……"

郭麻子深夜巡视，见双牛屋内灯还亮着，走到窗下往内窥探，"吭"了一声说："咋还不熄灯？不烧你家油不心痛！"双牛伸了下舌，忙吹熄了灯。翌日，樊先生又给郭辉和双牛讲课："吾日三省吾身：为人谋而不忠乎；与朋友交而不信乎；传不习乎……"双牛专心致志听讲。郭辉东张西望。

郭麻子拄着自由拐进了门。樊先生立即停了讲，招呼道："老爷，你来啦。"

郭福山问："娃学得咋样?"

"大有进步。尤其这个陪读的孩子，勤奋好学，聪明伶俐，背书又快又好。"

"是嘛！"郭福山拍拍双牛的头，"昨晚秉灯夜读的就是你吧？好样的。郭辉，你要有人家娃的一半就好了，好好学啊。"郭辉滑稽地点点头。郭福山回到客厅，立即指示高掌柜把双牛调到灶房打杂。高掌柜应声而去，大太太说："怎么好好的又变卦了?"他蹙着眉说："我这儿不是给穷鬼们培养人才的地方。"

"啊呀，你就不能积个德呀?"

这时候，高掌柜又领着木桩急匆匆走进来，并报告说，木桩看见肖翠花了。郭福山一愣，问："木桩，你该不会看错吧?""不会，不会，老爷，一步邻近，我怎么会认不准肖翠花。"于是木桩就把看见肖翠花在县城西关米记骡马大店旁支摊卖货的情况对郭福山说了。

"好！嘿嘿，我当你能跑多远。"郭福山冷笑一声说，"备马，老爷我今日要亲自讨债。"

“是！”高掌柜高声叫道，“老爷出动马到成功！贵儿备马。赤马金鞍，红缨银铃好威风。”二太太从对面屋探出个粉脸儿，娇声吆喝：“春艳，给老爷更衣。”高掌柜瞅她，两人挤眉弄眼做鬼脸。

七

晚上，肖翠花在灯下数钱，喜形于色。兰兰凑上去摸着钱说：“哇！妈，赚这么多钱了。”说完帮妈整零票。

“是呀！托老天爷的福，明天就可以还一批租金了。”

“妈，啥时给我买花衣裳呀？”

“快了，等还完了租金，赚下钱就给你买。”

第二天，母女俩早早起来打扫卫生，摆摊上货。日子有了着落，人心情也好了；心情好了，好事也许就会向你蜂拥而来。肖翠花这样想着坐到摊前，果然就来了顾客，兰兰和翠花笑脸相迎，递货收钱。忽然听见一阵“嚓啦啦”的铃声，抬头远眺，一个戴礼帽，扎金花，穿长袍短褂的人骑着高头大红马向这边走来，后边还跟着个人。兰兰指着远处说：“妈，你看那人是干什么的？”

肖翠花眯起眼瞅了瞅说：“是哪家娶媳妇的新郎官吧！”待走近看清了，原来是郭麻子郭福山。肖翠花顿时脸色煞白，心头像春天的嫩芽遭遇冰霜，刚冒起的热情和喜悦被撵得无影无踪。

郭福山勒马瞅了瞅低头不敢正眼看他的肖翠花和那仅能安身的破小店，“嘿嘿”地冷笑着说：“肖翠花，你丈夫梁瑞生借我粮食，可曾给你交代过？”肖翠花抬起头说：“交代过。”“你准备啥时还我？”“有了再还。”“那可不行。粮价飞涨，我可不能活粮变死价。”“反正眼下没有。”“让你到我家顶债是否愿意？”“妄想。”“那好，限你半月之内本息一次还清，如若不然，可别怪我姓郭的不仁不义。”说毕，拨转马头傲然而去。

高掌柜凑上前说：“嘿呀，你丈夫已经死了，你还守啥？嫁了郭老爷，你就是三姨太，那可有享不完的荣华富贵……”

“呸，”肖翠花啐了高掌柜满脸唾沫，“让你妈去嫁吧！”

“泼妇不知好歹！”高掌柜恼羞成怒，飞起一脚，踢翻了杂货摊，货物撒了一地。他还伸胳膊挽袖不肯善罢甘休。兰兰冲上去抓住高掌柜的手就咬。高掌柜手一抡，兰兰摔倒在地。高掌柜咬牙切齿地说，“我踢死你碎不日的。”抬脚就要踢。

“别打我的孩子！我和你拼了！”肖翠花上前与高掌柜厮打。

围拢来好多人，有同情者出面解围。吴学究说：“有话好说。孔子曰：择其善者而从之，其不善者而改之。”

高掌柜越发不可一世，唾沫星子乱溅地说："我老爷可是县北有名的大户人家，良田百亩，骡马成群……"

陈刚挺身而出，推了高掌柜一把说："咋啦，有钱就该欺负人？"

高掌柜见势头不对，边退边擎手说："你……你们这些狐群狗党。"此语激起群愤，喊打声一片。陈刚一拳把高掌柜打了个趔趄，吓得高掌柜夹着尾巴就逃。群众议论着，好心人安慰着肖翠花——

"太不像话啦，两个大男人欺侮一个女人，成何体统！"

"看那地主，满脸的麻子，还把他打扮得新郎官似的，让人看了恶心。"

"这真是赶尽杀绝，逼人死呢。"王婶看看还憋气站着的肖翠花，"好娃，忍忍，挣下钱还了债就不受他的窝囊气了。来！拾掇摊，重新干。"她见翠花还不动，就对兰兰说，"兰兰，快动手，帮你妈把摊重新摆起来。"又对众人说，"求求大家帮我外甥媳妇把摊拾掇起来。"

于是众人动手，支摊的支摊，拾货物的拾货物。肖翠花虽还抽泣着，但对众人的行为很感动，忙给众人散烟发糖，连声说："谢谢！谢谢！"兰兰跑来跑去，拾着撒落远处的货物。摊儿摆好，众人渐次离去。

风波平息，一切如初，太阳在不知不觉中升高了一竿子。街道渐渐热闹起来，车水马龙，人声嚷嚷。生活像一条长河，任何人生的喜怒哀乐、打闹争斗，都是这长河中的朵朵浪花。只不过有时候你是旁观者，有时候你身在其中。肖翠花回屋浸湿毛巾擦了把脸，出来重新坐到摊前卖货。望着来往的行人和复归平静的街道，她心稍微得到一点儿慰藉。但一想到十天后，心里又霜覆雾罩，一片茫然。老天真不给我一条生路吗？又一阵"哒哒哒"的马蹄声传过来。远处又来了一位骑马人，高个儿，长方脸，军装笔挺，威风凛凛，后边跟着一个警卫。他就是本县赫赫有名的城防大队长常德胜。他每天都要在这街上巡查几次，街上的老户几乎没人不熟悉他。见他过来了，都热情和他打招呼。他也礼貌地招手点头还敬众人。

常德胜老远就看见了肖翠花，不禁心动，好漂亮的婆娘，怎么似曾相识？他蹙眉思索，又抬头看她，心里说，没见过。街上新增加的客户？不觉来到跟前，他勒马对警卫员说："小高，买盒烟。"

"是。"高警卫员来到摊前说，"拿两盒大炮台香烟。"

肖翠花把烟递给他，他转身就走。肖翠花忙说："长官，钱。"

高警卫员回头把眼一瞪说："你瞎了眼，不看是谁要烟？他是县上大名鼎鼎的城防大队常大队长！"

肖翠花气不打一处来，愤愤地说："任是谁，买货掏钱，理所当然。"

高警卫员掏出手枪威胁说："我看你活得不耐烦了。"

肖翠花怒火中烧，失了控制，拍着胸脯大嚷大叫："打吧！打吧！朝这儿打吧！我不活啦！没人的活路啦！"说着，疯了似的把烟、货物胡扔乱抛。

人们又围拢来。常德胜厉声喝："小高。"他跳下马，脱了手套。高警卫员"啪"

地立正敬礼。常德胜走上前,“啪啪”扇了他两个耳光,问:“什么叫三民主义?”

高警卫员“啪”又一个立正动作,流利地回答:“民生、民主、民权。”

“你这算不算侵犯民权?”

“是,小的错了。”

“罚你打自个儿二十个嘴巴!”

高警卫员别了枪,腾出手左右开弓“啪啪”地在自己脸上打起来。人群中发出“哧哧”的笑声。

肖翠花低头不语,局促不安,不知这位长官将怎样处置她。高警卫员打毕,常德胜说:“帮这位大嫂把东西拣起来。”高警卫员在拣东西,常德胜转脸对肖翠花说,“这位大嫂,手下人无理,请见谅。”说着,从身上掏出一个银圆给肖翠花,“给你烟钱。”并投去略带歉意又不失威严的贪恋的眼神。

肖翠花忙不迭说:“免啦! 长官,民妇有眼不识泰山,顶撞了长官,请高抬贵手!”

常德胜把银圆放在烟摊上,转身踏镫上马。肖翠花忙不迭说:“给你找钱。”

常德胜一挥手说:“不用找啦!”便策马而去。高警卫员瞅了眼肖翠花,跑步跟了上去。兰兰傻看着,拽拽还痴愣愣望着远处的肖翠花的衣襟说:“妈,那是坏人不是?”肖翠花茫然地摇摇头。远处,常德胜高大的身影在坐骑上晃动着。傍晚,起风了,肖翠花和兰兰忙着收拾摊子。吃完晚饭,兰兰脱衣睡了。肖翠花却坐在炕沿上痴痴地发呆,豆油灯在她眼前幻化成一个偌大的光环,白天发生的事在她脑海内过电影般浮现……首先映入脑际的是那骑马巡逻的常大队长,他看她的眼神怪怪的,让人难以捉摸,又让人难以忘却。不知什么时候,灯芯结了个双头彩,她摇摇头,心想,能有什么喜事呢? 唉,十天后郭麻子又要来讨债,我该怎么办呢? 一阵风刮过,窗户纸被吹得呼啦啦响。风吹开了板门,带着尘埃冲进屋,豆油灯摇曳着将要熄灭。她忙用手遮着风,把灯放到壁龛内。然后去闭门。此时,一个人闪进来,光头、高个儿、戴一副墨镜。

她向后闪了一下说:“客人,要买烟吗?”

“嘘!”他打了个息声的手势,定定地立在屋里不说话。她疑惑地看他。他慢腾腾卸了眼镜。“啊! 是你!”肖翠花惊得险些叫出声来,随即镇定了情绪,低声叫,“常大队长!”

“更了衣,你还认得?”

“好人看一眼,永世难忘,请坐。”她说着,用毛巾抹了抹炕沿,歉疚地说,“屋子太小,屈尊了!”

“没什么,没什么。”他说着,坐在炕沿上。风又冲开了门,她去带上门,折回来忙给他取烟倒水,抱歉地说:“穷家寒舍,真对不起。”

“别张罗,我不喝,坐下来歇歇。”说着,往旁边挪了挪,给她腾出个位子。

她挨他坐下,心扑通扑通直跳,身子有点儿微微抖动,搭讪说:“你怎么到我这破屋里来了?”

“我一见你,就有一种似曾相识的感觉,觉得你像我前世的姐妹。”

她心有自卑,感激地说,“我是个乞丐。”

“有为自己的姐妹沦为乞丐而不怜悯的吗?”

“我……我……”她心乱如麻,不知说什么好。他伸过手臂搂她的腰,她脸涨得通红,忙推开他站起来,端起桌子上的水杯递给他说:“常大队长,你喝水。”

他接了水杯,又放到桌子上说:“别害怕,我喜欢你、同情你,但决不会强迫你,既然……那我就走了。”说完,准备起身告辞。

她慌忙说:“你……你先别走。”

他又站住了,望着她,似乎在期待着什么。她从慌乱中镇定下来,从货架上取下几盒哈德门烟说:“白天你没让找钱,就把这几盒烟拿着吧。”他抓住她拿烟的手,把烟取下放到桌子上,抚着她的手说:“你是一朵花,应该插在花瓶里。这样吧,明天,我派人给你送一套衣服,你把自己打扮打扮。”说毕,放开手走了。

等她回过神来说:“别,别,”他已经走远了。她目送他的身影消失在夜幕内,月黑风高,她仰头凝思,这是怎么啦?我该不该答应他?如果借他得以报仇雪恨,何乐而不为?转念又想,难道就这么丢掉贞操、遭人唾骂吗?这突如其来的情意,真让人防不胜防啊。瑞生呀,我该怎么办呢?郭麻子十天后就又要来讨债,我……

八

贵儿把马车赶进了郭家西院高声喊:“卸车了!”听见喊声,大家都一起跑出来搬东西。高掌柜指手画脚。郭辉站在台阶上观看。双牛“咚咚咚”跑着搬东西。他已经跑了两趟。他又拉过个二十多斤的米袋子扛上肩。贵儿帮他把米袋子扶好说:“这娃劲儿大,勤快,好样儿的。”李厨娘鼓励说:“小娃勤,爱死人,双牛真是个好孩子。”

高掌柜在一旁努着嘴奸笑。郭辉不服气说:“那有什么,我能比他扛得还多!”说着,摩拳擦掌就要上前。

“站住,”高掌柜喝住他,“你扛什么扛,那是你干的活儿吗?”郭辉不言语了,努嘴瞪眼瞅着。双牛又跑到车跟前。高掌柜说:“让双牛把这袋面扛上。”

众人惊讶。王厨师说:“那么小个娃,能扛起五十多斤一袋面啊?”

李厨娘说:“娃正长身体,别把娃压得不长了。”

“啊呀,哪能呢!我是想试一下娃劲儿大小!”高掌柜转脸问,“双牛,扛不起吧?”

双牛憋着嘴看了看,说:“能,但我要赌钱。”高掌柜奸笑着说:“行呀!把这袋面扛到厨房,我给你一块铜板。""说话算数!""一言为定。"高掌柜说,"贵儿,给娃把面袋放上肩。"

贵儿难为情地看看众人,又看看双牛说:"娃呀!别逞能,你还小。"

高掌柜呵斥:"少废话,快放。"

"啧!"贵儿咂巴一声,不得不把面袋放在双牛肩上,见他颤巍巍走动了才放手。双牛咬紧牙关,脸涨得通红,一步一颠地艰难前行,头上的汗珠直往下掉。王厨师暗暗摇头。李厨娘背地里瞪了高掌柜一眼。双牛没有被压倒,而是顽强地向目的地靠近,再上一个台阶就到厨房了。他调整姿势往上迈。仆人们都瞪眼张嘴,双手合掌准备为双牛的成功鼓掌。

郭辉眼瞪得像鸡蛋,对双牛嫉妒得要死。好像双牛成功了,就要剥他的皮抽他的筋似的。说时迟,那时快,他一跃而起,一下扑到双牛背上的面袋上。双牛陡然倒地,嘴碰在台阶沿上,满嘴是血,痛得眼泪直淌。王厨师、李厨娘等,忙把双牛扶起来。双牛哭着追打郭辉,郭辉撒腿就跑。双牛咳了起来,血痰中夹带着两颗断门牙。郭辉藏到高掌柜身后,双牛还要去打。高掌柜呵斥:"站住!你要咋?你跌倒了,怨谁?""呸!"双牛唾了他一口,"你欺侮人,不给你家干了。"高掌柜抬手要打:"你小不点骂谁,揍死你狗日的!"

大太太出现在二门口,厉声说:"高掌柜,你那是干啥?找大夫给娃看一下。"

高掌柜立即变成笑脸,奴颜婢膝地说:"是,大太太。"

大太太抚着双牛的头说:"让我看把哪儿碰伤了?"双牛头一甩,哭着跑走了。大太太瞪了高掌柜一眼说:"真是的。"回到房里,跪在佛像前默默祈祷。

高掌柜手一抡说:"都去干活!没什么了不起。谁也不许说是郭辉弄倒了他。"说着走了。

众人沉着脸干活,低声骂道:"啥德行,禽兽不如。"

双牛哭着跑回家,双牛妈见他嘴里流血,忙抱住说:"双牛,咋啦?怎么把门牙都打掉了?"老秦、大牛闻声也跑过来,着急地问:"咋啦?咋啦?"双牛诉说事情经过。痛哭流涕:"我的牙掉了,郭辉把我牙弄掉了。"

大牛一听火了,从门后拉出个镢头说:"我和他们拼了。"说着就往出冲。

"回来!"老秦喝住他说,"别莽撞!先找大夫给娃看伤,我这就去找他。"老秦气冲冲地来到郭家,也不和任何人打招呼,径直向郭麻子客厅走去。郭家一应佣人见老秦进了门,都注目凝视,侧耳倾听,关注事态发展。老秦一进门就说,"东家,我儿子给你家干活,你怎么把他弄成那样啊?"郭福山坐在椅子上抽水烟,慢悠悠地吐了一口烟说:"怎么啦?我这两天不在家,刚进门,不知发生了什么事?"

老秦愤愤诉说双牛受伤的事,末了说:"还断了两颗门牙,咋弄哩?"

郭福山慢条斯理地说:"是吗?我叫高掌柜问问,"随即喊,"天顺!"

"哎,来啦。"高掌柜推门进来,"老爷,什么事?"

"老秦说他娃干活受了伤,怎么回事?"

"噢,你说那事。"高掌柜满脸诡谲地说,"双牛年幼不自量力,非要扛五十多斤重的面袋,上台阶时不慎跌倒碰破了嘴……"

"你胡说。"老秦打断他的话说,"娃说,是你让他扛面袋,是郭辉扑上去把他压倒的。"

高掌柜阴阳怪气地说:"哎呀,你怎么就能相信孩子的话呢!"

"我双牛就不会说谎。"

"好啦! 好啦!"郭福山说,"谁是谁非,一点儿小事也不必理论,这样吧,你也不用让娃来干活了,你欠的债可以推迟一段时间再还。"

老秦气不打一处来:"这和欠债有什么关系? 这是小事吗? 我娃的牙……"

高掌柜插话说:"你不要不识抬举,老爷让你延时还债,就是照顾你了。"

老秦指着高掌柜骂:"你这狼心狗肺的东西."

"咦,你敢骂人! 滚滚滚!"高掌柜说着,把老秦往出推。"慢着!"大太太从里间出来,走到老秦跟前,把两个银圆放在他手上说,"老秦兄弟,孩子不更事,动了乱子,请你多多包涵,这点儿钱拿着先给娃看病,我随后再去看娃。"老秦看了看钱,又看看大太太,然后一跺脚:"唉,大太太……"拿了钱转身走了。高掌柜也随即溜了。

郭福山说:"你倒会装人啊! 我们都是白脸,你是红脸。"

"穷人的娃不是娃? 要是谁把你娃打了,连句好话都没有你心里会怎么样?"

老秦闷闷不乐地回到家。双牛妈问:"怎么样?"老秦把去郭家的事述说一遍,双牛妈叹口气说:"唉,大太太是好人。怎么雇了高掌柜那样一个狗腿子。"

大牛愤愤然说:"把人打成那样,给两块钱就打发了,我找他算账去。"

"别去。"双牛妈挡住说,"算啦,亏把人吃不死。"

双牛拉着哭腔说:"你们别管,我会报仇的!"

"双牛,贵贱别一时冲动,动乱子,咱惹不起人家。"老秦最担心他这个小儿子,从小就犟,与人闹事从不示弱,受了欺负总要以牙还牙,不是个省油的灯。

九

清晨,肖翠花早早就起床了,打扫完屋内屋外,认认真真对镜梳妆,把头发在脑后挽了个髻,照了照镜子觉得不妥,又梳成披肩长发,心想,我真的还是一朵花吗? 还能得到一个当官的青睐吗? 兰兰好奇地看着妈,心想,妈好长时间没认真梳妆过,妈打扮起来好漂亮。于是娇声说:"妈,我也要梳妆!"

肖翠花心情愉悦,点点头,就开始打扮兰兰,把女儿头发梳得光溜溜的,两条小辫扎得紧绷绷的,头顶还别了两朵小红花。她欣赏着自己的杰作,喟叹道:"要是穿一身花衣裳,我娃就变成小公主了。"

兰兰仰着脸问:"妈,啥时才能买花衣裳呀?"

肖翠花笑吟吟说:"快了,快了!"说着,眼睛不由得向远处望。

兰兰随妈的目光向远处望去,空空的西关街道什么也没有。她又回头不解地看妈。肖翠花自觉失态,忙收回目光说:"好好做生意,咱就快翻身了。"这天买货的人特别多。每个买货的人都不由自主地想多看这娘儿俩一眼。捋着胡须,面带微笑的吴学究一大早就站在摊前买烟:"大妹子,买包烟。生意好吧?"

"好好好!"肖翠花笑着答应,取烟递给他时,刚好与他贪恋看她的目光相遇,不觉羞红了脸。艳阳高照,肖翠花仰望天空,总觉得太阳像凝固在空中,时间过得真慢。

"买包火柴。"肖翠花被惊醒。"噢噢"地应酬着取货、收钱、找钱。顾客数了数钱票说:"不对呀,我给了你十块!"

肖翠花收回钱数了数说:"对不起,我算错账了。"说着,补足钱递给顾客。顾客走了,她拍拍脑门儿,心想,怎么如此心不在焉,魂不守舍?她强迫自己说,别胡思乱想!别人随便说一句话,你就信以为真呀!

日已西斜,西边天际映照出一片瑰丽的云彩。肖翠花专心致志做生意,就什么也不想了。突然,一辆人力三轮车驶到摊前停下。车夫从车上取下个包袱递给她说:"有一位先生,让把这交给你。"她接了,忙取了支烟递给车夫:"谢谢师傅。"忐忑不安地把包袱抱在怀里,心跳得厉害。

兰兰从屋里出来问:"妈,那是什么?"

肖翠花红着脸说:"别人寄放个包袱。"说着把包袱送回屋里。

落日西沉,肖翠花早早就收了摊,和兰兰吃了晚饭,催促说:"吃毕快睡觉。"

兰兰看看窗外说:"天还早,再玩儿一会儿吧。"

"生意好了,要早睡早起。"兰兰听话,上炕睡了。

肖翠花洗碗收拾屋子。天完全黑下来了,她点燃豆油灯,打开包袱,一件一件拿起观看着:一件香色缎花小棉袄;一件藏青缎料旗袍;一对玛瑙耳垂;一双长腰丝袜;一双深口黑皮鞋……心想,没想到他细心得如女人一般!脸上显出难以掩饰的喜悦。她向炕上瞥了一眼,兰兰发出轻微的鼾声。她穿戴好,孤芳自赏了一番,吹熄灯又脱了衣服,生怕突然来人看见她的窘相。夜深人静,马路上已了无人迹。听得见大车店内骡马的撕咬弹蹄声。她也不知道她在等什么?她想他一定还会来,又觉得他不一定来。如果他不来,那他托人捎衣服干什么?他果真来了,如何是好?她盼他来,又怕他来!如果他真的不来了怎么办……正胡思乱想,常德胜神不知鬼不觉地溜进门来。

她一愣,还没回过神儿来,他就紧紧搂住她,在她耳边小声说:"怎么还没换衣服?还……"

她没有推开他,声音有点儿颤抖地说:"我……我行吗?"

"别傻,车在前边等着,快走!"

他先出去了,她咬着嘴唇想,是崖是井跳一回。不光是为了情,还为了恨。于是她迅速更衣,拾掇好门。两人挽着臂向前走去。他在她耳边小声叮咛:“大方点儿,别拘束。”

进了西门,一辆人力三轮车等在那里。他扶她上了车,她还真装得一个娇妇人似的,依偎在他怀里,车子一颠一颠的,摇得人心颤颤的,身子不经意碰到他的胯间,欲火陡地从心底蹿起。人力车东拐西弯地在城内穿行。走在大街上的时候,他把礼帽前沿拉得很低,没有人会想到,那个坐在车上,长袍礼帽打扮,戴着墨镜,怀里拥个美娇娘的先生就是白天那个骑大马、军装笔挺、威风凛凛的常大队长。

车在大华旅馆门前停下。立即有侍女扶他们下车。旅馆赵老板笑容可掬地伸手相迎:“常大队长,请!”并吩咐,“春红,把客人领到208 房间。”

这是一个很阔气的房间,她还没顾得上环顾,常德胜就关门熄灯,一下把她抱上床,三下五除二就剥光了衣服,他放荡不羁地抱着她在床上翻滚着、亲吻着、揉搓着。她的长期冷落几近熄灭的情欲被重新点燃,晕晕乎乎如坠五里云雾中,在他怀里挣扎着、蠕动着,紧紧地贴上去。他激悦地大叫“点火!点火!”,她紧紧咬住他的肩膀,毫不吝啬地把女人的贞操和情感给了他。

她心里暖烘烘的,有一种久觅遇亲人的亲切感、信任感,十多年来,她跟着瑞生老是吃苦受气,受人欺凌,现在更是孤苦伶仃濒临崩溃边缘。可是,这时他却闯进了她的生活,这大概就是物极必反,穷困潦倒,必有贵人相助吧!这大概就叫天不绝无路之人吧!她再也不把他看做是威风凛凛的“军官”,而是她的靠山。

一番云雨过后,常德胜汗流浃背,瘫软地躺在那儿。肖翠花为他揩汗。常德胜轻轻拍着她说:“美人儿,你真让人恨不得舍命给你!”

肖翠花忍不住嘤嘤地哭起来。“你怎么啦?美人儿!”常德胜惊讶地问。

肖翠花觉得火候到了,带着哭腔说:“哥,你给妹子做主吧。”

常德胜爱怜地搂住她:“有什么事吗?”

肖翠花唱秦腔苦音慢板样儿说:“良宵美景终有尽,连台好戏更何时?”

“哈哈!”常德胜大笑说,“好戏还刚开始,你要天天来都可以。”

“我何尝不想,只怕再过十天,我就被人掳走了。”

“什么?谁有那么大的胆子!究竟怎么回事?快告诉我!”

“唉,第一次委身于你,真不好意思说这些扫兴话,可是十天期限马上就到了,我真怕咱们的事会成黄粱美梦了。”

“什么事但说无妨,我不会责怪你的。”肖翠花不失时机地诉说了她的冤屈。“有这等事啊?”常德胜不以为然地说,“你别怕,有我保你,让他来吧。”

肖翠花又抱住常德胜,如同抱住了一座靠山:“有你这句话,我就放心了,哥,我这就是你的人了,你啥时要,我啥时到;你要我怎么样,我就怎么样!”常德胜又陡然兴起,抱住她来了个“二返长安”。

回到店里,肖翠花对镜自赏,眉开眼笑,心想,我真的还行!我还有女人的魅力！笑脸渐变严肃，眼里渗出泪水，上齿紧咬下唇。心里说，瑞生，别怨我，我实在是没有办法。为了报仇，你原谅我吧。灯光熄灭，肖翠花卸妆脱衣上床睡觉。兰兰翻了个身，又熟睡了，月光照在她的脸上，她似乎正做着美梦，面带微笑。肖翠花在她额上轻轻吻了一下。

郭福山想肖翠花，像山上的狼想山下的羊，一日不得到她，都一日馋涎欲滴。转眼半月期限就到了，他叫来高掌柜说："去催一下瑞生家的债，若不给，就把那婆娘给我掳回来。"

高掌柜面有难色："老爷，那帮刁民护……护着她，怕……怕不好弄哩。"

"啥？几个刁民把你吓成那样！去！叫上田二狗，集合家丁，全部出动！"

田二狗是郭麻子家的保镖，带领十几个家丁，吃饱啥活不干，专门习武弄棒，保家护财。养兵千日，用兵一时，高掌柜自恃势大力强，骑着高头大马，趾高气扬地领着家丁，举着棍棒大刀，浩浩荡荡开向县城西关街兴隆商店。

肖翠花胸有成竹，处变不惊。高掌柜骑在马上说："肖翠花，还债的期限到了，怎么还不见动静？"

肖翠花破口大骂："黑心的财主坏了心肝，我丈夫给他家熬长工好多年，打的粮食多得都吃不完，他倒给我放高利贷还不完……"

"闭嘴，"高掌柜大喝，"你只说，你还债不还？"

"不还。"

高掌柜一声令下："上！把这婆娘给我掳走！"

田二狗等一帮家丁一拥而上，将肖翠花连拉带扯。紧要关头，高警卫员带着一班警察及时赶到，大喝，"别动！干什么？"

田二狗说："讨债掳人！"

高警卫员说："滚开。"

田二狗头一歪说："你是干什么的？管老子的闲事。"

"执行公务抓流氓。"

"谁是流氓。"

"就你。"

"你敢骂老子！活厌烦啦？"田二狗说着，举刀向高警卫员砍去。高警卫员眼明手快，手起枪响，田二狗的手腕被子弹钻了个眼。田二狗的刀掉在地上，左手握住右手腕蹙眉号叫。家丁们都傻了眼，面面相觑。高掌柜见势不妙，策马就逃。高警卫员一甩手枪，"啪！"那马打了个趔趄，高掌柜被撂在马前一丈多远。高警卫员随即大喝："谁跑，我打死谁！"家丁们一个个呆若木鸡。高掌柜作揖打躬说："长官见谅！小的有眼不识泰山……"

"滚，"高警卫员踢了他一脚，"站队伍里去。"

高掌柜乖乖站到那被士兵用枪逼成一排的家丁中。高警卫员走到队伍面前巡视了一遍，然后指着呆头呆脑的木桩说："去，滚回去！告诉你家老爷，就说城防大队缴了你们的械,让他到城防大队领人。”木桩连滚带爬地跑了。郭福山听后,如热锅上的蚂蚁,又气又急,苦思冥想,该找谁给常德胜说话呢?想了大半天,忽然想起在北惠乡当乡长的刘湘,就去找他。

刘湘比郭福山小几岁,一介白面书生,因筹措公益基金与郭福山有些来往。郭福山给他塞了点儿小钱,刘湘便答应替他去求情。没过几天,刘乡长就传话来,说押人的事,要罚二十石粮才放人。郭福山听了气得七窍生烟,骂:“狗日的常德胜简直是讹人,我要去告他!”

二太太火上浇油:“是呀,告他,真是欺人太甚!”

大太太说:“算了吧,告有什么用!小胳膊能拧过大腿?财去人安,把人先保回来再说。”并当机立断,指示贵儿套了十几辆骡马大车把粮送到城防大队,把人解救回来。

十

双牛一连在家里睡了几天,满肚子气没处出。这天,他闷闷不乐来到打麦场,子善喊叫着跑过来说:“双牛,双牛,咱俩玩儿!”双牛紧闭着嘴不言语。“你再不到郭辉家干活去啦?”双牛还是闭嘴不语。他愈加惊奇,“你怎么老不说话呀?”

双牛表情难受地“噢”了一声。子善惊讶地喊:“双牛,你怎么成豁牙啦?嘻嘻……”双牛恼羞成怒抡拳就打。

子善边躲边说:“对不起,双牛,我再不说了,我只听说郭辉害得你碰掉了两颗门牙,没想到……”

双牛歇斯底里地喊:“别说了!”然后又平和地问,“拿弹弓了没?到林子打鸟去。”

“行!”二人各掏出弹弓向山上的林子走去。树林里静悄悄的,没一个人影儿也不见一只鸟,只有秋风摆动叶子的沙沙声。

“奇怪!今天林子里咋不见鸟儿?”

双牛也四处瞅着:“大概鸟们见咱们拿着弹弓心存不善,都躲起来了。”

“那咱们打什么呀?”

双牛指着一颗柿树的枝头,“看见那片翘起的叶子了吗?打它,看谁先打着。”

“行!”于是两人你一下我一下轮流打柿树叶。树叶在微风中摇晃着,有意让他们打不中似的。突然子善按住双牛的肩说:“你听!麻雀的喳喳声。”

双牛也屏息静听,忽然把头一转,指着远处说:“在那儿!在那儿!原来秋庄稼熟了,鸟儿都到田里吃谷子糜子去了。”于是两人又向山下跑去。

秋天的田野一片金黄,黍林沙沙,糜谷甸甸。吓鸟儿的稻草人的双臂在风中甩来甩去。鸟群在波浪一样的庄稼地里呼地飞起，又呼地落下。他们同时拉开弹弓向鸟群射击。一只麻雀中弹受伤在田间扑腾着。二人“噢！噢！”叫着去抓麻雀，你追他截。双牛终于抓住了麻雀，攥在手里看着，麻雀瞪着无助的目光惊恐地看着他，手心热热的，能感觉到它在瑟瑟颤抖。子善用手指轻抚着麻雀的头说：“哎！真好看，让我也逮一下。”双牛把麻雀递给子善。

郭辉和钱常有、梁满仓等几个孩子，喊叫着跑过来。

双牛大声喊：“别过来，狗崽子，不和你玩儿。”

郭辉站住了，面红耳赤。其他孩子面面相觑。他忽然指着双牛大笑说：“看！看！豁豁牙露缝，满地刨的吃屎棍！”其他孩子也齐声大喊，数钱常有和梁满仓喊得最起劲。双牛怒不可遏，冲上去打他们。郭辉和那些孩子嬉笑着逃走了。

双牛没追上，又拾石块甩过去，没打着，气得暴跳如雷，一下子仰倒在地大哭起来。

子善蹲下来嗫嚅地说：“双牛，给你麻雀。”

双牛打了下他的手说：“放掉。”子善看看天空，放了麻雀。麻雀扑棱着翅膀飞走了，由于受了伤，在不远处又跌落在庄稼地里。

子善蹴在双牛身边说：“双牛，我有个办法，让你先出一下气。”

“什么办法？快说。”子善对双牛耳语。双牛点点头。

午饭时，钱常有蹦跳着、叫着，从巷道跑过：“吃饭啰，回家吃饭啰。”突然，断墙后蹦出双牛和子善，两人把钱常有摔倒在地，连踢带打。双牛说：“揍你个狗腿子。”钱常有连连告饶：“哎哎，双牛，有话好说，再不跟郭辉好，还不行吗？”

“再敢骂我不敢？”

“不敢了！不敢了！”梁满仓在远处看见了，扭头撒腿就跑。双牛还是闷闷不乐，寡言少语，虽然痛打了狗腿子钱常有，恫吓了梁满仓，但还难解心头之恨。在郭家受辱的那一幕挥之不去。他暗下决心，此仇不报，誓不罢休。

旧路熟辙，有约之夜，肖翠花不用常德胜去叫，自己乘一辆人力车就去了大华旅馆。旅馆内的老板、服侍人员也已成老熟人，热情招待。每次走进208房间，二人都如鱼得水，搂抱亲吻，好似初恋度蜜月；又如小别胜新婚，如胶似漆，韵味无穷。亲热毕，二人搂抱着说话儿。常德胜问：“郭麻子再没找你的麻烦吧？”

肖翠花说：“没有，谢谢你为我出了口恶气。”

“放心，有我保护，谁也不敢把你怎么着。”

肖翠花仰脸问：“什么时候把我娶进门？总不能永远这么偷鸡摸狗的吧！”

“以后再说吧。不久，崔县长要过五十大寿，打扮一下，我带你去。”

“不去！”

“为什么？”

“名不正言不顺，你不光明正大地娶了我，那事你就别想。”

常德胜拍拍她的屁股：“你还辣辣的！”说着，亲了她一口。

夜，月光从窗户射进来，在墙上投下一片晃动的光影。兰兰睁开眼睛，用手摸摸旁边，不见妈的踪影，心想，妈妈哪儿去了？妈这一向为什么老频频夜出？她趴到窗台上往外望，月亮撒下一沫清辉，街道上静悄悄没有一个人影儿。一阵风吹得窗户纸呼啦啦作响，她不由得缩紧身子。

思绪不由得就游回到家乡河西村，想起她那些童年小伙伴。这样月光浩亮的夜晚，他们往往在打麦场玩儿到很晚才回家。双牛哥现在不知在干什么？

郭福山没有得到肖翠花，还碰了个硬钉子，鼻子都气歪了。偷鸡不成蚀把米。又听说肖翠花傍上了常德胜，真是又气又急又没办法。今后，想肖翠花那是狗瞅星星——没指望了。痛定思痛，细细思量，还是因为没权没武装，要是自己有个一官半职，手下也有一队人马，不敢和你常德胜对着干，才怪哩！

怎样才能变被动为主动呢？他忽然想到高掌柜告诉他，刘乡长要升迁到县党部任书记的消息，心生一计，觉得这是个千载难逢的好机会，一旦谋上了乡长这个职位，乡武装保警队就归他管，那枪支弹药，甚至他的家丁的薪水都有了着落。他思考了一夜，第二天就提了个礼盒去见刘乡长。

郭福山借着答谢刘乡长，再给送了份重礼，顺便阐明自己的观点，并提及刘湘升迁的事。刘湘一下就明白了郭福山的意图，半惊讶半佩服地说："谁又在捕风捉影，知道了这消息；那还是个没影影儿的事。"

郭福山不好意思地说："当然，我也不是想夺你的权，如果你一旦上调了……啊！哈哈哈！"

"哈哈哈……那自然！不过，"刘湘瞥了他一眼说，"当下做官凭这个，"他用手做了个捻钱的动作，"不知老兄摊多大的底？"

郭福山痛下决心说："不惜一切代价。"

"那好！最近正说这事。哎！下月初六崔县长过五十大寿，是个再好不过的机会，你去吗？"

"那当然要去的。"

县长寿辰很快就到了。全聚德饭庄装扮得五彩缤纷，门首挂个横幅："庆贺崔林玉县长五十华诞"。大厅贺联、贺匾、福禄寿图琳琅满目，人来人往川流不息，人们在门口的礼桌前交送礼品，然后步入饭厅。崔县长穿戴簇新应酬客人。

常德胜军装笔挺，交了红包礼品，走到崔县长跟前，敬了个礼说："崔县长，你好，祝您长寿安康！"崔林玉与常德胜握手说："谢谢！快请坐！"

常德胜抬眼一望，保安团雷团长、检察院陈院长等县府政要都到了，他忙走过去打招呼。刘乡长到礼桌前送礼，递上一个红包。郭福山到礼桌前报礼，家人抬上一个大礼盒。

记礼人收了礼小声议论："什么关系？礼品好重呀！"

刘乡长和郭福山走进大厅，相继与崔县长握手致意。崔林玉握住郭福山的手问刘乡长："这位贵客是……"

刘湘笑着说："县北有名的大财主，绅士郭福山先生！"

"噢，好好好。"崔林玉摇着他的手，"听说过，欢迎光临。"

常德胜瞅了眼郭麻子，心想，这就是郭财主呀！哼，癞蛤蟆想吃天鹅肉！随后，礼桌前又来了一位客人，胖胖的身材，圆圆的脸，头戴礼帽，身穿长袍短褂，拄个文明拐杖，后边跟着一个下人担着礼盒。

客人报了姓名，交了礼品，示意下人说："老秦，你去吧！"

记礼人说："来了都是客，请里边用完膳再走！"

老秦身材魁梧，瘦长脸、高鼻梁、目光冷峻。抱拳致礼，瞥了眼大堂，大踏步走了。

此客何许人也！他就是贾家山财主贾益斋，别看蜗居深山，人事却海着呢，听说城内还有生意字号。贾益斋走进大堂说："崔县长好！别来无恙！祝您福禄双栖！"与县长握手。

崔县长眼笑成了一条缝："贾老兄光临，蓬荜生辉。"

郭福山拍了拍他说："大家看嘛，谁有贾财主这身膘肥。"

贾益斋笑着还他："我再胖也没你福大，满脸的福山。"

筵席开始，大家轮流给崔县长敬酒——溢美之词似乎比酒力还大，崇得崔林玉飘飘欲仙，哈哈大笑。刘湘别有用心地说："郭兄还写得一手好字，不如乘兴给崔县长留一幅墨宝。"

崔林玉说："那好呀！"于是记礼人员备好了纸笔，郭福山挥毫写了一幅大"寿"字，并写了一副对联："福如东海长流水；寿比南山不老松"。在众人异口同声称好中，崔林玉看看字又端详端详郭福山，慨叹曰："桢县是藏龙卧虎之地呀。好！"

鼓乐齐鸣，祝寿演出开始了。此时出台的是县剧团的名演员雪里红，那清脆婉转的一声叫板，便把人们的注意力都吸引了过去。刘乡长借机拉了下崔县长，并招呼郭福山一同走进幛内。刘乡长给崔县长耳语了几句，崔县长"嗯！嗯！"着点头。末了，刘乡长给郭福山说："你再和崔县长说说。"说着，走了。

郭福山掏出个红包塞给崔县长说："这寿礼不便交给礼房，请您老笑纳！"

"这就见外了！"崔林玉接了礼包说，"你接任乡长的事，我会考虑的。"

十一

双牛和子善在打麦场上玩儿，钱常有和梁满仓远远看着，犹豫着该不该过去。郭辉从另一边跑来说："常有、满仓，咱们一起玩儿吧。"

钱常有和梁满仓面面相觑，都不言语，看看郭辉，又看看远处的双牛、子善。

郭辉说："怎么回事？"于是钱常有和梁满仓就把双牛和子善揍他俩，不让和他玩儿的事告诉了他。

郭辉说："他敢！怎么？你俩怕啦！胆小鬼！我家有钱有家丁，他们有啥？告诉你们，再稍微大点儿，我对我爹说，收你俩为家丁。"那两个一下来了精神壮了胆，信誓旦旦说："对，郭辉家势力大，咱跟郭辉！"

子善看见了说："狗日的，常有、满仓记吃不记打，该再狠狠地把熊教训一顿！"

"不教训那俩了，"双牛咬牙切齿说，"擒贼先擒王，收拾狗日的郭辉！"

子善说："哎！双牛，听说兰兰和她妈在城内开了家店。"

双牛问："你听谁说的？"

"那天，我爹和几个大人在屋内议论，我听到的，还说郭麻子和高掌柜欺负兰兰和她妈，把摊子都踢翻了。"

"是吗？"双牛蹙眉沉思，狗日的郭麻子、高掌柜，你欺负我家，还欺侮兰兰家，我饶不了你们！于是说，"打弹弓练准头！""行！"于是两人在碌碡上放了块砖，站在十米外的远处用弹弓射击。

双牛的命中率极高。子善说："双牛，你真不简单，几乎是百发百中。"

双牛说："还差得远哩！去！把砖块换成拳头大的。"子善跑过去换了砖块，二人又瞄准射击。打了一百次又把砖块换成鸡蛋大的。后来，子善干脆放了粒弹弓子弹，问："双牛，你要练神枪手吗？干吗打这么小的东西？"双牛揽过子善的脑袋耳语了几句，子善惊得目瞪口呆："你……你练神射就为了那吗？"

"不准走漏消息，若坏了事，我饶不了你。"

"嗯嗯。"子善连连点头。

如果说，肖翠花初始进城傍上常德胜时，还有点儿羞涩尴尬不好意思，那么，她现在已习以为常了。不过她不是那种藤缠树型的女人，一攀上谁，就躺在谁的怀里百依百顺，依附一生。她是个得点儿火星，就想燃成燎原之势，发扬光大的人。过去跟着梁瑞生，那真是委屈了她，英雄无用武之地。好多宏图大略都像肥皂泡一样破灭了。这些时候，想入非非的梦想又在心底涌动，她企盼有一个更大的店面，把生意做大。吴学究又笑嘻嘻来到摊位前说："大妹子，买两盒卷烟。"

肖翠花边递烟边笑着说："吴先生，一次买多些，不是就省腿工了嘛！"

"哈哈！抽烟人的嘴，犹如土地爷那尻子——由（油）不得，买得多抽得多，边抽边买还能省些钱。"吴学究转身走了几步，看见米记骡马大店门前贴张布告，驻足观看。

肖翠花也看见了，来到跟前问："贴什么了？"

"骡马大店转让，"吴学究念布告，"本人因家中有事，急需将本骡马大车店转让，有愿购买者请速与本人联系。米丰收民国十九年十月二十八日。"肖翠花毫不犹豫地举手揭了布告。

吴学究惊诧地看着肖翠花："大妹子要买此骡马大店？"

"嗯！"肖翠花点点头，笑着说，"这事还要请吴先生从中斡旋。"

吴学究笑容可掬地说："愿效犬马之劳！我这就去问问情况！"说着向大车店内走去。肖翠花揭了布告，急着想把这事告诉常德胜，所以，天擦黑就早早地来到大华旅馆208房间。常德胜走进来，一边关门，一边说："今天还早到啦！"

肖翠花一下子跳上去搂住他的脖子，在他的脸上亲了一口说："急不可耐嘛！"

常德胜顺势抱她上床，激情地缠绵过后，抱着她说："什么事这样高兴？"

"有一件大事和你商量。"于是她就把揭布告的事对他说了。

常德胜更惊诧："什么？米记骡马大店，你凭什么买骡马大店？"

"就凭我跟了常大队长呀！怎么？不愿意帮我？"

常德胜思索了一下说："噢！帮你倒是小菜一碟，不过，我看你还是不要好高骛远，乖乖地躺在我的怀里，不愁吃，不愁穿，没人敢欺侮你，这还不好吗？"

"就这样吗？"她在他的臂弯里用眼瞟着他说，"好！谁有福享，还爱寻苦受，这样吧，马上张罗办喜事把我明媒正娶了，我保证，比你大太太把你侍候得更好！"

"啊呀！你怎么老念叨这事，时机成熟就办嘛。"

"时机成熟？什么时候时机成熟？"她敲着他的胸脯说，"这儿虽然隔着皮肉骨头，可我把你的心看透了，我不配做你的二太太，只配和你偷情嬉戏！不过这样也好，我还自由些，一旦哪天玩腻了把我蹬了……"

他打断她的话说："你胡说什么呀？我爱都爱不够，还舍得蹬你？我只是觉得，当店掌柜那是男人干的事，你一个妇女能行吗？况且还是骡马大店。"

"这你别管，没有金刚钻，就不敢揽瓷器活。你只说，你帮我不帮？"

"好好好！你想干就帮！"常德胜以为肖翠花也和其他女人一样，给点儿钱赐点爱就能心满意足。看来，这个女人不一般。

"当下可能要用你点儿钱，以后赚了钱还你。"

"哎呀！你和我都连为一体了，钱还分什么你我呀。"

这些天来，双牛身不离弹弓，一得空就练，已练得百步之内打弹丸之物几乎百发百中，来到打麦场上，他尽让子善给他指些细小之物打，以检验他的射技。

郭辉领着钱常有、梁满仓等几个孩子从远处走来，指着说："看！豁豁牙又在那儿，大家喊。"于是和那些孩子齐声喊："豁豁牙露缝，满地刨的吃屎棍……"

双牛气得满脸涨红，恨不得直接冲上去，可一想那样不一定能占便宜还坏了他的计划，于是小声对子善说："你去把那些孩子引过来。"

子善面有难色说："我……双牛，我看别……"

"你怕出事连累你？"双牛搔了搔脑袋，然后对他耳语了一阵。

子善眉开眼笑说："行。"于是两人玩儿辨钱游戏。忽然子善变了脸大声骂："双牛，你王八蛋！"

"子善，你王八蛋，输了不认账！"双牛以牙还牙。那些孩子听见他俩吵架都往这边瞅。他俩越吵越凶，竟打起架来。子善假装带着哭腔说："不和你玩儿了。"

郭辉乘机高喊："来吧，子善，咱们玩儿！不和豁豁牙玩儿。"子善加入了郭辉那一帮。双牛悄然离去。

郭辉见子善投他来了,高兴地拉住他的手,子善却使劲一捏,把郭辉痛得蹙眉咧嘴,骂道:“你狗日瘦猴子一般,手劲却蛮大。”随即抱住他摔跤。

子善告饶说:“不敢,你这身膘要把我塌扁了!”

他们玩儿了一会儿,子善见双牛走了,对郭辉说:“咱们到那儿宽敞处玩儿吧!”孩子们一窝蜂似的跑到靠近麦秸垛那儿又玩儿起来。双牛躲在麦秸垛后向外窥探。子善心虚地偷偷张望,发现双牛闪了一下。于是抱着肚子说:“郭辉,我想屙屎,马上就回来了。”说着匆匆跑了。

双牛在麦秸垛后用弹弓向郭辉瞄准,但郭辉活动着以致他半天无法下手。

郭辉逮住了一只花瓢虫,站起来大声说:“都来看啊! 多美的花大姐……”说时迟,那时快,郭辉刚一抬头,“嗖”一粒弹弓子弹击中了他的左眼,他“哎哟”一声,撂了瓢虫捂着左眼呜呜地哭起来,血从指缝间流下来。孩子们慌了手脚。双牛咬牙努嘴从孩子们身边跑过。

孩子们簇拥着哭泣的郭辉回到家。二太太听见哭声跑出来,见儿子眼睛流血,忙跑过去看,惊慌失措地大哭大叫:“呀呀妈,把娃眼打伤啦! 这该怎么办呀,这哪个挨刀子的干的?”

高掌柜听见哭声蹦出来问:“咋回事?”随后郭麻子、大太太及佣人们也出来了。

孩子们七嘴八舌说,是双牛藏在麦秸垛后用弹弓打的。

“狗娘养的,我寻他兔崽子去!”高掌柜说着就要往出走。

大太太说:“急的寻他干啥,给娃医伤要紧!”

二太太说:“怎么不要去寻,寻他给娃医伤。”

“三寻两寻,说不定就把娃病耽搁了。”

“我知道,不是你生的,你不心疼!”

“我让给娃先看病是不心疼娃?”

“没生过娃,不知道痛! 你安的什么心,我知道!”

“你……你这是什么话……”大太太气得目瞪口呆。

郭福山厉声喝:“别吵了! 木桩,赶紧拉一匹马去王村请王医生;榴花,你回屋先给娃把伤洗一洗,看眼能看见不? 天顺,你叫一下二狗,一同到客厅里来。”二太太拉着郭辉回屋去了,人们陆续散去。大太太给贵儿招了下手,在东边二门那儿给他耳语了几句,贵儿点点头,急匆匆从马房院门出去了。

双牛胸中的闷气消散了许多,攥着弹弓跑回家,面带喜色朗声说:“嘿! 总算把仇报了。”

大牛问:“双牛,报什么仇了?”

双牛喜笑颜开地用手比画着,说他如何一下就打中了郭辉的左眼。大牛擎着大拇指说,“棒,还是我弟弟行!”

双牛妈听见两个孩子说话跑出屋问:“你们说什么?”

"妈,双牛用弹弓打伤了郭辉一只眼,报仇雪恨了。"

双牛妈脸色陡变,用食指戳着双牛的额头说:"娃,你动大乱子了!这该怎么办呢?大牛,快去叫你爹。"

老秦正好回来了,问:"什么事?"

"啊呀!不好了!你双牛把郭辉的眼打伤了。"

老秦也惊慌失措,在双牛屁股上狠狠揍了一巴掌:"你崽娃子就是不听话!"

"你光打娃有什么用!快说怎么办?"

"走!给人家赔礼道歉,再看人家孩子伤重不重。"老秦拉着双牛就走。

走到门口,双牛妈又叫住:"回来!"然后小声说,"你去干啥呀!这会儿人家正在气头上,如果真把眼打瞎了,看郭麻子、高掌柜不把你娃毁了。"

"那你说咋办?你不去人家也会找上门来的。"

大牛说:"怕啥!他不是把双牛牙打掉了吗!一对一,扯平了!"

老秦大声喝:"你懂个屁!"

双牛妈心急火燎,来回踱着不知如何是好。这时,贵儿进了门,对他们小声说:"大太太说,让你们先把娃送出去躲几天,高掌柜和二太太饶不了你们。"说毕,匆匆离去。

双牛妈得了启示,心里感激大太太。催促让娃赶快躲出去。老秦却犹豫说:"我思量,躲出去也不是个事,你能躲一辈子吗?再说,也不知道人家娃伤得轻重。"

"让娃先躲贾家山他姨家去,你过去看看嘛。"

"那谁送娃呀?"

"爹、妈,我去送,我知道我姨家。"大牛自告奋勇说。

"也罢!娃他妈,你赶快收拾收拾让娃走,我先到郭家看看去。"老秦说着往出走。

高掌柜和二狗带着几个家丁气势汹汹向双牛家走来,在巷道与老秦相遇。高掌柜厉声说:"秦怀德,正要去找你,还不乖乖把你那龟儿子领到老爷家,免得我们动手。""高掌柜息怒。我也是刚听说,这不正要去向老爷赔礼道歉吗?"

二狗说:"道歉顶屁用,快把你小儿子带上走!"

"真对不起,双牛惊跑了还没回来,我让大牛去找了,找到了,一定送过去。咱先去看看少爷。"

"少给我耍花招,今天就是掘地三尺,也要把双牛挖出来,走!"高掌柜说着,不由分说,推着老秦就往他家走。

老秦拼力推挡:"高掌柜,你听我说,崽娃子真的没回来,在家的话,我还敢不带过去,我吃了豹子胆了!"

大牛背个小包袱领着双牛正要出门,忽然听见巷子里的嚷嚷声。双牛妈说:"前门出不去了,赶快从后边翻墙走吧。"三人来到后墙下,双牛妈一边助娃翻墙一边叮咛:"到路上别贪玩儿,走快些,赶天黑一定赶到你姨家!"

大牛说:“妈,记下了,你都说了十多遍了。”

嚷嚷声越来越近。双牛妈忙掩蔽好娃翻墙留下的印迹,来到门口敞开大门。高掌柜、二狗推搡着老秦进了门。双牛妈说:“高掌柜,有事,事在嘛,把人推推搡搡干什么?”

二狗瞪着眼说:“这还是轻的,不把你双牛交出来再看火色。”

“娃跑出去就没回来,已打发大牛找去了。不信,你到屋里看看。”

“你就是把娃藏到老鼠洞里,我也要找出来,搜!”高掌柜手一抡,家丁们翻箱倒柜搜寻起来。

家具被弄得七零八落,一片狼藉。找了大半天,也没见双牛的踪影。

老秦摊着两手说:“看看看,我没说空话吧!”

高掌柜说:“子债父还!把老家伙带走!”

郭麻子家客厅里,王医生正在给郭辉检查眼睛。二太太扶着郭辉焦急地问:“王大夫,你看怎么样?”

王医生摇摇头:“眼放水了,没法治了。”

二太太“哇!”放声大哭,“我的娃呀!你怎么平白无故遭此大难呀!挨刀子的双牛呀,你怎么这样狠心。老爷呀!你要为我做主……”

郭辉也在抽抽搭搭地哭。

王医生开好药方说:“莫哭!你哭,引得娃也哭。那对于伤眼简直是雪上加霜。现在最要紧的是保护好眼,那只眼如果发炎,也会把好眼带瞎的。”

高掌柜、二狗拉扯着老秦进来了。老秦一进屋就跪伏在地大声哀求:“老爷、二太太,我给你们赔礼道歉,我家双牛少不更事动下了乱子,还请你们多多包涵……”

他的话还没说完,二太太就扑过来疯了一般在他身上头上胡捶乱打,边打边骂:“你赔我儿子眼睛!我非把双牛的眼挖了不可,把你那挨刀子儿子拉来。”

“二太太息怒!我真的才听说此事,我已打发大牛找双牛去了。”

“你一定把儿子藏了,你这个坏东西。我打死你,我打死你!”

老秦不避也不躲说:“你打吧!如果打我,能治好娃的眼你就多打几下。”

“先别打了。”郭福山说,“老秦,你看看我儿子的眼。”

春艳把二太太扶开了,老秦走上前手颤颤地分开郭辉的眼睑看——眼球凹陷,血肉模糊。他摇摇头,叹口气说,“崽娃子闯大祸了!”

二太太一下瘫软在地,大哭:“我的儿呀!这该怎么办呢?”

郭福山吩咐秋红、春艳把二太太和少爷先扶她们屋去,回头说:“老秦,我儿子的伤势,你已经看见了,你说此事如何了结?”

“老东家,孩子少不更事,看在我给你家种地交租熬活下苦的份儿上,饶了我儿子吧!”

高掌柜说:“饶了?说得轻巧。郭辉眼瞎了怎么办?如果你能为他换上一只好眼,就算这事了了。”

“老爷,我给你家白干一年活,不要工钱,行吗?”

“哼!笑话,”郭麻子冷笑一声说,“我儿子一只眼,只值你干一年活啊?”

“那我给你干三年、五年,你要我干几年,我就干几年!老爷,只要你饶了我双牛,要我干什么都行。”

“你别胡搅蛮缠,血债要用血来还,我就要你儿子一只眼!”

“老爷,孩子不更事伤了一个孩子的眼,咱大人还能糊涂得再伤一个孩子的眼吗?你一定不行,就用我一只眼抵债吧!”

“用你的眼抵债?用铁锥戳瞎你一只眼?”

“行!老爷,只要你们不再追究我儿子的责任。”为了保护儿子,老秦义无反顾。

“好啊!这可是你说的。天顺,”郭福山说,“去!了了他的心愿,好让大家暂时消消气。”

“是!”高掌柜、二狗,推着老秦就走。

大太太忙上前说:“不可!老爷,冤仇宜解不宜结,容人一步自己宽……”

“少啰唆!”郭福山推开她说,“这一波未平,一波又起,妈的,谁都想在老子头上屙屎!我要让世人看看,我郭福山不是好惹的!”

“啊!”东屋传来老秦的惨叫声。大太太惊慌地跑出去看,老秦捂着左眼从院子走过,指缝间淌着血。

大太太双手捂眼,不忍目睹。

老秦走到门口,又回头大声说:“老爷,这事就了结了呵!再不能寻我儿子的麻达了。”

高掌柜讥讽地说:“哼,把你美的,你那狗眼能抵上少爷的眼?等抓住了双牛再说!”

老秦颤巍巍说:“这……这怎么转眼说话就不算数了呢?”

大太太跑回屋,跪拜在佛像前祈祷:“阿弥陀佛,保护芸芸众生吧,不要再相互伤害了。”

瑞日祥云,艳阳高照。梁记骡马大店内响起噼里啪啦的爆竹声。

昔日的“米记骡马大店”已改为“梁记骡马大店”。门首挂着两个大红灯笼,两边贴着红纸对联:改头换面店新人新笑迎四面客;时来运转你发我发共聚八方财。横额:旅客之家。陈刚等人正在门口看对联,吴学究从里面出来,笑迎众人:“大家都来啦!快到里边看看,女老板就是心细,把店搞得焕然一新。”

陈刚指着对联笑着说:“吴先生,这一定是您老的杰作吧?”

“是老朽写的。”

陈刚跷起大拇指说:“好!好!作得好写得更好!”

来了一帮赶驮的,对大店的变化也感诧异。牵着头骡的张山说:“咦!这骡马大店换老板了!”

有点儿跛足的老李头说:“走,快进去,凑个份子礼,说不定,今天还有席吃呢!”

大店果然旧貌换新颜。屋内屋外打扫得干干净净,墙壁都用白灰粉刷了一遍,院里的大小树木齐地三尺高都刷了白灰水,顶端再涂了一圈红,整齐划一。空气中弥散着石灰硫黄水的味道。井台旁的柳树上缀着几多红纸花,显得格外夺目。会客厅正在召开员工会议。肖翠花说:“各位兄弟姐妹,米记骡马大店如今已改为梁记骡马大店,如不愿意干的,我不勉强,老掌柜已给你们结清了工钱,我再付你路费,送你回家;如愿意留下来辅助敝人的,敝人感激不尽。”她看看大家,“怎么样?愿意不愿意,表个态!”

众人齐声说:“愿意干!”

“那就好,我表示欢迎!我一妇道人家,不会指手画脚,全仗各位自觉;对待客人要客气,咱要和气生财。大家如有事问我,也不必称什么老板、掌柜,年龄小的叫一声大嫂,年龄大的直呼我名即可。大家还有啥要求、意见,尽管提出来。”

账房先生老雷说:“肖老板,我以前管账房,年龄大了,眼有些花了,不想管账了,看能不能让我看看大门打打杂什么的,如不行,我就准备告老还乡了。”

“行嘛!老雷大哥,同意你的意见,不过,新手管账,还需你多多指点。大家还有啥意见,请快快讲!”没人说话。“没有了,大家就由吴妈指派分头工作,今天是开店第一日,也是咱们店开张喜庆日,招呼好客人。凡店中入住的客人,不管送礼没送礼,中午一律请赴宴!”肖翠花巡视客房,嬉笑着向客人们打招呼:“各位贵客好!都安顿好了吧?”

老李头:“好了!好了!你就是新老板吧?”

“我叫肖翠花,不能算老板,招呼招呼大家。虽然是老店,但换了新主人,今日算是开张庆贺,略备薄酒,中午在大饭厅设宴,恭请大家光临!”

“谢谢老板!”老李头从身上掏出个红包递与肖翠花说,“今天刚到,不知道贵店重新开张,也来不及购置贺礼,大家商量凑了个红包,请老板笑纳。”

“这就见外了!”肖翠花接了红包说,“正午时分准时开席,大家别误了啊!”

老李头痴愣愣盯着肖翠花的背影看。张山打趣说:“老李叔,小心眼珠子让人吊跑了!”老李头回过神儿来,“美!美!就是美!”大家哈哈哈笑起来。这时,兰兰正好奇地在院子里看马厩里的牲口,显出对那些摇头摆尾、捣蹄弹腿、低头吃草或惊目看人的马、骡、驴非常感兴趣的样子。

张山看见了指着说:“看看看!那大概就是老板娘的千金女吧,哎哟!这店里有这么两朵花,看不发冒了。”

老李头在他头上轻轻扇了一下说:“可别对人家小姑娘图谋不轨哟!”

“哪会呢!饱饱眼福而已。”

年轻脚夫王良说:“赶着你的青母骡,还没看够呀?”大家又一阵哈哈哈大笑。

十二

郭福山终于如愿以偿坐上了乡长宝座，他正拿着一张七寸大照片端详着，一脸得意。照片上方有一行字——北惠乡全体人员欢送刘湘乡长暨欢迎郭福山乡长留念。刘湘和郭福山就坐在前排正中。

高掌柜进来鞠了个躬叫道："老爷！"

郭福山仰靠在椅背上说："我不是给你说了嘛，环境变了，习惯也得随着改，今后不要鞠躬改敬礼，不称老爷称乡长。同时，以后也别让家丁称你高掌柜，就叫高队长。"

"是！"高天顺精神抖擞立正敬礼，"报告郭乡长，保警队集合完毕，请训话！"保警队员整齐地站在院中，二狗、木桩、三子等家丁都换上了警服。

高天顺狐假虎威地陪同郭福山来到队伍前。二狗大声喊："立正！"队伍"刷"一声站立整齐。

高天顺说："各位注意！现在请郭乡长训话。"

郭福山正步走到队前，立定转身面向队伍："各位兄弟，稍息，听刘乡长说，大家在他手下干得都很卖力，希望在我手下也能尽职尽责，我这人，爱才惜才，只要大家好好干，我亏待不了大家，可是谁要偷奸耍滑，搞小动作，可别怪我郭某人不客气！客套话就不多说了，现在宣布：兹任命高天顺为保警队队长！大家欢迎！"大家鼓掌。"前一段时间，因为人事调动放松了训练，从现在起，在高队长的领导下加强操练，只有练好过硬本领，才能有备无患。记下了没？"

"记下了！"保警队员们齐声喊。

郭福山回到家里，下人们见了他都俯首低眉，崇敬有加。他越发觉得自己的身价陡然升高了许多，他已不光是乡间一个土财主，而是一方的父母官了，所以他愈加注重仪态，举手投足，都向官老爷的架势看齐。唯有大太太不买他的账。一边给他脱外套卸礼帽，一边说："也不是我给你泼冷水，你放着清福不享，钻那官干什么呢？官场衙门那地方，谁进去时都清清爽爽，可赶出来时就惹得一身臭！"

"住嘴！妇人见识。我是不放心家里，特地回来看看。我和高掌柜都去乡上了，你看，要不要再物色个管家？"

"不用。"大太太果断地说，"你们有能耐，都造你们的孽去吧，家事交给我好了。"

大太太十五岁嫁到郭家，那时是何等的朴实能干，养母猪、栽桐树，风里来、雨里去。待到发家有钱了，怪道道也就多起来，体面二字就把人害死了。有了钱，还干那下人干的活，就是有失体面；有些事，主人亲自管了也就妥了，却硬要花钱雇人来管，纯粹是掏钱买体面，摆臭架子。她更恨那些原本穷有了钱却忘本的人，得意忘形，趾高气扬，变本加厉地欺负穷人！她有时候甚至想，有朝一日，世事如能翻过来，让穷人扬眉吐气，让有钱人也尝尝当下里巴人的味道，那该多好。自从家里有了管家、厨子、下人……她别说体力活不沾手，思想也都局限在吃斋念佛上。关节死得像生了锈，心也闲得像荒芜了的土地。如今他们去了倒好，她要重操旧业，按照自己的意愿治治家。

常德胜的担心彻底消除了。肖翠花把骡马大店打理得井井有条，看来比原来的老板有过之而无不及。她还在大店西南角，离马棚和客房相对较远的地方，单独盖了三间新屋。这对常德胜来说，用意不言自明——再不用夜晚偷偷摸摸满街跑着去找偷情窝了。炎热的夏天，他可以在这儿喝喝凉茶，歇歇脚；寒冷的冬天，这儿是他的温柔之乡。夜静人寂的夜晚，他可以自由自在地进来寻欢作乐，享受幸福。

肖翠花总是热情接待，无微不至的关怀使他有一种非家胜似家的感觉。他越发地爱她了，抱住她说："感谢你给我准备的幸福窝儿！"

她却平淡地说："谢什么，没你帮忙，我能有今日！我这是知恩当报。"

"你是个能干的女人，要是个软胎子货，还不是马尾拴豆腐——提不起来。"

他还是那德行，爱潮到来时，就大喊大叫："点火！点火！"肖翠花在他屁股上拧了一把，附耳说："你慢点儿，孩子大了。"他立即蔫了声儿，小声说："你看我，激动至极，老控制不住自己。"

肖翠花转身轻声唤："兰兰！兰兰！"兰兰装睡，双手捂着脸。她顺便对他说，"我想让兰兰上学。"

他当然理解她的双重意思，满口答应："那是好事，听说城北办了个女子小学，我明天就派人去联系。"

月撒清辉，树木屋舍清晰可辨。大太太到西院转了一圈，回来时路过二太太窗下，侧耳谛听。屋里二太太与高掌柜在窃窃私语：

"老爷在家，再怎么说，偷偷摸摸也胆不正。还有咱那儿子，娃大了总得避着点儿。今晚好，老爷不在，孩子到城里上学去了，我就是弄得声大点儿也无妨。"

"那你就不怕大太太？"

"那有啥怕的！这家最终是咱们的，她又没有个后，她放聪明点儿日后有碗饭吃，末了让娃给她养老送终；如若不然，蹬一脚滚蛋，上街讨饭去！"

大太太打了个寒噤，捂着嘴跑回屋。神龛内燃着了线香，大太太跪在神像前祈祷："老天爷呀！难道我虔诚的跪拜都不能感动你吗？送子娘娘啊，你连一男半女也不愿施舍给我吗？"空气中飘浮着缕缕白烟，大太太的思绪像烟雾一样迷茫。心想，难道我真的不会生育吗？我要抱着这冤屈至死吗？她望望窗外，月光如水，夜晚十分宁静，二太太屋里已没了声息——一对幸福地搂抱着的熟睡的身影幻化在她脑海里。她焦躁地在屋里踱着，我该怎么办呢？忽然想起了什么，轻手轻脚穿过角门来到马房院。听得见牲畜的吃草声、喷鼻声、铃铛声。她轻轻走到贵儿窗下，听得见贵儿均匀酣畅的鼾声。她欲举手敲窗,手在半空又停住了,“唉!”轻声叹息,心想,我一个主子……她又信步走进牲口棚,儿骡见来了人,举头嚎叫起来。她给牲口槽里添了些草,听见开门声和扑嗒扑嗒的脚步声,她打了激灵,但没有回头,从料缸内舀牲口料。

“大太太,劳驾你干这事。我来吧!”贵儿在身后说着,接了她手里的升子。

“你怎么也起来了?”

“听见儿骡叫,想必是草吃完了,大太太,你不知道,这儿骡劲儿大食量也大,其他牲口一夜只需喂一次夜草,而它就得喂两次。”

“那好嘛,人常说,能吃能喝,必定不错。”

“大太太,你怎么还没睡?”

“睡不着!”

“有什么事吗?”

“心里不爽快,你喂好牲口到我屋里来一下。”

贵儿好疑惑,这么晚了,大太太叫他有什么事?喂好牲口,忐忑不安地来到大太太屋里。大太太示意他坐下,提壶给他倒水。他忙接过壶给大太太倒了杯水,又给自己倒了杯水,然后坐回椅子上。

“唉!”大太太叹了口气说,“心里怄着气,就想找人诉说诉说。”

他松了口气,知道没什么大事,于是说:“大太太遇到什么不顺心的事了?”

“王八日就没安好心!”大太太恨恨地骂道。

“你说谁呀?谁惹你生气了?”

“再能有谁呀!老二和高掌柜嘛!狗日的勾搭着在屋里咒我!”于是,大太太就把她听房听到的话对他说了。

“他们敢这样明目张胆说大太太,简直无法无天!”

“怎么不敢说,你想想,这不明摆着吗?如果我死到老爷前面,谅他们也不敢把我怎么样!如果老爷先走了,咱老不中用了,又没有个亲生骨肉,那不任人家摆布吗?嗯嗯嗯……”大太太伤心地哭起来。

“大太太不要伤心,你才四十多岁,一定能生下孩子的。”

“能生个屁!”大太太抽泣着说,“我心里明得如镜一般,他嫌我不生育,娶了二太太,可二太太生的娃是他的种吗?自己不中用,还嫁祸于人,你说我冤不冤!”

“好人必有好报,大太太吃斋念佛,积德行善,佛祖一定会保佑你。”

大太太擦着眼泪,沉思了片刻说:“贵儿,你说,我对你怎么样?”

“大太太是我的救命恩人,恩重如山,那年要不是大太太,哪有我贵儿的今日?”

往事随即浮现在贵儿脑海。十多年前,年轻的大太太因婚后一直未生育,而去北山寺内烧香拜佛。小丫鬟秋红摆上果品蒸食,大太太上香、伏地跪拜、喃喃祷告许愿后,秋红扶着大太太往出走,偶尔回头,看见一个蓬头垢面的男孩儿从佛像后伸出手抓吃献品,随即大声喊:“大太太,你看!”

“嘘！”大太太回头，用手势止住她，然后双手合十，对着佛像念，“阿弥陀佛。”那男孩儿噎着咽下一口食物，跪地叩头：“太太高抬贵手，小人实……实在是饥饿难忍。”

“没什么，饥饿之人，佛祖会原谅你的，起来吧。”

“谢太太。”男孩儿站了起来。

大太太问：“你从哪儿来？为何如此饥饿？”

“小人从山东逃难到此，已有三天没吃东西了。”

“看你年龄已不小了，在家干啥？”

“小的家境本来不错，父母还送我上私塾，遇天灾瘟疫，父母双亡，我就逃荒在外了。”

“为何不找个事干？”

“小人初来乍到，人生地不熟，还未找到活儿。”

大太太细细观察，他虽衣衫破烂，但生得眉清目秀，五官端正，问明姓名叫潘金贵，也是个极吉利的名儿，顿生怜悯之心，于是就把他领回来了。

“贵儿，到我家这些年，感觉如何？”

贵儿被大太太的问话唤回：“承蒙大太太关爱，吃香的，喝辣的，从没少过我的，穿衣戴帽，嘘寒问暖，大太太关怀备至，不瞒您大太太说，自从进了咱家，我体重增加了一二十斤呢！”

“这我看得见，那时你骨瘦如柴，面黄肌瘦，现在红光满面，身强力壮，变成一个潇洒俊秀的小伙子了！”

“小人能遇见大太太，真是三生有幸。”

“唉，我要是能有你这样一个儿子该多好。”

“要是再小十岁，我真愿意做大太太的儿子。”

大太太脸泛红晕说：“贵儿，难道你不认为咱俩佛前相遇是缘分嘛！你想想，我屡屡求子不得，佛就把你推到我的面前，这说明，只有你能帮我。”

贵儿惊诧地看着大太太：“我……我能帮你？”

“对呀。”大太太加重语气说，“你能帮我。难道你不愿意帮我？”

“愿意！愿意！”贵儿忙说，“愿为大太太尽忠效力。”

“只要你有心就好。到不得已时，还真要你帮忙呢！”

“大太太，您放心吧！”

“唉！”大太太叹一声，瞅他一眼说，“那你去吧。”

贵儿回到长工屋，辗转反侧，难以成眠。心想，大太太的一番话是什么意思呢？我怎样才能帮她？难道……能做那事吗？不能！不能！大太太一定不会是那意思。唉，我该怎样为她分忧解难呢？

大太太也久久不能入睡。心想，他理解我的意思吗？我一个主子，对下人真是难以启齿呀！老天爷，启蒙你的弟子吧！

城北女子小学是借一座寺庙做学校，那个蹲着泥塑神像的殿堂就是教室。小凳做桌，砖块做凳，东边山墙上涂了长方形一片黑灰算是黑板。别看教室简陋，校长兼老师的段校长却是一流的，他三十多岁年纪，魁伟的身材，富态的脸，说话带有瓮声，讲话颇具感染力。你听，他正站在台阶上给学生讲话："同学们：你们是咱城北女子小学第一批毕业生，特向你们表示祝贺！你们马上就要走上社会，希望你们能用自己所学的知识宣传妇女解放；参加抗日救亡运动……即使不能参加社会活动，将来一旦成家，也要做个有知识的母亲，知书达理，惠泽后代，坚决抵制和反对三从四德、缠小脚等摧残和压迫妇女的封建旧礼教。中国妇女解放之日已为时不远了！"可这些尝到知识甜头的女学生也想和男学生一样继续求学，她们强烈要求上中学。段校长对她们解释说，"大家的心情可以理解，只是当前县上还没有女子中学，也不可能马上就建个女子中学。所以爱莫能助。"并劝她们回去。女学生们议论纷纷，都不愿就这样善罢甘休，经过热烈讨论，达成共识——集体到教育局去请愿！说干就干，她们很快就写好了请愿书，排着整齐的队伍来到县教育局，站在局长门前高声喊："请示高局长，我们要上中学！"

教育局长高子文接过兰兰递上的请愿书看看说："同学们追求妇女解放的精神及求知欲望是好的，但这事困难很大，恐怕一下子很难令大家如愿以偿；不过，我可以把大家的请求反映给县政府领导，保证给大家一个完满的答复。"

回家路上，柳青叶说："兰兰，你伯是城防大队长，大名鼎鼎，县里肯定人熟，让你伯给县长说说嘛！"

兰兰不自觉地红了脸，说："遇上了，我给说说看。"

无巧不成书，兰兰回到家，正好遇上常德胜在肖翠花屋里。肖翠花正把饭菜往桌上摆。兰兰走进屋说："伯，你来啦？"

"噢！"常德胜吸着烟点头答应着，盯着兰兰看。兰兰有些不好意思，忙去帮妈端饭菜。

饭桌上，肖翠花说："兰兰，来！你伯遇上了，咱们一起吃顿饭。给你伯敬酒。"

兰兰忙放下筷子给常德胜斟酒。常德胜看了眼兰兰说："兰兰出落成一个大姑娘了，学上得怎么样了？"

"刚从女子小学毕业。"

"那好啊，你们是咱县第一批女学生。"

兰兰不失时机地说："同学们都想上中学，可没有女子中学。伯，你能不能给县长建议，设立个女子中学。"

"谈何容易！建一个女子中学，怕不是一下就能办到。"他思索了一下说，"不过我可以和高子文说说，看还有别的什么办法没有。"

兰兰喜出望外："那就谢谢伯，你可要尽快为我们说呀。"常德胜点点头，喝了兰兰给他倒的那杯酒。

梁记骡马大店的马棚内，梁柱上挂着一盏带罩马灯。昏暗的灯光下，可以影影绰绰看见牲口在急切地抢吃夜草。沙沙的咀嚼声、铃铛磕碰槽沿的叮当声、喷鼻声、捣蹄声、甚至母畜嚓嚓嚓的撒尿以及多情公驴的嚎叫……演奏着一曲马棚交响乐。离马棚不远的一个大客房里还亮着灯,里边不时传出谝闲声和朗笑声。脚夫们要等给牲口添上第二次夜草才能睡觉,这段时间他们闲得无聊,就山高水长地谝着打发时间。肖翠花起夜从客房窗下经过,驻足倾听。

老李头在给脚夫们讲故事:"从前有个脚夫,出门一月多,回得家来急不可耐地想和老婆睡觉,老婆却逮着纺线车嗡嗡嗡纺个不停。脚夫急躁地说,别再纺啦,老子吆着骡子跑一冬,胜你纺车嗡嗡嗡!那妇人笑笑反唇相讥,老娘裤带松一松,胜你吆着骡子跑几冬。""哈哈哈……"屋子内又传出一阵爽朗的笑声。

肖翠花面带微笑,显然也被屋里的说笑逗乐了。

张山神秘兮兮说:"哎!听说咱这店老板就是凭这起家的。"拍拍胯间。肖翠花骤然脸红。

"咳!人家店老板啥货嘛,要眉眼有眉眼,要条杆有条杆,啧啧!"老李头不无艳羡地说。

王良打趣说:"老李叔,看你涎水淌下来了。"

"嘿嘿嘿……"众人又笑。老李头下意识地抹了下嘴。

张山说:"哎,老李叔,给你,一夜能几回?""至少这个!"老李头擎起一把指头。大家又哈哈哈大笑。

肖翠花从窗缝瞧得真切,心想,王八羔子,打老娘的主意,好嘛!

天麻麻亮,脚夫们就着鞍上驮,登程上路。说话声、铃铛声、牲口的嚎叫声吵成一片。肖翠花赶出来送行:"师傅们走好,一路顺风!"

脚夫们回头齐声说:"好说!谢谢老板。"

老李头一瘸一跛走在后边。肖翠花说:"李师傅,收拾好东西,别忘了什么。"

"忘了也无妨,老板收着,下次取用!"

"倒也无妨,只是师傅路上用了着急!"老李头回头看,肖翠花飞去一个媚笑。

黄土高原,山峦起伏,沟壑纵横,道路蜿蜒。一队驮队长蛇般缓慢行进,有的人牵着牲畜缰绳,有的拽着牲畜尾巴,有的边走边吸烟……

老李头走在最后,边走边低头思索,女老板对我情有独钟,单单对我说,别忘了东西。那笑里分明又暗示什么?——路上用了着急?急了回来就取。对啦!她分明是让我路上返回,返回成其美事,啊呀,天哪!千里有缘,机会难得,错过后悔。于是他在身上乱摸,忽然心生一计,大声喊:"大家等等!"

"唷——"霎时喝牲口停步的声音此起彼伏。驮队停了下来,大家齐刷刷回头怔怔瞅他。

老李头面红耳赤说:"我……我把火镰忘床铺下了。"

张山说:"哟!我当啥了不起的事,老板给你收着,下次取回不就完了。"

"咦,不行!不行!如果老板未收呢?如果别的客人拿走了呢?我那火镰掏二斗麦买的，丢了真可惜。这样吧！你们先捎着我的牲口走，我回去取了赶你们！”老李头说毕，匆匆往回走。

张山对着他的背影大声说：“老李叔得是闻着骚味儿了！”

老李头边走边回头大声说：“你想骚味儿，我回来给你捎一把。”

肖翠花正在收拾客房。老李头风风火火闯了进来。二人都有些惊诧。她问：“李师傅怎么回来了？”

“我……我把火镰忘铺下了。”

肖翠花把他的袄襟一揭说：“火镰不在腰上别着吗？”

老李头满面通红说：“我……我想老板话里有话。”

“嗯，有话，”肖翠花直言不讳，“你昨晚说我什么来着？”

老李头尴尬地说：“那……那是戏言，肖老板怎么就知道了？”

“隔墙有耳。”

“请别见怪！”

“我不见怪。”

“真的？”老李头喜出望外，蠢蠢欲动。肖翠花却推开他。他愈加垂涎，“肖老板，你真好。只要能成全我，我愿意出钱，倾家荡产也在所不惜。”

“那大可不必。”

“那……那你图什么？”

“真爱在于交心，图钱那叫卖淫。你看，我是那样的人嘛？”

“就是！就是！大妹子，我这人交往多了，你就会知道。只要咱俩好了，我……我愿为你肝脑涂地。”

“也不用那么发誓赌愿的！”

“那……那你要我怎么样啊？”

“妹子一妇道人家，初涉商道，生意要红火，还请老哥哥多多关照！多带些客人来住店。”

“那有何难，老杇走南闯北，熟人四面八方都有，都招来住你的店，怕你的店安不下呢。”

“那你别担心，只要有和尚还怕盖不起庙吗？”他以为这就达成协议了，又去拉她。肖翠花又推开他说，“来日方长，你急啥？快去实现你的诺言吧！”

老李头点点头，心想，这女人绝不是等闲之辈，是个看见鸽子才肯撒米的人。于是说：“等着吧，我会让你如愿以偿的。”说着，匆匆走了。肖翠花对着他的背影微笑着。

十三

其实，肖翠花原来并没有动过这样的念头。那晚脚夫们的谈话不知触动了她哪根神经，使她陡生邪念。过后想起，不觉羞愧难当。心想，我这招管用吗？我怎么变成这样一个人了？发财不择手段！别人知道了会怎样议论我？仰面闭目凝思，唉，有什么办法？丈夫死后，陷入困境，若不是被迫走这步棋，有谁能救我？管别人说长道短，自己的日子要自己过，自己的路要自己走。闲话只当耳边风，有钱才是硬道理。转念又想，啊呀，不妥，我怎么成烂拾掇了，情场上还讲究淫而不乱呢。我不如……这样想着，她大声唤："周嫂，你到我屋里来一下。"

打杂的周妈走进屋，看见肖翠花笑吟吟的，心想，老板今天遇上什么喜事了，心情不错，问："老板，有什么吩咐？"

肖翠花只笑不语，停了好一会儿才说："想让你给咱物色几个清爽干练，长得标致点儿的年轻妇女。"

周妈疑惑地问："老板有什么打算吗？"

肖翠花对她耳语。周妈连连点头："是这样啊！我想，总有人愿意干吧。"

"那你就给咱寻，给人家说清楚，咱不想赚人家的钱，收入归己，咱只是想拉生意。"

有一天，高子文通知梁兰歌，说县政府同意在桢县中学增设一个女生班，要她去转告其他同学。她一听顿时心花怒放，立即去找她那些女同学，奔走相告，大家高兴得蹦跳起来，拿了通知书到桢县中学报到。要说事情能有这么个结果，常德胜确实起了一定作用。那天，兰兰在饭桌上对他请求后，他还真把那事记在心上了，没多久就去找高子文，高子文说，他已把学生们的意见反映给县长了，县长说，暂时不准备建女子中学。

常德胜顺口说："那可以先在县中学设一个女生班嘛。"

"我也那么想过，恐怕有人说，男女混杂那不乱套了吗？"

"哎呀，"常德胜连讥带讽地说，"什么乱不乱的，外国的女子早都接受高等教育走上社会了，中国的男女学生还不能同校上学？活见鬼。"经他这么一激，高子文信念也坚定了，就又去请示县长，据理力争，果真事情就办成了。

桢县中学开学典礼大会上，段校长和众老师坐在台上。同学们按班级排队站在台下。女生班人特别少，且显得羞涩自卑。男生们向她们投来好奇的目光。

兰兰说："青叶，你看，段老师也在台上。"

青叶向台上瞅着说："听说段校长调桢县中学当校长了。"

"是吗，那真是太好了。"

郭辉踮着脚尖,伸长脖子向这边瞅,发现了兰兰,笑着点头。可他纯粹是自作多情,兰兰并没有看见他。

“肃静!”年轻的薛志坚主任大声喊,台下顿时鸦雀无声。“现在请新调来的段校长讲话。大家欢迎!”台下响起热烈掌声。

段校长走到前台讲:“同学们,大家好!我是从城北女子小学调来的,同时也给大家带来了新鲜事物。从现在起,咱们桢县中学有了女生班,这可是破天荒的大事,标志着我们县妇女解放的日子已经到来!”台下又响起一阵掌声。“但解放不等于乱伦。我必须告诫大家,古人云,男女授受不亲,希望男同学不要去挑逗女同学,各班主任要严格把关,谁的班出了问题,谁负责。”

郭辉好不容易盼到了散会,迫不及待地跑去找兰兰,离老远就喊:“兰兰,兰兰,我是郭辉,你不认识啦。”

兰兰应酬说:“噢!郭辉,你也在这儿上学?”

“有好些年没见了,你……”

“校长说,不让男女生说话!”兰兰转身跑走了。

郭辉在后边喊:“兰兰!兰兰!”

一帮一帮的驮队住进了梁记骡马大店。店内生意空前红火。这一方面,有老李头给拉旅客的原因,另外,肖翠花设暗娼也起了大作用。她在厨房后边的小院里收拾了一间暗屋让她们接待客人。这歪打正着的法儿,比扯开嗓门招徕顾客还灵验,一传十,十传百,知道的人越来越多。那些钱少进不起大妓院,也不想丢人现眼坏名声,但还想寻花问柳的脚夫,长崴了脚似的每每把驮子赶进了梁记骡马大店。

这天,老李头和他的驮队来了。他老远就笑嘻嘻说:“老板娘好!这些时候,生意不错吧?我没说空话吧!”

“好好好!谢谢李师傅。”肖翠花转身走。老李头追上她小声说:“老板,咱说那事……”肖翠花小声对他嘀咕了几句,老李头喜滋滋点头。

老李头洗头刮脸,把自己收拾得清清爽爽,左右瞅瞅,快步转过井台,从一个夹道走过去,来到一个幽深小院,小院内有一个挂红门帘的小屋。他掀帘溜进昏暗的屋子,小声叫:“大妹子!大妹子!”

从内屋走出一个妖艳的女人说:“大哥,你可来啦。”说着,就往他身上贴。一股浓烈的胭脂味扑鼻而来。

老李头推开她说:“干什么,干什么,你是谁?”

那女人涎着脸说:“我叫花花,老板娘让我接待你。你还装什么正经。”

“滚,把我当拾破烂的?什么烂鸡都敢坏我名声。”

“哎哟哟!要不是老板娘让我侍候你,就你那副眉眼,我还看不上呢!”

“呸,今天真扫兴!”老李头摔门而去。他气冲冲来见周妈,就要结账走人转北关骡马大店去!

“李师息怒!喝水稍等。”周妈安抚下他,急忙去找肖翠花报告情况。

肖翠花明白，说："你让他到我房里来一下。"

周妈出去没多一会儿，老李头就来了："妹子，咱说得好好的，你怎么耍我？"

"好老哥，妹子哪敢耍你，那天虽然推心置腹，但过后又觉不妥，咱一个良家妇女，怎能做那丢人现眼的事！可又觉得对不住你，就掏钱雇了花儿侍候你，哪知老哥就嫌了！"

一番肺腑之言，说得老李头也动了感情，说："我虽独身一人，但从不做那伤风败俗的事情，除非是我心仪的女人，才肯身心相许！妹子，你是我今生今世唯一爱上的女人，除你，我绝不会再爱他人，既然妹子看不上我，那就告辞了。"说着转身要走。

"老哥且慢！"肖翠花犹豫了一下，说，"看来你是个憨直人，我也不能食言。唉。"随即小声说，"还去那屋，当心别让人看见了。"

老李头二次走进那个朦胧、氤氲的小屋，肖翠花亲自接待了他。他从里屋出来气喘吁吁。肖翠花随后跟出来给他倒了杯水说："李哥，怎么样？还差两回，要不吸泡烟再来，妹子完你美梦。"

"妹子，哥服你，就这一次，也够哥回味一生了！"

兰兰如愿以偿上了中学，放学回家兴高采烈地对妈讲着学校的新鲜事儿。说着说着就提到了郭辉，她忧愁地说："他不知怎么瞎了一只眼，成独眼龙了，也在桢县中学念书。特讨厌，净缠着我。"

一提郭辉，就使肖翠花想起了郭麻子、高掌柜，没好气地说："别理他。蛇肚子里剥不下好崽。好好学习，多掌握点儿知识，将来争取干点儿大事业。"

郭辉星期六回到家，更是兴奋地对二太太说，他在学校遇见兰兰了，兰兰变得比小时候更漂亮了。

二太太嗔怪说："她长得漂亮与咱啥事，你不好好学习，怎么净想着人家女娃儿漂亮不漂亮？"

郭辉撅着嘴说："我从小就爱兰兰，我不是对你说过，我长大要娶兰兰为妻吗？"

"哟，你父子俩真是邪门儿了，你爹当年看上了兰兰妈肖翠花，绞尽脑汁，最终落了个赔了夫人又折兵。你还想重蹈覆辙吗？"

"我怎么会和我爹一样？我们一对纯情少年，从小青梅竹马，我又不是想娶她做小。"

"肖翠花恨死了你爹，她会答应把女儿嫁给你吗？我看，你还是死了那份儿心吧！拿咱的家道，寻媳妇像花园内挑花，好的多得是，一定要娶兰兰吗？"

郭辉把头一摆说："不！我就要娶兰兰，我非兰兰不娶！"

二太太无可奈何地说："唉！不是冤家不聚头，好吧，随后我和你爹再商量。"

常德胜已把肖翠花这儿当做他的第二个家了，抬脚动步就走这儿来了。开始还有些顾忌，怕人说闲话，白天来得少，黑夜来得多。后来，大家都知道他和肖翠花不是夫妻胜似夫妻，也就习以为常，见多不怪。

这天,他往沙发上一坐,肖翠花就把四美德香烟放在他面前,并给他沏了龙井香茶,坐在他旁边望着他笑。常德胜拿起烟盒闻了闻,抽出一支点着深深地吸了一口,瞟了她一眼说:“看你这架势,又要有什么大动作了吧?”肖翠花从身上掏出一张支票放在他面前说:“这是当年买店时借你的钱,我给你存银行了,再给你加了三成的利息。”

常德胜直起身子说:“看来,对你真得刮目相看了,你本事挺大的。”

她谦虚地说:“没你这把大红伞罩着,我就是有天大的本事,也难把事情干这么大。哎!生意好了,要不要也给你算一股。”

“我看就不必了,我不在乎钱,只要你好好侍候我就行。”说着,把她揽到怀里。

肖翠花撒娇地瞥了他一眼:“都愿意嫁给你,你迟迟不肯接收嘛。”

“唉!”常德胜叹了口气,放开她,“这事以后再说。”

“算了,我也知道我是闲说。”

“你听我说……”“你什么也别说,”她打断他说,“我还有事要和你商量呢。”他侧耳倾听她讲解她的扩店计划,末了说,“请你想办法,把紧挨店北那块地基给我买过来。”

“好嘛,宏图大略。行,我明天就去说。”他满口答应。紧接着,她把郭辉纠缠兰兰的事也给他说了,问他能不能管一管。他搔头挠腮想了一阵说,“哎!我看这样,听说山西办了女子师范学校,我看不如让兰兰去上师范,不但甩开了郭辉的纠缠,还能学到专业知识。女孩子嘛,将来当个教师就很好。”

肖翠花喜上眉梢,催促说:“那好呀!那就求你给娃抓紧办。”

十四

肖翠花雷厉风行说干就干,梁记骡马大店大兴土木,工程之浩大,是近年县城建筑所罕见的。几十号人忙忙碌碌,楼房、门楼一起上,工匠们立木的立木,砌墙的砌墙,今日是上梁浇酒的喜庆日子。亲朋邻居三三两两都来庆贺。

肖翠花见老李头的驮队来了,迎上去说:“李师傅好!本店动工,多有不便,请多多包涵!把牲畜从南门赶进去吧。”

老李头东瞅西瞧了一番说:“肖老板,你这咋规划哩,怎么在这儿打横蹲一座楼?”

“李师,你看,”肖翠花手指着说,“北边这块地皮咱买了,这儿居中,在这儿东西盖座楼,把店分成南北两院,中间开个小门连通。南院专门停驮喂牲口,北院住人。北院北边、西边还要盖两栋楼,这儿面东盖个正式门楼。你看咋样?”老李头跷着大拇指说:“规模宏伟,计划周到。肖老板不简单。好!好!”吴学究、陈刚提了烟、酒、鞭炮来恭贺，肖翠花热情招待，忙不迭说："快请进屋，喝茶、吃饭。""不急，让我先点燃一串鞭炮，图个吉庆！"陈刚说着，点燃了一串鞭炮。鞭炮噼里啪啦炸响，人们乐呵呵围拢来看。

不远处忽然传来吵嚷声。循声望去，几个穿黄军装的士兵骂骂咧咧走过来。为首的大脸汉子外号叫孙大头的边走边大声嚷嚷："一个什么货色的贱人也成红人了，扯旗放炮大兴土木！"说着就到了跟前。吴学究大声说："孙排长来了，请进！"孙大头双手叉腰，气势汹汹说："谁是这店的老板？放炮连天，在部队营盘附近把声响弄得这么大！"

吴学究打圆场说："长官息怒！民人盖房放几挂鞭炮，不碍部队什么事吧。"肖翠花借着理论的机会，把看门老雷拉到一旁交代了几句。老雷转身去了。

"放屁！咋不碍事？"孙大头手抡之舞之说，"最近共匪活动猖獗，你这鞭炮啪啪响，还以为武工队打来了，弄得人心惶惶！"肖翠花走上前说："孙排长，有话请到里边说，在这里嚷嚷，影响多不好。""你就是店老板？"

"不敢当，本人在这里开了爿店。"

"我勒令你立即停工。没我团部批准，不准在兵营附近动工！"

"长官，你听我说，"肖翠花柔声解释，"民人开店也难，好不容易请来工匠，工做了半截怎好停下？我不放鞭炮了还不行吗？"

"少啰唆，让你停你就停。"孙大头恶眉瞪眼地说。陈刚上前说："伙计，这你就不对了，做事要讲理，你不能这样无理取闹啊。"孙大头更加盛气凌人："我怎么闹，关你屁事？马槽咋插下你这驴嘴！"陈刚跨前一步说："你娃把嘴放干净点。""你娃势晃的还想咋？"孙大头也不示弱。战火一触即发。

肖翠花忙上前劝架："二位兄弟息怒，别为我的事伤了和气。"

"兄弟们上！教训教训这小子。"孙大头及带来的那几个人朝陈刚冲去。陈刚处变不惊，出拳使脚，左右逢源，那几个人不但占不了上风，还被摺倒两个。正打得热闹，高警卫员带着一班士兵赶到，大喝一声："都停下，这是干什么？"打斗双方停下来。

高警卫员问孙大头："为什么打架？"

"他阻挠我执行公务。"

高警卫员问陈刚："是这样吗？"

"他无理取闹，我打抱不平。"

高警卫员问肖翠花："究竟怎么回事？"肖翠花述说实情。高警卫员瞅了瞅孙大头说："看你还披张黄皮，哪一部分的？"孙大头趾高气扬说："老子是72团的，你问的要咋？"

"你82团都比屁淡，在我的治安范围里为非作歹，我就得治治。"

"你敢！"

"学手哩！"高警卫员命令，"拿了！"江警卫员和众队员一拥而上，将孙大头绑了。孙大头大吵大叫："你狗日的不得好死！你等着瞧吧，老子会和你算账的！兄弟们，上！"那几个兵士面面相觑，畏缩不前。高警卫员呵斥："知趣的滚蛋！敢乱动者一律绑了带走。"那几个肇事者见形势不妙，都逃走了。肖翠花上前劝说："长官，别带走这位兄弟，有话好说嘛。"高警卫员搡了她一把说："少管闲事！公事公办。"把孙大头带走了。

众人议论纷纷："狗咬凿磨的——寻的挨錾头哩！"有人跷起大拇指小声说："老板娘的高！"风波平息，肖翠花脸现出让人不易觉察的得意和不屑之色，转而又满面春风地招呼众人："请大家快里边坐！马上就开席了。"

起初，郭福山家并不是很富裕，最多够个中农。加上他三岁时出麻疹落下一脸麻子，能找个如花似玉的媳妇？也算大太太张凤仙与他有缘，凭着脸方口大，眉浓唇厚被郭福山他妈相中，认定这女子命里福大，便确定了她与郭福山的婚姻。这张凤仙还真有魄力和心计，没几年，便使郭家脱颖而出，成为这一方首屈一指的有钱大户。可不知为什么，大太太婚后好几年不生育，这可急坏了郭福山。有了钱的郭福山要娶个貌美且能为他传宗接代的二房，那还不是手到擒来的事？于是郭福山便娶回比他小七八岁的二太太。二太太胡榴花生得粉面细眉，樱口薄唇。郭福山虽然对她偏爱有加，但她在婚后一年多的时间内，仍没给郭家生出孩子来。二太太慌了，她可不想落个不会生育的坏名声，于是就和高掌柜眉来眼去勾搭上了，并生出了郭辉。人常说，一个槽上拴不下两头叫驴。同样，一个家庭也难有两个媳妇不鸡争狗斗的。二太太凭借着老爷的宠爱，高掌柜的支持，总想占尖儿把大太太压倒，她的容貌虽然比大太太好十分，但心计却差了十万八千里。每每明争暗斗，总占不了上风。她不服气，屡败屡斗。所以，郭家这个人生小舞台，随时都会上演妻妾大战。这不，这天郭福山一进家门，便被二太太挡到她屋里。一边给他捶背，一边把大太太又去寺里求了几回神，借给了穷人们谁谁粮食等对郭福山数说。

郭福山不置可否，大太太却溜到窗下谛听。正遇上二太太冷嘲热讽说："生下的生理不全，再瞎折腾也不顶用。"大太太恨得咬牙切齿，七窍生烟。二太太又记起了儿子的事，就把郭辉说要娶兰兰做媳妇的事也给丈夫说了。

"胡闹！"郭福山蹙眉说，"他谋得上吗？打消了那念头。"

二太太努着嘴说："我也那么说了，可你娃说非兰兰不娶，在学校已缠上人家了。"郭麻子搔头思索了一会儿说："听说西安有所靖国中学，专门培养国民党骨干，我把他送那儿去上学。"

秋红在外边叫："老爷，大太太叫你到客厅吃饭。"

"嗯，知道了。"郭福山来到客厅。大太太把一碗鸡蛋揪面放在他面前说："尝尝，看还缺什么？"

郭福山抽着鼻子说："啊呀，真香！我就爱吃我大老婆做的鸡蛋揪面。"大太太旁敲侧击说："我就只配给你做鸡蛋揪面？"郭福山边吃边笑着说："听说你又去求神了，怎么样？有动静吗？"

“动静个屁!”大太太满腹牢骚,“神能给我种上?你一回来就钻那狐狸精屋里去了,还让那狐狸精咒我,我能有吗?你等着那狐狸精再给你生一个吧。”

“我说,你俩呀!她偷听你,你偷听她,卖面的见不得卖石灰的,好啦,今晚就歇你房中。”

十五

陈刚挺身而出打抱不平感动了肖翠花,同时也给了她深刻启示:那天看似她搬来了城防队,最后解决了问题,但开始若没有陈刚出面打抱不平替她说话,那她真是束手无策。况且,如果没有城防队做后盾呢;即就是有,还是远水不解近渴;再则,她也不想事无巨细都去麻烦城防队。思虑再三,得给大店设个保安,而这个职位的最佳人选就是陈刚。于是她就提了礼品去拜访陈刚。进门递上礼品,说了些感谢陈师傅的话,表明想聘请陈刚做大店保安的意思。陈刚是个憨直实诚人,连忙说:“肖老板多礼了!区区小事,何须挂齿!邻里相帮,理所应当嘛!”

陈刚的媳妇芳芳精灵,既想得利又不放心,搭话说:“我看,这就不必了吧,城防队挺负责任的,其实那天要不是城防队的人来了,我家的还真要吃亏呢。”肖翠花怎能揣摩不透她那点儿心思,便挑明了说:“城防队是管全城治安的,是公家的保安,咱咋好净打扰人家呢?我请陈师过去,每月付给他看门人双倍的工钱。”

“不用付钱,你有事吆喝一声,我就过去了。”

“那不行!行有行规,我那店虽小,也必定是个店,你如果愿意,我就必须付给你工钱。”

陈刚说:“肖老板既然把话说到这份儿上,谢谢肖老板信任。我答应,那事对我来说,也着实算不得什么难事。”

“那就这么定了。”

芳芳说:“其实,肖老板生意红火了,咱周围人都得利沾光呢,我见有许多邻人在你店里做事呢。”

肖翠花借坎搭台:“近水楼台先得月嘛!有好事,我肯定先给咱邻近的人做。陈太太如果愿意到我店里做事那就更好,陈师在我店里你也就放心了。”

芳芳脸绯红:“我有什么不放心的,肖老板有什么事要做尽管吩咐。”于是肖翠花就让芳芳联络人到大店洗衣房打短工。芳芳满心欢喜,满口答应。送走肖翠花,芳芳折回来关了门说:“那狐狸精得是打你的主意了?或者说,你已与那淫妇有一腿了!”

“你胡说什么呀!”陈刚有些生气。

“那你为什么就那么愿意为她效劳?”

“你要不放心,我就把你拴到我裤带上,好寸步不离地监视我。”

芳芳笑着捶了他一拳说:“我是给你敲警钟呢!”

梁记骡马大店扩建工程大功告成,为西关街平添了一道靓丽风景。尤其那挑檐翘脊傲然挺立的门楼盖得漂亮极了。屋脊两端是一副凤头兽;字头下端,是两盘伏身翘首的龙;门上正中匾牌位置还空着,等着谁去添上浓墨重彩的一笔。让谁去添这个彩呢?那还用想,当然非吴学究老先生莫属了。肖翠花提了一包点心一瓶酒来到吴学究家,毕恭毕敬地说:“吴老先生,我想请您老为敝店门头匾上题几个字。”“能行嘛!”吴学究的眼在肖翠花的脸上身上溜过来溜过去,华美辞藻便像写文章样应运而生,“啊呀!大妹子,你真是女中英贤!那时初见面,我对你的印象是孱弱文雅,十分可怜。没想到,你还这么有气派有能耐,事业有成,有目共睹,了不起!了不起!老朽佩服得五体投地。”

“老先生过奖了!这只能说是天不绝无路之人,天时、地利、人和拯救了小女子。要说还有什么?那就是贵人相助,老先生也是其中之一呀。”

“我算什么?没权、没钱、手无缚鸡之力,能给你帮什么忙?不过,写写画画还凑合,说,题什么字?还写‘梁记骡马大店’吗?”

“我不想用那个招牌了,生意红火了,该有个好店名相配。”

“对!那么漂亮的门楼,用俗气的名字确实不雅,能配个高雅名字,那才叫锦上添花呢!”

“那就请老先生大显身手,不吝赐教!”

吴学究搔首弄腮,眼一瞅一瞅:“嗯……如果随便写个店名,我当下就给你写了,可要拟个好店名,而且要把它写成传世之作,那可颇费思索了。”

“不急!老先生你慢慢想,啥时想好了再写。”吴学究再看了她一眼说:“你看我家这环境!嘈嘈杂杂,要灵感闪光,须夜深人静,在一个清静的房间,择个吉日良辰,供上孔老夫子的牌位!”

“那有何难,咱家盖了那么多新房,腾一间让老先生在里边慢慢想。”

“那再好不过了。”

“老先生,那你说啥时能行!”吴学究掐指算算:“今天是吉日,良辰在今晚。”

“好!一言为定。那我就回家准备去了。”

当夜,肖翠花在骡马大店南楼下客房南墙下摆一张桌子,上边供着“孔夫子之神位”的牌子,牌位前放一只香炉,里边插着线香,正紫烟袅袅,香气扑鼻。香炉旁放了几炷线香。东墙下放一只方桌,上边摆着文房四宝。一只高脚青油灯油足捻子壮,炽烈的灯焰忽闪着,弯曲摆动的烟柱扶摇直上。吴学究姗姗走来。肖翠花热情迎接:“吴老先生来啦!快请这边坐。”

“肖老板都准备好了?”吴学究抽抽鼻子,“好香!对,就需要这样的氛围。啊呀!此情此境,真有一种飘飘欲仙的感觉。好,让我先拜一下孔圣人。”“不急!吃了饭再说。”肖翠花把笔墨纸砚往一旁推了推。让周妈把几碟菜摆上桌,把酒壶酒杯摆放好。吴学究假意推让了一番，就坐下来品酒吃肉。饭毕，他抹了下嘴就开始焚香跪拜，嘴里不知念叨些什么，然后起身作揖。肖翠花也上香跪拜，嘴里虔诚地说道："请孔圣人在天之灵多多关照！"吴学究点燃一支卷烟坐在桌旁椅子上吸着。肖翠花给他倒了一杯茶放在桌子上说："吴先生，我就不打扰了，你慢慢琢磨吧，有事叫周妈侍候。"

"哎！你不能走，"吴学究叫住她说，"心诚才能求真字。我心诚只是一方面，你心诚才是主要的。""那……那我留下来为你磨墨？"

"甚妙，这样，字里也就融注你的心血了。"

灯光明亮，香烟缭绕。吴学究在闲纸上练字——西施、貂蝉、妲己、贵妃……并不时用眼瞟她。肖翠花不觉红了脸，低头磨墨。他心想，这娘们愈加漂亮了！于是又在纸上写——人面桃花、明眸皓齿、潇湘仙子、西厢佳人……肖翠花想，这文人墨客就是和一般人不一样，看似简单的一件事，经文人一琢磨，就有了韵味，就蒙上了神秘的面纱。绝不似商人风格，一手交钱一手拿货那么简单；也不似农民意识那样粪土庄稼，土得掉渣。她不由得就想起小时候绕膝于老秀才爷爷时，爷爷戴着老花镜，专注地诵读诗书、书写对联的情景，倒悔恨那时没有抓紧时间多读点儿诗文练练毛笔字。她动了动站麻木了的腿说："吴老先生，灵感还没闪光呀？"

吴学究放下笔看着她说："性之所至，意之所至，笔之所至矣！今性至而意不达也！"肖翠花不解其意，心想，总归还不到火候。于是又低头认真磨墨。墨波黏稠，油光发亮。吴学究又继续练笔：佳人问世百花凋，不知蹒跚为谁来！梦里寻她千百度，蓦然回首，那人却在灯火阑珊处……

肖翠花心想，这老家伙葫芦里装的什么药？莫非嫌我没把价钱讲明。于是抬头说："吴老先生大概是醉翁之意不在酒吧？如不放心，就请说个价吧！""哪里哪里！"吴学究忙放下笔说，"大妹子，把你老哥看成什么人了，难道我是因两个钱才愿意为你效劳吗？也许我太想为你尽心尽力，反倒脑子像狗舔了，半天想不出一个恰当词儿。"

"老先生也不必过于紧张，为小小客店一个小小匾牌，不必伤了先生脑筋，今天想不出来，明天后天还可以再想，夜已见深，老先生回家休息吧。"

"不不不！夜静更深，正是神灵闪现的时候，让老朽再好好想想。"吴学究说着，点燃一支卷烟吞云吐雾，眯缝着眼盯着肖翠花看，心想，这娘儿们，好似雾里看花，愈加的可爱！思绪朦胧，倏忽间，肖翠花飘飘然向他飞来，他张开双臂搂抱，扑了个空，打了个趔趄，险些跌倒。肖翠花忙跑过去扶他："老先生，你怎么啦？"

吴学究顺势抱住她张嘴就亲："大妹子，哥想你，都想得神魂颠倒了！"

"啪！"吴学究脸上挨了一记响亮耳光。头脑顿时清醒，面红耳赤地怔怔站着，不知所措。肖翠花满面通红，喘着气说："老……老骚精，四书五经，仁义道德，让你读尻子里去了，还不快滚。"吴学究如大梦初醒，胡乱收了笔，夹着尾巴就跑。肖翠花一下跌坐在椅子上，长长地出了一口气。心想，老不死的，癞蛤蟆想吃天鹅肉，看我告诉了常德胜，让你吃不了兜着走。

吴学究一路小跑回到家内，气喘吁吁，浑身颤得像筛糠，取壶倒水，反把杯子掉在地上打碎了。儿子吴承谦跑过来问："爹，你怎么啦？"吴学究往床上一躺说："我……我可能受风寒感冒了，你……你给我喝点儿红糖水。"吴承谦为父亲冲了红糖水送到口边让他喝，问："爹，你干什么去了？怎么这么晚才回来？"

吴学究"嗒嗒嗒"上牙磕着下牙，颤悠悠喝了两口水，摆摆手说，"我……我喝好了，你去吧，什么也别问。"

"爹，你好些了吗？"吴学究用被子蒙住头："我没事的，发点儿汗就好了，你……你去睡吧。"吴学究无法控制颤抖，连被子也突突突抖动着。心想，完了！完了！这真是一时不慎，脸面丢尽，她如果再把此事告诉常德胜，那还有我活的路吗？肖翠花睡在炕上也辗转反侧难以成眠，细细思量，我这是怎么啦？吴学究把我怎么啦？常德胜黑更半夜钻到我屋里，我怎么就没感到受欺凌受侮辱，而望眼欲穿盼他来呢？老李头不也尝了我的甜头吗？常德胜、老李头、吴学究能看上我，而十八九、二十岁的小伙子为什么就看不上我？幽幽的黑暗中，眼前飘过好多同伴的面影。作为一个女人，尤其是独身女人，究竟该怎样活着？女人该如何充分利用自己的魅力？十七十八，荷花含苞；二十二三，月下水仙；三十二三，花好月圆；三十八九，熟透的石榴；四十五，下山虎；一过了五十岁，头发白了，脸面黄了，皮肉松了，眼泡肿了，有谁还愿意瞅你一眼。想想自己已近女人行程的最后一站，再过几年，黄脸老太婆一个，还有什么魅力可言？什么是贞操？贞节牌坊下压着多少冤魂；三从四德，断送了多少幸福和成功。你肖翠花过去多少年贤贤孝孝过日子，可永远穷困潦倒，直到走投无路。和常德胜的一次偶然缘遇，就彻底改变了你的人生；给老李头略施小计，就让你受益匪浅。你的成功凭的是什么？不就是女人的魅力吗？这样想着，心情就松缓了许多，转念又想，我为什么要打骂吴学究？人爱人，何错之有？吴学究爱你不道德，常德胜爱你就理所当然吗？如果吴学究如愿以偿，我并不失去什么，而他很可能就会泼老命为我效劳。如果告诉常德胜整治他，我必然就多一个对头、敌人。回想那天郭麻子找我麻烦，要不是吴学究等一应群众给我解围、撑腰，后果不堪设想。一个人想要在一处站住脚，周围人际关系至头重要。思来想去，实在不该给吴学究难堪。门锁响动了一下，她知道是常德胜来了，转了个身朝内睡了。

常德胜爬上炕，搂住她问："怎么不太高兴？"

她淡淡地说："没什么。"

"生意好，人气旺，你还有什么不顺心的？门匾字写好了没？"

"没有，吴老先生写着，身体突然不适，没写成。"

"我明天过问一下。"

"不用，过几天我再去请。"

"也不能太紧张了，忙里偷闲放松放松。""嗯！你这不是给我放松来了嘛！"于是二人抱在了一起。

十六

这天，桢县中学薛主任手拿一个文件袋来找教育局高局长，高子文把他让进屋里，探头向外看了看，然后关上门。薛主任问："没情况吧？""没有。"

"那就传达县委指示！中共桢县县委接到上级通知，说蒋介石又下了剿共密令，可能各县都有行动，县委要你密切关注桢县敌人的动向。"高子文点点头说："我才得到消息，桢县要搞一次剿匪活动，可能一两天内就要开动员大会，我会注意的。"

"好！请把敌人的兵力部署、各路剿匪头目等情况摸清楚，随时报告县委。"

按现政权的职位论，高子文是县府的教育局局长，而薛志坚只是他属下一个学校的教职员干部。但在地下党内，薛主任却是共产党的县委组织部长，而高局长是共产党打入敌人内部的地下工作者。他们不但联手和国民党反动派作斗争，同时也利用手中的职权办些力所能及的公益事业。在桢县中学设女生班那件事，就是经过他们努力争取，多方斡旋才得以实现的。

交代毕任务，高子文小声问："我可以知道桢县地下党县委书记的名字吗？"

"暂时不行，你只和我单线联系。"薛志坚严肃地说。

农历四月初一逢集，县城街道上人潮涌动，熙熙攘攘。叫卖声、谈话声、说书声、卖唱声响成一片。西街口是商贾云集的地方。丁字街西南角的三层阁楼挂着"陈记饸饹店"招牌。饸饹摊前围了好多吃饸饹的人。一个身材高大，穿灰布衫，戴旧草帽的汉子从人群中走来，他就是我们前边见过的给贾益斋担礼盒的人，姓秦名彪，贾财主家的长工，也是共产党北区武工队队长，与迎面走来的薛主任相遇。

薛主任热情招呼："表哥，你也上集来了？"

秦彪说："快夏收了，我来置几件农具。好久没见你来家了。"

"学校忙，顾不上去，哎！好久没见了，走，我请你吃饸饹，顺便叙叙。"于是二人向"陈记饸饹店"走去。一个留偏分头，穿蓝布衫鬼鬼祟祟的人尾随了进去。两个一壮一少农民模样的人也跟了进去。薛主任和秦彪来到三楼包间，要了饭边吃边交谈。

"表哥，大舅和舅妈好吗？"薛主任随即又小声说，"秦队长，好像有尾巴！"

"好着哩！"秦彪小声插话，"你快点儿传达！"又慢条斯理地大声说，"就是你大舅那气喘病有点儿犯，以前嘛，光气短，最近还加了心跳，你说他那人，就是烟瘾戒不掉，我给劝了多少次，就是不听。你舅妈说，你大舅从小就喜欢你，你又知书达理，让你去劝劝他……"

薛主任借着他大声陈述的机会小声说："县委得到消息，敌人要出动兵力清剿，北原以北惠乡保警队为主,外派县保安团一营协助,兵力大概有百十人左右,主要冲着咱北区武工队而来。南原以保安团二营和南原几个乡的保警队为主,主要针对南区武工队。县委要求你们作好防范和应对,发展和壮大武装力量,狠狠打击敌人。必要时和南区武工队取得联系,集中兵力各个歼灭敌人。另外,你报来贾生根等三位同志的入党申请,县委已经批准,由你口头传达并在你处作入党宣誓。”他快快说完,又抬高嗓门,拉长声调说,“啊呀!好长时间没见大舅了,改日休假,我一定去看望大舅。”又小声说,“你还有什么要向县委转告的吗?”

“请转告县委,我一定完成任务。”秦彪又大声说,“那你抽时间一定来呵!”

“没问题。”薛主任提高嗓门,“慢慢吃,表哥,多坐一会儿,难得在一块儿叙叙。”小声又说,“怎么办?”“啊呀!这一天真是穷忙,还真难凑到一块儿,等你大舅六十大寿时,我一定把所有的亲戚都请来,大家好好聚聚!”又小声说,“别管,我来对付,你见机行事,溜出去。”“六十大寿呀,那可要好好庆贺庆贺!”秦队长蹑手蹑脚来到门口,猛地把门拉开,那留偏分头的人正贴耳谛听,险些闪跌爬下。说时迟那时快,秦队长一拳猛击,那人鼻嘴喷血,刚要张嘴大喊,一个“抓”字没出口,便被后边跟进来的两个人撸住了脖子,塞住了嘴。后进来的那两个人也是武工队员,年轻的叫贾生根,年长的叫石云亭,人称石老三。生根从后边紧紧抱着那人,石老三迅速用黑布蒙了他的眼睛,然后二人把他五花大绑捆了起来。秦彪指指眼做了个暗示。石老三对着那人的眼窝“咚咚”捶了两下。那人痛得直跳,就是喊不出声来。生根、石老三将那人倒装进一个布袋子,丢进包间,倒锁了门。秦彪脱掉灰布衫和草帽,塞进一个木柜后,从腰里掏出个礼帽撑开来往头上一戴,然后三人大踏步向下走去。薛主任拉开距离往下走。在二楼那儿,遇见刚才端饭的伙计往上走,他挡住说:“走!清账!”于是,二人又一同往下走。

秦彪他们三人已来到楼下。收银的人说:“先生,清账。”

秦彪说:“后边有人清。”说话间,薛主任和伙计走下来交代清账。

秦彪从北门往外望,看见几个鬼头鬼脑的人往里瞅,他就和生根、石老三从北门出去。走了几步,他往墙角一闪,掏出手枪朝天啪啪打了两枪。生根、石老三大喊:“武工队进城了!”秩序霎时大乱,你喊他叫乱成一锅粥。薛主任趁乱从东门出去混在人群中走了。保安团的耿营长和城防队的高警卫员都带兵来了。

饸饹店的伙计叫喊着从楼上跑下来:“快来人呀,出事了!”耿营长和高警卫员忙去察看现场。

耿营长指示:“把布袋打开!”手下人将布袋打开,给偏分头解了绑。“怎么回事?”

偏分头扭脸四处望着:“共……共匪!”“共匪在哪儿?”“就在这间屋子吃饭的。”随后上来一个人忙扶住他说:“我们是一起的,县党部的。”高警卫员说:“原来是县党部派出的特务。”

耿营长说:“兄弟,这事发生在你们辖区,你处理吧。我们还要执行其他任务。

恕不奉陪。”“也好,那你走吧。”耿营长带着他的人走了。高警卫员问,“你认得共匪吗?”

“我的眼被打,看不见了。”

“你的眼开始没瞎吧！共匪什么样子,记得吗?”

偏分头诺诺连声:“记得记得。一个男的高大个,穿一件灰布衫,戴一顶破草帽;另一个人教书先生模样。”

高警卫员对那后来的同伙说:“你扶着他先去看病,一会儿到城防队去一下。”又对随从说,“走,到街上抓共匪!”

一个戴破草帽,穿灰布衫的老头儿担一担黄杏叫卖着走过来。高警卫员手一指说:“逮了!”于是那些兵掀掉老汉的担子,七手八脚把他绑了。黄杏撒了一地。

老头大喊:“我的黄杏,我的黄杏。”

“喊什么喊!”高警卫员踢了他一脚,“我让你杏,装什么洋蒜?”

又发现一个戴草帽的,高警卫员又一指:“逮了!”城防队员们又将那人绑了。

街人哗然,纷纷逃逸,窃窃私语:“好像专拣戴草帽的抓!”“是不是禁止上街戴草帽?”

话传出去,戴草帽者诚惶诚恐丢了草帽仓皇逃命。街上人已稀稀落落,草帽丢了一地。城防队已抓了五六个嫌疑犯。

高警卫员心里说,荒唐！究竟谁是共匪？然后大声喊:“把嫌疑犯押回!”

国民党县府大堂正在召开剿匪动员大会。保安团雷团长、检察院陈院长、常德胜、耿营长、郭福山、高子文、升任县党部书记的刘湘等都在场。

崔林玉说:“各位同人:蒋委员长令!”全体起立,啪地齐刷刷立正,肃立静听,“共产党一日不除,则国无宁日,民不聊生,彻底消灭共产党,宁可错杀一千,也不放过一个！坐下。”全体人员又齐刷刷坐下。“咱们县最近共匪活动相当猖獗,竟然闹到咱们鼻子底下来了,常德胜!”

“到!”

“西街口共匪闹事事件查得怎么样了?”

“还没查下眉目,逮捕的几个嫌疑犯都不是共产党、武工队。”

“不是也不能放,宁可错杀一千,也不能放过一个!”

常德胜立正敬礼:“是!”

“抓紧调查,限你十天内破案。高子文!”

高子文站起来:“到!”

“听说嫌犯内有一个教书先生模样的人,你要组织人力在教育系统认真地查,知识文人最危险,说不定共产党的县委书记就藏在教育界,查无所获,我拿你是问!”

“遵令!”高子文嘴里应着,心却咯噔一下,薛主任不会暴露吧?

崔林玉转脸说:“各路剿匪队伍明日一并出发,决不能心慈手软,要坚决、彻底把共产党、武工队消灭干净。我等着你们的捷报!”

全体起立高喊:“保证完成任务!”

大太太应承下亲自管家以后,对家事就格外上心。她治家绝不同于郭福山和高掌柜。很难听到她指示或训斥下人的声音,只会看见她干这干那的身影。这倒使下人们很为难,一看见主人干活,就想到自己的失职,心里比让人抽了几鞭子还难受。所以就处处留神,眼明手快。刚下过小雨,地上湿湿的。大太太出来转,她仰头看看天,想想,噢!今天下雨了。来到后院,问正在饮牲口的贵儿:“贵儿,你看没看地里墒情咋样?”

“回大太太,差不多有一犁墒。”

“今天下午多套几犋犁,再多种十亩秋玉米,五亩谷子!”

“大太太,敢种那么多?天旱收不了,不是白种。”

“不会的,按我说的办!”

“是!”

大太太又指着东南角倒了一个豁口的土墙说:“秋庄稼种毕空闲了,到砖瓦窑买些砖,把那墙换成砖墙。”“是!大太太。”大太太又来到厨房,炊事员们正忙着做中午饭。热气腾腾,香味扑鼻,她抽着鼻子说:“啊!好香。”王厨师忙招呼:“大太太,今天午饭是米儿面,你想吃什么,我给你另做。”

“不用!米儿面就好,我和大家同餐。”她扭头发现碗柜上半碗剩菜说,“谁剩了那半碗鸡蛋拌青辣椒?”李厨娘说:“那是二太太昨天剩的。”

“造孽鬼!穷人都吃了上顿没下顿,她还这样浪费!”秋红进来了,大太太说,“你先别急着吃饭,去通知所有家人,下午除王厨师、李厨娘外,一律下地抢种秋庄稼。”

吴学究老伴早逝,好在儿子儿媳孝顺,请医调治,精心侍候。只是文人心胸狭窄爱面子,病情日趋加重,不多时就瘦成一把骨头。一会儿昏迷,一会儿清醒,性命危在旦夕。肖翠花闻听,自觉心里愧疚,提了礼物前去看望。吴承谦到内屋趴在父亲耳边小声通报:“梁记骡马大店的肖老板看你来了。”吴学究微弱但坚决地说:“谢绝!就说我已昏迷不省人事。”

吴承谦来到客厅说:“家父病重已致昏迷,感谢婶子前来看望,就不必进去了。”“老先生对我恩重如山,以前曾多次帮助过我,这次又因为我写字感受风寒,我心里实在过意不去,定要亲见老先生一面。”肖翠花说着往内屋走。吴学究心想,这人又要什么花招?见我还没死讨命来了!吴承谦也不好硬挡,陪着他走进屋。肖翠花乍一见老头子失了人形,昏迷不醒,心头一震,果然情能杀人。还真唤起了恻隐之心,不禁哽咽涕泪,泣不成声。但细观之,见他呼吸平稳,腹部一起一伏,又想,他也许羞于见我,装腔作势!于是悲声说:“老先生真是大好人,为我写字而病,叫人后悔不已。”珍子在外边叫:“承谦,你来帮我搬一下面盆。”承谦出去了。肖翠花瞅瞅老先生,伸手隔裤在他胯间捏了一把。吴学究“突”地一抖,睁开眼睛,正遇肖翠花莞尔一笑。肖翠花告辞出来,边向外走,边大声对承谦叮咛:“好生服侍你爹,老先生德高望重,贤达四方,积下了阴德,定能延年益寿,倘若身体康复,我还要请吴老先生为我写字呢!”

吴学究心想,这娘儿们葫芦里卖的什么药?莫非——既然——何必扇我耳光;也许真像她说的——非常后悔;若果真如此,那倒真是我老汉晚年一次艳遇了!不自觉地面带喜悦,来了精神,大声叫,“承谦!承谦!”

“噢!来了。”吴承谦听见叫声忙跑进屋,“爹,你要什么?”

“给我做一碗甜面蘸蒜,我想那既甜又辣的味道。”

吴承谦喜出望外:“爹!你想吃饭?那好啊!我马上让媳妇给你做。”说着跑出来喜笑颜开地对妻子说,“珍子,爹想吃甜面蘸蒜,你快给做吧!”

珍子惊讶地说:“什么!爹想吃饭?爹差不多一月多没要吃东西了,这真是破天荒!”“可不是吗?简直是奇迹。”

“早知道这样,早些把人家肖老板请来,说不定,爹的病早都好了!”

“这大概就是人常说的,遇缘医治大病吧!也许那女人说话中听,爹听了心里舒服,病就见轻了,你也要向人家学习,对爹说话好听些。哎,对了,你把面擀薄些,蒜烧油些。”

十七

赵庄砖瓦窑在村边的高崖下,烧窑呈蘑菇状,借崖而筑。西边傍着大路,东边依着高崖打了三孔土窑洞。砖场边有一棵挺拔的白杨树。人到中年的砖瓦匠王喜夫妇正在出砖,弄得灰头土脸。王喜妻身怀有孕,挺腰掂腹,行动迟缓。窑场上有大小七个孩子,四男三女,大的十五六岁,小的四五岁,大一点儿的在帮大人出砖,小一点儿的在窑场上玩耍。

贵儿把车停在砖堆旁说:“王师,买几千砖!”

“行嘛!让娃们给你帮着装。”那些出砖的孩子一听,都把砖抱到马车旁,以至于贵儿装砖都应接不暇。

贵儿擦了把头上的汗说:“王师,这些孩子是你雇来的?”

“哪里,都是我们自家的孩子。”

贵儿惊讶地说:“你们就这么多孩子呀?”

“可不,肚子内还有一个,都三个月了。”

贵儿看看王喜妻:“啊呀!嫂夫人可真是能生呀。”

王喜妻红了脸,一边擦汗一边说:“哎哟!把人累赘死了,个个都嗷嗷待哺,迟早非让这伙娃儿累死不可。”

贵儿心想，把这分给大太太一个，该有多好啊！于是大声说："嫌累送人不送？"

王喜妻笑着说："送！只要有好人家就给。"

"活泼可爱的孩子，送人，不心疼吗？"

王喜说："啊哈，咱再没啥本事，生娃可是拿手好戏，你没见，一个跟着一个出不及，还两个一起往出蹦呢。你看那两个双胞胎。"

贵儿顺手望去，两个三岁大小的双胞胎兄弟正追逐嬉戏。随即说："说话算数，我这里真有人想要呢！"

"他叔，你当真呀。"王喜妻看看丈夫，"这……"

王喜看看妻子，用商量的口吻说："如果说，当真要给，已出生的给哪个也觉不妥，就说肚子里这个吧，不管是男是女，一生下来就给。娃他妈，你看……"

"对对对！我也是那意思。不过，先要看给谁？家道不好，人品不正，我们不给。"

"那当然，凡事总得说得上通下和，大家满意才行！这事就说到这儿打住，我问了对方，再给你们回话。"

"好好好！光顾说话，误了装车，快装！"王喜说着，麻利地帮贵儿装上车。

"王师，记着数，拉完再算账。"贵儿说着，一甩鞭儿，赶着车走了。

贵儿惦记着帮大太太要孩子的事，卸完砖没顾上洗脸就跑到大太太屋给她报告好消息。大太太正在拜佛，插好了香说："有什么事，这么急呀？"

"你不是说，让我帮你要孩子吗？"

大太太乜了他一眼说："哎呀！你就这么灰头土脸地给我说要孩子的事吗？你不会洗了脸，再来说吗？"

贵儿看看自己，不好意思地说："我着急，就没顾上洗脸。"

"好好好！你说吧！"于是贵儿就把去赵庄砖瓦窑拉砖，看见砖瓦匠王喜夫妇有七个孩子，妻子肚子内还怀着一个的事对她说了。"于是我就想把他们的孩子给你要一个，一试探，人家还真愿意……"

大太太脸一沉说："要别人家的孩子不亲，我不要！"

"大太太，你听我把话说完嘛，你要人家出生的，人家还舍不得呢！我是想把肚子里那个三个月的……"

"肚子里那个还不是要生下来才抱嘛！"

"我想这样……"贵儿对大太太耳语。

大太太点着头："嗯，这主意还不错。不过，得绝对保密！最好她生下孩子就离开此地。"

"剩下的事都好说，你先把主意拿定，要不，你先和老爷商量商量……"

"商量个屁！我的事我做主，你先和人家说，能按我的意见办就行。"

贵儿走后，大太太想，这个贵儿，是不理解我的意图呢？还是有意卖乖？继而又想，也许他有自己的想法，毕竟人家还是个没结过婚的娃芽儿，这事一旦让人知道了，他也不好活人，本身就穷得娶不起媳妇，有了这等事，谁家的女子还愿意嫁他？罢了！咱不就是想要个孩子嘛，细想想，贵儿想的这法子也妙，果真那样，谁能知道孩子不是我亲生的？只是对于一个没生过孩子的女人来说，要装出怀娃的征象来，也让人颇费头脑，她试着把一个小枕头塞在前腹袄下，看看，自言自语，这像怀胎三个月的样子吗？六个月、九个月呢？她笑了。

贵儿扬鞭催马，赶着空车“嘎啦啦”向窑场赶，心想，终于有缘为恩人大太太办一件好事了。自从那晚大太太找他谈话后，他一直如石在心，心情沉重。今日曙光在望，可以了却一番心事了，他好不高兴，把要交涉的事宜从头至尾再细细思索了一遍。忽然想到，新生儿没奶吃怎么办？不能让王家人逗留半年、三个月，起码也得奶的孩子满月了再离开。可这事又没和大太太商量妥，到那儿怎么决定？于是半道上他又驱车返回。快到村口，他又恍然大悟，没有母乳雇个奶娘不就了了。于是又调转车头匆匆赶路。来到砖瓦窑，迫不及待地对王喜说：“王师傅，有人要你的孩子！”

王喜笑着说：“你还真把那话当回事。”

贵儿瞪大眼说：“怎么？该不会是要反悔吧？”

“不会！不会！这真是说者无心，听者有意，硬是要把笑谈说成真事呢。”

“贵贱不敢变卦，”贵儿舒了口气说，“我可是正儿八经对我家大太太说了，大太太郑重其事地让我对你们说事呢！”

“噢，是郭家大太太呀！郭家大太太远近闻名，郭财主心狠手辣；二太太尖酸刻薄；大太太憨厚诚实，心地善良，那家是托大太太的福才发的。”

“你能有此评价，我也就不必向你多介绍了，大太太没生过娃，心在娃上刻着，加上二太太动不动就揭她的短，让她伤透了脑筋，所以一心想要个娃。我把你们的情况一介绍，大太太稀罕得了不得，要我快些和你们说。”

“把娃给了郭家由大太太抚养，那娃就算跌到福窝里了，我们也就放心了。娃他妈，你说呢！”

“嗯！”王喜妻点点头。

贵儿说：“王师，咱光口头约定一下，还是立个字据？”

“咱都是实诚得说句话就能把地砸个窝的人，说成一句话就行了。”

“那好！你们都有什么要求说说。”

王喜看看妻子：“有什么要求？娃送人家屋享福去了，咱还要咋？拿娃娃卖钱呀！”

“话不能那样讲，但女人怀娃生孩子也不是件容易的事，大太太是明白人，说你们有什么要求尽管讲，就是不好意思说，她也会给你们一笔钱的。”

“那你没看大太太有什么说法？”

“大太太的意思是，从现在起，你们暗里真怀，不要太张扬。她明里假怀，到分娩后，悄悄抱过去，让人认为是她亲生的。”

“那能哄过人吗？”

“哄不过也得哄。起码让孩子认为他是大太太亲生的。”

“按你那说法，娃给过去就再不能认娃了？”

“绝对不能。”

“啊呀！可那毕竟是娘身上掉下的一块肉啊，母子不能相见，心里真不是滋味！”王喜妻说着，眼里渗出了泪水。

王喜嗔怪说：“女人家眼泪就是多。换个位置想想，娃知道你是他亲妈，整天朝三暮四魂不守舍，人家要娃图个啥？”

王喜妻擦了擦眼泪：“我不过就那么说说嘛！谁能一下子把世间的母子情割断呢？好！不认就不认，只要心里有我娃就行了。”

“大太太说多给你们点儿钱，娃生下后让你们立即离开此地回河南老家。”

“啊，”王喜妻惊呼，“都不让在这儿住啦！”

“让我想想，”王喜搔搔脑袋，“我也打算明年回老家呢，不知能多给多少钱？”“够你们盖五间厦子房。”“行！就这么定了。”王喜果断地说。

贾生根家和秦彪的东家贾财主是隔墙的邻居。夜晚，皓月当空，凉风习习，秦彪把生根叫过来起猪圈粪，并小声庄严通知他：“桢县县委批准了你的入党申请，你已经正式成为中国共产党党员。”

贾生根欣喜若狂，立正敬礼，小声严肃地说：“谢谢党！谢谢秦队长！”

秦彪举起右拳说：“举起拳头，跟我宣誓！”贾生根做好宣誓姿势，跟着秦彪念誓词：“我志愿加入中国共产党，坚持执行党的决议，遵守党的纪律，不怕困难，不怕牺牲……”大门“吱呀”一声响，贾益斋走进来。他俩立即放下手拿起镢头刨粪。秦彪大声说：“生根，哥再给你讲个笑话，从前有个憨憨娃，娶了媳妇不知道干那事，把媳妇急的哟！于是她就想了个办法……”

贾益斋走到猪圈跟前看了看说：“老秦，咋又把生根叫过来干活了？”

“老爷，我这几天有点儿事，可能要请几天假，就把小贾叫来帮忙把这点儿活赶完。”

“你一天事咋恁多，三天两头请假。”

“老爷，我有个八十多岁的老母亲，你忘啦！咱原先说好的，我要随时……”

“知道，你是个大孝子，可哪里找我这样的主子，长工想来就来，想去就去。”

“老爷，你是大好人，四乡八村谁不知道？可我也从没误过活，你说是不？为了赶活，这不是把生根也拉过来了，你也知道，这是换工，改天他家忙了，我又得熬夜帮他干。”

“好好好，我知道。继续讲你那憨憨娶媳妇的笑话吧。贾益斋说着，回屋去了。

“今天入党宣誓就到这儿，改天找机会再补。你现在赶快去，先到吴斌政委那儿，让他务必赶天黑前把敌人这两天的活动情况搞清楚；回头再去通知其他同志，今晚在吴斌的后窑里开会。”

十八

吴斌家在白家山西沟北边的崖上。窑背后就是山坡、丛林。门前有道坡，下连村巷，上通山坡。是夜，吴斌的妻子丹凤套个小母牛在门口的碾盘上碾玉米，碾子发出吱吱呀呀的叫声。小灯笼就放在北墙的壁龛里，发出微弱的亮光。她一边随牛转着向上扫玉米，眼一边四下里警惕地看着。后窑屋，武工队员们散坐在屋里的炕上、凳子上、椅子上开会。堰墙上蹲一盏高脚青油灯。高个儿、长腿卫掌运坐在桌旁抽水烟。石老三圪蹴在他旁边的凳子上抽自卷的旱烟，一高一矮形成明显对比。卫掌运见老三扔了烟蒂儿，就把水烟袋递给他，拉过旱烟盒子又自卷烟。吴斌中等个儿，国字形脸，坐在靠门口的炕沿上，机警地注视着外边的动静。卫掌运卷了一支烟给吴斌递过去又给自己卷。秦彪坐在炕沿的灯下讲话："同志们，敌人已经出动了，接上级党委指示，让我们做好应战准备，基本原则是坚持毛主席的游击战术，当前咱们先按兵不动，不要轻易暴露自己，不断扩充队伍，积蓄力量，等待时机。所以这一段时间，大家各就其位，尽量不要轻举妄动。"

石老三吹灭了火纸说："这上级领导怎么都是老鼠胆，本来运输大队长让给咱们送枪支弹药来了，咱就乘机敲打他几下，增强装备，扩充势力，却怎么像老鼠见了猫一样老要躲着？"

吴斌说："老三别胡说！听从领导，敌人县保安团来了一个营八十多人；北惠乡保警队三十多人，且初来乍到趾高气扬，而咱只有三十多个人，且枪支弹药不足，你要拿鸡蛋碰石头吗？"石老三还要争辩，卫掌运轻轻拽了下他的衽襟，示意他别使性子。

丹凤大声吆喝牛："你快些，快些，好我的老黄牛呢！你要磨蹭到啥时节？"

吴斌立即取出几个骰子碗放到炕上、桌子上，人们分别围成摊掷起了骰子。这儿俨然成了赌博场。

丹凤又喊牛了："唷——停一下，停一下，你呀，让你走时，你不好好走，让你停时，你又不停。"吴斌说："没事了，继续开会。"

秦彪说："同志们，吴斌说的是实情，石老三的心情也可以理解，咱们共产党、红军、武工队不是熊包，共产党毛主席领三五万人冲破国民党几十万军队的围追堵截打到延安，现在发展得何等壮大了，还怕他国民党反动派？咱们不怕他县上这点儿腐朽力量，但要讲策略。退一步，是为了更好地向前冲；收回拳头，是为了更有力地出击。有的是仗打，大家先忍一忍，到时候好好让大家打一个漂亮仗。现在最重要的是保存实力发展壮大。记下了没？"

"记下了！"大家有力地回答。石老三会意地点点头。秦彪宣布散会，要卫掌运留下。吴斌说:“注意,分散走,不要目标太大。”

人们都走了,贾生根不知该不该等老秦,正在犹豫,老秦看见了说:“生根,你等一下,说完了咱俩一起走。”于是又对那两人交代,“吴斌,你注意继续侦察敌人情况,老卫,你明天给嵬山的薛队长送封信。”说着,从身上掏出一个小纸包递给他。卫掌运接了信说:“保证完成任务。”秦彪握住他的手说:“掌运同志,信很重要,人在信在。”“信失人亡!”“但愿不那样。”卫掌运笑着说:“没事,谁能把谁说死。”

保安团耿营长带着剿匪队伍开进了北惠乡。郭福山设宴为他接风洗尘。乡公所的大饭厅里,县保安团和乡保警队的人在肥吃海喝,碰杯划拳。不知他们是为能参加剿匪而自豪,还是为能借此大吃大喝而高兴。

郭福山敬酒,致欢迎词。耿营长鼓动、打气许愿:“弟兄们,蒋委员长有令,攘外必先安内。剿灭共产党,宁可错杀一千,也不放过一个。咱们任务明确:就是要坚决彻底消灭共产党、武工队,告诉大家,打了胜仗,抓住了武工队、共产党,我开庆功会犒劳大家,为你请功领赏。升官发财,在此一举! 大家有信心没有?”

众呼:“有!”数二狗喊声大,高兴得能抡破他那梆子头。

北部山区,崇山峻岭,山高林密。顺着山势形成了好多条川道。道路沿川蜿蜒而上。经过密谋策划,耿营长和郭福山分别带队从两条川道向山区进发。

郭福山骑马在前,高天顺带着保警队荷枪实弹步行在后。二狗气喘吁吁赶上前求见郭乡长。郭福山勒住马缰问:“什么事?”

二狗说:“我认为这样巡山不一定能遇上武工队。”“那你的意思?”“武工队一般都活动在深山密林内,走大路,十之八九都遇不上他们。我看上山走小路,或许还有胜算。”

郭福山观察了地形说:“高队长,你和二狗带一班弟兄从前边的小路上山,认真巡查,赶天黑在白狼沟口集合。”高天顺、二狗同时立正敬礼:“是!”二狗高喊:“一班听令:从这边上山!”于是,队伍一分为二,分别向川道和山梁走去。

上川岔道口,卫掌运肩着褡裢驻足,踌躇不前。心想,这几天敌人巡查,大路上肯定有敌人,我还是走小路为妙。于是迈开大步,向通山的小道走去,一路披枝豁叶,迅速前行,随时警惕地四下张望,并不时摸摸左胸内衣口袋里的密信。他蹦上一个坎走上南山梁。正遇上高天顺和二狗带着保警队迎面走来,不觉一怔。心想,晦气,真是冤家路窄。躲避已来不及,干脆大大方方走过去,看他还能怎的? 二狗不是吃素的,把枪一端,大喝:“站住,干什么的?”卫掌运面不改色道:“进城。”

“进城干什么?”

“给牲口抓药。”

“把药方拿出来看看。”

“没药方,到那儿给先生说了症状再调药。”

高天顺盯着他看了看说:“我看你倒像个武工队的送信的。搜!”二狗和几个保警队匪徒立即扑了上去。卫掌运拼力推挡:“你们这些土匪,凭什么搜我? 我要告你们!"

"哼,好大的口气。我让你告!"二狗用力一撕,撕开了掌运的袄襟,手伸向内衣口袋。紧要关头,卫掌运挣脱手,掏出密信塞进口里。高天顺说:"快,撬开嘴。"

二狗用力扳掌运的嘴,并大声说:"快,掐住脖子,小心吞下去了。"一个匪徒紧掐掌运喉管。卫掌运紧咬牙关。二狗无能为力,狗急跳墙,跳开一步,抓起带刺刀的步枪,照准掌运的肚子"扑"一声刺进去。卫掌运"哇"一声,连信带血,吐了二狗一身一脸,倒在血泊内。二狗拾起信狞笑着说:"嘿嘿,你娃有多硬!"把信递给高天顺。高天顺展开血迹模糊的信,吃力地念:"薛队长台……台鉴:八月二十……带兄弟们……临河酒家……肥鱼大虾。"他把手一甩,"是武工队员,快问武工队在哪儿?"二狗弯腰问:"快招!武工队在哪儿?说了饶你不死。"

卫掌运吃力地睁开眼睛:"你们这……这些魔鬼!我告……告诉你,武工队马上就来消灭你们了。"高天顺掏出手枪威胁说:"你说不说?不说,我马上毙了你。""呸!"卫掌运吃力地唾了一口,"做你……你妈的梦吧。老子……""啪!"一声枪响。卫掌运同志献出了自己宝贵的生命。

石老三听到掌运被害的消息,火冒三丈,跑到吴斌家通报情况,提着双枪就要去报仇。吴斌挡住他说:"别胡来。走,马上找秦队长汇报情况!"于是,二人连夜来到贾家山贾生根家,让生根到隔壁叫来了秦彪,在生根的小屋里研究对策。贾生根给三人倒上茶,并把盛旱烟的铁盒子放在堰墙上。石老三述说情况,原来李老汉在山上放牛,看得真切。狗日的高天顺、二狗屠杀卫掌运惨不忍睹。烟雾弥漫,豆油灯闪闪,每个人眼内都蓄满泪水。

吴斌狠狠在堰墙上砸了一拳说:"狗日的,敌人可憎极了。"

石老三说:"秦队长,现在就去给二哥报仇吧!我要杀他个片甲不留。"

"不可!"秦彪在堰墙上磕了烟灰,扔了烟袋说,"我知道你们是同生死共患难的拜把子兄弟,你的心情,我完全能够理解。可是我们现在去,正中敌人下怀。他们正做着把我们一网打尽的美梦呢!""秦队长,那你说,送葬老二那天我们该去不该?"吴斌问。

"不能去。去了,肯定中敌人的圈套。通过掌运同志的亲戚,给他的妻子送些钱去,并转致我们的问候,告诉她,我们一定会给卫掌运同志报仇的。"

石老三跺着脚说:"妈的,我受不了。不来大动作,起码先把高天顺和二狗的头剁了给二哥做祭礼!""不行!越急越办不成事,那两个乌龟不会把头伸出来让你剁的。"

"秦队长,我请示,这事由我去办,是好是坏不连累武工队。"

"老三,别意气用事,听从领导安排!"秦彪又挖了一锅旱烟吸。那两个也气呼呼地抽着烟。屋子里烟雾更浓,沉闷的气氛让人窒息。贾生根瞅瞅三人,凑前去嗫嚅地说:"秦队长,我有个计谋不知行不?"秦彪拔下嘴内的烟袋挺直身说:"什么计谋?快说!"那两个也瞪大眼睛看着他。

"郭麻子把他的家丁都编进乡保警队了，现在又出外巡剿，家中空虚，我们不妨到他家里敲磕一下，一方面给咱们补充点儿供给，另一方面，也起个敲山震虎的作用。郭麻子听到消息，肯定亲自或派人回去，我们埋伏在半道上……"生根在半空中做了个摁拳动作。吴斌说："这计谋好。"

石老三说："哟！没看出生根小老弟脑子还挺好使的。"

秦彪竖起大拇指说："好！英雄所见略同，不瞒你们说，我让掌运给南原武工队送信，就是想联络南原武工队出其不意攻打县府。既然大计划暂时让敌人破坏了，咱就来个小出击，得去多少人？说说你的战斗部署。"

"去郭麻子家不用大队人马！我带三五个人就行了，我在郭家干过活儿，熟悉地形，二太太的钱匣子藏哪儿都知道。设伏截击的事请大队长安排。"

石老三说："我也去，杀他个血流成河！"

秦彪说："老三，切记：啥时都不能滥杀无辜。捕杀郭福山、高天顺和二狗的重任就交给你！"石老三说："好啊！秦队长快下命令吧！"

秦彪部署："时间就放在送葬卫掌运同志的前一天晚上，敌人把注意力都集中在那里，咱就来个乘虚而入。生根，这事就交给你。连你去五个人，要麻利！主要任务是调虎离山，完成任务就撤。吴政委负责监视敌人，随时通报情况。石老三通知你的小分队，做好战斗准备，但暂时不要告诉他们干什么。按时在指定地点集合！"

高天顺和二狗旗开得胜，高兴得像吃屎碰上豆子的狗，心想领导一定会嘉奖他们。没想到晚上回到乡上一汇报，郭福山倒把他们训了一顿："怎么搞的？为什么非得打死？留个活口还好审问，也好邀功领赏！"二狗说："乡长，你不知道，那家伙把证据塞到嘴里，眼看就要吞下去，不捅他一刀，他能把证据吐出来吗？"

高天顺说："那家伙硬得很，肚子上的血突突突直冒，嘴里还骂娘。再说，已成那样，运回来也是死尸一具。""好啦！不说了，去去去！我和耿营长沟通一下。"

郭福山和耿营长也绝非等闲之辈，他们也在分析情况，认为武工队一定会报复。武工队员讲义气，一定会在送葬卫掌运那天来参加葬礼。于是布下天罗地网，一心要在那天把武工队一网打尽。送葬卫掌运的前一天晚上，风劲天黑。贾生根等五个年轻武工队员摸到了郭家院墙外。贾生根分派战斗任务："子善、剑英去春艳、秋红屋门口守着，有动静，就把她俩绑了，塞住嘴，别伤人。没动静，就别惊动她们；志诚、百灵去二太太屋，塞紧她的嘴，贵贱别让她喊出声！如果不从，就给点儿颜色看看。撬开柜子，到暗格里找那个红漆钱匣子。要麻利！干完就马上撤，村北乱坟岗子集合。"子善问："大太太那儿呢？""不动大太太，我自有安排。"五人装扮成蒙面人模样翻墙而入。百灵拨开二太太的屋门，二人钻进去，扑上去压住二太太，塞嘴、捆绑。二太太还没醒过神来就被捆得严严实实。她挣扎着，双腿乱蹬，就是喊不出声。志诚在她腿上捶了两拳，低声骂："再捣蛋打死你！"二人撬开柜子，顺利地找到钱匣子，撬开锁，把银圆和金银首饰倒进一个布袋内。临走，百灵撂下话:“告诉你家老爷子,杀害我武工队员没有好下场,血债要用血来偿!”

贾生根圪蹴在二门口警戒,黑夜静悄悄。他看见那四个黑影溜出去了,然后轻轻进了马棚。儿骡一见人来就嚎叫起来,他抓紧行动,迅速割断骡马的缰绳,敞开后门。精灵一样消失在夜幕内。贵儿被儿骡的叫声惊醒,爬在窗口向外张望,看见牲口从棚内拥出来,大惊,急忙穿衣起床。大太太也听见了儿骡叫声,睁开惺忪的眼睛,伸了个懒腰,心想,这乱糟糟出什么事了?随即听见贵儿喊:“快起床哟!家里钻贼了。”人们都掌灯执杖出来了。一时间,郭家大院灯火通明,混乱一片。

大太太说:“都别乱,各房查查看丢了什么?”

春艳惊慌失措地跑出来说:“快来呀!二太太被绑住了!”众人来到二太太屋里,给她松了绑,掏了塞口的东西。她忙跑下炕到柜子去翻,看见那只空匣子被扔在地上,“哇!”哭出声来,“啊呀!我的钱和首饰都被抢走了。这该怎么办呀?”

“别哭,财去人安。只要人没事就好。”大太太问春艳、秋红,“你们怎么都没听见?”春艳说:“我们睡着了,一点儿也没听见。”

二太太哭着说:“还打我啦!还说……还……还说,老爷杀了武工队的人,血债要用血来偿!”大太太双手合十:“阿弥陀佛,罪孽。”

贵儿跑来说:“大太太,牲口的缰绳被割断,骡马跑了十多头。”大太太说:“众人听着,一律出去找牲口,能找回几头算几头,注意安全。”他回头又对贵儿说,“你就别管牲口了,天马上亮了,你准备一下,赶快去给老爷报信。”

西渠村正办着卫掌运的丧事,哀乐声声,哭声阵阵,紫烟袅袅,纸灰飘飘……村民帮忙的、亲戚朋友站满了院子。卫掌运的儿女后人哭得死去活来。一大早,吴斌来到卫家,招手把掌运妻叫到屋内。掌运妻桂花擦着哭红的眼睛说:“大哥,你来啦!”

“老二家的,节哀!”吴斌从身上掏出几个银圆给她,“这是我和石老三等兄弟们的礼份,你收下!我就不送礼房去了。”

“大哥不是托人送过一回钱了吗?”

“那是组织的抚恤金,以后有啥困难,尽管告诉我,恕我们不能亲自来送二弟,告诉你那自家兄弟,抓紧办理丧事,提前出殡,说不定还会出啥事。”“嗯,知道了。”

吴斌拉低头上的草帽溜出了卫家。瞅瞅四下无人,进了隔壁的梁保长家,保长梁忠惠一见说:“哟,是老吴呀。快屋里坐!吃饭了没?是到隔壁参加葬礼的吧?”

“吃了,我到那边转了一圈,专门找你来了。”“有啥事吗?”“打探剿匪团的消息。”“剿匪团就没来咱村嘛!”“会来的。”正说话间,有人在外边叫:“梁保长,剿匪团来村里了,让你赶紧过去。”

梁保长掀开帘子说:“知道了!你去告诉乡长,说我马上就到。”折回来说,“老弟真是神机妙算。”

吴斌说:“我就在你家窑背上观测,随时把情况报告我。”梁保长点点头。他也是我党打入敌伪政权的地下党员。

梁保长走进保公所，保警队的人立了一院子，他笑着说："郭乡长到了，有失远迎。有什么吩咐？"随即开门让乡长等人进屋。郭福山说："你们村葬埋匪徒，为防万一，剿匪团暂时住村治安，我们打前站安排，保安团随后就到，你好好配合。""是是是！"

"队伍一会儿要在这儿吃顿饭，你准备一下！"

"多少人？"

"一百多人。"

梁保长面有难色说："人都到那儿帮忙去了。"

"怎么？不想管？县武装好心保护你们来了，让他们饿着肚子打仗？"

"哪里！哪里！"梁保长忙赔笑脸说，"我是在分析情况想办法，这样吧，那儿待客时，特开几桌待大家行吗？""我不管你怎样安排，到时剿匪团的人要吃饭。"

"是，我想办法。"

"高队长！"高天顺两脚一并立正敬礼："到！"郭福山说，"把人布置出去。"

"是！"高天顺刚要走。贵儿急急慌慌跑进门，叫："老爷，不好了！"贵儿拖着哭腔把府上遭劫，二太太被绑，府上的牲畜被放跑等，述说了一遍。郭福山、高天顺一听大惊失色，打发走贵儿，唧唧咕咕商量了一阵，命二狗带着保警队一个班回去看家。二狗趾高气扬地说："乡长，不捉武工队啦？我刚捉得手熟了。"

"你这次剿匪立了大功，随后我到县府给你请功，你回去先看好咱家，我们完成这个任务马上就回来了。给！"郭福山说着从身上掏出一叠钱给二狗，"这点儿钱你先拿着，路上给弟兄们买酒喝。"

梁保长匆匆赶回家，关了院门，把剿匪团进村、贵儿忽然来报，把郭麻子家遭劫、并派二狗带一个班回去了的事报告给吴斌。

"郭乡长和高天顺没去？"

"没去，好像说还有什么任务。"

"你知道二狗走梁上还是川道？"

"不知道。"

"那我走了。"吴斌说着拔腿就走。"慢！"梁保长挡住他说，"我见保警队在村口布置了岗哨，你这样出去怕不方便，我送你出村。"

吴斌他们来到村口，正遇上高天顺对一个保警队员交代什么。梁保长打招呼："高队长忙着哪！"

"梁保长，你这是……"

"噢！我这是派人给咱上街割肉，中午要赶上大家用餐嘛。"梁保长说着，给走远了的吴斌招手，"快去快回哟！别误事。"

吴斌"噢！噢！"着走了。二狗领着十多个保警队员走到岔路口。三子说："班长，走梁上还是走川道？"二狗搔了搔脑袋，手一挥说："走梁上！说不定今天还能捉个武工队员，那咱就赚大了！"一行人飞扬跋扈地向梁上那条道走去，腾起一路尘埃。吴斌吊远盯着，然后飞快向川道那条路跑去。

山梁上，一条道随山蜿蜒。草木蓬生，山风习习。一道道山川尽收眼底。二狗说："好凉快呀！真是心旷神怡！哥儿们，放开嗓子吼一阵秦腔如何？"众人均说好。于是山野里响起驴嘶马嚎般的吼唱声。二狗忽然吆喝："停！停！"唱戏声戛然而止。"这样吼叫着，把武工队都吓跑了，还怎么能逮着武工队员？"木桩说："班长，今天山上没有武工队员。"

"你怎么晓得？"

"高队长不是说，武工队员都给他们的同伴吊孝去了嘛！"

"噢！"二狗拍拍脑袋，"你看，我怎么给忘了。"停住四下望望，前边就是石佛洞，斜旁有一条小道直通川道的街子镇。他手一抡说，"走，下馆子会餐。"于是一行人循小道而下。丛林中隐现一石洞，名曰石佛洞。石佛洞是上古佛教盛行时代，诚心信佛的石匠仿照敦煌石窟的样子，在山洞的石壁上刻了很多佛像，表示顶礼膜拜。大概是佛不愿意看见人间的厮杀吧，让二狗逃脱了。这可气坏了石老三，要知道，他们是接到吴斌的报告，刚从街子镇赶来埋伏在石佛洞后边的林子里的。他跺足说："妈的！到口的肉让溜了。"

吴斌说："狗日的，二狗还怪狡猾的。"

石老三说："我看追上去，杀他个片甲不留！"

"不行！"吴斌说，"那样不一定能消灭他，我们也会有伤亡。"

"要不跟回去，晚上来个瓮中捉鳖。"

"不行！秦队长交代，必须在天黑前结束战斗，晚上另有任务。"

"那你说怎么办？"

吴斌看了看天说："天快晌午了，我估计二狗领着人去馆子吃喝去了，你带人从前边那道山梁直下到黑水潭，那儿是出川的唯一出路，就让狗日的在那儿喂王八吧。""好！那你呢？"

"我仍旧跟过去，随时前来给你报信。"

一条街道，亦为通川之路。名曰街子。寥寥几家店铺，稀稀落落些许行人。二狗一伙的到来，给小镇平添了几分嘈杂和热闹。二狗指着面南的一家饭馆说："就这家。绿野酒家，名字还怪好听的。"

常有、满仓等说："好，就这家。就这家。"说着，一行人拥进了饭馆。

二狗喊："掌柜的，弄两桌子饭，好酒好肉上啊！"吴斌尾随而至，在街上瞅瞅，进了"绿野酒家"斜对面的"迎宾饭馆"坐在靠窗的一个位子上。对面二狗一伙的言行举止一目了然。绿野酒家内，二狗一伙猜拳喝酒，嘻嘻哈哈。"弟兄们，为庆贺咱们逮武工队员立功受奖干杯！""干杯！干杯！"众队员嚷着。"你们说，咱们再能逮住武工队员不能？""能！""可惜呀！老爷让咱们看家，还能逮武工队员吗？"三子问："班长，你为啥那么恨武工队？"

二狗醉醺醺地说："武工队专打财主有钱的，咱……咱靠给有钱人看家挣钱，你说，财主被打完了，那不断了咱的财路吗？那些穷光蛋武工队能给咱们钱吗？”二狗一伙酒足饭饱之后东倒西歪地出了绿野酒家，顺川道而下。吴斌也背上褡裢出了饭馆，跨过小河，从河湾一片杨树林绕到二狗他们前头，飞跑而去。黑水潭离川口十余里。盘水在此跃下丈余高的石崖，形成一个大水潭，深而暗，水呈墨绿色，故名黑水潭。只有一条人行小道从潭边绕过。山高谷深，阴风阵阵。二狗领着人说笑着踏上潭边小路。忽然“啪啪”两枪，走在前边的一个匪徒掉下了黑水潭。紧接着响起密集的枪声。石老三在前边的山崖上喊：“打，狠狠地打。”随即带着人冲下山崖。二狗一惊，大声喊：“往回撤，占领高地。”回头没跑几步，吴斌带着人又从后边打过来，大喊：“缴枪不杀！负隅顽抗，死路一条！”二狗也喊：“打，抓武工队。”武工队前后夹攻，匪徒鬼哭狼嚎，有人告饶：“别打了，我投降。”“挺住，谁投降，我毙了谁。”二狗举枪向那个喊投降的匪徒射击。但他却中弹倒地。匪徒们见二狗倒下了，都纷纷举手投降。武工队员们上前缴了匪徒的枪。

二狗还没有死，嘴里骂骂咧咧：“消灭共……共匪！抓……抓武工队！”

一个武工队员举枪说：“送这狗日的上西天吧。”

“慢。”石老三说，“那样死，便宜他了。”说着，取下背上的马刀，“我要取他的首级给二哥祭奠。”举刀砍下，肉飞血溅。那些匪徒又吓得趴下了。

吴斌对匪徒们训话：“保警队的兄弟们，国民党反动派似秋后的蚂蚱——蹦跶不了几天了，别为敌人卖命了。愿意参加武工队者，我们欢迎；不愿意的，放你们回去。可有一条，再一次在保警队或保安团等反动组织里发现你们，定杀不饶！”

众匪徒说：“记下啦！记下啦！”说完四下逃散。只有钱常有和梁满仓两个留下了，在一旁小声商谈。

“武工队好厉害，咱参加武工队吧？”

“行！我也这么想。”吴斌看见了问：“你俩，啥意思？”

钱常有说：“我们总算看清了，国民党腐败无能，愿意弃暗投明参加武工队。”

石老三问：“你们是哪个村的？叫什么？”“我叫钱常有，他叫梁满仓，都是河西村的。”

“好，你俩先回去，有事通知你们。”

小顺子赶来报告：“吴政委，秦队长要你速战速决，按计划进行。”

“知道了。”吴斌说，“现在大家赶快回去收拾，天擦黑在王庄的马场集合。”

大家三三两两散去了，石老三对吴斌耳语了几句，把二狗的头包好拎着，两人向山上大步流星走去。

正当郭福山和高天顺扬扬得意地在西渠村保公所审问人时，三子惊慌失措地跑来报丧：“老爷，不好了，二……二狗被武工队杀了，剁了脑袋。”

“啊！”高天顺惊得瞠目结舌。郭福山脸色骤变，强装镇静说：“别慌，怎么回事，你慢慢说！”

“在……在黑水潭那儿，我们遭遇武工队埋伏。”三子述说了战斗经过。

“啊呀！我们上当了！”郭福山拍拍脑袋说。“伤亡大小？”

“死了五个人。”

“其余人呢？”

“放了，武工队的头头说……说……说，如果再在保警队里看见我们，定斩不饶！”

高天顺恶狠狠地说：“我非把他们斩尽杀绝不可！”

黄昏时分，吴斌和石老三来到掌运墓地。凄风衰草，荒山低云，一家新坟纸屑飘飞。二人供奉好人头，一同向坟墓鞠了三个躬。石老三哽咽着说：“二哥，弟给你把仇报了，你九泉之下也可瞑目了。”吴斌说：“二弟，安息吧。党和人民忘不了你！革命尚未成功，我们去战斗了！再见！”

石老三对空放了几枪，吴斌点燃了一串鞭炮，噼里啪啦一阵爆响。二人回头看看，钻入山林，向南奔去。剿匪团的人听见枪声一片惊慌。有人报告说，从墓地那儿传来了枪声。紧接着有人说，发现掌运墓前供着二狗的人头。耿营长下令：“马上集合，全副武装向墓地进发。”哨音、号声大作，响起杂乱的脚步声。剿匪团迅速包围了墓地，朝那儿乱放枪。耿营长大声喊：“停止射击，高队长，带着你的人前去察探一下！”高天顺手一挥，保警队员蹑手蹑脚向前“挺进”，好像那暴露无遗的坟茔潜藏着千军万马。谁的枪走了火，吓得保警队的人都爬下，头贴地，活像一群野鸡——顾头不顾尾。偷眼瞅瞅，没事。爬起来继续前进。

坟前，二狗的头死不瞑目，灰暗的目光瞪着群匪，匪徒们胆战心惊，草木皆兵，左顾右盼。高天顺围着坟墓转了一圈，直起腰用手示意：“没情况，过来。”

剿匪团一哄而上围过去，郭福山对耿营长耳语了几句。耿营长眼一瞪说：“立即回乡公所。”

郭福山对高天顺交代，要他领人把二狗的头身归一，好生就地掩埋。高天顺走了两步，回头问，“家里的事怎么办？”“别管！暂时顾不上了。”

月朦胧，星光闪闪。风啸啸，草木嗦嗦。北惠乡乡公所戒备森严，门外有人站岗，院子里有流动哨，屋顶上还架着一挺机枪。高天顺巡回检查，小声叮咛：“团长有令，加强警戒！玩忽职守者重罚！”

夜半，马蹄声“嗒嗒嗒”由远及近。一匹战马飞奔而来，在北惠乡门口停下，原来是县府派来十万火急的信使。耿营长接过信轻声念：“武工队夜袭县府，有劫狱动向，令你营连夜速回……”“啊！”郭福山一下跌坐在椅子上，“我们又上当了！”耿营长后悔不迭，说：“这会儿才真相大白，刚才武工队使的是声东击西计，把咱们搞得狼狈不堪，还以为武工队要袭击乡政府呢。好啦，这儿的事暂时留给老兄，我奉命回城了。”“好，祝你顺利。高队长，集合兄弟们欢送保安团兄弟。”

乡政府立即骚动起来，集合的哨音此起彼伏，士兵们手忙脚乱，丢三落四，狼狈不堪，一阵骚乱后，保安团二营匆匆忙忙离开了北惠乡。

高天顺回头说：“郭乡长，保安团走了，咱们怎么办？”“撤了岗哨，关门睡觉。”

“那家里?”

“你今晚在这儿招呼,我带三子回去看一下.”

“带一个人行吗?”

“放你的二十四条心,今晚轮不到武工队骚扰咱们。”

县监狱就在县政府西边。秦队长和薛队长正领着武工队以猛烈的火力攻击监狱守敌。枪声像炒豆般爆响,时而掺杂着手榴弹爆炸声。

县政府大堂内,县长崔林玉、县党部书记刘湘像热锅上的蚂蚁坐卧不安。崔林玉一再催问:“县南、县北的保安团队伍怎么还没撤回来?”

县长秘书张琪说:“已快马去传你的命令了。”

刘湘安慰说:“常德胜的城防队已顶上去了,或许不要紧的。”

崔林玉大骂:“蠢猪,真是一群蠢猪。剿匪,剿匪,匪没剿了,倒让共匪乘虚而入打到后院来了。张琪,快马再探,看保安团的队伍到底咋回事?”“是!”

深沟、弯坡、石拱桥,桥中间有一石牌楼,上书“律济桥”三字。幽幽深沟,草木丛生,涓涓细流从沟中流过,蒙蒙夜色中显得异常肃穆宁静。保安团二营以二列队形徐徐前进,耿营长骑着大红马断后,警卫员小丁紧随其右。队伍已进入律济桥。先头部队正上南坡,队尾也已进入桥面。忽然枪声大作。埋伏在沟南面的武工队员向敌人猛烈射击。贾生根大喊:“同志们,打! 狠狠地打!”枪声、手榴弹爆炸声响成一片。敌人乱作一团,胡乱射击,抱头鼠窜。耿营长的马也被惊得胡跳乱蹦,大声嘶嚎。他在马上大声喊:“都别乱,向前冲。谁退,我打死谁!”保安团的人又回头向前冲。有不少士兵倒在血泊中。小丁说:“耿营长,我们不如先占领沟北高地,要不然,再来一股敌人,我们就只能在沟底挨打了。”耿营长还没顾上发号施令,就有人向北坡跑。

吴斌、石老三他们刚好赶到。吴斌说:“来得早不如来得巧,打!”石老三端起歪把子机枪向敌群扫射,嘴里嘟囔着骂:“妈的×,洋花生给你们管饱。”吴斌也把手榴弹扔出去,轰隆隆在敌群中爆炸。敌人鬼哭狼嚎,纷纷倒下。耿营长声嘶力竭地喊:“都向南岸冲锋,突出重围就是胜利!”

县监狱的战斗仍在激烈进行,一时难决胜负。高警卫员领着城防队的人在射击,常德胜拿着短枪在督战,一副咄咄逼人的样子。只十多米之遥就是监狱大门,可武工队被堵住寸步难行。秦彪说:“薛队长,这样打法不行,要速战速决。这样,你带一部分人绕到敌人后边给他们一击,我带部队乘机冲过去,打开监狱门放了人就撤。”

薛队长迅速带队伍去了。城防队背后突然受到猛烈攻击。城防队的人仓皇回头应战,正面防御减弱。秦彪大喊:“同志们冲啊!”武工队的战士冲过去。敌人后退。牢门被打开,“犯人”冲出来。秦彪喊:“同志们,你们自由了。快走吧!”一个蓬头垢面,身体瘦削但眼喷怒火的青年说:“不,我要战斗!”抓起一个敌人尸体上的枪,向敌人射击。律济桥上,敌人向南坡蜂拥而至。贾生根带领同志们英勇抵抗。耿营长跳下马，夹杂在士兵中逃跑。战马受惊，挣脱缰绳直往坡顶蹿。贾生根眼明手快，身轻如燕，居高临下，飞跃上马。随即拨转马头，大喊："同志们冲啊，与敌人决一死战。"挥动马刀向敌人冲杀。武工队员们奋勇杀敌，与敌人展开肉搏战。敌人死伤大半，无心恋战，狼狈逃窜。战士们迎来了胜利的曙光。贾生根骑着战马狂奔高呼："胜利了，我们打胜仗了。"

石老三说："生根，马让老哥骑一圈。"贾生根跳下马，石老三又骑马狂奔。战士们跳跃着，笑闹着庆祝胜利。

十九

郭福山连夜赶回家，黑漆大门紧关。三子把门环扣得啪啪响，半天没有人应声。大太太听见敲门声，神情紧张，手里抓了一根木棍问："谁呀？"

"大太太，老爷回来了。"三子在门外说。

大太太这才松了一口气，示意贵儿开门。贵儿搬弄了好一阵子，门才打开。郭福山说："怎么开个门用这么长时间？""不顶严实，武工队来了怎么办？"大太太说着，抹了把额头的汗，长长地舒了口气。

下人们听见老爷回来了，都过来问候。郭福山问了问情况，知道家里损失不大，二太太也无大碍。于是说："大家辛苦了。今晚不必巡夜了，都安然睡觉去吧。"人们走了，他也跟着大太太进了屋，他端详了一阵大太太问，"怎么肚子隆起来了？"大太太不自觉地抱了抱肚子说："怀娃了。"

郭福山不无惊讶地说："真的？让我摸摸。"

大太太掀开他的手，从怀里拉出个薄枕头往床上一撂说："别摸！就这！"郭福山睖睁地看着她说："你……你这什么意思？"

"我说好了一个孩子，现在已三四个月了，我从现在就装，到孩子生下来悄悄抱过来移花接木。"

"你这是弄啥嘛！咱不是有郭辉吗？"

"郭辉不是我亲生的。"

"不是你亲生的，咋啦！他敢将来不给你养老送终？"

"咋不敢？狐狸精现在都放出话了——将来把我蹬一脚滚蛋！"

"她敢！"

"现在，当然不敢，如果我走到你前边，那倒好说，如果你撇下我走了呢？谁能保护我？我的苦衷该对谁说？到那时，心强力不佳，受人白眼，遭人欺凌，我都不敢想……"说着，伤心地要哭。

"啊呀，真是百人百性，心思不同！外边打得天翻地覆，你死我活，你却在家想着要娃哩!”

“你在外边杀你的人！我在家里要我的娃！谁碍着谁啦？再说,战场上不断地死人呢,不让女人要娃,死光了,以后谁接着打呀?”

“好啦,不说了！我理解你的心情,我同意！你想怎么办就怎么办。”

“不光是同意,还要支持、要保密。和我口风一致。不能让人看出破绽!”

“行！我现在就对外宣布:我大老婆怀孕了！既然你身怀六甲,我也就不便在你房里过夜,我去老二那边,她受了惊吓,我去安慰安慰。”

“去吧！顺便给狐狸精吹个风,吹大些,吹强些,别让那臭嘴胡说!”

郭福山一进屋,二太太就呜呜呜哭起来。“好啦好啦！知道你受委屈了,人没事就好。”郭福山说着搂住她的肩。二太太哽咽着说:“怎么家里这么多人,就偏偏劫了我?”

“失了点儿财没什么,我随后给你补上。”

“怎么都没动大太太一根毫毛?”她瞪着哭红的眼睛说。

“啊呀！真是宝贝。连遭劫都嫉妒。”

她察言观色,知道撒娇也不能过头了。于是转移话题说:“你去了老大屋嘛,怎么又来这儿了?”“老大怀孕了！不方便。”

“啊!”二太太惊讶地坐起来,好像这新闻比遭劫还重要,“你说什么?”

“大太太怀孕了。看你那样子,比听见公鸡下蛋还好奇。”

“哎哟哟,这真是太阳从西边出来了！可不要到最后放个屁就没影影儿了。”

“你嘴放干净点儿好不好。是真的,我刚才去摸肚子了,都三四个月了。以后勤照顾着点儿,别忘了你怀娃时人家对你的好。”

她撇撇嘴说:“行嘛,老爷的话还敢不听。”

吴学究年轻时也是个风流倜傥的人物,英雄美酒,才子佳人,他能没好过女人?女人曲里拐弯的心他能不懂？而肖翠花这女人,简直就是根辣椒,那火辣辣的两巴掌,一下子打得他晕头转向,心灰意冷。一转脸又话提手喻,暗送秋波,是什么意思？他心悠悠不死,跃跃欲试。这么想着,顿觉得精神气又溢满躯体,气冲丹田,激情荡漾。这天,他觉得心绪不错,就拄着拐杖出门溜达,不觉就到梁记骡马大店门前,举目凝望,建造一新的梁记骡马大店,青砖灰瓦,粉墙朱栏。面街的门楼尤为精巧,四角飞翘,龙蟠螭护,流光溢彩。只是匾牌处还是空白。肖翠花刚好从店内出来,满面春风地说:“吴老先生,你好,身体好多了!”

吴学究忙躬身答道:“好了,好了,老朽还欠你牌匾没写呢。”

“不急！老先生把身子骨彻底养好了,再写不迟。”

“这好的门面因缺一块匾牌而美中不足,心里过意不去呀。今晚即可动笔。”

“那太好了。我这里万事俱备,只欠东风。晚上我等先生。”肖翠花说着,对他莞尔一笑。

吴学究心驰神往,只恨还不到天黑,天黑了,又犹豫不决。去了,吉凶难卜。不去，大丈夫一言，驷马难追。磨磨蹭蹭已到夜深，决心已定，是福是祸再闯一回。这样想着，他背着儿子、儿媳，悄悄来到梁记骡马大店。肖翠花早就在门口等候，说："老先生来啦，快请进屋。"

"好！好！"吴学究答应着随肖翠花来到二楼西头一间客房。

客房桌洁几净，烛光浩亮，砚台内一汪稠墨闪闪发光。东墙下放一张桌子，设置文房四宝。西墙下支一张床，铺盖整齐干净。南墙下供奉的孔夫子牌位前青烟缭绕，房间内弥漫着氤氲温柔气息。"老先生，你看，这环境可以吧？"

"好好好！待我好好想想，今晚要写不出来，那真是无颜以对了。"说着，焚香拜了孔圣人，坐在桌前苦思冥想。

肖翠花上床安被，柔声说："吴老先生，上次无礼，多有得罪，今日解衣赔礼。"

吴学究一怔，回头看，惊喜交融。怯声问："是真的吗？"

"当然是真的，熄灯上床吧！"吴学究"噗！"吹了灯，迫不及待地爬上去，老命不顾地荡魂不休。激悦时哼哼唧唧说："郎梦你！郎梦你！"

肖翠花惊诧地问："你嘴内咕哝什么？"

"我是说，我做梦都梦见你！哎！"他戛然止住，"这不是个好店名吗！"

"什么好店名？"

"郎梦你。"

"老骚精！你梦我能做店名？"

"当然不能那么赤裸，用同音字代，寓意其中。"

"用什么字代？"

"朗孟驿。驿恰巧又是驿站、驿馆的代称，绝妙无比。"

肖翠花一推他说："快！快！你不是说，要抓住灵感闪光吗？"

"对！机不可失。"吴学究说着起床点灯。肖翠花研墨压纸。吴学究抓笔蘸墨，悬肘运笔，聚精会神地在那三个方块纸上写下"朗孟驿"三字。吴学究提笔微笑着说："这真是踏破铁鞋无觅处，得来全不费工夫！"肖翠花瞅瞅字说："哎，怎么驿字还差一竖划？""事情不是还没完嘛。"肖翠花在他额前戳了一指头："老滑头。""狐狸精！"吴学究笑着把她拥到床上。

肖翠花体味到吴学究的力度绝不亚于常德胜，打趣说："老先生老伴不在多年了吧？""唉，十八年了。积十八年之精华，孤注一掷，吾心可鉴！"肖翠花轻轻拍着他瘦削的脸颊说："这也就是王宝钏苦守寒窑等待薛平贵那么长的时间呀！"

事毕，吴学究运足气力添上遒劲的一笔。

肖翠花情不自禁地说："呵！这么好看啊！"吴学究缓慢地摇着头说："妹子，这是我一生写得最满意的三个字。"

"天酿地造，稀世珍宝？"

吴学究不无感慨地说："唉，这辈子恐怕再难写出这么好的字了！"

"老先生大概是醉翁之意不在酒吧？"

"哈哈哈……"二人又心照不宣地笑了。

"梁记骡马大店"的牌子已经撤去。"朗孟驿"三个大字被能工巧匠镌刻在大店门首,涂了红漆,迎着初升的朝阳熠熠生辉。陈刚在大店门口点燃了一挂鞭炮,噼里啪啦地响。人们围拢来,仰望着蕴涵宝光浩气的"朗孟驿"三字啧啧地赞不绝口。"真是好字!"

"蓬荜生辉!梁记骡马大店改头换面了。"

"朗孟驿!朗孟驿!"老李头念叨着,"这就怪了,念着这三个字怎么就觉得心里暖烘烘的?"张山说:"那是因为这三个字正中你的下怀吧,也不知是谁的杰作?"陈刚说:"那还用问,当然非吴老先生莫属了。"

"陈师,今天朗孟驿因何而庆贺呀?"

"三喜临门:新楼落成,店面焕然一新;新门楼镶嵌新招牌,老店赋新名;这第三嘛!"兰兰正好从店内出来,他指着她说,"肖老板的姑娘梁兰歌小姐从山西女子师范毕业回来了。"梁兰歌一头短发,刘海儿齐眉,戴一对金耳环,学生装笔挺,明眸皓齿,对众人微笑点头。

"不简单,没想到女人还能上这么高的学府!"

"听说全县上女子师范的只有两名。"

张山小声说:"哟,小姐出落得越发好看了!"

老李头不无得意地说:"青出于蓝而胜于蓝嘛!你不看肖老板多漂亮。"

"真不知要花落谁家?"

"你小子别傻想,艳羡那朵花的人多着呢。"

"你看!你看!"张山小声说,"陈铁拳那眼直勾勾盯着兰兰。"

朗孟驿一楼大饭厅里设席摆宴,客朋满座。有当日住店的宾客,有邻里乡亲,有亲朋好友,还有常德胜和他的士兵兄弟……人们在热情地交谈着、笑闹着。陈刚拍拍手说:"肃静!肃静!现在请肖老板致祝酒词。"

肖翠花站起来说:"各位长官、各位亲朋、各位旅客,本人一介民妇,没什么文化,只有幸小时候随祖父学过几句诗文,识得几个字,致祝酒词不会,只能在开宴前对大家说几句祝福的话。本人白手起家接过这爿店,几年来承蒙各位朋友支持,诸位长官、士兵兄弟关照,大店才有今日的辉煌。今天,本店新楼已全部落成,匾牌镶就,现在我正式宣布:梁记骡马大店正式更名为'朗孟驿',请大家广为宣传。""好!"响起热烈的欢呼声和鼓掌声。稍微平静后,她接着说:"又恰逢小女兰歌师范毕业,特备薄酒设宴庆贺。祝大家身体健康,万事如意!开怀畅饮吧,我敬大家一杯,干!"人们举杯一饮而尽。

陈刚说:"大家吃着、听着,现在请城防大队常大队长给大家讲话!"常德胜在大家的邀请声中站起来,清了清嗓子说:"我是被邀请来吃席的,也没啥可讲的,既然大家看得起我,那我就说两句,国父孙中山先生倡导三民主义——民生、民主、民权,其最重要的是民生,生且不能,言何民主、民权?我们城防大队就是保护人民生命财产安全,铲除豪强,扶贫助弱!我们为肖女士筚路蓝缕,艰苦创业,并发展到朗孟驿现在这样的规模,而感到由衷的高兴,并为她祝贺!希望大家都能像她一样,遵纪守法,干一番事业!"又是一片掌声。陈刚接着说:"大家知道,'朗孟驿'三字出自德高望重的吴老先生之手,我们向他祝贺!"大家鼓掌。"我想,吴老先生也应有感而发吧!"

吴学究已饮了几杯,乘着酒性,诗兴大发,也没有开场白,站起来就摇头晃脑抑扬顿挫地吟起诗来:"烟蒙蒙兮神灵至,魂飘飘兮入佳境。香喷喷兮醉欲死,迷糊糊兮笔颐使。活脱脱兮字珠玑,惊诧诧兮不识己。醉醺醺兮时不再,闷悠悠兮悔欲死!"那些专注于吃喝的人们,也不知听懂了吴学究的内心独白没有,只一味吧嗒着嘴大声喝彩:"好!好!好!"肖翠花领着兰兰给大家敬酒。

吴学究说:"真快呀!那么一个黄毛丫头,一下子就出落成一位漂亮公主了!"陈刚看兰兰的眼发直。常德胜瞪了他一眼。饭毕,兰兰在妈屋内对着镜子收拾有点儿凌乱的头发。常德胜仰靠在沙发上,一边剔牙,一边从后边痴痴地看着兰兰。肖翠花倒了一杯茶放在常德胜面前喊:"哎!"常德胜一愣,收回目光笑笑:"茶?好的!"顺手端起呷了一口。热气在眼前缭绕,云蒸霞蔚,他更觉得像雾里看花。肖翠花顺便提起了给兰兰找工作的事,常德胜果断地说:"给我当秘书,明天就上班。"肖翠花惊讶地说:"是吗?"兰兰也惊喜地回头看着妈和常德胜。常德胜站起身说:"好好准备一下,我走了。"

常德胜走后,兰兰高兴地跳起来搂住妈的脖子说:"妈,我有工作了!哈哈!""托你伯的福!你伯真是咱家的恩人,以后要记着人家的好。""嗯。"兰兰点点头。

"兰兰,听妈说,到那儿上班可要小心谨慎,沉着稳重,话不要太多。"

"记下啦!妈,你看,我穿这身衣服上班怎么样?"

肖翠花端详着说:"好着呢!蓝学生装,正时髦着呢。"

"妈,有件事我早想对你说,给我单独准备一间住屋吧。"

"早给你准备好了!南楼一楼西头那间屋,对面就是灶房,安全也方便。"

兰兰当晚就住进了自己的住屋。屋子南北有窗,从南窗可以全览马厩院。北窗正对过道,只要她乐意,一切进出灶房的人都躲不过她的眼睛。西边因为靠边,在山墙高处开了个小窗,夏日晚风习习,吹进来备觉凉爽。站在床上向外平视,山峦原野尽收眼底。想想明天就要上班了,心里忐忑不安,她翻来覆去睡不着。

二十

第一阶段的剿匪,让崔林玉非常恼怒,他又召开治安联防会议,对他的幕僚们训话:"你们剿的什么匪呀?大张旗鼓,浩浩荡荡把队伍开出去,没有把共匪剿灭,反让武工队劫了狱,放了不少政治犯。保安团二营还中了共匪埋伏,溃不成军,落荒而逃,真是丢尽了党国的脸。北惠乡一个保警队员,还被砍下脑袋,给死去的武工队员祭坟,简直是奇耻大辱。你们有何脸面面对委员长?党国白养了你们!现在重申蒋委员长令!"全体"啪!"立正,会场顿时肃静。"坚决彻底消灭共产党,宁可错杀一千,决不放过一个!"他扫视了一眼众人,"坐下!"接下来,他按南、北片,把人分成两组总结经验教训,讨论下一阶段剿匪的最佳方案。南片由刘湘负责,北片他亲自主持。

一部分人跟随刘湘走了。崔林玉说:"畅所欲言,可以对上一阶段剿匪的缺点和不足提出批评,也可以对下一阶段的剿匪提出好建议。现在开始。"人们面面相觑,沉着脸没人说话。"耿营长是北区剿匪总指挥,一定感受颇多,请先发言!"

耿营长满面绯红说:"惭愧!出兵败北,损兵折将,实在是本人轻敌大意,指挥有误。仍然不服这一小撮共匪蟊贼,下次出兵,不消灭共匪,誓不为人!"

崔林玉说:"好!胜败乃兵家常事!虽败而不灭了志气,仍可东山再起,终获全胜,我就不给你讲什么越王勾践卧薪尝胆的故事了,翘首以待下次的胜利消息。郭乡长,说说你的看法。"

"吭吭"郭福山清了清嗓子说,"坦白地说,北区剿匪,出师不利,我也难逃责任,但我总觉得,咱们剿匪的办法不大对头。"所有的眼睛都齐刷刷投向他,郭福山有些迟疑。

崔林玉鼓励说:"有什么话大胆说,只要对党国有利,但说无妨。"

"该怎么说呢?打个比方吧,武工队像跳蚤,跳来蹦去叮得人难受,我们的大部队像什么?像不像大镢头?用镢头打跳蚤,打得着吗?即就是碰巧打死了一个,合算吗?""比喻恰当。是这么个道理,接着说。""我以为,剿匪不一定非得大造声势,我们先要做好侦破工作,把我们的侦探放出去,先搞清楚,谁是共产党员,谁是武工队员。目标明确了,还不好收拾他们吗?我们党部的特工素有鹰犬之称,还怕找不到共产党吗?只要找到一个头,就能拉出一串串。"

崔林玉大声说:"好!郭乡长的建议很有价值,各部下去以后都要派出特工做好侦察工作,一些大的部署,我和刘书记商量后再决定。"

高天顺借着郭福山去开会,悄悄溜回家,大白天关起门就和二太太成其美事。二太太诉苦说:"我以为再也见不着你了;你也不急着回来看我。"

"我都要急死了!老爷安排我留守,他回来了。"

"那老东西回来有什么用,不为我出气,还为我装气!"

"什么事让你生气啦?"

"哎,"二太太长吁一口气,把大太太怀孕老爷怎样偏袒的事对他说了。"自从知道老大怀孕了,我心里真不是滋味,指望你回来给我出个主意,让她流产或胎死腹中!"

"目光别那么短浅!她生下娃再怎么说也是咱娃的弟弟或妹妹,家里矛盾再大，对外总是一致的。”“你这么一说，我心里还好受些。”她又舒了一口气。

“不生气了就好，有什么让人高兴的消息没？”

“有！你看我，光生气，把大喜事都忘了告诉你，咱郭辉学校毕业，马上就要回来了。”

“是嘛！老爷知道不？咋不提前给娃找份好工作？”

“老爷知道了，娃说，不用家里操心，上级把他安排到县党部了。”

“那好呀！”高天顺得意忘形，“一步登天！咱在朝里有腿了。”

常德胜的办公室宽敞明亮，南边两个窗下放两张办公桌及靠背椅，背后是公文柜。北边东窗下放几盆花草，西窗下放沙发、茶几等。兰兰第一天上班，提前来到办公室，扫地、抹桌子。江警卫员进来看见了，挡住说：“梁秘书，别别别！这些不是你干的活，我来干。”兰兰无所事事，坐在办公桌后翻看报纸。“梁秘书，你初来乍到，恐怕还不知道，其实，你不必这么早来上班，按时到就行，赶你们来，我就把办公室收拾好了。”

“我还年轻，顺便收拾一下不就好了。”“那不行！官就是官，下人就是下人。当官就要拿出当官的架势，不该做的事，能做也不要做。”说话间，常德胜进来了。江警卫员说：“常大队长，早上好！”兰兰说：“伯，你来啦！”常德胜严肃地说：“兰兰，以后，在这种场合，称官衔，别叫伯，这儿只有上下级，没有亲戚。”

“知道了。”兰兰点点头。江警卫员对她做了个鬼脸，出去了。

常德胜看看兰兰，换了笑脸说：“也不必太紧张，干公事就是这样，开始还有新鲜感，时间长了就老和尚饮驴——老套数。”

兰兰心“咯噔”一下，平时在她心目中肃穆严厉的常德胜，也这样说话呀！这究竟是因为自己的身份变了，还是他本来就有俗人的一面？于是调侃说：“常大队长，平时看你很严肃，其实，你挺幽默的。”

“我也是人嘛！岂能超凡脱俗，言归正传，你就用那张办公桌，主要任务是整理档案，写材料，没事了就看书学习。来！把这个公文处理一下。”兰兰走过去接了常德胜递过的文件——《关于今冬明春剿匪工作的安排意见》。“你把这个文件好好看看，然后写一个工作报告，后天开动员大会用。”说毕，也出去了。兰兰把文件看了好几遍，然后又埋头写报告。写了撕，撕了又写，写报告还真难，要以领导的口气，把文件的内容及领导的想法都包含进去。她原先是作好当教师的思想准备的，毕业前站在黄河东岸的高崖上对着滔滔黄河朗诵诗文，练习讲课。从没想到，会坐在办公室写材料。忽然听到院子里的嘈杂声，隔窗望出去，三三两两的城防队员拿着碗筷向大队部的灶房走去。原来到了中午吃饭时间，她急忙收拾东西下班回家。

浪人金光斗摇摇晃晃从朗孟驿门前走过，他望着那金光闪闪的“朗孟驿”三字，嘴里“啧啧”赞着，“好字！好字！”左看右看欣赏着，还不时往门里瞄，心想，好气派个驿馆，以前好像这里没这么热闹。

肖翠花正好从门里出来，与金光斗打了个照面，几年前要饭的情景立即闪上脑际……她忽地颜面潮红，装着往远处瞅人不见，匆忙返回店里。金光斗似乎也想起来了，这不是那年要饭的娘们儿吗？怎么在这儿？正好看门人老雷出来倒水。金光斗问："老头，刚才进去那女人是谁？"

"哪个女人？衣着光艳，挽发髻的女人。"老雷向店里瞅瞅："你是说我们肖老板？穿灯芯绒外套。""是的，哎哟，当老板了。发财了呀！我可找到摇钱树了！"金光斗说着，直往进闯。老雷忙挡住说："哎，你干啥去？"金光斗伸手把他推了个趔趄说："滚你妈的，我找你们老板。"老雷赶上去说："你这人咋这样无礼？"金光斗已进了院子，大声吆喝："臭娘儿们，你出来。"

肖翠花从窗户里望出去，心想，唉！怎么又遇上这烂人了，随即走出来问，"你是什么人？你找谁？"

"哈哈！明知故问啊！你以为，你从要饭的变成老板娘，我就认不出来啦？"

"你要干什么？"

"要干什么，你心里清楚！"他指指头，"这伤是你打的，险些就要了我的命，你说咋办？"吵闹声引来好多顾客、群众围观。肖翠花说："我什么时候打你啦？我和你无冤无仇，怎么就打你啦？你让大家评评理，看我是打人的人不是。"这时候，兰兰正好下班回来了，见围了好多人，跑到妈跟前问："妈，怎么回事？"

金光斗一见兰兰，"哈哈"一笑说，"这就是当年那个小姑娘吧，是她用香炉砸我的头，这下，记起来了吧？"兰兰说："啊！你就是那个蒙面人啊！我们正愁报官找不着人呢，你倒自己送上门来了。""哈哈！报官，我金光斗怕官就不找你们来……"话没说完，肩膀让人从后边重重拍了一下。回头看，陈刚站在跟前对他说："你干啥哩？"金光斗怔怔地瞅瞅他："我干啥，关你屁事！""我是这儿的保安，你在这儿惹是生非我就要管。马上滚出去！""好大的口气。我要是不滚呢？""我就把你轰出去，滚！"陈刚说着把他往出推。金光斗跳开来，扎马势握拳："嘿！你敢向老子动手。"说着，向陈刚冲过来。陈刚向右一闪，借着转身，右脚一伸，右手一推，金光斗就摔倒在地。金光斗一个鲤鱼打挺蹦跳起来说："啊呀，动真格儿的啦。我看你是不吃辣椒不知道辣呀！"说着又扑上去。说时迟那时快，陈刚抓住他伸前来的双手一扭，金光斗就不由自主地来了个一百八十度大转身，与陈刚背对背，陈刚躬身一抡，他就在空中划了个圆弧，"咚"的一声摔在地上。金光斗被摔得脸煞白，半天缓不过气来，抹着鼻子嘴巴的血，爬起来指着陈刚说："你……你等着，老……老子会和你算账的！"夹着尾巴逃走了。

人群发出喝彩声，"好！利索，精彩！"

兰兰跳着喊："真是大快人心。"

嘈杂声中，肖翠花对周妈说："周嫂，你去通知灶房做几个菜，再让账房买几瓶好酒，今天午饭大家会餐，庆贺庆贺！"

朗孟驿所有勤杂人员都被请到一楼大饭厅会餐。肖翠花端起酒杯说："来！都端起酒，为陈师替朗孟驿消了一灾庆贺！陈师，我敬你一杯，干！"众人饮酒。

陈刚双手抱拳说："担当不起！肖老板养着我，不给朗孟驿干点儿事，我都觉得丢人。"

兰兰说："陈师真是了不起，三两下就把坏人制伏了！我真是佩服得五体投地！"

陈刚看着兰兰说："那只是一点儿护身小技，你如果想学，哥教你几招。"

"女人还能学拳啊？"

"咋不能？古代花木兰都能替父从军打仗呢，现代女子还不能学拳！"

"那好！一言为定，以后有空给我教呵！"

老雷说："那人来得蹊跷，肖老板，究竟怎么回事？"

"唉！"肖翠花叹口气于是就把那年要饭遇见金光斗无理取闹，夜宿破庙，半夜遭蒙面人骚扰，情急之中兰兰拿起献台上的香炉砸昏歹人的事向众人述说了一遍。

陈刚说："兰兰很勇敢嘛。"

"哪谈得上勇敢！当时吓坏了，也不知怎么就想到用香炉去砸。"

"那就叫急中生智。"

兰兰笑着说："陈师过奖了！"

老雷说："看来，这事还轻视不得，说不定那人还会来闹事的。"

陈刚说："不怕，知道了这一层，他再来了就把他扭了送官。"

郭福山回到乡上细细思量，自己的建议虽然得到了崔县长的肯定和表扬，但究竟怎样具体实施，自己还从没认真考虑过。如果自己不带头做出个榜样，那岂不成了纸上谈兵，惹人耻笑。于是他就着手整顿保警队，部署新的剿匪行动。他得知钱常有和梁满仓叛变投共，就命高天顺把他俩绑来审问。钱常有、梁满仓不经吓，当下就招了参加武工队的事，并一再声称，那是为了蒙蔽敌人，安全逃脱。

郭福山问："事后武工队没找过你们？"

"没有！没有！"

"你们知道武工队队长是谁？政委是谁？"

"不知道。"

"那天，和你们打仗的武工队匪徒内，有你们认识的人吗？"

"没有。"

高天顺说："哼，看来不吃家伙，你们就只会说没有、不知道。拉过去给我狠狠地打！"两个软蛋听说要挨打就哭喊求饶，连称愿意为党国效劳。郭福山连威胁带恐吓说："那就饶你们不死。今天的事不许对任何人讲，回去尽快参加武工队的活动，一有情况就向我或高队长汇报。干得好，将功赎罪，还有奖赏，若要耍花招，罪上加罪。"

"是是是！"二人叩头如捣蒜，仓皇逃命。他俩像虎口逃生的兔子，一口气跑出二三里地，才气喘吁吁缓下来。梁满仓上气不接下气说："伙……伙计，你说，这该咋办呢？""咋……咋办？掌握了情况，就向乡长报告呗。""武工队知道了，不要咱们的命吗?”“那咱们也给武工队提供点儿有价值的情报呗!”“那不成脚踩两条船了吗?”“那你还能咋样?你面前有两只船,你又不知道哪只船将翻,哪只船将行?也只有看风使舵了。”

傍晚,秦彪来找生根,问他家有什么要紧活儿需要干,说今晚正好他有空。生根眼珠子转了转想,秦队长找我肯定有事。于是说:“我正想去拉一车草,咱俩套上驴车去吧。”晚风吹拂的田野,稼禾发出唑唑啦啦的响声。星星渐次露出明亮的眼睛窥探大地。一辆驴车悠然自得地在寂静广阔的田野上行走着,秦彪和生根坐在车辕上,一边吸烟,一边低声交谈,烟火一明一灭。

“生根,党决定派给你一项特殊任务。”

“一切听从党安排,要我干什么?”

“搞交通,做情报工作。”

“怎么个做法?我没有经验。”

“没什么难搞的,让你跟着驮队跑陕北做生意,顺便把消息传上递下。”

“那我这毛驴怕不行吧!”

“给你换一匹大马。”

“那好呀!不过,这事怎么对我姨父说呢?”

“咱俩先说好,一会儿回去再和你姨父商量,说的时候要讲策略,你说,你想赶驮做生意,我在边上帮腔,我想问题不会太大。”“那就快些装草。”生根说着,掉转车头,二人迅速给车上装了几抱干玉米秆就往回赶。卸完玉米秆回到屋,德山两口子又是递甩子弹土,又忙打洗脸水。洗擦毕又热情招呼吃油炸麻花、喝茶。秦彪推让一番就坐下来拉家常。

生根乘机说:“姨父,秦哥说,走陕北赶驮做生意是件好事,我想试试去。”

“你行吗?”

“行!姨父,我都十八岁了。”

“你爹妈把你交给我,我老怕有个什么闪失,不好向你爹妈交代。”

秦彪帮腔说:“现在走陕北赶驮的人多呢,生意还确实不错,我要不是家有老母,又丢不下东家的差事,早随驮队跑开了。”

“要是你去,那就好了,把娃交给你带着,我放心。”

“那倒不必担忧,我有个表哥是帮头,你如果想让娃去,我可以给你介绍,你尽管放心把娃交给他。”

生根姨说:“这事要不要给娃他爹妈说一声,征求征求我姐和姐夫的意见?”

“姨,不用,我已经是你们的孩子了,这点儿事你们还做不了主。”

德山说:“娃既然想去,就让试一下,不行,咱就不去了嘛。不过,咱这小毛驴怕不行吧?一回只驮一点点货,哪能挣下钱?”

“老叔,我知道一个卖马的茬,马好,价钱也不大,你把毛驴卖了稍微添点儿钱,就毛驴换大马了。”

德山悦意说:“那好,那就托老弟给咱办吧。”

二十一

对武工队来说,前一段的反清剿喜中有忧,打了几次胜仗,缴获了马匹和枪械。就是卫掌运同志被杀害,在每个同志的心上都蒙上了一层悲伤的阴影。秦彪特别悔恨,在交代任务时,为什么要说那句话:“人在信在!”而卫掌运同志也践行了他“信失人亡”的诺言,给人留下不幸言中的悲哀。受到痛击的敌人,这些时候有些收敛,斗争稍微松缓了些,武工队的领导决定去看望一下卫掌运的家属,以示慰问。秦彪同志因有其他任务,就派吴斌和石老三前往,他们三人还是结拜兄弟,因此,这次探望更有亲情在其中。秋风萧瑟,荒草萋萋,树上黄叶沙沙飘落。一行大雁鸣叫着从头顶飞过。田间的秋庄稼大部分皆已收获,早播的麦田已一片嫩绿。二人边走边谈,慨叹人生惨淡,革命道路曲折艰难。吴斌想起一件事问:“哎!那次,那两个保警队员说要参加武工队,后来怎么样?”

“后来忙,还没顾上理那事。”

吴斌说:“抽时间走访一下,别让敌人又拉了去。”不知不觉就来到掌运家,桂花迎出来说:“是大哥和老三呀,快进屋。”二人进屋。分别把手里的礼物放到桌子上。“来了就好,还拿什么东西呀?”桂花说着,忙给二人递烟倒茶。吴斌问:“老二家的,近来可好?”

一句话问得桂花“嘤嘤”哭起来,鼻涕一把泪一把地诉说开来:“这光景没法过呀!大哥、老三,自从掌运出了事,村里人看咱的眼光都变了,干什么都躲瘟神样避着咱。两个老人年纪大了,宝娃才十二岁,珠女十岁,我一个女人咋拉扯得动呀?你看,人家家家的秋庄稼收了麦都种上了,我家的大半玉米还在地里,眼看一料庄稼就要耽搁了。这还不算,县保安团的人还三番五次找上门,逼我说出谁还是武工队员?掌运的结拜弟兄都是谁?”

二人环视屋里,一片凌乱,屋中地上放个盛玉米的筛子,里边是剥了半截的玉米棒子和玉米粒。院子里堆着一大堆带壳玉米和一堆拔树豆子。

石老三叹口气说:“唉,这心流着血,活儿堆了一大摊还得你干,这日子咋过哩。”说着,坐在小凳上剥起了玉米。桂花忙挡住说:“老三,不用你剥,你快坐椅子上吸烟喝茶。”“你就让我们帮你干会儿活,这样,我们心里会好受些。”吴斌说着也坐到筛子旁剥玉米。桂花抹着泪说:“我本想一走了之,可想想丢下老人孩子,对不起掌运啊!”

吴斌低头思索了一会儿,然后抬起头说:“老二家的,别胡思乱想。你的困难,我们不会不管,走!”他拉了石老三一把,“咱到梁保长家商量件事。”

桂花忙挡住说："大哥，你们别走呀！我给你们做饭吃。"

"不走！老二家的，你给咱简单做几个菜，我们一会儿过来吃。"

"那你们一定要来呵。"

"啊呀！老吴、老三，啥风把你们给刮来了，娃他妈，倒茶！"梁保长热情把二人迎进家。梁保长妻菊花忙给二人倒茶。他给二人递上烟，低声问："有什么重要任务吗？""没什么事，我们是来看看掌运家有什么困难。""也是呀！"梁保长就给他们介绍社会上一些势利眼的人对掌运家的欺凌，以及桂花的难处。"他妈的，都是些该死的东西！"石老三愤愤地骂。

吴斌看了眼石老三说："这样下去不行啊。我有个想法，老三，你一个人也孤苦伶仃多年了，我看你就和老二家的过一块儿算了！"

石老三一下蹦跳起来："你说什么？不行！不行！"

梁保长点头说："嗯！老吴这个想法好，桂花是个贤惠媳妇，老三是条汉子，你们俩结合撑持那个家没问题。这样一来，也没人敢欺负桂花了。"

石老三着急地说："这怎么行呀！朋友妻，不可欺，我做这事，咋对得起二哥，这……这我成什么人了！"

"老三，别那么想，老二死了，又不是在世！其实，咱这也是为死去的老二着想，你刚才没听见吗？老二媳妇说，她想一走了之，她一走，老二的家不就完了吗？"石老三直拍脑袋。吴斌说，"你说你不行，可人家不说不行！那女人守不住要走，就有人敢要，你愿意看着老二家散吗？"石老三低头不语。这突如其来的提议让他思想一下转不过弯来。

梁保长说："老三，老吴说的都是实情，这样做，于你于桂花两全其美，你也不必过于自责，人死不能复生，可现实的困难又明摆着，你这样做，掌运在天之灵不但不会怨你，我看还会感激涕零呢！"

"我是个粗人，怎能配上二嫂！"石老三辩解说。

"你先别那么说，只要你同意，我这就去征求她的意见，如果人家不同意，这事就算咱没说，对吧？老三，梁保长，还有梁家嫂子，这事只有咱四人知道，以后别对任何人讲。"大家点头。

吴斌去了。梁保长又递上一支烟说："老三，恭喜你！"

石老三接了烟说："我看没门儿，我这二脾气，二嫂能看得上我？"

菊花努嘴说："我看八九不离十。"

二人走后，桂花忙收拾屋子，把玉米筛子搬走，把剥下的空芯棒连同那皮皮壳壳用扫帚拥到屋外，再把旮旮旯旯清扫一遍。端来盆水抹桌擦椅。然后进灶房做菜。边忙活边想，自从掌运走后，就她娘家爹妈、弟弟来看过她，族里人和邻里很少有人光顾，她心里空落落的，对生活都心灰意冷了，屋子都不知多长时间没彻底清扫了。今天二哥和老三光临，真是蓬荜生辉，她觉得心里热呼呼的。这真应了古人一句话：邻居、族人盼穷哩，亲戚朋友盼富呢……正胡思乱想，吴斌来了。

"大哥,老三咋没来?我这里菜都做好了。"

"不急,我先和你说个事。"

"啥事,你说吧!"

"今天来看你,见你这般光景,心里真不是滋味。想和你商量件事,让老三和你过一块儿,你同意吗?"

"这……"桂花脸一下子红了,"这怕不行吧!掌运还没过百天……"

"顾不了那么多了,你的日子没法过嘛。"

"我一个寡妇,人家老三就没娶过媳妇……"

"你先别管他,你只说你同意不?"

"再说,还有老人,他们让我走这条路吗?"

"别顾虑那么多,咱先一步一步说,只说你,你要不同意,咱就什么也不说了。"

桂花心乱如麻。答应吧,这事太突然太仓促;不答应吧,兄弟们一片好心;再说,她也真的快撑持不下去了,如果耽搁过去,谁还会操心这事呢?沉思片刻,低着头说:"大哥如果觉得合适,那就请大哥做主吧。"吴斌出去,把石老三、梁保长及菊花都叫来了。桂花和石老三重新相见,都觉得有点儿尴尬。桂花给大家倒上茶,拉着菊花来到屋外小声说:"嫂子,你都知道啦?把人怪死了!你说我能做这事吗?""那有什么?到什么山唱什么歌,到什么河喝什么水。妹子,贵贱别失良机,嫁那样一个强悍男人,你就算进保险柜了。""不知怎么,老觉得心里慌慌的。""快别胡思乱想,走,人家等着说事呢!"菊花拉着她的手走回屋。

吴斌说:"老三,老二家的,话已经给你们挑明了,你看,你们要不要再单独谈谈?"

石老三说:"都过来人了,又不是小男小女谈恋爱,当面锣对面鼓地说吧!大哥既然说破了,钦命难违,只要二嫂不嫌弃,我没意见!""老二家的,表个态!"

桂花忸怩着说:"老三也不是外人,人品、脾性都在咱肚里揣着,我同意。只是老人那儿不好开口。"

梁保长说:"这你别担心,你二老那里我去说。"

"这事就这么定了,我也不便出面多管,此事就拜托忠惠兄帮忙办理,各方面都说好了,就办几桌简单的筵席,把亲朋好友请一下,此事也就算完满了。"

桂花从柜子内取出了酒和酒杯递给石老三说:"你给大家斟酒!"石老三忙接住开瓶倒酒。

菊花说:"看!这就有人管了,以后可得听话哟。"大家笑起来。

梁保长低头小声对吴斌说:"这几天,敌人特务活动得厉害,你们得多加小心。"

"嗯!"吴斌点了点头,"还请你多给咱提供些具体的消息。"

"一定!"

那天,兰兰去县党部送一份材料,走进办公室问:"请问,谁收文件?""我!"郭辉答应着抬起头,"啊!兰兰,是你。"兰兰也惊讶地说:"郭辉,你怎么在这儿?"

“你不知道呀！我毕业分配到县党部工作。”说着，热情地迎上来，“我可知道你是城防大队长的大秘书，刚说要去拜访你呢。”

“不敢当！再见！”兰兰说着转身就走。郭辉撵出来说：“兰兰，着急干啥？遇见乡党了，都不坐会儿说说话。”

“我还有事，改日吧！”兰兰一口气跑回办公室，趴在办公桌上直喘气。心想，真晦气，怎么又和郭辉这货待在一个大院了！静下心来又想，今非昔比，我已是大人了，从心理上说，已不怕他了！他敢再缠我，我让他吃不了兜着走。况且，我在城防队，他在县党部，井水不犯河水，何患之有？这样想着，心里舒坦了些。

秦彪骑了匹高大的枣红马来到生根家，大声叫：“生根，马给你们牵来了。”生根跑出来高兴地说：“啊呀，这马美！”跑到马跟前抚摸着马头看。贾德山随后跟出来，行家似的双手扳开马唇看牙口，一边看一边说，“口是大了点儿，但还能欢几年。”然后围着马转着看蹄腿、皮毛，又接过缰绳拉着溜了一圈。秦彪说：“要不要我骑着跑两圈给你看？”贾德山点点头。秦彪翻身上马，在一个打麦场上跑了两圈，停在原地。他赞不绝口说：“好马！好马！真正的站如松，行如风，性子也不是太烈。得多少钱？”

“八百万元(合现在八百元)。”秦彪说。

德山似乎有点儿不相信自己的耳朵：“八百万元？不贵嘛。马上给你钱。”德山说着进屋取钱给了秦彪。

生根拉着马说：“姨父，我和秦哥溜一圈马去！”说完，他迫不及待地跨上马，扬鞭策马，在山野狂奔。跑一圈回来跳下马说：“蹄腿利索，很有灵性。”

“本身就是匹训练有素的战马，因年岁大了点儿，退下来了，组织把它分给你完成特殊任务。”“真是太好了。啥时开始工作？”“抓紧准备！改日我把你介绍给领驮队的老李头。”

陈刚在朗孟驿，没事了就在马棚屋旁的一块空地上练拳脚。跳上蹦下，拳击腿踢，上下翻飞，煞是好看。兰兰下班回来看见了说：“陈师，你不是说，要教我防卫技术嘛！”“来，现在就给你教！”“就现在啊？”兰兰走了过去。“那还要咋！先给你上一堂理论课。”“就这样面对面教啊？”“边说边练，教几招足够你用了。”兰兰站在他对面侧耳倾听。“比如说，一个人对你出拳击面，你怎么办？”陈刚说着，向她面前虚晃一拳。兰兰不自觉地仰身躲开，笑着说：“躲呀。”

“下策，应该以攻为守。”兰兰盯着看他演示。“这样，”陈刚把着手给她教，“看，我的右拳击过来了。你迅速以左臂豁开，然后以迅雷不及掩耳之速度出右拳直击其鼻嘴。”兰兰笑着说：“嗯，上策！”

“来，练几次，我进攻，你反击！”兰兰照着他教的练，陈刚厉声说，“大胆，狠击！搏击心慈手软，只有自己吃亏。”兰兰没把握好，还真击中了他的鼻子，笑着赔礼道歉：“对不起，失手了。”陈刚揉着鼻子说：“嗯，这一拳打得有力！就这么来！”他抽抽鼻子，心想，这一朵花儿还真诱人的。抓住她的双手，“嗯！再教一招……”与其说是思考着，还不如说是享受着。

“兰兰！兰兰！”肖翠花在她屋门口叫。兰兰抽回手，“我妈叫我呢，改日再学吧。”转身跑走了。

回到妈屋，肖翠花沉着脸说：“兰兰，你是大姑娘了，行动要掌握分寸，不要像个野小子一样！”“我学个防身术都不对啦！”兰兰撅着嘴出去了。

芳芳身怀有孕，陈刚忍受着性压抑的痛苦。夜晚，芳芳挺着大肚子侧身躺在床上，陈刚悄悄从后边抱住她。芳芳抖擞了一下身子说：“慢点儿！快零月了，你不知道？为了咱娃你就不能忍一忍？”陈刚浑身燥热，辗转反侧难以成眠，不由得就想起了兰兰——那红苹果一样的脸蛋，细白绵软的手！身上散发着花一样的香味……

午后兰兰离去后，他在暮色中痴痴地站了好久，她的倩影滞留在他眼前，久久不能消散。现在回想，印象更加清晰，那渴望和驯顺的眼神，证明了她对他的敬仰，一个女人仰慕一位男士，是可以屏弃其他一切条件的，犹如一位男士爱上了一个女子就会包容她的瑕疵一样。他认为兰兰是爱他的，他如果向她示爱，一定不会遭拒绝。主意已定，转身睡去。整夜尽做美梦……

石老三装扮成磨刀人，戴顶草帽肩扛一条小长凳走村串巷吆喝着来到河西村，他根据子善的指认，把凳子放在常有家门前大声吆喝：“剐刀磨剪子啊，剐刀磨剪子啊。”钱常有从屋里走出来说：“吆喝啥？我家不磨刀！”

“我专门给常有钱磨刀。”

钱常有疑惑地瞅着他：“你怎么颠倒我的名字？”

石老三揭掉草帽：“找的就是你小子。”

“啊呀！是你？屋里说话。”石老三左右瞅瞅，见没人跟踪，便跟了进去。钱常有说，“老哥，咋老不见你们联系，把我俩都急的！”

“时机不成熟嘛！”

钱常有眼珠子滴溜溜转，凑上去小声说：“有什么行动吗？啥时动手？我们早想为武工队干点儿事了！”

“行动当前还没有，不过，我有点儿私事想请你俩帮忙。”

“啥事，你快说，我们愿尽犬马之劳。”

“大后天我娶媳妇，我想请你们帮忙做点儿事。”

“所有的武工队员都去吗？”

“不去！我那些兄弟如果都去，还需要你俩帮忙吗？正因为你俩生点儿才叫你俩，同时也乘机和你们熟悉熟悉，以后有事了就好办。”

“行，那我们到哪儿去找你？我们还不知你尊姓大名？”

“我石老三。你俩后天就到西渠村卫掌运家找我。”

钱常有瞪大眼说：“那不是那个被杀的武工队员家吗？”

“正是。她没了丈夫，我是个光棍，我俩结合，不合适吗？”

钱常有又笑着说：“合适，合适。我俩一定按时赶到。”

陈刚早有预谋，精心策划，这天把时间选择的比那天晚一点儿，地点没变。他先自个儿在那儿练，瞅兰兰从院子走过，就向她招招手。不一会儿，兰兰就跑来了。陈刚迫不及待地说："来，再教你两招！"兰兰看看天说："陈师，天晚了，明天吧。"

"学习要持之以恒，三天打鱼，两天晒网学不下真本事。今天就教一招。"

兰兰不好推辞，说："抓紧时间，开始。"便站到了他对面。陈刚说："如果对手从后边抱住了你，你怎么办？"

兰兰摇摇头："不知道。"

"来！你从后边抱住我，我给你示范！"兰兰忸怩地从后边抱住他。"抱紧！这哪像在实战呀！"兰兰使了使劲。"我开始反击了。"陈刚说着，猫腰两手扳住兰兰双腿就要往后倾倒。兰兰两腿悬空，吓得大呼小叫："不敢，不敢！你这样蹲下去，我的骨头都要被压碎了。"陈刚放下她说："知道这招的厉害了吧？来，实践一次！"不由分说地从后边抱住了她。兰兰试着猫腰去扳，她哪撼得动那两根柱子般的腿，反倒被陈刚抱得更紧了。兰兰突然悟出了什么，脸涨得通红，双手掰着陈刚的手说："放开，你放开。"陈刚的脸偎着她的脸，喃喃地说："兰兰，救哥一次急吧，哥亏待不了你。"兰兰挣扎着说："你放开！再不放，我就喊人了。"这时，肖翠花出现在面前，喊了一声："陈刚！"陈刚忙放开兰兰，尴尬地说："我……我和兰兰玩儿呢！"兰兰乘机跑走了。兰兰爬在妈床上嘤嘤地哭。肖翠花站在屋中数落："我的话就像秋风过耳，你一句也听不进去，这下，好看了吧。"

"谁知道他狼子野心！"

"好娃，这社会复杂着呢！我们女人犹如在豺狼虎豹中生活的羊，难哪！妈真替你担心……"

"妈你别说了！别说了！"兰兰哭得更伤心。

此时常德胜推门而入。见此情景问："怎么了？"

兰兰猛地止住哭，起身捂着脸跑出去了。肖翠花低头做着针线活不言语。

"问你话，怎么不言语？兰兰为啥哭？"常德胜大声说。

肖翠花本不想把这事告诉常德胜，可一看那睽睽的目光，心想，他还真把他的部下当回事。又想，这一回要不告诉他，以后真有大事求他，他推诿怎么办？

于是她就把刚才目睹的一幕对他说了。常德胜大惊失色说："简直是引狼入室。那时，让陈刚进店，为啥不先告诉我？"

肖翠花低头说："我还不是怕麻烦你。"

"好啦！这事我来处理。"

肖翠花又抬头说："你最好别插手这事。友好邻居，又没形成事实，也没人知道，咱以后注意防着点儿就是了，再说，我碰到当面，他以后未必再敢轻举妄动。"

"你别管！我知道该怎么处理。"常德胜厉声说。

石老三与桂花在家里摆了几桌席，把亲朋、邻人请了一下，就过到一块儿了。同床共枕的夜晚，石老三心里既高兴又尴尬，怯声叫："二嫂……"

桂花嗔曰:“都结为夫妻了,还叫二嫂呀?”

“宝他妈!”

“娃他爹……”桂花投入他的怀中。

石老三紧紧抱住她,激情荡漾,喃喃说:“我做梦都没想到,我会有此艳福!”

“老三,你说,你就真的打了几十年光棍,没挨过女人?”

“啊呀!你问那干啥?”

她咕叨着说:“都睡到一个被窝了,还不敢对我说实话。”

“哎呀,那有啥。实对你说,打光棍是事实,可不想骗你,逛过窑子打过野食。”

“那味儿怎么样?”

“嗯!挨着女人绵嘟嘟的屁股蛋子,那感觉倒真是舒服,但一想到要丢掉白花花的银钱,心里又不是滋味,草草完事之后,尽剩下晦气和惆怅了。”

“现在又是何感觉?”

“抱着二嫂,心里舒服又踏实。”

“那时为啥不早点儿娶个媳妇好好过日子?”

“穷光蛋,臭名远扬!谁还愿意嫁给我?”

“娶了我这个有孩子的寡妇,你不后悔吗?”

他吻了她一下说:“二嫂,你在试探我?说老实话,我这人虽然脾气坏,但讲义气,一开始,大哥说让我娶你,我还真觉得对不起二哥,后来一想,如果你嫁了别人,那我才要后悔死呢!二嫂既然接纳了我,那我就要对你忠心一辈子,如果再像以前那样浪,让我不得好死。”她忙捂住他的嘴:“我就那么说一下,谁让你发誓赌咒?”

“我就这性格,桂花,你别见怪。”

“那你以后听我话不?”

“听!听!你让我干啥,我就干啥。”

“那你再别干武工队了,咱好好在家过日子。”

“这……”

“怎么,刚说的话就反悔?”

“不是!桂花,我知道你是好意。二哥遇难伤透了你的心,可你想过没有,如果不是武工队,二哥的仇能报不能?二哥的仇虽然报了,但和杀二哥的歹徒一伙的那些人,还在为非作歹,我能退出战斗吗?你就别难为我好吗?”

“嗯嗯嗯……”桂花伤心地哭了,“老三,我真的怕你再出事。”

“不会的,”他抚摸着她说,“杀我石老三的人还没出世呢。”

“这样打打杀杀,要到什么时候呢?”

“别急!等把坏人消灭了,桢县解放了,我就回来和你安安稳稳过日子。”

石老三过罢事的第二天,钱常有、梁满仓就跑到乡上向郭福山、高天顺报告他们探得的有关石老三的情况。高天顺一听喜出望外,敦促郭福山马上去抓人。郭福山却摇摇头说:“不!把这块烫手的山芋让给保安团。”

高天顺不解地问："为什么呀？该咱请功领赏的好事。"

"你光想着领赏。石老三是有名的二杆子，你刚杀了卫掌运，他就立马斩了二狗，那是好啃的骨头吗？"于是他马上给耿营长挂电话报告情况。得到的回答却是：保安团已经调查了好长时间，近期准备动手！郭福山放下电话说，"嗯！正合我意，看来，保安团想和咱们争头功，没啥，把这块硬骨头扔出去，让他啃去。看来，这两个报来的情报属实。高队长，把这两个人抓紧，争取一点儿更有价值的情报。"

西关街道本来就不太宽，店铺一家挨着一家，商家为了扩大经营，招徕顾客，都在门前摆摊，今天你往前挪一寸，明天他往前挪两寸，你挪他挪大家都挪，把个街道上人行空间越挤越窄。城防队是管治安的，本来无须过问这些，可领队巡察的高警卫员四处瞅瞅，见陈刚在朗孟驿门口张望，就对江警卫员耳语了几句，于是两人就分头斥责摊贩把摊位向后挪。摊贩老李平时就很难说话，三争两论就和江警卫员吵起来。江警卫员一脚踢翻了摊子。老李大怒，上前扭打，被江警卫员推倒，再踢了一脚。

陈刚看见打抱不平："哎哎哎！军人咋还欺负良民？"

江警卫员用手一推陈刚："我执行公务，你少管闲事。"

陈刚出拳打江警卫员。高警卫员大喝："把这厮拿了。"众士兵一哄而上，陈刚寡不敌众，被绑住带走了。

芳芳知道了，来朗孟驿找肖翠花，哭哭啼啼说："肖老板，你要救我家陈刚，他是被常大队长的人抓走了。那人脾气，你知道，你一定给说说情呀！"肖翠花安慰说："别怕！芳芳，我一会儿就去说，陈师在我店里干，出了事，我咋能袖手旁观？"

深秋季节，桂花家因石老三的到来显出勃勃生机。屋檐下串了几杆黄澄澄的玉米棒子，西墙下晾着新打的豆子，南房底子上还立着一片拔秧辣子……桂花和石老三正在西房屋剥玉米。二人耳鬓厮磨，说说笑笑，一片和睦气氛。菊花若无其事地走进院子，大声说："桂花，想借你一件东西。"

"嫂子，要什么？"

菊花快步进屋，见石老三也在，小声说："我什么也不借，给你们透个消息。当家的要我转告你们：县保安团最近可能要进山搜捕武工队员，让老三警惕，最好出去躲躲。"石老三不以为然地说："又不知道他们啥时来，让我咋躲？永不回来？别怕！回去转告梁保长，我谢谢你们！敌人如果来了，让他把头目请到你家喝茶就行了。"菊花点点头走了。

桂花送走菊花关了门，回屋催促他快躲出去。石老三却说："怕啥！保安团那几号人我就没放在眼里。"

桂花急得直跺脚："啊呀！你们这一个个要让我担心死呢！"正说话间，有人打门。她更害怕了，"哎呀，这该怎么办呀？"

"妈的来了！说风就是雨。别慌！"石老三起身穿了个大袄，把双枪别在腰间，紧了紧裤带说，"我上窑背上去了，你和敌人周旋，万一打起来，你要注意躲避。"桂花眼里涌满了泪水。打门声更紧了。“别哭！坚强些！”石老三说着，一个箭步跨出门，轻如飞燕般上了窑背。梁保长听见响声来到门外，耿营长刚好跳下马，一队保安团匪兵捅到桂花家门口。他忙大声说：“耿营长，屋里喝茶。”耿营长对士兵一挥手说：“去，把院子包围了，把门打开，把人逮了。”然后，随梁保长进屋喝茶去了。桂花开了院门，十几个匪兵闯进院子。匪兵问：“石老三哪里去了？”桂花说：“不知道。”“不把人交出来，就毙了你！搜！”匪兵们破门砸窗，翻箱倒柜搜寻。桂花心提到喉咙口中，为石老三捏把汗。石老三从梁保长家的窑背上溜下来，突如其来地破门而入，双枪对着耿营长和梁保长：“别动！举起手来！”

耿营长脸色骤变，想反抗不敢动手，想喊人不敢张口。不得不慢腾腾把手举起来。梁保长早早就举起了手，求饶说：“老三，别……别伤害耿营长。”“少废话。”石老三说着，别了左手的枪，右手用枪顶着耿营长，缴了他的枪。然后双枪对着他俩说：“想死还是想活？”“老三饶命！手下留情，我一家人还靠我生活哩！”石老三用枪戳了下耿营长说：“你想死？现在就送你上西天。”“不不不！你说条件。”“你俩和我一同出门，拉马把我送到村外。若不老实，立即开枪打死。告诉你，老子不怕死，换两条命值了，真动起手来，恐怕还得搭上你几个士兵。”梁保长看着耿营长，耿营长慢腾腾说：“行！”

三人出门，梁保长和耿营长在前，石老三在后，两手交叉腰间，双手握枪藏在衽襟下。士兵见状，面面相觑，又不敢问。

一匪兵跑来说：“报告耿营长，没搜着人。”

耿营长说：“原地集合待命。等我回来再说。警卫员，把马牵来！”

丁警卫员把马牵来等着营长上马，耿营长却接了缰绳说：“给我，你也集合待命！”

匪兵们一溜烟地集合去了。

石老三用枪逼着二人来到村外，接过马缰绳，翻身上马说：“老子今天饶了你们，倘若敢动我家人一根毫毛，老子和你们没完！”说着，双腿一拍马肚，骑马飞奔而去。

二十二

兰兰在楼下她的房间里，隔窗看见两个人向灶房走去。其中一个看起来好眼熟，心想，那不是双牛吗？她刚要叫。外边张山说：“生根，快点儿洗漱！完了上街吃饭。”兰兰再仔细看看，心想，明明是双牛嘛！怎么叫生根？难道我认错人了？她走出屋子，与打水出来的生根打了个照面，惊喜地叫：“双牛哥！双牛哥！”

生根也惊讶地说：“兰兰！你怎么在这儿？”

“这就是我家呀！还真是你，快进屋。”

张山愣怔地看着他俩：“你俩认识呀？”

兰兰说：“这位哥，也屋里坐呀！”

“不打扰了，你们叙叙旧吧！”张山端水走了。

生根进屋，把水盆放在脸盆架上洗脸。兰兰把香皂、毛巾给他放好，出门进灶房说：“大师傅，给咱煮一大碗羊肉糊卜，辣椒放多点儿！再带两个饼子送我屋里来。”“好咧！”

兰兰走回屋说：“我还以为认错人了，你怎么就改名了？”

生根边擦脸边说：“我已不在河西村了，上山给我姨父、姨母做了儿，我姨父家姓贾，人丁缺，就给我改名叫贾生根。”

大师傅送来饭，兰兰接了放在桌子上说：“双牛哥，快吃饭！”生根闻着那辣香味，还没动筷子就流口水，说：“兰兰，你还记得我爱吃辣椒！”

“怎么不记得，那次，你和子善打赌，硬是把一大把辣椒面干吃了！”

“你还记得子善吗？”

“怎么不记得，好多年没见了，也不知道现在干什么？长啥样了？”

“子善还在河西村，日子也苦，身体倒还壮实，已长成大小伙子了。”

“是吗？真想再回到童年！”

“那年你走了，我们玩儿时就想起你，我听子善说，你妈在城内开了间小店，怎么就成大店老板了！”

“起初就在这大店门外开间小店，后来这大店转让，我妈就买下了这店。”

“婶子干得不错嘛！一会儿去见见婶子。”

“不急，你先吃饭！让再给你煮一碗吧？”

“好了！好了！”生根吃完饭站起来说，“我先安排好那边的事，咱再一起去见你妈吧！”

兰兰领着双牛去见肖翠花，还没进门就大声说：“妈！你看我把谁带来了？”

双牛进门叫：“婶婶，你好！”

肖翠花愣着看了半晌说：“这……这不是……”

“我是双牛。婶婶，你不认识啦？”

“噢！双牛，到嘴边个熟悉的名字，就是叫不上来！好多年不见，你长成个大小伙子了，你家里人都好吧？”

“好着哩！谢谢婶婶关心。”

兰兰像只八哥一样唧唧喳喳说着双牛别后的情况。肖翠花说：“是吗？现在干啥？怎么到咱店里来了？”

双牛腼腆地说：“一直在家种地，听说赶驮跑陕北能挣钱，就随着老李头他们跑开了，第一次来咱店里，要不是遇见兰兰，我还不知道这是婶婶的店呢！”

“来了就好，到咱店里就和到家一样，需要啥就言语一声。吃饭了没？让兰兰通知灶房给你做饭！”

“兰兰已让给我做羊肉糊卜吃了。”

“住宿、牲畜都安排好了吧？还需要啥？”

“一切都安排好了，咱店的服务周到着呢！”

“老李头是咱店内的常客，人熟着呢，随后我给他说一声，让他好好关照你。”

“谢谢婶婶！需要我干什么，你也请直言，我尽力办到。你忙吧！我走了！”

兰兰撵出来问：“双牛哥，能住几天？”

“明天就走！”

“呀……”

“兰兰，你还有什么事吗？”

“好久没见了，有许多话想说，你怎么不停就走呢！要不，这样吧，傍晚你如果没事，咱俩出去转转，南关的夜市可热闹了！”

“行嘛！傍晚见。”

初冬，寒气袭人，路上行人稀少。双牛和兰兰并肩顺着西环路漫步向南。西北风搅起一阵黄尘，让人睁不开眼。双牛看着兰兰一头短发和那身时髦装束说：“兰兰，看你这行头像个女学生吧。”

“我从山西第二女子师范学校毕业，现在在城防大队上班。你呢，这么多年干什么？”

“庄稼人还能干什么！”双牛抹抹光头说，“下苦呗！把太阳从东山背到西山，播种希望，收获失望，日子过得总是苦巴巴的。不甘贫穷，就试着跟人跑陕北赶驮，要不，也无缘见到你！”

“陕北！”兰兰惊诧地说，“陕北不是苏区吗？能随便出入？”

“再紧张的地区，也不能把生意人挡住，那边需要药物百货，这边还需要食盐毛皮呢！”

“你妈怎么把你给了人！”“都因为郭辉！”

“郭辉！地主郭麻子的儿子小胖子吗？”

“正是。”

“郭辉现在在县党部工作。还总搭讪着想和我说话，我才不想理他呢。”

“是吗？我恨死那坏蛋了！”

“到底为什么？”

“唉，一言难尽。”于是，他就把他如何碰掉两颗门牙，又怎样用弹弓打瞎了郭辉一只眼的事述说给她。

“是吗？”兰兰说，“怪不得我见郭辉成了独眼龙。”

“我闯了祸，郭家派家丁抓我，我父母让我到我姨家躲避。郭家抓不到我，就戳瞎了我爹一只眼，我听了气愤填膺，回家拉了把杀羊刀子就要去和郭麻子拼！爹、妈、姨、姨父硬把我挡住。怕我再出事，就把我给我姨做了儿。”

“真是太可恶了。郭麻子也害得我家破人亡,我也真想杀了他。”

“兰兰,我告诉你!郭辉是我不共戴天的敌人,你如果要和他来往,那咱俩趁早就……”

兰兰着急地说:“双牛哥,你怎么啦!几年不见你,难道就不信任我了,咱俩从小哪件事不是站在一边的。”

华灯初放,夜市好热闹,一盏盏纸灯笼挂在杆头,照出一片片红晕。热腾腾的蒸气氤氲中,响起此起彼落的嘹亮的叫卖声。在一家饸饹摊前坐下,兰兰再买了两碗羊肉饸饹,两人吃起来。一个戴毡帽的老头挎个大竹篮吆喝着走过来:“纸烟、洋糖、落花生。纸烟、洋糖、落花生。”

“兰兰,我去买包烟。”双牛赶上去说,“老人家,买包烟!”

卖烟老头问:“什么烟?”

双牛警惕地向两边瞅瞅:“拿包红盒四美德。”

“要现钱!”双牛挑了张钱给老头。老头从篮子底取出一盒特殊的烟递给他。

兰兰在远处目睹了这一切。

翌日天蒙蒙亮,朗孟驿大院便骚动起来,脚夫们披鞍上驮准备出发。双牛正想着该不该给兰兰告个别,身后就响起了兰兰脆生生的叫声:“双牛哥!”

双牛惊喜地转过身:“这么早,你起来干什么?”

“送送你嘛!给,把这毛巾、香皂拿上,路上用着方便。”张山、老李头等老熟客与兰兰打哈哈说笑,说她是偏心眼。可打心里羡慕这对从小青梅竹马,两小无猜的伙伴。兰兰把双牛送出老远,目送他们消失在曙光里。

听说保安团去抓石老三了。钱常有和梁满仓就商量着去乡公所要奖赏,没想到,却碰了一鼻子灰。让高天顺把他俩训斥了一顿。真想再去给武工队报消息,又怕武工队也不领情,还怕保警队又把他俩吊起打。最后慨叹:这脚踩两只船,还真难!石老三智斗保安团,金蝉脱壳俘战马的事在武工队传为美谈。秦彪、吴斌、石老三热烈讨论惊险场面,从中得到启示:如果混乱中梁保长出了事,那他们的内线就断了,所以决定增派子善打进郭福山的保警队去。秦彪说:“石云亭同志,你的身份已暴露,为了你的安全,特委决定派你到洛东支队去,你有意见吗?”

“啊!”石老三搔搔脑袋,“秦队长,能不调吗?我不怕敌人抓我。”

“你有啥顾虑?”

“本来嘛,到哪儿都是干革命,可……可我没法对你说。”

吴斌说:“老三怎么变得婆婆妈妈起来了。”

“不是我变啦!是……是二嫂,不!不!我老婆,她都不想让我干武工队了。”

秦彪和吴斌笑了。吴斌说:“现在,知道老婆的厉害了吧!想不到,天不怕地不怕的老三也会怕老婆。”

秦彪说:“恩爱夫妻难分难舍嘛!好!我向上级汇报一下。其实说心里话,我也舍不得你这员虎将。”

常德胜把陈刚押在监狱里，不审，不问，不给吃饭，没多久，就把陈刚饿得形销骨立，憔悴不堪。芳芳挺着大肚子去看望陈刚，心酸的眼泪在眼眶里直打转。埋怨他多管闲事，给自己惹下麻烦。陈刚痛定思痛，在监狱里一再反思，越想越觉得事情蹊跷，但怎么也理不清头绪来。这个刀枪不惧，能踢善打的汉子真被饿怕了，他眼睁睁看着芳芳带来的食物被江警卫员收走了，气愤地大喊："为什么不让我吃饭？我犯饿罪了吗？"芳芳苦苦哀求仍无济于事，更可恨的是江警卫员竟然当着陈刚的面把食物喂了城防队的狗。

芳芳一回去就提着礼物找肖翠花，肖翠花听了芳芳的述说，惊讶地问："陈刚还没放出来吗？我早给说了呀。我以为人都放了呢，这是怎么搞的？"

芳芳从身上掏出一沓钱说："肖老板，你把这钱拿着送上去，看是不是没这个……"

肖翠花把她的手推回去说："别，我想不是这原因，我再给你问问，芳芳，你要放宽心，怀孕怄气对孩子不好。"她从柜子内拿出一沓钱说，"把陈刚上月的工钱拿上。"

芳芳不接，说："他就没上班，拿什么工钱啊！"

肖翠花把钱硬塞到她手里说："拿上。我又没除他的名。"

芳芳千恩万谢说："陈刚出来，一定要为你好好干呢！"

子善按照武工队的安排，主动去郭家找活干。刚巧碰见郭辉从城里回来在家，多年不见，二人都显得异常激动。握手时，子善使劲一捏，郭辉顺势把他的胳膊扭转身，说："你小子还是这愣劲儿！"

"嘿嘿！"子善笑着松了手，"我看你忘了儿时的事了没？"

"哪能呢！做梦净梦见儿时玩耍的事。"

郭辉忽然问："哎！你知道双牛这几年干啥？"

子善脑子一转："啊呀，不知道。自从那年出了事，他爹不知道把他塞到哪儿去了，好多年都没在村里露面了。"

郭辉领着子善去见大太太，说明来意后，大太太满口应承："那你来吧，老爷说过，要招几个年轻人的。"从大太太屋出来，郭辉说："你年轻有为，干吗老干下苦的活儿？不如让我给我爹说一声，到乡保警队谋个差事，多来劲儿。"

"我胆小，干不了扛枪打仗的活。"

"咳，胆是练出来的。杀的人多了，就觉得杀人如杀鸡一般。"

"是吗？"子善乜斜了他一眼。心想，几年不见，这小混混变得更坏了。

子善往出走，春艳赶到门道内说："子善哥，我给你纳了双鞋垫，你看合适不？"

子善接了鞋垫说："谢谢！春艳，我给大太太说好了，马上就来东家干活了，咱们又可以在一块儿了。"

春艳喜笑颜开地说："是吗？那真是太好了！"

二十三

肖翠花疑惑不解，陈刚的事情怎么会是这样？当年，多大的事他都有求必应；现在，这么点儿小事，他咋就不给面子了呢！这中间究竟还有什么事吗？她百思不得其解。晚上，常德胜照旧又来了，肖翠花给他脱帽甩尘倒茶递烟，睡前又给他烧热水洗澡。洗澡间里，灯光昏暗，水雾氤氲，常德胜眯缝着眼坐在澡缸内，肖翠花为其搓背揉肩。心想，现在应当是个好时机，于是柔柔地说："哎！怎么还不放陈刚？"

"不放！"他立即声色俱厉起来。

"他犯的罪大吗？"

"破坏治安罪。"

"教育教育，罚点儿钱，还不行吗？"

"你懂什么？你要我放虎归山吗？"

"他爱人快坐月子了，家里困难，你就高抬贵手吧！"

"住嘴！再不准你给他求情！"肖翠花撅着嘴不言语了。湿热的蒸气充满了屋子，沉闷的气氛让人窒息。

自从邂逅双牛以后，兰兰的心老不能平静，童年的趣事一幕幕在脑海中如过电影一般，双牛刚毅朴实的面孔总在眼前浮现。她翻来覆去睡不宁，夜变得死寂沉沉。好容易盼到了天亮，她翻身起床，跑上城墙向北眺望，马铃叮当，驮队长长，但那不是归来的双牛他们的驮队，而是起程北上的驮队。太阳懒洋洋从东海浮起来，升得那么慢那么慢，时间像凝固了似的，该死的慵懒的太阳，把日子变得这么冗长。黄昏的天空飘浮着朵朵云彩，鸟儿鸣叫着向林子飞去。兰兰又站在城头向北眺望——一长溜驮队由远及近，缓缓走来。她忙跑下城墙到路边去接。驮队从眼前经过，没有双牛！又一驮队走过来，她翘首以待。仍不是双牛他们的驮队。第三帮驮队走近了，还不见双牛的踪影。她忍不住问："师傅，你看见老李头他们的驮队了吗？怎么还没见下来？"

"你是问跛子老李头吧？他们呀，在安骨岭碰见他们往上走，大概还得几天才能回来。"兰兰恹恹然走回家。

双牛人虽然离开了朗孟驿，但把魂留在了那儿似的，一路上痴痴地想兰兰，多年不见，兰兰出落得聪明俊秀，再不是小时候乖乖猫似的老跟着他转的兰兰了。他对兰兰一往情深，小时候最爱与兰兰玩儿，听见兰兰叫"双牛哥，双牛哥"，心就甜甜的像灌满了蜜。这多年几近绝迹的甜甜的叫声忽又在耳畔响起，令他思绪绵绵，魂不守舍。突然，脚下被什么绊了一下，他打了个趔趄，险些跌倒，忙拽住马尾巴。

走在他后边的老李头说："生根，你的魂得是被谁勾走了？"

张山说:“是想兰兰了吧!”

老李头问:“你老早就认识老板的女儿?”

双牛憨憨地笑着,心想,此一时彼一时,时过境迁,她已不是当年穷得揭不开锅的老梁叔家的兰兰了,她妈有钱成了资本家,她也上了师范学校,见多识广,还找了份好工作。而自己只有小学水平,光头庄稼汉一个,哪能与她比?她还会看上自己吗?

张山在后边说:“生根,你怎么今天三闷棍打不出个响屁来!”

双牛忽然仰头唱起了秦腔:“闷悠悠坐船舱左盘右算,痴呆呆对流水思后想前……”

老李头吆喝:“生根,你疯啦!”脚夫们大笑不止。激惹得牲畜们也此起彼落地号叫着,惊得林子里的一群鸟鹊扑噜噜飞起来。双牛处理完货物,完成了任务,绑好新驮子急着要赶回朗孟驿。他想,如果兰兰老远就在门口迎接他,说明心中还有他,否则……

芳芳又去探监。陈刚一天比一天瘦了,他一见她就着急地问:“你去求肖老板了吗?”

“找了啊!可咋老不见动静?”

陈刚沉思了一会儿,若有所悟地说:“我看,你就别求她了!”

“为什么?我都快急死了!”

“也许……也许我进来与肖老板有关。”

“什么?到底怎么回事儿,你快说呀?”

“这只是我瞎猜想,也许……”

芳芳急不可耐:“你怎么变成这样个人了?有什么还不能对我说吗?”芳芳急得恨不得把他嘴撬开。“我……我说了,你可别急。”

“你这才要把人急死呢。”于是他就把那天练功的事轻描淡写地对她说了一下。芳芳一听,几乎晕倒,抓住铁栅栏。

陈刚急了:“你别……别,芳芳,我真的没做成那事。”

“啊呀呀!我……我真悔死啦。我不要这孩子了。”芳芳哭着用拳头捶肚子。

“别!别!芳芳,孩子没罪!你千万别伤了我的孩子!”芳芳没有停下,陈刚怒斥,“你住手!你要是损了我的孩子,我马上死给你看!”

“我好悔呀!……”芳芳住了手,哭着蹒跚地走了。

陈刚恼羞成怒,用力摇铁栅栏门,高声叫骂:“常德胜,你狗娘养的,为什么无缘无故抓我?”又用肩膀去撞,反倒把自己撞得跌倒在地起不来。

芳芳气恨交加,浑浑噩噩往家走,上台阶的时候,肚子猛地痛了一下,她预感不好,快走几步进了屋,从柜子内拉出那个包婴儿衣物的包袱就往炕上爬,上炕沿时血就从裤管往下滴。赶她坐好脱了裤子,娃扑通就落了草。血搅着羊水流了一炕。她第一次经历这阵势,吓傻了。幸好脑子还清醒,心想,我就是让血流死,也要保住我的儿子，她从血里捞起儿子，一狠心用牙咬断脐带，用布带扎好，把娃用褥子裹好放到旁边。这孩子天生争强好胜，尖利的哭声震耳欲聋，和着芳芳“救命啊！救命啊！”呼喊惊动了隔墙近邻珍子，珍子忙叫了对门的王婶向她家跑去。

肖翠花听说芳芳坐月子了，就买了五斤鸡蛋、二斤红糖去看望她。王婶在炕上拾掇着孩子的衣物尿布等，珍子在厨房内忙活着。

肖翠花走进屋和王婶打过招呼，转脸说：“芳芳，恭贺你！听说生了个男娃，你和孩子都好吧？”芳芳沉着脸没言语。

肖翠花虽觉得尴尬，还是爬上炕去看孩子：“哟！这娃真亲！高鼻梁，大眼睛！”

王婶也凑着说：“看！鼻子、眼这儿特像他爸。”

“是的，是的，眉宇间透着种肃杀之气！将来一定比他爸还厉害。”

芳芳冷冷地说：“还敢像他爸呀！那不又是一个坐牢的坯子。”

肖翠花一下子噎住了，半天才说：“芳芳，你是嫌我没把陈刚救出来，生我的气吗？我……”

芳芳愤愤然说：“你别黄鼠狼给鸡拜年，要杀要剐就利索点儿，别钝刀子杀人——让人往死里受。”

“芳芳，你这话是什么意思？他出了事，我也和你一样急，为救陈刚，我磨破了嘴皮子，可公家的事，毕竟不是咱说话就一准能决定的。”

“行了吧，你！装得挺像。你走吧，我不想看见你，我那不要脸的该死的东西！咎由自取。他就死在监狱吧！”

珍子听见理论声也来了，说：“芳芳，你咋能那样咒陈刚？再说，好狗都不咬上门客！人家肖老板好心看你来了，你哪能这样待人家？”

芳芳哭诉：“我悔死了，我怎么落下这下场？”

“你不明说，我心里也漆黑一团，也不知哪儿得罪了你？可我想，我问心无愧。我记着陈刚对店里的功劳。对你们家一直不薄。现在你们家有难，我不管你怎样误解我，我都要帮助你。”肖翠花从身上掏出一叠钱放在桌子上，“这钱给你先用着，不够了，你言语一声。”“把你的钱拿走，把你的东西拿走。你连同你的一切，都散发着臭味，我还嫌污了我的清白。”

王婶说：“哎，芳芳，你不能这样。邻里乡亲的怎出此言？”

珍子说：“芳芳，你心里到底有什么，就说个明白吧！”芳芳只哭不语。

“唉，这真是不白之冤。婕、珍子，芳芳不知耳朵钻了什么风，我也不怪她，路遥知马力，日久见人心。事情总有真相大白的时候。你们就多照顾她点儿，有什么需要我帮忙的，就通知我啊！”

“我的事不用你管。你走吧！你走吧！”芳芳哭着说。

珍子说：“肖老板，承谦已叫芳芳她妈去了，你就别操心了。”

王婶和珍子送走肖翠花回来，看见芳芳把肖翠花的钱和东西一股脑儿扔到院子里，蛋汁流了一地。她自己也跌倒在门栏边。珍子忙跑过去扶她：“芳芳，你疯啦。”

“这娃怎么是这?”王婶说,“你怎么这样折磨自己?”

“芳芳,肖翠花走了,有什么事,你就告诉我和王婶吧!”

芳芳哭诉:“我悔死了,只怨我那不要脸的死鬼。我说不出口,我没法说呀!”

好多天等不来双牛,兰兰心灰意冷,躺在床上直发呆。夕阳的最后一缕余晖从西边窗口褪去,天慢慢暗下来。他或许就不来了呢!她想,人各有志,看他那样儿,怕不是一般人了。况且,隔了这多年,他能没有心上人?

正胡思乱想,听到后院有人叫“生根!生根!”

她像触电了似的,一骨碌从床上爬起来。从后窗望去,是他!双牛正和张山往下抬驮子。她激动得心都快从喉咙里蹦出来了,真想大叫:双牛哥!但她忍住了。想,倘若他心中有我,肯定会卸下驮子就来找我。她目睹他卸了驮子,把牲口拉进了牲口棚,然后回脚夫住的大宿舍去了。她叹了口气,跌坐在床上,眼里蓄满泪水。双牛偷偷看了眼兰兰屋,窗子开着,没有飞出他期盼的那句甜甜的叫声,更没有看到她小鸟一般飞出来。他想,我想的果然不错,于是他不再想她,自顾自拿了脸盆去灶房打水。兰兰听见熟悉的脚步声,不由得又站到前窗前张望——

双牛低头进了灶房,打了水出来,犹豫地过去了,站住了,回过头来向兰兰的窗子张望。四目相对,兰兰的眼泪忍不住掉下来,再也憋不住了,跑出去叫:“双牛哥!”

“兰兰,你……”

“双牛哥,到我屋里来洗吧!”

双牛来到屋里说:“我还以为你不在屋里。”

兰兰转过身偷偷擦干眼泪,倒好了水说:“洗毕,你先喝口水,我去给你打饭。”

“别去!”双牛一边擦脸,一边说,“一会儿到夜市去吃,我请客。”

“嘿嘿嘿!”兰兰甜甜地笑着,“看双牛哥说的,到我家了,还要你请我?这样吧!你嫌灶上饭不好,我领你到‘临河酒家’去吃,那儿清静。”

“不用,花那闲钱干什么。”

“花不了几个钱,现在又不是遭年馑饿死人的年代。双牛哥,我至今还记得你给我那角烙馍。”

“提那烂芝麻陈谷子的事干什么?”

“中国有句古话:滴水之恩,当以涌泉相报,我还没报答你呢!”

临河酒家三楼包间,一面临街,一面对河。双牛临窗眺望——朗朗的县河就在楼下流淌,灯光映照在河面上反射出耀眼的光芒。南桥、牌楼、树林、菜棚隐约可见。夜市灯火辉煌,人声嘈杂。双牛心想,这真是个好去处,什么时候,天下的穷人都有钱了,都能坐在这里把酒临风,开怀畅饮……“双牛哥,快吃菜。”双牛从遐想中收回目光,惊讶地看着满满一桌子酒菜说:“兰兰,你也真大方,这要花多少钱?”

“快吃吧。难得开怀畅饮一回。”

双牛启开酒瓶盖向杯子里斟酒，深红色的甜酒溢着浓香。他情不自禁地问：“什么酒，这么香？”

“我妈不知从哪儿弄来的上等红葡萄酒。”

“你妈也真够神通广大的！”

兰兰举起酒杯说：“双牛哥，为咱们重逢干杯。”

两人吃着谈着，顺河风从窗子习习地吹进来，此情此景，心头的一切烦恼和悲痛被吹拂殆尽，借着酒兴可把一腔心思都向情人倾诉。

“双牛哥，解放区好吗？”

“你问那？”双牛眨巴眨巴眼睛说，“我唱首歌你听！”于是清了清嗓子小声唱起来，“解放区的天是明朗的天，解放区的人民好喜欢……”兰兰也合着唱起来。他惊喜地说：“你也会唱？”

“嗯！”兰兰点点头，“在学校时就学会了，不过，只敢偷偷地唱。双牛哥，你说，共产党见一切剥削人的人都打倒吗？”

“打倒剥削，不等于打倒一切剥削人的人，对那些顽固不化的地主、资本家，当然要镇压，但对大部人分还是实行改造政策，只要改邪归正，不再剥削人，仍做人民内部矛盾对待。”

“双牛哥，那……那你说我们家开店算不算资本家剥削人？”

双牛搔了搔脑袋说：“我也说不准，大概叫什么小私营资产者吧，我见延安街上那些字号都变成了公私合营什么的。反正，共产党的目的是实行人人平等。你要经常提醒婶婶，对雇工要好，要经常周济穷人。”

“嗯！嗯！”兰兰点头。楼道里有人走过。她一转话题说：“双牛哥，你来了怎么就不找我？我以为你再不理我了。”

“哪里会呢！”双牛说，“我倒是以为你是大家闺秀了，瞧不起儿时的穷哥儿们了！明明见你窗开着，也不见你出来。”

“哎呀，真把人心亏烂了！”兰兰急出了两眼泪，“也不知你啥时来，叫人天天在外边等，望眼欲穿。”

“是吗？兰兰，”双牛激动地说，“我也是，急得恨不能插翅飞回朗孟驿。兰兰，以后你记着，我们大约半月跑一趟，特殊情况，还会提前来。”

“纸烟、洋糖、落花生！纸烟、洋糖、落花生！”一阵叫卖声传来。

双牛神经质地向外望去，戴毡帽的卖烟老头儿正从桥上走过。“兰兰，你等我一下，我去买包烟就来。”双牛说着，匆匆跑下楼去。

兰兰趴在窗上痴痴地望。桥头，双牛向卖烟老头靠拢：“老人家，买包烟！”

“你要什么烟？”

“红盒四美德。”

“要现钱。”

双牛不自觉地朝两边瞥了一眼，掏钱买烟。

与此同时，肖翠花屋里也进行着一场不大愉快的谈话。豆油灯暗淡的光影下，常德胜坐在桌旁抽烟，肖翠花低头不语，显然已经僵持了好一阵子。肖翠花终于忍耐不住哀求说：“兰她伯，把陈刚放了吧。芳芳莫名其妙地埋怨我，说出的话能把人呛死，我也弄不清怎么回事，心里堵得慌！全当我涎着这张脸求你，你就给个面子吧！”

“我说，你这人咋这么不明事理，放虎归山，要伤人的，你知道不？不关你的事，我常德胜例行公事，与你肖翠花无关，她要怨要恨朝我来。”

“你……你就这么不讲情面？”

“真是头发长见识短！”常德胜瞪了她一眼，把烟一摔，站起来摔门而去。

肖翠花爬在桌子上黯然神伤。这是他第一次对她发脾气。而且是为了别人的事。这究竟是为什么？但不管是为什么，这都证明她已经不怎么值钱了。难道真像她预测的那样，她女人的魅力在减弱甚至要消失吗？

双牛回到楼上，见兰兰头枕肘趴在桌子上，问：“兰兰，乏了就回家休息吧！”

兰兰抬起头说：“不！我……”

“怎么啦？”

“双牛哥，你说，人一长大，怎么就找不回童年的纯真与信任了？”

“此话怎讲？”

“你有事瞒着我！”她往门外看了看说：“如果我没看错的话，你是共产党的地下联络员。”

双牛忽地红了脸说：“兰兰！你胡说什么！”

“如果在以前，我傻乎乎什么也看不出来的，可自从我进了城防队，参与了诸多案子，我相信，我的眼光是锐利的。”

双牛站起来严肃地说：“兰兰，这么说，你也对我没说真话，你是国民党特务。既然你已经识破了我，那么，给你一个立功机会，你可以带我去领赏。”

“嘿嘿！如果操了那份贼心，上次，你接头后，我就完全可以报案了。”

“那你什么意思？”

“我只想找回我们童年的友谊，不想把我们变成对立的敌人。双牛哥，实话对你说，对国民党的现状，我早已深恶痛绝，别忘了，我爹也是被地主郭麻子逼死的。双牛哥，能否告诉我，你是怎样找到党的？”

双牛又坐了下来，童年痛苦的记忆又浮上脑际。他仰头闭目娓娓道来：“我到了姨家，他们改了我的姓名，但我仍叫他们姨和姨父，从未改过口，起初，我什么也懒得做，只想哭。有一天，我独自坐在我家的地畔上哭……”挨地畔做活的邻居贾财主家的长工秦彪走过来坐到他身边，掏出旱烟袋，一边吸烟一边说：“小兄弟，有什么冤屈可不可以告诉我？或许我还能帮你的忙。”于是生根就把他的遭遇和痛苦告诉了他，当讲到用弹弓打瞎了地主儿子一只眼时，秦彪插话说：“咦，你也够狠的！小兄弟，你别哭，听我也给你讲个真实的故事，”他在鞋底上磕了烟灰对他说，“有一个孩子，他老家在河南，有一天，他从地主家门前走过，被地主的狗咬伤了腿，他父亲一气之下就把那狗打死了，可地主认为，他家的狗比穷人的命还值钱，就差家丁把他父亲吊起活活打死了！那孩子也和你一样倔犟，提了把杀猪刀就要和地主拼，可他妈死活不让，并不由分说带着他远走他乡来到桢县。"

生根惊讶瞪大眼睛说："世上还真有和我同病相怜的人，我真想见见这位兄弟！"

"他就在你眼前，"秦彪抹起左边的裤腿，"这就是当年被狗咬伤留下的伤疤。"

"是你呀！老秦哥，"生根激动地抓住他的手说，"我家也姓秦，我原名叫秦双牛，听我妈说，我家也是在我老爷爷时从河南逃难到桢县的，说不定，咱还是同宗同祖呢。哥，从今后咱就是同生死共患难的兄弟，共同报仇雪恨吧！"

秦彪摇摇头说："光靠咱俩也报不了仇的！即就是咱俩杀了郭财主、王财主，还会有李财主、赵财主……照样欺压穷人。"

"那你说，该怎么办？"

"只有全中国乃至全世界的穷人联合起来，打倒剥削阶级，推翻反动统治，穷人才能彻底翻身做主人。"

"那穷人怎样才能联合起来呢？"

"共产党是咱穷人自己的党，他就是要把全世界被压迫的穷苦人民都联合起来，打倒地主、资本家，消灭剥削和压迫。"

"老秦哥，共产党在哪里？你能领我去见共产党吗？"

"你还小，我也还没有找到共产党，等你长大了，我也找到共产党了，我一定带你去见共产党。"

兰兰听得如痴如醉："双牛哥，你真幸运！"

"自从结识了老秦哥，我思想开朗了，也感到活着有了希望，经常往他那儿跑，听他讲革命道理，他后来还劝说我姨父，让我上了几年学。"

"你认识的这个老秦哥一定是共产党的小领导吧，啥时也介绍我入党吧！"

"当下斗争非常激烈，蒋介石残酷屠杀共产党人，你不怕吗？"

"你都不怕，我还怕什么？"

"那好，从现在起，你就接受党的考验吧！但记住，要保守秘密，不能告诉任何人，包括你母亲。我会把你的愿望告诉党的，当前，你只和我联系，不该问的事不要问。到条件成熟了，我会通知你入党事宜。现在，最重要的是多给党做工作，争取早日入党。"

"我会的，双牛哥，有什么事你尽管吩咐吧。"

肖翠花去看望陈刚，陈刚显得更加消瘦，眼窝凹陷、颧骨隆起、蓬头垢面，简直失了人形。肖翠花不无怜悯地说："陈刚，你怎么成这样了，唉！"

"肖老板，谢谢你还来看我。"

"你对芳芳说了什么？她把我一顿狠骂，简直把我骂糊涂了。"

“我也没对她说什么，”陈刚说，“我只是有点儿想不通，也许是我胡思乱想，肖老板，我进监狱该不会是你碰见我和兰兰……”

“简直胡扯。那么点儿小事，我怎么可能还放在心上了？我们又没报案，城防队怎么会因那事逮人呢？他们还没提审你？”

“没有，我也一直纳闷儿，既然逮了我，就该审问定罪呀！”

“陈刚，我一直在跟常大队长说，可不知他这次为什么迟迟不肯放人，你别急，我再跟他说。”

陈刚释然地说：“肖老板，芳芳误会了你，你别见怪。我出去一定让她给你赔礼道歉！”

肖翠花走后，陈刚又陷入疑虑之中：如果肖老板说的是真心话，那么就是城防队有意找我的茬儿。他气愤地想：哼！等着吧，老子总有一天会报仇的！

二十四

正当钱常有和梁满仓因为报功没领赏而窝火时，新的机会来了。石老三通知他俩参加武工队开会。钱常有心怀鬼胎，心想，这次我一定要搜集个大情报，给狗日的高天顺一个惊喜。他还没来得及单独和梁满仓通气，就被石老三带进了会场。

会议仍然晚上在吴斌家后窑里开。外边凤凤借着干活放哨，会场布置成赌场的样子打掩护。没玩儿几下，吴斌就拍拍手大声说：“停！停！现在请秦队长传达上级指示！”

会场宁静下来。秦彪说，“当前，国民党反动派又发动了对我解放区的进攻，同时在各地又加紧搜捕、杀害我地下党员和武工队员，企图扑灭已成燎原之势的革命烈火，这是妄想。上级指示我们，要针锋相对，狠狠地打击敌人，一方面牵制敌人，减轻解放区的压力。另一方面，要保护革命力量免遭破坏……”

回家路上，钱常有说：“认准了吧！讲话那个就是武工队秦队长。”梁满仓惊讶地说：“你以前认识？”钱常有说，他有一次去贾家山，碰见双牛和秦队长，过后他问双牛，那人是谁，双牛说那是他家隔壁贾家的长工。“噢！怪不得你捏我手。”

“我是想引起你的注意，也看清楚、记住！”

“记准了！明天就去给乡长报告！”梁满仓搔搔脑袋又说，“不行！今晚刚开过会咱就去报告，保警队定会立马抓人，武工队要查起来，肯定会怀疑咱俩。”

“你说的也对，停一段时间再报，也好再观观风向。也不要让保警队以为咱们的情报就得的那么容易。”

“开会地点要报不要？”

“暂时不报，要不，咱俩就暴露了。”

“那如果乡长问，咱在哪儿开会怎么办？”

“就说，黑夜蒙着眼去，又蒙着眼出来。”

四月初八县城逢会这天，朗孟驿门前熙熙攘攘，行人进进出出络绎不绝。门旁墙上贴着的告示下站满围观的人。有人念道：“告示：朗孟驿开张以来，承蒙客商惠顾，众乡亲支持，事业蒸蒸日上，生意红红火火，使我由一个乞丐而变得富有。念世人还有贫穷、饥寒交迫者，吾实觉寝食难安，于心不忍！特决定本月初八集会日舍饭一天。对于众多饥民，虽只是杯水车薪，但算我献上拳拳爱心！愿知者互为传告，欢迎饥者前来就餐！朗孟驿肖翠花。”念完，回头见吴学究站在人群后，笑曰，“此文必定是吴老先生所作！”吴学究点点头说：“是也！朗孟驿此招实为善举，难得！难得！请大家快进去就餐吧！”“走！吃放饭啰！”一群人拥进朗孟驿。

朗孟驿大院挤满了人，靠灶房那儿支着两口大锅，里边煮着豆腐、猪肉、白菜合菜，旁边高高的蒸笼冒着蒸气，蒸笼旁放一个盛满馒头的大笸箩。人们端着碗让大师傅舀上菜，然后领两个馒头圪蹴在大院内的台阶上、井台边吃，有的把饭端进大饭厅去吃。肖翠花站在锅旁维持秩序：“慢点儿，站好队，一个一个来。保证让大家吃饱吃好！”兰兰把一个年纪大的老太太扶着坐在台阶上，舀了一碗菜，拿了两个馍送到面前：“老人家，你趁热吃吧！”老太太接过碗急不可耐地吃起来。

南门走进来一个驮队，老雷忙去招呼：“客人们卸了驮子快去吃饭，你们运气好，碰巧老板今天舍饭！”“好好好！”客人们笑着、答应着，卸了驮子去吃饭。

晚上一算账，那天共吃了一石八斗粮，花了三百六十块大洋。肖翠花说：“都是这死女子的馊主意，下不为例。”

“妈，花这点儿钱你就心痛啦？得人心者必有好运，钱财散去复又来嘛！”

周妈说：“兰兰说得对，饥时给一口，胜你饱时给几斗，你没看那些饱餐一顿的穷人，个个赞不绝口。他们出去能不为咱们说好话做宣传吗？我想啊，咱们还要大发呢。”

双牛他们的驮队徐徐向桢县县城行进。双牛的枣红马走在前边，双牛拽着马尾，信马由缰地边走边想心事，兰兰会在路上等我吗？

枣红马停住啃吃路边的草，影响到驮队的前进。老李头大声说：“生根，你瞌睡啦？”“鬼！是想兰兰了。”张山说着，在他的骡子屁股上拍了一巴掌，“得！”一声，把骡子赶到前边，回头说，“要想，到后边慢慢想吧！”后边的牲口都跟着张山的骡子赶到前边去了。路过双牛身边，大家都笑着向他做鬼脸。

塬头有座古塔，钟亭、殿宇环绕，名曰纠纠寨。站此处俯瞰县城，街道纵横交错，屋舍星罗棋布，云蒸霞蔚，紫气萦绕，古城沉浸在夕阳的氤氲里。下了坡就到县城了，双牛振奋精神，拍了下马屁股，枣红马扬头甩尾，撒开四蹄赶了上去。果然，远远就看见兰兰站在路边向他张望，双牛激动得不知如何是好，反而拉着牲口放慢了脚步。

张山走过兰兰身边说：“小老板，接我们呢，还是光接生根？”

“当然是接大家了。老李伯，快和大伙儿进店休息吧。”

"好好好！生根在后边，快去说说话吧！"

兰兰笑着冲双牛走上去，甜甜地叫："双牛哥，可把你盼来了！"

"兰兰，有什么急事吗？"

兰兰放低声音说："我要向你汇报工作。"

于是，她就把说服她妈，在县城四月初八逢会放饭的事，详细向他作了汇报。

双牛笑笑说："是吗？那你妈一定心疼坏了。"

"我妈起初是有点儿心疼钱，可是自从放饭后，我们店的生意出奇得好，没几天，就把花掉的钱赚回来了！"

"那你无形中为你们店打了个广告。"

"反正我想，钱多了，也未必是坏事，如果党真的需要经济援助，我一定会无私奉献的！"

双牛压低声音说："兰兰注意！以后不敢党长党短，说漏嘴要惹事的。"

兰兰伸了下舌头："是是是！记下了！"随即转移话题大声说，"双牛哥，看你把这匹枣红马打扮得多漂亮，毛色油亮，缀缨戴绸，像是要娶新娘子似的。"说着，也斜了他一眼。

双牛脸泛红晕说："这是一匹退役的军马，体态伟岸，蹄腿利索，我很爱它，说不定，将来还真要骑着它领回一个新娘呢！"

兰兰笑着拍打着他说，你真会开玩笑！"双牛哥，教我骑马吧！"

"行！啥时候？"

"今天下午，吃过饭，咱到黄河滩去。"

洗漱毕，双牛说给她和她妈带来点儿礼物，于是两人就相跟着去见肖翠花。双牛打开包袱，里边是两条榆林毛毯和一件深蓝缎花面有襟女式白羊羔皮皮袄。兰兰禁不住喜悦地抚摸着皮袄说："这羔皮真好！"

肖翠花说："这娃，你买这么多东西干啥？这要花多少钱！"

"也不是什么值钱东西，不过算陕北特产，不知道婶婶喜欢不？"

兰兰抢着说："双牛哥送的东西，就是根鸡毛也稀罕！"

肖翠花白了她一眼说："快去！让灶房准备一桌酒菜，好好招待一下双牛。"兰兰小跑着去了。

黄河咆哮着冲出龙门，在晋、陕交界地径直向南，河岸陡然增宽，水流变缓，泥沙沉积，形成宽广肥美的沙滩。桢县就在黄河之滨，出南城门沿县河向东南不远就可到黄河边。广袤的黄河滩，马蔺片片，羊群点点。黄河在夕阳的辉映下映出一片橘红霞光。沙滩被风吹成整齐的鱼鳞状，在光影的闪耀中幻化出波澜壮阔的景象。河东的崖岸、村庄沐浴在夕照中，云蒸霞蔚。双牛和兰兰牵马来到黄河滩。双牛说："我跑几圈你看看！"说着，翻身上马，放松缰绳，"驾！"一声喊，枣红马四蹄腾空飞奔起来。双牛那架势简直就是一个驰骋疆场的勇士。兰兰目不转睛地看着，心里油然而生无限的仰慕和向往！转了两圈，他停在兰兰跟前说，"来吧！我带你兜几圈。"双牛腾出一只手,一下子就把她拽上了马,放松缰绳,马跑起来,兰兰来不及坐端正,歪着身子紧紧抱住双牛的腰不敢放松。“别害怕,挪正屁股!”当他感觉到兰兰已坐稳当了的时候,双脚一点马肚,马便风驰电掣般狂奔起来。兰兰闭上眼睛,风在耳边呼呼作响,她把自己的身子紧紧贴在双牛背上,任凭他策马在沙滩上驰骋。兰兰的胸腹贴着双牛的背,双牛感到痒酥酥的,尤其那两个绵软的丰乳,在他的背上来回晃动,激惹得他性欲勃发,随着跑马速度的加快,她更加紧紧地搂抱着他,体温和感觉都已浑然一体,一种难以抑制的激情从心底蹿起。他让马在一丛茂密的马蔺边停下,跳下马,迫不及待地抱住兰兰倒在马蔺丛里。伸手解她的衣裤。

兰兰挣扎着,推挡着,厉声说:“别!你要干什么?你要干什么?”

双牛一边吻她,一边说:“兰兰,你忘了小时候玩儿跳狗狗的事了吗?看这儿多好,就你和我……”

“啪!”双牛脸上挨了一记耳光。兰兰捂脸“嗯嗯”地哭起来。

双牛怔怔地看着她,身上像浇了一盆凉水嗖嗖发抖,脸像猪血一样红。慢慢站起来,歉疚地说:“兰兰,对不起,恕我鲁莽,我不知道你有了!我不知道你嫌弃我了!”说毕,头也不回地向马那边走去。

“回来!”双牛站住了,但没有回头。兰兰坐在那儿流着泪说,“谁有了?谁嫌弃你了?既然爱人家就明媒正娶,光明正大。那样算怎么回事?”

双牛跑回来,双手扳住她的肩头,欢喜若狂地说:“兰兰,你愿意我?你不嫌弃我?”

兰兰一下扑到他的怀里,喃喃地说:“双牛哥,答应我,不结婚不做那越雷池的事,我一听人家背地里议论我妈,我的心就战栗!”

“你……你妈真的和那姓常的好?”

“不好,她能有今日?双牛哥,你也别恨我妈,她也是没办法,那年,我们要饭遇到坏人,险些被坏人糟蹋了。后来摆小摊,郭麻子逼债,高掌柜踢翻了货摊,还扬言要把我妈撸走。姓常的就是在那种情况下,走进我妈的生活的。”

“我理解!一个落难的女人也难。”

“双牛哥,快些托媒人来吧。我会说通我妈,把你招进我家来,我妈年纪大了,这个店将来就归咱们管。”双牛紧紧搂着她,两个人在马蔺丛内翻过来滚过去,互相抚摸着,亲吻着。

兰兰终于学会了骑马。夜幕徐徐拉下来。“不早了,骑马回家吧!”

“牵着马走吧,还能多说说话!”于是二人拉马并肩往回走。远处忽然闪耀着手电光,像是有几匹战马飞奔过来。双牛警觉地抓紧缰绳。

兰兰说:“大概是夜间巡逻队吧!”

马队近了。高警卫员打着手电大声问:“站住!干什么的?”“高班长,是我!”

高警卫员跳下马:“梁秘书,是你呀。快回去,这几天有敌情,小心遇上共匪了。”“知道了。”马队飞奔而去。

二十五

孩子满月了,芳芳裹着头巾,抱着襁褓里的孩子来到城防大队监所。陈刚一见孩子,眼睛一下子亮了,伸手抚摸着孩子的脸说:“啊,我有儿子了!儿子呀!爸爸这副模样不会吓着你吧?儿子呀!爸爸如果出不去,死在了监狱,你将来一定要给爸爸报仇啊!”芳芳流出了眼泪。孩子莫名其妙地哭起来,哭声尖利而嘹亮,把其他监号内的狱友都惊愣了。芳芳擦干眼泪哄着孩子,“噢,噢,噢,乖乖不哭!”

陈刚问:“给孩子起名字了没?”

“还没有,你说呢?”

“我看就把娃叫陈强吧,我陈家没弱人!”

“嗯!”芳芳悄悄从口袋内掏出一个点心递进去。陈刚借着看监的不注意,一下把点心全塞进嘴里,只咀嚼了几下,就囫囵吞下去。吃毕舔着嘴唇说:“肖老板还来过,你别再埋怨她母女了,这事可能与她们无关。”芳芳没言语,抱着孩子走了。

陈刚出不去,越想越气,就又摇着铁栏杆大骂。高警卫员向常得胜汇报陈刚骂监的情况。常德胜招手把他叫到跟前耳语了几句。他刚要往出走,与正进屋的兰兰打了个照面,笑着点头打招呼。常德胜瞥了眼兰兰,又大声说:“高班长,通知后勤,把我办公室旁边那间小屋腾出来给梁秘书做办公室。”

“是!”高警卫员说着转身走了。

兰兰暂无事做,坐在自己的办公桌后对着小圆镜理头发。常德胜头也不抬地说:“昨天晚上跑黄河滩干什么去了?”

兰兰先是一愣,随即平静地说:“学骑马回来迟了点儿。”

“以后不要乱跑,小心安全!”

“知道了。”

“那边房子收拾好了,就在那边办公,没事了,就好好看书学习,学无止境,知识女性才是最有前途的。”

“嗯!记下了。”兰兰说着,瞥了眼常德胜。想起昨晚遇见高警卫员的事。他真是关心她的安全吗?一种惆怅和不安漫上心头。

随着日月的增进,大太太腹部的填塞物也在增多,行动也要装出慵怠笨拙的样子。可她毕竟没有怀过孩子,跟真的孕妇比,还是相形见绌。居心叵测的二太太,似乎早看出了破绽。那天她在屋内隔着窗子往外看,对身边的春艳说:“快看!快看!”春艳迅即趴到窗子跟前看。大太太从院子缓慢地走过去,快到她屋门口时,快走几步进了屋。“看见了吧?”

春艳瞪大眼睛说:“你是说,大太太回屋去了?”

"笨熊!"二太太骂,"哪有身怀六甲的人在人面前走路慢腾腾,一到没人处就快步如飞!"

"那……那你说,大太太是装的?"

"哼,到时候,我看她怎样从屁眼里蹦出个孩子来!"

大太太时刻惦念着孩子,借着黑夜差贵儿给王喜家送面、送肉,送鸡蛋,嘱咐王喜妻注意保养,在胎里就把孩子喂养得白白胖胖。还让他顺便把王婆叫上,让给孕妇好好检查检查,看胎位正不正,孩子壮实不壮实?并让给王婆些钱,要她从现在到孩子生下抱过来一包到底,并不能走漏风声。

贵儿转身刚要走,她又叫住他小声叮咛:"告诉王喜,这几个月,千万别让他媳妇吃兔子肉,小心孩子豁唇了!"

城防队监狱里,江警卫员送来了饭菜。陈刚吸溜着鼻子说:"咦!今天咋还有肉香?啊!大米饭、肉菜!"

江警卫员说:"你不是喊饿吗?长官说了,让你尽饱吃,别当了饿死鬼。篮子里还有蒸馍,能吃多少就吃多少!不够了,言语一声。"

陈刚狼吞虎咽,风扫残云。刚吃完没多一会儿,陈刚忽然抱肚蹙眉,脸色苍白,头冒虚汗,圪蹴在地上呻吟:"哎哟!哎哟!"正好吴学究来看望他,惊慌地问:"你怎么啦?陈刚。"

"我……我肚子痛。哎哟,痛死我了!"

吴学究大声喊:"看监的,看监的,陈刚病了。"

江警卫员漫不经心地走过来,看了陈刚一眼说:"没病,撑的!"转身又走了。

吴学究撵上去说:"长官!你行行好,给娃请个郎中瞧瞧吧。"

江警卫员搡了他一把说:"少管闲事,没事快滚!"

陈刚痛得在地上打滚,不迭声地喊着:"哎哟!哎哟!"

吴学究急得打转转:"这该怎么办?这该怎么办?"

"吴……吴老先生,狗日的给我下……下了毒药,我怕不行了!你快……快给我把芳芳叫一下!"吴学究恍然大悟,转身小跑着去了。陈刚抱着肚子,痛苦地喊着,"让把孩……孩子也抱来!"芳芳、珍子、吴承谦急急慌慌赶来,芳芳妈抱着孩子紧跟其后,吴学究、王婶也随后赶到。

"陈刚,你撑住,我去找他们叫医生。"吴承谦转身跑去。

"我……我不行了,他们害……害我。孩……孩子!"陈刚招手要孩子。芳芳妈抱孩子贴近栅栏。他挣扎着抚摸孩子说:"儿呀!为爸爸报……报仇!"说完头一歪,倒地不动了。"啊——"芳芳一声哭得昏了过去。芳芳妈也抱着芳芳哭:"这真是杀人呀!"孩子几乎滑落地上。王婶忙抱起孩子,孩子受惊吓也哭了起来,尖亮的哭声在监狱回荡。珍子忙掐芳芳人中穴,好一阵子,芳芳才苏醒过来。芳芳哭喊连天:"天啊!这还有理没有啊!把人关了几个月,不说是什么罪,就把他害死啦!这是什么世道呀?"

吴承谦把高警卫员叫来了。

高警卫员到跟前看了看，让江警卫员打开铁栅栏门，用手在陈刚鼻孔下试了试说："死啦！这人，吃饭这么不注意，我听小江说啦，他猛吃猛喝，撑死啦。"

芳芳抱住他的腿说："你不能走，你给我说明白！你给我请医生化验！"

高警卫员将她踢开说："去你的蛋！我还给你化验！今晚上不把死人运走，我明天就派人把尸体撂出去喂狗。"说毕，扬长而去。

吴学究说："这世道还有什么理讲，我看寻人把尸体往回运吧！芳她妈，你说呢？"

"她孤儿寡母，我一妇道人家能有什么主意，老先生你看怎么好，就怎么办吧！"于是吴学究吩咐承谦请几个邻居，帮忙把人抬回去。

王婶拍着腿说："陈刚一辈子为人打抱不平，到他跟前了，却没人为他争个理儿！"

珍子气愤地说："应该把摆摊的老李叫来料理后事。陈刚是为他打抱不平才出事的。"

吴学究摆摆手说："再不要说气话了，把人先运回去再说。"

江警卫员走来又说："都先回去，大队长有令，晚上才能运尸体。"说着，把众人往出轰。

芳芳哭着说："我不走！我……我要我的人！"

吴学究再三求情，江警卫员才颐指气使地说："看在老先生面上，我就不赶你们了，记住，晚上再运尸体。"

陈刚死后第七天埋葬，西关街道鼓乐齐鸣，唢呐声声，殡葬陈刚的送灵队徐徐前进。扛柳枝的侄孝子走在最前边，柳枝上缀着黄纸钱。后面是两人抬着放在桌子上的纸楼儿，里边列着陈刚的像。吹鼓手随其后，吹吹打打。时不时停下来吹曲牌。乐队后边是灵棺，灵棺披红放在八抬上。孝子戴孝在两边扶灵。远亲戴孝送葬者跟其后。陈强年幼，由珍子抱着站灵旁，麻冠儿放在襁褓上。芳芳一人趴灵啼哭："冤死的夫君啊，你丢下我孤儿寡母该怎么活呀！"八抬着地，乐队吹曲牌。曲毕，吴学究高声喊："前行！"抬灵者齐呼："起呵！"抬灵前行。一路走过，每家门前都留下一小摊草木灰，这是此地风俗——点火撒盐祛邪。灵队行至朗孟驿茶馆间宽畅处停下。这里摆好了桌椅板凳，支好了乐器家具。唱戏、吹鼓手表演就在这儿进行。除议定的几吹几唱之外，亲戚朋友还可以点戏。肖翠花、兰兰、朗孟驿的伙计们也站在人群中观看。

几唱几吹之后，吴学究大声说："大家注意！下一场由朗孟驿肖老板为陈刚点一出戏……"

话没说完，芳芳哭着说："不要她点！孝子为老人点戏呢，她点的是哪一出？"

肖翠花说："芳芳误解我，我不怪她，陈刚不是我害死的。我为陈刚点戏，是因为陈刚曾经是我店员工，恪尽职守，功不可没！"

吴学究高喊："打镇台选段——开戏！"乐器立即响起来，乐人扯着嗓子吼起了秦腔："皮鞭打气得人满腔怒火，七品官在公堂我无法奈何……"

二十六

贾生根接受"交通"任务以来，好长时间没见秦彪了。这天驮队放假，夜里他就去看望秦彪，顺便把给他买的二毛子皮背心送过去。

"不错！正儿八经陕北货。"秦彪接过皮衣翻转着看，脱了外套，穿在身上，伸展了身子说，"好！前心后背好像被娘的热手捂着，暖和极了。多少钱？我把钱给你。"

"啊呀！说什么钱！掏钱，你哪儿买不下。"

"送给我，你不怕你姨、姨父说你？"

"你给我家办了那么大的事，他们感谢还来不及呢。"

秦彪问了问干交通的情况，习惯不习惯，顺利不顺利？生根一言以蔽之："好着哩！"随后压低声音说，"我想给你汇报个情况。"

秦彪往门外看了看，然后闭上门："说吧！"

"我发展了个关系，她要求入党。"

"男的？女的？什么情况？"于是生根就把兰兰的情况向他作了详细汇报。秦彪沉思了一下说："文化程度还不低，大队长秘书？可靠吗？"

"没问题！"生根迟疑了一下说，"还有个情况！"

"什么？"

"她妈和常德胜好，要不然，她家也不会发那么快。"

"这你都知道呀！"

"她告诉我的，我们是无话不说的朋友。"

秦彪严肃地说："这样吧，继续调查。暂且不要让她知道得太多，先和你一个人联系，你的联络人绝对不能让她知道！考验一段时间再说。"生根点点头。

停了几天，钱常有和梁满仓觉得时间差不多了，就到乡上把"武工队秦队长就是贾家山贾财主家的长工"的情报报告给郭福山、高天顺。犹如听到一个爆炸性新闻，郭福山一下子从桌子后站起来问："情报可靠吗？"

"绝对可靠。"钱常有于是就把当时给梁满仓说的话，对郭福山和高天顺复述一遍。

郭福山再强调了一下："你认准了？"

"认准了。"

郭福山一拍桌子说："好，立即行动！"

高天顺问："连双牛那小子一起逮吗？"

钱常有忙说："不敢！不敢！你一动双牛，他们准会怀疑是我们告的密，那我们就在武工队待不成了，也给你们搞不到情报了。"

"好，暂时先捉武工队队长！"郭福山说，"高队长，你把他俩先安排到那间空房子里去。"

梁满仓惊叫："还不让我们回去呀？"

"嘿嘿！回去？"高天顺冷笑着说，"你们回去了，谁给我们带路呀？"

钱常有害怕地说："还让我们带路呀？要是让武工队的人看见了，那我们真活不成了！"

郭福山说："这你别担心，我不会让你们露面的！"

高天顺连夜带着保警队奔赴贾家山。三子、钱常有、梁满仓三人戴着墨镜远远跟在队伍后边。到了以后，三人又绕到队伍前边，钱常有指认了贾财主家的门，三子就带着他俩躲墙后去了。高天顺小声命令："一班包围院子，二班跟我进去抓人。发现逃跑的就开枪射击。"一个匪兵"啪啪啪"打着门环叫："开门，开门！"贾益斋听见敲门声，打了个呵欠，懒洋洋地说："谁半夜三更叫门？有什么事？"说着，穿衣起床来到院子。

外边的匪兵又叫："快开门！快开门！"

贾财主开了门，匪兵们像开了闸的水拥了进来。高天顺厉声问："你家的长工呢？"

"半夜三更问我家长工干啥？"

"少废话！快说在哪儿？"

"还能在哪儿？干了一天活，在长工屋睡觉呗。"

秦彪也听见了响动，提了枪隔窗向外望，看见前院来了不少匪兵，心想，听话音是冲我来的，怎么办？我若与敌人拼，肯定寡不敌众。且暴露了自己，让同志们也不好搭救。干脆装作什么也不知道。于是他把枪藏在灰坑内，仍然蒙头大睡。屋门被踢开了，秦彪一骨碌坐起来问："谁？干什么？"一道刺目的手电光射到他的脸上。高天顺说："穿好衣服到院子去。"

"干了一天活，这不是作践人吗！"秦彪说着，慢腾腾穿衣服。秦彪被带到院子内，高天顺有意用手电照他的脸。藏在门口人后边的钱常有和梁满仓伸头观望，然后同时拍了下三子的肩膀。

"回去吧，今晚再别露面。"他俩便兔子般跑走了。三子打发了他俩后自己来到院子说，"你就是武工队的秦队长。"

秦彪说："你们认错人了吧？"

贾益斋说："这怎么可能呢？他还能是武工队队长？恐怕当个武工队队员人家都不要。"

高天顺说："别演戏了。我们没十分的把握，不会贸然抓人，带走！"

秦彪说:“你们不能乱抓无辜呀。”

贾益斋上前挡住说:“哎哎哎!这是干啥?他是我家雇的人,还有好多活儿要干,你们平白无故把他抓走,耽误了我的活儿咋办?”

“有意见找乡长说去,别阻挠我们执行公务。”高天顺把他推开,把人带走了。

贾益斋在后边大声说:“没见过你们乡长啊,县长也敢找,咱们走着瞧!”

深夜,桂花家的门被人“啪啪啪”急促敲响。石老三一下揭掉被子,麻利地穿衣服、提枪。桂花也急忙穿衣起床。

石老三小声吩咐:“我上窑背,你去开门。别怕,也别慌!”

“嗯!”桂花拢了拢头发,和石老三出了屋。来到门道问:“谁?深更半夜有什么事?”

“我是贾生根,找老三哥有重要事情。”桂花开门让他进来。石老三也从窑背上跳下来,把生根让进屋。桂花点着了灯,捅开了炉子,把茶壶蹲上去。

生根迫不及待地说:“不好了,秦队长被捕了!”

石老三一下子蹦起来:“什么!啥时候?”

“晚上人刚睡静的时候。敌人一走,我就跑来了。”

“吴政委还不知道吧?”

“不知道!我先到你这儿。”

“走,找吴政委去!”于是石老三和生根摸黑来到吴斌家门口,生根刚要举手敲门,老三挡住说:“别敲门,响声太大。你在外边警戒,我进去把屋门叫开。”说着,轻轻一跳,趴着墙头就翻了过去。“咚咚咚”,吴斌的屋门被敲响。吴斌一骨碌爬起来,抓住枕头底下的枪问:“谁?”

“大哥,我!老三。有紧急情况!”

吴斌推了把身边的妻子:“丹凤,快起,老三来了!”

石老三一进门便说:“秦队长被捕了!”

吴斌惊讶地问:“谁说的?怎么回事?”吴斌开院门把生根放进来。生根详细把他悄悄趴在墙头窥探到的一切给他们讲述了一遍。

吴斌问:“你见子善在保警队里了没?”

“好像没在。再说,子善如果知道此事,他肯定会预先给咱们传递消息的。”

“是谁出卖了老秦?应该说,除过咱们内部人再没人知道老秦是武工队队长。”

石老三说:“是不是咱们队伍里出了叛徒?”

“那么这叛徒是谁?”吴斌沉默了一会儿又问,“生根,你还发现什么蛛丝马迹没有?”

生根搔着脑袋想了想说:“哎,还有个情况。匪兵把秦队长带到院子问话的时候,院门口出现了三个戴墨镜的人,后来又不见了。”

“黑夜戴墨镜啥意思?”石老三说。

“肯定是怕人认出来了。这么说,问题出在这戴墨镜人身上,你没看那三个戴墨镜的人外形像谁?”

“我只瞥了一眼就不见了。没看准。”

“还是把咱们内部的人在脑子里过一下,看谁有可能?哎!会不会是投诚过来的那两个娃蛋子?”

生根问:“谁投诚过来了?”

“河西村的钱常有和梁满仓。那次痛打保警队,刀劈二狗头,他俩当场报名参加武工队,编在我这分队。”

“那两个郭麻子家的铁杆狗腿子也参加武工队啦?我看八成是他俩干的坏事。”

吴斌问:“你熟悉那两个人吗?”

“从小一块儿长大的咋不熟悉?东倒吃猪头,西倒吃羊头!舔肥尻子嗦肥把!谁给扔根肉骨头就为谁咬的一双狗。”

石老三说:“那把熊叫来教训一顿,不就问出个由来了吗?”

“先别急,等调查清楚了再说,也不能贸然下结论,如果搞错了,那会影响我们动员敌伪人员反戈一击的。”

“吴政委说得对,我刚才讲的只是小时候的印象,后来离开了河西村,至于长大了变没变就不太清楚了!”

吴斌又问:“秦队长当时说什么了?”

生根想了想说:“我只听秦队长说,你们不能乱抓无辜呀。”

吴斌分析说:“这就是说,秦队长没有亮出自己的身份。我想,他们短期内不会把他怎么样的,不过……”

石老三着急说:“那敌人如果对秦队长动刑怎么办?”

生根说:“你说,敌人会在乡上审他呢,还是会把他交到县上去?”

吴斌说:“我也想这个问题。如果在乡上,那还好办些,如果转到县上,那就麻烦了。”

石老三说:“那抓紧在敌人没转走以前把他救出来!”

“对!争取时间,生根,你回去以后,连夜去找贾财主,我想,他们家出了事,他今夜难以成眠。你告诉他,让他明天赶早带些金钱、礼品去找郭麻子,以一个主人的身份去救秦彪。老三,你明天一早就去找子善,问他知道这事不。如果不知道,让他想办法务必把情况搞清楚,比如:老秦被押在哪儿?审问的情况如何,等等;再我叮咛你,对那两个先不要打草惊蛇。”

“还要等到明天呀!”石老三捣动着脚说,“要我说,现在马上集合队伍立即出发,借敌人还没站稳脚跟,把秦队长救出来。”

“不能莽撞。”吴斌说,“摸清情况再说。”

石老三像热锅上的蚂蚁在屋子里来回踱着:“啊呀,今晚上咋能熬到天明?”

生根问:“那我暂时还去驮队不?”

“去！你那是特殊任务。需要时就会通知你。”吴斌说。

贾生根小跑着赶回贾家山，没回家先叫开了贾财主家的门，以一个邻居的身份敦促贾财主快去找乡长救秦彪。

“我都恨不得今夜就去找乡长呢！”生根做空手捻钱动作，示意现在当官的都吃黑食。贾益斋说，“这我知道。好老侄，那还用你教我？”

吴政委他们虽然估计的不错，但行动还是迟了一步。高天顺一行把秦彪押到乡公所，高兴抓到了大鱼，可以就地审讯，好好过把瘾。可郭福山那老奸巨猾却斩钉截铁要他带队连夜把秦彪送到县上交给了耿营长。

石老三一夜都没睡安稳，天不明就扮成磨刀人来到河西村，把秦队长被捕的情况告诉了子善，并传达了吴政委指示。子善也很惊讶，想了想说：“那好办。正好大太太要我到镇上去置货，还要我给郭麻子传话，我到那儿打问清楚，晚上就给你们回话。”

石老三还叮咛：“可能咱们内部出了叛徒，你要密切注意咱们的人谁经常到乡上去。”

子善点点头：“我争取尽快打入保警队。”

兰兰正在她的新办公室织毛衣。心想，双牛哥出门在外，经风受寒，我要给他织毛衣、毛围巾、毛袜子、毛手套……把他呵护得暖暖和和！脸现喜悦，小声哼唱起来：“解放区的天是明朗的天，解放区的人民好喜欢……”常德胜猛然推门进来。

兰兰先是一愣，随即镇静下来，站起来招呼道：“常大队长，请坐！”说着，给他让座、倒茶。

“不用倒茶，我那边有，你还会织毛衣呀？”

“刚学呢！”

“那好啊！女人多掌握一门技术是好事，敢情也给我织一件毛衣。”

兰兰脸现羞涩说：“只要常大队长不嫌我织得不好。”

常德胜盯着兰兰看，把兰兰看得更不好意思，脸泛红晕说：“常大队长有什么吩咐吗？”

“没啥事，我是来看看你办公室收拾得怎么样？另外，给你带来件好东西！”常德胜说着，从怀里掏出块怀表，“看，这是件进口货！别人送我的，我有一块，把这块送给你。”

兰兰接过表看着说：“啊呀，真是件好东西。这么珍贵的东西，我不敢要，我没那么多钱给你。”

“送给你，要什么钱呀？”

“我无功受禄，凭什么要你的东西？”兰兰说着，把表递还给他。

常德胜把她的手推回去：“拿着！权当你给我织毛衣的回赠吧。”

“呀！那……那我给我妈说，把钱给你。”

“什么也别说，愿意的话，给我织件毛衣。”常德胜说着，起身走了。兰兰寻思，他为什么给我这么贵重的东西？是和我妈好，把我当他的女儿看待吗，还是别有用心？她心不在焉地低头织着毛衣。门又被悄然推开。郭辉溜了进来："啊呀，单独办公室就是好。"说着，闭上门。兰兰放下手中的活儿站起来说："你来干什么？我忙着呢，你快走！"说着，拉开了门。

"你忙什么呀！你不是在织毛衣吗？我来，是想告诉你一件特大新闻。"郭辉说着又关上了门。

兰兰又把门拉开说："有话开着门还不能说吗？"

郭辉看看外边说："开着门就开着门，反正也不是什么秘密。"

"那你说呀。"

"北惠乡保警队逮住了北区武工队队长！"

"什么！"兰兰觉出自己有点儿失态，随即调侃说，"你得是耳朵钻了什么风吧？捕风捉影！"

"真的，耿营长向崔县长汇报时，张琪秘书就在旁边，他说的还会错吗？"

常德胜出现在门口："这不是县党部的郭文书吗？有什么要事吗？"

郭辉红着脸说："没什么要紧事。我们是本村，说说话。"

"闲话到下班后再说，上班时间别影响工作。兰兰，"常德胜说，"我给你交代的那个材料赶下班务必写成。""是！"兰兰响亮地答应着。郭辉悻悻地走了。

兰兰关了门，郭辉的话像在她平静的心湖上掷了块石头，使她无法平静。她心急如焚地在屋里踱着，心想，这个武工队队长是不是双牛哥说的那个党的领导？双牛哥知道不知道？这该怎么办呢？她不由自主地朝北望望，真希望双牛哥像鸟儿一样飞到她的身旁。

贾益斋提着礼品走进郭福山的办公室，似笑非笑地说："郭乡长忙啊。"

"哟，什么风把贾财主给刮来了？"郭福山假意逢迎。

"哼！老兄是明知故问，你派人把我的人抓了我不来找你行吗？"

"你是说那个武工队队长吧？老兄家里怎么就藏了武工队队长呢。"

"这话从何说起？我家的长工本本分分在我家干活，怎么就忽然间成了武工队队长呢？"

"无风不起浪。不掌握事实，我们敢随便抓人吗？"郭福山脸上现出难以掩饰的得意之色。

贾益斋又不得不耐着性子说好话："郭乡长，咱都是北原有头有脸的人，你家也雇长工，你也知道一个好人手对东家的重要，我拿我的人格保证，老秦不是武工队员，更不是武工队队长，你就放了他吧。我家的活正忙着呢，咱就不绕弯子了，这是给你老兄的犒劳费，让我把人带回去。"说着把一个红包放在桌子上。

郭福山把他的红包推回去说："你开什么玩笑。现在是剿匪非常时期，宁可错杀一千，也不放过一个。我怎么敢轻易放掉一个武工队嫌疑犯？再说，人昨天晚上已送到县上去了。"

“你怎么能这样？”贾益斋怒火中烧，“事情没弄清，你就把他往县上送？你以为把人送到县上，就能给他定罪吗？我也知道去县上的路，我找崔县长去。”

“你本来就不该来找我，我一个小小的乡长！”他架着二郎腿，悠然自得地吸着卷烟，眯缝着眼看着贾胖子气呼呼走出了门，然后“砰”一脚将门闭上。

贾益斋回头“呸”唾了一口，心里骂，别高兴得太早了！

兰兰这几天总见妈闷闷不乐的样子，问：“妈，你怎么不高兴啊？”

肖翠花冷冷地说：“没什么。”

肖翠花却反问：“兰兰，你伯最近对你怎么样？”

“好着呢，今天还到我办公室来了，给了我这个。说让我给他织一件毛衣。”兰兰说着，拿出怀表让妈看。肖翠花接过怀表看了看，仰头在痴痴地发愣。兰兰不解地问：“妈！你怎么了？”

“我和你伯有点儿话不投机。”

“因什么事？”

“陈刚的事，我怪他做事有点过。”

“妈，你怎么老要替陈刚辩解！他是咎由自取，谁让他行为不检点。”

“好娃，有些事你不懂。我怎么老觉得不大对劲儿……”

“难道为这么点儿小事你们就老绷着呀。”

“唉，”肖翠花叹口气，“这样吧，明天中午我包饺子，你就说，我请他来吃饺子。”兰兰点点头。

夜，子善去给吴斌和老三汇报他打探的情况。石老三也把从贾财主那儿了解的情况述说了一遍。愤愤地说：“这伙王八羔子，昨天晚上该连夜把秦队长解救出来。”

吴斌随后传达了地下党县委提出的营救方案：一是争取社会力量，大造舆论，逼敌人放人；二是通过家属和他的主人出面要人；三是要咱们做好战斗准备，如果敌人胆敢对老秦动手，我们要不惜一切代价把老秦救出来。

石老三迫不及待地说：“对，我从来主张对敌人来硬的，和那帮王八蛋有什么好谈的？”

子善说：“我要是早进了保警队，也许就不会发生这事。”

吴斌问：“子善，这两天你看见钱常有和梁满仓了没？”

“他俩不是参加武工队了吗？昨天，在巷道里远远看见他俩交头接耳在说什么，一脸高兴的样子。”

“千万别在他俩面前暴露你的真实身份；并且暗地里注意观察他俩的行动。”

子善点点头：“是。”

石老三的意见仍是想把那俩叫来揍一顿，探探虚实。

吴斌说：“当下先不要惊动他俩，这几天的任务是打探消息，了解情况，随时把搜索到的情况报上来。一定要想办法把秦队长救出来。”

浩瀚宇宙，日月星辰；大千世界，芸芸众生……一切的一切，都在时间的长河中随波逐流，生生息息永无休止。每人每物都循着自己的轨迹运转，有时候，井水不犯河水，老死不相往来；有时候，缘聚缘散，演绎许多离奇故事。尽管有人野心勃勃，想入非非，但世间事总不会尽如人意。

大太太要儿心切，终于盼来了好消息，王婆传话说，王喜妻今晚可能要生呢。她好高兴，立即派贵儿套车去接。并再三叮咛："把车篷蒙厚些，捂严实，把新棉褥子带上，告诉接生婆，一定把娃裹好，别让受风寒了。"贵儿往出走，她又叫住对他耳语了几句。贵儿走后，她又吩咐秋红："快收拾屋子，拉上窗帘，把外间的炉子生旺！把里间的炕烧热。""是！大太太。"秋红喜滋滋跑前跑后忙活开了。

夜，赵庄砖瓦窑。王喜夫妻的窑屋窗帘拉着，透出暗红色的灯光。已至初冬天气，寒气逼人，贵儿把牲畜拴在白杨树上，焦急地在砖场来回踱着，从初夜到这里已等待几个时辰，脚都有些麻木了。他仰望晴空，浩瀚天穹繁星密布。忽然，西边天际一颗明亮的星映入他的眼帘，一闪一闪，忽隐忽现，像孩子眨着眼睛。他想，这大概就是这孩子的星吧。正遐想间，听得王喜喊："贵儿，来吧。"

他忙把车赶过去，王婆把孩子包得严严实实抱上车，他赶着车就走。车上了大道，贵儿跳坐到车辕上问："男娃女娃?"

"女娃，好漂亮个妞。"

"怎么就用那么长时间?"

"啊呀，危险死了。莲花生，没要了她妈的命都是好的。"

"那妇人怎么样了?"

"娃刚落草时昏过去了，这会儿醒过来了。"

"没让她妈见吧?"

"没有，大太太的吩咐还敢不听。再说，孩子难产，她妈那会儿也没力气看她。"

"那就好。"贵儿说着，掏出一块银圆给了她。

王婆接了钱装进裹兜内说："啊呀，不容易呀。那些孩子哭哭啼啼，不让把妹妹抱走。"

"是吗?"贵儿甩了一鞭，马儿跑起来。

车很快就到家了。王婆急匆匆抱孩子进屋："大太太，好不容易给你把娃抱来了。真把人挣扎啦，从昨天早上直守到现在。"

"快让我看！"大太太迫不及待地说。把腰间的填塞物拉出来扔到一边，接过孩子端详着。秋红也凑上去看。

王婆在一旁助兴说："看，多俊个妞。"

孩子闭着眼睛，嘴在微微蠕动。大太太说："娃得是想吃奶了吧?"

王婆说："还没配上奶，先给用棉球蘸点甘草水吮吮。"

"秋红，快去弄！"秋红跑着去了。大太太又问，"孩子没奶，怕不行吧。"

"本来，她亲妈就是好奶妈！"

"不行，不行，"大太太说，"她亲妈给喂上一个月奶，将来就对我不亲了！"

"羊奶也行！买个奶羊就把问题解决了。"王婆说。

"那就买！明天就差贵儿买只奶羊。"秋红端来了甘草水，用筷子头缠棉花蘸水给孩子吮。孩子贪恋地吮吸着。秋红说："这小人儿吮得美呢！"

王婆说："今晚上怎么办？孩子一会儿屙了屎就饿了，号哭着要吃奶。"

大太太说："让贵儿送你回家时绕道王喜家，那女人如果奶下来了，让先给孩子挤一瓶瓶，熬过今夜，明天咱就有办法了。"

王婆告辞，大太太从身上掏出一叠钱给她："你辛苦了，这是给你的操劳钱。"

"谢大太太。"王婆接了钱，欢欢喜喜走了。

翌日，夜晚大太太生了宝贝女儿的事，便在郭家传开了。

王厨师说："那大的事怎么昨夜没叫咱做饭？"

秋红刚好来到厨房，接了话茬说："本来是要叫的，大太太说，师傅们辛苦了一天，就别打扰了。"

李厨娘问："秋红，孩子漂亮吗？"

"漂亮得很呢！你给大太太做一碗荷包鸡蛋放红糖端来，也好顺便看看孩子。"

"好，我这就做。"

二太太正在屋里梳妆，春艳跑进来给她报了喜讯，二太太一听，眼瞪得像鸡蛋，"什么？真生下娃了？"

"春艳说，"我刚才还去看孩子了，挺漂亮个妞。"

这就怪了，二太太满腹狐疑，她差春艳买了包红糖，一同来到大太太屋里，她嗲声嗲气说："哎哟！悄悄地就生了！也不唤我一声，起来给你帮帮手。"

大太太乜斜了她一眼说："你瞌睡重，早晨太阳升八竿子高，把你都叫不起来，晚上还能吵醒你？"

"那看什么时候，人生人吓死人的事，我还能睡得叫不起来？"

"有那么悬乎吗？我这不是顺顺当当生了嘛？"

突然孩子蹙眉哭起来。秋红忙拿奶壶给孩子喂奶。二太太似乎看出了破绽说："奶没下来呀，怎么拿奶壶喂奶？"

大太太说："没下来。"

"下身血净了没？"

"净了。"

二太太行家内手似的说："不可能吧，惯常是几天都恶露不尽。你一定是闭住了。快叫中医开几服生化汤，去恶而生新，血活络通，奶水自然充足。"她手往孩子褥子下一塞，大呼小叫，"哇，你这是烙孩子呀。这炕太热了，我手挨着都烫，娃那细皮嫩肉受得了吗？"

"是吗？"秋红也用手试了下炕，"确实太热了！春艳，你帮忙把孩子抱起，让我再加个褥子。"

春艳把孩子抱起来，孩子不哭了。秋红一边铺褥子一边说："大概是把孩子热的哭呢。"

春艳一边抱着孩子一边说："你看，这不就不哭了吗？也许是惯下了坏毛病要人抱呢。"

二太太吸溜着鼻子说："到底是干净人生孩子，一点儿味儿都没留下。"

大太太瞅了她一眼说："你要闻什么味？想闻臭味往嘴上抹点儿屎。"

二太太忽地变了脸说："你这是什么话？好心看你来了，说话带刀子似的，像当姐的样儿吗？"

"我压根儿就没想要你叫姐。"

"春艳，咱走！"春艳看看秋红，看看大太太，一步三回头地跟着二太太走了。回到屋，二太太把春艳一顿好训，"让你走，你就走，有什么看头。不就是生了个烂女子，有什么了不起？趾高气扬，瞧不起人，说什么话好像都不顺她的意。"

春艳劝解说："二太太，你别生气，大太太就那脾气。"

"什么臭脾气？好狗都不咬上门客。你说我好心去看她，她该不该给我脸儿红？"

"不该，说不气就不气了。"春艳说着，给二太太捶背。

二太太还是不解气，支使春艳："去，把秋红那贱人给我叫过来！"春艳往出走。她又叫住小声说，"别往大太太屋去叫！"

不大功夫，秋红就跟着春艳跑来了，说："二太太你叫我？"

"嗯！"二太一脸严肃地说，"我问你话，你要老实告诉我。你说大太太的孩子是不是她生的？"

秋红难为地说："全家上下所有的人都知道大太太坐月子了，怎么就你不相信！"

"那我问你，你在场不在？"

"当然在呀！那么大的事我做贴身丫鬟的怎能不在她身边？"

"那你说说当时要娃的情况？"

"嗯——"秋红面红耳赤，"当时我……我握着大太太的手，我胆小不敢看，接生婆在那儿接生的。"

"流血了没？"

"流了，流了好多血呢。"

"把那些擦血的东西，连同孩子的胞衣都埋哪儿去了？"

"什么胞衣？"

"胞衣你都不知道？就是娃出生时裹着的肉袱子。"

秋红真不知道有什么胞衣，打二糊搅子说："那血糊糊的东西我不敢看！"

"我问你埋哪儿了？"

秋红结结巴巴说："我……我没埋！那是贵儿埋的。"

"怎么！女人生孩子，男人跑进去干什么？他是大太太的丈夫？"

"不是！不是！"秋红忙说，"是我送出去让他拿去埋的。"

"哼！看你说得颠三倒四，牛头不对马嘴的样子，我就知道你编不圆。其实，我早就知道了，问你是考验你，看你老实不老实？你不说也罢，等老爷回来了，我告诉老爷，说你们搭伙欺骗他，看不把你开销了才怪呢。"

秋红慌了："二太太，你千万不敢告诉老爷！"

"那你说实话！"

"那……那你别说是我告诉你的。"

"我怎么会卖师傅呢？"

"那……那孩子是贵儿和接生婆半夜从外边抱回来的。"

"从哪儿？"

"听……听说是赵庄砖瓦窑王师傅的……"

"嗯，去吧。"秋红跑出去了。二太太"嘿嘿"冷笑着说，"材材猪还能下下崽！"

春艳惶恐地说："二太太，那你要把那孩子怎么样？"

"哼，等老爷回来了再说。"二太太咬牙切齿地说。

贵儿去乡公所给老爷报喜，郭福山脸现喜色说："是吗？大人和孩子都好吗？"

"托老爷的福，好着呢！"

"都好就好，回去告诉大太太，就说我这几天忙得很，顾不上回家，稍微松闲就回家看她。我们都不在家，你好生照料着点儿！"

贵儿走了。高天顺讨好说："老爷，恭喜！恭喜！"

"好说！好说！"郭福山不无自豪地说，"我现在是一男一女活神仙了！"

高天顺溜须拍马："咱还逮住了武工队队长，也算是双喜临门呀！哈哈！"

保安团对秦彪严刑逼供，但他们得到的回答只是"名叫秦彪，给贾财主家当长工"。再什么也问不出来。耿营长想让把证人叫来指证，定罪，然后开大会公审枪毙，把共产党、武工队好好震一震！可郭福山不让，说证人是他们放进武工队的卧底，一露面不要说底卧不成了，恐怕性命都难保。高天顺心狠手辣，说："给点儿厉害的，我就不信他有多硬。"说着，去了用刑室，指示保安团匪徒对秦彪施行酷刑，秦彪同志吃了不少苦，但他咬牙挺住了。同时更恨高天顺了。

生根无时无刻不牵挂秦彪，睡在延安旅馆的大铺炕上辗转反侧难以成眠，秦彪被捕的场景老在他眼前萦绕，脑海里有时还会幻化出秦队长受刑的场面。也不知吴政委、老三哥他们救出他了没？不由得就连连轻声叹息。紧挨着他的老李头小声问："生根，你咋啦？有什么事吗？"于是生根小声把秦彪被捕的事告诉了他，说他想早点儿回去。老李头嗔怪说，"这大的事你为啥不早告诉我？我虽然不知道你们干着什么事，但我相信你们是好人，干着正经事。你们不该瞒着我老汉，说不定，我这老鬼还能为你们出些好点子。"

“老李叔，那你说，我明天能不能骑马先走。”

“不行！你带着‘货’，被敌人查出了就麻烦了，想快反而慢了。”

“那你说怎么办？”

“我明天就让大家上货出发，你就别上货了，把大家的货每人给你匀点，等到过了敌人关卡，你把货物归原主，就可以骑马先走了。”

“行，这办法还不错。”生根喜出望外。

在老李头关照下，生根顺利通关过卡。每当过关卡时，老李头教他把“货”藏在马蹄掌缝中；要过河了，又叮咛他及时把“货”取出来。生根佩服老李头老到，鬼点子多，使他长了不少见识。翻过大岭，来到桢县地面。人们相继卸了生根驮子上的货。生根抱拳告别：“兄弟们再见，我先走一步，在朗孟驿等大家。”说着，跨上骏马，飞奔而去。山冈树林，长上了翅膀样向后飘飞，下了盘山道，又上了一道梁，就到了北惠乡地面。远远望去，看见一小队士兵迎面走来。他跳下马，瞅瞅四野无人，迅速将“货”又藏到马蹄掌缝中，然后骑马悠然而行。走来的是巡山的北惠乡保警队，保警咋咋呼呼说：“干什么的？见了老子咋不下马？”

生根跳下马说：“兄弟别误会，我是本乡农民。到我姨家走亲戚去了。”

“我看你像个武工队员。”

“怎么可能呢？听说逮住武工队员要杀头呢！我这么胆小咋敢与共匪为伍。”

“这匹马还不错，拉去充公，支援国军打仗。”保警说着就去拉马。

生根拽住缰绳不放：“使不得呀，我全家二十多亩地全凭它耕种呢！”

“别不识抬举，要不然，毙了你。”正紧要关头，子善从后边过来，见是双牛，大声叫：“是生根呀！”

保警说：“班长，你们认识？”

“他是我的朋友，大家快走吧，别耽误了执行公务。”保警队走了。生根小声问：“进保警队啦？”

“进了，还当了个班长。”

“最近情况怎么样？”

“正在想办法营救，苦于无门。”

“今晚约上老三哥去吴政委家商量事。”

“行，你快走吧！”随即大声说，“如果不想种地，想当兵吃粮，给我说一声啊。”

“没问题。”生根打马匆匆而去。

夜，石老三、生根、子善相跟着来到吴斌家。吴斌说：“都来啦？马上走。”

石老三惊诧地问：“到哪儿去？”

“我这儿不宜集会，转移地点。”

“去哪儿？”

“东头我瞎子哥家。分开走，我和子善一路，老三和生根一路，如碰见人问，就说请瞎子算个卦。”

吴瞎子是吴斌堂兄，孑身一人，年轻时投师陈半仙学过几天卦术，现在也能掐掐算算混口饭吃。他终生未娶，无儿无女，住两孔土窑洞，此时，正坐在东窑炕上抽旱烟。他们轻手轻脚走进院子，屋内立刻传出吴瞎子的大声吆喝："谁？"

"哥，我！"吴斌答应着进屋，"我进来把大门关了，我们到你西窑里说点儿事。"

"你去吧！我听着门，有人叫，我就说我睡了。"

四人来到西窑屋。此窑久不住人，尘埃满布。吴斌擦着火柴一照，屋内放满家具，炕上摆满坛坛罐罐。

石老三说："都没个人坐的地方，也没灯或蜡烛。"

吴斌说："将就将就，也许这儿才更安全。"于是，他照着亮，生根、子善把坛坛罐罐挪了挪，在炕中腾出一块地方。石老三把一个盖石板盖的瓦瓮往中间一蹲，吹了吹说："这就是会议桌，"又把烟荷包往上一放，"都点着烟吸，照明兼取暖。"

子善说："特务打死也不会想到咱在这里开会。"

"言归正传，抓紧开会，"吴斌说，"根据当前掌握的情况，敌人已对秦彪同志进行了数次逼审，动用了酷刑，秦彪同志表现得很坚强，但也不排除撑不住叛变的可能，这就是碰头会不能在咱们的同志家开的原因。"

生根说："我看秦队长绝对不会叛变投敌。"

"我是说要作这样的防备，没说老秦同志会叛变。子善，你了解到什么情况？"

子善说县里要证人出面，郭乡长没答应。大家猜来议去想不出这证人能是谁。子善怀疑是钱常有和梁满仓；吴斌想用一条妙计把这两个试一下。生根搔头想了想说："假如是这两个，那也就是开会见了一面，我想他们不一定能认那么准，如果我们能找一个和秦队长相像的人再开一次会，有意让他们参加，给他们造成错觉，然后看敌人有什么变化。"

吴斌说："好，这办法行。起码给敌人一个迷惑，先扰乱一下敌人视线。"

石老三把大腿一拍说："妙！县南武工队里有一个人和秦队长像极了，那次在南塬碰见，要不是说话露了馅，险些把我蒙蔽了。可开会秦队长就要讲话，一讲话不就原形暴露了吗？""那好办。"生根小声给大家讲了他的计划。大家都笑了。

"行，就这么办。"吴斌拍板定案，"老三，你负责和县南武工队联系，找那个人；子善，你要盯紧，看那两个有什么行动。这只是一方面，救人的事还不能放松，生根回去把贾财主再催一下，让他抓紧找县长要人。大家再都动动脑筋，看还有什么好办法能尽快把老秦救出来。"四个人出屋准备离开时，石老三说："慢着！让瞎子哥给咱算一卦。"

"再别弄闲事，我哥那是胡碰哩。"

"你胡说什么，"石老三说，"瞎子哥算得准着呢。那回我村老王丢了牛，瞎子算卦说牛朝西走了，结果就是在西边找到了。"

生根说："算算也不坏什么事嘛，你不是说要大家想办法吗？"

子善怂恿："算算！听听瞎子怎么说？"于是四人来到瞎子屋里。一股烟草味扑鼻而来。瞎子摸索着点亮了青油灯。烟熏得窑壁乌黑油亮,人犹如住在一个黑漆粉刷的屋子里。石老三说:“大哥,还没睡啊?”

“早着哩！睡不着。吸烟!”吴瞎子说着,把旱烟盒子往前挪了挪。

“想请你老哥算一卦。”石老三说着,在烟盒子内捏烟卷烟吸。

“说！想算什么？家事、婚姻;吉凶、祸福;寻人、找物……”

石老三放了一口烟说:“我有个朋友出了点儿事,想算一下吉凶?”

“多大啦？属相？生辰几何?”

“三十四岁,属牛的,生日时辰不清楚。”

“那算不准,生日时辰很要紧！不过,你说属牛的在冬天出了事当不会有大碍。”

子善忙问:“那为啥?”

“牛吃苦耐劳,耐冻。”

生根和子善“嘿嘿”笑了。吴斌说:“哥,你那也叫算卦？那样我也能算了——马多病,不耐冻,冬天受不了!”生根、子善“哈哈”大笑。

“你能算了找我干啥?”瞎子性格孤僻脾气坏,厉声说,“去去去！你们是想拿我找乐子,就不是诚心算卦。”

石老三忙说:“都别胡掺和！我找大哥算卦与你们什么事？大哥,你说不知道生日、时辰能算不能?”

瞎子犹豫了半晌说:“那你报个字我给你择字。”

“行!”石老三想了一下,手做着打短枪的动作说,“枪,打枪的枪。”

瞎子把烟袋放在堰墙上,右手食指在左手掌心划拉着,嘴里轻声念叨:“木、人、已,”仰头斜向上看,好像那双不视尘世的眼睛,能与神明对接,洞察未知世界。停了好一会儿,出语惊人,“这人不是死了,就是被囚禁了。”

“啊。”四人禁不住惊叫出声。

吴斌嗔曰:“哥,你胡说什么。”

“谁胡说啦？人进了棺材是死！进了木框子内是囚！算卦无讳言。尽拣好的说,那是骗人。你们愿意听,听。不愿意听,滚!”

“大哥算得准着呢!”石老三说,“你们都别说话。大哥,有什么解调之法?”

“那很简单,”他磕掉烟灰重新装上烟吸,似乎做这样的动作就是为了给他留出思维空间。“如果被囚禁了,打破木框子把人救出来,或塞个人进去换出来。如果死了,找个替死鬼,让你的朋友早托生。”

石老三凝神想了一下,把大腿一拍说:“着！我哥神机妙算。今天的卦没白算。”从身上掏出钱,“给！哥,这一万元给你,明天到集上给你买一把卷烟抽。再别抽这旱烟搅芝麻叶了。”那三人面面相觑,不知道他悟出了什么明白了什么？出了屋生根问:“三哥,你到底悟出了什么?”石老三说:“别问,天机不可泄露。快走!”

二十七

又一个黄昏到来,窗外响起驮队进店的声音。兰兰不由自主地走到南窗向外张望,脚夫们卸驮、让牲口打滚、饮牲口、喂牲口……收拾停当回脚夫屋去了。她在心里计算着,双牛走了才十天,起码还得五六天才能到。可她总在心里盼望眼前是双牛他们的驮队。天愈加昏暗了,窗外的人影和物件已模糊不清。她索性关了窗子走回桌前,点亮豆油灯拿起那本《红楼梦》读。她觉得在心情烦乱的时候,只有钻进书中的故事里,才能求得暂时的心灵慰藉。人在刻意追求一件事一个人时,总难如愿以偿;而当对其不抱希望时,往往奇迹就会出现。响起"嘭嘭"的敲门声。兰兰拉开门惊喜地喊:"双牛哥,你来啦?"向窗外看看,又抑制住自己小声说,"驮队呢?就你一个人来啊!"

"我有点急事先来了,驮队随后就到!"

"我也盼着你来,有急事要告诉你!"

"什么事?"

兰兰向外边望望,关好门小声说:"你说的那位党的领导是不是被捕了?"

双牛立即警觉起来,问她听谁说的。于是她就把郭辉来她办公室说的话对他说了。双牛问:"那你怎么知道他就是我给你说的党的领导?"

"我……我胡猜想呢。"

双牛厉声说:"你是不是把我给你说的话告诉别人了?"

"啊呀,"兰兰委屈得快要哭了,"双牛哥,你是不是怀疑我给敌人告了密?你不相信我?我对天发誓……"

"别!兰兰,"双牛用温和的口气说,"我不是不相信你,你要知道,一时疏忽,就会酿成人头落地的大祸。"

"我知道。听说咱们的同志被敌人逮捕了,我心急如焚,不知道该怎么办,直盼着你来,看怎么想办法营救,可你……"双牛松了口气。这些天来,秦队长就是他心中一根绷紧的弦,谁提起他,都会引起悸动和心痛。"首先不能说他是武工队员,更不是武工队队长。他就是一个无辜百姓,贾财主家熬活的长工,敌人逮错了,冤枉了好人。你政府机构里边有熟人没?造造这样的声势。"兰兰搓着手苦思冥想,"你那个当城防大队长的伯怎么样?"

兰兰摇摇头:"不行!不行!那是个铁杆反动派。我在那儿干,真有一种伴君如伴虎的感觉,说老实话,我都害怕看见那霍霍的目光。我正在考虑想换个工作去教书。"

"那你更应该注意,在他跟前一定别说漏了嘴。"兰兰点点头。双牛说,"实在没有门道也不要紧，有这种责任心也是好的。”

兰兰忽然想起了说：“哎，我有一个同学是桢县妇救会的，不知能做怎样的工作？”

双牛想了想说：“行，我让老秦同志的爱人扶着他八十多岁的老母亲来，你领着她们去找妇救会，大喊冤枉，要求放人。你私下给你同学说说，让她找县长建议放人。”“行，那你赶快通知他们来吧。”

地下党也在抓紧营救秦彪同志，各方面力量都动员起来了。薛志坚主任指示高子文，尽快找关系营救，并想办法通过关系给狱卒塞点儿钱，让秦彪同志少吃些苦。高子文把他想亲自去找崔县长的计划报告给高主任。高主任同意了他的请求，嘱咐他小心谨慎，见机行事，并要他随时把敌人的消息报告给县委。贾益斋在郭福山那儿碰了壁，满腹牢骚，于是就去找崔县长，进门大声疾呼：“县长大老爷冤枉。”

崔林玉身子往椅背上一靠说：“啊呀，贾财主，外边风一定很大吧！拿你这身膘，没七级大风怕是刮不动的哟。”

“你给我上了发条，我不团团转行吗？”贾益斋说着，也不等他让座，就一屁股蹲在他对面的椅子上。心想，你今天要不给我说个张道李胡子，我就不走。

“你把我的人关到大牢了，我能不急吗？”

“谁？”

贾益斋心里骂，你装什么糊涂。“就是你们说的所谓的武工队队长嘛！”

崔林玉坐直身子说：“咦，老贾，你胆大包天，竟敢窝藏共匪？”

“谁是共匪？你们弄清楚了吗？”

“不是正在审嘛？”

“这不是嘛！”他站起来激动地说，“正在审，证明还没弄清楚。郭麻子逮不住共产党武工队了，拉我的长工充数。我给你说，如果最后调查证明我的人不是武工队的，我和他郭麻子没完。他狗日的有几个糟钱，我要是想当乡长还轮不上他呢。”

崔林玉拍拍桌子说：“坐坐坐，息怒。你就是蹦三丈高也不算啥。有话静下来慢慢说嘛。”

“我平静得下吗？这不是平白无故欺负人吗？”贾益斋从身上掏出一沓子钱往桌子上一拍说：“我知道栽到你们手里，没这东西没法说话。”崔林玉一脸讪讽，拾起钱往他包里塞：“你这就免了，要真是武工队队长，你就是万两黄金也别想救出去。”

“我敢打保票，他不是武工队队长。他在我家干了几年活了，平日里活路匝匝紧，他除了下地干活，大门不出，二门不迈，他怎么去当武工队队长。再说，那人老实巴交得三闷棍打不出个响屁来，他能当了武工队队长？你还是早些让我把人带走吧！”

“不行！这么大的政治犯，轻而易举能放吗？你快走吧，我很忙，如果调查清楚了,此人确实不是武工队队长,我完璧归赵。”

贾益斋像戳了一刀的猪尿胞——泄气了。跌坐在椅子上:“哎,那你审快点儿。那我走了!”他把钱又拍在桌子上,“后边的事你看着办!”

高子文站在崔县长办公室斜对面的台阶上,暗暗观察了大半个时辰,确定县长房里再没其他人了,拿着一叠材料匆匆走进去,谦恭地说:“崔县长,这是全县教育系统明年发展规划,请您过目!”

“你放下,”高子文放下文件,却没有走的意思。崔林玉抬头瞅了他一眼问,“你还有事吗?”

“嗯,”高子文赔笑说:“我还想和你说件事!”

“什么事?”

“听说抓了个武工队队长。”

崔林玉睃睁地盯着高子文:“是呀!你还能提供什么材料吗?”

“我听人说,抓错了,那人根本就不可能是武工队的。”

崔林玉想,嘿!又一个给嫌疑犯说情的。于是他沉着脸说:“何以见得?”

“我表哥和那人共事多年,一同出外觅活,都给人熬长工,最了解那人了。”

崔林玉冷言以对:“这些不是你教育局长管辖的范围吧。”

“我……我是说,最好不要冤枉了好人。”

“现在正在调查,没有冤枉他。”高子文刚出去,柳青叶又敲门。崔林玉说:“进来!”

柳青叶进屋说:“崔县长,向你汇报件事。有个八十岁的老太婆由她儿媳妇搀着找到妇协,哭诉冤屈,请求帮忙释放他儿子。”

“她儿子是谁?”

“被关押在保安团监狱的秦彪。”

“此事正在审查中,调查清楚如果他确实不是武工队员,就会放了他。”

“请领导一定慎重处理这件事,办错了,会引起很大民怨的!”

青叶走后,崔林玉大笑。自言自语:“小丑跳梁——自我表现。”心里说,到底让我捉住蛇尾巴了。他的笑把推门进来的耿营长弄得莫名其妙。怔怔地望着他。

崔林玉回头问:“你又来干什么?该不是……”

耿营长忙俯首说:“崔县长,我是来向你汇报,那个姓秦的非常顽固,死不承认他是武工队队员。”

“用刑了吗?”

“各种刑都用了!”

“那么,你认为呢?”

“我……我觉得保警队是不是真的抓错了人?”

“不可能!”崔林玉斩钉截铁地说,“我认为,他不但是,而且还可能是条大鱼!很可能就是武工队的队长。”

“崔县长,是不是其他方面有了确凿证据?”

崔林玉绘声绘色地向他讲述陆续有人替秦彪求情的事。末了说:“你想想,如果是个一般人,有人这么为他费心吗?这说明共产党急了。哼,聪明反被聪明误!听令!”

“在!”耿营长并足立正。

“加大审讯力度!我就不信共产党人是铁嘴铜牙!”

“是!”

耿营长得了崔县长的指令,变本加厉地刑讯秦彪,他被折磨得死去活来。但他们仍然难从他口中得到半点儿情报。半夜,秦彪从昏迷中清醒,浑身疼痛难忍,头像要炸裂似的。他刚要呻吟,但咬着牙又忍住了。他不能对敌人表现半点软弱和屈服。月光从窗户照进来,牵着他的思绪飘飞。他想起了死去的父亲;惨死的卫掌运及千千万万为革命牺牲的烈士,他们就是他的榜样和支撑,如果牺牲了,他毫不后悔。如果有幸出去了,他要继续战斗,为他们报仇。他想起了母亲、妻儿及同志们,他们一定在焦急地想尽办法营救他。他反思被捕的过程,究竟是哪儿出了问题?可能是革命队伍内出了叛徒。必须阻止类似事件继续发生。吴政委、石老三、生根他们不知查出原因了没?他们提高警惕了吗?他们现在在干什么……

由贾生根建议编排,但他又没有亲临目睹的这场夜戏就要上演了。武工队员们陆续走进吴斌家后窑屋。假秦彪头绑白羊肚子手巾,戴着口罩,穿着秦彪平时穿过的带补丁的黑棉袄、棉裤,腰内扎着已显旧了的白腰带。钱常有、梁满仓站在他前边不远处。坐在桌旁的石老三暗暗盯着他俩。

吴斌讲话:“同志们,秦队长感冒了,不便讲话,现在由我来传达上级指示,为了配合我军的全盘军事行动,最近我们将有大的作战任务,所以,希望同志们下去作好充分准备,该干的活快干完!说不定哪会儿紧急集合大家一定不要拖拖拉拉。”

假秦彪有意把他的口罩往下抹了抹,咳嗽了几声,唾了口痰然后又戴上。常有暗暗踢了下满仓,两人盯着假秦彪目不转睛地看。石老三看在眼里,记在心间。假秦彪招了招手,沙哑着嗓子说:“一要保密,二要行动迅速,散会。”

回家路上,钱常有和梁满仓边走边小声议论。子善扮成蒙面人吊远暗暗尾随其后。生根这一招,确实把这两个家伙的思想搞混乱了,他们想不通,武工队怎么又冒出个秦队长?是看错人了呢?还是世界上真有那么两个长得很像,足以以假乱真的秦队长?有心不给乡长报告,又怕事情一旦败露,会吃不了兜着走。商量来商量去,决定连夜去乡公所主动说明情况。

夜漆黑,北惠乡郭福山房里的灯还亮着,郭福山和高天顺在灯下小声说着什么。钱常有和梁满仓鬼鬼祟祟溜了进去。子善潜至窗下窃听。

“什么?”郭福山听了报告,像被蜂蜇了似的跳起来,蹙着眉说,“怎么?保安团把人放了?”

“不可能,”高天顺说,“上午我还参加了审问,他被打得遍体鳞伤,气息奄奄。

你们见他精神怎么样?"

"他感冒了,讲话时声音沙哑,没见身上有伤。"钱常有说。

梁满仓嗫嚅地说:"我……我们是说,是不是上次看错人了!"

"啪啪!"高天顺扇了他俩一人一个嘴巴,"混账东西,谎报军情,该当何罪?看我毙了你们。"拔枪以对。郭福山抬手示意高天顺别发火,然后坐下来慢条斯理地问:"你们今天看见的武工队队长和上次开会见的武工队队长像不像?叫什么名字?"

得到"像""不知道"回答后,郭福山点点头说:"这么说,现在有两个长相一模一样的武工队队长,不知道哪个是'李逵',哪个是'李鬼'?"

钱常有说:"我……我真的被弄糊涂了。"

梁满仓说:"郭乡长、高队长,我们真不是故意谎报军情。我们到武工队时间不长,还没人告诉我们秦队长叫什么名字!"

郭福山又点点头说:"好!不管报错了还是报对了,都不是你们的错。只要能报就是好的。说说,武工队这次开会传达什么精神?"

"传达说游击队有重大行动,要我们做好准备,随时听候召唤。"

"没说有什么重大行动?"

"没说!"

"那好,你们做好准备。敌人有什么动静,务必提前告诉我们。"

蒙面人迅速离去。钱常有、梁满仓匆匆出门,一溜烟跑了。

"唉,"郭福山叹口气说,"这两个混账东西,动下一锅糨糊。"

"这该怎么办?"

"你明天到县上去,赶快把这个情况报告给耿营长。"

高天顺说:"那……那咱们不是也要戴红胡子吗?"

"顾不了那么多了。"

上灯时分郭福山回到家,二太太急忙把他接到自己屋里,谄媚讨好地说:"老爷,你大概还不知道吧,大太太给你要了个千金。"她把那"要"字咬得特别重。

郭福山说:"贵儿给我报过喜了!"

"还有脸报喜?哼!假的,抱别人的。"二太太眼抽嘴撇说。

大太太猛地推门进来说:"假的怎么啦?抱别人的怎么啦?轮得着你个贱人背后说三道四啊?"

二太太脸忽地红了说:"自己家有亲生亲养的,抱别人的干什么呀?"

"我想抱,我愿意抱,你管得着吗?你那亲生亲养的就货真价实?我生的就是假的、抱别人的?"

"都给我住嘴!"郭福山心里直犯嘀咕,在乡上遇上了烦人事,指望回来清静清静,可家里更烦。

二太太哭丧着脸说："我……"

"你什么？你还想给我说什么好听的！滚！"

二太太抽泣着。大太太撇撇嘴，笑着说："回来了，也不看看你的千金女呀？"

"走！"郭福山随大太太来到上房，俯身看着孩子，换了一副笑脸说，"哟！这小姑娘长得还真心疼人！"用食指点逗孩子。

大太太说："秋红，把那好点心给老爷端来，再给老爷煮一缸子羊奶。"

"不用煮奶，泡一壶酽茶就行！"郭福山问，"给孩子取名了没？"

"没有！等你给赐名呢。"

郭福山端详着孩子说："就叫郭霞吧！"

"好，就叫郭霞吧！"大太太拍着怀里的孩子，对着她的小脸儿，像在告诉孩子似的。

郭福山品着苦涩的茶，心里真不是滋味，前晌是欲哭无泪，傍晚又不得不对着孩子笑，还得逢迎两个脾性怪异的太太。这局面真让人哭笑不得。再看大太太，若无其事地抚弄孩子，颐指气使地指示下人，好像她才有大将风度，才能呼风唤雨！他想了想问："听说今年秋粮丰收了。"

"那当然！都颗粒归仓了。"大太太不无自豪地说。

"还是我大太太有办法，我托你的福了！"

春艳进来说："老爷，二太太把被窝暖好了，叫你过去睡呢。"

大太太抢过话说："老爷今晚不过去了，要抱他的千金女呢！"

"是，那我回话去。"

熄灯睡下，孩子就放在两人中间。大太太心里非常惬意，企盼已久的场景终于实现了。但她却见老爷闷闷不乐，关切地问："在乡上遇到什么烦心事了？"

"唉，"郭福山叹口气，就把自以为是逮住了武工队队长，可谁知武工队队长又冒出来了的事给她说了。

大太太说："那肯定是你们抓错人了。逮错了就放人嘛，那有什么难办的。"

"谈何容易？人已经交到县上去了。"

"老爷，你们在外边闹得天翻地覆，我也管不着。但我告诉你一句佛门中语：恶有恶报，善有善报。能为人尽量多为人。贵贱不敢滥杀无辜。"

"我现在是身不由己呀。"郭福山有些懊悔地说。

"要我说，趁早退出那是非窝，回家过咱的安宁日子。娃马上就满月了，我想红红火火给娃过个弥月。"

"行！"郭福山说，"你想过多大就过多大。"

当子善把跟踪钱常有、梁满仓后探知的情况告诉吴斌和石老三时，石老三暴跳如雷："果然是这两个兔崽子干的！妈的，我今晚就去把这两个败类干掉。"

"不！"吴斌把他按坐下说，"那样咱们反倒吃亏了，敌人能利用他，咱也能利用他，这回，他们不就为咱们当了回传声筒吗？"

“如果敌人还不放人呢?”

“不怕,有地下党领导配合咱们的行动。咱们这里舆论一造出去,学生就会上街游行,不怕县政府不放人。”

“净要花架子,崔林玉会吃你那一套吗?勺儿把在他手里掌着,你嚷嚷得再欢顶屁用!”石老三一向很敬重大哥,他考虑问题谨慎周密,但他那优柔寡断劲儿实在与他的雷厉风行格格不入。

子善见他气呼呼不服气的样子,打圆场说:“事缓则圆,事缓则变。既然咱把信息传过去了,就再等一下,看看敌人的动向!”

肖翠花把饺子端上桌。常德胜吸溜着鼻子说:“好香的酸汤饺子。”肖翠花乜斜了他一眼说:“我以为你再不到我这儿来了呢!”常德胜仰起脸问:“为什么?”

“不是嫌我和你理论了嘛!”

“我和你理论什么了?”肖翠花见他惊讶的样子,不知他是故作姿态,还是真的就没把那事放在心上。“我真的忘记和你说什么了。”

兰兰低头窃笑。瞅了眼常德胜,脱口而出:“陈刚!”常德胜脸一瞬间变红,随即又现出满不在乎的表情说:“噢!鸡毛蒜皮。你门缝里瞧人,我就那么小肚鸡肠?再说,不看僧面看佛面,兰兰是我的秘书,还把我叫伯,我能和她妈过不去!你说是不?”他仰天大笑,以至嘴里的饭都喷了出来。

肖翠花莫名其妙地尴尬,看看常德胜,又看看兰兰。兰兰脸忽地红了,岔开话题说:“常大队长,你知道武工队队长那案子审得怎么样了?”

“哈哈,天大的笑话!逮住武工队队长的事,唱得全县人都知道了,甚至都报到了省上,闹了七七四十九天,武工队队长照样在开会,还领着武工队在活动。”

“是吗?”兰兰故作惊讶地说,“那一定是逮错人了!那该怎么办呢?”

“骑虎难下。押不是个押法,放不是个放法。各方面都在呼吁,找县长的人能踢烂门槛,崔县长这一向日子不好过哩!”

“那你知道下一步如何处理?”

“不知道,崔县长的思想一向难以捉摸,也还没开会讨论过。”常德胜已吃完了饭,站起来说,“下午开会,我走了!”送走常德胜,母女俩相对默然。过了好一会儿,兰兰长长地叫了一句:“妈!”肖翠花睖睁地看着女儿:“怎么啦?”

“我不想在城防队干了。我想去教书。”

“为什么?出什么事了?”

“没出什么事,我……我老觉得有点儿别扭。再说,郭辉也在县府工作,动不动就往我办公室跑,我觉得特讨厌。”

肖翠花沉思了一下说:“那我随后和你伯商量。”

在地下党的领导下,经过各方面宣传鼓动,国民党政府错捕平民秦彪的事便在桢县传得沸沸扬扬,尽人皆知。成为人们街头巷尾议论的话题。群情激昂的学生们终于组织起来走上街头公开抗议。他们排着长队,呼着口号从县府门前经过,

"实行三民主义,维护民生、民主、民权!""反对滥逮无辜!""强烈要求释放平民秦彪!"

……

兰兰听见呼口号声跑出来观看,被学生的举动所感染,也随在队伍后边高呼。当口号接不上时,她破天荒喊出一句:"八十岁老母盼儿归来!"学生们诧异地回头看她,随即振臂高呼:"八十岁老母盼儿归来!"高警卫员带着城防队挡住学生队伍大声喊:"都回去,不准上街游行!"众学生高呼:"放人!放人!不放人,决不罢休!"

高警卫员命令:"城防队执行任务!"城防队员"哗"地排成一排,齐刷刷把枪口对着学生。情绪激动的学生前拥后推,有学生喊:"冲过去!舍得一身剐,敢把皇帝拉下马!"冲突一触即发。

兰兰脑海迅速闪现一个念头。双牛的话在耳边萦绕:好好为党工作,经受党的考验。此时,她上前说一句话,就能打破僵局,游行队伍就能顺利向前。革命紧要关头,不挺身而出还算英雄吗?她当机立断走上前说:"高班长,放他们过去,他们不是游行,是找崔县长讨说法!"

学生们得到提示,七嘴八舌说:"对!我们找县长论理去!"高警卫员说:"梁秘书,这……"兰兰厉声说:"认我是秘书,就听我的命令,让学生过去。"

高警卫员无可奈何地喝令部下让开,学生们呼着口号拥进县府大院。秘书张琪急急慌慌跑到县长办公室说:"崔县长,不好了!一百多学生冲进县府大院来了,说是要找你呢!"

"去!通知耿营长,把他的人带一个连过来,全副武装。"

学生们已站到县长办公室门口齐声喊:"要求崔县长回答我们的问题!"

崔林玉脸涨得通红,在屋内来回踱着。学生们口号声一浪高过一浪:

"实行三民主义,维护民生、民主、民权!""反对滥逮无辜!""强烈要求释放平民秦彪!"很多县府官员都出来观看。保安团的士兵跑步来到现场,荷枪实弹,把学生团团围住。学生呼口号声小了。有些学生面面相觑,显出惊恐的样子。

县长办公室门开了,崔林玉站在学生面前,他"吭吭"两声说,"我来了!你们有什么话说吧!"学生们喊:"要求释放无辜平民秦彪!"

崔林玉厉声说:"他是共产党、武工队嫌疑犯,不能放。"

"据说,你们也知道逮错人了。"

"错了也不能放!"

"为什么?"

崔林玉大声喊:"蒋委员长令,宁可错杀一千,也不放过一个!"学生们高喊:"要民主!不要暴政!"耿营长朝天"啪!"放了一枪,现场顿时宁静。崔林玉说:"你们谁是代表?"

兰兰刚要举手,被谁抱住了,回头看,是柳青叶。前边的学生领队举起了手。

崔林玉说："你留下！其余人回去。"两名保安团士兵架走了学生领队。

学生又大喊："不准逮捕学生。"崔林玉说："不是逮捕他，问明情况就放他回去。"学生们高喊："不行！要走一同走！要留一同留！"崔林玉给耿营长示意说："把这些闹事的学生赶走！"

士兵拿枪驱赶学生，乱哄哄一片。有学生和士兵打起来，又有两个学生被架走。柳青叶乘机拉着兰兰跑出去："你怎么也搅进去了？忘了自己身份啦？"

"我一时激愤，就什么也不顾了。"

"你呀，等着戴红胡子吧！"

学生冲进县府闹事触动了桢县最敏感的政治神经。崔林玉大发雷霆："怎么搞的？城防大队的人一天在街上巡逻，怎么能把闹事的学生放进县府大院来？"

张琪慌忙解释说："听说是常大队长的秘书让学生进来的。"

"什么？怎么会是这样！我看共产党把事闹到我们内部来了。你去城防大队调查一下，看究竟是怎么回事？另外通知县党部、警察局、城防大队、保安团、南、北剿匪指挥部的有关领导，明天上午九点在县府大堂开会！"

上边摇，下边跑。张琪马不停蹄跑到城防队找常德胜，常德胜立马传讯高警卫员，高警卫员如实反映情况。一橹到底，水落石出。接下来该传唤梁兰歌了。张琪早就听说城防队这位美女秘书，只是无缘接触，甚至连搭讪的机会都没有。心想，今天可以一睹芳容，甚或还可以怜香惜玉地为其帮几句腔，解解围，以博其好感。然而，常德胜给他发了支卷烟说："张秘书，你先去吧。请转告崔县长，就说我调查清楚了亲自向他汇报。"张琪吸着烟怏怏然走了。

兰兰当时确实像她说的一时激愤，头脑发热，根本就没考虑后果。但当青叶提醒她"等着戴红胡子"时，她就意识到问题严重性了。但是有双牛对她的鼓励，加上心里充满着正义感，她还真壮了英雄胆——任他大祸临头吧！敢作敢当。但当常德胜传唤她时，心里还是免不了有些诚惶诚恐。必定是第一次，必定官断十条路九条人不知。谁知道会受到怎样的惩罚呢？她推门进屋，嗫嚅地说："常大队长，你叫我？"常德胜用下巴指指对面的椅子："你坐下。"兰兰坐到椅子上。"是你让学生进县府大院找崔县长的？"

"嗯！"

"为什么？"

"我觉得那人可怜！那天，他八十岁的老母亲来找我……"

"什么？嫌疑犯他妈找你！她怎么知道你？"

"不！是那天在县妇协碰见她找妇协的柳会长，老太太哭得怪伤心的。"

"痛人之心！好啊！能放学生进去，一定是想到了后果！想好了对策！现在县长怪罪下来，你怎么应对？"

"一时感情冲动，没考虑后果。"

"初生牛犊不怕虎。可光靠勇敢还不够，这样会吃大亏的。以后不论干什么事情，先要给自己找好退路。”兰兰松了口气。轻声说：“嗯！那这次的娄子该怎么办？”

“这你别管，天塌下来有我撑着，你去吧！”兰兰低头揉弄着衣角没有动。常德胜问，“还有什么事？”“我……我觉得我干机关工作不合适，把我调学校教书吧。”

常德胜瞅了她一眼说：“好好工作，别胡思乱想。”

来县府大堂开会的官员都陆续入座。崔林玉和刘湘坐上座，张琪在旁边作记录。崔林玉面孔严肃得有点儿怕人，每个进来的人一接触那霍霍的目光，便都像老鼠见了猫一样悄无声息地坐到座位上。平时开会前那种交头接耳的嗡嗡声没有了。大家心照不宣，早都知道了昨天发生的事，也都预计到了今天必然要召开的这个会，而且都会悄悄扫视一眼会场，看今天开会的关键人物到了没。

门外一声咳嗽打破了会场的宁静，常德胜来了。人们都齐刷刷把目光投向他。常德胜叼着卷烟，大摇大摆走进会场，在最后一排一个座位上坐了下来。

崔林玉的目光像聚光灯一样盯着常德胜落座，他把惊堂木一拍说：“现在开会！”要知道这也是个破例，往常开会是首先由张秘书或刘书记主持说了开场白才请县长讲话。“可能大家都知道了，学生闹事竟然闹到县政府来了！什么原因？就是因为咱们北区保警队抓住了武工队嫌疑犯。各方面说情放人的纷至沓来，软的不行来硬的，学生上街游行示威！闯进县府闹事！这说明什么问题？这说明不是一般逮错人的问题，而是共产党指使的有预谋、有组织的反政府活动，我敢断言：此人即就不是武工队的队长，也是共产党一个举足轻重的人物，所以说，这人坚决不能放，继续严刑拷问。

“咱们都是党国各部门的要员，领着党国的薪俸，想想你们都为党国干了些什么？负起了应负的责任了吗？保卫政府机关的竟然把闹事学生放进县府大院起哄！这是怎么搞的？常德胜！”常德胜“啪”地站起来，朗声答道：“在！”

“听说是你的秘书把闹事学生放进县府来的，怎么回事？”

“是！有这么回事，”常德胜若无其事地说，“我的秘书当时是这么想的，与其让学生在街上大肆宣传，蛊惑人心，还不如把他们圈进政府大院，这样影响会小些。同时，在森严壁垒的政府机关内，也好收拾他们。事实证明，也是如此。保安团不是很快就把事件平复了吗？”

众人面面相觑。耿营长说：“你这是什么逻辑？你想过县长大人的安危吗？”

常德胜针锋相对：“我的秘书当时急中生智，也许没想那么多。可是请问耿营长，你们抓了个假武工队队长，搅得时局动荡不安，乱乱哄哄，考虑了县长大人的安危了吗？要问罪，我看首先得问你们！谁抓错了人？谁半天审问不下眉目？”

郭福山面红耳赤。“哎哟，你这是站着说话不腰痛！”耿营长反唇相讥，“你逮住了几个共匪嫌疑？西街口‘陈记饸饹店’武工队把党部的密探都装袋子内去了，你城防队是怎么防的？”“嘿嘿！”常德胜冷笑说，“没有那么笨狗撵狼的，活该！”

刘湘坐不住了，站起来说：“常德胜，你也太骄傲自大目中无人了吧！我们党部的人都是笨狗,就你聪明啊!”崔林玉又把桌子一拍说:“都别吵了!窝里斗一个顶几个,一对敌人就把气冒了!现在听我命令!一、继续加紧对武工队嫌疑犯的审问,不能放人,让共匪多跳一跳,多跳出来几个更好;二、县党部、警察局、城防队加强侦察,把敌人的内线挖出来;三、继续在全县范围内展开清剿,把共产党、武工队一网打尽!”

兰兰虽然侥幸逃过一劫,但却一直耿耿于怀,总想把满腹的心事向双牛倾诉,好听听他对此事的看法和评价。好容易盼得双牛进店了,她就约他晚上到临河酒家三楼包间吃饭,自己也好一吐为快。没想到她还未开口,他就抢先说:“听说那天学生游行你表现得非常勇敢,义正词严,放示威学生进了县府大院!”

兰兰惊讶地问:“你怎么知道的?”双牛笑着说:“我虽然不在现场,但有顺风耳。”兰兰激动地说:“我那天不知怎么就心血来潮,义愤填膺!要不是青叶抱住了我,我真要挺身而出呢!”双牛温和地说:“兰兰,你的心情可以理解,但不可贸然行事,你那样做是非常危险的,记住,以后没有党的指示,不可自作主张,擅自行动。同时,你还不是党的人,一切都不能代表党。”兰兰点点头:“可敌人不放人,咱们就没办法了吗?”

“这你别急,党洞察秋毫,一定会作出果断决定。”

回家后,兰兰细细思量自己在这一事件中担当了一个什么角色。像一个没有经过导演批准就上场表演的小丑,虽然引起了观众注意,但也影响了剧情发展,很快就被导演刷下来了;像对弈双方棋盘上的一颗小卒,无关紧要,但又在双方棋手的严密关注和掌控之中。当她还为那件事惶恐不安时,常德胜几句话就化险为夷了;双牛哥虽不在现场,但看样子对事态却了如指掌,警告她不可轻举妄动。一方是她身在其中,但想逃离;一方是她心仪已久,但迟迟不能融入!“你还不是党的人!”她心里感到无限孤单和痛苦。

这天是郭福山给女儿过弥月的日子。天气晴朗,阳光明媚,大门上贴着对联,屋檐下挂着红灯笼,院子里支着好多张席桌。人来人往,熙熙攘攘,高掌柜、贵儿等都在招呼客人。子善一次次把收的礼品搬出来,往院中一张大方桌上放。

郭福山穿戴一新,坐在客厅里抽水烟。县党部刘湘来了,郭福山亲自把他迎接到客厅招待。刘湘递上他和崔县长两人的礼包。郭福山吩咐高掌柜把礼包送礼房上礼簿,特别注名是崔县长和刘书记的。大太太今天特别喜欢,跑出跑进,招呼乡亲。双牛妈、子善妈、老韩家的等提着礼品来了:“恭喜大太太!”“同喜,同喜,快坐下吃饭!”大太太抽空把贵儿拉到一边小声问,“砖瓦窑王喜一家走了没?”贵儿说:“大概就这一两天吧,说好娃过了满月就走。”“过完事去看看,说好了就得讲信用。”贵儿点点头。

一家欢喜一家愁。王喜一家其实也关心着这个日子。王喜早作好了准备,对妻子说:“咱们也该收拾收拾走了!”王喜妻哀怨说:“唉!你看狠心不狠心,都不让我看一眼孩子!再怎么说,也是我身上掉下的一块肉嘛。”大妞说:“妈,根本就不该把妹妹给人，妹妹大了，还会埋怨咱家就多她一个！”二妞说：“就是的，娃多怕什么？人多力量大。你不听人说：打虎还要亲兄弟，打仗更需父子兵嘛！”

王喜说：“再别胡说八道，各自准备去，今天咱们就动身回老家去，车，我都问好了！”二毛、大妞、二妞直嚷嚷：“这么急呀！谁赶咱们啦？”

大毛悄悄把他们召集到一块儿商量，说要去郭家看看小妹，也算是向小妹告别。三人欣然同意。于是就商量给小妹买礼物，大家把攒的压岁钱凑起来给小妹买了一个石膏大红马。二毛说：“小妹长大了骑马好回家！”

秋红把穿戴、打扮好的孩子抱出来了。大家都争相看襁褓中的婴儿，七嘴八舌议论着：“看这娃亲的，瓜子脸，柳叶眉，樱桃小嘴，眉清目秀，鼻梁高高！长大一定是个美人儿！”

王家兄妹走了进来，见人们围着看孩子，也挤过去看。

大毛说：“阿姨、姐姐，听说你们家生了牙牙娃，我们也想来看看！”

“好！好！看吧！看吧！小千金亲得很。”秋红把娃伸前来让他们看。大人们自动退后让位给他们。二毛亲昵地用手指点孩子的脸蛋。大妞说：“让我抱一下吧！”秋红把孩子递给她。大妞紧紧把孩子抱在怀中，脸挨着脸摩挲着，眼中忍不住闪着泪光。四兄妹把孩子围在中间，贪婪地看着，好像要通过眼睛把孩子的模样牢牢地刻在心里。子善妈说：“看这几个孩子亲的，多爱娃！”双牛妈也说：“就是呀！难得遇到这样爱牙牙娃的孩子。”

二妞在孩子额头亲了一口说：“这孩子叫什么名字？”

秋红说：“郭霞。”

大毛说：“大姐姐，这是我们送牙牙娃的礼物，请你代收！”

“礼物送礼房去，交了礼快吃饭。”秋红说着，接过孩子。大毛说：“不了，礼物就姐姐代收，我们也不吃饭，我们只想看看孩子。”贵儿听见说话声走过来，见此情景，忙拉着大毛说：“你们几个，来来来！”来到西院灶房后边小声说，“你们来干什么？”

“叔叔，我们来就是想看看妹妹！你不恨我们吧？”

“圪蹴这儿别过去！我让灶房给你们弄饭，吃了快走！”

“我们不吃饭，我们这就走！”

“慢着！”贵儿走过去对着灶房说，“李厨娘，你到礼房用四块手帕包四对馄饨馍，四个给小孩的红包，快点儿拿来！”馄饨和红包很快就拿来了，贵儿发给他们说，“不吃饭，就快走吧！”

“我们不要，我们只是来看看妹妹！一会儿我们就要走了！叔叔，你一定把我们的礼物交给我妹妹，可别扔了！”大毛边说边抹眼泪。

贵儿说：“我记着哩。把这馄饨馍拿着！不拿就是看不起你妹妹。”大妞、二毛、二妞也抹起了眼泪。二妞说：“告诉这家人，可不准对我妹妹不好！”“行行行！你们快走吧！”贵儿说着，把他们领着从西院门送出去。

孩子们眼内噙着泪水，三步一回头地恋恋不舍地走了。小郭霞"嗷嗷"地哭起来，秋红给她喂奶也不吃，怎么哄也不抵事，于是顺手拿来那个玩具马逗她玩儿："大红马！大红马！霞霞长大了骑大红马。"小郭霞真的就不哭了。秋红自言自语说，"奇怪！这么小个人就知道玩具！"

大太太看见了问："谁送的玩具马？"秋红说："几个孩子来看娃，送了这件礼物。"

大太太警觉地问："哪儿的孩子？是咱家哪家亲戚？我怎么不知道！"

"贵儿大哥把那几个孩子领走了。"

大太太叫来贵儿问明情况"啪"一声把玩具马摔得粉碎，厉声说，"以后谁也不准对郭霞说起这件事！"贵儿面红耳赤，俯首说："是！"大太太瞅了秋红一眼。秋红忙不迭说："是！是！绝不让郭霞知道。"

"去，把拉圾清理掉。"秋红忙取扫帚清理石膏质的玩具马碎片。郭霞号啕大哭起来。

王喜家住的窑屋已收拾一空，打好的包裹和箱子放在地上，家一下显得空落落的。王喜妻坐在炕沿上，小妞、小毛、双毛在光炕上玩儿。二妞、大妞、二毛最先跑进屋，高兴地喊："妈！我们看见妹妹啦！"大毛慢悠悠走在后边。

王喜妻惊喜地说："是吗?!"随即流出了眼泪。

大妞说："妈，你别难过！那家条件确实很好，一连三个院子，我们从后院经过，看见马棚里有十几头牲口，全都膘肥体壮！"

二妞说："收了那么多礼物都摆在院子中间的方桌上，有银项圈、手镯，绫罗绸缎。妹妹穿着红绸棉衣，戴着兔娃帽子，脖子上挂着银项链、银锁，额头、脸蛋、下巴点着红圈圈，可好看啦。"

王喜妻抽泣着说："你……你们没看娃像谁？"二毛说："妈！娃瘦长脸，眉毛弯弯的、眼细细的像你！"二妞说："妈！我还问了，娃名字叫郭霞。"大毛一跺脚说："我长大了一定来认妹妹！"二毛、大妞、二妞："对！将来一定来认妹妹！"

"妈，你看！这是接妹妹的那位叔叔给我们的，还有红包。"大妞打开红包，里边包着伍千元新钱票。

王喜从外边进来说："快走！快走！要不赶天黑赶不到驿站了。"

装着行囊的牲口车上坐着一家大小九口人，王喜赶车，驶上了返回故乡的旅程。孩子们回头喊："再见了，妹妹。"

王喜妻在抹眼泪。大毛说："爹、妈，我看咱们也应该给妹妹起个名！"

孩子们附和："对，起个名。"

二妞说："我看至少应该有个妞字，和我们姊妹几个连上。"二毛说："我看叫珍妞好！"

王喜妻说："行！那就叫珍妞，孩子们，你们记住：桢县河西村有你们一个妹妹，小名叫珍妞，大号叫郭霞。”“记下啦！”孩子们大声说。

西山上传来唱韩城秧歌声——大红袍花椒一爪爪，兄弟姐妹是一家。同根生来一起长，舍哪个心都像猫爪爪抓……

车影在歌声中愈变愈小，渐渐消失。

二十八

解救秦彪的事尽管作了很多努力，但进展不大。崔林玉好像是铁了心要和共产党、武工队玩一玩。同时由于敌人改变了清剿方法，不断有共产党员和武工队员遭到逮捕。石老三很着急也很恼火，听说生根回来了，于是约他晚上来家商量事。

生根说：“秦队长被捕这么长时间救不出来，真急人！”

石老三说：“就老吴他们那样子，还不知猴年马月能救出来，所以我找你来商量，咱俩救！”“就咱俩？”生根惊讶地问。

“对！人多了坏事。”

“咋救？”

“你认得县长的儿子吗？”

“怎么！你想绑架县长的儿子？”

“对！你忘了瞎子算的卦吗？我那天就悟出来了，要绑个人把他换出来。可县长最疼爱的人就是他娃，你就是绑上十个当官的县长也不一定动心！”

“这倒是，”生根思索着说，“不过这事要不要征求吴政委的意见？”

“不用！你一对他说，他肯定说：别莽撞，别莽撞。娘个屁！不莽撞能把人救出来吗？总是顾虑这顾虑那！前怕狼后怕虎，尽让敌人钻了空子。你想想，有什么办法能让咱们认出县长的儿子，并把他绑票。”

“让我想想，”生根搔头挠腮，兰兰的面影立即映上脑际，她在县府干事，可能认得县长的儿子，并知道他在哪儿上学。于是说，“我试试看。”

“得抓紧调查，近日就行动！”

“不过我老觉得这事不请示吴政委怕不好！”

“不行！任何人都不能告诉！泄密了我揍你狗日的。”

“啪啪啪！”有人敲门。二人立即警觉地跳起来。“别慌！”石老三进里屋取出手枪和几颗手榴弹，“走！上窑背，桂花，你去看是谁。”二人嗖嗖嗖就跳上了窑背。

桂花从门里问清是吴斌，说：“是大哥呀。”开门把他让进屋。石老三和生根也跟了进来。吴斌看看他俩笑着说：“又是手榴弹又是枪，一级战备状态。你俩又在商量着卖城隍庙啊？”生根看看石老三，见他拿眼瞪他，回头说：“老三哥让给他娘捎件皮袄，我借晚上有空就送过来了。”

“来得正好，马上走，到我瞎子哥家开紧急会议。”说完，三人一股风似的钻进了夜幕中。

随后发生的事情，把石老三的报仇、救人计划暂时中断了。原来，有一支二百多人的红军部队，受上级指示要来桢县出击一下，目的一是要配合地方党和武工队打击一下敌人的嚣张气焰，长我党士气；同时，也想借此给红军搞点供给。

上级决定重点斗争几个恶霸地主，痛击敌顽分子。北区的重点就是地主恶霸、伪北惠乡乡长郭福山及其爪牙高天顺，南区是阳村的大财主薛万才。南区的同志领了会议精神走了，吴斌 又和北区的同志研究具体作战方案。

石老三说：“有什么可说的，咱们这么多人对付几十个乡保警队还不是老鹰抓小鸡的事，人开过去把狗日的都抓了就是了！”

“问题不是我们能不能战胜他们，而是我们怎么能抓住他们！郭福山遇见强敌比兔子跑得都快，他闻风而逃，躲进了县城不出窝，我们怎么抓他？”

子善说：“这是事实。你别看郭麻子平时一副深谋老算的样子，其实，他骨子里像个惊弓之鸟，做事特别小心谨慎。”生根说：“我看，咱们应该引蛇出洞，然后一网打尽！”

“对！我也是这意思，同时咱们也正好考验钱常有和梁满仓一下。”

“怎么考验？”石老三问。吴斌说：“你可以早早对他俩说，你们分队接受了一个特殊任务，要护送一批粮食和物资去北边，要他们某月某日在某地点集合，他们肯定会把这消息报告给保警队，这样的白馍甜馅儿郭麻子和高天顺绝不会放过。等他们进了咱们的包围圈，那他就跑不了了。”石老三说：“行！这好办，你只需把行动的时间告诉我就行了。”

“这次战斗，咱们的力量绝对占优势，生根就不必参加了，你还去完成你的任务，有什么情况随时联系。子善既要随时掌握敌人的动向，也要尽量促使敌人中计。”生根还惦记着石老三交给他的任务。散会后，他悄悄问石老三，先前商量的事咋办？石老三诡秘地对他耳语了一阵。

驮队又住进了朗孟驿，他安排好货物和牲口，就端一盆水走进兰兰屋。

兰兰正趴在桌子上写什么，抬起头说：“双牛哥，啥时来的？”

“刚到！”双牛自顾自到墙角的脸盆架处洗脸。兰兰仍埋头写着。双牛边洗脸边想：咋不对劲？往日见我的热情劲咋不见了？他歪头窥视，兰兰正左手撑腮右手持笔凝思。他边擦脸边走近她说：“你很忙吗？”

兰兰放下笔转过身说：“哪里话，与双牛哥的事比，这些都是闲事。只是……”

“只是什么？”双牛盯着她看。兰兰脸慢慢潮起了红晕，低下头说：“双牛哥，你说，我是不是很傻？”

“这话从何说起？”

“想起那天的事，我羞愧难当，无地自容。你说，我又不是党的人……”

“噢，我明白了。嘿嘿！”双牛笑着说，“怪不得今天对我如此冷落。”

“我没那意思。”兰兰争辩说。

“兰兰，你那次说得真对，人一长大就没了童年的纯真。记得小时候在一块儿玩儿，一会儿吵得脸红脖子粗，转眼就忘得精光，又好得蜜和油，真是狗脸亲家。现在就不一样！”他拍拍脑袋说，“我想起来了，我那天一急，说话就没注意对象和方式，伤了你的自尊心。我向你赔礼道歉。”说着，站起来向她鞠躬。

兰兰把他推得坐到床上说：“谁要你那样啊！唉！”她又坐下低头揉衣襟，“有时候，我真觉得自己像个孤苦伶仃的流浪儿，不知道家在何处？”

“兰兰，别那么想，你要那么说，我今天真没法求你办事了。”

“你求我办事？”兰兰眼放光芒，心又热乎起来。“私事还是公事？”

“革命的事！”

“与那事有关吗？”

“大有关系！”

“那……那这次是党的指示吗？”

“兰兰，不要那么神经质！我们每干一件事，都是基于自己的良心和认识，我认为是正义的、正确的我就干！我认为不正义、不正确，谁让干，我也不干！这就是做人的底线。就像你那天的举动，发自内心，大家都认为你很勇敢！没有人谴责你！我是出于爱护你才那么说！我现在要对你说的这件事也一样，你认为对就干！你认为不对，也可以拒绝。”“你怎么不早说”兰兰捶捶胸，长舒一口气说，“郁积在心里的闷气，被你一下子给放光了。说吧，什么事？”

双牛抚了抚她的胸腹小声说：“不生气了就好！到外边看看，说话方便不？”

兰兰到前后窗外看看，然后关上窗，把椅子往屋中间挪了挪，说：“你坐床上，离我耳朵近点儿小声说，不碍事！”双牛凑近她小声说：“你认得崔县长的儿子吗？”

“当然见过。”

“多大了？”

“小的大概有十一二岁吧！”

“在哪儿上学？”

“学巷小学！”

“崔县长几个儿子？”

“两个儿子一个女儿，大儿子是个憨憨，就是整天吊着鼻涕在街上跑的那位。女儿在桢县中学上学，小儿子特聪明。”

“就那个小儿子，你认真调查一下，在哪儿上学，上下学时间以及必经之路。”

“然后呢？”

“暂时不告诉你。”

“行！保证完成任务！”兰兰又焕发激情，脸上洋溢着灿烂的笑容。

果然不出所料，钱常有和梁满仓乘天黑又悄悄溜进乡公所。把武工队要向北边运送粮食和物资，一分队护送的情报报告给了郭福山和高天顺。高天顺心动了，一心想叼了这块肥肉，并乘机把石老三和武工队拾掇了，给二狗报仇。郭福山不愧是老奸巨猾，不慌不忙地说："多一事不如少一事，咱不稀罕那点儿东西，咱发个通知，钱粮就征上来了。"高天顺干急也无可奈何。

第二天午后，子善在北惠乡乡公所院子转悠，所到之处，保警队员闲闲散散，有的在谝闲，有的在洗衣服，还有的在下棋。郭福山的房门虚掩着，从门缝望进去，他正和高天顺在里边抽烟。子善心想，怎么还不见动静？难道这两个没把消息传到？他转来转去，想问人又不能问，想通知石老三又来不及。如果保警队今晚不出动，那计划不就泡汤了吗？不行，我得想办法. 他搔了搔脑袋，灵机一动，计上心来。于是向郭福山办公室走去，推门进屋叫："郭乡长、高队长。"高天顺问："什么事？"

子善向门外看了看，然后关好门神秘兮兮地说："我有个消息要报告。"

"什么？你说。"

于是他就把武工队向河西村要了几辆车今晚去拉东西，他爹和老韩家的今晚去支差的情况告诉了他们。郭福山问："知道去运什么？"

"不知道，只知道在赵村砖瓦窑集中。"

郭福山吸着烟沉思着，说："好，那你去吧。"

子善出来，站在围看下棋的人堆里，不时窥探动静。高天顺怂恿说："乡长，看来这两个报告的消息是真的。我看出击一下吧，好一向没打仗了，大家都手痒痒的。再说，说不定还能搞到一批粮食、物资。更重要的，把狗日的石老三给消灭了。"

"你觉得把握大小？"

高天顺不无自豪地说："没问题！武工队现在是惊弓之鸟，稍有风吹草动，便逃之夭夭，咱们这么多人对付武工队一个小分队，那简直是鸭子吃菠菜——平铲。"

"嗯！"郭福山沉吟了一下说，"你觉得有把握那就出击一下。说说你的作战方案。"高天顺侃侃而谈，说趁天黑把队伍埋伏在赵村北边的瓦沟渠内，那是去北边的必由之路……郭福山却坚决否定了他的方案，"不行，武工队最会声东击西！"

"那你说呢？"

"给车队安插个内线，到时候点火为号，咱们的队伍尾随其后，等到车队进了沟，然后扑上去一网打尽！即就是他不往那边走，拣个有利地形就打！"

"嗯，这方案好，还是郭乡长老谋深算。那就让钱常有和梁满仓做内线。"

"不行！"郭福山又装上了一锅水烟呼噜噜抽，"你这时咋能找着那两个？说不定武工队现在已经集合了！就让周子善替他爹赶车去。"

高天顺欣喜地说："好，神机妙算！"于是把子善叫了进来。低声细语对子善面授机宜。子善唯唯允诺，领命而去，心里一块石头落了地。

夜漆黑，原野、树木、稼禾、黑蒙蒙的山……都只现出模糊的影子。一条灰白的土路在原野上蜿蜒延伸。一行七八辆牲口车负荷向山崖之间的瓦沟渠挺进。武工队员跟车护卫。忽然,一辆车上有了亮光,是戴着毡帽的子善在点烟。骑马跟在后边的石老三小声训斥:“找死呀你,把烟灭掉!”子善朝天狠吸了几口,然后把烟头扔出去,烟火在空中划出一道幽幽的红线。高天顺骑马带着保警队吊远跟在后头。三子说:“高队长,看!火光!”“看见了。跟上去。狗日的石老三,今天你跑不了了。”

车队完全进了瓦沟渠。子善停住驴车说:“马上就要上坡了,人困马乏的,让牲口歇一下,让人也吸口烟。”钱常有帮腔说:“是呀!石队长,歇一下上坡有劲。”石老三看看后边说:“那好,抓紧休息,不能耽搁时间太长。”

梁满仓和钱常有心怀鬼胎,怕他们的消息泡汤了,来到子善车跟前借着讨烟吸打探消息。问子善怎么来了,保警队有行动没有。子善掏出烟让他们卷烟吸。说他爹腿痛,他顶替他爹来了,其余什么也不知道。

保警队已到了沟口。高天顺下命令跑步前进,冲上去消灭武工队。三子大喊一声:“冲啊!”打着枪带队向沟里冲去。石老三虚打两枪喊:“撤!”丢了车带队向前跑去。钱常有和梁满仓跑得比兔子还快,瞬间就不见人影儿了。子善趁乱卸了车,拉着驴插斜上了个坎,钻进一片包谷地里跑走了。

高天顺来到车队跟前,趾高气扬地喝令把车往回赶。三子抓摸车上的袋子,觉得有些异样,忙用刺刀戳破,一愣,不禁大喊:“高队长,车上装的都是烂柴草!”“什么?”高天顺大惊失色,“我们上当啦,快跑。”

说时迟那时快,火把齐刷刷点亮,一队红军战士横枪挡道。黄军装,军帽上的红五星在火光中闪闪发光。吴政委和武工队也在其中。

高天顺喊:“回头走!”保警队的人像挨了当头一棒的狗,喊叫着又往回蹿。迎面又一队红军战士打着火把挡住去路。石老三和武工队一分队也在其中。石老三大喝:“高天顺,放下武器,缴枪不杀。”

高天顺环视,四面楚歌,心灰意冷,慢腾腾举起手。他的保警队员也都乖乖缴了枪。梁满仓和钱常有一看大事不妙,随机应变。钱常有大声说,“高天顺,你狗日的也有今日!”

梁满仓高喊:“打倒狗腿子高天顺。”高天顺恶狠狠地瞪着他俩。恨不得把他俩踢死。三子乘乱就地一滚,爬进一片庄稼地逃了。

吴斌说:“同志们:红军战士帮助咱们打桢县的反动派来了,还要斗争恶霸地主!欢迎红军!”大家鼓掌。红军首长说:“同志们,军民一家人,让我们携手共同战斗!”大家再次鼓掌。

吴斌命令:“把俘虏带回去,明天在河西村开斗争大会。”子善把驴拉出包谷地,刚要骑着走,三子赶上了说:“子善,你也逃出来啦?怎么还不快去给郭乡长报信?”子善故意跛着腿说:“我腿受伤了,疼得很。”

“那让我去。”

“那我伤腿不能走怎么办?”

"报信要紧,你慢慢跛回去吧。"三子说着,不由分说扯过驴缰绳,翻身上驴,飞快地跑去了。子善咬牙切齿地望着他的背影,掏出手枪,瞄准,但最终没放,又把枪别回腰间。

吴斌赶上石老三小声说:"咋没见逮着郭麻子,明天会咋开?"

"噢,把他妈的!忘了。"石老三拍着脑袋说。

"快!带上你的人,去乡公所把郭麻子逮了。"

"是!"石老三喊,"一分队跟我来,跑步前进!"

钱常有和梁满仓押着高天顺。问:"石队长,这人?"

石老三看了眼吴斌说:"那两个是河西村人,就让押着人给部队带路。"说着,打马飞奔。三子快马加鞭来到乡公所,翻身下驴,连滚带爬向郭麻子报告了消息。郭福山受惊匪浅,腿软身颤,骑马落荒而逃,三子骑驴尾随其后。石老三带队来到北惠乡乡公所搜捕郭福山。得知郭正向县城逃跑,立即策马带队向县城方向追赶。马快驴慢,三子被甩了老远,大声喊:"郭……郭乡长,等等我。"

"你……你随后赶来吧!"郭福山自顾自逃命去了。石老三穷追不舍,县城遥遥在望。郭福山敲开城门,逃进了县城,而三子却被甩在了后方。

三子回头望,追兵迫在眉睫,他跳下驴,在驴屁股上狠打了一下,驴飞快向前跑去。他则钻进了路旁的庄稼地,百灵逮住了驴。来到城下,城门紧关。石老三骂:"妈的,没逮住狗乡长,倒逮住头驴。放枪!"武工队员朝城门、城楼猛烈射击。枪声"啪啪啪"响彻夜空。打了一阵,石老三下令撤回。

"这头毛驴归我骑啰!"百灵刚跳上驴,驴就稀屎放箭拉起屎来。志诚说:"驴都吓成这样,那人就更不用提了。"大家"哈哈"笑起来。

郭福山骑马在县城内空寂的街道上奔跑,马蹄发出"嗒嗒嗒"空旷的回响,叩击得寂寥寒冷的夜空也在微微颤抖。他没直接去找县府大员,而是径直去了儿子郭辉那儿。郭辉开门说:"爹,你怎么半夜跑来了?快进屋。"郭福山上气不接下气说:"先……先别管我,赶快报告崔县长和刘书记,就说红军打来了。"听见枪声的崔林玉早就醒来了,听了郭辉的报告说:"你去叫醒张秘书,让他通知刘书记、常大队长、雷团长、耿营长还有你爹,速到我办公室来。"

众人迅速赶到,因听到了夜半枪声,心惶惶然不知发生了什么事情,听了郭福山结结巴巴介绍情况,心情更加紧张,你一言他一语议论开了。

刘湘说:"怪不得枪声像炒爆豆似的,这红军到底想干什么?"

耿营长说:"会不会因为咱们逮了武工队嫌疑犯,武工队搬援兵解救来了?"

张琪说:"果真如此,那更证明咱钓着大鱼了。"

雷团长说:"如果红军真的攻城怎么办?咱们的兵力能抵挡住二百多红军和武工队吗?"

常德胜幸灾乐祸地说:"要我说呀,放人是高招。如果放了人,能求一方安宁,那真是求之不得。我估计,红军这次来,决不会善罢甘休,咱还真应该好好估估咱们的力量。”

崔林玉把桌子一拍说：“人不能放。不要长他人志气，灭自己威风，咱县不是还驻扎着72团吗？小张，你接通72团电话！”张琪接通电话把话筒递给崔县长。“马团长吗？您好！是。我崔林玉。你们也听到枪声了，也开了紧急会。好！情况是这样的，红军二百多人联合北区武工队围攻了北惠乡保警队，俘虏了我们一个队长和三十多个保警队员。当前还没有攻城迹象……要请示上级领导？没有接到上级命令不出击？好！是！”崔林玉放下电话，一屁股蹲坐在太师椅内。

不言而喻，在场的人都心知肚明，面面相觑。会场冷寂得让人浑身发憷。崔林玉脸像被霜打了的茄子，与刚才的不可一世判若两人。停了好一会才用低沉的声音说，“根据当前情况，暂且关闭城门，保安团、城防大队做好防守工作，预防突发事变。党部特工加强侦探，严密监视敌人动向。从现在起，我的办公室日夜有人值班，各方面有什么情况随时向我汇报。”

红军部队开进河西村时，已是夜半时分，为了不骚扰群众，战士们就铺麦草睡在巷道的角落里，门道里。钱常有和梁满仓做贼心虚，把高天顺交红军管押后，就圪蹴在黑暗的角落里小声商量对策。钱常有说：“我看要得到红军和武工队的信任，还须好好表现表现。”梁满仓立即附和：“是呀！是呀！这样即就是那事暴露了还可以将功补过。”钱常有搔着脑袋说：“该怎样立功呢？”

梁满仓看看满巷歇着的红军，眼睛一亮说：“看红军战士多辛苦，叫开郭福山家的门，叫财主给红军做饭、腾房子。”

“好！”钱常有把大腿一拍蹦跳起来，“立功的好机会！”于是二人敲响了郭福山家的大门。贵儿打着灯笼开了门，一看是他俩，不屑一顾地说：“小钱、小梁呀，老爷派你们回来有啥事？”

钱常有把眼一瞪说：“你什么小这小那的！我们是堂堂武工队战士，你知道不知道？红军进村了，专打地主老财，赶快叫醒你们主子给红军做饭腾房子！”

贵儿不以为然地说：“哎哟，没看出，鞋扇子做了帽檐儿——高升了。”梁满仓端枪对着他说：“你狗日的严肃点儿！”贵儿见这两个小人得志不知天高地厚，换了口气说：“好好好！我这就去请示大太太。”

钱常有、梁满仓还想以对付贵儿的办法吓唬大太太，谁知大太太根本就不吃他那一套，拍胸抡胳膊与他俩争吵起来，随手捞起墙角的竹扫帚打他俩。躲避中梁满仓的枪不慎走火，吓得孩子在秋红怀内号啕大哭。这一哭惊动了红军战士，红军首长、吴斌、石老三等赶到现场。钱常有、梁满仓不但没捞上功，反而挨了首长批评。吴斌让石老三收了他俩的枪，把他们带走了。

大太太在与首长的交谈中初步了解了红军，尤其看到红军战士睡在寒冷潮湿的巷道时，感动不已。立即表示愿意将空屋腾出来让战士们住。首长说：“红军有纪律，今晚就不打扰了。”

第二天，在红军首长和武工队领导的主持下，河西村召开了声势浩大的斗争大会，受害群众纷纷上台揭露高天顺的罪行，二太太陪斗。

钱常有、梁满仓愈加恐慌，一计不成另施一计，于是就商量后一起上台坦白说自己被郭福山、高天顺逼迫，无奈何向敌人报告了秦彪。武工队员听了都目瞪口呆，义愤填膺。在群众要求下，大太太没有受批斗。会后首长与她交谈，大太太慷慨解囊，支持红军二百大洋，三十担粮食。红军的行为极大地鼓舞了人民群众的革命热情，大牛等青年积极报名参加了红军。南原武工队的薛队长等及时赶到，带领红军又赴南原开展斗争去了。

二十九

崔林玉如热锅上的蚂蚁在屋子里趧来踱去，时不时问值班的张琪有什么消息。张琪说，探子来报，红军在河西村召开了斗争大会，斗争了高队长和郭乡长的二老婆。他又问：“红军现在动向如何？”张琪说：“不知道！探子说，他来时红军正在开饭。”

“再探再报！你顺便去叫一下刘书记，让他和我共同去检查一下城防情况。”耿营长和郭福山劝说崔县长找个通关系的人和红军方面交涉交涉，用在押的嫌疑犯把高队长和被俘的保警队员换回来。再和红军谈个条件，把兵退了。

崔林玉固执己见：“不！我倒要看看这一小撮毛贼能翻起什么大浪，把那个犯人看管好，小心敌人乘乱劫狱。”

红军在河西村召开斗争恶霸地主大会的消息很快就在全县传开了。兰兰兴奋地跑回家把此事告诉了妈。“是吗？”肖翠花惊喜地说，“真是善有善报恶有恶报，可惜我不在家，我要是还在河西村，我一定要上台扇他几个耳光。”兰兰又告诉妈，说红军纪律可好啦，晚上住在巷道里也不进屋骚扰老百姓。见肖翠花心不在焉地听着，就试探着问：“妈，你说红军好还是国军好？”

“这女子，你怎么问这话？我又没见过红军，我咋知道？”

“妈，那你说，共产党好，还是国民党好？”

肖翠花看着女儿，心里陡生无可名状的担心，说：“兰兰，你是不是耳朵钻了什么风，妈可给你说，私通共产党可是要杀头的。”

“妈，我知道！我只是问问你，我又没问别人！”

生根惦记着红军、武工队和敌人的斗争，一回来就连夜找石老三了解情况。石老三对他详细讲述了战斗经过。末了却情绪低沉地说：“闹了这大的动静，却仍然没有撼动崔林玉，秦队长还没能救出来。”

生根说：“我在路上也这么想，心想赶我回到家就会见到秦队长了，可……”

“我交代你的事办妥了吗？”

"那还用说,对象已调查清楚。贾财主那儿也说好了,他很支持咱们,说他铺子里有个地下室仓库,人弄好了就暂时藏在那儿!"

"那就立即行动!"

"红军不是还在南原与敌人斗吗?"

"他斗他的,咱干咱的。"于是生根就交代让他明天拉马混到驮队里进驻朗孟驿,然后叫上兰兰一同研究具体实施方案。临别时生根又想起一件事问:"老三哥,你亲眼见我哥参加红军了?"

"是的,大牛是好样的,开始你妈不同意,他硬是找人说通了你妈。你哥走了,你以后要多照顾你爹妈。"

"嗯!"生根点点头,转身揉着眼睛轻泣着说,"我都没得送我哥一程。"

一个天气晴朗的早晨,双牛和石老三先一步来到临河酒家三楼包间。打开窗子,阳光挟裹着潮湿清新的风涌进来,石老三深吸一口气,心旷神怡。心想,选这样一个地点和情人约会妙极了。想想自己的青春时光,糊里糊涂白白浪费掉了,就更羡慕生根,这真是人比人活不成,驴比骡子驮不成……正想着,双牛大声说:"老三哥,你点菜还是我点菜?"

他回头瞪了他一眼说:"我点个鸟!我知道你心上人爱吃什么?"

"那我来。喝点儿白酒吧?"

"要。白水杜康!曹操大哥爱喝的那酒。"

"曹操可是败将。"

石老三转身坐到桌旁说:"谁说曹操是败将?三国最终还不是落到曹家手里了吗?""是是是,就点杜康。杜康是胜利豪放之酒,咱也来一回对酒当歌!"

堂倌把菜上好了的时候,兰兰来了,进门叫:"双牛哥,你们早到了啊!"石老三站起来盯着兰兰看,把兰兰看得满面红云,极不自然。

双牛拍了下他的肩说:"坐下!我来介绍,这位就是我常给你提起的石老哥。"石老三快人快语:"大号云亭,人称老三。"兰兰笑着说:"三大哥,你好。"

石老三眼瞪了老大:"咦!怎么成了三大哥了?"

双牛笑得前俯后仰,"这个称呼恰如其分,我也常想,叫你叔太小,叫你哥太老。你就领情了吧!我给你介绍,这是我小时候的玩儿伴梁兰歌,人称兰兰。"

"好好好!"石老三跷起大拇指说,"我生根老弟艳福不浅,我都替你高兴呢。兰兰,三大哥将来做你们的媒人,你没意见吧?"

兰兰爽快地说:"好嘛!只要双牛哥同意,他家人没意见,就请三大哥做媒。"

"爽快!生根,我看你都没兰兰大方。"

双牛到外边看了一下,折回来小声说:"不说闲话了,抓紧时间。兰兰,你把情况介绍一下。"兰兰就把她调查的情况作了详细介绍:崔林玉的小儿子在学巷小学就读,早晨六点钟上学,中午十二点回家吃饭;下午两点钟准时到校,下午四点半到五点放学回家。来去学校要过一个狭长的巷子,巷子里有好几个岔道。

石老三一边听一边思索着。听完了说："你能不能给我画一个大致的路线图。"

"可以，其实很简单，你们又不是没去过城内，我一说，你们就明白了。"兰兰一边画一边说，"这是南北大街，'天顺兴'对面这个东西走向的巷就是学巷，进去就是学校，这个巷向南向北都有岔道……""好啦！听明白了。说下边。"石老三打断她的话说。

"早晨上学娃集中，怕不行！下午时间早了点儿……"

"就下午！早点儿无妨，就是要让狗日的知道。"石老三头伸前去对二人耳语了一阵。双牛问："进城困难不？"

"本来没啥！只是这几天红军来了，吓得敌人四门紧关。不过西门城防队把守，我人熟，问题不大。"石老三把桌子一拍说："那好，你下午上班时，咱们就一同进城，依计而行。"双牛搔搔脑袋说："好！下午就下午，随老哥学点儿本事。"

石老三调侃说："快吃！吃饱喝好，掏个大元宝！"

午后，石老三和双牛一人挑一担柴，头扎白羊肚子手巾，腰匝长棉布腰带，跟着兰兰来到西城门口。城门关着，江警卫员和几个城防队员在城头巡逻。

江警卫员问："干什么的？"兰兰抬头向上边喊："我，把门打开！"

江警卫员说："是梁秘书啊！后边那俩是谁？""我乡党，进城卖点儿柴，让进去吧！"

"好咧！"江警卫员朝里边喊，"给梁秘书把城门打开。"城门"咯吱"一声开了。三人顺利进了城。

来到"中兴和"门口，兰兰在门外等着，石老三和双牛把柴担了进去，出来时摇身一变成了戴礼帽、背褡裢的生意人。三人目光碰了下就分开走了。来到学巷口，兰兰从怀里掏出怀表看看，小声给双牛交代了几句，他俩就到对面的"天顺兴"转去了。天顺兴是个杂货部，生活用品、农器家具样样不缺。没过多久，双牛往外看，兰兰正把一只红发夹别在头上。他和石老三走出店来。兰兰小声说："巧得很！注意迎面走过来的那两个，穿深蓝制服戴学生帽，看起来帅气的那个就是！"石老三说："好啦！你走吧。"又转身对双牛说，"行动。"

双牛快步向前走去，石老三吊远跟着，与那两个学生擦肩而过。双牛拐进前边向北的巷子，石老三拐进后边向南的巷子。前边巷子忽然响起"噼里啪啦"的鞭炮声，孩子们都回头争先恐后地跑着去看。石老三像猫捉老鼠似的从岔巷里探出身子，把崔县长的小儿子拦腰抱起，夹在腋下就跑，还没等他喊出声来，就用毛巾塞住了他的嘴巴。和他一起走的孩子愣过神来大声喊："崔亮被人掳走了！崔亮被人掳走了！"赶孩子们跑到岔道口看时，已不见了石老三和孩子的踪影。

此时，崔县长正和他的幕僚们在县府大堂议事。红军的到来使他们心惊肉跳，坐卧不安。张琪正在通报红军在南原阳村召开的斗争会情况，斗争了财主薛万才，要了二百大洋和二十石粮食。官员们又以此为话题议论开了——

"嘿嘿！"刘湘冷笑说，"看来红军是穷困潦倒，下山打劫来了。"陈院长说："不知道红军会不会折回来攻打县城?”

雷团长说:“我看可能性不大,难道他不自量力,他二百多人未必就是县内武装的对手,光我保安团就够他啃的。红军打惯了游击战,声东击西,骚扰骚扰而已!”

耿营长说:“我看与我们逮的那个武工队嫌疑犯有关。”

郭福山说:“崔县长,咱们的人落在了武工队手里,我还是认为应该讲和,把咱们的人换回来!”崔林玉打肿脸充胖子,仍死不松口:“不!那我们就上了敌人的圈套。当前从各种迹象看,敌人这次来就是为了这个嫌疑犯,这也更证明此人政治身份的重要。几个毛贼,能翻起什么大浪!”

郭福山嗫嚅地说:“崔县长,那咱们的人……”

崔林玉不以为然地说:“不就几个小卒嘛!有什么要紧,真打起仗来,成百上千的死人该怎么办?”郭福山被噎得无话可说,脸憋得通红。心想,幸亏我没被抓,要不,他绝对见死不救!不由得倒抽一口冷气,直透脊骨。

正说话间,通讯员跑来报告崔县长,说夫人在他办公室等他,有要紧事。

“知道了!”崔林玉转身面对刘湘说,“你先主持让大家讨论。”说毕,匆匆回办公室去了。崔县长一进门,夫人就哭诉:“崔亮被人绑架了,这该怎么办呀?”

“什么?”崔林玉一惊,“啥时候?”“就刚才!娃们放学回家,那个和他相跟的孩子亲眼见的,娃被夹在腋下,口里塞了毛巾……快!快!救救孩子!”夫人哭哭啼啼。崔林玉头像挨了一闷棍,晕头转向,安慰夫人:“你先别急,我马上想办法。”转脸对通讯员说,“去给张秘书说,让把会停了,请刘书记、耿营长、郭乡长到我这里来一下。”通讯员跑着去了。

夜漆黑,“中兴和”地下仓库堆放着许多货物,散发着潮湿兼杂着油漆、涂料的刺鼻味,时不时传来老鼠的啮噬声和蜥蜴爬行的声音。

在一摞袋子旁半卧着崔县长的小儿子崔亮,手背向后缚着绑在一根柱子上,口里还塞着毛巾。从门缝透过的昏黄亮光中,映照出他挂着泪珠的脸。铁门咣啷一声被打开了,一股亮光射进来。崔亮立即用力扭动身子坐起来。想喊但喊不出声。门又被关上了,光线复暗。一个中年妇女走过来,看不清她的眉眼,只听她说:“孩子,你别怕,他们说,不会伤害你的,我现在取掉你嘴里的毛巾,让你吃东西,你不要吵也不要哭,因为哭是根本没有用,等大人们的事情摆平了,他们就会放你的。”

毛巾一取掉,崔亮就哭喊起来:“快放我!我要回家。为什么绑我?”

“你怎么不听话!我给你说了,你哭喊是没有用的。这里离地面三四米,你的声音谁能听见?”崔亮哭声小了些:“为什么绑我呀?”

“不知道,我是人家雇来侍候你的,”中年妇女从篮子内取出半截蜡烛,点着了放在窗台上,室内一下亮堂起来。她端着碗给他喂饭,“来!张开嘴吃点儿东西。”

崔亮摇着头说:“我不!我要回家!”“你真不吃,我就拿走了呵!”中年妇女说着收拾食物。崔亮瞅着食物又有些后悔:“阿……阿姨,你该不会毒死我吧?”

“你怕我的饭里有毒?那我吃给你看。”中年妇女把碗里的饭搅了搅,自己先吃了一口,“这下放心了吧？把饭吃了。”给他喂饭。

崔亮吃了大半碗面条,说:“我不吃了！我要喝水!”“这还差不多!”中年妇女又给他喂水喝。崔亮诡秘地说:“阿姨,求你偷偷把我放了,我家有钱,我让我爸给你很多钱。”

“我可没那胆量！这门外就有站岗的,你跑得了吗？乖乖地待着,你爸妈一定会想办法救你的!”“我爸爸不知知道不知道我被人绑走了?”

“我想一定会知道,天都黑了,不见你回来,他们能不着急吗？你待着,我走了。”“阿姨,你走了我害怕呀!”

“不用怕！这门外就有站岗的,你要什么就吵他们。”中年妇女说着走了。崔亮嘤嘤地哭起来。

中兴和商号小房子里,生根焦虑地说:“得赶快把这事告诉吴政委。”“急的干啥？主动权掌握在咱手里,你怕啥？再说,现在出城都不好出,你到哪里找老吴?”石老三架着二郎腿靠在椅背上吐烟圈。心里说,狗日的崔林玉,我看你还稳得住不？这是他一两个月来,唯一舒心畅快的时刻。秦彪解救不出来,他心头像压了块石头一样难受。生根出屋观看了一会儿回来说:“三哥,这样吧！你在这儿守着,我去通过地下交通线把消息传过去。”“行！那你小心点儿。”石老三坐着没动说。

石老三估计得没错,崔林玉不动,是没戳到他的痛处,现在,他才真正感到火烧屁股了。急火攻心地说:“什么人向我下手了?”刘湘说:“事已至此,已经很明显了,绝对是共匪干的,他们是为了那个人!”崔林玉气急败坏地说:“那……那就给,决不能让孩子出事。”

郭福山坐在人后头吸着烟,心里说,哼！刚才还臭硬臭硬,顽固不化,转眼怎么就判若两人？人啊！还是自己对自己人亲,他想。此后那些人议论些什么,他没大听清,不知怎么,就把高子文也叫来了。

崔林玉指着高子文说:“你……你快说,那次是谁指使你来说情的?”高子文脸涨得通红:“这……这!”

崔林玉歇斯底里大声吼:“你快说呀!”高子文瞬间又面如死灰:“崔县长,我……我真……”

刘湘解释说:“高局长,你别误会,不是怀疑你通共匪,是崔县长的小公子被人绑架了,要想方设法弄清是谁干的？然后尽快营救!”

高子文摊开两手说:“我……我通哪门子共匪,我连共匪的门儿都找不着,那次是老秦的表哥让我说情的!”刘湘说:“那你赶快找他表哥打探打探!”

“行！那我这就去问。”高子文抹了把汗,匆匆出门。“哎!”崔林玉又叫住他说:“如果孩子真在那儿,不惜一切代价！什么条件都答应。要保证孩子安全!”

郭福山上前拉住高子文说:“如果谈条件,把俘虏了保警队的人也要讲进去。”

崔林玉催促说:“哎呀！你就让老高快去吧!”

华灯初放,西街口夜市逐渐热闹起来。生根坐在饸饹摊前一边吃饸饹,一边偷眼张望。卖纸烟的老头吆喝着走过来："纸烟、洋糖、落花生！纸烟、洋糖、落花生！"生根见老头拐进了一个巷子，付了饭钱跟了过去说："买盒烟！"

卖烟老头说："什么烟？"

"红盒四美德。"

"要现钱。"

生根把字条夹在钱里递过去，接了烟。四面瞅了瞅，见没人，小声说："急件快传！最好今晚就传过去。"老头点了下头，又大声吆喝着："纸烟、洋糖、落花生！"走远了。

郭家大太太屋里传出婴儿尖亮的啼哭声，静夜里传得好远。大太太抱着小郭霞在屋里踱着。嘴里一边哄着孩子一边抱怨，"这娃是怎么了？彻夜地哭！"秋红给孩子喂奶，不吃，给喂糖水，也不喝，手还抡着险些把碗打翻了。大太太摸摸孩子的头，不发烧呀。心里说，这才邪了！不能耽搁。于是吩咐秋红："去！告诉贵儿，让他赶快套车去请王医生。"

二太太也被孩子的哭喊聒得睡不宁，自言自语，号丧鬼！哭的要取人命吗？她用被子蒙住头，不顶事；捂住耳朵，也不济事。大声叫："春艳！春艳！"

"噢！"春艳披了衣服跑过来问，"二太太，什么事？"

"去看看那碎婊子哭的要怎么！还叫人睡觉不？"

"二太太，你忍着点儿，大太太这几天也让孩子累得烦着呢！"

二太太抱怨说："你说抱这丧门星弄啥呢？自从这妮子进了咱家，厄运连连，什么事顺当过？"春艳劝说："大太太其实对你好着呢。那天斗争会毕和红军谈判时，大太太就坚决要让放了你，要不然，人家要把你押走呢。"

"做她的鬼去吧！"二太太更气不打一处来，"你说既然是斗争财主，为什么不斗争掌权的大太太，倒斗起我这二房来了？"

"大太太为人好，群众不愿意斗她。"

"那么说，就是我不好！我把人活倒了！臭的闻不得了！"

"不不不！"春艳忙说，"二太太好！你说这郭家大院老爷最疼谁？还不是二太太嘛，要是她大太太好，老爷还会娶你吗？"

"去去去！猫吃糖瓜儿——把嘴黏住了，胡叫唤啥呢！"春艳做了个鬼脸跑走了。

王大夫被请来为小郭霞诊病。听诊、观舌、翻眼……大太太着急地问："王大夫，你看这娃是咋了？为什么哭？"王大夫给右手拇指指腹吐了点儿唾沫，推着娃的食指指纹看看说："这叫夜惊病！是娃受惊吓引起的。敢问大太太，府上最近可曾发生过什么大事没有？"

"别问了！"大太太说，"你说咋办？"

"我给娃针一下孙真人十三鬼穴，祛邪镇惊，然后给你开个药方，你明天抓药给娃调服。"王大夫用银针在孩子头上、手上、脚上针了一通。孩子更大声地哭叫了一阵，然后声音慢慢小下来，没多一会儿就安静地睡着了。大太太放下孩子，长舒一口气，“先生高明，你真是救命菩萨，要不然，我今夜真活不到天明。”王大夫收拾了针具又开药方，再交代服药方法。大太太付了钱，吩咐贵儿依旧套车把王医生送回去。

地下党综合各方面情报和材料，重新调整部署救人方案。薛主任又借送材料，通知高子文把这件事推给贾财主，让崔林玉派人找贾益斋，然后尽快退出，决不能暴露自己身份。高子文长舒一口气，那天真让他虚惊一场。一想到一旦暴露被捕，就要坐监狱受酷刑，他就心惊肉跳。幸亏刘湘那句提示，要不然，他几乎就要坦白了，后果不堪设想。随后他就秘密向党组织汇报了情况。党总能在紧要关头给他指明方向。他心里踏实了许多。

薛主任很快又和吴斌相约见面，了解绑架人质的事。吴斌思索了一下说：“这事除了石老三这天贼胆谁敢干！如果是两个人，那肯定有贾生根，那两个从来就是勾八勾九，干那事儿得心应手。”

“预先没向你请示？”

吴斌迟疑了一下说：“没有！我估计他们嫌我不同意，要来个先斩后奏。”

“看来，还是咱们的思想保守了，这两个这么一闹，咱们倒由被动转为主动了，崔林玉催着换人呢！”

“怎么个换法？”

“刚才我已安排了，让转告崔林玉找贾财主说事，你赶快找那两个和贾财主商量好，如果崔的人来了，让贾财主说，秦的表哥说，共产党插手此事了，要派人谈判。”

“咱们派谁去谈判？”

“你和石老三去，别暴露贾生根。”

“一对一换吗？”

“看情况。乘机对敌人讲讲团结一致共同抗日的道理，如果对方有诚意，可以答应放被俘的保警队员，但要争取尽可能多地释放些在押政治犯。”

吴斌为解救工作有了新的转机而高兴；也为自己思想保守，没有主动出击而惭愧；更为自己的同志果断勇敢扭转局势而自豪。然而，作为领导兼兄长，他最了解石老三，在去中兴和的路上就给他想好了见面礼。石老三当然也很清楚自己的领导兼兄长了，所以早就做好了戴红胡子的准备，甚至是在做这件事以前。

中兴和小屋内，吴斌把桌子一拍说：“你俩好大胆，这么大的事不请示就敢擅自行动？”

石老三不愠不火地说：“大哥你要讲党纪，你怎么处分我都行。可这事与党无关，就像你说的，这是我们的私自行动，我敢绑他崔林玉的小子，就有胆量承担责任。”生根打圆场：“老三哥，我看咱就不必要在吴政委面前充嘴硬了。吴政委，这事也是没得法而为之,三哥救秦队长心切,才冒险行动,事一成功,他就催我赶快向党汇报。因出城困难,我就通过地下交通报告了地下党县委。”

吴斌缓和了口气说:“其实,大家的心情都是一样的,秦队长救不出来,我也心急如焚。如果红军大张旗鼓地闹一场,他还不松手,我就准备向他叫板了!你们提前行动,也没什么大错,只是大家通个气,部署得更周密些,把握就更大。”

石老三说:“就别闲扯了,吴政委,我现在正式向你请示,这事下一步怎么进行?”于是吴斌就向他俩传达了地下党的指示和具体安排部署。贾生根说:“那你走了,我们怎么向你请示报告?”

“我不走了,这几天在这里专门处理这件事。”“那好啊!”石老三笑逐颜开,“大哥,咱进馆子好好撮一顿,庆贺庆贺!”

吴斌语重心长地说:“老弟,还不能掉以轻心,等秦队长出来了,咱再好好庆贺!生根,你赶快去见一下贾财主,把咱们的意见转达给他,我估计崔林玉可能会很快派人找他的。”“是!”生根双拳高举,兴高采烈。

高子文按照党的部署去找崔县长,把他了解的情况向崔林玉详细作了汇报,说孩子是被老秦的表哥请走了,人家说,他并没有恶意,只是想把表哥换出来。孩子现在完好无损,人家好生照料着呢。

崔林玉迫不及待地说:“那就快些领来换人不就完了,我一县之长还能说话不算数!”高子文又说:“老秦表哥说,他不想出面,让和贾财主贾益斋具体说。”

张琪在旁嗔怪说:“弯子还拐得远,是不是想借机刁难政府?”高子文忙解释说:“张秘书,别误会,我想这事搁给你,你也会这样考虑的,你想,他胆大包天绑了县长儿子,他能没后顾之忧?”

崔林玉想了想说:“交给贾财主也好,我和老贾熟,有话好说。”于是立即差张琪去请贾老先生。张琪从来就不把县上这帮土财主放在眼内,同时,作为县太爷的钦差大臣,颐指气使惯了,下去后派了个勤务兵骑马到贾家山通知贾益斋。

勤务兵来到贾府门前高声叫喊:“贾府有人吗?县长有令,贾益斋立即到县府回话!”贾益斋一听,生气地说:“牛他妈那屁。”对贾夫人说,“你去,就说我身体不适,今天去不成!”夫人惶恐地说:“那……那不怕……”

“怕个鸟!你放胆大去说,县长现在是被人捏住尾巴的蝎子,蜇不成人!”

贾夫人来到门口说:“报告长官,请你回禀县太爷,我家老爷受了风寒,现卧病在床,今日不能去见他。”

勤务兵打道回府报告给张琪,张琪大怒,心里骂,好个贾财主不识抬举,竟敢违抗命令,看我汇报给县长怎么治你!于是,给崔林玉汇报说,贾财主目无领导,在家装病。崔林玉也憋着一肚子火,心想,哼!真是小人得志!要搁平日,我非得好好治治你。但转念一想,救儿子要紧!就只好暂时咽下这口恶气。对张琪说:“这样吧!你亲自去一趟,带一顶小轿,态度和蔼一点儿,抬,都得把他给我抬来!”

张琪见县长这样说,也只得憋着一肚子火气去了。

县长儿子被绑票的事在县城传得沸沸扬扬。江警卫员神秘兮兮说给兰兰听。兰兰装出惊讶的样子说:“是吗！谁那么大胆?”其实她心里偷着乐,她明白双牛哥和三大哥成功了。她为自己能介入革命事业而欣慰和自豪。

双牛又要随驮队北上了,临走前他悄悄到兰兰屋给她讲述了绑票县长小儿子的经过。末了情不自禁地说:“兰兰,你这次功不可没！我一定向党汇报你的功绩。”

兰兰激动地说:“我能为党尽微薄之力,感到非常高兴！双牛哥,还需要我干什么吗?”双牛想了想说:“现在敌人正在找人与我们交涉,我们想乘机与国民党进行一次谈判,这个时候,我们最需要了解敌人的想法和意图,知己知彼,百战不殆。所以我想,近一段时间,你要尽可能多地收集这方面的情报,把敌人的议案和部署等等,及时报告给党。”

“行,我尽力而为！”

“同时还要特别注意保密,不能有丝毫马虎！咱们的公开接触也尽量少些。”

“嗯！双牛哥,我记住了,你这次上去得多长时间?”

“半月左右吧！”

“一路保重！我等你！”

张琪骑马,另外两人抬红顶小轿来到贾财主家,站在门口叫:“贾益斋老先生在家吗?”贾夫人听见叫又走出来,惊讶地看着门口的人和桥,问:“您这是何意?”

“请夫人转告贾老先生,就说县府当差张琪请他来了！”

“请稍候,”贾夫人回屋说,“有个自称张琪的人请你来了”。

“什么?张琪亲自来了！”贾益斋想,哼！这个高傲自大,目中无人,平日撞都撞不响的人,今日竟然屈尊下就,到我的门下了,可见我也有扬眉吐气之日,既然得手,我就让你来个三顾茅庐。可转念一想,自己并非诸葛孔明,也绝无运筹帷幄之力。一介草民,真要把县太爷惹恼了,来个绳捆索绑,反落个敬酒不吃吃罚酒,装虎不成反类犬。罢了,于是他着衣穿鞋来到门口拱手作揖说:

“张秘书大驾光临,有失远迎,快请进屋！”

“免了！就不进去了,我受崔县长之命,前来请贾先生去县府一趟。”

“区区小事,敢劳大驾,派个人说一声就行了嘛。”

“小卒哪能请动大人！崔县长听说大人身染小疾,命小人带小轿,务必将大人请到县府。”

“想不到一句无意之言竟惊动大驾。我只是身体小有不适,想康复了再去,并没有说不去嘛！”

“解释的话就不必多说了,既然不要紧,就请先生上轿起程。”

“轿子不需要。你们先走,我随后骑马就到。”

“先生这样不给面子呀,轿子是崔县长派的,你不坐,让我回去咋交差呀！”

“话既然说到这份儿上,那我恭敬不如从命。请稍等。”贾益斋说着转身回屋。

不一会儿出来已打扮一新——长袍、短褂、礼帽、文明杖。坐上轿子向县城走去。阳光明媚,轿里暖烘烘的。贾财主悠然自得地坐在轿里想,难得有这样的机会,你让我享受,我就享受,不享白不享!他向后一仰,靠在靠背上打起了盹儿。

轿子停在县府门口。轿内传出响雷般的呼噜声。张琪跳下马,揭开轿帘看,贾财主歪头睡得正香,嘴角的涎水挂了老长。他放下帘子自言自语说:“这老先生,心大福大,怪不得吃得肥头大耳!”轿夫刚要揭帘去叫,他挡住了。他从县府门口站岗的哨兵手里要过枪,朝天“啪”地放了一枪。轿里的贾财主“突”地被惊醒,一下子跌坐在轿底上。一骨碌爬起来喊:“谁打枪!谁……”他完全清醒了,掀帘走出轿子。揉了揉惺忪的眼睛,看着天。张琪走上前展手说:“贾老先生,请!”

贾益斋搓着手说:“怎么!不绑?就这样去见县长。”

“你是请来的客,怎能绑着?”

“不绑,咱就走。”贾益斋随着张琪走进县府。

来到县长办公室。张琪推开门说:“崔县长,贾先生到了。”崔林玉起身说:“请进!”贾益斋进门深鞠一躬说:“崔县长好!”然后恭恭敬敬站在县长面前。

“好难请的贾大人,终于把你请来了!”

“小人不敢。实属身体不爽,多有怠慢,还请县长大人谅解。”

“坐,直挺挺地站着干啥?”

“县长不发话,小人敢坐吗?”贾益斋说着,落座。

“我说,老贾,你就是装得可怜巴巴也不算啥!你就直截了当地说,这件事如何了结?”贾益斋慌忙站起说:“我的县长大人呀!听说贵公子被人绑架,老朽真惶恐万分。”

“你慌什么?我怕你美的肚子像鸡毛拂!”

倒也是的,贾益斋心里想,你忘了我求你放人的情景了吗?你不也乐得嘴都笑歪了!能有今日,我何乐而不为?嘴上却忙叫屈,“冤杀我也!我早料到崔县长一定会怀疑此事与我脱不了干系。我惊魂未定,老秦表哥传来的消息更是雪上加霜,说是共产党要插手此事。你说,这如何了得?一边是得罪不起的县太爷,一边是不敢惹的共产党,你说,这不要活活把人吓煞吗?不瞒您崔县长说,来这里前,我都准备好了!”

“你把什么准备好了?”

“棺材。”

崔林玉把桌子一拍站起来说:“大胆贾益斋,你给我示威?我成全你。张琪,叫警察把狗东西给我拉出去毙了!”贾财主毫无惧色,背着手低头说:“悉听尊便!不过……”

“不过什么?”

“我准备了两副棺材。”

崔林玉指着贾财主说:“你什么意思?”

“我进棺材之时,也是贵公子夭折之日。”

崔林玉一下跌坐在椅子上,一边用手示意一边说:“张秘书,你……你先出去,我和老贾单独谈谈。”张琪出去了。崔林玉闭了门说:“坐!坐!贾老兄,现在咱们是关着门说话,你真的不给老弟一点儿面子?”贾益斋坐下两手一摊说:“这话从何说起?是你不给老弟面子,还是老弟不给你面子?那时,我提着东西拿着钱向你县太爷求情,请你放了我的长工,你不放,事情发展到这一步,你让我怎么办?那时,你如果让我把老秦领回去,哪来这么多麻烦!”

“过去的事就不说了。现在咱把大事化小,小事化了,打个反,我出点儿水,你给咱把这事摆平怎么样?说!多少数,这事能了?”

贾益斋又忙站起来说:“县长大人,你这不是要折我的阳寿嘛!我就是长三头六臂,也办不了这事。实话对你说,不是我与你过不去,为了一个长工,我值当对你叫板吗?那不是鸡蛋碰石头?是老秦他表哥,这人本事非凡,神通广大。请动了共产党,你说,这事情搁得下吗?”

“那你说,何为上策?”

“不瞒你崔县长说,我也了解了共产党的意图,其实,共产党也没啥恶意,就是想通过谈判,改善国共关系,巩固统一战线,停止内战,共同抗击日本帝国主义。如果政府同意,我可穿针引线,促成此事!”

“你说怎么谈?”

“我能决定怎么谈吗?我算老几?你们商量个方案,我通报给共产党,再把共产党的意见转达给你们,一致了就谈判。”

“行!我们尽快商量个方案,你告诉对方,也拿出个意见来。”

贾益斋跷起大拇指说:“上策,上上策!”

“不过,我告诉你,”崔林玉强调说,“倘若我的孩子有个三长两短,不要说我还是一县之长,我就是不当县长,我也要杀他个血水成河。你三思。”

“明人无须细提,真那样了,我有什么脸见你?我把头挂在裤腰带上向你谢罪!”贾财主抱拳告辞。

三十

崔县长的拿手好戏,就是在他没招的时候,召集他的幕僚们出主意。这不,又召开所谓的联防会议了。走狗济济一堂,个个闷声不语,狠劲吸烟,会场烟雾弥漫。刘湘对闷闷不乐的崔县长说:“人都到了,开始吧!”崔县长用手示意:“你说吧!”刘湘说:“诸位,大家可能都知道了,崔县长的小公子被绑架了,据说,是我们逮捕的嫌疑犯的表哥干的,本来一对一的换人也就完事了,可偏偏共产党插手此事,使问题复杂化了，共匪提出要与我们谈判，大家就这事发表己见，我们该不该和敌人谈？谈，怎么个谈法？不谈，有什么解决问题的好办法？如果谈，谁去？地点放在哪儿合适？”

既然在其职，就要尽其责，大家觉得不拍拍马屁，就显得对不起县长大人的荫庇和厚爱。雷团长最先表态，不管咋说，也要尽快把崔小公子救出来；耿营长因有逮错人之嫌，所以力主谈判，快些换人；郭福山旧事重提，希望把被俘的保警队员要回来；陈院长说，你提条件要你的人，共产党要他的政治犯怎么办？说来道去，莫衷一是。又都沉默不语，冷场了。刘湘扫视的目光落在了常德胜身上，常德胜正悠闲自在地吸着烟。于是带着些许激将口吻说：“常大队长一向见多识广，怎么几次会议都一言不发呢？”常德胜坐着没动，吐了口烟说：“我是有想法，但还没考虑成熟，同时也不便在这场合说，下去我打个报告给县长和书记呈上。”崔林玉忽然站起来说：“散会！”人大都走了，他对身边的刘湘和张琪发牢骚，“养了一窝马屁精，要紧处没一个能拿出切实的对策来，就按贾财主说的办。老刘，你看，让谁去和共产党谈合适？”

“那就让耿营长和郭乡长去。”

张琪说：“常大队长不是说他有想法吗？”

崔林玉说：“他能有什么好办法？哼！搪塞而已。”

刘湘说：“那人一向城府颇深，含而不露。”

崔林玉思索了一下说：“张秘书，那你去催一催，让他快些把报告呈上来。”

常德胜确实出于应付才那么说，没想到，崔县长真派张琪催要报告来了。于是再次推诿说：“张秘书你先去吧，我写好了让秘书送来。”张琪走后，他伏案疾书。因为心怀鬼胎，出个坏点子也不值啥。没大一会儿，便写成了几页稿纸的报告。

兰兰正在办公室闭门织毛衣。常德胜手里拿着一沓稿纸进来说：“你把这份报告誊一下赶快给张秘书送去。”兰兰接过稿纸浏览着，惊得心几乎都要从喉咙眼儿蹦出来，但她抑制着不动声色。

常德胜问：“字能看清吧？”“能！”常德胜走了，她赶紧关上门，一边誊写一边想，好恶毒的计划。她激动的身子都有些微微颤抖。常德胜报告的大致内容是：兵不厌诈，将敌人诱进城，作好布防。谈判时尽量满足对方要求，迷惑敌人。待人质交换成功，出其不意猛扑上去，将敌人全部消灭……兰兰把誊好的报告放在面前，靠在椅子上想，该怎么办呢？双牛哥走了，怎样才能将这消息传递给党。敌人的计划一旦得逞，该有多少同志遇难？武工队甚至遭灭顶之灾，她甚至都能想象出那血雨腥风的战斗场面。她把手指骨捏得叭叭响。

忽然，她有了主意，迅速拿着报告送到政府办公室给了张琪，就匆匆回到朗孟驿。赶她又从家里出来的时候，就俨然换了个人似的，穿着紫红棉旗袍，戴着毛线织的驼色圆帽，围着雪青绒围巾，打着胭脂，涂了口红，一副贵妇人打扮。手臂上挎个小巧玲珑的包，风摆柳地向街上走去。兰兰大大方方走进了“中兴和”商铺。站柜台的小曹问:“小姐要买什么?”

“我想看看颜料。”“在这边,你看吧!”小曹把她带到颜料柜台前。

兰兰心不在焉地看着各色颜料筒。店里的顾客走完了,她向外看了一眼,回头小声问:“请问先生,这里有个石老三吗?”小曹摇摇头:“石老三,没听说过,也不认识。”

兰兰急切地说:“就是前阵子给你们店送柴的那位年长一点儿的,大号石云亭。我有要事要告诉他!”“不认识,我们店也从来没买过柴。你买货不? 不买,快走吧!”小曹催促说。兰兰恹恹然走出中兴和。

兰兰走进妈屋里,把包往炕上一撂,一屁股坐在沙发上,向后一靠,叹息一声:“唉!”肖翠花看着兰兰说:“怎么这身打扮? 你不是一直不爱穿红戴绿嘛!”

兰兰有气无力地说:“上了趟街。”又呼地坐直身子说,“妈! 你说我伯……”

“你伯? 你伯怎么啦?”肖翠花警觉地看着她。“唉,没什么。”兰兰说着又躺靠在沙发上。

“这娃今天怎么说话吞吞吐吐的,有什么话,你说嘛!”

“我不说了! 不说了!”

“你伯把你怎么啦?”

“他把我怎么啦? 她能把我怎么样?”说着,站起来提了包,回她屋内去了。

肖翠花心想,这是怎么啦? 有什么让人担心的事要发生吗?

崔林玉看了常德胜打的报告,心想,好险好厉害的一着棋。如果果然能如此,那真是替我把仇报了。看来,常德胜这人还是不可轻视,虽然脾气怪点儿,但比那些马屁精不知要强多少倍。他忙差张琪去请刘书记。并叮咛:“这事暂时就你、我、刘书记三人知道,对其他任何人也别说。”张琪去了,他点燃了一支卷烟,仰头眯眼吸着,心里说,贾益斋呀! 贾益斋,我让你再得意不了几天。

刘湘看报告时,拿稿纸的手在微微抖动,眉头紧蹙,看完,抬起头感叹说:“老常确实有城府,但这也不失为一步险棋! 难道共产党就想不到这一点吗?”

“所以这个方案的关键,一是谈判中必须迷惑住敌人,二是交换人质必须在城里。”

刘湘点点头说:“嗯! 暂时先这样设想,随后看情况而定,那我就安排耿营长和郭乡长准备谈判事宜了。”“行!”崔林玉又指示张琪,“你去给常大队长传话,就说,我同意他的意见,让他暗暗作好行动部署,注意保密。”

傍晚,兰兰躺在床上翻来覆去睡不宁。怎样才能避免血腥事件发生? 告诉妈,劝常德胜别做那缺德事? 不行,那将自我暴露,而且还会连累了双牛哥;尽快把敌人的阴谋报告给党,可双牛哥没回来,石老三又找不到。怎么办呢? 要是我是在党的人该多好,我就可以直接与党联系了。兰兰捶着脑袋,绞尽脑汁在思索,夜市双牛与卖烟老头传递情报的情景映上脑际……心想,敢贸然通过地下交通把消息传过去吗? 不行,没接过头,老头会认我吗? 转而又想,事已至此,也只得孤注一掷了。他即就是不认我，还拒绝我给他的情报吗？事不宜迟，说干就干。主意已定，兰兰翻身起床，在灯下嗖嗖嗖写了个字条夹在一张钱里。穿了一身平常穿的衣服，把头用围巾围得只露出两只眼睛，出门向南关走去。

初夜的南关夜市一如既往地热闹，叫卖声、谈吃声、笑闹声响成一片。兰兰放眼瞅了瞅，拣了个饸饹摊坐下说："师傅，来一碗饸饹，辣子少一点！""好咧，饸饹一碗，辣子打过油撇上！"师傅唱叫着舀了饸饹递到她手内。兰兰一边吃着饸饹，一边注意观看，心想，卖烟老头会不会来？要是不来，那我就真的没法了。辣椒辣得她出了一头细汗。正胡思乱想着，那祈盼的熟悉的声音终于传过来了——"纸烟、洋糖、落花生！纸烟、洋糖、落花生！"她摸了摸内衣口袋的"钱"，心突突突跳得厉害。卖烟老头吆喝着走过去了。她掏出手帕擦了擦汗，付了饸饹钱，然后起身向卖烟老头走去。卖烟老头已走到市场边。她赶上前说："老人家，买包烟！"卖烟老头打量了她一眼问："你抽烟呀？"

"给家里人买。"

"你要啥烟？"

"你都有啥烟？"

卖烟老头支支吾吾说："哈德门、大炮台，还有红盒四美德。"

"拿包红盒四美德。"

"要现钱！"

兰兰掏"钱"给了老头。老头取了一盒普通烟给了她，然后绕过市场，快步走进一个巷子，转了两个弯走进家门，关了门，急切地说："老婆子，快点灯！"老伴已经睡了，听他说话惶恐的口气，从被窝里坐起点着灯说："茂生，什么事急急慌慌？"

"我可能暴露了，得马上离开。"

"什么事，说清楚再走嘛！"

"今天是个不认识的女子与我接头，我怀疑是敌人派的探子。"

"不是原来那个小伙子？"

"不是！"

"她给你什么了没？"

"给了！"

"那你打开看是什么？"

"组织原则，不让看密信。"

"你真笨！生人给的你都不敢看？"

"噢噢噢！那就看看是什么。"茂生取出密信打开在灯下看。说是密信，其实就是一张小纸片上写了一句话，"城内交接有阴谋，小心黄雀在暗处！"他文化程度不怎么高，一时也解不开那是啥意思？在灯下像看丈二高的和尚一样痴痴地发呆。自言自语，"或许是一条有用的消息！"

老伴催促说："那你赶快传过去嘛！"

“不知外边有密探跟踪没有?”

“搭梯子上墙观察一会儿,不就清楚了!”茂生妻也起了床。

二人搭好梯子,茂生爬上去暗暗观察,然后下来说:“好像没有什么异常。”

“也许是生根差人送的。”

“没听生根提说过,按组织原则,也不容许这样做,再说……”

“不管怎么说,先把消息传过去要紧。”

“那我这就去,为了安全,我今晚就不回来了。”

“那你小心点!”茂生提了做买卖的篮子又出了门。

一切按照党的安排顺利进行。贾财主从中斡旋,事情有了很大进展。最后确定谈判在北惠乡进行。贾益斋做中人,双方各派两名代表,都不准带武器。

这天,贾益斋领着吴斌和石老三来到北惠乡乡长办公室,郭福山和耿营长已经等在那里。耿营长坐在椅子上没动。郭福山只欠了欠身子说:“来啦?坐吧!”脸上的表情冷漠严肃。贾益斋说:“我来介绍一下,这位是……”石老三把桌子一拍说:“慢!别介绍了!就这态度请我们谈判?一副冷尻子嘛!是我们找上门来要与你们谈?吴政委,走!不谈了!”贾益斋忙挡住说:“老三,你别急嘛!坐下,坐下。”把他按在凳子上。瞅了眼东道主。心想,郭福山,你驴死了架子还不倒!你要是再胡拧,我就放人走了。

耿营长和郭福山不得不站起来,脸上挤出点儿微笑。郭福山大声向外边喊:“小马,给客人倒茶!”茶上好后,贾益斋说:“现在开始谈判吧。”

沉默了片刻,吴斌说:“我先说吧,开始谈判之前,我想简单地谈一下当前的形势,在中国共产党的领导下,中国工农红军不断壮大,共产党在人民中的威望越来越高……”“停!停!停!”耿营长大声嚷嚷,“你这是作赤色宣传来了?你选错对象了吧?共匪为非作歹,教唆民众犯上作乱……”

“什么?”石老三站了起来说,“你再说一遍,什么共匪?”

耿营长也站了起来说:“你凶的要咋?”

“暂停,暂停,”贾财主忙把两人按到座位上,“听我说两句,咱们是为人质谈判来了,我希望咱们不要扯得太远,要是论战起来,我怕几天几夜也辩不完,上层且论战不休,我等能辩下什么眉眼,况且高谈阔论也解决不了实际问题,大家说是不?”

郭福山说:“我同意老贾的意见,你们和我们,在那架大机器中仅是个小螺丝钉而已,决定不了机器运转,讲那些大道理没用,咱们还是实际点儿,就双方的人质问题好好谈谈,达成一致意见!”贾益斋说:“对!大事化小,小事化了,越简单越好。你们是要为崔县长讨回小公子,我们要为老秦他表哥要回老秦,这问题简单,咱说怎么办?”

郭福山强调,不光是小公子,还有俘虏了他们的保警队员也要一起放还。吴斌则说,既然要放还你们的保警队员,那我们也要求释放在押的所谓共产党政治犯。

耿营长说:“这事怕不好说吧!”石老三说:“那你就别提放保警队员的事。”东拉西扯,你争我辩,大半天议不下个结果来。郭福山站起来说:“事情已谈到了这一步,我看暂缓,灶上准备了午饭,大家先吃饭,吃了饭,下午继续谈,这段时间大家好好考虑考虑,商量商量,争取下午一锤定音!”

贾益斋附和说:“好!吃饭。”

北惠乡小饭厅里,一桌午宴开始了。贾益斋举杯说:“感谢郭乡长给咱们准备的这顿丰盛午餐。也为咱们有缘相聚!干杯!”大家都举起酒杯,互相斜睨着,心照不宣。谁也没有与谁碰杯,就把酒喝了。

石老三吃饭很快,与其他几位的斯文形成明显对比。他很快就吃饱了,喝了最后一口酒,抹了下嘴说:“对不起,饭量大小不一,恕不奉陪,我要上厕所了!”贾财主“吭”笑出了声;耿营长“啪”把筷子摔在桌子上;郭福山在擦嘴;吴斌随后也笑着放下筷子。贾益斋说:“这怪老三,一句话就把饭局搅黄了,算了,也吃得差不多了。耿营长、郭乡长,我看你俩先回房商量商量,我们也在这儿合计合计,争取下午把事情谈妥。”“行!”二人回到房里,郭福山说,“耿营长,我看就不必过于苛求,崔县长不是交代……”耿营长抬手挡住他说:“也不能太好说话,要不然,对方以为咱们软弱可欺。”

“也行,你当红脸我当白脸,拉拉推推把事情办了。”

同时,饭厅内也在商量着。

石老三说:“狗日的,姓耿的不是个东西,要是带枪的话,我毙了他。”

贾益斋说:“你躁啥?主动权在咱手里,我还准备和他谈个一年半载呢。”

吴斌说:“把握两个原则:一是要等数目换人,尽量多救出些咱们的同志;二是人质交换地点不能在城里。”

石老三说:“我看这样,他们如果坚持要在城里,咱就提出要让红军进城。”

贾益斋笑着说:“哈哈!那非把崔林玉吓得拉裤子不行。他死都不会同意。”

吴斌说:“就这样,老三你始终来硬的,我俩看风使舵。”

郭福山在那边叫了。

“来了!”大家又在乡长办公室各就各位。贾益斋说,“饭饱酒足,咱们继续吧!”

郭福山说:“我和耿营长交换了意见,为了尽快达成一致,同意共产党提出的释放部分政治犯的要求,人数对等。你们回去拟个名单,我们再去检察院、法院协商。但是我们要坚持一点,这也是崔县长特别交代,交换人质地点要放在城内。”

吴斌说:“那不行,我们的意见是在城外选地点交换人质。”

耿营长说:“不能事事都按你们说的意见办吧!谈判,各方面意见都得尊重吧!”

石老三说:“好!要在城内换人也可以,那就大开城门,让我们的部队开进去!”

郭福山、耿营长脸色忽地变了,面面相觑,无言以对。

贾益斋看看他俩说:“交换人质之事基本上达成了协议,这是很大的收获。剩下地点问题我看好解决,国方的意见是在城内;共方的意见是在城外。如果在城内,红军部队要开进城,耿营长和郭乡长,把这个意见带回去反映给崔县长,如果同意,城内城外都可以。”

郭福山看了眼耿营长:“那就这样吧,我们回去请示了崔县长再作定夺。”

三十一

小郭霞日渐消瘦,眼窝凹陷,嘴唇青紫,进食即吐。秋红抱着孩子喂奶,说:“大太太,你看这孩子,一点儿也吃不进去,瘦得失了人形,这该怎么办呢?”大太太看了看孩子,“唉!”叹了口气,接过孩子,吩咐她把贵儿叫来,说,“听说汉岭庙儿内神显灵,赐的药很灵验,咱到那儿向神求点儿药!”“汉岭?”贵儿惊讶地说,“离咱这儿四五十里路呢,还要翻一座山。”“别说了,快去套车。”贵儿去了。她又对秋红说,“你在家好生照料孩子,有人问,你就说我回娘家有点儿事。”

秋末冬初的山野,秃树衰草,冷风呼呼,尘埃障目,落叶飘飞。带棚马车在崎岖的山道上行驶,上坡、下坡、过河、在林间穿行。贵儿坐在车辕上驾驭着牲畜,大太太坐在车内闭目养神。谁也不说话,气氛显得沉闷而压抑。贵儿为费心给大太太办的好事,不尽如人意而懊悔;大太太为贵儿曲解了她的本意,弄巧成拙而气恼。

马车穿过一个土洞,下了一截陡坡,在道旁一棵老槐树下停下。道旁坎上有一石砌小庙,庙檐下挂一红布横幅,上书:“有求必应”,庙内有一石桌,上面有香炉、贡品等。香炉内的线香燃着,紫烟袅袅。庙前有很多敬神求药的人在虔诚跪拜。

贵儿掀帘说:“大太太,汉岭庙儿到了!”说着,扶着大太太下了车。大太太拢了拢头发,整了整衣衫,向跪拜的人群走去。正好有一位老太太在求神:她把贡品献在石桌上,折叠了一个小纸包压在香炉下,然后点燃线香插在香炉里,跪地礼拜,口里喃喃:“神灵在上,我家老汉腿痛数年,行动困难,祈求你老人家显灵,赐灵丹妙药。若药到病除,身体康复,我杀猪宰羊敬献,给你还愿。”礼拜毕,起身取下纸包。

大太太凑上去搭讪道:“老姐姐,能让我看一下你要的药吗?”老太太小心翼翼地打开纸包,纸包内似乎有一点儿灰粉粉。大太太点点头。老太太笑着、心满意足地裹好药走了。轮到大太太求神了,她示意贵儿把酒、蒸食等献上去,也学着前边的人折叠了个小纸包压在香炉下,然后上香、跪拜,虔诚地说:“大慈大悲的神灵,你慈悲为怀,神通广大。请你赐药给我病魔缠身的小女儿郭霞,若救得她一条性命,我给你建庙堂、塑金身、焚香礼拜,绝不食言。”说毕,取了纸包装进裹兜,转身对贵儿说,“咱走! 回家。”

贵儿一边调转车头,一边说:“大太太,你不看看要下药了没?”

“不看了，回家再看。”贵儿扶大太太上了车，跳坐车辕，一甩鞭儿——啪！马车又向回路驶去。天渐渐暗下来，山影憧憧，林影幽幽，马蹄嘚嘚，车轮隆隆，山风吹得车帘在晃动。大太太在车内说：“贵儿！”没了下文。贵儿头靠近车帘：“大太太，你冷吗？”

“我在里边，你在外边，你问我冷不冷！你冷不？”

“大太太，小人冻惯了，不冷。”

“我看郭霞怕不行了！”大太太突然说了一句。

“不会的，我把车赶快点儿！”

“我有预感，回去怕都见不上孩子了。”

“那咱们何必远天百里来求药呢！”

“我……我想了却一宗心愿。”

“你对孩子好着呢！她夭折，是她命数如此。”

“我对不起砖瓦匠两口子，是我害了孩子。如果孩子在她亲生父母身边，也不至于这样，我也恨……”

“大太太，还恨谁？”

“恨你！”

贵儿把头伸进帘内说：“大太太，我哪儿得罪你了！”大太太扳过他的头拍皮球般地打，边打边说：“你是真的不懂，还是装傻？我让你给我个孩子，你倒七拐八弯给我抱回个孩子，闹得我鸡飞蛋打，还落个内外不是人。你说，我该怎么办？”贵儿索性趴跪在车辕上：“大太太，我心里明镜似的，我也不是不想，只是我心里害怕。”

“我愿意，你怕什么！”

“那……那我听大太太的！”

“现在到哪儿了？”

“堰河弯，一边是树林，一边是河滩。”

“那你还不快进来！”贵儿把马鞭插在车辕上，钻进车棚，信马由缰地走着。贵儿虽然已是个成年男子，但毕竟是第一次接触女人，加之理屈心虚，手忙脚乱不知如何是好。大太太不愧是情场老手，亲吻抚摸，揉搓捏弄，欲擒故纵，长驱直入，把个贵儿调弄得神魂颠倒，爬在她身上泼了命地晃荡着。大太太也在那硬挺有力的撞击中受活得嗷嗷哼叫着。双峰同突，阴阳际会，严丝合缝，如胶似漆。一个恨不能全身心钻进去，一个恨不得整个地吞吃了。马儿也受到感应似的站立不动。宇宙凝固了一般，只有呲呲的风声和两人屏气凝神的呼吸声。谁也不愿意动，生怕破坏了这幸福的姿态。

停了好一阵子，车棚内才开始窃窃私语——

“委屈你了，地点窄隘，你没放展。”

“好着哩，大太太，你真好。”

“你是真正的男子汉，看来老爷真的不行。”

“大太太,还能有再一回吗?”

“你说呢!刚开始的幸福,你愿意放弃吗?”

“当然舍不得。大太太,你……你啥时需用我,就传唤一声。”

“怎么去叫你?倒不能到你的长工屋去,我屋里又不方便。”

“儿骡晚上见人就叫,你想了,就到马棚屋,我听见儿骡叫就起来了。”

“嗯,那快回吧。”

回到家,秋红早在门口迎候:“大太太,你可回来了。”哽咽着说,“孩子……”

大太太挡住她说:“别哭,回屋再说。”秋红心有余悸地述说着,一个时辰前,孩子翻白眼,突然就断气了。“啊呀,把我吓死了!”

“别大惊小怪的,去,叫贵儿来!”大太太仰头思索,心想,这孩子说不定在我和贵儿交欢时又投胎了。贵儿随秋红急慌慌走进来。大太太吩咐秋红给娃换一身新衣服,让贵儿把娃裹一张芦席撂到死娃渠去。并叮咛他俩,出门在外,别对任何人说这事,家里人问起,就说娃病死了,别絮叨太多。

耿营长和郭福山马不停蹄去向领导汇报了情况。最后说:“共产党不同意在城内交换人质。”“什么理由?”崔林玉问。郭福山插话:“他们说,要在城内换人,就要把红军开进城。”

“哎,贵贱不能让红军进城。”就像贾益斋估计的,崔林玉一听说红军进城就吓得屁滚尿流,连忙说,“就在城外选个地点,先把人换回来要紧。老刘,你说地点放哪儿合适?”刘湘思索了一下说:“既然如此,那就原放在北惠乡进行。”

“行!耿营长、郭乡长,你们赶快去找一下贾益斋,对方同意就马上换人。”崔林玉说,“张琪,你通知一下检察院、法院,让按对方开的名单准备放人。”

郭家大院笼罩着一种阴沉气氛,仆人们交头接耳,窃窃私语。大家心照不宣,口上不说,心里都替大太太惋惜。二太太问提水进来的春艳:“今天,大院怎么气氛不对,发生什么事了?”春艳小声说:“小郭霞昨晚上殁了!”

二太太眼一斜嘴一撇:“哼,我就知道不会长久!老天报应。”

北惠乡门外广场上,北风呼呼,红旗飘扬。红军战士和武工队员队列整齐地站在广场一侧。

高天顺和他的保警队员被武工队员押着站在前面。崔县长的小公子被一个武工队员牵着手站在队旁。郭辉护着崔县长太太,耿营长、郭福山领着保安团二营,押着秦彪和将要交换的政治犯们也来了。在对面站好后,双方成对峙局面。崔亮一见他妈,就哭着喊:“妈——”向前冲,被武工队员拽住了。县长太太也在对面叫:“儿呀!向前跑!”

郭辉挡住了说:“别急,夫人!”

贾益斋走到广场中间,大声说:“诸位,经过多轮谈判,交换人质事件总算达成了协议,我求各位:和为贵,要克制,不要起冲突。现在双方将人质带到广场中间进行交换。”崔亮一下扑到夫人怀里:“妈!”,县长夫人抱着孩子泪如雨下。秦队长及释放的政治犯们与武工队员、红军战士握手拥抱。秦队长和石老三拥抱后,又和吴政委紧紧拥抱在一起。钱常有悄悄碰了下梁满仓,示意他看秦队长。梁满仓细细打量秦彪,对钱常有耳语:“坏了,真是武工队秦队长。”

郭福山、耿营长和被放回的高天顺及保警队员握手。

郭辉上前握住高天顺的手说:“高叔,你辛苦了。”高天顺深情地看着他说:“你也来了?”

“崔县长要我保护夫人!”

贾益斋在场中大声宣布:“交换圆满结束,双方将人带回。”

红军和武工队开始往回撤。对方也领着人往回走。石老三突然朝天开了一枪。武工队员们也噼里啪啦朝天放开了枪。保安团的人一惊,见那边的人是庆贺放枪,于是也看样学样放开了枪。噼里啪啦响声不断。红军、武工队已经走远了。耿营长说:“停!停!别放枪了!”枪声停止。

耿营长、郭辉、县长太太告别郭福山、高天顺等,带着崔亮及部下回县城去了。郭福山和高天顺刚回到乡长办公室,贵儿就来报告,小郭霞不幸夭折的消息,说大太太心情不好,要老爷回家陪她。“知道了,你回去吧。”郭福山颓坐在椅子上,心想,这真是交上霉运了。祸事连连。高天顺安慰说:“老爷节哀。”

“唉,这就叫祸不单行。老高,这一向,你和兄弟们受苦了,暂且让大家放假休息。你看,你要不要回家去住一阵儿?”

“谢谢老爷关照,你也知道我家里没什么亲人了,回家和在这里一样,倒是想回咱们郭家大院。”

高天顺家住老山深沟一个独家庄,小时候父母包办给他娶了个媳妇,女人长得又丑又蠢,他十分不爱,不爱的程度用得上当地一句调侃的话——不×都想打。他爹骂他:你穷家破舍独家庄,还想娶金枝玉叶?他赌气说:你看我能不能把大妻小妾领回家!于是离家出走,一去就是七八载。女人恪守妇道,独守空房,孝敬老人,先后养老送终了两个老人,他都没在家。后来,妻子让人带话说她病了要他回家,他回去后没多久妻子就死了。有人说,那女人是病死了,也有人怀疑,是他害死的。是非曲直,没人追究,一个中国封建社会妇女的典型代表,就这样屈死深山。离题太远,恕不赘述。

郭福山想了一下说:“那好,要不是我有急事,你就先回去。这样吧,你先在乡上招呼几天,我来了,你再回去休息一向。”高天顺点头说:“谢谢老爷。”

郭福山傍晚回家,直奔大太太屋。她背对着他睡着没理他。“霞她娘!霞她娘!”郭福山见她没言语,坐到炕沿上扳了下她的肩头,“你睡着了?”大太太陡地转过身,泪眼模糊地说:“你还知道回来?家里死了人你都不急。”

“你真不知道,这一阵儿的麻烦事把人忙得焦头烂额。我知道你心情不好,这不就回来陪你了。”

大太太哭诉:“我好命苦啊,抱了个孩子都管不住,你说,我这辈子造了什么孽了？我虔诚拜佛，佛咋就不保佑我？”“没有就没有，谁也没嫌你没孩子。”郭福山安慰她说，“其实，没孩子也有没孩子的好处，没孩子的人一辈子都轻松。”

“不，我就要孩子，不生孩子还算什么女人！你今晚就陪我睡，我就不信我怀不上。”说着，拉他上床脱衣，熄灯睡觉。郭福山刚从纷繁复杂的政治纠结中脱出身，又被大太太拉到造孩子的战斗中，思想怎么也专注不起来。加之器具欠佳，力不从心，累得吭哧吭哧直喘粗气。一回下来，汗流浃背。

春艳在窗外叫：“老爷！老爷！二太太问你过来不？她给你留门。”大太太说：“老爷不过去，今晚上陪我。”

郭福山仍然抹不去脑海里近期政界发生的那些事。叹息一声说：“唉！官场险恶，人心叵测。”大太太问：“在外边遇上什么事了？”于是，郭福山就把他多次给崔县长建议换人，救出保警队，县长不同意，而崔县长的小公子一被武工队绑架，他立马就同意换人的事情向大太太述说一遍。

“看看看！人没私心是假的，那是你，死心塌地替人家干呢。我看，这次你要是被俘虏去了，崔县长也同样不在乎你。”

“可不是，我也是这么想的，让人心寒哪。”

大太太乘机说：“要我说，那时候，就不该钻这个官。既然明白了，趁早递个辞呈，回来过咱的安宁日子。”

“我也有这念头，不过现在是骑在虎背上，不知下得来下不来。”

“千方百计，退得越早越好。”

“怎么就那么急？”

“我看啦，国民党最终斗不过共产党。”

郭福山嗔怪说：“你胡说个什么呀，国民党几百万军队，共产党才有多少人马，东躲西藏的，能翻起什么大浪。”大太太争辩说：“人多有什么用？我以前没见过红军，不知道，我见了一次红军，就能断定红军肯定能胜。”

“红军强行掠走了咱家钱、粮，你怎么不恨红军还赞不绝口。”

“也不能说人家掠夺，是我自愿给的。我一看见那么多红军战士，数九寒天晚上睡在巷道内，也不骚扰老百姓，我就感动。要是国民党军，那不早闹翻天了。”

“你怎么有那么多粮食给红军，我记得经过年馑，存粮不是不多了吗？”

“你忘了，这两年是谁持家了吗？我是谁？弄不下钱、粮，你家能成财主吗？”

“是是是！我妈那时没看错，相面时一见你就说，丑女子有福，财命旺。”

“什么！谁丑？你不撒泡尿把你照照。”大太太说着，拧他。“快亲我。”大太太催促着。

“不是都亲热过一回了吗？”

大太太抱住他不放，“不行，我今晚上要你多亲热几回。”郭福山没法，不得不来了回“二进宫”。这次下来，他真的感觉到快虚脱了。

秦彪回来的第二天晚上，武工队在贾财主家客厅里摆了一桌宴席，一是为秦队长得救出狱接风洗尘;二是首长不日将要率红军回根据地,也算是一顿饯行饭。三是感谢贾老先生为救秦队长不辞辛劳,多方斡旋。宴席上,吴斌代表武工队祝酒感谢红军,感谢贾老先生。红军首长也作了讲话,真诚答谢武工队的有力配合,打击了敌人,征集了不少物资给养,圆满完成了任务。并鼓励大家团结一致,英勇战斗,狠狠打击国民党反动派,早日实现民族解放。

当石老三提出处决叛徒钱常有、梁满仓时,秦彪说:“算啦,我们对俘虏都实行优待政策,对公开承认错误的自己人还不能宽恕吗?留下他们,可能还会有用的。”石老三说:“那起码得好好教训教训他们。”双牛他们的驮队又回到了朗孟驿,兰兰好高兴。兰兰送出消息后,就一直关注着形势发展,得知交换人质顺利进行,她舒了一口气。也不知自己提供的信息起作用了没,他盼着双牛来了,一表心曲。双牛一进兰兰的屋门,二人兴奋地同时说:

“双牛哥,告诉你……”

“兰兰,告诉你……”

二人又尴尬地把半截话停住等对方说。

“你要说什么,先说吧。”

“你先说嘛!”

“我想咱俩要说的可能是一件事。”

“什么事?”

“解救秦队长成功了!”

兰兰惊喜地说:“你知道啦?”

“一条战线上的,我怎么会不知道?”二人情不自禁地双手相牵在屋里跳跃。

兰兰向外面看了看,小声说:“我通过地下交通给党送了一条重要消息,不知党收到了没?”

“是不是小心黄雀那条消息?”

“正是!正是!党怎么看?”

双牛说:“哎哟!我反复想,果然是你!”

“怎么,有什么问题吗?”

“哎呀!”双牛告诉她,因为她送了那条消息,他挨了批评,茂叔几天不敢回家。

兰兰不安地说:“是吗?我见你就是那样传递消息的嘛。”

“那是绝密。你那样一做,就等于我暴露了秘密。如果是敌人那样做,那我们的交通线就被破坏了,而且还有人头落地的危险。”

兰兰心有余悸,委屈地说:“我也是实在没办法,才那样做的,当知道敌人的阴谋后,真是心急如焚,找三大哥找不到,你也没回来。怎么办?睡下了,想起你送消息时,我暗暗记下的细节,就翻身起床,到夜市把消息送出了,也不知起作用了没有?”他又意识到自己不注意把话说重了,伤了她的自尊心,安慰她说:“你那消息起了很大作用,开始咱们的人确实有点儿麻痹思想,你给大家敲了警钟,避免了灾难。大家还直夸送消息的人有水平。”

“区区小事，谈何水平！”

“你不知道，开始大家都认为，你把敌人比做黄雀很恰当，后来，高主任才向大家解释了那典故，叫什么捕什么？”

兰兰脱口而出：“螳螂捕蝉，黄雀在后。”

“对对对！和高主任说的一模一样。兰兰，我真羡慕你，有文化就是不一样。”

“有文化有什么用？哪像你，早早就参加了革命，能为党做很多工作。”

双牛鼓励她说：“兰兰，别急。来日方长，党需要你们这些知识分子，我一定把你的情况汇报给组织，你一定会成为革命队伍的一员。”兰兰激动地说：“但愿那一天早日到来吧。”

“你那消息是怎么得来的？是谁出的坏主意？”兰兰就把常德胜给崔县长打报告，要她誊写后送给张秘书的事，给他述说了。双牛说，“此人居心险恶，兰兰，给他当秘书，你要多加小心！”兰兰点头：“嗯！自从接触革命以后，我似乎变得比以前任何时候都警惕了，常德胜的阴谋不会得逞的。”兰兰说话的表情坚定而自信，充溢着无限的青春魅力。双牛觉得此时的兰兰美丽无比。不禁轻声问：“咱俩的事，你对你妈说了没？”

兰兰脸忽地红了：“你还没告诉我，你家里人什么意见？”

“我对我姨、姨夫说了，他们说由我。”

“那我瞅机会对我妈说，我想，我妈问题不会太大，我的婚姻问题百分之九十九由我决定。”

“要不要让老李叔或老三哥说媒？”

“先别急，等我给我妈透过信再说。”

有了换人事件的启示，加上大太太枕边吹风，郭福山思绪万千。回到乡上后，他就想探探亲信高天顺的思想状况，看他通过这次教训，是不是也有和自己相同的感悟和想法。没想到高天顺的回答让他大吃一惊。他不但一点儿不灰心，还变本加厉仇恨共产党，表示要对党国无限忠诚。郭福山不好意思当场点破，同时也考虑到自身安全，就闪烁其词，打发高天顺回家休养去了。

高天顺回到郭家，二太太把他迎进屋。春艳忙给倒茶递烟。他刚坐下，大太太就来了，说了些安慰的话，并给了他一沓子钱，说老爷交代了，让他吃好、喝好、休息好，把身体恢复得好好的。高天顺俯首谢大太太。其他人一走，二太太抱住他就吻：“你可回来了，让人又想又担心。”高天顺说：“这几天老爷在家，瘾还没过够？”“再别提了，”二太太撅着嘴说，“老爷一回来，就被大太太圈到她屋里，临走都没到我屋睡一夜。”

“也难怪，大太太心情不好，他陪她几天应该。”

“按你说，就应该把我晾到这儿！”

高天顺双手夹着她的脸蛋儿说：“我不是回来陪你来了嘛！”

二太太莞尔一笑："那你快些来。"

"晚上留门！"

山野中，松柏茂盛，杂木丛生。一片草、叶如毡的林间空地上，武工队员们席地而坐，有的在擦枪，有的在唱歌，钱常有和梁满仓挤在人堆里谈笑风生。

吴斌喊："同志们，咱们今天在这山林里开一次特别的会议，一是庆贺秦队长被救归队；二是进行一次纪律整顿。现在请秦队长讲话。"秦彪站起来说："同志们，感谢大家齐心协力营救。大家都知道了，我的被捕是由于叛徒告密。"钱常有、梁满仓脸刷地红了，神情紧张。"可笑的是两个叛徒竟然把我没认清楚，搞了许多笑话。你俩！"他指着钱常有和梁满仓说，"这次认清楚，别又报告错了！"钱常有和梁满仓立即跪地求饶，"队长饶命！我们真是身不由己！""都是敌人把我们逼的，我们再也不敢了！"

秦彪说："大家说，对叛徒应该如何处置？"武工队员们高喊："枪毙！枪毙！"秦彪说："石老三，叛徒出在你们分队，你处置吧。"钱常有和梁满仓站起来想跑，被武工队员逮住五花大绑。石老三说："你俩净想空里吃飞食，今天就让你们坐一回飞机。吊起。"武工队员把他俩绑住吊在树上。钱常有哭叫："石队长，枪下留情，我真的再不敢了。"梁满仓哭喊："我不想死，我没活够，我父母给我找下媳妇还没结婚呢。""叫你娘个屁！"石老三手起枪响，双枪射击，两根绳子同时被打断，两人同时掉落，吓得面无血色，躺在地上半天起不来。好在下边是草甸子，并没伤着筋骨。

秦彪说："松绑！"武工队员给他俩松了绑。吴斌说："钱常有梁满仓所犯罪行本当枪决。不杀另有原因，希望大家引以为戒。你俩留下，其他人自由活动，别跑得太远，半点钟后在这儿集合。"

秦彪坐在一块石头上说："来，你俩向跟前靠靠。"钱常有、梁满仓战战兢兢走上前。石老三说："知道为什么不杀你俩吗？是秦队长不让杀，秦队长宽宏大量，不计前嫌，只要你们能认识错误就好。要搁我石老三，早要了你俩的狗命。"

钱常有、梁满仓跪地叩头："谢谢秦队长，谢谢吴政委，谢谢石分队长。"

秦彪说："鉴于你俩能悔过自新，反戈一击，这次暂且饶你俩一回。"吴斌说："再要犯了，那枪可是要向脑袋上打的。"

"死也不敢了，死也不敢了。"二人又一阵叩头。秦彪对他俩说："去吧，和大家一起活动活动。"钱常有和梁满仓蹒跚地走了。三人会意地笑了。

三十二

自从双牛点破了他们的婚事后，兰兰就一直惦念着，可一直不好意思对妈说，今天她心情好，一边对镜梳妆，一边鼓足勇气说："妈，我想给你说件事。"

肖翠花见半天没下文,问:“你要说什么?怎么又不言语?”

“双牛哥……”

肖翠花看兰兰,兰兰脸绯红。于是说:“是不是双牛向你求婚了?”

“嗯,我想征求你的意见。”

肖翠花沉吟片刻说:“双牛是个好孩子,就是文化低点儿。”

“妈,双牛这几年锻炼得很可以了,读书写字都很不错呢!”

“听说他给他姨做了儿,那你是嫁他家去呢,还是他招婿到咱家?”

“我们商量了,他到咱家来,不改姓,有了儿子让一个姓梁。”

肖翠花想了想说:“那行,如果你们都愿意,我没意见。唉!这些时候,我老有一块心病,把你安顿了,我就放心了。”

“妈,你有什么顾虑吗?”

“没什么,你们抓紧办就是了。”肖翠花近来老觉得心慌意乱,似乎预感到了不祥之事,但又一时想不清楚。眼前似有一团迷雾,人如坠五里云雾中。

自从上次在车里发生了关系,大太太就心痒痒地净想着那事儿,同时,有了一连串的动作,这当儿怀上孩子那是最好不过了。好容易盼得郭福山和高掌柜都走了,她来到二门口,对正在马棚屋喂牲口的贵儿说:“贵儿,你到我屋里来一下。”贵儿来到大太太屋,红着脸笑吟吟看着大太太。大太太说:“高掌柜去乡上了,你知道吗?”

“知道,大太太。”

“知道就好,晚上小心点儿门户!”大太太说着,取出个袱子给他,“这是我给你做的新衣服,把你身上的旧衣服换下来,我让秋红给你洗洗,以后啊,把自己拾掇得清爽精干点儿。”

“谢谢大太太,我明白。”

“明白就好,脑子放灵醒点儿。”

夜,月光把窗外的树梢投射到对面的墙壁上,光影摇曳,扑朔迷离……大太太心颤颤的,睡不着,穿衣起床,梳了梳头发,向门外瞅瞅,二太太屋里灯还亮着,她回到床上又睡下。停了一会儿,她又起床向外看,二太太屋里灯熄了。她小心翼翼地开门,轻手轻脚地向牲口棚走去。儿骡看见有人走来嚎叫起来。大太太慢腾腾添草喂料。儿骡的叫声像是爱的呼唤,等待多时的贵儿悄无声息地从身后一下将她抱住。大太太回头看,戴一顶新帽瓢,穿一身新衣服,精力充沛的贵儿正紧紧抱着她。她不由自主就软软地躺在他怀里。贵儿抱起她,把她压倒在屋角的草堆内。冲破了初恋的羞涩,加之地方的宽敞,贵儿大展雄风,乒乒的撞击声震得棚屋都在微微抖动。

事毕,大太太抚着他的头说:“哎,我怕是怀上了。”贵儿惊喜地说:“那么准?我真怕老爷知道了。”

“胆放正，我自有安排。”

翌日，二太太对春艳说：“老爷、高掌柜及家丁们都不在家，你要多长个心眼儿留点儿神，发现什么情况随时向我报告！”

“是！二太太。”

“昨天晚上发现什么异常没有？”

“没有！嗯——好像听见后院内咱家的儿骡大声嚎叫了。”

“对，我似乎也听见了，儿骡为什么叫？”

“不知道，是不是牲口没吃饱。”

“这懒蛋，主子不在，连牲口也不好好喂了，我去看看。”二太太浓妆艳抹，穿件旗袍，风摆柳般来到后院马棚屋。贵儿正在解儿骡。二太太瞅了他一眼说：“哎哟，贵儿穿着簇新。蓝袄蓝裤新布鞋，黑缎帽瓢红顶顶，好英俊哟。”

贵儿腼腆地说：“谢二太太夸奖，这是大太太让下人给小人做的，一年也就换这次衣服。”

“噢！大太太还挺会打扮人的。你拉牲口干啥去？是不是大太太又要去庙里烧香拜佛？”

“不是，回二太太，大太太吩咐，农闲一有空，就把家里的粪往地里运，我这是套车送粪去。”

“牲口吃饱了吗？”

“你看嘛！肚子撑得滚瓜儿溜圆，像怀了崽似的。”

二太太望去，确也是的，笑望着他把牲口拉出去了。忽然她似乎闻到一股奇怪的味儿，走近草堆嗅着，想，肯定有人在这儿干坏事了。老狐狸终于露出了尾巴，看我怎么捉你。吃午饭的时候，贵儿从大太太门前经过，看看没人，悄悄进屋对她说：“二太太今早上来马棚屋了，好像发现了什么。”

“别怕！小心点儿就是了。”

夜深人静。二太太蹑手蹑脚来到马棚屋。儿骡忽然大声嚎叫起来。二太太捂耳就往后退，小声骂：“挨刀子鬼，吓死我了！”贵儿听见儿骡叫声，一骨碌爬起来，正要往外走，想起白天遇见二太太的事，便多长了个心眼儿，从窗往外望，看见二太太捂着耳朵从马棚屋退出来，心里一惊，好险，大太太你千万别出来！大太太也心系着儿骡的叫声，心想，这小子尝到了甜头，便一发不可收拾。她稍事梳妆便准备往外走，出门前不忘从门缝往外张望。正好二太太蹑手蹑脚从她门前绕过，往她窗下溜。她轻轻退回床上，屏息躺下，好险。贵儿不知道出来了没？然后故意发出香甜的鼾声。

清晨，大太太早早就来到马房院，贵儿正套车准备送粪去。大太太走近他小声问：“昨夜没出来吧？”“没有，我也防着呢！隔窗看见二太太了。”大太太四下瞅瞅没人，对他低声耳语了几句。贵儿笑着点点头。

是夜，下弦月早早就钻进了山里，夜漆黑。贵儿到马棚给牲口添草，儿骡迫不及待地号叫着。二太太耳尖，侧耳谛听，心想，难道这骡子叫与臊味有关系！不行，我一定要弄清楚，捉奸捉双。于是穿衣起床，悄悄溜到马房院。夜静悄悄的，马棚屋传来骡马吃草嚼料声；甩尾捣蹄声……她借着上厕所圪蹴在墙角观察了一阵，没有动静。心想，也许有人正在草堆里干美事呢。不入虎穴，焉得虎子！于是她蹑手蹑脚向马棚屋走去，轻得儿骡根本就没发现她。当她刚要进马棚屋时，头被什么碰了一下，抬头一看，脚。再往上看，黑暗中看见门框上吊着一个人。她吓得“啊！”大叫一声跌倒在地，大喊：“快来人呀，有人上吊了。”

她这一失声大叫，把郭家所有的人都惊醒了。首先跑出来的是打着灯笼的贵儿。王厨师、李厨娘、春艳、秋红等，也相继赶来了。

贵儿说：“二太太，你这是咋啦？”

二太太说：“谁——谁上吊了，快——快放下来。”

贵儿把灯笼举了举说：“哪有人上吊嘛！那是我嫌儿骡半夜见人就叫，在那儿挂了衣冠人样，让它看着习惯呢。”

“哈哈哈……”大家都笑了。

王厨师说：“原来虚惊一场。把好觉都耽搁了。”大太太不知什么时候站在了人后头，说：“春艳，把老二家扶回去，请个大夫给瞧瞧，看是不是得了夜游症。”二太太赌气地站起来，气呼呼地回屋去了，心想，老狐狸，整我。哼！走着瞧！

郭福山斟酌再三，也不想再征求谁的意见，就直接去找崔县长。崔林玉笑脸相迎，热情有加。“郭乡长呀！我刚说忙过这阵，把你们这些谈判救人的有功之臣请来叙叙！”郭福山谦虚敬让：“区区小事，何须挂齿，我们都是崔县长提拔上来的亲信，焉有不尽忠之理！”并急着想把自己的事说出来，可崔林玉又说开了：“老郭呀！后来静下心，我细细想了想，你老郭算是个有识之士，智谋过人，当初要听了你的话，也不会有后来的麻烦。”

郭福山点头诺诺：“崔县长过奖了！”崔林玉又咬牙切齿地说：“可恨这共产党武工队太狡猾，让人又恨又气又没办法，哼，等国军大军到了，一定要把这些匪徒消灭干净。”

好容易逮着了插话机会，郭福山说：“崔县长，我这次来，是想谈件事。”说着把辞呈递上去。崔林玉蹙眉看着辞呈，不时抬头瞅郭麻子。脸上的表情也骤然由晴转阴，看完辞呈说：“老郭，你这是怎么啦？你提此事，让我始料不及。好好的为什么要辞职？是有什么顾忌还是有什么意见？”

“没有！没有！”郭福山连忙俯首赔笑说，“原因我上边写着嘛，主要是年龄大了，不适宜在政界干了。”

“借口！你有多大？不就五十出头嘛！正精力旺盛经验丰富。现在党国正是用人之际，你怎么就不愿报效党国了呢？收回你的辞呈！”把辞呈还给他，“好好干！别胡思乱想！有什么意见、想法可以提出来，想开溜，不行！”

“崔县长,你是不是再考虑考虑……”

“没什么可考虑的,回去吧!”

郭福山吃了闭门羹,回到乡上正闭门生闷气,心想,老奸巨猾,这真是贼船好上难下呢。此时贵儿却推门进来说:“老爷,大太太说,她想吃青酸杏!”“什么!大冬天哪来的青酸杏?真是的!”郭福山哭笑不得。贵儿显出很尴尬的样子。郭福山随即释然地笑了,“我知道了,你回去吧!”贵儿转身走了。他摇摇头,自言自语,这娘们儿,想吃酸酸杏……回想起这几次回去,大太太老认真地拉他做功课,心诚则灵,难道大太太真的怀上孩子了?脸上不由得露出微笑来。

晚上,郭福山提着一个大纸包进了门。

大太太嗔曰:“你还有工夫回来啊?”郭福山把纸包放在桌子上,迫不及待地把大太太拉到怀里说:“让我看是真怀上了不是?”

“谁还哄你?”大太太说着,撩起袄襟让他摸。“哎呀,肚子还真隆起来了。”郭福山边摸边想,太阳真的从西边出来了。想起刚结婚那几年,大太太迟迟不生育,急得两人不知想了多少办法,到底没怀上,后来就娶了二太太……

大太太撒娇说:“可见,你以前就不把我放在心上,偏心眼儿。这次好好陪我睡了几夜,我就怀上了!”“好好好,铁树终于开花了。我给你买下你想吃的东西了。”郭福山说着打开纸包。“啊!话梅!”大太太惊喜地取了一颗放在嘴内,边嚼边说,“哎呀!真想吃那树上摘的青酸杏。”

“快了!冬天过去就是春天,再过几个月就有鲜酸杏了,到时候,我让贵儿给你摘一大筐。”

“到那时,恐怕可不想吃青酸杏了!”

“你想吃啥,给你弄啥,只要你能给我生下孩子。”

一提起孩子,两人话就多了。大太太问:“你想要男娃还是女娃?”

“啥都行,是男娃,我就有两根撑天柱,是女娃,我一男一女活神仙。”

“看把你美的!哎!我给你说那事办得咋样了?再过几个月就要你抱孩子了。”

郭福山摇摇头:“事情不好办,崔县长不同意我辞职嘛!”

“那为什么?不是争着想当官的人很多吗?”

“现在是战乱年代,和你想法一样的人多呢。大家都想往后躲,所以争着往前闯的人就少了。”

“辞不了咋办?”

“继续干呗,共产党不一定就能把天翻过来。”

“那你脑子放灵醒点儿!不论做什么事,都要考虑给自己留退路。”

“知道!我也是读过《孙子兵法》的人。不过!”

“还有什么?”

郭福山就把他了解的高天顺的情况对她说了,担心那是块绊脚石。大太太往窗外看看,小声说:“那人是卧在你身边的一只老虎,一旦得手会伤人的,你趁早放虎归山。”郭福山疑惑地问：“我怎么放虎归山？”

“你还能老让人家在你手下干？人家有能力，就往上推荐嘛。我想高掌柜肯定想往上爬。”

郭福山点点头：“嗯！你说得极是，我探探口风，见了刘书记再打探打探，此人如果离开了，咱办什么事就便当了。”

说来也巧，郭福山回到乡上，刚巧刘湘来访，他热情接待。刘湘说，他有事路过顺便故地重游。看了看说：“几年没来，老兄把这里打理得大变样了啊！”郭福山谦虚一番：“哪里哪里！刘书记当年打下了坚实基础，我不过是锦上添花而已。”说着要去灶房安排饭菜，刘湘挡住不让，说他不能久停，聊几句就走。紧接着转入正题，刘湘喷了一口烟，神秘兮兮说：“说是闲聊，多少还有点事。”

郭福山笑笑地说：“我知道书记无事不登三宝殿！”刘湘压低声音说：“听说你给崔县长递过辞呈。”郭福山惊讶地问：“你也知道了？”

“崔县长告诉我的，你怎么忽然想到辞职？”

“不瞒你刘书记说，官场上尔虞我诈，险象丛生，我真的有点儿胆怯了。”

“你有什么想法，我就不猜测了，可我得告诉你处境。咱们这些人，用得上骑虎难下这个词。你骑在虎背上，老虎或者还不注意你，可是你一旦下了虎背，老虎就会对你虎视眈眈。崔县长叮咛在下，让注意你的动向，你说我能不给你敲敲警钟嘛！”郭福山心里一震，真是伴君如伴虎啊。脸面上却装出极平和的样子说：“刘书记，你放心，郭某人对党国忠心耿耿，决无二意。辞职是辞职的事，决不会做对不起党国的事，请你转告崔县长，既然党国需要，郭某一定竭力效忠。”

“这就好，有什么事、什么要求，你就对我说。”刘湘一副释然的样子。

郭福山想起了晚上和大太太商量的事，说：“还真有一事相求。”

“什么事？”

“你们党部最近用人吗？”

“你什么意思就直说吧。”

“高队长在我手下干了多年，此人忠于党国，工作能力强，我不想让有才能的人因我而耽误前程。”

刘湘跷起大拇指说：“高，这才是用人之道。你这一说倒提醒了我，我们党部过去特务人员少，直接由党部领导，最近人员增加了，计划成立一个特务队，正物色队长。”

“党部这方面人才还缺吗？”

“不瞒你老兄说，原来考虑过你公子郭辉，可报告打上去，上级不同意，说你公子有特殊任务。”

“他有什么特殊任务？”

“唉！你这个当爹的不知道，我就更不知道了。国民党你还不清楚，同一个党里，分什么军统、国统，有时候还水火不相容的。”

“我看高天顺干这个挺合适的，你考虑考虑，我再征求一下他本人的意见，如果没有异议，你刘书记就可招贤纳士了。”

送走刘湘，郭福山随即就把此事告诉了高天顺。高天顺感动得了不得，立正俯首说：“多谢郭乡长器重！不过说心里话，我在老爷手下干惯了，还真有点儿舍不得离开。”

“别说口是心非的话，拿破仑说过，不想当元帅的士兵不是好兵。你年轻有为，前程似锦，我也不想老把你囿在我的麾下，有机会，你就奔前程吧。”

“在下绝不辜负老爷的栽培之恩。”

“不过还得给你点一下，官场的游戏规则，你也不是不懂，我虽有心助你一臂之力，但毕竟还要靠你自己努力。”

“谢谢老爷指点，我随后就去见刘书记。”

随着时日的递增，大太太怀孕的迹象越来越明显。她挺着大肚子走到哪儿，那里的下人就恭喜她、奉承她。她总把功绩归咎于佛祖、神灵，说她诚心敬佛，佛祖怎能不保佑她？李厨娘笑嘻嘻说她一定能生个小公子。她说她男娃女娃都爱。李厨娘就说：“那就生龙凤胎。”大太太笑得合不拢嘴，说：“好嘛，托你的吉利话。”二太太隔窗看见大太太从院子走过，说：“老大招摇过市，得是又装怀娃呢？”春艳说：“不会的，听秋红说，这回真怀上了。”

“哼！”二太太努嘴说，“成精作怪，真生下孩子才算事。春艳，你给咱盯紧，看她这回又耍啥花招！”

三十三

高天顺升官心切，不日便到县党部找刘湘，但又觉得不好意思，于是他先拐到郭辉房里要他去打探。郭辉给他倒好茶递上烟就跑着去了。高天顺看着玻璃板下压着的郭辉的照片，显出得意的笑容，心想，嗯，没问题，是我的儿子。这脸型和我一模一样。惬意地呷了一口茶，往椅背上一靠，跷起二郎腿放起了烟圈。

郭辉回来说，刘书记在办公室，让他进去。高天顺顿时觉得心里热烘烘的，起身就走。郭辉又叫住他问：“高叔，能让我知道是什么事吗？”于是他就把郭乡长推荐他当特务队长的事告诉了他。“我猜一准是那事。”

“你有什么看法？”

“好事，我看十拿九稳。顺便说件事，如果事情办成了，别忘记把子善带上来，子善原先求过我。”

高天顺满口答应：“行！我也需要个亲信。”

刘湘就站在门口等他。高天顺老远就叫：“刘书记！”

“高队长，快来！快来！”刘湘牵着他的手走进屋。因为郭福山预先打过招呼，所以事情就办得比较顺利。刘湘虽然再三推辞，但还是接了钱，虽然口头上说，这事还得请示了崔县长才能决定，但高天顺知道，接下来就是等通知来上班了。

驮队又住进了朗孟驿，双牛夹个袱子匆匆来到兰兰屋，他急着要让兰兰看他给她带来的好东西。打开包袱，是两条新榆林毛毯。两人将毛毯打开，上边的梅花喜鹊图及鱼儿钻莲图展现在眼前。

兰兰惊喜地说：“啊，真是精品。”双牛矜持地说：“是新兴的花色，我给你和婶婶一人买了一条。”

兰兰摇着头说：“我舍不得给我妈了，刚好一对儿，留下咱们结婚时做嫁妆！”双牛笑着说：“好自私呵！那我给婶婶另买一条福禄寿图案的。”

兰兰睨了他一眼羞涩地说：“咱俩的事我给我妈说了，她同意。”“那好，我一会儿回去了，就给我姨和我姨父说，兰兰，我真没想到，咱俩会真的有这一天！”双牛说着，搂住她亲吻了一下。兰兰轻轻推开他说：“双牛哥，结了婚好好亲。”

生根傍晚回家对姨和姨夫说了兰兰妈答应他和兰兰亲事的事。贾德山说：“答应了就好嘛。我和你姨巴不得早点儿给你成家呢。你和你丈母娘商量，最好让咱把媳妇娶过来，然后双双回她家，将来要下孩子，有一个姓贾就行。以后，你们想住咱家或住她家都行。”正说话间，秦彪在墙头叫：“生根，生根，你到我屋里来一下。”

“来啦！”生根答应着跑过去。他一进屋，秦彪就出去关了大门，回来又把屋门闭上。一脸的严肃。他小声问，“秦队长，有什么要紧事吗？”秦彪小声说：“接地下党通知，明天有一个党的重要干部要经咱县去延安，要咱们接应并保证安全。”

“男的还是女的？”

“女同志，原来安排一个女同志接应的，可这个女同志临时外出回不来，明天的接应又不能耽搁，所以地下党要咱们想办法！”

生根脑海里第一时间反映上来的就是兰兰，兰兰渴求党委派她工作的目光犹在眼前。他想了想说：“秦队长，我给你说的那个要求入党的女同志，能接受此任务不能？”

“就是朗孟驿老板的女儿？”

“嗯！”

“可靠吗？”

“绝对可靠。秦队长，救你出来时，那条重要消息就是她冒险送出来的。”

秦彪思索着说：“她没有地下工作经验，能胜任吗？”

“她有文化，人很聪明，我想，她一定能完成任务。”

“你知道，她愿意担当此任务吗？”

“没问题。他最听我的话，况且，她还不断要求党派给她任务呢。”

秦彪再认真思考了一下说：“情况紧迫，也只有这样了。这样吧，你连夜赶到朗孟驿，今晚务必把任务交代清楚。接头暗号是这样！”他对他耳语。生根“嗯！

嗯！”点着头。末了秦彪又强调，“一定要严守秘密，保证万无一失。接到人以后，你立即报告我，我好派人去接，她把人安全送出城，就完成任务了。”生根站起来说：“保证完成任务！”生根回家对姨、姨父说，老李头传话说，把货弄错了，要他立即去看一下。于是就骑马向县城飞奔而去。夜色朦胧，双牛骑马驰骋，山峦、树林、村舍一晃而过。“嗒嗒嗒”的马蹄声在寂静的夜空回荡。纠纠寨塔影绰绰，桢县城屋宇幢幢。枣红马在朗孟驿门口停下。门两边檐下挂着红长明灯笼，马鼻孔喷出两股白白的粗气。双牛叫开门。老雷说：“你怎么这么晚还来了？”

双牛说：“有一件货弄错了，我来查一下。”兰兰屋里灯还亮着，她正在灯下绣花，心里初恋的甜蜜还意犹未尽。双牛借着去灶房打水，轻轻叩响她的门。兰兰把绣花板放在床上，开门把双牛让进屋说：“双牛哥，你不是回家了吗？”

“我进城有事！”

“双牛哥你看！我绣的鸳鸯枕……”兰兰兴奋地拿起绣花板给他看。

双牛推开她的手说：“先放下，以后再看。”

兰兰立即意识到有紧急任务，问：“有要紧事吗？”双牛向外边瞅瞅：“这儿说话方便不？”兰兰向前后窗外看了看说：“夜深了，外边没什么人了。咱们向屋中间挪挪，我把灯弄暗点儿，估计不会有人偷听。”

“常德胜今晚在你妈屋里吗？”

“不在，他有好长时间都不来我妈屋了。”

“有个重要任务要你完成！”

“党相信我！那……那我一定，不，保证完成任务！”兰兰好激动，捏紧拳头在胸前摇了摇。“你交代任务吧！”他把要接应重要干部去延安的事告诉了她。“哎呀，就那任务呀。”兰兰心情一下放松了，“那我把她接来住在朗孟驿，她啥时要走就走，我给我妈说，不收一分钱！”双牛严肃地说：“你想得太简单了，不是收钱不收钱的问题，关键是要保密，要躲过特务的眼睛。”

“说起特务，我还正要告诉你一件事，高天顺调县党部当特务队长了，好像还把子善也带来了。”

双牛警觉地说：“什么时候？”

“都上任几天了。”

他想，真是冤家路窄！于是说：“那就更要加倍警惕。”

“嗯，我知道了。你快交代任务吧。”

“明天，你打扮成教书先生模样，围个红围巾，肩上挎个包，手里拿本书，站在南桥头等，看见有牲口车过来，上边坐个女人，你就头朝起叫：表姐！如果那女人说：爱云，我在这儿！那就是咱们要接应的人。否则，就不是。如果人家怀疑你叫错了，你可以面向河内大声叫，以转移视线！”

“那女人长啥样？”

“我也不知道。”

兰兰点点头说:“嗯!知道了,只要能对上暗号。”

“来!演练一下。”

兰兰笑着说:“不用吧!那么简单个事。”

“不行!我得考你一下。”

“那好!”兰兰小声叫,“表姐!”

双牛小声答应:“噢!”

兰兰说:“你怎么不答:爱云,我在这儿!”

“我就不是你要接应的人嘛!”

“噢,我明白了。这时候我就面向河里喊。”

双牛谆谆告诫她,第一次接受任务,不要紧张,但也不敢马虎。兰兰心里既高兴又紧张。心想,我连这点儿工作都不能胜任,以后还能为党干什么事情?双牛又告诉她,说他明天一整天都不离开县城,或者在中兴和,或者暗中协助她,让她放大胆干。兰兰问:“那如果有事找你到哪儿找?”

双牛说:“你对中兴和柜台姓曹的伙计说:我要买一筒八仙牌红漆。伙计说,没货。你说,我急用,请想办法。他就知道你是自己人,就会告诉你我的情况。”“记下啦!我一定很好地完成任务。”兰兰想,做地下工作还这么严密的,怪不得那次在中兴和,我碰了钉子。双牛能把这样的接头暗语告诉我,说明我向党又靠近了一步。双牛问:“明天接到人后,你准备把她带到哪儿?”

“我正要问你呢?”

“你看朗孟驿安全吗?”

“我看不会有什么问题吧。我悄悄对我妈说,有人问,就说是远方来的侄女。”

“不行!连你妈也不能让知道!如果敌人搜查起来,首当其冲的就是旅店。”

“此人在城里住多长时间?”

“早上接到,下午四点北边就来人接。”

“只几个钟头呀!那我看我的办公室最安全。敌人肯定不会到我那儿搜查的。”

“也是,”双牛搔着头说,“往往越是危险的地方越安全。好!那你接到人后就带到你的办公室,下午四点钟你把人送出城就完成任务了。”

“从哪个城门出?”

“北、西两个城门都可以,你看哪个方便?”

“那就从西门出,我每天上下班都出入西城门。”

“那好,你四点钟把人送出西城门,如此这般接头……”他对她耳语了几句,便告辞走了。

兰兰熄了灯,躺在床上想,党的重要干部会是什么样子呢?想着想着,迷迷糊糊进入梦乡——

兰兰围个红围巾,挎个包,手拿本书在南桥头等着。一辆马车驶过来,车上坐个端庄秀丽的女人,短发,围淡紫色围巾。赶车的车夫一手拢着马缰绳,一手拽闸绳,闸板摩擦轴瓦发出咯吱咯吱的响声。车驶近了,兰兰叫:“表姐!”那女人也看见了兰兰,热情地叫:“爱云,我在这儿!”说着,跳下车向兰兰走来。兰兰急着上前迎接,却怎么也挪不动脚步。忽然从桥下冲出一帮特务,不由分说把党的重要领导人撸走了。兰兰急得心都要蹦出来了,大呼:“啊!”醒了,吓出一身冷汗。

此时,另一个人也为这件事忙碌着。夜深人静,郭辉打开内间屋一个柜子,从里边抱出收、发报机,戴上耳机收报,发报机“嗒嗒嗒、嗒嗒嗒……”响着。郭辉用笔把密码翻译成文字,凝视着轻声念:“女共党孟云明日经桢县去延安……截获!”心想,女共党孟云是什么样子?怎样才能逮住她?他在屋里来回踱着。忽然抓起电话拨号通话,“高队长,我郭辉,告诉你件事,接上级通知,有一女共党干部明天经桢县去延安……严查各旅社!”

翌日晨,兰兰穿件蓝旗袍,围条红围巾,挎个包,拿本书来到南桥头。她着意观察桥洞,桥拱很大,五个桥洞,中间三个大两边两个小,各桥洞都流着水,根本无法藏人。看来梦里的担心是多余的。

桥上行人络绎不绝,有挑担卖菜的,有推车粜粮的,有赶着牲口上市的……暂时还没有车辆从桥上过。她心想,她不论从哪儿出发,也不会这么早就来到县城吧。兰兰站在桥头望东方,一轮红日正冉冉升起,河面上闪耀着熠熠红光,有几只牛在河滩吃草,悠闲地甩着长尾巴。她听见隆隆的车轮声,回头望,一辆马车从桥上驶过,车上坐一个五十岁左右的妇女,梳着元宝头,打扮得素雅整洁,肘上挎个花袱子。她心想,党的重要领导不会这么大年龄吧?车从她身旁驶过,那妇人看了她一眼,没言语。她犹豫不决,心想,耽误了接应怎么办?于是对河大声叫:“表姐!”那妇人回头看了她一眼,又转过头去。她长长吁了口气,走过桥去,又踅了回来。

太阳已升起一竿高,桥面上行人相对少了。她望望天,心想,等人真急。她下意识地用手拍拍桥槛上小石人的头,心里说,我要是能像孙悟空一样变成这小石人,那谁也躲不过我的火眼金睛,也就不用这么焦急和尴尬了。

正胡思乱想着,一个农夫赶着一辆牛车拉着半车白菜上了桥,车上坐一个农妇,头顶一块黑帕,身穿一件蓝格子粗布袄,黑裤子,肩上斜挎着个农人摘棉花用的布兜,低头佝腰坐在车上。兰兰没有在意,牛车经过她身旁时,那妇人的目光与她的目光不期相遇,她一愣,那迟暮的外表下隐藏着一双灵动犀利的眸子透出的睿智让人心生敬畏。她忙对着河叫:“表姐!”车上农妇说:“爱云,我在这儿!”

兰兰忙跟了过去。车在街角停下来,那妇人下了车。农夫把车赶上走了。

兰兰和表姐并肩走在街上,僻静处,表姐小声说:“我的化名李花儿,人面前装聋哑人。”兰兰点点头说:“进饭馆吃饭吧?”

“尽量不在街上多停留。”

“那买点饸饹烧饼回家吃。”

李花儿点点头。坐在饸饹店对面的台阶上,从布兜内拿出鞋垫纳起来。兰兰走进西街口饸饹店说:“师傅,买两碗凉粉饸饹,四个烧饼,请包好,我带回家。”店小二说:“好咧,请稍等。”兰兰在桌旁坐下。这时,在另一桌低头吃饭的戴礼帽、穿长袍的人抬起头,兰兰一看是双牛,用眼神向他暗示了一下。双牛瞥了眼店门外的李花儿。

县党部刘湘办公室。郭辉正向刘湘和高天顺传达拦截女共匪要员的密令,说为了不走漏风声,这次行动只限特务队,让立即给四个城门各派两名便衣特务,另组织人员对城区所有旅馆进行搜查,凡发现可疑女人,立即逮捕。

高天顺说:“女共匪长啥样,你能描述一下吗?”郭辉说:“提供的线索很简单,女共匪名叫孟云,圆脸,罗发头。但我想敌人一定做了伪装,还须灵活掌握。”

“城里城关的旅馆都搜吗?”

“当然都搜!”

刘湘说:“那就赶快行动,要迅速准确!高队长,这是你上任后第一次接受任务,盼你创个开门红!”高天顺立正敬礼:“保证完成任务!”

回到办公室,兰兰打来一盆热水放在脸盆架上说:“表姐,快来洗把脸。”李花儿看了她一眼说:“有人的时候,可不能这样叫,记着,我是聋哑人。”她拍拍兰兰的肩,指指盆,给她做示范动作。兰兰会意地点点头。

李花儿抹掉黑帕洗脸,露出一头秀丽的短发。兰兰看着她小声说:“这才像我想象中的人了。”

“如果赤裸裸不作掩饰,早都被敌人抓去了。”

“表姐,你伪装得真好!”

李花儿一边洗脸一边问:“这是什么地方?安全吗?”

“这里是城防队,我是大队长秘书。”

李花儿笑笑:“你很聪明。”兰兰盛好饭,倒好茶说:“表姐,快吃饭吧?”李花儿梳了梳头发,又把黑帕蒙上。兰兰说,“在屋内就不用蒙了吧!”“不行!不能掉以轻心,你能保证你这儿没人来吗?”李花儿迅速吃了饭,把碗一推说:“快收拾了,我教你纳鞋垫。”兰兰收拾了碗筷,坐下来看李花儿纳鞋垫:“表姐,这什么花式这么整齐?”“席子花,最简单的一种花式。”李花儿一边纳鞋垫一边和兰兰拉家常,当得知兰兰从女子师范毕业时,赞赏地说,“啊呀!是个人才。”

“表姐一定是大学毕业?”

“不是,只小学程度。不过,到了延安就有上学的机会了。”

兰兰由衷地说:“表姐,我真羡慕你。”

“你有文化,将来一定比我有出息,在党了吧?”

“还没入党,递了申请书,表姐,你能帮我吗?”

“别急!要经得起党的考验,我走时给这里党的领导人建议一下。”

“谢谢表姐。”

高天顺带着十几个特务走进了大华旅社,个个荷枪实弹,面带凶相。他们冲上楼去,捶门打窗,抢物抓人。楼上不时传来女人们的惊叫声和特务们的呵斥声。不一会儿,特务们押着十几个妇女走下来。有的涂脂抹粉;有的哭丧着脸;有的头发凌乱,像是刚从被窝里拉出来,个个蹙眉吊脸,满腹怨恨。李松喊:“站好！站好！”女人们站成一排。

高天顺像苍蝇盯蛋一样围着她们看。他拣那些圆脸、留短发的命令道:“你！站出来！你也站出来……”查完了说,“把这几个带走！”被挑中的女人们哭喊着:“为什么抓我们呀?”特务们不由分说把她们带走了。赵老板在后边“呸!”了一口说,“驴队里又多了个骆驼。”

“梁秘书！梁秘书！”高警卫员边叫边推开兰兰办公室的门,见有人,问,“这位是?”兰兰说:“这是我表姐,多年没见了,到我这儿坐坐。”高警卫员礼貌地向李打招呼,“您好！”李花儿痴痴地对着他笑。兰兰忙解释:“对不起！我表姐是聋哑人,你别见怪。”

“那你出来,我说个事！”兰兰闭了门,随高警卫员来到外边。李花儿警觉地贴耳谛听。高警卫员小声说,“常大队长不在,我问个事。”

“什么事?”

“我见特务队满街旅馆搜人,好像发生了什么事。怎么没通知咱们城防队?”

“没通知就别管,多一事不如少一事。”高警卫员点了点头走了。兰兰回到屋里,李花儿问:“外边在搜人?是不是敌人有所觉察?”“不知道！”兰兰看了下怀表,“再两个钟头咱就走。”

高天顺在街上搜了一圈无结果,抓来十多个妇女没证据,也难对号入座。垂头丧气回到刘湘办公室。发牢骚说:“哎呀,这真比大海捞针还难。”郭辉说:“可上边来电报,说共匪要员确已进入桢县。”

刘湘鼓励他别泄气,继续查。把守好城门和各要道,让敌人插翅难飞！“是!”高天顺敬了个礼走了。他又要郭辉到各机关转转,尤其是妇联什么的,别光盯着外头。郭辉点点头。信步来到城防队院内,看见兰兰在井边汲水,就凑过来。兰兰低头装着没看见他。郭辉搭讪道:“兰兰,打水干什么?”“洗衣服。”兰兰抬头有一搭没一搭说。郭辉献殷勤说:“让我给你扳辘轳吧！”

“不用,不用。”兰兰挡住他,故意抓住辘轳把不动,和他消磨时间,“你们那边忙吧?”

“也不怎么忙！你快汲水吧,汲好到你房里坐坐。”

“到房里干什么?有什么话,在这里说吧！”

“也没啥要紧事,就想和你说说话。”郭辉说着,不由分说帮她汲水。兰兰心想,我若执意不肯,他反倒会怀疑。于是,由着他把水汲上来,提着向她办公室走去。兰兰走在前边开了门。郭辉往内一看说:“噢,原来有客人。这位是?”

“我表姐。”

李花儿痴痴地看着他，对着他笑。郭辉对李花儿说："您好！啥时来？"

"别问，我表姐是聋哑人。"

"你还有这样一位表姐？"

"我姨妈远嫁深山里，一家人经常都不出门。"

"唉！山里人也怪可怜，那你忙，改日再谝。"郭辉说着，出门走了。

李花儿忙问："那是什么人？"当得知郭辉是县党部秘书时，催促说，"快走，这儿不能久留！"兰兰看了下怀表说："走！时间也就到了。"

李花儿收拾东西，把那双纳好的鞋垫给兰兰说："把这给你，留个纪念吧。"

兰兰双手接过说："谢谢表姐！我该送你件什么？"

李花儿挡住她说："不用！现在什么也不要，以后或许还有见面的机会。"

街道上人来人往，熙熙攘攘，卖菜的，卖饭的，卖布衣古玩、针头线脑的……叫卖声、说话声嘈杂一片。兰兰仍围红围巾，挽着李花儿的手臂向西门走去，走走，还向小摊问问货，讨价还价。在西城门那儿，遇见了高警卫员带队在巡逻，高警卫员向她打招呼，她对他点点头。便衣特务注视她们。

兰兰和李花儿出了城门向北走去，一个头扎白羊肚子手巾的庄稼汉牵着一头小毛驴迎面走过来。兰兰叫："小山哥。"

"爱云，我来了！"拉毛驴的汉子说着，把驴拉过来。

"小山哥，你接我姐来了。"

"嗯！快骑上吧。"小山把李花儿扶上驴，对兰兰摆了下手，赶着驴走了。

兰兰摇着手说："表姐，再见！"李花儿也向她摆摆手。

完成了任务，难抑心里轻松和喜悦的兰兰快步回到妈屋里，往沙发上一坐，长舒一口气，面带微笑问："妈，我有表姐吗？"肖翠花心不在焉地说："妈没有姊妹，就你舅一个弟弟，膝下就你表哥一个，你哪来的表姐！"

"妈，我认了个表姐，谁要问你，你就说，你有个姐姐嫁到山里了，膝下有个聋哑女儿。"肖翠花狐疑地望着兰兰说："你捣什么鬼。"

"真的，妈，谁要不问，你什么也别说；要有人问，你就那么说，说昨天在家来过，今天她女婿用毛驴把她接回去了。"

"既然认了姐妹，何不领回来见妈，做点儿好吃的款待人家。"

兰兰诡秘地笑笑说："现在不行。以后有机会，她一定会来咱家的。表姐是好人，她有大本事。妈，你一定要替我保密！"

"鬼女子，就你心眼儿多。"

兰兰又想起了什么问："妈，我想转行教书的事，你对我伯说了没？"

"说了，人家没表态，我也不知道啥意思。"

郭辉从外边转回来往床上一躺，脑子像过电影——李花儿痴痴地看着他、对着他笑的面影映上脑际。心想，表姐？鬼！是表姐吗？他一骨碌爬起来，穿上鞋就往外跑。一口气跑到兰兰办公室，推开门一看，兰兰一边织毛衣，一边哼着小曲儿。

郭辉突然推门进屋，兰兰一惊，立即镇静下来说："你又来干什么？"郭辉瞅瞅说："你表姐呢？"

"回去了，有啥事吗？"

郭辉红着脸说："没什么，随便问问。"说着，往出走。

"咋不坐坐，就走？"兰兰撵到门口问。"不坐了，改日吧。"郭辉装着漫不经心的样子慢步朝前走。一转弯，向后看兰兰没跟过来，快步如飞向回跑去，在党部院子里遇见了高天顺。

高天顺抱怨说："啊呀，又无功而返……"郭辉一挥手说："快！快！高队长，集合人！把那八个守城门的给我叫来。"八个特务站在郭辉面前，高天顺坐在旁边的椅子上。郭辉问："谁看见一个顶黑帕、挎布兜的妇女出城了吗？"守西门的特务说："我看见了。好像是和城防大队的梁秘书相跟着的。"

"正是！从哪个城门出去了？向哪个方向走了？"

"从西门出去向北走了。一个壮年汉子赶着毛驴接走的。"

高天顺问："有情况吗？"郭辉说："立即出发，带队跑步前进！务必将共党要员抓捕归案。"

北上路上，小毛驴在快步走着。骑在毛驴上的李花儿问："小山同志，啥时可以到达下一站？"小山看看天说："傍晚吧，再十多里路就到了。"

郭辉和高天顺骑马，领着特务队的人飞速追赶，搅起漫天尘土。子善夹杂在特务队里跑步前进，心想，他们大概还不知道敌人追来了，鸣一枪提醒他们。不能……他打了个趔趄，险些跌倒。

小山偶尔回头，见一队人马裹着尘埃滚滚而来，急切地说："李同志，不好。好像有敌人追来了！怎么办？"李花儿回头望了一眼说："如果是敌人，躲避肯定已经来不及了。"她从身上掏出个油纸包递给他，"你把这密件找个地点藏了，赶快跑，别管我。如果我被捕了，请转告组织想办法营救。"

"这……李同志，还是你走吧，我来对付敌人。"

"我人生地不熟，哪儿走得了？你快走。要不然，两个人都完了。"李花儿说着，用缰绳甩打了下驴，快步向前走去。小山看了眼快速赶到的敌人，插斜向田野内跑去。

正深冬季节，田野上光秃秃没有遮拦。连麦苗儿也趴在地上不肯抬头。敌人越来越近了，听得见得得的马蹄声和沙沙的脚步声。李花儿却像什么也没听见，悠然自得地骑着毛驴向前走。郭辉打马赶到前边挡住去路。李花儿装出惊慌失措的样子左顾右盼。张奎揪住了她的驴缰绳。郭辉说："装什么洋蒜，赶驴的哪儿去了？"

李花儿只顾"啊啊"着摇头。高天顺说："分头到周围去搜。我看他还插翅飞了不成。"

小山正在一块麦田的坎下刨土，他刚埋好密件直起腰，"啪"的一声枪响，他应声倒地，牺牲了。敌人来到跟前，刨开新土取出密件。李松用脚踢踢小山的尸体："哼，死啦。就这么不经打！"特务们陆续回到马路上。李松把密件包递给郭辉。

郭辉打开纸包观看，冷笑着说："哼哼！共匪孟云。"把介绍信递给高天顺。一把揭了她头上的黑帕，"装得还怪像。"孟云凌厉的目光逼视着他。

高天顺看罢介绍信，高兴得手舞足蹈："哈哈，抓到大鱼啦。带回！"众特务把她五花大绑，循原路返回。张奎兴高采烈地跳上毛驴。高天顺和郭辉骑马走在后边。孟云脸涨得通红，咬牙切齿瞪着敌人，有意拽着不走，身子被拉扯得东倒西颠，汗渍和着尘土遮盖了原本清秀的脸庞。由于她的抵抗，敌人不得不减慢速度。

郭辉说："张奎，你下来，把女共匪驮着走快点儿。""是！"张奎跳下驴，和几个特务把孟云抬上去。高天顺问："把人押到县监狱，还是先在特务队审？"郭辉说："不押回县上，直接押到72团。"

"不要请示刘书记吗？"

"不用！"

傍晚时分，孟云同志被押到纠纠寨72团驻地。高天顺、郭辉、孙大头等，在审讯室审问孟云。郭辉说："共匪孟云，现在证据在手，你还有什么说的，要死要活就取决于你的态度了。"

高天顺说："只要你愿意投诚自首，交代出你知道的共匪，我们就可以放你回去。"孟云不语。郭辉问："你受谁的指使去延安？是谁接待的你？你联系的桢县共产党人都是谁？说吧！"孟云仍然不语。

孙大头走上前，左手捏住孟云的下巴："哈！你这娘儿们！枉长了一副好面孔，嫁个党国要员，有享不完的荣华富贵，何必为共匪卖命呢？说吧，交代了没人要你，我收留你！"孟云"呸！"啐了他一口，唾了他满脸唾沫。孙大头恼羞成怒，狠狠打了她一巴掌。孟云打了个趔趄，嘴角流出了血。她站直了身子，"呸！"满口的血痰向孙大头喷去。

孙大头怒目圆睁，歇斯底里地吼着："啊，老子马上毙了你。"说着拔出手枪。

"孙排长息怒！审清楚了再说。"郭辉上前挡住，转脸说，"共匪孟云，你说，你招还是不招？"孟云厉声说："没什么可招的，老娘我就是共产党员，要杀要剐动手，想从我这里得到什么，做你们的梦吧。"郭辉大笑说："哈哈！你终于说话了，你装得像极了。你险些逃过了我的火眼金睛。我再问你一句，你到底投诚不投诚？"

"呸，我懒得和你费口舌。"

"好！我让你后悔也来不及，押下去！"两个士兵把孟云押了下去。屋里就剩下高天顺、郭辉、孙大头。"高队长，你在这儿等一下。孙排长，走！咱找马团长，我打电话请示一下省部。"郭辉说着和孙大头出去了。

72团军营外漆黑一片。子善在暗夜里徘徊，心想，武工队知道孟同志被捕了吗？知道把她秘密押到这儿来了吗？纠纠寨塔高耸夜空，寺院内传来阴冷低沉的钟声。郭辉和孙大头走过来。孙大头问："谁？"子善一惊，立即转过身说："报告孙排长！我。”郭辉听出了声音说：“是子善呀！一个人在这儿干啥？”

“我怕出意外，出来观察观察情况。”

郭辉拍拍他的肩说：“伙计，好样儿的。多给咱操点儿心！”说着，和孙大头走了。

当夜，生根及时去给秦彪汇报情况，他想好了要在秦队长面前好好夸兰兰一番，为她早日入党创造条件。也可证明自己慧眼识珠。可秦彪一见他劈头就问：“生根，你们把李同志送出城了吗？”生根诧异地瞪大眼睛：“当然。我吊远看着，兰兰把李同志送出城，小山把她接上毛驴向北走了。”

“可二站的同志报告，说没接着李同志。小山到现在也不见面，按说，他完成任务后，也应该和你一样来给我汇报的。”

生根一头雾水：“路上该不会出问题吧？”

“我向地下党领导汇报了情况，回说也没探出城里逮到人的迹象。”

“那就怪了！”生根真不能相信事情会是这样。

秦彪看了他一眼说：“你安排的那个女人该可靠吧？”

生根急了：“我……我拿我的性命担保，兰兰要是出了问题……”

“我不要你发誓赌咒。实践总是提醒我们：要相信一切，也要怀疑一切。”

生根像火烧屁股，一刻不停地来回踱着：“秦队长，那你说怎么办？听了这消息，我心急如焚。”秦彪果断地说：“事不宜迟，你连夜去县城打探消息，看李同志是不是被捕了？如果是，看敌人把她押在哪儿？我这里就去找吴斌和老三，一定要查明小山的下落。”“是！”生根转身就走。

郭辉和孙大头再次回到审讯室后，高天顺急切地问：“问下啥情况？”郭辉决然说：“上级指示，只要证据确凿，而敌人顽固不化，让立即秘密处死。”高天顺疑惑地问：“咋秘密处死？”孙大头扬扬得意地说：“活埋。”

高天顺幸灾乐祸，手舞足蹈：“好，活埋。不用开枪，无声无息。那就快些，早干掉早回城。”郭辉说：“孙排长，那就请你安排人挖坑，我们押人。”

兰兰正专注地在豆油灯下伏案写着什么。响起轻轻的敲门声，双牛在门外轻声叫：“兰兰！”兰兰迅即开了门，兴奋地说：“双牛哥，快进来。”双牛闪身进屋，看见桌子上摊开的笔记本，问：“你在写什么？”兰兰不好意思地说：“也没什么，我心情激动，想把今天的事记到日记本上。”

“什么！”双牛大惊失色，“简直胡闹！你在写口供吗？”

“我的日记谁能见？”

“我如果是特务或搜查的人，你今晚就跑不掉。”

“啊！”兰兰小声惊呼，“我疏忽大意了！我缺乏斗争经验！双牛哥，你别生气了。”双牛厉声说：“赶快烧掉。”

兰兰今天确实太高兴了，她觉得，这是她有生以来过得最快活的一天，人生怎样才能有意义？她虽然还没有完全理解共产主义理想，但觉得胜利完成了心爱的人托付的任务,就是最幸福的。况且,第一次接触共产党的重要领导人,确实给她留下了异乎寻常的好印象。她撕下写了半截的日记边烧边想,只得把对表姐的好印象铭刻心底了。回头见双牛一脸的严肃,问:“李同志安全到达了吗?”

双牛冷冷地说:“没有,不知下落。”“什么?”兰兰惊得目瞪口呆,手凝固了似的停在半空中。火烧着了手,又痛得直呵气。

双牛告诉了她在秦队长那里了解到的情况,说他就是为这事连夜赶来的。兰兰的情绪也受了感染,好心情烟消云散,阴郁的愁云笼罩心头。

双牛说:“好好想想,你和李同志出城时在街上都遇见什么可疑的人了?”兰兰努力回忆着说:“快到城门口时遇见了高警卫员,噢,他现在是排长了,领着人在巡逻。他向我打过招呼,我想他不会怀疑的。再说,城防队逮了人,我还能不知道?”她摇着头,“不可能,不可能。”

“再想想,还看见什么可疑的人了?”

兰兰摇摇头:“还真没那方面的经验。啊呀,你看我怎么没心眼,一心只想着把李同志送出城,就完成任务了。”

“兰兰,你别急!莫乱想,从早到晚按顺序排查,啥时都遇见过谁?和谁都说过什么话?”兰兰抱头思索了一会儿,就向双牛讲述一天的生活经过:早晨6点多钟,就起床去接李同志;怎样和高警卫员说,特务队在搜旅社抓什么人的事;高警卫员怎样和李同志打招呼;然后,去井台汲水……她一拍脑门儿说:“啊呀!我想起来了,郭辉来过!”

“郭辉?”双牛陡地站起来,“郭辉去你那儿干什么?”于是,她便把郭辉要替她汲水,见了她表姐。走了又来,问她表姐去哪儿了,然后没停又走了的情况陈述给他。“坏了!”双牛说,“可能是特务队把人抓走了。可他们能把人押到哪儿呢?”

“这么大一个县城,如果说抓了人平民百姓不知道,还有情可原,可连我们这些人也不知道,那真是不可思议。”

“可我们急需知道我们的同志在哪儿呀?”

“双牛哥,我明天保证把这事弄清楚。”

“也只得等到明天了,同时,你还得注意策略,你明天装着什么事也没发生,什么事也不知道,探探郭辉的虚实,再……”双牛对她耳语了一阵。

郭辉和高天顺一回来,就去给刘湘汇报情况。刘湘惊讶地说:“活埋了?谁的指示?”

郭辉说:“我请示了上级。刘书记,本来要给你打招呼的,可上边让迅速就地处理,不给共匪营救机会。”刘湘本来想说道点什么,想想,官大一级压死人。于是把他们表扬一番,并跷起大拇指对高天顺说:“好!一上任就创个开门红!”

高天顺假装谦虚,也可能有意要突现一下郭辉,说:“我有什么能耐?还是郭辉有经验。”郭辉不知天高地厚,不无自豪地侃开了,说他稍一思索便看出了“聋哑女人”的真面目。识破了兰兰的骗局。“回家一想,我和兰兰从小在一块儿玩儿,从没听说她有个聋哑表姐嘛。回头去看,走了。哼!没错,准是她。"高天顺说:"这么看来,梁兰歌一准是那边的人了,得马上把她抓起来,说不定能拉出一大串呢。"

"不能!兰兰即就是有问题,现在也不能抓。高队长,兰兰和她妈过去和咱家的仇恨,你就忘了吧!那是家仇,这是国恨。家仇、国恨不能混为一团。"

刘湘说:"郭辉说得对,暂时不动梁兰歌,放长线钓大鱼。再则,常德胜这蝎子尾巴轻易不要碰。"

是夜,兰兰辗转反侧难以成眠,李大姐的失踪使她非常愧疚。好容易得到党的信任,把重要任务交给了自己,却偏偏出了差错。看到双牛哥急得发红的眼睛,她深感问题的严重,恨不能立马查个水落石出。夜死寂沉沉,干急等不到天明。

翌日,兰兰转悠着来到县党部。刚巧郭辉迎面走来,笑嘻嘻说:"怎么有空到这边来?有什么事吗?"兰兰若无其事地说:"没事就不能来这儿吗?你不是也常到我们那边去吗?""是是是!"郭辉说,"县府就这么大点儿地方,闷了就想到处溜达。你表姐该到家了吧!"

兰兰一愣说:"你咋对我表姐还挺关心?"

"咱们是乡党,又是小时候的玩伴,你表姐也是我表姐嘛。我咋能不关心?"

"那你说,我表姐到家了没?"

"骑着毛驴,肯定到家了。"

"骑着毛驴!骑着毛驴去哪儿了?"

郭辉一脸奸笑:"骑着毛驴,再能去哪儿?"

兰兰怒火中烧,忍着没有发作,转身边走边想,他咋知道我表姐骑毛驴走了?看来双牛猜得不错,这件事说不定真与郭辉有关。不知不觉就转到特务队门口,内边传出嘻嘻哈哈的笑闹声。一特务从里边出来问:"你找谁?"兰兰说:"有一个叫周子善的在里边吗?"

"有,"特务转身喊道,"子善,有人找你!"子善跑出来说:"兰兰,咋是你?哎呀!可有好长时间没见面了。"兰兰说:"听说你调到县上,就找来了,咋也不到我那儿来?"

"刚来时间不长,还没顾上去你那儿。"

"里边咋恁热闹?"

"开庆功会!喝酒!"

"庆啥功?"

"以后再告诉你。"

兰兰见四周没人,小声说:"双牛说,0 号,今晚,不见不散!"子善点点头。故意大声说:"走,里边喝两盅!""不啦,有空到我那儿坐啊!"兰兰说着回单位去了。

当夜,双牛、兰兰、子善在中兴和地下仓库围着一个小石桌在交谈。摇曳的烛光照射着三人严肃而又有些沮丧的脸。子善悲怆地述说着特务们追赶逮捕孟云同志的经过,为他不能鸣枪报警让他们逃脱而痛悔。兰兰回忆着郭辉奸诈讥诮的嘴脸,“骑毛驴还会去哪儿!”她心里发懵:没想到,事情真的从这儿来了!不禁失声哭喊:“啊呀,表姐,我对不起你!”

双牛告诉他们,说今天黎明时分秦队长他们在一块麦田的坎下找到了小山的尸体,两手还沾着土。子善说:“他是埋密件时被打死的。主要是让敌人见到了介绍孟云同志去延安的介绍信,要是没有证据,孟云同志还不至于就那么快牺牲。”双牛问:“敌人活埋孟云同志时,你在跟前?”

“说来惭愧,我还被逼着向坑里填了土,孟云同志死得惨呀。”子善回忆着那时时闪现脑海的一幕——

敌人押着反绑着双手的孟云来到土坑边。郭辉说:“共匪孟云,最后时刻了,你现在悔过自新还来得及!怎么样?”

孟云骂:“呸!你们这些狼心狗肺的东西,别高兴得太早了。人民迟早会收拾你们的!”高天顺说:“别对顽匪费口舌,活埋。”孟云高呼:“中国共产党万岁!毛主席万岁!”孙大头抡起枪托把孟云打入土坑。高天顺命令:“填土!”几十张铁锨向坑中填土,尘土飞扬,夹带着从地表揭起的冻土块的声音。孟云被捆绑的身躯在坑内挣扎,倒着的身体慢慢直立起来,又被土块击倒……躯体可以被掩埋,但淹没不了那响彻云霄的“共产党万岁”的呼喊声。

子善泪流满面说:“那一刻,我的心碎了。手软得铲不起土,孙大头踢了我两脚,厉声喝:你也想下去,是不是?我义愤填膺,真想一锨把孙大头打下去!可是,我没有,我是懦夫。我闭上眼睛胡乱向坑里撂土,我罪该万死呀!”双牛直捶脑袋:“这干了啥事吗?怎么对得起党和孟云同志?”兰兰嘤嘤地哭,问:“你们谁有刀?拿来!拿来呀!我要剁下自己一只手指!”

双牛说:“兰兰,别胡来!”兰兰把右手中指伸进嘴里“嗞”地就咬出了血:“孟云同志,表姐,我向你发誓:不杀仇敌誓不罢休。”子善说:“对,咱们滴血起誓,为孟云同志报仇。”说着,也要咬手指。“别浑!滴什么血?起什么誓?是军阀还是土匪?”双牛说,“仇是要报的!但一切都得听从党安排。子善,回去后注意情绪,不要让敌人看出破绽。要时时想到自己的使命,绝不能感情用事。兰兰,根据情况分析,敌人肯定怀疑你了,你看,要不要党帮你离开?”

“不,我暂时不离开。我还不是在党的人,我的行动不会连累你们,也不会连累党,我一定要为孟云同志报仇!”

双牛说:“你有常德胜那把大红伞罩着,暂时不离开可以,但注意决不可意气用事。党已在调查此事,不久可能就会有新的指示。”

三十四

傍晚,郭福山坐在桌旁抽水烟。大太太挺着大肚子,行动十分笨拙。说:“你咋回得勤了？乡政府不太忙？”郭福山喷了口烟说：“政界那事还不全在自己，你把公家的事看得太认真了，就忙！你凡事睁一只眼闭一只眼，得过且过也就闲了。”

“你总算想通了。我看，你干脆把乡上的事交代给副乡长，这个月就别去了！”

“为什么？”

“你不见我成啥样子，万一晚上生孩子，跟前都没个贴心的人照顾。”

“你怕吗？”

“一天天盼着孩子，真正要生孩子了，却心怯得不行！”

“不要怕！女人生孩子是天经地义的，不会有事。我这几天就不去了，直守到你把孩子生下来。”

“阿弥陀佛！让我给佛敬炷香。”她点着线香插在壁龛的香炉内，跪在墙角，双手合十小声念道，“佛祖在上，弟子虔诚跪拜。我夫改恶向善，也知道关心我了，求佛保佑他！也保佑我母子平安，顺利生产。孩子满月之后，定去庙院重礼还愿。”礼拜毕，吃力地往起站，忽然“啊呀！”一声，蹙眉抱腹滚倒地上。郭福山一惊：“凤仙！你怎么啦？”说着忙跑过去扶她。“我肚子痛！快……快去叫接生婆。”大太太焦急地说。郭福山怎么也扶不起她来，大声喊秋红，秋红听见叫跑过来看：“啊！血！要生了！”忙帮着郭福山把大太太往床上弄。大太太裤管里淌出了血。

大太太慌而不乱说：“别管我，叫贵儿套车快去请接生婆。喊春艳和李厨娘到我屋里来！”不一会儿，秋红、春艳、李厨娘都跑来了。李厨娘有经验，指挥秋红把炕上被褥揭了，铺上谷草，再上油纸，背后垫个被子。然后说：“春艳双手抱腋下，老爷你抱腿，我助臀，秋红在炕上接。开始！一、二！”大太太被弄到炕上，盖上了被子。

大太太叫唤着：“哎哟，痛死我了！痛死我了！”李厨娘说：“大太太，忍着点儿！接生婆马上就来了。”

夜路上，贵儿把车赶得飞快。小红马四蹄不着地地跑步前进，贵儿还不断地扬鞭“驾！驾！”王婆在车内被颠得屁子像蹲弹簧样蹦了老高，语不连接地说：“贵……贵儿！我看你，比……比你老婆生孩子还着急！慢点儿！把人颠散架了！”车速稍微缓了点儿。贵儿说：“我要不效忠主人，恐怕早被赶走了。”

“你这样的长工难得，你说，这大太太命咋就这么薄？你好心给她抱了个女儿，她咋就守不住？”“这下好了！大太太就要有自己的孩子了。驾！”贵儿甩了个响鞭，车又飞跑起来。

大太太越发疼痛难忍：“哎呀！哎呀！冤……冤家，取我命呀，这……这接生婆咋还不来？”正说话间，接生婆进了门。郭福山说：“啊呀，可把你盼来了！”

“闪开，让我看。”王婆说着上了炕，手伸进被子下检查：“啊呀！怎么又是个……快！把头放低！臀部垫高！”秋红扶着大太太，春艳忙取了身下的被子，大家又抬起她的臀部，在下边垫了个枕头。王婆揉弄着大太太的肚子，嘴内说：“放松，放松，尽量放松。唉！别怕，我给你拨弄一下就好了！嘴张大，呵气，对！对！”

大太太配合着，忽然“啊！”叫了一声。王婆说：“好了！好了！把臀下的垫物取了，把头枕高点。鼓劲！”大太太大汗淋漓，憋气鼓腹，脸涨得通红。一回下来，孩子没有奔生，她气喘吁吁说：“啊呀！我不要这孽障了！难受死啦。”

王婆说：“别急！休息一下，娃奔生时你就努，一鼓作气就下来了。”

屋外，郭府上下的人听说大太太生孩子，都围在窗外谛听。二太太自言自语说：“哼！现在该知道生孩子的滋味了吧！”贵儿焦急地在人后头来回踱着，犹如他生孩子一样，满头冒着汗。

大太太又喊肚子痛。王婆说：“娃奔生了！使劲儿！”大太太咬牙鼓肚，孩子的头露出来。她痛苦地胡喊乱叫：“贵儿，贵儿！”秋红在她耳边小声说：“贵儿就在外边，男下人不许进来，你有什么吩咐？”大太太捶打着郭福山：“你……你害死我了！”郭福山的表情掠过一丝让人不易觉察的变化。王婆说：“老东家，你抓住大太太的手，女人这会儿最需要丈夫。”郭福山恍然大悟似的握住大太太的手说：“你别怕！有我在你身边。鼓劲！娃马上就生下来了。”大太太别无选择地紧紧抓住郭福山的手臂，作最后的努力。

王婆说：“好！好！娃头出来了，胳膊出来了！生下来了！”一声婴儿的尖叫声。大太太昏了过去。秋红叫：“啊呀！大太太昏过去了！”王婆一边收拾孩子，一边说：“别慌！掐人中穴！准备酽酽一碗红糖水，徐徐拿小勺子灌，别噎着气了！”她头不抬、眼不看，旁若无人地说着，但那话比战场上元帅的命令还管用。秋红忙掐大太太人中穴；春艳去冲红糖水；李厨娘帮王婆裹孩子；郭福山在为大太太把脉。秋红惊喜地说：“大太太醒过来了！”春艳给喂红糖水。

王婆说：“大太太，恭喜你，你生了个千金。”李厨娘说：“好漂亮一个妞！”屋外的人也都松了口气。二太太说：“女娃好，天降我郭家要有男有女。”王厨师说：“二太太，你该进去看看呀！”

“哎！”二太太答应着进了屋。郭福山揩着头上的汗招手说：“榴花，来！替我招呼一会儿。”二太太握住大太太的手说：“姐，这会儿好些了吗！”大太太闭着眼没言语，微微点了下头。

王婆喋喋不休地絮叨着，啊呀！阎王殿走了一遭，阎王爷没收又回来了。你说怪不，这个孽瘴也是莲花生，老爷呀！女儿大了，你告诉她，至死都不能忘记她妈生她时受的罪。二太太问：“王婆，什么是莲花生？”

“莲花生就是孩子不是头朝下，而是臀先下来，你说那能生下来吗？”二太太虚说怪道：“啊呀，那不就是横岔嘛！”王婆无言以对，瞅了她一眼。在场的人都不由得目瞪口呆。

郭福山大声说：“李厨娘，去，给王婆做饭去！春艳，你去给王婆收拾一间屋子，让吃了饭快去休息，折腾了半夜，一定乏了。秋红，你好生照管大太太，有什么事告诉我。榴花，咱走，我也得休息了。”

二太太扶着郭福山走了。

夜，吴瞎子西窑屋内被难耐的阴冷气氛笼罩着。秦彪、吴斌、石老三、生根都阴沉着脸。秦彪首先说："孟云同志牺牲，上级批评了咱们，这事主要责任在我……"

"不！秦队长，是我没完成好任务，我检讨……"生根抢着说。

"你别说了，你把人接来护送出城，就算完成任务了，是我考虑欠周，如果组织武工队暗中护送，在敌人突然袭击时也好应对。这次教训是深刻的、沉痛的，我党损失了一个优秀干部，我们也牺牲了好队员郑小山。让我们吸取教训，化悲痛为力量，狠狠地打击敌人。现在请吴政委传达上级指示。"

吴斌说："孟云同志牺牲后，党组织作了周密调查，这是一次有预谋、有组织的暗杀活动。直接由国民党军统指挥，我们还查明，桢县县党部秘书郭辉就是军统特务，受军统和国民党地方党部双重领导，特殊情况下受军统直接指挥。这就是在国民党地方政府不知情的情况下，活埋我党重要干部的原因……"生根把大腿一拍说："啊呀！这坏东西！郭辉这个独眼龙，我和你誓不两立。"石老三说："一个小毛猴，暗暗把狗日的拾掇了。"秦队长说："别急，听吴斌继续说。"

"根据调查分析，此人可能已经掌握了我们的蛛丝马迹，已对我党构成了威胁，所以上级决定并指示我们，尽快将此人秘密除掉。咱们研究个方案。"

石老三说："瞅准机会，带几个人钻进去，连高天顺、刘湘一起干掉，能多杀几个就多杀几个，让狗日的国民党反动派知道共产党人的命要以一换百。"吴斌说："老三，不能胡来，听党安排。"秦彪说："当前就先干掉郭辉。要讲究策略，要干得干净利索，神不知鬼不觉，让他没法调查。"生根请缨："秦队长、吴政委，这个任务就交给我，我要将功补过，为孟云同志报仇。"秦彪看吴斌，吴斌点头。于是他说："行！要小心谨慎，有什么要求？"

"当前还没有，等我们把情况摸清，方案定好再说。"

石老三憋不住了："翅膀硬了，这么大的事也不要我？"

"怎么能把你忘了？"生根忙说，"吃个虱也少不了你一条腿。到时候自然会通知你的。"

吴斌说："可一定要小心。坚决不能再出问题。"生根点头说："嗯，记住了。"

兰兰愁眉苦脸地坐在办公桌后，双手捧着孟云送她的一双鞋垫痴痴地看着，心里说：孟大姐，我对不起你。都怪我，我要是不把你往我这儿领，也许独眼龙就不会发现你。唉。

突然有人敲门。兰兰懒得动，一边慢腾腾把鞋垫放入抽屉深藏书下，一边问："谁？"郭辉说："我，兰兰开门，我想和你聊聊。""你来干什么？我忙着呢！""我知道你心情不好，只有我能安慰你。"郭辉在外边讨好地说。听了这话，兰兰一下警觉起来，她此时特别不想见他，但为了不引起怀疑，强装笑容把门打开了。郭辉调侃说："其实一个人心里有事，他就是一脸的笑容，人一看，就知道是装的。"

"这么说，你认为我装笑？"

"那当然！"

“莫名其妙！我为什么装笑？我有什么可忧愁的？”

“你想你表姐了！”

兰兰脸忽地变了，恼羞成怒说：“我说，你这人神经病！怎么见了我表姐一次，就念念不忘似的，你要是想见我表姐，咱俩哪天去她家一趟。”郭辉压低声音说：“去当然可以，不过我好心好意劝你一句：不敢染进去了，那可是一条不归路！”兰兰心里咯噔一下，狐狸尾巴终于露出来了。但她仍不动声色地说：“你越说我越糊涂了，我染什么啦？你能不能说明白点。”

“灵人不必细提！我是真心保护你，要不然，你现在早都被抓了！”

兰兰忍无可忍：“我终于听明白了。你是把我当敌人看待了。黄鼠狼给鸡拜年——没安好心。我不用你包庇，你现在就把我抓了！看枪毙呢，还是活埋呢！”

郭辉脸忽地红了，小声说：“兰兰，你小声些，你还嫌事情没闹大？”兰兰索性大声说：“我什么也不怕！我身正不怕影子歪……”

常德胜听见吵嚷声跑过来问：“怎么啦？嚷嚷啥？”兰兰气呼呼地说：“郭辉跑到城防队抓共匪来了，常大队长，你看怎么办？”

“小郭，你不好好上班，跑这儿缠磨什么？”

“我……”郭辉不好意思地说，“我是和兰兰说着玩儿呢！”“滚！”常德胜厉声喝。郭辉灰溜溜走了。常德胜招手说，“你到我办公室来一下！”兰兰跟着他走进屋。“你刚才说啥？郭辉到你办公室干什么去了？”

“郭辉那天在我办公室见了我表姐一面，就尽说我表姐，还神秘兮兮说，他是为我好，不然早把我抓了。我也弄不清他是啥意思。”

“你表姐是干啥的？”

“老山里一个农妇，又聋又哑。”

“郭辉是不是发现了什么蛛丝马迹？”

“不知道。”

“注意，以后别再和郭辉来往，那些特务鬼得很，心狠手辣。”

“嗯！记下了！”

“那你去吧。”兰兰走后，常德胜吸着烟思索着，越想越觉得不是滋味，于是就去找刘湘。刘湘见常德胜沉着脸不高兴的样子，把那些调侃的话就免了，一本正经说：“常大队长，无事不登三宝殿，找我有啥事？”常德胜冒了几口烟问：“最近没发生什么事吧？”刘湘瞪眼看着他说：“啥意思？有事就直说嘛。咱俩谁跟谁呀？”

他就把郭辉跑到梁秘书办公室，神秘兮兮说些让人费解的话对他说了，末了说：“我想探探到底发生了啥事情？”

“这个小郭，成天往那儿跑。老常，我看郭辉八成是看上你那秘书了，你就大人大量，做个大媒，成全了两娃！”常德胜一听此言，骤然变脸，顿时一脸杀气，使得刘湘也不得不收敛了笑容。常德胜一脸严肃地说：“你警告郭辉，再不准缠磨梁兰歌，要不然，我让他吃不了兜着走。”

“常大队长息怒！区区小事，何必发那么大的火，我转告郭辉就是了。”刘湘把常德胜送出屋，看着他远去的身影，蹙眉思索，觉得莫名其妙。大声叫：“郭辉，你到我办公室来一下。”“噢，来了。”郭辉答应着跑到刘湘办公室，察言观色问：“刘书记，啥事让你不高兴了？”刘湘似自言自语，又似对郭辉说：“妈的，这个常德胜，骄纵蛮横，盛气凌人！”郭辉惊讶地说：“常德胜来过吗？”刘湘没正面回答他，而是问：“你去梁秘书那儿了？”

“嗯！”

“你如实告诉我，你是不是对梁兰歌有意思？”

郭辉低下头，红着脸嗫嚅地说：“我们从小就在一块儿玩儿，我喜欢兰兰，可她老不给我好脸子，那天居然对我颐指气使，常德胜还不客气地呵斥我。刘书记，我正想找你说，城防大队肯定有通匪嫌疑，要不然，共匪要员为什么会藏在城防大队秘书的办公室？我想给上级汇报，干脆动手，说不定会有大收获呢！”

“不可轻举妄动！”

“我咽不下这口气！”

“咽不下也得咽。”刘湘严肃地说，“君子报仇，十年不晚。你不可有丝毫的态度改变，像往常一样装出一副若无其事的样子。绝不可打草惊蛇。继续观察，等掌握了确凿证据再说。”郭辉点点头。

郭家客厅，郭福山在“呼噜噜”抽水烟。秋红抱着孩子逗乐，“这娃真亲！”

“来！让我抱抱！”郭福山放下烟袋接过孩子，逗着孩子说，“亲女儿哟！叫爹！”

秋红说：“老爷，娃都满月了，也不请客庆贺庆贺？再说，娃还没个正式名字呢！”郭福山看了眼正在收拾孩子衣物的大太太说：“让她妈决定吧！”大太太说：“不过弥月了！那一次大张旗鼓地庆贺了一番，结果娃跑了，唉。”秋红说：“那这个娃取啥名字呢？”“嗯！”大太太沉吟着，前一个孩子过世和河边路上车棚内那一幕又映上脑际。于是说，“那个娃殁了不到一年，这个娃就出生了，再说，外边很少有人知道咱那个娃殁了，就把这个娃也叫郭霞吧。”

秋红接过孩子高兴地亲吻着说：“噢——小郭霞又回来了，郭霞！郭霞！”

自从那天见过郭辉，兰兰心里老觉得惶惶不安，不祥的预兆攫着她的心。郭辉这恶棍会不会也把魔爪伸向她？她知道那天自己一气之下彻底把郭辉得罪了，拿郭辉的性格，不报复才是怪事。如果自己被捕了怎么办？她参与办过案，参与过审理“罪犯”，也目睹过“罪犯”受酷刑。刚刚发生的纠纠寨活埋人事件，更让她闻之惊心。如果自己一旦也成了“罪犯”会怎么样呢？她感到空前的孤单和无助。她迫切希望见到双牛。她真怕像那次一样，关键时刻干着急见不到他，也无法和党联系。

还好，这次没让她久等，双牛就找她来了。正上灯时分，她闭好门，察看了前后窗外说：“双牛哥，咋没见驮队来，你没去陕北？”双牛警惕地向外看看说：“老李头要我留下来准备货，同时，我还有事要办。”兰兰小声问：“是党交代的事吗？”“嗯！”双牛神情严肃地点点头。兰兰再一次察看了窗外，回头说：“上次的事没办好，我都不敢向你请示任务了。”

“别那么想，兰兰，胜败乃兵家常事，失败了总结经验教训争取胜利嘛。我想问你，这一阵儿郭辉、高天顺有什么动静吗？”

“我正要向你报告呢。”于是，她把郭辉那天来她办公室阴阳怪气、幸灾乐祸的样子，以及她怎样不客气回敬他的话一一禀报。末了说，“不过请党放心，我还不是在党的人，我不会连累任何一个同志。看他们能把我怎么样。”

双牛一拍大腿说：“坏了！郭辉肯定觉察到咱们知道是他们活埋了孟云同志。”

“我也这么想。”

“你当时不应该那样说！”

兰兰像做错了事的孩子，低下头说：“我过后也觉得不妥，可是一时激愤就脱口而出！”

“如果敌人狗急跳墙，那咱们的处境就很危险。”

兰兰着急地说：“那你说，该怎么办？”双牛再向前后窗外看了看，回来小声果断地把地下党的调查结果和决定告诉了兰兰。兰兰一瞬间热血冲头，郭辉小时候的、现在的种种行为在她脑际闪过，她讨厌他，憎恨他、想骂他、打他，甚至想把他杀死。但乍一听这消息，心里仍然震惊。转而孟云大姐在土坑内挣扎着、呐喊着的情景不时浮现在眼前，她的憋闷和愤恨就那样被罪恶压抑着、掩埋了，永无天日！她进而想，也许自己就会成为第二个孟云……双牛见她面红耳赤半天不语，小声说：“兰兰，你怕吗？害怕就别参与了……”“不！”兰兰上齿咬着下唇，停了片刻说，“我一想起他罪恶累累就恨得咬牙切齿，我发誓要为孟大姐报仇。我不怕，我能干些什么？”双牛对她耳语。兰兰频频点头，最后问：“那子善那里？”

“你别管，我自有安排。你约好日子就通知我。”

“嗯！”双牛走后，兰兰翻来覆去睡不宁，即将到来的一场你死我活的斗争使她激动不已。郭辉讥诮、可恶的面孔不断在脑海闪现，挥之不去。不知不觉就进入梦境——

郭辉死皮赖脸说：“兰兰，嫁我吧！你要不从，我叫你走你表姐的路。”人在眼前，那声音却像是从遥远的天际传来。兰兰怒斥：“郭辉，你这狼心狗肺的东西，别高兴得太早了，你的末日就要到了。”声震群山，发出浩亮的回响。郭辉恶狠狠向兰兰扑来，双手掐住她的脖子……兰兰“啊！”大叫一声惊醒。

高天顺鬼鬼祟祟来到郭辉办公室打探情况，问刘湘给他说了什么。当得知常德胜找过刘书记，并威胁郭辉时说：“这么明显的通匪事件，还不动手等什么？”

郭辉说：“我给刘书记建议了，可刘不让轻举妄动。”

“兵贵神速。那样优柔寡断还能办成事？你不是有尚方宝剑嘛。”

郭辉流露出一丝不舍：“我实在是舍不得兰兰。”高天顺果断地说：“女人是祸水！要当机立断。”

“高叔，让我再考虑考虑。”郭辉仰天长叹，“唉！”高天顺走了，他枕肘趴在桌子上，满脑子都是兰兰的倩影，嘴里轻声念叨着：“兰兰！兰兰！”进入了梦乡。

一群特务追着一个年轻女子。女子穿着紫红旗袍，围着红围巾，颠三倒四地跑着，险些绊倒了。张奎边追边喊：“站住！站住！不站住就开枪了！”近了，看清是兰兰。郭辉大喊：“兰兰，过来！”兰兰一头扑进郭辉怀里，气喘吁吁。他一手搂着兰兰，一手拔出手枪指着跑上来的特务：“干啥？”张奎说：“报告郭秘书，我们奉高队长命令抓捕共党嫌疑犯！”郭辉厉声喝：“滚回去！没我的命令，谁也不准抓梁秘书！”“是！”张奎立正敬礼，转身一挥手，“撤！”特务们一阵风似的消失了。兰兰仰着惊恐而忧伤的面孔说：“郭辉，谢谢你救我！”

郭辉惜香怜玉之情油然而生，一句话也没说，抱住兰兰就吻。

突然，一阵急促的敲门声将郭辉惊醒，他揉着惺忪的眼睛，看看桌子，桌子上流了一摊口水。他取抹布擦桌子。敲门声再次响起。

“谁？进来！”

兰兰推门进屋。穿件紫红旗袍，别淡黄蝴蝶发夹，围条红围巾，显得异常标致。微笑着向他走来。郭辉惊讶地看着兰兰，眨眨眼抬起头又看：“啊！”兰兰说：“你盯着我看什么？没见过呀！”

“这……这该不是做梦吧！”

“你发什么神经？大白天做梦。”兰兰说着，在桌旁的椅子上坐下

“真的！兰兰，我刚才趴桌子上睡着了，做了个梦，梦见特务持枪追你，我把你护在怀里，拿枪把特务训跑了。你就穿这身衣服。”

“你还这样在意我啊！”

“亲不亲一村人，谁让咱们是同乡，又是小时的玩伴呢。”

兰兰显出谦虚而又温柔的样子说：“其实我也这么想，我今天来，就是想对你说，那天，我一时冲动，态度不好，请你多多包涵，别见怪！”“我见什么怪呀！”郭辉显得很激动，“我只是心急不能被人理解！说真的，我真是为你好……”“不说那件事了。”兰兰打断他的话说，“以前，全当什么事也没发生过。以后搞好乡党关系。想起当年的玩伴，各奔东西，没有几个人能聚到一块儿的了，要是能聚到一块儿，我一定喝个一醉方休！”

“你能喝酒吗？”

“心烦的时候喝点儿，高兴的时候也喝点儿。”

“那我请你喝酒，你赏脸吗？”

“都有谁？”

“就咱俩还不好。”

“没意思，再能约上童年伙伴最好！”

“也行！”郭辉想了想说，“就近处能叫上的就子善！”

“好嘛,那就叫上子善,你说啥时候?”

“啥时都行!我和子善说好通知你。”

兰兰叮咛他别太张扬。说她不想让她的队长和同志知道。让他最好也保密点儿,商量好让子善告诉她。郭辉说:“行!我只给子善说。去哪儿?”

“到时候再决定。我有一个常去的酒楼,条件还不错,我联系好了通知你。”

“一言为定!”

“一言为定。”

兰兰一出门就快步往回走去,她觉得想吐,可见,一个人要将真情隐去装出假相也是极不容易的。她都不想看那可恶的面孔一眼,可是为了报仇,她不得不把戏演下去。

夜晚,兰兰、郭辉、子善三人来到临河酒家三楼包厢。郭辉站在窗前向外眺望,田野在夜幕下伸展开去,朦胧幽远。河光山色,都呈现出怪异色彩。夜市灯火阑珊,毓秀桥上人来人往。顺河风徐徐吹拂,绿色的芬芳和饭菜的香味扑鼻而来。他感慨地说:“真是个好地方,把酒临风,视野开阔!兰兰,你经常来这儿喝酒吗?”兰兰说:“也不经常来,不过觉得这儿清静,临河观景,心旷神怡。”子善说:“说好呵,你们二位是领导,今天我请客。堂倌,把菜单拿来!”兰兰说:“今天不言官职爵位,地位尊卑,就是乡党,儿时的玩伴,我请客。”郭辉坐回桌前说:“都不要争了,不要说这次,再以后每次一块儿吃饭都是我买单!”堂倌拿来了菜单,并给每人倒了杯茶,把壶放在桌子上。郭辉用手指在菜单上点着,给堂倌交代着。点毕,从身上掏出两个银圆给了堂倌:“钱先押着,最后算账多退少补。快上菜!先拿三瓶白酒。”

跑堂倌很快就把酒菜上齐了。并给每个人都斟上酒。兰兰说:“下去吧!叫你时再上来。”跑堂倌下去了。子善说:“二位在上,我先敬二位一杯!”兰兰嗔曰:“你这个子善,奴性难改。给你说,咱是乡党、玩伴嘛,为什么老要把自己看得低人一等!”

“少爷在上,我本来就是下人。再说,没有少爷的推荐提携,我也到不了特务队!”

“子善,既然兰兰说了,咱今天就不论主子下人,上级下级,你坐下,大家举杯,为咱们乡党相聚,玩伴重叙干杯!”三人喝酒。兰兰有些打呛。郭辉说,“兰兰,要不要给你换成甜酒?”“不用,我喝少点儿,你俩放开喝。”兰兰说着,又为那两个斟上酒。

两个人你敬我,我敬你放开来喝,兰兰只是在旁边为他们倒酒。

一瓶酒已喝完,子善又开起一瓶,给郭辉斟满。郭辉一口喝干,已有些不能自已。兰兰给他们每人面前的碟子内夹了一大块鸡肉:“吃菜,边吃边喝,别伤着身子!”兰兰说着,给子善使眼色。子善说:“少爷,今日高兴,咱俩划拳喝酒吧?”

“划就划!怕你小子!兰兰当裁判。”

兰兰笑着说:“我当裁判带上酒。”

于是二人"六六六!""五魁首!""八仙！八仙!"……声嘶力竭划起拳来。郭辉已有些迷糊。不一会儿就喝得酩酊大醉,头重得一个劲儿地往桌子上碰。子善似乎还不尽兴,又开了第三瓶酒,激着他喝。终于把郭辉灌得烂醉如泥,伏在桌子上打瞌睡。子善故意双手夹着他的头说:"少爷,你醉了。"郭辉眼都不睁,打着饱嗝,"我……我没……没醉!"兰兰乘机给郭辉的茶杯里放上药,冲上茶端到他嘴边:"啊呀！醉了,喝口茶解解酒!"二人给郭辉灌上药茶。郭辉便睡得和死猪一样了。兰兰一摆头,子善背上郭辉,她在后边帮着,匆匆走下楼。临河酒家门口放着一辆人力三轮车。兰兰和子善把郭辉扶上车,兰兰也坐上车扶着郭辉。子善把一顶宽沿毡帽往头上一捂,拉着三轮车就跑。三轮车从市场边绕过,越过毓秀桥,向旷野一条小路驶去,在河南一块菜地边停下。菜地内蹿出了石老三和双牛,几个人迅速将郭辉五花大绑,口里塞上毛巾。郭辉迷迷糊糊挣扎着,石老三拿大袋子一套,就把他装到袋子里,拦腰一抱,扛着就往地里走。双牛打手势让子善拉着兰兰快走。兰兰不上车硬是要跟着他去。石老三在前边打手势催快点。子善拉着车走了。双牛和兰兰撵上了石老三。

自从兰兰在小石桌旁咬破手指那一刻起,她性格中的"狠"和坚强的一面就在逐渐增长,并逐步抑制和削弱着她性格的软弱。

在一口枯井边,石老三放下郭辉,郭辉挣扎着,扭动着。石老三拾起一块砖头递给兰兰,示意她往郭辉头上敲。兰兰颤颤地举起砖头,打不下去。她闭目想孟云同志被活埋的情景,咬紧牙,狠狠地打下去。郭辉哼哼着,滚动着。石老三夺过砖头,迅猛地"啪"砸下去。郭辉哼了一下就不动了,血立即从袋子里渗了出来。石老三把砖头往井里一撂,和双牛抬起郭辉扔进井里。兰兰痴愣愣站在那儿,霎时觉得天旋地转,分不清东南西北。她努力让自己保持镇定。石老三问:"梁小姐,害怕吗?"

"有……有点儿,不过,想起孟大姐,他是罪有应得。"

石老三说:"没啥！这就和第一次杀鸡一样,手有点儿颤,杀的多了就习惯了。妹子,记住,对敌人绝不能心慈手软,你不杀他,他就要杀你。"双牛说:"兰兰,阶级斗争是残酷的,你要做好精神准备。"兰兰向着北方,小声念叨,"孟云大姐,我们已为你报了仇,其他两个害你的家伙迟早也要伏法的!""我先走了,你们也快走。"石老三说着,迅速消失在夜幕里。双牛和兰兰钻出菜地,双牛戴了顶礼帽,兰兰用纱巾包了头,二人臂挽着臂,像一对夜游的恋人一样悠然地往回走去。回到屋内,兰兰仰卧在床久久不能合眼,郭辉嬉皮笑脸、但又可怜巴巴的面影老在她脑海萦绕,想到他将在那口枯井内腐烂发臭永不再世,心里憋憋的。但一想到孟云大姐因为他被活埋在土坑里,心又释然。犹如我们踩死一只蚂蚁觉得惋惜,而打死一只老鼠不应同情一样。也许做一个革命者,就应该像三大哥一样,爱憎分明,果敢、坚决。

想到自己自觉不自觉地就卷入了一场生死搏斗,心又惶惶然。她想象着孟云当时被活埋的感受,黄土搅着尘埃披头盖脸地浇来,眼睁不开,胸闷气憋,呼之无声。啊！她一骨碌爬起来，深深地吸了一口气，好像这满世界的自由空气从今后不再属于她了，心跳得厉害。她右手按住左胸想，就这胆量，你还敢参加革命吗？

她忽然想到朱砂能压惊，小时候，妈带她到亲戚或邻居家奔丧，总会纳朱砂包给家里人系在裤带上。就是那次参加陈刚的葬礼，妈也给她纳了一个圆鼓鼓的朱砂包。双牛哥不知怎么样？也和自己一样睡不着觉吗……于是她起床点灯，找出了那个朱砂包，拆开，又剪了两小块红布，把包内的朱砂一分为二在灯下纳起朱砂包来。

三十五

兰兰早早就醒了，望着窗外朦胧的夜色。当南院响起牲畜铃铛声和脚夫们杂沓的脚步声时，她急忙起床，穿好衣服来到外边。双牛正拉着马驮往出走。按照安排，他必须立即离开去赶老李头他们。兰兰赶上前小声说："双牛哥，你昨夜好吧？"

"好着哩，你呢？"

"我做了一夜噩梦。"

"没啥，慢慢就习惯了，一定要沉着，决不能让敌人看出破绽。"

"嗯！你一路多保重！"兰兰说着，从身上掏出朱砂包塞到他手内，"我昨晚缝了两个朱砂包，你也戴一个。"

"嗯！"双牛说着，把朱砂包拴到裤带上上路了。

清晨，李松吹出嘹亮的哨音，特务们迅速出来集合站队。整好队后，他跑步敬礼，请高队长训话。高天顺走到队前说："弟兄们，平时加强训练，战时才能攻无不克，战无不胜。现在开始练基本功，每人作一百次俯卧撑；一百次下蹲；一百次……"

刘湘在他房门口叫高天顺。高天顺安排让李松领着大家训练，匆匆来到刘湘办公室。刘湘问："你见郭辉了没有？"

"郭辉？不在他办公室吗？"

"门锁着。往常这时他早起来了。"

"我还是昨天下午见过，今早晨没注意。会不会早早出去溜达了？"

"都这时候了，溜达也该回来了。"

"会不会有事回家了，没顾上给你说。"

"我又没远离过机关，他能不给我说。"

"让我问问特务队的人，看谁看见了没？"

"先别急，把他最熟悉的人先叫来问问。"

"他最熟悉的人？"高天顺沉吟着说，"子善，再就是城防大队的梁兰歌。"

“先别惊动城防队,把子善叫来。”

特务们正趴在地上作俯卧撑。高天顺来到队前叫子善,子善心咯噔一下,不过马上又镇定了。其他人也都停了练,交头接耳议论开了。

“发生什么事了?”

“又有什么特殊任务吧!”

……

李松说:“别乱讲话,继续练!”大家又都爬下作俯卧撑。高天顺和子善走进刘湘办公室。刘湘问:“子善,你知道郭辉哪儿去了?”子善瞪大眼睛说:“郭辉? 不知道。没看见。”

高天顺问:“你最后一次是啥时见他的?”

“昨天下午。”

刘湘问:“他没给你说啥?”

“没有。咋啦?”

刘湘自言自语地说:“这就怪了,他能跑哪儿去呢?”高天顺说:“要不然让子善先到他家看一下,是不是回家了,没顾上给你说。”刘湘说:“行,骑匹马现在就去,速去速回。”高天顺交代:“把我的马骑上,到家不说别的,光问郭辉回来过没有?如果没回家,你二话别说就往回赶,听见没?”“记住了!”子善答应着去了。

路上,子善时而打马奔跑。时而又慢下来,信马由缰。心想,这不是要我明知故问吗? 想想,郭辉也着实可怜,阴冷黑暗的枯井本不该是他的归宿。毕竟还是小时的玩伴;毕竟他还帮助过自己。但一想到他恶毒地活埋人的情景,对他的同情心就一扫而光。你说你仗着家里有钱,欺负穷人的孩子也就罢了,怎么能发展到杀人不眨眼的程度,实在是十恶不赦。这样想着,忽然又打马狂奔。

大太太怀里抱着孩子,坐在藤椅上晒太阳。太阳当空照着,东房投下的阴影已退到院子中间。她一边前倾后仰摇着身子,嘴里轻轻哼着儿歌:“晒! 晒! 晒暖暖,太阳爷爷勤照看,吃得美,睡得香……”子善在门口拴了马,走进院子说:“大太太好。”

“子善回来了!”大太太定住身子说。

“老爷在家吗?”

“在,”大太太指指客厅,“有什么事吗?”

郭福山正坐在客厅抽水烟。子善走到客厅门口说:“老爷,高掌柜,不! 高队长问郭少爷回来过没有?”“没有呀!”子善扭头就走。郭福山呼喊,“哎!”子善已出了门。大太太说:“这娃,咋不说清楚就急着走。”二太太听见说话声跑出屋问:“怎么啦? 郭辉怎么啦?”大太太说:“子善问郭辉回来过没。”

“郭辉不是在县上嘛? 老爷,郭辉该不会有事吧?”

“一个县党部的文书会有什么事? 别疑神疑鬼。”郭福山说着,继续呼噜噜抽水烟。二太太说:“啊呀! 啊呀! 哪会有这么巧呢,我昨晚上没做好梦!”大太太问:“你梦见什么啦?”“我梦见一地的西瓜,打破一个是腐瓤,黑籽红瓤流了一地。”“夜梦不祥,说给西墙,太阳一照,化为吉祥。好啦,没事!回屋休息去吧。”孩子哭叫起来,大太太继续摇着孩子哼儿歌。

二太太心慌意乱地走到大门口望望,折回来大声说,“老爷!要不要派人去县城看看?”郭福山说:“心咋恁小的!有事就会来人告诉咱们的,有高掌柜在那儿,你怕什么!”子善回到县党部交差回话,说少爷没回家。高天顺和刘湘疑惑地相互看看。高天顺说:“要不要现在就把人派出去找?”刘湘想了想说:“这样吧,咱先把郭辉房门打开,看能发现什么蛛丝马迹不能。”于是三人撬锁进门。郭辉办公室没什么异样,桌子上摞着文件,笔筒内插着笔,桌椅板凳像往日一样摆得整整齐齐。推开卧室门,窗关着,床上的被子叠得整整齐齐。刘湘抽了抽鼻子说:“郭辉昨晚出门就没回来。”高天顺说;“何以见得?”“你看,那被子叠得整整齐齐,证明昨晚就没打开过。你闻,窗关得紧紧的,屋里有人睡觉过夜的味道吗?再说,一般人早晨临时出门谁还关窗?只有晚上出门为安全起见,才把窗关得那么死。”刘湘说着走到锁着的柜子前,用手敲敲,眉头紧蹙。

经过分析研究,决定把特务队的人派出去四下里找。重点是城里城周围。刘湘特别叮咛:只管找人,别的不要多问,暂时对外保密。

除掉了郭辉,给了敌人当头一棒,也长了革命战士的志气。石老三兴高采烈地给秦彪、吴斌汇报情况:“干得漂亮极了,没大费事就把狗日的郭小子给拾掇了,总算出了口恶气。”说起诱蛇出洞,石老三说,“兰兰功不可没,咱也算使了一回美人计。”秦彪感慨地说:“看来生根介绍的这个姑娘还行。”

石老三说:“我看没问题。其实,兰兰也是穷苦人出身,她父亲就是被郭麻子逼死的,她对郭麻子和高掌柜怀有深仇大恨。”吴斌问:“处死郭辉时她参加了没?胆子怎么样?”

“原本计划不让她参加,她只和子善把人交给我俩就完成任务了,可她一定要随着我俩去。”石老三把兰兰当时的表现详细说给他俩听。

“好样的,不简单!”秦彪跷起大拇指说,“更严峻的考验还在后头,敌人找不到郭辉,首当其冲的怀疑对象就是她。”

吴斌说:“子善那里不会出事吧?”石老三说:“我想问题不大。”

吴斌接着介绍了地下党搜集到的新情报,说敌人把特务队派出去找了两天没有结果,把情况反映到省上,听说 CC 还要派人来调查。秦彪说:“总之,咱们不能掉以轻心,随时掌握敌人的情况。老三,你这一向勤到 0 号去。遇到紧急情况,要及时把咱们的人转移出来,包括梁兰歌,她现在虽还不是在党的人,但已是咱们的亲密战友。”石老三点头说:“是!”

特务队像被捅了的马蜂窝,乱哄哄的。高天顺一口咬定,此事与干掉的女共匪要员有关,再三劝刘湘立即逮捕梁兰歌。刘湘的城府能装下几个高天顺。他告诉他,不要操之过急,县长召开治安联席会议时,他把这事提到会上,看县长咋处理。

再说，情况已汇报给省上了，上边很重视此事，CC组织马上就会来人调查。缓一步就是坐山观虎斗的，抢一步就是挡枪子儿的。高天顺听了刘湘的分析频频点头。刘湘老奸巨猾，深谋远虑，不服不行。但找不着郭辉，他心急如焚。

郭辉失踪案被提到了县治安联防会议上。崔林玉训话："随着全国形势的变化，共匪活动十分猖獗，我党政要员时有被暗杀者。最近，我县县党部文书郭辉突然失踪，极有可能是被共匪残害了。今天把大家召集来，就以此事为中心展开讨论，谋求对策。现在请刘书记介绍情况。"

大家把目光集中到刘湘身上。刘湘把郭辉失踪前后的情况向大家介绍了一番。末了说："至于为什么怀疑是共匪残害，是因为此前我们秘密处决了一个共匪要员……"会场哗然。雷团长打断他的话说："什么？这么大的事，我们保安团为什么都不知道。"检察院陈院长接着说："对呀，这么大的案子，不通过法律程序就处决？"下边的人也都交头接耳，议论纷纷。"请大家别误解，肃静！"刘湘敲敲桌子说，"这一要犯是上级指示秘密逮捕的，而且上级指示我们立即处死。"常德胜沉着脸，吸着烟，一言不发。

雷团长说："原来是这样。这不是不可能。共产党武工队不是公开宣称'人不犯我，我不犯人；人若犯我，我必犯人'吗？你杀了他们的人，他们肯定要以牙还牙报复。"

陈院长说："难道一点儿线索都没有吗？""有这样一条线索，提出来大家探讨定夺。"刘湘看了眼常德胜说，"被我们抓捕的共匪要犯被捕前在城防大队梁秘书办公室待过，称是梁的表姐。"

"那还迟疑什么，赶快抓人审问。"刘湘不愧为老奸巨猾，轻轻一踢就把球踢到了常德胜怀里，想让他吃不了兜着走。人们的注意力一下都集中到常德胜身上。刘湘暗暗窃喜，接下来准备看他的笑话了。可他高兴得未免有点儿过早，常德胜岂是等闲之辈。这时，常德胜站起来摔了烟蒂，把桌子一拍说："我看谁敢到我城防大队抓人。谁看见共匪到我的秘书房内去了？"

高天顺说："郭辉看见的。"

"你把郭辉叫来当面对质。"

高天顺面红耳赤，无言以对："这……"众人哄笑。常德胜厉声说："你们私自捕人、处死人，神不知鬼不觉，谁也沾不上光。如今把事情闹大了，动了一屁股屎就通报大家替你们擦屁股呀？你凭什么怀疑一个弱女子残害了一个小伙子？再说，郭辉现在活不见人，死不见尸，你怎么知道他被残害了？"下边有人附和："对呀，没证据不能乱抓无辜呀。应该吸取上次抓错人的教训。"崔林玉见联防会就要开成吵架会了，喝令常德胜别说了。然后对众人说："咱们都是党国的精英，忠诚党国的事业，有什么话不能心平气和地说，而非得吹胡子瞪眼呢。有些事，让你知道是党国的需要；不让你知道，也是党国的需要。今天开会的目的就是通报大家，共匪活动猖獗，要加强联防。各部门要围绕这件事展开调查，随时向我或刘书记汇报情况。"

然后宣布散会，并让常德胜留一下。就剩刘湘、张琪在场了，他批评常德胜脾气太犟。

常德胜不服气，说："我就是这，我敢保证我的人没问题。"刘湘打圆场："没人肯定你的人有问题，出了事，大家都是怀疑对象嘛。"

"既然都是怀疑对象，咋偏偏指名我的秘书？"

"郭辉说，他看见那共匪去过梁秘书办公室。"

"郭辉的话，你就信以为真？你知道他为什么陷害梁秘书吗？他想以此恐吓、威胁梁秘书就犯，达到他不可告人的目的。"

刘湘迟疑了一下点点头说："我……我确实没想到那一点。"常德胜没好气地说："没想到，你就好好地想。不相信，你就找你的人，找到了三对六面把问题说清楚。没证据少打梁秘书的主意。"崔林玉说："好了，到此打住，别争了。没找到郭辉前，不要怀疑梁秘书。常大队长是明白人，也知道该怎么处理，总之，大家齐心协力把这件事调查清楚。"

兰兰正在办公室纳鞋垫，时不时对照着孟云给她的鞋垫看。突然，常德胜的脚步声响起，接着是钥匙开门声，随后传来呼叫声："梁秘书，你到我办公室来一下。""来啦！"兰兰边收拾鞋垫边想，会是什么事？这些时候，她老疑神疑鬼，有一种莫名的惶恐。转念又想，真是窝囊废，双牛哥不是说要沉着稳重嘛，这样子还能干成大事吗？她镇定了下情绪，若无其事地来到常德胜办公室，"常大队长，有何吩咐？"常德胜示意："你坐下。"兰兰坐在了对面的椅子上。"你有个表姐在你办公室待过？"

"嗯！"

"你表姐是干什么的？"

"聋哑人。"

常德胜瞪眼盯着她说："对我也不说实话？你小小年纪也敢做这玩火自焚的事？聋哑人还能被活埋了？谁勾引你做这危险的事？"兰兰辩解说："我真的不知道，我不相信我表姐会被活埋，她一个老实农民会犯什么法？"

常德胜虎着脸说："你不愿意告诉我也可以，可我得告诉你，今天的联防会上，就有人提出立即逮捕你，被我顶回去了。你是不是想尝尝酷刑的味道——坐老虎凳、钉竹签，烙铁烙……"

"我没犯法。"

"就凭你刚才告诉我的，你就是全身是嘴也辩不清。"兰兰低头不语。常德胜说，"除过郭辉，还有谁在你办公室看到你表姐啦？"

"高排长。"

"好啦，高排长你别担心，郭辉我估计是回不来了。从现在起，任何人问起你表姐，你就说没那回事。你就根本没表姐，更别说在你办公室待过。懂吗？"

兰兰点点头，看了他一眼，又问："那郭辉会去了哪儿呢？"常德胜严厉地瞪着她:“别明知故问,去吧！叫高排长到我这儿来。”兰兰往出走,心想,真是个老狐狸精,什么事也躲不过他的眼睛。但愿他能帮我渡过难关。没多一会儿,高警卫员就站在了常德胜面前:“常大队长你叫我?”常德胜喷了一口烟说:“你在梁秘书办公室看见她表姐啦?”

“嗯!”高警卫员说,“我还主动打招呼,可那聋哑人什么也听不见。”

“你对谁说过没有?”

“没有。”

“好啦！从现在起忘掉这件事,梁秘书办公室从来没来过什么她表姐。”

“是,”高警卫员刚要走。他又叫住他:“你过来,我吩咐你件事。”高警卫员走近前,常德胜对他耳语。高警卫员“嗯嗯”点着头。

郭家大院和往日一样平静。郭福山在客厅里写毛笔字。大太太坐在院子的藤椅内哼儿歌哄孩子。有一只麻雀落在西屋的窗台上,小郭霞扬着小手“啊！啊!”麻雀扑棱棱飞走了……高天顺走进门说:“大太太好!”大太太说:“高掌柜,你回来啦,快进屋。”高天顺走到大太太跟前,摸着孩子的头说:“这孩子真亲。”

“天顺,快进来！这几天急着等你的消息呢。”郭福山放下笔,坐到椅子上说,“春艳,给高掌柜倒茶!”大太太说:“秋红,你去给灶房说一下,做几个菜,温一壶酒,高掌柜回来了,老爷要为他接风洗尘。”“哎!”秋红跑着去了。春艳给高掌柜和老爷倒茶。

高掌柜的归来,像是给平静的池水内掷了块石头,涟漪荡漾。郭家上下都动起来了,人们都跑来问安,其实是想探听这一向一直使郭家人惴惴不安有关郭辉的消息。二太太过来了,沉着脸,与高掌柜心照不宣地对视了一下说:“你回来了?”高掌柜回避着她的目光,点了下头:“嗯!”郭福山递给高掌柜一支卷烟:“快说说,郭辉情况怎么样?”高掌柜点着卷烟,深吸一口,头朝上放着烟,烟雾弥漫中叹息着说:“唉,还没消息。”

“啊！还没找着？啊呀!”二太太哭起来,“我的娃呀！一……一定……”瘫软地倒在地上。春艳、李厨娘等忙把二太太往起扶。二太太突然止住哭,跳起来向大太太冲去,指着婴儿说,“都怨这扫帚星,我就看这娃是克星,一到世上就把她哥克殁了。”大太太抱着娃忙躲避,还是被二太太抓住了娃的衣服。一边推挡一边骂:“这女人疯了,你把娃惊了。”孩子吓得哇哇大哭。贵儿奔上前强行掰开二太太的手。秋红乘机把娃抱走了,边走边哄:“霞霞乖,不哭,不哭。”“呸!”二太太唾了贵儿一口,骂,“不要脸的后汉。还不把你那孽种捏死,有什么脸拉我?”

“啪,”贵儿扇了二太太一个耳光,打得二太太踉跄后退。

高掌柜立即掏出手枪指着贵儿:“你狗日活泼烦啦。”大太太跨一步挡在贵儿前面,拍着胸脯说:“有本事朝我开枪。”

这时“啪啦”一声脆响,众人回头看,郭福山摔了杯子,手举在半空中,口歪眼斜,吐着白沫,身子直往后倒。王厨师忙跑过去把郭福山扶住,才没倒下去。众人七手八脚把郭福山抬到里间的炕上。大太太忙掐郭福山的人中穴。过了好一阵子他才慢慢苏醒过来。她哭诉："造孽呀,真是祸不单行。这家真要出大事哩。"

郭福山"哇哇"地吐痰吐不出来,摆手示意众人走开。大太太说："老爷没事了,各人该忙什么都忙去吧。"众人散去,郭福山指指外边,又招招手。大太太叫："高掌柜,老爷叫你进来。"高天顺进屋。郭福山示意他坐到床边,用微弱的声音说："也难怪榴花会这样,任搁谁都急。你……你把榴花带县上去,给……给租一间房子让住下,随时把……把寻辉辉的消息告诉她。要不然,她……她住家里急。唉,郭辉不能死呀,他……他是我郭家的顶梁柱啊!"

"老爷你放心,我一定把郭辉找回来!"

郭福山摆摆手说："去吧！让木桩套车把榴花送去,把春艳也带上。"大太太说："春艳,去告诉二太太,收拾收拾去吧。"二太太一进门就跪在床前,哭着说："老爷,我不去。我把你气病了,我怎么能走呢！我要照顾你。姐姐,别怪我,我刚才是急昏头了!"大太太说："起来吧,没人怨你,辉辉没了,大家心里都不好受。你做妈的心更痛,大家都能理解,要沉得住气,事缓则圆,急躁蛮干会坏事的。快收拾收拾去吧。"

二太太说："老爷,我……"郭福山摆手示意让其快走。二太太起身,由春艳扶着去了。高天顺告别了老爷、大太太也随之跟着走了。下人们私下里议论开了："风平浪静就包得严严实实,不显山不露水。这一有事,谁是谁的人,谁护着谁,就暴露得淋漓尽致。老爷装聋作哑都装不下去了,你说他能不气死吗?""老爷心里明镜一般,老爷是宰相肚内能撑船。老爷把世事看清了,老爷城府深,后边的戏多着呢。"

……

常德胜躺在肖翠花床上伸腰打呵欠无精打采,若有所思的样子,与往常上床来的急不可耐判若两人。肖翠花爬到他身边小声说："要不要吸一泡大烟?"

"不啦,快睡吧。"于是,肖翠花脱衣上床。常德胜猛地翻上身,没一点儿准备动作,长驱直入,直奔主题。激越时大喊："点火！点火!"事毕翻下身,像卸了套的驴滚到床上。肖翠花用毛巾揩着他头上的汗说："你近来好像没有这样激越过。"常德胜眼痴痴地瞅着天花板不言语。她乜斜了他一眼说,"你今天咋怪怪的?"

他吞吞吐吐地说："只……只有想起一个人时,才会如此激动。"

肖翠花一愣,问："谁?"

他憋了好一阵,爆出两个足以把肖翠花炸昏的字："兰兰!"

"啊?"肖翠花一骨碌爬起来,"你再说一遍!"

"兰兰,我要娶她做小。"

"你——死鬼!"她连掐带抠带咬。"你这个不要脸的,这事你做得吗?"

常德胜抱住她说："别激动,亲爱的！我之所以如此决定,也是为你着想,顺着我这根杆往上爬,你已经不可能。把兰兰促上去,还能没你享的福。再说……"肖翠花哭闹着说："不，不，不能走那条路。你——你一根什么烂杆，乘人之危，讨了人家便宜，还得寸进尺！""哎呀，没想到为人一场，倒做了个东郭先生，罢啦。"常德胜说着，穿衣起床，立马要走。肖翠花跪在床上抱住他说："你的救命之恩，我母女永世不忘。可这事我无法向女儿启齿，求求你，你要我怎样都行，万万不可有此非分之想。"

"你放心，我这人不会乘人之危，更不会强人之难，你如果还不明白，我不妨给你说明确点，兰兰处在悬崖边，如果是我的妻子，谁也不敢动她一根毫毛，反之，立马遭逮捕。何去何从？你细细斟酌。"

肖翠花痴愣在那儿，傻瞪着眼。常德胜什么时候走了，她也不知道。

三十六

高天顺回郭家虽然引起了轩然大波。但却意外得到东家允许，将二太太和春艳领了出来，心里暗暗高兴。随即在大华旅馆给她们租了两个房间。春红把三人领进208房间说："先生、太太，有什么吩咐，就喊我一声。另一间在隔壁209，要过去看一下吗？""二太太、高叔，你们先歇着，我过去看一下。"春艳说着，和春红出去，顺便关上了门。

高天顺迫不及待地抱住二太太。二太太伏在他肩头嘤嘤地哭。他抚着她的头说："别难过，我一定找到咱辉辉。也一定报这仇。"二太太止住哭坐在床沿上说："其实，都不用登记两间房，我和春艳住一屋就行了。"

"那我来了怎么办？"

二太太摇摇头说："心情不好，都没那心思。""那我就走呀！"高天顺说着，佯装生气地起身往外走。二太太又从后边抱住他。"又抱我干啥？"

"嗯，我不想让你走。"

高天顺回头吻了她一下，小声说："等着我，晚上我就来了。"

肖翠花丢了魂似的在屋里瞎忙活。脑子一片混乱，摸摸剪刀，端端笸篮，不知该干什么，索性坐在炕沿上发呆。兰兰进屋叫："妈！"肖翠花的眼泪"哗"就流出来了。兰兰抱住她问："妈，你咋啦？"

"我悔死啦，我失算得完完的了。这该如何是好呢？"肖翠花大哭起来。

"到底怎么啦？妈，你快说呀！"

"我……我没法开口呀！"

兰兰跺着脚说："妈，你真要把人急死呢。"肖翠花擦着眼泪说："你坐下，妈给你说，反正躲也躲不过去。"

"什么事那么严重?!"

肖翠花刚张口,又"唉!唉!"打着自己的脸,"这如何说得出口呢?"

她越这样,兰兰越急得不行,摇着她说:"妈,什么事何必这样?是天要塌了吗?""还不如让天塌了呢!啊呀呀!"肖翠花撕心裂肺地倒出了那让兰兰几乎无地自容的话,"你伯,不,豺狼、恶魔,常德胜要娶你做小。"

"啊!不!"兰兰一下惊得目瞪口呆。这真是晴天霹雳!她哭喊,"妈,不,不能啊。我和双牛哥已订终身,你不知道吗?"

"唉!现在想来,妈当年和常德胜,这是我这一生做的最失算的一件事。可我没办法呀。孩子,那时你还小,郭麻子、高掌柜逼得咱走投无路,危难关头,常德胜走进了我的生活,扭转了局面。我只说,这是大恩大德,可不知这是大阴谋、大圈套,他霸占了我也就罢了,他还谋算你,这真应了古人一句话:祸兮福所倚,福兮祸所伏。"

兰兰已稍微平静了一点,说:"常德胜是官场上人,我想,他不会连一点儿道理都不讲,咱给他讲明道理,就说我和双牛已定亲……"肖翠花摇头:"那人我知道,心狠手毒,他想要得到的就不择手段。我现在才恍然大悟,你知道陈刚为什么死吗?那疑团不是昭然揭若了吗?可见他对你图谋已久,只怨咱笨,咋就没想到呢。"

"我想这也不一定没办法。你先稳住他,等双牛哥来了,我们商量好逃之夭夭,他还能撵到天边不成!"

"能那样最好,我怕那人已布下天罗地网,叫你插翅难飞!他还撂下话,说你如果成了他妻,就没人敢动你一根毫毛,如其不然,就马上遭逮捕。孩子,你有什么事还瞒着妈?"兰兰一惊说:"他是那样说的吗?妈,那你更要诱住他,就说我一时思想转不过弯,你正在做我的思想工作,逼急了我脖子一抹,他就鸡飞蛋打一场空了!我想,不几天,双牛哥就会回来,到时咱们再商量办法。"肖翠花点点头。

兰兰久久地在城头徘徊,时近中秋,过往的人们,都准备好了月饼、瓜果、葡萄,盼望着一年一度与亲人团聚的日子。她遥望北方,心里默念:双牛哥,你快些来吧。

正当她母女俩无计可施,千思百虑时,另一桩阴谋却在有计划地实施。

高警卫员溜到大队长办公室,把他调查的情况悄悄汇报给常德胜:"据说,一个年轻赶驮的脚夫和兰兰关系密切,名字叫贾生根。"

"现在在店里吗?"

"不在。"

"啥时来?"

"不知道。"

常德胜指示说:"注意侦察,一来马上逮捕。"

天还没完全黑下来,高天顺就来到大华旅社 208 房间。春艳识眼色,托辞说累了想早睡,就走了。高天顺迫不及待地抱住二太太滚到炕上,像一只发情的公狗一样晃荡着。二太太抚摸着他的脸说:"这一出事我就想和你在一起不分离,你说我还有谁呀,可我真的兴奋不起来嘛。请你谅解我!"他越发把她死死抱住。她又喃喃,“再说,老爷把春艳派来,不是明摆着为监视咱俩吗?那蹄子回去说闲话咋办?”他不耐烦地说:“一个丫鬟也把你吓住啦!我迟早要拾掇了她,把她收为二房。兴他郭福山大妻小妾,我高天顺就不能有小老婆吗?”她推开他说,“你既有此心,何不今晚就把她收了?”

“你同意?”

“我还管得住你的心?”

“那怎么弄?”

“我出去一下,你想办法。”

春艳回房后没点灯就连衣躺在床上,高天顺和二太太勾搭,她一清二楚,有时候二太太还让她通风报信打掩护。此刻,隔壁房间发生着什么事,她完全可以想象到,触景生情,她不由得就想起了她的子善哥。

子善进郭家时,正值玉米拔节,秋庄稼茂盛生长季节,秋田中耕锄草已到关键时刻。因家里男劳力少,大太太就让她和贵儿、子善一同去田里给玉米中耕刨土。半晌时,大太太又差秋红把贵儿叫回去另有急事。青纱帐内,子善抱住吻了她,说挣下钱就把她娶回家过小日子,再不给地主家当丫鬟了。她心情激动浑身燥热,子善抚摸着她的胸,迫不及待地解她纽扣时,她抓住他的手说:“子善哥,我迟早都是你的人,等结亲那天再……”

她正沉醉在幸福的回忆中,二太太在门外叫:“春艳,你过来一下。”她习惯性地整整衣服来到208房间。“我上厕所去,你打盆热水给高队长把脚洗了。”二太太说着出去了。春艳打来热水给高天顺脱鞋袜洗脚。高天顺坐在炕沿上盯着春艳看。春艳抬头碰见那灼灼目光,羞得满面通红,心想:这二太太怎么还不回来?

高天顺问:“你今年多大了?”春艳低头不敢看他:“十七岁。”

“你父母身体都好吗?”

“我妈早死了,我爹还好。”

“噢,家里挺困难吧?”

“是困难点儿,不过将就能过。”

“以后有啥困难就给我说。”

春艳洗毕倒了洗脚水说:“谢谢高队长,再没事,我就过去了。”“别忙,”他往床上一躺说,“我肚子有点儿痛,你给我揉揉。”春艳往门外看看,不好意思地说:“这……”

“愣着干什么?”高天顺催促说,“二太太让你侍候我,你不愿意吗?把门闭了快上来。”春艳忸怩地上了床。高天顺“噗”吹熄灯,一把把她拉到怀里,两腿死死把她夹住,一翻身就把她压在身下。春艳哀求:“不,求求你,饶了我吧,看二太太回来了……”不管春艳怎样哭闹、挣扎,高天顺还是为所欲为。一边做着,一边心里直乐,啊呀,真好,还是个没开苞的。灯点亮了,春艳匍匐在床上嘤嘤地哭,头发凌乱,衣着不整。高天顺收拾好衣裤,从身上掏出几张钞票塞到她怀里说："别哭，我以后会对你好的。"说着，出门走了。二太太回来见此情景，假惺惺地说："这是怎么啦？"爬上炕，拉开被子看，"哟，还流血啦。"春艳一下扑到她怀里，哭得更厉害了："二太太，这该怎么办呀？"

"别怕，春艳，女人迟早都会走这条路的，高队长能看上你，是你的福气。"看见丢在炕上的钱，"哟，一次就给你这么多钱。当年，第一次偷我，也没给我这么多，快拿上。"说着，把钱塞到她的口袋。

"二太太，你将来肯定跟高队长吗？"

"傻孩子，你还看不明白吗？如果郭辉找不到，我还能回那个家吗？即就是找着了，那我们也是一家人呀。"

"那我……"

"你别怕，有我为你做主。"

兰兰正为等不来双牛，焦虑地在屋内来回踱步呢，窗外响起牲口的铃铛声。她到窗口去看，果然是双牛他们的驮队进店了。她急忙跑出去与老李头他们打招呼："你们回来啦？"老李头说："回来了。来朗孟驿比回家还急呢，更何况，今天是八月十五。"

张山说："兰兰，等急了吧？"

"可不，天天盼你们来呢。"

"恐怕不是盼我们，是盼双牛吧。"

双牛说："再别呲闲牙，快卸驮子！"兰兰逮着牲口，双牛、张山把驮子抬下来送进库房，卸了鞍，收拾家具。兰兰拉着枣红马在场地上转圈圈。枣红马闻了闻地，喷了两声鼻，在地上打滚。双牛回来接过缰绳说："你快回房去，这活儿脏，别把你弄脏了。"兰兰小声说："拾掇好，快到我房里洗脸吃饭，我还有要紧事和你商量。"

"嗯，知道了。"

兰兰打好了洗脸水。双牛一进门，她就说："你快洗脸，我给你端饭去。"她端来了饭。双牛正在擦脸，她又催促说，"快些吃饭！"

双牛诧异地看了她一眼问："今天咋催得这么紧？"

"你吃了饭我再告诉你。"

双牛狼吞虎咽地吃了饭。兰兰把门一关，轻声说："双牛哥，咱们结婚吧。"双牛睖睁地望着她："兰兰，我已给家里人说好了，你急什么？"

"不，双牛哥，不等了。我要现在，今晚，你听懂了吗？马上就结婚。"

双牛搔搔脑袋，黄河滩那一幕映上脑际，说："今晚？今晚怎么……这算明媒正娶吗？"兰兰把他拉到窗前。月光浩亮，天空湛蓝。"今天是八月十五，月老为媒，苍天作证，咱们拜天地。"于是两人向天上圆月跪拜。

一片浮云从月亮前飘过，暗了，亮了。柔和的月光涌进屋子，这是老天送给他们的美好祝福。兰兰抱住双牛说："双牛哥，愿我们百年好合，白头偕老！"

双牛吻了她一下说："但愿如此。"兰兰拉起他说："入洞房吧，双牛哥。"噗，吹熄了灯。床上一对亲吻滚动的身躯。激越时兰兰小声叫："点火！点火！"双牛不解其意划着火柴，她"噗"吹熄火，抱紧他急促地喊"点火！点火！"他恍然大悟，两人紧紧抱吻在一起。

事毕躺在床上，双牛说："现在告诉我，这是为什么？"

兰兰愤愤地说："常德胜这个大坏蛋，禽兽不如的东西……"

双牛惊诧地问："他不是你伯嘛，你怎么这样恨他？"

"不，他是恶魔、吃人的野兽。他要娶我做小。"

双牛一惊说："那你妈同意吗？"于是兰兰就把她妈和常德胜吵架的事对他说了。最后说："我想，咱们火速结婚，生米煮成熟饭，对外公开夫妻关系，看他常德胜还能怎么样？"双牛说："常德胜如果蓄谋已久，为什么早不说，迟不说，而现在说？你想过原因吗？"

"我妈说，常德胜还说，如果我做了他的妻子，就没人敢动我一根毫毛；如若不然，就有人马上要逮捕我。"

"那一定是特务队，这说明敌人已经怀疑我们了。咱们的处境很危险。"

"双牛哥，我这几天急着等你来。咱们赶快逃出虎口，投奔解放区吧！"

"事发突然，让我想想。"双牛没有想到，他一直向往的骑红马、戴礼帽、扎金花、披红绸，抬着一顶花轿，把兰兰娶回家的结亲仪式，就这样草草了事了。而且新婚之夜就要考虑如何逃生……突然响起一阵敲门声，兰兰问："谁？"

"我，快开门。"于是两人急忙穿衣起床，开门让肖翠花进来。

"婶婶，你好！"肖翠花怔怔地看着双牛，双牛脸颊绯红。兰兰说："妈，我们提前结婚了，也把事做了，说不定，今晚我就怀上了他的孩子。"

"唉！"肖翠花长叹一声说，"也罢。双牛，婶婶对不起你们，不能给你们好好办个像样的婚礼。"

"婶婶，别这么说，是我对不起兰兰，我会对你和兰兰好的。"

"现在全城戒严抓共匪，恐怕也会到咱店里来的，你们好自为之。"肖翠花说毕走了。双牛先是一惊，随即镇静。又忽然想起什么说："啊呀，把一件要紧事耽搁了。消息没送出去。"双牛着急地在屋里踱着。听见了敲打大门声，兰兰说，"怎么办？双牛哥。你先出去躲一躲吧。"双牛焦急地说："也只得如此，只是信……"

"你如果信得过我，交给我替你送吧。"院子内响起杂沓的脚步声和"站住！"的吆喝声。

双牛取出密信及一个用布包着的小东西给她，耳语交代。兰兰连连点头。她踩着凳子打开西边高处的窗子向外看——外边是一片包谷地，空寂无人。她下来说："没情况，上吧。"双牛再一次拥抱兰兰。小声说："你说，能怀上咱们的孩子吗？""我想会的。"兰兰与他亲吻。

双牛上到窗台上，又回头叮咛："如果我有个三长两短，你就找集英镇那个联络点。”兰兰噙泪点头，颤声说：“双牛哥，夜里回来，你就敲这个窗……”“记下啦！”双牛翻身跳下窗子，转眼就消失在包谷地里。

兰兰一下子倒在床上，眼泪无法控制地涌流着。“啪啪！”野外传来两声清脆的枪声。她神经质地跳起来凝神静听。门外有人说：“那是梁小姐的住屋！”

“小姐的房也得查。”门被敲响。兰兰拢了拢头发，点亮了灯，拉开门。江警卫员领着两个城防队员进来说，“梁秘书，就你一个？”

兰兰没好气地说：“你是瞎子？”江警卫员面红耳赤，抱拳说：“打扰了。”回头说，“撤。”领着人走了。

第二天早上，高警卫员向常德胜报告，说梁秘书派人传话，说她身体不舒服，不上班来了。常德胜知道，兰兰一时思想转不过弯，恨他。说不来就不来吧，让她好好休息几天。高警卫员小声问：“要不要秘密跟踪？”常德胜厉声说：“不用，谁也不许惊扰她。暗中保护，如果发现特务队的人跟踪她，给我赶开，如果谁逼得她出了事，我毙了他。”

初夜，南关夜市。八月十五中秋夜的氤氲还没完全散去。十六的月亮依然圆亮，明晃晃挂在空中。摊贩的叫卖声此起彼落。

一个卖元宵的唱得响亮中听：“十五月亮十六圆，我的元宵没卖完。昨晚没吃不后悔，今晚让你吃个美。坐啦！五千元〈五角〉一碗，汤给你添满，让你吃美喝扎，坐下不想回家。快快快啰！机不可失，时不再来。过了这个村，就没这个店啰。”

兰兰坐在元宵摊前说：“老板，来一碗元宵！”“来啰！元宵一碗！”老板唱着，把一碗热气腾腾的元宵放到她身前的小桌上，并给碗里放了个小勺子。

茂生老汉在不远处吆喝：“纸烟、洋糖、落花生……”

兰兰瞥了一眼，似乎看见江警卫员的面影闪现了一下，她定睛看时，又了无踪影。她揉了揉眼睛，一边吃元宵，一边偷偷地观察——子善和一个人在不远处的摊位上吃饸饹。她望过去时，子善正好回头看她，那眼神好像暗示什么。

兰兰心想：今晚气氛不对，敌人可能跟踪我。她吃完元宵就回家了。从南门进店时，与从马棚屋出来的张山碰了个照面。张山说：“梁小姐出去啦？老李头刚才找你没找见。”

“人在哪儿？”

“在脚夫宿舍。”兰兰快步向脚夫宿舍走去。

老李头一个人在那儿抽旱烟，见兰兰进来了，招呼道：“兰兰，快来！”

“李叔，你一个人在啊？”

老李头往外边看看，闭了门小声说：“生根昨晚没回来，警察还到这儿搜查啦，凶巴巴指名找生根，不知咋回事？”兰兰小声说：“这两天城里抓人，也许躲哪儿去了。”

“原定明天出发，该怎么办？”

“再推迟一天。”

“行，咱们都打探消息。”

“这几天敌人搜查得紧，要注意。如果有人问生根，你就说不知道。”

“嗯。”老李头磕着烟灰，愁眉苦脸。

兰兰回屋苦思冥想，我用一个什么特殊的办法把情报送出去？她打来一盆凉水洗脸，冷水一浇头脑顿时清醒了，擦脸的手突然停住，计上心来。

兰兰约了周妈一同来到临河酒家三楼包间，在窗前给周妈指点：“看，那个吆喝卖纸烟、洋糖、落花生的老头，看清了吧？”周妈点头。兰兰给她耳语。“知道了！”周妈说着下楼去了。“堂倌！”堂倌跑了进来。兰兰说，“来一盘猪头肉拌粉丝，再来一瓶杜康酒。”“来啰。”堂倌端来了肉和酒。兰兰一个人自斟自饮。

周妈走到提篮叫卖的茂生跟前说：“哎，给我买十颗洋糖，半斤花生。”茂生圪蹴下来给她取糖称花生。周妈小声说：“临河酒楼三楼一号包间有人要买烟，请你给送上去。”“嗯，”茂生把花生倒进她的口袋，收了钱，绕了个弯，匆匆向酒楼走去。有一个穿灰衣服、帽檐拉得很低、遮住了脸的特务吊远尾随其后。

茂生在三楼一号包间门口敲了两下门，问：“有人要买烟吗？”

“是的，进来吧！”

茂生推门进屋。灰衣特务转身跑下。茂生小声说：“怎么是你，又有什么紧急情况吗？”兰兰关了门，从身上掏出小石猴：“我有这个。”茂生一见石猴，眼放亮光，从身上掏出石猴左臂一按，严丝合缝，又卸下来说：“同志，快递消息。”二人交换了小纸包。他给她抓了几把花生放在桌子上，故意大声说：“小姐，一斤花生五千元。”兰兰掏钱给他，茂生按住她的手小声说：“小心，今晚特务盯得紧。”说毕，转身开门走了。兰兰迅速藏好纸包，又若无其事地嗑花生，喝酒。茂生下到二楼，听见下边杂沓的急促上楼的脚步声，忙拐进二楼一间包间，包间内是麻将摊，人声嘈杂，烟雾腾腾。

茂生喊：“纸烟、洋糖、落花生，有人要吗？”立即有人说：“啊呀！真是及时雨，正没烟了，来两包哈德门烟。”李松带几个特务冲进三楼一号包间，瞅着兰兰奸笑一声说：“哟，好自在。”兰兰装着微醉的样子，痴痴地看着，只顾把花生咬得嘣嘣响，不理不睬。李松大喝一声：“搜！”张奎和特务就要上前。兰兰忽地站起来，把桌子一拍说：“凭什么随便搜人？”

“嘿嘿！”李松冷笑一声，“凭什么？例行公事！上！”

“啪！”兰兰把酒瓶摔得粉碎，吓得张奎和特务倒退了几步。随即又一哄而上揪住兰兰。正紧要关头，高警卫员带人冲进屋，大喝一声：“住手，你们干啥？”

张奎和特务停住了。李松说：“奉命例行公事。你们是干啥的？”高警卫员“啪啪”扇了他两个耳光。李松拔出手枪对着高警卫员：“妈的，你敢打老子？”

江警卫员等其他城防队员都“哗”地举起枪对着他。高警卫员从身上掏出个小蓝本本在他面前晃了晃说：“看清楚，老子是城防队的，奉命保护梁秘书。回去告诉你们头儿,再敢胡骚扰我们梁秘书,我们抄了你们的老巢。”茂生借着上边吵闹时,溜下楼走了。

李松摆了下头说:“走!”和那几个特务灰溜溜地走了。高警卫员说:“梁秘书,受惊吓了吧? 你怎么跑这儿来了?”

“没啥,心情郁闷,来这儿喝闷酒。”

“要不要派人把你送回去?”

“不用,没事,你们快忙去吧。”

高警卫员一挥手说:“撤。”就都走了。

兰兰踉踉跄跄回到朗孟驿。脚夫屋内灯还亮着,内边传出唧唧咕咕的说话声。她来到窗下沙哑着声音说:“老李叔,请你到我房里来一下,我有话对你说。”老李头说:“来啦!”心里说,兰兰咋声音不对,出啥事了? 匆匆来到兰兰屋说,“你咋这晚还没睡?”

“我出去了一趟,才回来。”

“有消息了吗?”

兰兰摇摇头说:“没有,但我明天得随驮队北上。”

“你……”老李头疑惑地看着她。

“嗯,我要去办生根交代给我的事。”

“你一个女的,怎么夹杂在我们中间走?”

“我化妆一下。”

“女扮男妆?”

“嗯!”

“你行吗? 一天要跑一百多里路呢。”

“行,我小时候爬山、上树和小子一样。”

“不推迟一天啦?”

“情况有变,明天天不明就出发。”

“不给你妈说?”

“这你别管,今晚,你别让脚夫们知道。”

“嗯,你可要装扮好,别让人看出破绽了。”

“没问题。”

“我给你起个男孩名,叫李若男。”

“为什么姓李呢?”

“假扮我的儿子。”

兰兰微笑了一下说:“干爹,我愿意做你的儿子。”老李头憨憨地笑着说:“兰兰,一言为定,你就是我的儿子。”兰兰笑着点头。老李头刚要走,她又叫住他说:“哎!叔,我家没有男装,该到哪儿找男人衣服呢?”

“这娃,爹叫得好好的,怎么转眼又成叔了?”

兰兰红了脸说："干爹，你莫见怪，一时还改不过口嘛。"老李头一脸幸福地说："衣服好说，我们出门人每个人都预备着两套衣服，我把生根的袂子拿来，你把他那身衣服穿上。"张山正在给脚夫们侃三国："长坂坡上，赵云杀得七进七出，血水流成河……"老李头走进屋说："停停停，快睡觉。明天三更吃饭，五更上路。"张山噎在了那儿。

王良说："不是说推迟一天吗？"

"情况有变化，明天务必走。"

"生根不是还没回来吗？"张山说。

老李头厉声说："少啰嗦，到时候，他自然就回来了。"肖翠花已熄灯睡了。兰兰推门进屋叫："妈，你睡了？"肖翠花坐起来说："是兰兰，让妈点灯。"

"妈，你别起来，也别点灯，我和你说几句话。"兰兰把妈按睡下，爬在妈身旁说，"常德胜这几天没和你说什么吗？"

"没有，他能给我说什么？他在等我给他回话呢。这一向我心烦意乱，真不知该怎么办？兰兰，你给妈句心底话，你到底准备咋弄呢？"

"那天不是已给你说明了嘛，我已是双牛哥的人了，等他安排好，我们就走."

"但愿你们能远走高飞，可我老担心你们逃不出常德胜的魔掌。"

"妈，别悲观，走着看吧。我还给你说个事。"于是她给妈交代说，她明天要去北原上一个同学家住几天，城防队的人若问，就说她走亲戚去了，一两天就回来。肖翠花不放心，问她和谁去。她就把她和老李头商量的事大略给妈说了一下。肖翠花得知有老李头照顾兰兰，说那她就放心了，随后又叹息一声。

"妈，你还想说什么吗？"

肖翠花语重心长地说："兰兰，你已经是大人了，有些事，妈本不想干涉，可妈得提醒你，不敢做危险事，妈再没有亲人了，别让妈提心吊胆了！"

"妈，没事，我知道该怎么办。"

驮队行走在四十里蔫驴梁上。太阳从东海喷薄欲出，照得山峦一片金黄。张山看看东方说："今天就是起得早，走了十多里路了，天才太阳抢红！"老李头可着嗓子吼秦腔："人得喜事精神爽……"张山说："你老汉有啥喜事？看把你高兴的！"王良回头看看身边的兰兰说："咦！这小伙子是谁？"兰兰面红耳赤不言语。老李头说："那是我儿子李若男？"

张山说："老李叔，你啥时有儿子了，还有名有姓的。"

老李头说："刚要的，不信，你问。"

人们听见了都回头望。张山走到兰兰跟前左看右瞧，伸手揭她头上扎的白羊肚子手巾。兰兰伸手挡住，直对他笑。"这不是兰兰嘛。"张山话一出口，大家都惊呼。

王良说："走了小半夜夜路，身旁伴个美女都不知道。"老李头说："都滚远点儿，别把我儿子惊了。"张山说："兰兰，你怎么这身装束出来了？"

“去北边有点儿事，要和你们一路走，不这样打扮，行吗？”

老李头说：“现在我告诫你们，这一路只准叫李若男，不准叫兰兰。把你们的嘴都给我看牢，谁也不准说漏了嘴。”于是大家打哈哈要老李头请客，说不请客那就不承认。老李头连连说：“请！请！下一站集英镇下馆子，让大家开怀畅饮。”大家欢呼。他又叮咛，“我可告诉你们，不能喝多了，要不会胡言乱语。”

特务队在临河酒楼碰了钉子，高天顺气呼呼找刘湘告状，说常德胜太霸道，阻挠他侦查取证。添油加醋地把临河酒楼上那一幕说给刘湘。刘湘仍然耐心开导，劝他暂时别碰常德胜，一再叮嘱他，要学会避其锋芒，击其软肋，时机成熟再出手。告诉他，当务之急是先弄清郭辉下落。同时也不能盯住兰兰一条线索，要放开视野，从多方面入手侦察。

兰兰的行动也受到城防队的监视。一大早，高警卫员就给常德胜报告说，今晨探知梁秘书不在朗孟驿，不知去向，问要不要去查。

常德胜紧蹙眉头思索了半晌才说：“不用！这事我知道了，你不用管了。”

高警卫员又压低声音问：“逮捕的那个小伙子要不要审？”

“不，对外保密。”

集英镇是一个山区小镇，位于集英川腹地，只一条街，约半里长。不逢集日，街上显得冷冷落落。兰兰寻寻觅觅走进了兴泰典当行，对站柜台的中年人说：“请问丁老板在吗？”中年人看了她一眼说：“我就是，你有什么事？”兰兰左右看看，从身上掏出小石猴说：“我当这个。”丁老板接过石猴看了看，转身从抽屉内摸出石猴的右臂一安，严丝合缝。转身说：“同志，请跟我来。”兰兰跟着丁老板走进店里，七拐八弯走进一个小院，进了北边一个较大的屋子。一个五十岁左右的人正趴在桌子上打算盘算账。

“老苏，桢县介绍的人来了。”丁老板又转脸对兰兰说，“这是苏主任，他会告诉你的。”说毕，转身走了。苏主任示意她坐下。接着，头也不抬地打他的算盘。兰兰在对面的椅子上坐下，显得有些尴尬和局促，四处观看——桌子上摞着账本，笔筒内插着大、小毛笔，墙上挂着夹着票据的夹子……

停了好一会儿，苏主任合上账本，收拾了算盘，抬起头说：“梁兰歌同志，你辛苦了！”兰兰一愣说：“苏主任，你咋知道我叫梁兰歌？”苏主任微笑着说：“桢县地下党把你的情况向我们汇报了。根据我们掌握的情况，你也是穷苦人出身，受过地主恶霸的迫害。你能主动为党工作，并向组织靠拢，我代表党组织表示感谢，也表示欢迎。不过，有些事我们还需要向你了解一下，希望你能密切配合。”兰兰点头说：“是，苏主任。”

“兰歌同志，你与贾生根同志是什么关系？”

兰兰仰头思索了一下说：“贾生根原名秦双牛，与我同村，我俩从小青梅竹马，后因故各奔东西。多年后不期在我家店内邂逅，相互仰慕私订终身，正当他说通父母准备与我成婚时，事有突变……”兰兰顿住。苏主任见她脸涨得通红，说：“兰歌同志，有什么不便说的吗？”“我说这些，不知会不会对生根同志有影响？”

“梁兰歌同志，我向你保证，我们党从来不亏待一个好人，我们的党员即使做了错事，只要能够老实向组织交代，也是既往不咎的。”兰兰低头想了想，于是把八月十五前后发生的事向苏主任汇报了。末了说：“现在，他是我丈夫，我是他妻子，也是在那天晚上，敌人突然搜查，我帮他逃走，接替了他交代给我为贵党传递情报的任务。”

“兰歌同志，你很勇敢，你敢冲破封建牢笼争取自由，是有待解放的一代妇女的表率，我们承认你和生根同志的夫妻关系，将来你们可以到边区政府领取结婚证。”

“谢谢党，谢谢苏主任，这样，我的心就踏实了。”

“那你家和常德胜又是什么关系？”

兰兰脸泛红晕：“苏主任，说出来，请你不要笑话。”苏主任点点头。于是，她把地主郭麻子逼债，欲霸占她妈，气死了她爹。她母子走投无路，她妈当初为立足所做的一切、现在的悔悟等情况，通通向组织作了交代。苏主任听后点点头说：“你妈的行为可以理解。不说那些了，据桢县地下党的反映，你很勇敢，做了很多革命工作。你申请加入中国共产党的愿望，我们也了解，根据你的情况，党组织已批准你加入中国共产党。现在，你就去参加宣誓吧。”他敲了三下桌子，进来一个年轻人。“兰歌同志，根据组织纪律，还得委屈你一下。”那年轻人用一块黑帕蒙了她的眼睛，牵着她的手出门，又转过一个院子，从一个夹道拾级而下来到地下室，年轻人给她取了黑帕。她一瞬间什么也看不见，眼前只现出一片灯光的红晕。她闭目适应了片刻，视力才慢慢恢复。

地下室不太大，山墙下有个高台，高台上放盏豆油灯。台下面站着十多个人，都向着灯台。屋子很暗，谁也看不清谁的脸。可大家都能看见挂在墙上那面鲜红的党旗。兰兰站在队伍后边。队伍最前边面向党旗的那个人擎起了拳头说：“现在，向党宣誓，请举拳。我念一句大家跟着念一句。”于是大家举起右拳，跟着他向党宣誓：“我志愿加入中国共产党，作如下宣誓：一、终身为共产主义事业奋斗。二、党的利益高于一切。三、遵守党的纪律。四、不怕困难，永远为党工作。五、要做群众的模范。六、要保守党的秘密。七、对党有信心。八、百折不挠，永不叛党。”宣誓毕，兰兰仍被蒙着眼睛带回苏主任屋。年轻人取了她眼上的蒙布出去了。

苏主任说：“梁兰歌同志，你请坐。”兰兰坐在凳子上说：“苏主任，我有个请求。”

“你说吧！”

“鉴于我们当前的处境，我请求党帮助我和双牛逃走。”

“你想去哪儿？”

“延安。”

苏主任沉思了一下说：“你的想法没错，现在很多革命青年都向往延安，接受革命熏陶。可梁兰歌同志,你已经是在党的人了,共产党员就要听从党的安排。”

“是! 苏主任,”兰兰忙说,“我刚才说的只是个人想法,我愿意服从党的分配,请党给我分派任务吧。”

“根据你的情况,党希望你留在桢县继续为党工作,仍以你现在的工作作掩护,必要时,也还要利用常德胜。”

“那生根交代的联络任务呢?”

“交通任务已交给了其他人,你的单线联络人是高子文。”

兰兰心里一震说:“是国民党桢县教育局长高子文吗?”

“是的!”

兰兰惊讶地说:“他是……”

“别大惊小怪。不该知道的,就不必多问,你有事只管和他联系就行了。”

“是!”兰兰点点头说。她真的没想到,那个在伪县府内声名显赫的高局长,竟然也是地下党员。苏主任又说话了:“梁兰歌同志,鉴于你和生根同志的关系,我不得不告诉你一个令人惋惜的消息,你一定要坚强!”“怎么啦?”兰兰警觉地问。

“生根同志被敌人逮捕了。”兰兰“啊!”一声险些昏过去。这突如其来的打击真让她一时难以接受。苏主任忙扶住她说:“兰歌同志,要坚强,要沉着冷静,回去后与高子文联系,想办法尽快把生根同志救出来。党会配合你的。”

“双牛用过的枣红马交给你吗?”

“那马就归你使用,你仍女扮男妆,我们派一个同志把你送回去。”

常德胜走进屋的时候,肖翠花完全是一种异样的感觉。再也难唤回昔日的热情和爱恋了,但是,又不能断然不理他。于是不冷不热地说:“你来啦!”

常德胜吊着脸说:“你把兰兰放跑啦?”

“谁说的? 兰兰去了她同学家,一两天就回来。她何必跑呢? 怕你把她吃了?”肖翠花随即又恳求说,“不过,他伯,我再求你,那事不能做! 兰兰和双牛从小青梅竹马,已订终身……”

“你是说那个赶驮的脚夫贾生根吧? 别做梦了。他已经被逮捕,不日就要上西天了!”

肖翠花惊愣得瞪大眼睛,“你……你狠心贼。”她对他又一阵掐打。常德胜端坐不动,她软瘫在地,跪地求饶,“求求你,千万不要害娃,看在我把一切都给了你的份儿上,你就是把我千刀万剐都行,请你……请你高抬贵手! 一旦双牛殁了,兰兰定然活不长久。啊呀! 我的天呀!”她拍打他的腿,“你倒是说话呀!”常德胜冷冷地说:“我可以暂时不杀他,这就要看你和兰兰的态度了!”说毕走了。肖翠花趴在桌子上呜呜地哭,随后又左右开弓打自己的脸,自言自语:你不要脸,你不要脸。她像得了中风病似的一下变得呆头呆脑,坐在炕上发呆。

兰兰走进屋,叫了声“妈!”就爬在妈的腿边嘤嘤地哭起来。肖翠花抚着兰兰的头,也无声地流泪。过了一会儿,兰兰止住哭,抬头望着肖翠花说:“妈! 你……”

"唉!"肖翠花叹息一声。

"妈!有什么事就说出来,别憋在心里!"

"双牛出事了。"肖翠花忍不住又哭起来。

"妈,你也知道啦?"兰兰也哭。

哭了一阵儿,兰兰止住哭问:"妈,你是从哪儿得到的消息?"

"常德胜来说的。"

兰兰沉思了一下说:"看来,双牛肯定是被城防队抓去了。"

"常德胜是恶魔,他什么事都做得出来。"

"他没说,他要把双牛怎么样?"

"他说他暂时不杀他,看你和我的态度,这分明是要挟咱。"

"你别怕,我明天就寻人救双牛。不过,你先得稳住他,你告诉他,就说我说,双牛要有个三长两短,我就不活了,我就是死,也要咬得他体无完肤。"

兰兰第二天就去找高子文,有了地下党的介绍,就少了不必要的猜疑和相互熟知过程。加之是老相识,兰兰寒暄了几句,向门外看看,就小声直奔主题:"高局长,我想和你说救贾生根同志的事。"高子文说:"刚接到上边通知,还没弄清是哪个部门把人抓去了。"

"在城防队,我已调查清楚了。"

"那你不是更好救吗?"

"常德胜心怀鬼胎,我不便出面。你和常德胜交情不错,能不能和他先谈谈,探探情况!"

高子文思索了一下说:"行,我最近就找他谈。"为了作掩护,兰兰临出门时,有意大着嗓门说:"高局长,调工作的事,劳你在心呵,那我走了。""好好好。"高子文说着把她送出门。

二太太和春艳得空回家,郭福山着急地问找郭辉的情况,二太太忧愁地摇摇头说,没找着。郭福山大发牢骚,怎么搞的?警察局、保安团、城防队……那么多人连一个案子都破不了?二太太就告诉他说:"听高队长说,有一点儿线索,就是有一个姓常的阻挡不让调查。""姓常的?"郭福山蹙眉说,"得是肖翠花的情夫,当年罚了咱家二十担粮的城防大队大队长常德胜?"

"就是的。还听说,这事可能与在咱家干过活的双牛有关。"

郭福山瞠目结舌:"啊,真是冤家路窄。这娃有好多年没见了,小时候结的冤仇现在还记着啊?"当年戳瞎老秦眼的那一幕映上脑际,他不禁打了个寒战,觉得背脊透凉。大太太转过身去,双手合十念叨:"阿弥陀佛……"秋红看见大太太抱着孩子祷告困难的样子,接过孩子,找春艳去了。春艳正在二太太屋收拾床铺。秋红走进来说:"一两个月没见了,想死我了。""我也是!"春艳说着,逗弄秋红抱着的孩子,"啊呀!这孩子变得真快,越来越像……嗯!不大像先前那个郭霞。"

"哼!性格差远了!不信,你抱抱!"

春艳接过孩子，小郭霞又是拽她的头发，又是抠她的脸，小指头还戳她的鼻孔……“啊呀！这娃咋这么好动？”

“将来准是个茬茬子、厉害虫！”

春艳佯装愠怒把那小手一抓，厉声说：“绑住，看你还厉害不。”

小郭霞挣不脱手，“哇”一声哭了。

秋红忙接过来哄：“噢——霞霞乖！不哭。”

大太太在客厅喊：“秋红，娃咋哭哩？”秋红伸了下舌头：“不咋的，逗娃玩呢。”春艳说：“大太太还挺在心的。”

“捏到手里怕碎了，噙到嘴里怕化了。”

“倒也是的，少爷要是找不到，这姑娘倒真成了十亩地一支谷了，宝贝蛋蛋。”

“少爷到底怎么了？”

“谁知道。高队长一天绞尽脑汁地找，就是没下落。”春艳说着，脸泛红晕。

秋红瞅瞅春艳说：“城里住了一阵，发福了。”拍拍她的臀，“看这快成骒骡屁股了！”又小声说，“是不是和子善有情况了？”春艳转过身抹眼泪。

高子文瞅了个机会去找常德胜。常德胜热情接待：“啊呀，稀客，请坐。什么风把高局长给吹来了。”高子文一屁股蹲到他对面的椅子上：“我就不能求大队长办点儿事吗？”常德胜一边递烟、倒茶，一边说：“当然可以。言何‘求’字，有事但说无妨，令至必行！”

高子文觉得这个开头很妙，他正愁此事如何提起？有了他这句玩笑话，心里说，我何不顺坡骑驴，来个开门见山，将他一军，看他如何应对？于是笑着说：“当真如此？”

“君无戏言。”

“那就恕我直言，把你以莫须有罪名逮捕的贾生根放了！”

常德胜一震，眼瞪了老大：“这……你咋知道我逮了此人？”

“你的秘书梁兰歌告诉我的，还会错吗？”

常德胜疑惑地看着他：“她……她怎么会寻你？”

“怎么就不会？”高子文说，“别忘了，她是我的学生。当年，为了她上中学，你还求过我呢。后来，她领着那些女学生找过我多次。”

“噢，我怎么就把那层忘了。”常德胜恍然大悟的样子说。

高子文乘机进攻：“老常，我想不通，你逮一个无辜脚夫是啥意思？”

“无辜脚夫？你下这结论，为时过早吧。”

高子文穷追不舍：“那你掌握了他什么犯罪事实？”

“我敢肯定，他与郭辉案有关，而且深究起来，肯定会挖出一个共匪团伙。”

高子文心想，好恶毒的家伙。随即试探说：“那你咋不尽快上报处理？”

“哼，你以为我会那么傻。此事牵扯到我的秘书梁兰歌，我把他供出去，也就等于把梁兰歌供出去了。”

“那你把他押起来干啥？”

常德胜思谋半晌才说：“我要和肖翠花及兰兰做笔交易。”

“交易！什么交易？”

“我要娶梁兰歌为妾，他们如果同意，我就放了贾生根，否则……”

高子文释然。怪不得兰兰说他心怀鬼胎。这时他倒真不客气地说了他一句：“你这招够损的。”常德胜显出无可奈何的样子说：“其实，我的苦衷暂时无法为人理解。”

“你还有苦衷？”

“我也是为她母子俩着想。”

高子文想，坏人干坏事，总要给自己找个理由。就像伊索寓言《狼和小羊》中的狼一样，真是不可思议。于是问：“怎么就是为她母女着想？”

“你想想，梁兰歌如果落到其他人手里，下场如何？可如果是我常德胜的小老婆，谁敢动她一根毫毛。”

高子文点点头。随即又试探着问：“那这事与贾生根有什么关系？你把他干脆处理掉，不就与梁兰歌没一点儿关系了吗？”常德胜摇摇头说：“你只知其一，不知其二，贾生根是兰兰的情人，我如果杀了她的心上人，就如同在她心上戳了一刀，一个被你戳伤的心，还会再爱你吗？”高子文伸起大拇指说：“哎呀，不愧是……不愧是常大队长啊。佩服！佩服！”心里却暗暗骂，口是心非的杀人魔鬼。把乘人之危用在此时的常德胜身上，是最合适不过的了。

“老高啊！我把肺腑之言和盘托出了，这可是唯有你我知道的事，要是以你口传出去了，可别怪罪老弟翻脸了。”

“明人不必细提，你的意图，我心知肚明，我会把你的心思转达给兰兰和她妈的，情况如何？等候消息吧。”

“那就谢谢高局长了。”

高子文走出常府，直觉得背脊发凉，这老奸巨猾，把阴谋设置得天衣无缝，这岂止是如来佛的掌心；恐怕还是太上老君的炼丹炉，兰兰难逃他的老谋深算。

游击队领导得知生根被捕后，也很着急。尤其是石老三，暴跳如雷，找到秦彪和吴斌，要求组织力量和城防队干一仗，把生根救出来。秦彪、吴斌稳住了石老三，认真分析情况，作出决定：严密监视敌人，随时探察情况，研究对策。石老三继续潜伏在0号，密切注视敌人动向，确保生根同志的生命安全。他们也通过地下通道，密切与党联系，寻求尽快解救生根同志的办法。

三十七

特务队也加紧活动。高天顺探知城防队逮捕了秦双牛，就找刘湘汇报情况。

还添油加醋地把双牛和郭辉小时候结下梁子的事详细叙述。以此下结论：双牛不能没有报复杀人的嫌疑，要求常德胜把嫌疑犯上交公开审理。

刘湘想，看来常德胜完全掌握了郭辉案的线索，要不，他怎么直接逮捕了这个人。他稳住高天顺说："别急，常德胜向来奸猾诡诈，藏而不露，或许还有什么更大的阴谋。我和崔县长交换一下意见再说。"

兰兰脸色煞白，躺在妈屋的炕上，时而爬在炕沿上干呕，然后又疲乏地躺下。肖翠花问："兰兰，你怎么啦？"

兰兰说："乏！想吐，不想吃饭。"

肖翠花仔细看看她说："你得是怀孕啦？"兰兰闭着眼说："我想大概是的。"

肖翠花心里很矛盾，女儿怀上了孩子，本来是件喜事，可女娃家，没结婚就怀孕，伤风败俗。摊上这样的事，她觉得脸上无光，于是就以商量的口气说："兰兰，我看请个郎中，开几服中药把胎堕了。"兰兰坚决地说："不！不论发生了什么事，我也要把这孩子生下来。"

周妈报告说，教育局的高局长传话，让梁小姐到他办公室去一下。肖翠花问："你找高局长说事啦？"

"嗯！"

"那你快去，看说的怎么样了？"

兰兰来到高子文办公室，高子文闭了门小声说："兰兰，长话短说，我探清了，常德胜就是想要你，只要你答应嫁他，就立马放生根。"兰兰咬牙切齿地骂："这狼心狗肺的东西。"高子文想起常德胜表白他也有苦衷的话，又不好意思对她明说，于是说："兰兰，常德胜水很深，你恐怕……不过，世间好事和坏事，总是搅和在一块儿，你考虑吧！""唉！"兰兰叹息一声低头沉思。该怎么办呢？答应了常德胜，自己将如何面对双牛哥？如果不答应，双牛哥危在旦夕，还有什么更好的办法供我选择吗？

高子文又说："事不宜迟，听说，刘湘找崔县长，要求把生根交法庭审问。你和你妈商量，快作决定。"兰兰上齿咬着下唇，眼盯着一处痴痴地看着，脑海内波涛翻滚地运筹了一阵，然后果决地说："没什么可商量的，救人要紧。先答应他，把人救出来再说。"

"你很果断，好！"高子文说，"我也认为应该这样。你可让你妈去向常德胜转达你的意思，比我去说强。"

"行！"兰兰说，"但最后你得出面当中人写个协定，我怕他中途变卦。"

"那没问题。"

兰兰把情况告诉了妈，并表达了救双牛的决心。肖翠花忧心忡忡地说："兰兰，你可考虑好，一旦落到常德胜手里，那就如同羊落狼口，不是你能跑得了的。"

"不管怎么说，救双牛都是首要的，也顾不了那么多，走一步看一步吧。你赶快找常得胜说去吧。"

肖翠花好长时间都没心思梳妆了,可她今天还是着意打扮了一番,发髻高挽,素妆淡抹,深蓝晶花镶边有襟夹袄,浅灰暗纹细布裤子,显得文雅秀气,干练利索。她庄重严肃地站在常德胜面前,用半老徐娘形容恰到好处。常德胜坐在办公桌后的椅子上,用异样的眼光看着她,僵持了好一阵,才说:“坐,什么事?说吧!”

肖翠花冷冷地说:“把双牛放了。”

“说得轻巧,风这么紧,闹不好,那可是丢官掉脑袋的事,我还能一而再再而三地做东郭先生。”

肖翠花努着嘴,脸涨得通红,沉吟半晌,瞅了他一眼说,“这可是兰兰的意思,你一定不愿意,那就算了。”说毕,转身要走。“慢着!”常德胜忙上前拉住她说,“她愿意以我的要求做交换条件?”肖翠花瞪了他一眼说:“如果能救下双牛,那事可以考虑。”

“真的?”常德胜欣喜若狂,抱住肖翠花就吻。肖翠花推他,扇他的脸。可他把她抱得更紧,嘴内喃喃,“我还会爱你的,你母女俩,都是我的宝贝!”肖翠花泪流满面,狠狠地咬住他的肩膀。常德胜痛得蹙眉咧嘴。揪住头发把她拉开,一耳光抽得她跌坐在椅子上。

常德胜用手按了按肩部损伤处,看了眼肖翠花嘴角的血沫,从墙角的挂钩上取了条毛巾丢给她。肖翠花擦了下嘴角的血,把毛巾摔在桌子上说:“如果愿意,把高局长叫上,今晚在我屋里写协定。”说完,摔门而去。

谈判在肖翠花屋里进行。肖翠花点亮油灯,关好门,把卷烟放在桌子上,给高子文面前敬上一杯茶。高子文笑着说:“啊呀,本来都是一家人,还要写什么笔墨协定。不过,也用得上古人一句话——先小人后君子。如果大家都能履行协定,也不愧有君子风范嘛。你说是吗?老常。”常德胜红着脸给他递了一支烟说:“别绕了,开始吧。”高子文打开他早就拟好的文书说:“那我就念协定了,一、常德胜应放出在押人员贾生根;二、梁兰歌与常德胜成亲,但不进常家门,生子姓梁不姓常;三、梁兰歌是朗孟驿的法定继承人,任何人不得霸占和干涉。老常,听明白了没?发表意见。”

常德胜笑着说:“我的条件只有一个——要梁女士。只要这个目的能达到,其他一切条件都答应。我已在安居巷买了一座二层阁楼,结婚就把新娘娶在那里。”

“好说!那我就往下念了,”高子文照章诵读,“兹定于农历十月初十成亲,那边放人,这边鸣炮上轿。空口无凭,立字据为证。中人高子文。兰兰,没意见吧?”兰兰脸涨得通红,憋了半晌才说:“高局长,你可要亲自把人接出来哟!”高子文说:“没问题,你还信不过我呀。”常德胜从包里掏出几摞包得整整齐齐的银圆放在肖翠花面前:“这点儿钱给你办酒席用,嫁妆不要你管,我差人办!”肖翠花一下把那钱摔在地上:“我不稀罕你那臭钱。”高子文打圆场说:“梁太太,这就不对了,事说好,你就是丈母娘了,能这样对待女婿吗?”常德胜拉了高子文一把说:“咱走。”

等不见交出嫌疑犯双牛的消息,高天顺又去找刘湘催问。刘湘说,崔县长的意思是，让暂时别惹常德胜。高天顺愤愤然说："常德胜在桢县就这么无法无天，为所欲为，无人敢惹啊！"刘湘说："有些事很复杂，我们只能静观其变。"高天顺又问："CC 不是说来人协助破案吗？怎么现在还不见人来哪？"刘湘叹口气，又给他透露了一下形势，说共产党力量日趋壮大，国民党节节败退，江山难保，已无暇东顾了。

那也不能，这也不行，高天顺心灰意冷地说："这一个党国的人，就这么说死就死了，也没人给其申冤报仇，让人心寒哪。"看见高天顺垂头丧气的样子，刘湘又给他打气出主意，说常德胜和梁兰歌达成协议，不日就要放人成亲，暗示他秘密逮捕双牛。高天顺又来了兴致，说："刘书记高见，咱逮住审，让他常德胜干瞪眼没办法。"于是两人叽叽咕咕商定了个逮捕双牛的方案。

武工队得到梁兰歌成亲救人的消息后，立即召开干部会，商定计划，部署行动。最后决定：秦彪带人化装成买卖牲口的驻扎在东关牲口市场；吴斌通过地下党转告高子文，让他告诉生根，出狱后立即向东关牲口市跑。那天吴斌就守候在西街口饸饹店，随时准备与地下党联系，掌握全盘行动，及时汇报情况和传达上级指示；石老三装扮成逛街人吊远跟踪保护生根，以防万一。

十月初十上午，特务队紧急集合。高天顺如此这般地给特务们布置任务。说一定要把秦双牛抓捕归案。强调说，尽量抓活的，人一死，对我们就没有多大意义了。张奎说："从城防队把人提过来审不就对了，何必绕那么大的弯子。"

"放屁，如果常德胜愿意给人，我也不想费这神。"张奎吓得伸了下舌头，但心里又不服气，心想，我说错了吗？同样都是国民党的下属单位，为什么那边放人，这边又张罗逮人？高天顺又说开了，"估计双牛是共匪无疑，如果真是，出狱时武工队肯定要接应，一旦发现武工队接应，那我们就乘机连武工队一起拾掇了。"

李松说："我们都没见过双牛，怎么逮？"

"你没见过，有人见过，"高天顺说，"子善，你还认得秦双牛吗？"子善说："见罢好多年了，但小时候在一块玩儿过，我想一定能认出他。"张奎说："那让子善把他引到特务队来，一逮不就了了。"

大家发笑。李松说："废话！如果真是共匪，那他愿意自投罗网吗？"子善心想，我如果能单独接触一下双牛，就可以把敌人的阴谋告诉他。于是忙说："我看可以试试，让我前去和双牛说说，如果他愿意来，那更好；如果不来，咱们的人不是也就认下他了吗？"高天顺说："行！就这么定。"

常德胜娶亲的事在紧锣密鼓地进行着。布置新房、寻花轿、订喜筵……城防队的人忙得不亦乐乎。在全聚德饭庄订了 100 桌酒席。还给白天执勤不能坐席的兄弟们专门在常德胜的新居准备了晚宴。放人的事安排给了江警卫员。常德胜还专门把高警卫员招来给他耳语了一阵。

朗孟驿内外打扫得干干净净，大门上贴着红纸对联：艳阳高照迎佳婿；宾客满座送淑女。横幅：喜气盈门。大院内搭着帐篷，摆着桌椅板凳，客人们围桌吃饭。人来人往，熙熙攘攘。常德胜头戴礼帽扎金花，穿着长袍短褂，骑着高头大红马迎亲来了。吴学究等忙招呼他下马、进屋、坐席。并高声唱道:“给新女婿上三道饭了!”花轿摆到了大门口。周妈来请肖翠花燎轿,肖翠花摆摆手说:“让老雷替我燎一下。”兰兰已穿戴好,头戴凤冠,身穿红锻子旗袍。流着泪与妈拥抱告别,问:“妈,你说,这会儿双牛放出来了吗?”“我想,他不会说空话的。孩子,放心去吧。”肖翠花说着,放下兰兰的盖头。

朗孟驿门口。老雷点燃一把干谷草撒上盐,咯叭叭燃着,围着轿子跑。

周妈把盖着红盖头的兰兰扶上轿。一阵鞭炮响过。吴学究高喊:“起轿!”吹鼓手吹打起来。常德胜骑马在前,花轿紧跟其后,吹吹打打向安居巷行进。好多人在看热闹。芳芳抱着孩子站在茶馆台阶上的人中间,迎亲队伍过来了,她指着说:“看看看,我说得没错吧!我家陈刚就是被那妖精害死的。现在,她的狐狸尾巴露出来了吧!常德胜是披着人皮的禽兽!司马昭之心——路人皆知!”王婶说:“芳芳,你少说两句,没人把你当哑巴。”

“我就要说,我还要告诉我儿子,就是那两个狗男女把他爹害死的!”芳芳对着怀里的儿子说,“娃,认清楚。那骑马的和那坐轿的,就是害死你爹的罪魁祸首,长大了,为你爹报仇呀!”

珍子把她掀转身,抱住她的肩小声说:“先人!你小声点儿,让常德胜听见了,你惹得起他吗?”“我不怕他。他把我斩尽杀绝算了!”马和花轿近在眼前,芳芳唾骂:“呸!羞先人哩!丢人不知深浅。”常德胜似乎听见了什么,回头看了一眼。吴承谦和珍子等忙把芳芳挡在身后。迎亲的队伍过去了。吴承谦把芳芳推进茶馆说:“芳芳,你咋这样不理智。大丈夫报仇,十年不晚你懂不懂?现在,你和他斗,就等于鸡蛋碰石头,忍着点儿吧。”芳芳哭着,抱着孩子回去了。

时近中午,从朗孟驿方向传来噼里啪啦的鞭炮声。高子文站在城防队门口等着,江警卫员把双牛从里边带出来说:“高局长,人交给你。我的任务完成了。”

“好的!”高子文拉着双牛的手就走。

双牛问:“高局长,这是怎么回事?”

“是梁兰歌救了你!”

“兰兰现在在哪儿?她怎么不来接我?”

“兰兰答应嫁常德胜,他才放你的。”

“怎么会这样?”双牛瞪大眼睛站定不走了。被逮捕的这些日子,他一直怀疑是不是郭辉案暴露了,现在看来,这中间还有其他阴谋……

高子文拉他说:“先别管那些,这会儿,她可能已坐轿到安居巷了,你赶快到东关牲口市去,那儿有人接应你。”

“不,我要去找兰兰!”双牛说着,挣脱手跑走了。

高子文望着他的背影,焦急地小声叫:“双牛。”双牛箭一般飞跑而去。

安居巷是一条东西巷子,很窄,东头通大街,西头接西城墙。中间偏东与南北向的高家巷十字相交。常德胜的新居坐北面南,张灯结彩,喜气洋洋。围观的人群把巷子围得水泄不通。兰兰被人扶下轿，踏上红地毯，常德胜在前用红绸牵着兰兰向里走去。双牛挤进人群观看，捶胸抓襟，眼泪不由自主涌出来。他退出人群，沮丧地低头向前走。子善迎面走来，大声叫："双牛！"双牛抬头见是子善，喊："子善！"抱住他泪如雨下。李松带着特务队在远处盯看。石老三戴顶宽檐帽，架一副茶色石头镜，肩披褡裢，吊远跟着双牛。

子善搂着双牛的肩拥着他走进高家巷安慰说："双牛，别难过，心放宽。"随即小声说，"特务跟踪，快跑。先别找武工队！"并把一张字条塞在他手里，推了他一把。双牛顺着巷子向南跑去。李松带着特务队赶上来。子善说："看见了吧？"

李松说："看见了，跟上去。"

张奎举枪瞄准。子善说："张奎，你干啥？高队长让逮活的。"

"我打伤他的腿，让他别跑……"石老三手塞进褡裢下的袄襟内掏枪……

"啪！"一声枪响，张奎手腕中弹，"啊！"一声叫，枪掉在地上。

李松喊："武工队，打！"特务队向屋顶、巷子中间射击。屋顶上、巷子中间的人也向这边射击，枪声像炒豆般响起。人们都躲避逃跑，有的躲在门道内窥探。石老三也躲进一个铺子内看动静。

子善说："李松，不对吧，武工队敢明目张胆在街上与咱们对着干？""停止射击。"特务队停止了射击，那边的人也停了射击，空气宁静而肃穆。李松大声说，"哪一部分的？有种站出来。"

高警卫员领着人从一个岔巷内出来说："狗娘养的，胡喊叫什么？我看你活腻烦啦。"李松说："妈的，又是城防队。我们执行任务，你们胡搅和什么？"

"我们放了的人，你们胡撵什么？"

"我们奉命逮嫌疑犯。"

"滚回去告诉你们高队长，那人已审清，无罪释放。"

张奎捏着手叫唤："哎哟！痛！痛！"子善说："还是别和城防队对着干，没咱占的便宜。"李松一挥手说："撤回！"特务队一溜烟地走了。

双牛一口气跑出南城门，来到南桥桥头，回头看，没人追来。他喘息着走下桥来到河滩，在僻静处展开子善给他的字条看——敌人不清楚你的底细，暂时别找自家人。双牛看看西斜的太阳，到河边洗了把脸，喝了几口河水，回头看了看桢县城，长叹一声，钻进了河边一片杨树林。

全聚德饭庄金碧辉煌，宾朋满座，觥筹交错，笑语欢声……

常德胜端着酒杯不断地敬酒，喜形于色，走到崔林玉跟前，崔林玉说："老常啊！添了小妾，必定事就多了。但国事家事都得顾啊，墙内墙外都要开花。结合当前形势，大家团结一致，一定要把咱们县的治安工作搞好！"常德胜立正俯首说："是，谨遵领导教诲！"

这时候，一个堂倌走到刘湘跟前附耳低语。刘湘站起身抱拳说："诸位！请慢用，失陪了。本人有事先走一步。"刘湘回到县党部，高天顺等已等在那里。他不分青红皂白,先发了一阵牢骚:“怎么回事?阎王爷催命都不催食,饭吃不毕,就哇啦哇啦叫的咋哩?”高天顺岔岔地说:“城防队的人把咱们的人打伤了。”

“什么?”刘湘蹙眉说,“城防队的人?不是遇上武工队?”李松满含委屈地诉说了张奎受伤、双方交火的经过,把高警卫员臭骂他们一顿说得很夸张。刘湘把桌子一拍说:“真是岂有此理。”

高天顺火上浇油:“刘书记,城防队就这样无法无天?再要不让我和他干,我这特务队长真没法当了。”

“先别急,我这次一定要向崔县长讨个说法。”刘湘摸了摸张奎缠着绷带的手说:“好好养伤,吃药打针让好快点儿。我找他狗日的常德胜算账。你高高兴兴地娶小老婆,让我的士兵流血。”

夜,中兴和小屋的豆灯照出一片昏黄的亮光,秦彪、吴斌坐在小凳上,一脸心事重重的样子。石老三推门进来,劈头就问:“接着生根了没?”秦彪摇摇头。吴斌问:“老三,你见生根了没?”

“见了。”石老三就把他在高家巷见到的那一幕,给他俩详细说了一遍,说那一枪本当他要打的,结果城防队的人抢了先。两家打热闹了,他再找生根时,就没影影儿了。秦彪纳闷儿,生根为什么不去东关牲口市?怀疑是高子文没给他交代清楚。吴斌则说,他打问了,高子文说,他交代清楚了,只是双牛听说兰兰嫁了常德胜很激动,一定要去安居巷,拉也没拉住。秦彪、吴斌担心生根又会出事。石老三给他俩宽心说:“我看不会的,看城防队和特务队打的那阵势,他们无暇去逮人的。况且,生根何许人也,有了前一次的教训,岂能轻易让他们逮住?”

“唉!”秦彪叹口气说,“事已这样,急也没用,武工队连夜撤回。老三,你仍留下,想尽一切办法打探生根同志下落。”

常德胜新居一楼大厅里摆了几桌酒席。城防队的哥们儿喝得天昏地暗。有两个城防队员在高喉咙大嗓门划拳喝酒:“五魁首、六六六、七七相会、八仙八仙……”大家轮流给常德胜敬酒,加之他白天应酬那些县太爷已喝了不少,这会儿已醉得不能自已。高警卫员也喝得说话都不知高低:“常哥,咱今天不讲上下级,是哥们儿,对不对?”常德胜摇摇晃晃说:“是哥们儿,是哥们儿,我的铁哥们儿。我一天依靠和仰仗的就是大家,谢谢大家。我敬大家一杯!”高警卫员于是兴奋地大声喊:“哎,常大队长给大家敬酒了。快喝!”众人干杯。“既然是哥们儿,那哥们儿有个请求。”

“说吧。”

“把梁秘书请下来,和大家喝几杯酒,然后让大家闹一回洞房,热闹热闹。”

常德胜说:“别胡闹,闹洞房就免了,兰兰也不能下来。再让搬几箱酒,大家喝个一醉方休。”众人喊:“闹洞房,闹洞房。”常德胜把高警卫员拉到一旁耳语了一阵。于是高警卫员就大声说:“肃静,肃静。因特殊原因,就不闹洞房了。开怀畅饮，大队长说啦，能喝多少就供应多少。喝！”划拳喝酒声一浪高于一浪。

二楼新房。红色的窗帘拉着，窗外有两个哨兵游动的身影。这是一个有套间的屋子，屋内布置得焕然一新。红色窗帘、红漆家具、红绸缎被褥、墙上贴着大红喜字、红烛高照，一切都溶在血色的氤氲内。兰兰坐在炕上。揭掉红盖头摔在炕角，泪痕满面，心里喊：双牛哥，你现在在哪儿？快救我出去吧。眼泪又流下来。

楼下传来笑闹声、划拳喝酒声和窗外哨兵的脚步声。风吹得窗帘在晃动，镶嵌在窗帘上的人影儿游弋恍惚……时间像绞索一样漫长难耐。那时她只考虑到要尽快救出双牛，就决然答应了常德胜，其实能不能逃出虎口，怎样逃出虎口，她完全没有把握。妈的忠告没错，看这儿如监狱般森严壁垒，我插翅难飞。她想起了党，我已是在党的人了。我想，党一定不会坐视不管，一切听从党安排。想到这儿，她的心稍微镇定了些，右手本能地摸了摸怀里。常德胜醉醺醺走上楼，东倒西歪。两个哨兵将他扶住。常德胜手一抡说：“放开，我没醉。洞房花烛夜……啊！”

兰兰一惊，立即坐直身子，拉过红盖头胡乱盖在头顶。常德胜推门进屋，直奔内间，“啊！我的美人儿！”一把揭了红盖头，扑上去就要拥抱她。“慢！”兰兰大喝一声推开他，“别碰我。”右手握着一把剪刀。常德胜睖睁地立在炕头地下，打了个冷战，眼用力挤了一下，酒醒了许多：“兰兰，你……你这是干什么？你想反悔？你的人，我已经放了啊！”

“我还有条件！”

“你说！”

“我……我已有身孕，在孩子出生之前，我不许你玷污我！”

“简直不可理喻！”常德胜焦躁地在屋里踱着。

“你……你要是不答应，我就死给你看！”

“别胡来，兰兰，”常德胜严厉兼带着溺爱说，“我答应你的条件。但你也得给我面子，我毕竟已是你名正言顺的丈夫。”说毕，自顾自和衣滚在下炕上睡了。兰兰蹑手蹑脚摸下炕。常德胜睡意蒙眬地说：“你不要打算逃跑，外边有卫兵守着。你也别费尽心机要花招，孙悟空再能，也跳不出如来佛的掌心。我能放了他，也就能逮住他。惹我生气了，把你俩交到特务队，那就一了百了了。”兰兰瑟缩在沙发上嘤嘤地哭。“你也不必害怕，如果存心害你，你也活不到今天。我不会强迫你，我会让你自动投入我的怀抱的。”

兰兰不哭了。上齿咬着下唇，瞪眼看着火红的烛焰。常德胜发出噜噜的鼾声。红烛在汩汩地流泪。兰兰心里苦苦地喊，红烛啊红烛，你是陪人流泪到天明呢？还是蜡烛燃尽泪始干……

嘈杂了一天的朗孟驿在夜晚渐渐平静下来。肖翠花从炕上爬起来，面容憔悴，她对镜稍事收拾了下头发，头探出屋子叫：“周嫂！周嫂！”“哎！”周妈答应着走过来，“肖老板，有什么吩咐？”

“忙完了，你让灶房做几样凉菜，温一壶酒拿到我房里来！”

“知道了。”

肖翠花拨亮豆油灯，把饭桌放在屋子中间，摆了两把椅子在桌旁。周妈边端酒菜往桌子上摆，边唠叨：“你睡了一天，我想，也该饿了，就说忙完了要给你弄饭菜的。你看菜怎么样？主食要什么？”肖翠花心不在焉地说：“这菜就行。拿几块馍，做两碗冰糖莲子汤就行了。”

“那你先吃菜喝酒，让我端馍、汤去。”周妈很快就把馍和汤端来了说，“肖老板，你咋还不动筷子，还等谁吗？”

“就等你，咱俩吃。”

“我吃过了，肖老板，你快吃吧！”

“你忙来忙去能吃好呀？别推辞了，坐下来陪我喝几杯。”

“那我就恭敬不如从命，敬老板几盅。”周妈说着，给酒盅内斟酒。

“也没外人，把酒盅撤了，换成大一点的杯子！”

“肖老板，有酒兴就好！”周妈换上酒杯，斟满酒，端起来说，“肖老板，爱女出嫁，如同剜了娘的心头肉，我知你喜中有忧，敬你这杯酒，喝了心舒眉展，万事称心如意！”肖翠花苦笑了下说：“周嫂你真会说话，好，干！”二人一饮而尽。肖翠花有点儿打呛。周妈边斟酒边说：“肖老板，边吃菜边喝，别伤着身子。”肖翠花吃了一口猪头肉说：“周嫂，你是我办店以来一直陪伴在侧的老人手，你说，我这人怎么样？大家对我怨声载道吗？”“哪里！哪里！”周妈说，“肖老板一个女人家，把这个店办得这么红火，有多少男人都不如你呢！”

周妈是个实诚人，说这话绝没溜须拍马的意思。如果在以前，绝对能勾起她对那如火如荼蓬蓬勃勃创业岁月的回忆。可如今，她心灰意冷，这些话如同在她心际吹过一阵秋风，使她倍感凄凉，哀叹一声说：“唉！不算啥！周嫂，你想过没有，咱们女人就像一朵花，从蓓蕾到开放到凋零，花儿开起能有几日红？一过了五十岁，再打扮，也难引起男人注目，你就是把事情干得再大，也是臭狗屎一堆。”周妈极力想改变主人忧虑的心情，说：“女人也不是专为男人活着，女人一有了孩子，那就是母亲，孩子离不开母亲。你不听人说，儿不嫌母丑吗？”

“那只是表面现象，孩子小时，依靠你，离不开你，唯恐你不在了。等你活到七老八十，鼻涕一串，说话流涎，颤颤巍巍，孩子表面上对你恭恭敬敬，其实，心里巴不得你早日寿终正寝，入土为安，他也就少了一份负担。所以，我也就经常考虑一个问题，人究竟死在什么年龄最佳？”

“当然是越老越好啊！你不听人说，好死不如赖活着。”

肖翠花摇摇头说：“少年夭折固然让人痛惜，但能永远给人留一个活泼可爱的印象；五十岁死，死得辉煌；六十岁死，死得刚强；七十岁死，死得恓惶；八十岁死，死得肮脏……”

“喝酒！喝酒！”周妈给杯子内添满酒说，“肖老板，大喜的日子，说生论死干什么？”肖翠花把酒杯重重地往桌子上一蹲说：“喜庆个屁！你说，我千辛万苦奋斗一生，最后弄下这丢人现眼的事，还有什么脸面活在世上呀？”嘤嘤地哭起来。

周妈忙劝说：“肖老板，贵贱别想不通，这种事又不是世间没有。过去的皇上选妃子，年龄比他孙子小的都有。况且，常大队长对咱家有恩呀。”

“有鬼！那时，我怎么就鬼迷心窍引狼入室了？我要这事业扯淡呀？混世这么多年有什么意思？那时如果让郭麻子逼死了，落个贞烈的名声流芳千古，苟且偷生到如今能怎么？人不人，鬼不鬼，遗臭万年。”她哭得更伤心了。

“肖老板，你一定要想开。没有人笑话你，你事业有成，如日中天，光鉴照人。一般人都望尘莫及，谁还会论及这么点儿区区小事。再说，咱娃是光明正大地嫁人，他谁有什么闲话可说的。”

“唉，不说了，人生一世，天知地知，自己只凭着良心做人，人家要怎么说，就让人家说去吧。周嫂，你以后对咱店内的事要加倍在心呵。”

周妈心里咯噔一下，说了半天，老板是爱中有罚，借着要我陪喝酒提醒我呀。于是说：“我从来做事小心谨慎，绝不敢马虎。只是年龄大了，动作有些迟钝，肖老板，我哪儿做得不对吗？”

“没有，没有，我是说以后。不早了，把剩菜收拾了。去睡吧。”

“肖老板，你吃好了？”

“好了，收拾吧。”肖翠花说着，帮周妈收拾桌子。

周妈把碟、碗端走了，肖翠花开柜取东西，发现了柜盖上的烟荷包，随即又探头叫：“周嫂，你收拾完了，再来一下。”周妈来了，她取来烟荷包给她说：“把这烟荷包给老李头，让他亲自打开。”周妈转着看了看这装满了烟，而又缝住了口的烟荷包，不解地说：“肖老板，他来了，你亲自给了他，不就了了，为何还要我转？”

“我最近可能要回一次娘家，这些时候一再梦见我娘家人，因为远，女儿出嫁，也没来得及通知他们，所以我无论如何也得去一趟。”

“好！那我收着转给他。”周妈说着去了。

一声鸡啼，兰兰打了个激灵，醒了。不知什么时候她蜷曲在沙发上睡着了。她揉了揉惺松的眼睛，常德胜还在酣睡，烛台上的红烛早已燃尽，窗外透进了曙光。

她对镜梳妆后来到屋外。江警卫员和另一名巡逻的卫兵上前打招呼：“梁太太，早安！”兰兰点了下头说：“早安！”说着向楼下走去。

江警卫员说：“梁太太，你到哪里去？”兰兰瞪了他一眼说：“都不让人上茅房了。”“好！”二人随着她来到楼下，看着她进了茅房，在外边守着。兰兰出来径直向大门口走，江警卫员挡住她说：“梁太太，你还要去哪儿？”“去朗孟驿。”兰兰不置可否地说。

江警卫员尴尬地说：“梁秘书，实在不是小的不恭，常大队长有令，不让你出去。”兰兰大声说：“我这是嫁了人，还是遭软禁？”“梁秘书息怒，让我们请示了大队长再说。”江警卫员说着跑上楼，站在门口喊：“报告！报告！”

“什么事？”常德胜睡意恹然说。

"报告大队长,梁太太要回朗孟驿娘家去!"

"让她去吧!你们也撤了岗,吃饭去吧。"

"是!"江警卫员下楼拉开门说,"梁太太,请。"

兰兰跑回朗孟驿,急切地拍打门环:"啪啪啪,啪啪啪……"老雷开了门说:"是兰兰呀,这么早就回来了。""昨晚上没睡好,让我到我妈屋里先好好睡一觉。"兰兰说着,向妈屋跑去。还没进屋,就急切地叫,"妈!妈!"推门进屋,"啊!"惊得跌坐在地喊,"快来人呀!我……我妈……"昏死过去。

肖翠花吊死在叠被子板的支架上,脚离地面只有一砖高。周妈、老雷、李会计、灶房的赵师傅,及伙计、部分驻店的客人,听见喊声都跑来了。

"哎呀,妈呀!肖老板怎么走这条路了。"周妈忙把兰兰抱在怀里,掐她的人中穴,并说,"雷氏,你和大家先把肖老板放下来放到床上。"老雷和众人把肖翠花的尸体卸下来放到床上。兰兰"哇"哭出声来,"妈呀,妈呀,你怎么就撒手去了呢?这叫你娃咋活呀?我不活了。我跟我妈去呀。"挣扎着爬到妈身上。周妈拍着她说:"兰兰,你要冷静。你妈去了,朗孟驿的重担就落在你身上了,你要节哀。啊呀,我真笨,我说呢,肖老板昨晚上叫我陪她喝酒,说要我以后多在意店内的事,唉,我怎么就没想到这一层!"

老雷说:"肖老板殁了,兰兰又是这样,这乱董董的该怎么办呢?"

周妈说:"差人去叫常大队长,昨天结了婚,他就是女婿,他能撒手不管?"

"对,我差人去叫他来。"李会计说着跑去了。

不一会儿,常德胜就带着高警卫员和江警卫员赶来了。他来到床边,肖翠花平躺在床上,脸色蜡黄,嘴微努着,眼像被人迎面撒了一把灰,半睁着,流露出无限悲凉和无奈。一瞬间,初次邂逅的一见钟情、小店夜会、旅馆嬉戏、小屋温情……种种的仪态万方都不可遏制地在他脑海闪现。泪水不由得湿润了眼眶,他用手轻抚着她的额头说:"我对不起你,你放心去吧。我会安排好你的后事的。"说着,坐到桌旁的椅子上问,"周妈,她有什么嘱咐吗?"

周妈说:"没有,只是叮咛我对店内的事多上心。"

"嗯,周妈,你翻翻看,看她预先准备下寿衣没有?如果没有,你看都需要什么开个单子。再叫几个妇女先给她洗净身子把内衣换上。李会计,你把店里的员工召集到这儿来。"

李会计看看说:"人差不多都在这里呢!"常德胜说:"那好,大家听着,肖老板虽然出了事,但这店还得有人管,大家都不要乱,店里的日常事务暂时由李会计负责,重大事情向兰兰请示。如果再没什么事的话,大家各就各位照常工作。老雷,你留一下。"人们大都散去了。"雷氏,你去把吴学究老先生请来,让他先写一块幡挂出去。再看礼仪上都有些什么讲究,让他来共同议议。"

"对!"老雷说着去了。

"啊呀,我的外甥媳妇呀。"王婶哭着来到床边,逮着肖翠花的手,"你怎么这样命苦呀！要饭的日子都熬过去了，日子好过了，反而挺不住了，我的傻孩子呀！”她哭得眼泪兮兮，看的人都禁不住流起了眼泪。常德胜问：“王婶，在这儿，你就算翠花最亲近的亲戚了，你对翠花的后事有什么想法和意见没？”王婶擦着眼泪摇摇头：“我没意见，你们看着办吧。”

“那我就安排了。小高，你派人联系乐队，请两班乐师，不管钱多少，要最好的。另外，你亲自去附近地区联系买一块墓地……”

兰兰插话说：“不，我妈在世时有个愿望，说他死了要和我爹一块儿埋在祖坟。我爹的尸骨还在家内的榆树下寄埋着，要埋，就连我爹的灵骨一块儿安顿好。”“好！”常德胜说，“就按你说的办。小高，那你就安排人打墓，到那天翻埋人和埋人同时进行。小江，你领几个人负责泥炉灶，搭帐篷什么的，需要干什么，就干什么。”

吴学究人没进门，声音就传进来了：“啊呀，可惜，可惜，可惜这个人了啊！”来到床边，望着肖翠花胭花蜕尽愁容满面的脸，抹着眼泪说，“妹子，有什么过不去的坎儿你非要走这条路呢？你怎么还走到我前头了？唉唉唉！”常德胜说：“吴老先生节哀，请坐。咱商量商量大事。你老年纪大，又识文断字知礼法，翠花葬礼的事，你就给咱安排，择日子、看阴阳、出殡、祭祀……该怎么办就怎么办。我这里给你留一班人，领头的是江警卫员，需要人，你找他。”吴学究连连点头说：“好！好！好！这事有常大队长张罗，一定会办得轰轰烈烈。肖老板不枉来世一回。”

张奎侦察从西关街走过，看见朗孟驿门首悬着宝幡，有穿白戴孝的人进进出出，还夹杂着城防队的兵忙前忙后。稍一打听，便知原委。回家把肖翠花的死讯告诉了高天顺。高天顺一听，幸灾乐祸。近些天来，旧恨新仇憋得他喘不过气来，这个大快人心的消息，倒使他有些解气。心想，哼，报应的时候到了，天助我矣。转脸问：“张奎，你恨常德胜及城防队的人不？”

张奎咬牙切齿说：“恨得牙痒痒的，刘书记为什么老压着不让咱们报仇？”

“这些大官们官官相护，都怕伤了自己的利益，哪把咱小卒子们的得失放在心上？”

“那咱们就这么忍气吞声，悄无声息地受了？”

“张奎，你想报仇不想？”

“想！”

“你敢报仇不敢？”

“敢！”

高天顺拍拍他的肩膀：“好样儿的，有志气。别急，机会总会有的，到时我告诉你。”

“行，高队长指到哪里，我打到哪里！”张奎高兴得屁颠屁颠的。

肖翠花死后第七天送葬。西关街道鼓声咚咚，唢呐声声。送灵队起灵了，纸楼内放着肖翠花放大的照片，怡然自得的笑容只能留在人们记忆里了。两班乐队并排在队伍中吹打着。红布蒙着的八抬灵柩紧跟其后，抬灵柩的全是年轻力壮的兵娃子。兰兰披麻戴孝趴在灵柩的一边哭灵；王婶的后人趴在另一边。朗孟驿的伙计们也都戴着黑纱跟在后边，队伍拉了好长。送灵队在朗孟驿和茶馆之间停了下来。两家乐队在街两边相对约十米远摆好阵势，对台戏就开始了。一家唱晋剧一家唱秦腔，两边都围了不少人看。唱一回戏吹一回曲牌。各家都有绝活表演，一家是裸身大汉敲大鼓。大鼓有半人高，磨盘大，外带四只小鼓，鼓手赤膊上阵，鼓槌飞舞，鼓声咚咚，威震长空；另一家是头顶水碗吹唢呐。吹奏者站在垒了老高的凳子上，头顶水碗，口里噙两支唢呐同时吹。一会儿用口吹，一会儿用鼻孔吹，间或口里还喷火。人们欢呼喝彩，一会儿拥到这边看，一会儿又被那边吸引过去……吴承谦、珍子、芳芳站在茶馆的台阶上看热闹。

芳芳说："好哇，老天睁眼，终于有了报应。才过了红事紧接着又过白事，这白事比红事大多了，这朗孟驿有好戏看哩。"珍子说："芳芳，这下你舒心了。今天乐声大，常德胜又不在场，你就把你心里的怨气好好出出。"芳芳说："这还不解气，让朗孟驿把白事包了，那两口子再一同死，请四班乐队。"

有人回头看她。吴承谦说："芳芳，你那嘴比刀子还厉害。"

"我嘴厉害顶什么用？人家不声不响就把我的人害死了。"

"那就叫咬狼的狗不出声，你不停地说，有什么用！"

芳芳对怀里抱着的孩子说："娃，你妈没本事，把贼人没办法，你长大一定要替你爹报仇，不报仇，你就不是陈刚的娃。"小陈强不解其意，小手兴奋地向吹鼓手抡着。

三十八

贵儿从东边小门走过来，刚好大太太抱着孩子从屋里出来，郭霞一见他，就张开胳膊要他抱，他双手接过孩子举得老高，孩子高兴地咯咯咯笑着。大太太看着贵儿和孩子笑。贵儿问大太太笑什么，大太太说笑孩子像他。贵儿惊愣地四下瞅瞅，小声说："都不在？"大太太点点头："二太太和春艳去城里了，老爷去乡上了。这中院就剩咱们仨了。"

"秋红哪儿去了？"

"给娃挤羊奶去了。"

孩子抓挖着贵儿的脸，贵儿在那小脸上亲了一口说："叫大——大！"

大太太忙警告说："哎！你可别让娃叫顺口了。"

"怎么？不该叫大吗？"

大太太乜斜了他一眼："唉，倒也是，亲亲一家人却要装得不是一家人。"

"大太太，给老爷说，让娃叫我大大，这该行吧，权当是我干女儿。"

“行！瞅机会我给他说。”

贵儿小声问：“今晚，敢吗？”大太太向院门那儿瞅瞅：“你后半夜来，我给你留门。”

刚说毕，秋红就端着奶缸子从西边小门进来了，兴奋地说：“大太太，你看，挤了美美一大缸子，够霞霞吃一天的。”

贵儿说：“一天就能吃那么一缸子？”大太太说：“可不，这娃饭量越来越大了。”

贵儿摇着孩子说：“霞霞真棒，怪不得脸蛋子与屁蛋子一般大。”

“把娃给我，准备喝奶。”贵儿把娃递给大太太。

夜漆黑，起风了，郭家通西院的单扇小门被风吹得啪啪响。贵儿早早关了大门，喂好了牲畜，拴好了畜栏门，向他的长工屋走去。大太太站在屋门前说：“秋红，去把通西边院的小门也关了，风大，小心把门摔坏了。”“知道了。”秋红跑去关了通西院的小门，也回屋睡了。

贵儿和衣躺在床上，浑身燥热。听着外边风在肆虐，眼盯着顶棚想，这真是天助我也。起身向窗外看看，天还尚早，又躺下。停了一会儿，他又起身侧耳静听，除过风声，再什么也听不见，于是他轻轻下床走出屋。大太太轻拍着孩子，小郭霞轻声呼吸着酣睡了。她吻了下孩子，掖好孩子的被角，轻轻起床向窗外望，心想：死鬼，怎么还不来？

她取席子、被褥铺好地铺。听见外面传来儿骡的嘶叫声，她打了个激灵，来到外间守在门边。贵儿轻轻推门进来，她一下扑上去抱住他，二人热烈拥吻。她关上门，拉着他走到内间，贵儿刚要把她抱上炕，她却把他按倒在地铺上。

“怎么睡地铺？”

“我嫌炕上惊醒了孩子。”她抱住他说，“你也老大不小了，我看，给你娶个媳妇吧。”

“除过你，我对谁都没感觉。”

“不能老这样胡混着呀。”

“你如果觉得目的达到了，再不需要我了，那我就……”

“别胡说，我也不知道是为了你还是害了你。”大太太说着，把他的头抱住按在自己的奶子上。

老李头的驼队来到朗孟驿，每个人都惊诧于朗孟驿的萧条冷落——正门上有撕过对联剩余的白纸痕迹；南门上的白纸对联还幸存着：“路遥途远依然征程客；星陨月落不再洗尘人。”横幅：“永远思念”。

老李头有些纳闷说：“今天朗孟驿咋不对劲儿。”他们从敞开着的南门走进去。周妈老远向他们招手打招呼。兰兰穿着一身孝服迎上来说：“干爹，你们来啦？”

老李头惊诧地说：“这……这发生什么事啦？”兰兰抹着眼泪说：“我……我妈殁了。”老李头惊愣得瞪大眼睛，“你妈身体那么好，怎么就突然殁了呢？”

周妈说：“老李头别问了，老板娘寻短见了。才送葬了两天，兰兰正难过着呢。”

"哎呀!"老李头沉痛地说:"灵堂在哪儿?我要给老板娘上炷香,咋咋咋……唉……"

"你快卸驮。灵堂在她原来的住屋,我去准备,你拾掇好就来呵!"

老李头、张山等来到灵堂,灵堂里挂满了花幡、转幡、板幡等,头顶上两个转灯转着,灵桌上还点着两支高台蜡烛,供桌上供奉着干果、献饭等,香炉内插着点燃的线香,紫烟袅袅,营造出一个华丽堂皇的别样洞天,肖翠花的相就供在靠西墙的灵桌上。老李头点燃了一炷香插在香炉里,领着一帮脚夫对灵位行鞠躬礼。透过光氤烟氲,他窥见肖翠花对着他笑。那笑靥忽然就幻化成暗室内的温柔缠绵……他一心酸,不由得泪流满面,伏地哭道:"妹子呀,你为什么不等我来,就急急地走了呢?你有什么过不去的坎儿,非得走绝路?唉!只怪我来迟了一步,我要在,劝说劝说开导开导你,你绝不会死的。哎!我的翠花妹呀……"脚夫们面面相觑。只道是老李头脾气怪异,对肖老板情有独钟,没想到,还真这么痴心的。张山俯身拍了下他的肩说:"老李叔,你和老板娘说话,我们先走了。"

周妈往外瞅瞅回头说:"老李头,别号了,肖老板还给你留下遗物呢。"老李头忙站起来说,"什么?快拿来!"

周妈把烟荷包给了他,并小声说:"老板娘让你一个人打开,别让其他人知道。"

老李头点点头,装了烟荷包走回脚夫屋。正好脚夫们都上街吃饭去了,他关了门,从怀里掏出烟荷包在手里掂着看着,蓝细布烟荷包上用单线绣了一颗红心,扭曲的线条反映出绣花人当时战栗的心情。老李头心里说,翠花呀!你至死还记着我。为什么不等我来呢?眼里不由得又渗出了泪水。他拆开烟荷包,取出内边的信看,眉头紧锁。看完,把信折叠装进贴身口袋,从烟荷包内挖了一锅旱烟,点着吱吱地吸着。眼前烟雾缭绕,心绪更加茫然……

送葬罢肖翠花没多久,吴学究就病恹恹卧床不起,并不让儿子为他请郎中看病。絮叨,我知道我的病没救了,托老天爷的福,让我多活这多年,那年本来都走了。嗯,我知足了,死能瞑目了。临终前,对儿子承谦交代说:"朗孟驿门匾上那三个字,凝聚着我的心血和感情,是墨宝。愈久愈值钱,如果世事乱了,或朗孟驿衰败了,你要乘机把那三个字取下来保藏好。"珍子唠叨说:"那年病成那样,朗孟驿肖老板来不知怎么捏弄了一下就好了,如今谁能救他?我看你爹是让肖翠花把魂勾去了。"吴承谦嗔怪说:"再别胡说,我爹病与肖翠花有什么关系?"后来吴学究进入半昏迷状态,只见他嘴唇翕动发出微弱的念叨声,珍子侧耳倾听,好像是郎梦你,郎梦你,说你爹不知梦见谁了。承谦又把耳朵贴近爹的嘴唇去听,听了好一阵子,才释然地说是朗孟驿,朗孟驿,爹还念念不忘那三个字!没过多久,吴学究便一命归西,赴奈何桥追他的情妹妹去了。

自从肖翠花出事后,兰兰就一直没回安居巷的家。她现在才真正理解妈、敬佩妈,妈一妇道人家,能把一个破骡马大店办成颇具规模、闻名遐迩的朗孟驿,没有一定的魄力和毅力，那真是难以想象。妈心眼多，深思熟虑，手法高明，她深感望尘莫及。南院没草料了，要派人去买；灶房没面了，要派人去磨；客房被褥脏了，要寻人去洗；纳费、慰官；防盗、保安……搅得她脑子痛。幸亏有周妈这个得力助手，既忠诚又老练，随时提醒她该干什么了，该怎么办。尤其是提醒她饲草不多了，告诉她：夏收后买麦草，秋收后买谷草便宜，抓紧屯足饲草，一年内就不必经常操心饲草了；还给兰兰在二楼收拾一个带套间的办公室。

兰兰感激地说："周妈，真感谢你。要不是有你帮助，我真是老虎吃天——没处下爪。""人心都是肉长的，好心换好心，八两换半斤。肖老板对我好，又信任我，我咋能不尽职尽责！"周妈随后又小声提醒她，"要对付好常德胜，你妈殁了，有些事，你还得依靠他。"提起常德胜，兰兰又想到双牛，问周妈，问没问老李头，看见双牛了没。周妈告诉她说，老李头说，他也急着找双牛呢，一有双牛的消息，就会立即告诉她。不过，看老李头说话的架势，双牛不会出什么事。

没有双牛的消息，高子文也很为难，怕兰兰怀疑他，没把双牛救出来。所以兰兰问他情况时，他发誓赌愿，反复介绍着那天接双牛出狱时的情况。其实，兰兰并没有怀疑高子文的意思，她只是担心双牛会二次被捕或被害。高子文安慰她说："兰歌同志，你放心，党也在千方百计找寻生根同志，我想，一定会找到的。"

兰兰问："党还有什么指示吗？"高子文向她传达党的指示：党要她沉着冷静，巧妙地利用常德胜这把大红伞，把朗孟驿办成党的地下秘密联络点和活动中心。兰兰点点头，在以后的日子里，忍受着心里的悲痛，承载着生活重压，担负着为党工作的重任……她能经受起考验吗？

朗孟驿收草日，李会计指挥称草、记账。马棚院内麦草堆积如小山，有好几把铡刀在铡草，有人专门把铡好的麦草往库房运。周妈把茶壶、碗放到院中间的小桌上说："各位客人，口渴了，就来喝茶水呵。"南门外排着长长的车队，不断有拉草的大车往队尾续。门旁围了一堆人看墙上贴着的布告："本店决定收购一批新麦草，每斤200元(合现在2分)，收够即停，希望愿意出售者抓紧时间。——朗孟驿五月二十三日。"

人们小声议论着。"这新老板气候还大，有眼光。现在草价便宜到底了，要是明年前季收，多一倍的价钱，恐怕还收不到这好的草呢。""青出于蓝而胜于蓝嘛，听说新老板有文化，女子师范学校毕业，在城防队当秘书。最近又嫁了城防队大队长，后台硬着呢。她怕啥？"

特务李松和张奎戴草帽，背褡裢从西关街走过，惊讶地看着车队，并吊远鬼鬼祟祟往大院里窥探。来到街角，二人卸下草帽，边扇凉，边悄悄议论。

"这朗孟驿气势好大，一次就买这么多草。"

"哼，机会到了。"

"什么机会？"张奎把头伸过去，李松对他耳语。张奎眉飞色舞，"好！赶快告诉高队长去。"李松和张奎匆忙去给高天顺报告，鼓动快些动手，别错过了良机。高天顺老谋深算,思索了一下说:“别急,等他收够铡毕,把库房填满了再说。随时侦察,汇报情况!”随后又问,“探察到秦双牛的下落了没有?”李松说:“没有,我们派人到他两地的家附近蹲点,也没发现他的踪迹。”张奎鬼头鬼脑地向门外瞅瞅说:“高队长,有句话,不知当讲不当讲?”高天顺颐指气使地说:“讲!”

“我怀疑子善给双牛说了什么?要不然……”

高天顺点点头说:“嗯,先不要打草惊蛇,注意观察。”

大太太抱着孩子在院子的阴凉地儿玩儿。郭福山回来了,小郭霞舞动着小手,嗲声嗲气地叫:“爹!爹!”郭福山一边高兴地答应着,一边抱着孩子亲吻着,“爹的乖乖女哟。”小郭霞抠他的脸,拽他的胡子。郭福山用胡子扎她的脸,孩子笑得咯咯咯的。“哟!这娃吃得越来越壮实了。”

贵儿从马房院过来说:“老爷,你回来了?”

孩子“啊!啊!”叫着要贵儿抱。贵儿接过孩子。郭福山说:“咦!没听清孩子把你叫啥?”贵儿笑着说:“不是叫啊嘛。”

郭福山诧异:“应该叫叔嘛。”贵儿说:“孩子不会叫叔。”

大太太睨了他一眼说:“老爷,我还忘了对你说,贵儿想把娃认做干女儿,让叫他大大,不知你同意不?”郭福山扫视了他俩一眼,随即又变成笑脸说:“那好哇!娃又多了个保护人还不好,我这是老年得千金,还不知能把娃管到啥程度。贵儿,从今后你就多了一项义务,娃把你叫大大,你也得管好娃呵。”

“谢谢老爷,我一定不辜负你的重托。”贵儿说着,双手把孩子举了老高,“霞霞,叫大大!”小郭霞还真的“大大!大大!”乱嚷起来。

大太太说:“哎哟,真是天赐的。怎么一教就会叫呢!”贵儿会意地看了大太太一眼,把孩子抛高又接住。孩子越发高兴,笑声满院回荡。

朦朦夜色中,一个黑影在生根家窑背上游动,在窑畔停留片刻,又游晃至贾财主家的窑背上,瞬间又消失了……

秦彪正在灯下搓麻绳儿,“咯吱”一声,子善轻轻推门进来,小声叫:“秦队长!”秦彪一怔,抬头问:“子善,看你轻的跟猫儿似的,从哪儿来?”

“从生根家窑背上过来。”

“好长时间没见你回来了。”

“高天顺盯得紧,我怕暴露了目标。”

“那你今晚怎么能来?”

“我回家休假,高天顺要我到生根家探探,看有生根的消息没有?”

“有生根的消息吗?”

子善摇摇头:“没有!”

秦彪抱怨说:“这生根,那天说好在东关牲口市接他,为什么他就没到那儿来!”

“那是我告诉他别找自己人。”

“为什么?”秦彪不解地问。于是,子善就把那天的情况报告给秦彪,说他借机把敌人的阴谋告诉了生根。

“原来如此。也好！我们又粉碎了敌人一次阴谋。只是这生根到底怎么了？叫人好担心。”

“从当前的情况看，不像是二次被捕。”

“何以见得？”

“特务队极力想抓住生根，从他身上找到郭辉案的线索，几次让城防队给搅黄了。你想，刘湘是县上个领导，一有生根被抓的消息，特务队还能不知道吗？”

秦彪点点头：“嗯！生根同志可能是考虑到这一点，才不露面。”

“但愿如此吧！”子善也很担心，无时无刻不惦念着双牛。秦彪叮咛他，敌人很狡猾，说不定会做出什么狗急跳墙的事，要他谨慎小心，随时注意敌人的动向。

夜漆黑，刮着大风。半夜，老雷起夜归来，猛抬头，发现马棚院南边的草房上有一团黑影，细看，像是有人在上面。心想，莫非有贼。他装做什么也没发现，伸了个懒腰，走回屋里，取出他的拿手武器——爪钩，紧了紧裤腰带，准备抓贼。

大门外有人跑过的脚步声。他推门出屋，发现浓烟滚滚，贮草房起火，他大喊一声：“草房着火了！快救火！”然后开门向歹徒追去。两个歹徒一前一后跑着，老雷追上去，离老远抛出连着绳子的铁爪钩，铁爪钩刚巧勾住后边歹徒的裤角，歹徒跌了个啃泥地，被老雷逮住。歹徒挣扎搏斗，李会计赶到，二人将歹徒捉了回去。

周妈第二个起床，已是火光冲天。她急得哭喊：“快……快救火呀。”哭喊着去敲兰兰的门。兰兰出门，面对冲天大火，一下瘫倒在地，“啊！”一声惨叫。

周妈哭喊：“这……这该怎么办呢？”兰兰语不连贯地说：“快……快差人去叫……叫常……”周妈恍然大悟，跑着去了。

朗孟驿的员工和客人都起来了，从院子的井里汲水救火，但那只是杯水车薪，怎能遏制熊熊烈焰？风助火势，火借风威，已成滔天之势，很快漫延至牲畜棚。肖翠花的灵屋也被大火吞没。朗孟驿一时间驴嘶马啸，人声嘈杂。大火噼噼啪啪燃烧如吞骨嚼筋……老李头声嘶力竭地喊：“快救牲口！啊呀！我的货！”张山拿了床被子往水缸里一浸，捞出来披在身上，冲进火海，用锐利的小铡刀割断几个牲口缰绳。然后连滚带爬跑出来，脸面乌黑，气喘吁吁。

挣脱缰绳的牲畜四处逃窜，没挣脱的被活活烧死，散发出一股烧肉的焦煳味。周边的群众也赶来救火。王婶在人群中哭喊：“天杀的，我翠花辛辛苦苦创下的业这下完了。”吴承谦说：“唉，这真是祸不单行。”

常德胜带着队伍跑步赶到现场，他跳上高台大声说：“大家都不要乱，一部分人把你们的水桶什么的能盛水的家具都拿出来；部队到县河汲水救火；一部分人拿铣把粪土往火上盖！快！城门起火，殃及池鱼。大家都动手救火吧！”县河到朗孟驿的一段路上车水马龙。人担、牲口驮、大车拉水，水浇火嘶，烟雾弥漫；有人把粪土往火上盖，尘灰飞扬；有人跳上房刨断火路……火势渐弱，黎明时分，大火才被熄灭，现场一片狼藉。李松气喘吁吁跑去给高天顺报告张奎被逮住的消息。

高天顺说："咋搞的？一个小伙子能被一个半老汉逮住。"

李松说："那老汉甩得一手好爪钩，离老远就把人钩倒了。"

"不怕，看他敢把我的人怎么样。"

"我怕常德胜不会善罢甘休。"

"日驴就不怕驴踢！"高天顺唾沫星子乱溅说，"去把同志们都叫起来，把武器准备好，他不来则罢，来！就让他吃不了兜着走。"

"是！"李松答应着去了。

兰兰躺在里间屋床上，面容憔悴，流着泪。几个人陪伴在旁劝说着安慰她。周妈说："兰兰，你一定要挺住，朗孟驿这几十号人全靠你呢，你倒下了怎么办？不怕嘛！事有事在，咱抓住了纵火犯，还怕事情没有着落。"王婶说："好娃，你不该心强得贮藏那么多饲草，你不懂，家里老人逝世，有三年疲运。这三年，你做事时时得小心谨慎，不求发大财，只要不倒糟。你看，这下把你妈多少年的心血都烧光了。眼下这些客人的货物、牲畜该如何打发？唉！真愁死人！"老李头说："孩子，别怕，火烧财门开。说不定，坏事会变成好事。旧的不去，新的不来。有众人相帮，新房几天就盖起来了。"

外间屋，常德胜审问张奎，张奎抵赖。他掏出手枪"啪"地在他脚上钻了个眼，血瞬间浸染了脚面。张奎"哎哟！"一声跌坐在地抱脚求饶，把高天顺指使纵火的事连汤儿倒。常德胜让把纵火犯押到城防队关起来，然后走到内间说："谢谢大家关照，兰兰，你好好休息，我替你报仇雪恨。"常德胜带着城防队直奔特务队。特务队严阵以待，连屋顶都架着机枪。常德胜大喝："高天顺，有种的出来，面对面的和老子干一场！"

"啪啪啪……"枪声就是无言的回答。

常德胜命令："隐蔽射击，狠狠地打！""啪啪啪……"城防队也开枪了。顿时枪声大作，子弹像蚂蚱样乱飞。

刘湘慌忙跑出来，两手乱摆，大声呼喊："别打啦！别打啦！都是自家人。"常德胜瞥了他一眼，手起枪响，把刘湘的帽子打飞了。刘湘抱头鼠窜。一口气飞跑到县长办公室，把门"咣啷"一声撞开，碰到墙上又弹回来。崔林玉一下蹦跳起来，嗔怪说："哎哎哎！老刘，咋啦？枪声一片，你失魂落魄的。"

刘湘上气不接下气地说："城……城防队和……和特务队打起来了。"

"你咋不制止？"

"我喊破嗓子不算事嘛，你看，枪弹把帽子都打掉了，险些见不着你了。"

"简直无法无天！"崔林玉大声叫，"张秘书！"

张琪跑步来到："崔县长，什么事？"

"通知保安团雷团长，立即带一个营士兵全副武装到县府来，火速！"

"是！"张琪跑步去了。

崔林玉问发生冲突的原因。"一言难尽！"刘湘把因郭辉失踪案，特务队和城防队的矛盾给崔县长述说了，末了又说，“今天，又不知为什么打起来了。”

耿营长带着保安团一营跑步前来报到，雷团长跟随其后。崔林玉站在队伍前说：“士兵兄弟们：城防队和特务队起了内讧，要你们去制止；到那儿后，听我的命令，谁不听话，就给我狠狠地打。出发！”

耿营长站在队前喊：“向右转，目标——特务队，跑步走！”

战斗还在进行。因为都在隐蔽处，所以只听见枪响，也没见伤着人。房顶上的机枪停一阵射一梭子子弹，打得城防队的人抬不起头。

保安团二营跑步来到特务队，崔林玉、刘湘、雷团长、张琪一行也随后赶到。

“都给我停止射击，谁不停，我就消灭谁！”崔林玉大喝。枪声顿时停息。房上的机枪副射手见停了射击，站起来观看。他瞥了一眼说，“嘿！房上都架机枪了，给我打下来！”雷团长眼明手快，手起枪响。那副射手躲避不及，腿部中弹从房上滚下来。崔林玉又高声道，“常德胜、高天顺站出来！”常德胜、高天顺提着枪来到县长面前。他命令，“把这俩的枪给我缴了！”耿营长头一摆，两个保安团士兵上前缴了他俩的枪，并把枪给了耿营长。耿营长又把枪递给张琪。崔林玉转脸又对城防队、特务队的士兵说，“都给我撤回去。谁不走，就地枪毙！”那些士兵哗哗哗撤了。

大局已定，崔林玉对雷团长、耿营长点头微笑说：“你们可以走了。”一转脸，又对常德胜、高天顺说，“你俩到我办公室来！”来到县长办公室。常德胜、高天顺像两只斗红了眼的公鸡，不想看对方，又不得不提防地瞅对方。崔林玉气愤地说：“你说，你们像话吗？大敌当前，对付共匪无能，窝里斗倒逞英雄。丢人不丢人？”高天顺申辩说，城防队打伤了他的人；崔林玉说，你自作自受。常德胜说，他派人纵火烧了客店的房屋；崔林玉说，你自食其果。他们俩要求崔林玉公正断案，崔林玉说糨糊倒胶锅里了，能断得清吗？高天顺要求放人，常德胜说，得赔偿损失。崔林玉说，赔偿损失随后再说，强令常德胜写个条先把人放了。常德胜不情愿但又不得不写了个条给了张琪。

见他们两败俱伤，都有些偃旗息鼓了，崔林玉又语重心长地说：“我的好兄弟，难道你们不知道现在是什么时候吗？共产党八路军日益壮大，正如毛泽东说的星火燎原之势，党国面临火烧屁股，火燎眉毛！今天坐在这里，明天还不知道命运如何，你们还有心思自相残杀吗？”二人低头不语。“共产党最希望我们起内讧，互相倾轧，最好闹个人仰马翻，他们才省得动手。双十二事变不就是共产党一手策划的吗？说不定你们这次窝里斗就是共产党从中挑拨离间。兄弟！我真诚地希望你们目光远大，精诚团结，报效党国。能做到吗？”二人一起立正敬礼。“能理解我的良苦用心就好，本来，按纪律要关你们禁闭的，念你们都是党国栋梁，当前正是用人之际，也就免了。下不为例，再犯，我就不客气了。各自把枪拿回，去吧！”二人拿了枪，谢过崔县长走了。

兰兰受了如此沉重打击，卧床不起。常德胜义不容辞地分出一部分时间到朗孟驿兰兰办公室处理事务。这天，他把朗孟驿几个主要人叫来，鼓励他们继续好好干，天塌下来，有他常德胜撑着；并说，派江警卫员带一个班随时在朗孟驿巡查；叮咛老雷要在心门户，一发现可疑的人就告诉江警卫员；要周妈多操心业务上的事，有什么疑难找他；要李会计尽快把店内的损失、客人的损失分别登记造册，打一个报告上来……

刚打发走那些人，高子文推门进屋说："常大队长好！""啊呀，高局长，请坐！请坐！"常德胜忙递烟倒茶。高子文接了烟，坐在对面的椅子上，边吸边说："听说出了事，我到城防队看你，没见着，想你肯定在这儿，于是就找来了。"

"谢谢关照。我还说要去找你呢，你来得正好。"

"要帮什么忙吗？"

常德胜用下巴指指内间屋，小声说："你那学生有点儿情绪低落，我劝说不一定管用，我想你这老师的话，她肯定听，想请你给做做思想工作。"高子文心想，正合吾意，我正想单独会会兰兰呢。于是说："那倒是，就是一个男的，受此沉重打击，也不一定承受得了，何况一个女人呢，我试试看。走，带我去见兰兰。"

"我看，我还是回避一下好，我在场她说不定会有逆反心理。"常德胜说着出去了，并带上了门。兰兰一见高子文，就像见到娘家人一样嘤嘤地哭起来，诉说心中的委屈和痛苦。高子文安慰她，鼓励她要坚强，要挺住，情况很快就会好转，末了压低声说："党知道了你的情况，派我来看你。"兰兰急切地说："高局长，请你向党转达我的请求，你看，我妈殁了，朗孟驿也毁了，双牛又下落不明，我在这里一刻也不想待了，请求党组织让我上延安吧。"高子文沉思了一下说："党知道你的困难和痛苦，也理解你的心情，我来传达党的指示。"

"党要我怎么办？"

"坚强地坚持下去，对付好常德胜，利用他作掩护，把朗孟驿办成党的一个活动基地。再说，你如果现在立即离开，常德胜就会反目成仇，那对咱们非常不利。"

"说真的，我原来恨死了常德胜，可在这两件事中，他的表现倒使我的恨有所缓解。可是你知道，我真的不爱他，嫁他，完全是为了救双牛。难道要弄假成真吗？"

"你的心思谁都明白，关键是你暂时不能离开，你这个时候离开，对你、对党的工作都不利。党也在抓紧找双牛，等找着了双牛，我想，党一定会安排你们一同走的。"

兰兰点点头："那也行，反正我和常德胜有个君子协定。"

"什么君子协定？"

"我怀着双牛的孩子，在孩子出生之前，不允许碰我！"

"是吗？兰兰，为了革命后代，你更应该坚强、乐观起来。请记住，有党做你的坚强后盾，就没有克服不了的困难。"谈话声一会儿高一会儿低，传达指示中又夹带些平常劝慰话，"兰兰呀！人生一世不容易，遇到困难了，就想想你妈，你妈当年是怎样从艰难困苦中走过来的？要振作精神，世上没有过不去的坎儿。"

兰兰拉着哭腔说："高老师，我听你的。"高子文又小声说："另外，党指示北区武工队给你从北山弄一批木料,托老李头运来,帮你建房用。”兰兰说:“谢谢党的关怀。”

石老三目睹了朗孟驿大火的一幕,半夜里火光冲天,烟雾腾腾。人声鼎沸,呼喊救火声一片,他听见喊声,翻身起床,就往那儿跑。他夹杂在人群中小跑着运水;跳上屋脊,果断地刨断了一段房梁,才阻断了大火蔓延。人们对这个个子不高,但机动灵活,飞上跳下的汉子惊叹不已。赶火熄天亮时,他却不见了。石老三在给秦彪和吴斌述说当时的情景时,还心有余悸。哀叹说:“唉!真想去安慰小妹子几句,可我不能。”秦彪说:“这次对兰歌同志的打击真是太大了。母亲横死已够悲哀,又遭如此灾难,真难想象,一个弱女子怎么承受得了。”

吴斌说:“地下党指示,咱们上山给梁兰歌同志伐些盖房的木料,扛到大路边,让老李头给运过去。”秦彪说:“哎,我还没问,我表哥这次损失大小。”

石老三说:“老李头是哑巴吃黄连——有苦难言。损失了牲口烧了货,还得陪着干女儿说好话。”秦彪说:“这次木料运毕后,给老李头补助点儿钱。”

吴斌说:“行,老李头确实是个好人,紧要关头还确实能帮咱们的忙。”于是三人商量搞木料的事,秦彪要石老三去联系老李头,他和老吴领人伐木,石老三却说:“还是让我去伐木吧,这一向没干出力活,筋骨像生了锈一样难受。”

吴斌拍板定案:秦队长去找他表哥老李头,他和石老三领人伐木。

三十九

精神的力量是无法估量的,也是神奇的。一个意志坚强的人,再大的困难也能想办法克服;一个懦弱无能的人,遇到一点儿小小的阻力,也会畏缩不前。一个人,如果丧失意志精神委靡,就会坐以待毙;而一旦冲出思想阴影,打破精神桎梏,就会生机勃发,斗志昂扬,去争取胜利。兰兰在得到党的支持鼓励后,一下就挺立起来了,整个人变得精神焕发,与先前判若两人,坐在办公桌后看账簿。

常德胜推门进来,惊讶地说:“咦,你起来啦?”兰兰说:“我不起来,还睡死不成。”

常德胜笑说,高子文给你吃了什么药,见效这么快。兰兰说不关他的事,主要是她想通了,她说,她要坚强地活下去,要活出个人模人样儿,给她的敌人看看,她如果从此一蹶不振倒下起不来,那正合敌人意了。常德胜笑着说:“兰兰,你能这样想,我就放心了。”

兰兰要常德胜从今后别再挂记这边的事,专心在那边主事。并提出要辞掉在那边的工作,专心致志打理朗孟驿。常德胜很支持她,说那边的职还挂着,有事,他让小江把材料送过来,她就在这边办公。兰兰还要他把驻扎这边的城防队员也撤了,常德胜怕不安全,暂时没答应。常德胜走了。兰兰召集朗孟驿所有员工开会说:“各位叔伯姐妹,朗孟驿发生了这么大的事,承蒙大家不弃,而都留在店里共渡难关,本人深表感谢。我妈突然辞世,给了我个措手不及,加之坏人破坏,简直使我晕头转向,六神无主。幸有贵人相助,高人指点,本人清醒,从委靡中振奋,决心继承母亲遗志,重振朗孟驿。希望大家能团结一致,鼎力相助。当前的主要任务是,清理废墟,尽快把烧毁的马棚、草房重新盖起来。一些具体工作由周妈传达给大家。关于大家的工钱,暂时执行我妈在时的规矩。待情况有所好转,我再酌情给大家加工钱。大家还有什么意见没有?”

众口同声说:“没有了。”

“那就分头各执其事吧。李会计留一下。”众人走了。兰兰说,“李会计,你看咱们的现存资金够赔偿顾客的损失吗?”李会计说:“将就够赔偿顾客,可咱们还得周转呀,光基建就得大量资金。前一向常大队长不是说,政府给咱们一些救助吗?”

“先不要指望政府,咱们自力更生想办法。”兰兰说,“我看这样,你给顾客解释一下,天灾人祸,谁也没有办法,先给他们百分之五十的赔偿,下余随后补上。你再打听一下,看哪儿有放高利贷的,一定周转不开,就先贷点儿钱。”

“小老板想的极是,就按你说的办。”

老雷、周妈领着朗孟驿的员工在清理废墟。传来吆牲口声和响鞭声,紧接着,老李头就带着几辆拉木料的大车进了门,亮着嗓门儿喊:“老雷,快报告兰兰,看这木料往哪儿卸?”老雷说:“啊呀!老李头,你说风就是雨。那天才传话说要送木料,今天就到了!”

周妈向二楼喊:“兰兰,你干爹送木料来了。”兰兰跑下楼,热情地说:“干爹,这么快就把木料运来了!”

“你的事,就和爹的事一样嘛,我能不急吗?”

“雷师,让人先卸木料!”兰兰说,“干爹,你让赶车师傅把车、牲口安顿好后,都往饭厅走,我让灶房准备酒菜,好好犒劳大家一下。”

“好!”老李头转脸说,“伙计们,帮着卸车,卸完木料收拾收拾赶快吃席,我干女儿准备了丰盛的酒菜招待大家啰。”张山说:“老李叔,你慢点儿,跌一跤就吃不成你干女儿的酒菜了。”

“你娃别卖乖,一会儿灌你二斤猫尿。”大家说着、笑着,卸着木料。

灾后重建,使朗孟驿迎来了二次创业高潮,这使人不禁想起肖翠花当年扩建朗孟驿的情形。巧的是,这次大兴土木,仍然是当年给朗孟驿盖楼房的赵师傅领工修建。根据兰兰的意见,草房屋与马棚截然分开,砖包到顶。

吴承谦赞叹说:“思路正确,这叫亡羊补牢,也可以说,是未雨绸缪。”老李头不无得意地说:“我给你说,我干女儿的能力,要比她妈略胜一筹呢。”大家热情洋溢地干着。

朗孟驿的热闹和红火又回来了。

小郭霞一天天长大了，越来越像贵儿，活泼健壮，但也愈加顽皮倔犟，那天看见贵儿拉儿骡出来，就吵着要骑骡子，秋红怎么也把她哄不回去。大太太听见了，出来训斥她性子野，拉她回去。郭霞拽着不走，哭滚在地。贵儿说："别惹孩子哭，我披好鞍让娃骑。"大太太说："你干啥呀让她骑？"

"我给西坡那两块地驮粪，把她放在牲口背上。"

"那行呀？"

"我小心点儿就是了。"贵儿披好鞍，搭上笼驮，铲满了粪，把郭霞放在儿骡背上，说"趴好，走哟！"郭霞两手紧紧抓住笼驮畔，笑了。贵儿一手抓缰绳，一手护着她的背，一摇一晃走了。大太太在后边看着说："把贼女子惯坏了。"

兰兰身孕已重，加之修建朗孟驿身心俱累，脸色晃白，头渗虚汗。那天，工匠一走，她就躺在床上。常德胜进屋看见了，惊讶地说："啊呀，兰兰，你脸色怎么这么难看，我带你到医院去检查。"兰兰说："不用，休息几天，吃几盒十全大补丸就好了。"

常德胜劝兰兰搬回家住，兰兰推辞不去。常德胜也不苛求，请来中医陈大夫给兰兰诊脉检查，抓药调治。并对周妈叮嘱："好生侍候兰兰。你如果顾不来，就再雇个人，一有什么情况，就及时告诉我。"

正中午时分，太阳从南窗照进来，火辣而闷热。高天顺仰靠在办公室椅子上抽卷烟，面朝天紧锁眉头思索着，官升一级，并没给他带来什么好运，反倒像一头陷进泥淖的蠢猪，无论他怎样挣扎，也不能自拔。烟圈儿在头顶萦绕回旋，最后混为一团迷雾。

二太太整天愁眉苦脸，哭哭啼啼，埋怨他没本事，连孩子都找不到；捅了一下常德胜的马蜂窝，没挫败对方的锐气，而落了个两败俱伤；怀疑梁兰歌、双牛有作案嫌疑，却不能逮捕归案……每想起这些，他就羞愧难当，无地自容。

张奎慌慌张张推门进来说："高……高队长！高队长！"

"什么事这么急？"

张奎上气不接下气地说："县……县河南边不远的菜地的……的枯井内可……可能有人尸体。""什么？说清楚。"高天顺陡地坐直身子。

张奎镇定了下紧张情绪，从头复述了一遍。原来，张奎和李松在毓秀桥上巡察，听两个人说，某菜地的枯井内臭气熏天，正准备拿锨填井。于是他们就赶去看，李松挡住没让填井，打发张奎飞速回来给高天顺报告。"走！看看去。"高天顺听说，立即别了手枪，抬脚就走，并让叫上子善，三人一同向出事地点奔去。

四十

正炎夏时节，骄阳似火，天气酷热，大地蒸腾着暑气，花草树木都被晒得奄拉着脑袋，河水也像被晒蔫了似的无精打采地呜咽着。河南边菜地枯井边围了好多人，你瞧他看，都捂着鼻子退回来了。前边的人退下，后边的人又拥上去看，一群人散去了，又赶来一群人，一拨一拨，来来去去，没多大工夫，就把消息传得满城风雨。人们争相来这里看稀奇。

李松在井边不远处来回踱着，高天顺、张奎、子善赶到后，高天顺急切地问："看清楚了没？"李松说："高队长，看不清楚，你看看吧！"把手里的一个镜子递给张奎。张奎在远处把太阳光通过镜子反射到井边，李松又用手内的镜子把光折射到井里，高天顺、子善往井里瞧。子善瞧了一眼就捂着鼻子回头跑。高天顺、李松随后也退下来。高天顺喘着气说："不管是什么尸体，捞上来就清楚了。"李松问："咋个捞？"

经过商量，他们向菜农借来了绳子和糖环，又搬来了辘轳支好。菜农憋住气放下糖环钩物。好容易钩住了，把绳子递给其他人，跑开来深呼吸。一帮人齐心协力摇辘轳。没摇几下，重物"咚"一声掉下去了。把摇辘轳的人险些闪爬下。菜农踅回去看，说："像是在袋子里装着，袋子已经腐烂得吃不住钩了。"

高天顺说："那就往上捞，谁愿意下去捞？"人们都往后退。菜农问："怎么个捞法？"高天顺说："谁捞上来，给他十块现大洋。"菜农说："就十块呀？我不干。谁愿意干，谁下吧。"没人言语。高天顺说："那你说，多少钱？"

"这也不是一个人干的事，三个人，你给五十块大洋，包把那东西弄上来。"

"行，五十块就五十块，要快。"

"老五、老七过来。"有两个年龄相当的年轻人走上前来。菜农说，"咱仨把这活儿干了，一个人下井，两个人在上边。活干完，下井的得三十块大洋，在上边的一人十块。你们谁下？"老五、老七说："你下吧，我们在上边扳辘轳。"菜农吩咐说："老七，你回家取个棉花袄子和一条井绳来；老五，你上街买两瓶烧酒，快！"

高天顺来到抱头圪蹴在地上的子善跟前，拍拍他的肩说："子善，你怎么啦？"

子善瞪眼诧异地看了他一眼，随即蹙着眉说："我有点儿头晕。"

"能走路吗？"

子善双手揉了揉太阳穴，挤了挤眼，站起来说："行！"

"你去到大华旅馆 208 房间，叫二太太和春艳赶快到这儿来。"

"是！"子善跑步去了；跑出老远，回头看看，长吁一口气，又放慢了脚步，心里忐忑不安。

井台上，菜农身上绑上了绳，准备下井。他拿着一瓶酒摇着倒进井里。又拿起另一瓶酒，向井台边喷了几口，然后仰头喝了几口，把酒瓶递给那两人说："你们也喝几口。"老五喝毕递给老七，老七喝毕把酒瓶一掷说："下！"

菜农坐到井台上说："该慢时要慢，该麻利时要麻利。我一喊上人，就赶快把我往上吊！"老五、老七说："没麻达！"菜农绑了块长绸帕捂住口鼻，身子没入井口，绳索慢慢往下放。

子善敲着大华旅馆 208 房间的门。二太太问："谁呀？"

“我，子善。”

春艳开了门说：“是子善哥呀，快进来。”子善进屋说：“二太太，你好，高队长让我来叫你们。”

“到哪儿去？”二太太惊慌失措地站起来。这些日子，她像惊弓之鸟，好像任何话、任何事，都可能与郭辉失踪有关。

“你们跟我走就是了。”

“到底怎么回事？”二太太手忙脚乱地收拾东西。

“到那儿你就知道了，什么也别拿，不多一会儿就回来了。”

“你等一下，我上一下厕所。”自从郭辉出事后，二太太就得下这惊泻症，一听说什么惊险事或想到什么害怕事，就心惊肉跳地想拉屎。

子善趁机搂抱春艳。春艳红着脸推开他说：“子善哥，我对不起你，你另寻相好吧。”子善诧异地说：“春艳你怎么啦？我挣下钱就娶你。”春艳流下了眼泪：“我……我，姓高的不是人……”

“怎么？高天顺糟蹋了你？”

“嗯嗯嗯……”春艳哭着说，“子善哥，我该怎么办呢？”

子善咬牙切齿说：“狗日的高天顺。春艳，我一定给你报仇。”

“别做傻事，小心那贼害你。子善哥，你还要我吗？”

“你又不是故意的，我怎么会嫌弃你，只要……”

“子善哥，咱们快些逃离虎口吧。”

“我有任务，暂时还离不开，我会尽快想办法的。”子善从口袋内掏出个用丝帕裹着的东西塞到她手里说，“我给你买了枚蝴蝶发卡，一直没机会送给你，你拿着吧。”春艳双手握着发卡贴在胸前，仰着脸问：“哥，我能帮你什么忙吗？”

子善想了想说：“我告诉你一个人，你一定要保密。”

“我发誓，决不泄密。”

“我如果发生什么事了，你一定把我的情况告诉石老三，在没有我的情况下，有急事了，也可以去找他。就是那个低个子游击队分队长，斗争会的先一天晚上，他带人到郭家来过。”

“那怎样才能见到他？”

“你到中兴和商号找姓曹的伙计说，我要买一筒八仙牌红漆。伙计说，没货。你说，我急用，请想办法。他就知道你是自己人。”

二太太在外边叫：“春艳、子善，咱走。”三人匆匆走了。

河南边菜地。人们都聚集在枯井旁等消息。菜农在井里喊：“上人！”

老五、老七：“噢——”迅速扳动辘轳。菜农被吊上来了，浑身粘了不少泥土。他顾不得解绳就跑到一边翻肠倒肚地呕吐。老五、老七扳动辘轳把下边的物体往上吊。棉花袱子包着的东西被吊上来了。老五、老七把那东西抬到空地上，解开袱子，臭气熏天。里边是一个布袋子，已撕开几道长口子，露出了人的腿脚和头发等。

二太太、春艳、子善也挤在人堆内看。高天顺说："把袋子打开！"

老七用铁锨稍一划，袋子便全开了。郭辉的人形显出来，尸体已腐烂得不成样子。高天顺倒吸一口冷气。二太太"啊！"一声哭着扑上去，"啊呀！我的娃呀！"一声没哭出来，便昏倒在地。子善也伏在尸体旁呼天抢地："啊呀，郭辉呀，你怎么死得这样惨呀。"边哭边拍打土地，抹眼泪，把脸抹得五花六道。春艳忙掐二太太人中穴。好一阵子才哭出声来，又挣扎着往郭辉身上扑。高天顺在子善屁股上踢了一下："别哭了，帮春艳把二太太扶回去。"子善边抹眼泪，边和春艳扶着二太太走了。

高天顺戴上手套察看儿子尸体，看其头上的伤，拽其衣服。一支钢笔从尸体衣服上掉下来。他捡起来用草叶擦擦，然后用手帕包了装进口袋。察看完毕，他对李松和张奎说："你俩在这儿看着，注意保护现场。我回去给县领导汇报情况。"

县府大堂里临时召开了联防治安紧急会议，崔林玉主持。刘湘说："诸位，一直悬疑的郭辉失踪案有了很大进展，我部特务队在县河南边菜地的一口枯井中发现了郭辉的尸体，初步认定为暗杀致死。特把案情向大家汇报，希望大家能亲自察看现场，讨论处理方案。"

雷团长说："我看，就不必去现场了吧，让目击者把情况介绍一下就可以了。"

"好，高队长，你把情况介绍一下！"刘湘说。高天顺站起来，激动地把发现线索、打捞尸体、察看伤情等细枝末节详加说明，末了说："这分明是敌人将其暗杀后投井，希望领导明察，严惩杀人犯。"陈院长说："发现什么线索了吗？"

高天顺说："本人认为此案与我们逮捕处死的共匪要员有关，我们活埋共匪要员后不久，郭辉就被杀害，这分明是共产党、武工队报复杀人。而我们发现此共匪逮捕前曾藏在城防大队梁秘书房内，所以，要求立即对梁兰歌进行逮捕审问！"人们刷地都把目光集中在常德胜身上。常德胜把桌子一拍，站起来说："简直胡说八道，谁看见共匪藏在城防队？"

高天顺说："郭辉生前看见梁秘书房里的她称为表姐的就是共匪。"

"那你让郭辉来证明。共匪藏在城防队，城防队没一个人看见，倒让郭辉看见了，岂有此理！栽赃陷害也没这样荒唐的。"

"你抵赖不了，我们特务队有人看见梁兰歌把共匪送出城。"

"高天顺，你存心血口喷人要置梁兰歌于死地吗？诸位听我说，高天顺为什么对梁兰歌恨之入骨，是有原因的，当年地主郭福山逼死兰歌她爹，要霸占兰歌她妈为妾，高天顺助纣为虐，被我制止并拘留。为此事他一直怀恨在心，总想伺机报复。高天顺，你的阴谋能得逞吗？"

会场哗然。有小声议论声："原来是这么一回事！""这样的想法就有些不对了。"……

高天顺辩解说："不不不！这……"

崔林玉说："好啦！好啦！这事暂时不争论了，陈院长，这是你们法院、检察院的事，派人去现场察看一下，作个记录，完了，让家属先掩埋尸体。张秘书，你与民政局联系一下，做好死者的抚恤工作。散会。”

高天顺又去找刘湘愤愤然发牢骚，说这党国的事无法干了，像常德胜这样的人横行霸道，党国的事还怎么能办好？刘湘对他解释，说你要想开点儿，党国这事其实就是上层官员结的一张利益网，哪一层有哪一层的关系网，伤了谁的利益都不行。有时宁可损害党国利益，也不能伤及个人利益，但事情总会有转机和变化。最后说：“别急，等待时机。不说这事了，先安排处理尸体，通知郭辉家里了没？”

“他妈在这儿，家里人还不知道。”

“那你赶快安排通知家长。”

回到大华旅社208房间，二太太爬在床上“娃呀，娃呀，郭辉，你死得冤哪。”不停地哭喊。春艳在旁劝说：“你要放宽心，人死不能复生，别哭坏了身子。”高天顺推门进来，气愤地骂：“狗日的，一群废物，个个明哲保身，最终一个个都要被共匪消灭。”二太太一骨碌爬起来说：“说下什么？抓住罪犯了没有？”

高天顺一屁股蹲在椅子上说：“罪犯明摆着哩，可常德胜霸道着不让抓。”

“那县长、书记呢？”

“都是骡子×！妈的，老子与共产党、武工队不共戴天，有朝一日得了机会，非把他们斩尽杀绝不可。”

“天顺，怎么办呢？咱娃的尸体还在那儿晾着。”

“打发子善回去报告老爷，老爷来了再商量。”

二太太又哭起来：“啊呀，我的娃呀！”

子善的角色确实不好当，比演员在舞台上表演难多了。心知肚明，却要装得什么也不知道；大快人心的事，却总要伤心落泪地对人讲。他来到郭家，抽泣着说：“老爷、大太太……”郭福山惊诧地看着他：“子善，怎么了？你哭什么？是不是……”子善揉着眼睛说：“郭……郭辉找着了。”

“在哪儿？”郭福山一下坐直了身子，“怎么不回来？”

“回不来了，郭辉死了，嗯嗯嗯……”子善放声痛哭。郭福山忽地脸色煞白，仰靠在椅背上昏了过去。秋红从后边扶住他喊：“大太太！快！老爷昏了！”

大太太让子善把老爷扶住，秋红抱孩子，她腾出手抱住郭福山的头，掐他的人中穴。郭福山慢慢苏醒过来；子善还在嘤嘤地哭；大太太厉声说：“子善，你哭啥，快说说怎么回事？”子善带着哭腔述说找到郭辉经过。并说：“听……听高队长说，这事可能与他参与活埋共产党要员有关，共产党、武工队报复，把他装在袋子里打死，丢在枯井里。高队长要我请老爷去县城商量后事。”

“阿弥陀佛，罪孽。这样互相残杀，到啥时才是个头！”大太太双手合十念叨。郭福山说：“别念经了，快取我换的衣服。秋红，你让贵儿备马，我要立即去县城！”

经过一段紧张的整修、建设，朗孟驿又恢复如初，秩序井然。兰兰也能稍稍松口气了。她半卧在床上，问提水进来的周妈：“周妈，你没看这一阵生意怎么样？”

周妈高兴地告诉她说，自从新马棚屋和草房建成后，顾客大增，甚至比以前生意还要好呢。兰兰让她转告李会计，有了钱，就先还先前欠顾客的债，咱一定要讲信用。“对，嗯……”周妈慢腾腾把水壶放在床头柜旁，看看她，欲言又止的样子。兰兰看了她一眼说：“你还想说什么吗？”周妈走近一步神秘地说：“你不出门恐怕不知道。”于是把城南边菜地的枯井里发现人尸体，臭气熏天，身上的肉都腐烂得掉块块的事向她叙述了一遍。兰兰的脸忽地红了，忙捂住嘴作呕吐状。周妈忙自责地说：“啊呀，你看我嘴贱的，我不该告诉你。”

“不关你的事，”兰兰说，“我有点儿反胃，没事，你知道认出是谁了没？”

“听说是县党部的郭秘书，县检察院和法院在那儿验尸呢。全城街谈巷议的都是这件事。”

“那也不干咱什么事，你忙去吧！”兰兰口里虽这么说，心里却直打鼓。尽量抑制不想这件事，思绪却凝在这件事上脱不开，尸体已找到，敌人下一步将会怎么样？会不会……她肚子痛了一下。她抱住肚子叫：“周妈，你回来。”周妈折回来问：“兰兰，你怎么啦？”

兰兰蹙着眉说：“我肚子痛了一下，该不会是临产吧？”“这也说不定，让我差人去叫常大队长吧。”

“不用！你差人去叫接生婆就行了。”

“不让常大队长知道怕不妥吧？”

“我想把娃生在朗孟驿。”

“兰兰，不是我说你，你不能太任性了，不管怎样说，人家是你名正言顺的男人；再说，这些时候发生的这些事，要不是常大队长做后盾，你过不了这些坎儿。听我说，把常大队长叫来，听人家的安排。”兰兰思索了一下说：“那你差人去叫吧。”

郭福山、二太太、高天顺一行来到河南边菜地郭辉尸体前。李松揭开盖尸的蒙布。郭福山一见郭辉尸体禁不住掩面哭泣。二太太也哭起来。

春艳拉拉二太太的胳膊说：“二太太，你千万不能再哭了，身体要紧！”

郭福山甩了一把鼻涕止了哭，掏出手帕边擦眼泪、鼻涕边说：“唉，咋弄下这事，白发人送黑发人。”高天顺在一旁问：“老爷，你看娃的尸体该如何处理？”郭福山问：“政府什么意见？”

“刘书记的意思，尸体已经腐烂，不如就地火化，将骨灰装殓埋葬。”

“也好……”郭福山话没说完，二太太就哭喊：“不，我不让把我娃火化，再怎么说，也要让娃落个囫囵尸首。”

“好好好，别哭了，”郭福山说，“就按你说的办。买几丈绸缎把尸体裹了，装个上好的棺板，运回祖坟埋葬。”贵儿问：“老爷，咱回呢，还是……”郭福山说：“回旅馆先住下，等把郭辉的事办好一起回。”

兰兰的肚子痛了一阵又缓解了。常德胜匆匆赶到朗孟驿兰兰办公室，催促说：“赶快收拾收拾往回走。”兰兰难为地说：“我……”

“你怎么?”

“我想把娃生到朗孟驿。”

“胡闹!我的妻子把娃生到她娘家,这让我的脸往哪儿搁?”

“因为……因为不是你的孩子。”

“外人谁知道不是我的孩子?本来这个时候,我不该告诉你,可看你执迷不悟,我又不得不告诉你。郭辉的尸体找到了,那天召开紧急联防会议,高天顺再次在会上提出要逮捕你,被我顶回去了。”兰兰装着不以为然地说:“那事与我有什么关系?”常德胜把眼一瞪说:“有关系没关系,是你说了算呀?他要把你作为嫌疑犯抓起来,你有啥办法?即就是查不出问题,你也得受罪,可你受得了那罪吗?这么乱,把你放在这儿,我能放心吗?”

兰兰沉思良久,他说的那些,也正是她所担心的。她想起高子文传达的党的指示,要她对付好常德胜,保护好革命后代,于是说:“那你安排吧!”常德胜叫来周妈,让周妈赶快收拾东西,自己则跑着去叫车。

石老三了解到高天顺捞出郭辉的尸体后,就去向武工队汇报情况,与秦彪和吴斌商量对策。吴斌也从高子文那儿了解到敌人紧急联防会议上的情况,真替兰兰捏把汗。石老三说:“你说,常德胜会不会知道,是我们把郭辉给做了?”秦彪分析说:“常德胜老奸巨猾,他怎么会想不到?但他不一定知道具体情况。即就是他清楚有兰兰参与,这会儿也不会把兰兰供出去。”石老三说:“对,他还极力保护呢,听说常德胜已把兰兰接回去坐月子了。”吴斌说:“郭辉实际上是高天顺的亲骨肉,干掉郭辉,就等于在高天顺的老虎屁股上戳了一刀,他肯定会狗急跳墙,说不定会干出什么坏事来。”石老三建议,借着特务队要到河西村为郭辉送葬,组织一次行动把特务队给拾掇了。秦彪说:“不可,我们敲磕他一下是要让他知道共产党、武工队不是好惹的。至于进一步行动,我们要照顾全局,听党安排。”吴斌说:“当前的重要任务,就是要保护好兰兰和找双牛。”

说起找双牛的事,大家又忧心忡忡,一筹莫展。石老三问秦队长,找老李头问下什么情况,秦彪说老李头支支吾吾说他不知道,但又说双牛肯定好着呢。问他根据是什么,他说就凭直觉,不会错。最后秦彪指示说:“不能麻痹大意,要密切监视敌人动向,绝不能让我们的人受损失。另外,要充分利用常德胜和高天顺的矛盾。老三,你仍回县城,一方面继续找双牛,一方面暗中保护咱们的人。”

夜,常德胜新居二楼新房。结婚时的布置依然如故,清新整洁。兰兰仰面躺在床上,思绪万千,重回这间屋子,与新婚夜的感想完全不一样。那时,她是把这儿当做出逃的跳板,根本就没把它当成家。当时的景况像是浮光掠影,在她脑海里根本没留下深刻印象。可是经过一番挣扎,经过这许多惊心动魄的事后,尤其是在得到党的指示,知道双牛还没有消息的情况下,她倒稍微静下心来,把这儿作为临时的家、避风港。但她也清楚地知道,这儿也是她的监狱,要想出去难。肚子又在隐隐作痛,不管咋说,先把孩子生下来再说。

接生的王婆来给她检查了，她问："王妈，你看啥时候能生？"王婆说："我看就在今晚吧。""啊呀！王妈，你说生娃是啥感觉？"王婆看了她一眼说："这你生过一回就知道了。"

"王妈，你生过娃吗？"

"当然生过，孙子都十几岁了。"

"那你能给我说说你的感受吗？"

王婆想了想说："我不知道该怎样说。打个比方吧！比如，你大便干燥，你憋住气，把那疙瘩硬屎屙出来。"兰兰笑说，"人怎么能与屎疙瘩比。"王婆来了兴趣："话丑理端。"

兰兰又问："难受吗？"

"有一点儿吧，你只要想到你生的是你的亲骨肉孩子，而不是屎疙瘩，再大的痛苦你都能忍受。"

常德胜进来问："王婆，还得多长时间？"

"估计就在前半夜吧。"

"那我今晚就在这儿候着。"

兰兰忙说："不用，你去吧！我一个人能行。"王婆说："孩子，别逞能，让你男人守在你身边吧。""不要！不要！我不要嘛！"兰兰有些撒泼兼撒娇地说。"好好好！我不在跟前待，我在楼下的屋子内。王婆，有紧急情况你就叫我。"常德胜说着出去了。

"你这娃，人家生孩子巴不得自己男人在身旁壮胆，你却不要男人在身边。"王婆不解地说。兰兰哭起来。"好啦！我不说也不问了。你贵贱别哭，生孩子情绪一定要好。"王婆细思细量，看这父亲般大的丈夫及这女儿般小的妻子，她似乎窥测出了其中的奥秘，把嘴努了努，什么也不说了。

大华旅馆208房间弥漫着阴郁的气氛，郭福山铁灰着脸不言语，二太太不停地嘤嘤地哭。一切都准备妥了，高天顺是来请示郭福山的，看郭辉的尸体明天运回家安灵过事然后再下葬呢，还是直接把棺木运到墓地下葬？别看他平日里来去自由，颐指气使，可老爷往这儿一蹲，他就不得不服服帖帖，循规蹈矩。

郭福山说："咱那儿的乡俗，横祸死在外边的人，尸体不让进门。要停尸过事就得在村外场上搭灵棚，我看就不麻烦了，棺木直接运到祖坟下葬，然后在家安灵过事！"二太太哭着说："我辉辉出了门，就再也回不去了吗？"

"二太太节哀！老爷说得对，乡俗是那样，总有它的说法。要为死人着想，更应为活人着想。再说，这样的事快快地处理了最好，也免得那些说闲话的人说三道四嚼舌头。你放心，有我高天顺在，就一定要给咱辉辉报仇。"

二太太拉着哭腔说："那就按老爷说的办吧。"

楼上传来兰兰痛苦的呻吟："哎哟！哎哟！"王婆说："鼓劲！再鼓劲！不敢泄劲，娃正卡着呢。快！一鼓作气！"兰兰"啊"一声泄了劲。

常德胜听见兰兰的叫喊声飞步上楼，不由分说地冲进屋，来到兰兰枕头边说：

“兰兰,别怕！我在你身边,抓住我！”

兰兰颜面潮红,汗水把头发都浸湿了。人到了生死关头,往往就把羞愧、怨恨看得淡了。她也顾不得使性子了,右手抓住常德胜的胳膊,左手抓着床单,咬牙憋气,再次使劲。

“好！好！这就对了,生下了,生下了。”一声婴儿啼哭。王婆说:“先生,你夫人生了个千金。”常德胜松了口气说:“是吗？好好好！”兰兰松开手。常德胜摸摸麻木的手臂说:“兰兰,你看,你的指甲都抠进我的肉里去了！”

兰兰闭着眼,泪流如注。

老李头的驮队又来到了朗孟驿。张山看着新建的马棚和草房说:“这新房比原来的美多啦！布局合理,建筑考究,院子看着比原来畅亮多了。”

老李头捻着胡子说:“哎呀！看着新房立起来了,朗孟驿又红火了,我心里呀真似鸡毛扫。”他大声喊,“周嫂！”

周妈忙不迭跑出来:“是老李头啊！好长时间没见你来了。”老李头说:“这次是隔的时间长了点儿。咋不见我干女儿出来?”周妈喜滋滋说:“我正要向你报喜呢,兰兰坐月子啦,生了个千金女！”

“是吗？这可真是个大喜事！在哪儿？快带我去看看。”

当听说常德胜把兰兰接回去坐月子后,老李头的情绪一落千丈,像遭打了似的,倏地就不言语了。自从肖老板死后,他憋了一肚子怨气,恨常德胜道德败坏,有失伦理,硬把肖老板逼上了绝路。可是地位悬殊,门道有别,他只能是敢怒而不敢言。但要让他上门道喜,那是万万办不到的。他思谋良久说:“哎呀！要是……周嫂,在常德胜家,我就不去看她了,给你五块大洋,你给我备婴儿用的童装、褥子、尿布、银锁、银项圈……凡是娘家人该准备的,你都备好,代我送过去,对兰兰说,这是我给娃送的弥月贺礼。”

周妈颇有感触地说:“啊呀！老李头,你的心思怎么和我一样呢,这些日子,我正寻思,肖老板不在了,都没个娘家人去看望兰兰,娃过弥月时都没个娘家人送礼,娃心里会难过的。你这么一说,我心里有底了,这份礼我凑一半,咱把兰兰娘家这片天顶起来,让娃脸上也光彩。”张山说:“周妈,我们弟兄们也凑一份礼,到时,你也代我们送过去吧。”周妈喜笑颜开说:“好！好！”老李头大声说:“今晚去临河酒家喝酒,我请客！庆贺我外孙女儿出生啦！”众脚夫嚷嚷:“好！要得！要得！”

自从兰兰坐月子后,常德胜就一直住在安居巷新居。他在全聚德订了餐,饭馆固定一个四十多岁的妇女按时、按他的饭单把饭送到兰兰手中。一日三餐,天天变着花样吃。他安排好城防队的事就回来侍候月婆子,或者,干脆让高警卫员有事来安居巷向他请示汇报。他亲自给兰兰端水递毛巾,给孩子换尿布、擦屁股……兰兰说了几次,要周妈来侍候她,他都不要。王婶来看兰兰,说要侍候几日,都被他拒绝了。

很难想象,常德胜能有这样的耐性。他像当年的司马懿,既有运筹帷幄的韬略,又有女人般纤细的心。据说,诸葛亮当年不曾惧怕千军万马及敌人的阴谋诡计,却被司马懿装女人拜土台气得要死。他越是这样,兰兰越是害怕。因为她恨他,这是她心里既定也绝不能改变的初衷。而这恨正被他用温柔和关爱消解着,她真怕有朝一日需要与他决绝时,她下不了手。随着满月的临近,兰兰越来越揪心,她多么需要党的支持和指点呀!

这天,高子文来到常德胜新居客厅。常德胜热情欢迎,一阵恭喜、寒暄后,高子文说:"如果我没记错的话,孩子已到满月。大家议论纷纷,礼物都准备好了,咋还不见常大队长请客为孩子过弥月?"

"啊呀!我比你还急。"常德胜说,"只是你这学生顽固又顽强,我怎么说,也不让为孩子过弥月。你来得正好,你到上面看看她,也顺便替我劝说劝说。"

"行嘛!常兄命令,义不容辞。"高子文庆幸常德胜每次都给他这样与兰兰接头的机会。

屋里弥漫着奶酣味和婴儿气息。窗帘拉开一绺儿空隙,阳光射进来,在床和墙上留下一道光影。屋子虽然不断有人收拾,但还是显得有点儿凌乱。兰兰头上裹块蓝头巾,脸现产后康复之红润。听见楼下有客人说话声,她焦急地向窗外张望。

高子文到二楼屋里看望兰兰,恭喜兰兰喜得贵子。兰兰忙坐起来说:"谢谢高局长百忙中还记得来看我。"随即小声急切地问,"高局长,双牛找到了没?党安排我们啥时走?我真要急死了,这里如同虎口。"高子文说:"我理解你的心情,可遗憾的是,至今都不知道双牛的下落。"

"唉!"兰兰心里又阴云密布,"这双牛到底跑哪儿去了?会不会……"

"兰兰,你别难过。根据情况分析,双牛同志不会出什么事。党正在抓紧找。"

"那我该怎么办?党有什么指示吗?"

高子文有些难于启齿地说:"党知悉你的处境,也很理解你的心情,但仍然认为你此时离开常德胜对你、对双牛、对党都不利。因为我们到目前为止,还吃不准常德胜到底知不知道双牛的下落,所以党仍然要你以党的事业为重,暂时忍辱负重,办好朗孟驿。"兰兰忧虑地说:"那如果常德胜要强迫我,我该怎么办?我将来如何向双牛交代?"

"你看着办吧,双牛那里有党给他解释。"

"常德胜一再要给娃过弥月,我不答应。你看,如何是好?"

"常德胜就是让我劝你来了。我看既然暂时走不了,就不如答应他,也好试试他到底是真心还是假意。你说呢?"兰兰想,党之所以一再强调,可能认为朗孟驿很重要吧!于是说:"嗯,如果这样的话,那么,我就要他把弥月放到朗孟驿过,让那些政府要员都知道朗孟驿,这样朗孟驿反倒更安全。"

"对,你最好在朗孟驿办个赌场,我劝诱些人到那儿去赌,这样,朗孟驿人员鱼龙混杂,敌人就更弄不清楚了,我也好与你接头。到时候,咱们的人要到朗孟驿开会什么的也方便。"

"那就这样定吧。"

高子文大声说:“还是兰兰懂道理,那我给常大队长回话去了。”

高子文喜笑颜开地走进客厅。常德胜说:“看你的表情,事情说得很顺利?”

“小菜一碟,其实就没啥大问题。”高子文不无自豪地说。随后对他解释说,这完全是误会,其实夫人是体谅他,怕他实际上是为别人的孩子过弥月心里难受。常德胜哈哈一笑,说他是宰相肚子能撑船,完全不在乎那些。高子文乘机向他转告了兰兰的意愿,想把娃的弥月放到朗孟驿过,这样有利于提高朗孟驿的知名度;说她满月后准备大干一场,一定要把她妈当年的店威树起来。常德胜喜出望外,赞扬兰兰是青出于蓝而胜于蓝。

高子文竖起大拇指说:“老常,你真有福气,一定要大力支持夫人。”

“那还用说。”常德胜乐呵呵说着,就要拉着高子文去喝酒。

兰兰担心的事终于来了。那晚,常德胜来到二楼屋里,摸摸揣揣没有走的意思。兰兰忧心忡忡地说:“你怎么还不去睡?”常德胜沉着脸说:“我今晚要到这儿睡。”

“那……那恐怕不行吧!”

“什么不行?是我到这儿睡不行,还是你的身体不行?”

“都不行!”

“兰兰,你不能这么一而再再而三地骗我,我对你已做到仁至义尽了。按照口头协定,该到实现诺言的时候了。”常德胜说着,躺在兰兰身边。

兰兰挪了挪身子说:“不。还有……”

“还有什么,你说吧。”

“你老实说,你把双牛押哪儿去了?”

“我对天发誓,我把他放了。”

“那你说,双牛现在在哪儿?”

“那我咋会知道?”

“你说过,你能放了他,就能重新抓住他。”

“那是啥时说的话?现在都过去几个月了,连他的家人都找不到他,我怎么知道他在哪儿。”

“你怎么知道他家人找不到他?”

“他家人知道他的下落,还能不告诉你?”兰兰沉默不语。“兰兰,听我说,不要顽抗了,我爱你!我不忍心对你使用强制的手段,那样很糟糕,真的很糟糕,可是……”

“那……那……”

“那什么你说吧!”

“那你会对我的女儿好吗?”

“我只有一个儿子,那时候我多么希望收你为我的女儿。可是我鬼使神差地爱上了你而不能自拔,我对不起你妈。我知道我对你有罪,我会以我的实际行动赎罪的。这个女儿虽不是我的女儿,但她生在我家里,她也就是我的女儿,我不但要抚养她长大成人,还要使她受高等教育。”他“呼”地吹熄灯去搂兰兰。“不!嗯嗯嗯……"兰兰嘤嘤地哭着。常德胜大叫:"点火！点火!"

这天是给孩子过弥月的日子,朗孟驿一片喜庆气氛。兰兰和周妈在内间屋打扮孩子。常德胜在外间屋给高警卫员交代事务,要他把人安排好,不要乱,对群众态度要好,凡是来贺喜的,不管礼轻礼重一视同仁;有流浪儿、乞丐找上门的,让吃饱拿上;凡今日住店的客人免费就餐一天。高警卫员转身欲走,"哎!"他又叫住他,"全聚德请领导的那两桌饭再派人去靠实一下,下午六点钟人到,可别误了事。"

周妈给孩子穿好花衣裳,脖子上套上银项圈、银链、银锁,戴了顶黄白蓝相间瓜皮图案的遮阳帽,又用毛笔杆蘸红印泥在孩子的额头、脸蛋、下颌按上了红圈儿,笑着说:"哈哈,这下好看了。"兰兰笑着说:"周妈,你真会打扮孩子。"周妈抱着孩子说:"走！亮宝去。"来到外间说,"常先生,看你女儿漂亮不?"

常德胜用手指点着孩子的脸蛋说:"这一打扮简直光彩照人了。"说着从身上掏出两块用红纸包着的银圆放在孩子胸前,"我先给娃压岁钱。"

朗孟驿人来人往,熙熙攘攘。城防队的战士在忙碌着。大院中间支着两张大方桌,花花绿绿的礼品摆得满满当当。一些妇女围着礼品欣赏着,议论着——

"这收的东西真不少！光这还不算,听说礼洋收下一千多大洋了。"

"都是我甥孙女的造化,你看,虽没她妈了,但这代表娘家人的礼物,还这么厚重。"王婶说。

"听说是兰兰她干爹送的礼。"

"唉！可惜了我翠花,"王婶絮叨说,"你说你寻死干什么？你死了照样还日出日落,月圆月缺,世上的事该怎么办,还不是怎么办嘛。"

周妈抱着孩子从楼上走下来,人们都围着孩子看。珍子说:"这孩子生得眉清目秀,眼神沉静中带着几分凌厉,将来准是个有本事有福气之人。"王婶抚着孩子的头说:"看亲的！丫头,叫老奶奶。"说着,从身上掏出个红包给孩子,"还没起名吧?"

正说话间,吴承谦走来说要珍子回家拿小桌用。周妈说:"起名的来了,吴先生慢走,你爹不在了,你这继承人名声慢慢大了,给娃取个名!"吴承谦端详着孩子,捏腮凝思,嘴内喃喃:"肖翠花、梁兰歌……"然后大声说,"不是说孩子要姓梁嘛,那就叫梁苏玲吧!"

众人说:"好！好！这名字好听。"

周妈对着吴承谦走去的背影说:"我一会儿给你把馄饨送去。"

一些人围在朗孟驿门口看对联——"雨过天晴小荷才露尖尖角,劫后余生锐竹又擎刺天戟",横额"弄瓦之喜"。

张山说:"这对联编得妙极了,吴老先生不在了,还有能人呀。"老李头说:"嘿！看你说的,史圣故里,人杰地灵,人才辈出。你看承谦这字体、文笔,比起吴老先生,真可算青出于蓝而胜于蓝。"珍子走到巷口,见芳芳带着孩子在那儿看,说:"芳芳,没蒸个圈圈馍去随个礼?"

“我给她送礼?”芳芳撇着嘴说,“我巴不得她娃得羊角风抽死呢!”

珍子忙说:“好妹子,冤家宜解不宜结,话不敢说那么狠。”

“哼!我和他常德胜的仇记定了,此仇不报誓不罢休!”她俯身对孩子说,“娃,贴红纸对联的那家人是咱家的仇人,就是那狗男女害死你爹的。”

小陈强茫然地往远处瞅着,又仰着脸说:“妈,我要吃糖!”

芳芳在他头上轻轻扇了一掴,骂:“没出息鬼!”

四十一

天气晴朗,阳光和煦,田野绿意盎然,鲜花点缀其间。田间小道上,贵儿赶着儿骡驮粪,小郭霞骑在儿骡背上,两手抓住驮笼畔,随着牲畜的走动身子一摇一晃。两眼骨碌着浏览广阔原野。老秦扛锄从对面走过来:“贵儿,驮粪哪?”

贵儿热情应答:“噢!老秦哥,山坡上有几块地,大车不得到,就用牲口驮。”

“咋来回还驮个娃娃?”

“哎!这姑娘犟得很,爱骑牲口,一见我驮粪就哭着要骑,大太太再怎么厉害,也不顶事。”

“几岁啦?”

贵儿还没来得及答话,郭霞就大声说:“三岁半!”老秦说:“嚯!伶牙俐嘴。”贵儿笑着说:“嘿嘿,这女子嘴利得很。老秦哥,双牛有消息了吗?”老秦摇摇头:“没有。”

牲口走远了,郭霞在远处喊:“大大,快点儿!牲口上坡了,我趴不住了。”贵儿跑着赶上牲口,用手从后边护着郭霞。

来到地里,贵儿把郭霞抱下来,她就跑到崖根下采生地花,花儿长在半崖上,够不着,她急得直喊直蹦跳。贵儿漏完粪给她采了一大把花儿,她脸笑得像花儿一样。然后父女俩骑上牲口,贵儿把郭霞抱在怀里,又晃悠着往回走。田里干活的村民,无不投来羡慕的目光,又忍不住私下里窃窃私语。

回到家里,郭霞擎着一把生地花噔噔噔向中院跑去。秋红接住她问:“霞霞,骑牲口好玩儿吗?”“好玩儿,看!这花儿还能响爆,你给我吹。”秋红摘了一朵花,捏住喇叭状的口,从花根部吹气,等花儿鼓胀了,然后往手掌上猛一砸,“啪”响了。郭霞高兴地笑着跳跃着。

大太太走出屋说:“贵儿,把驮笼卸了,给儿骡喂点儿料,吃了饭去城里买麻秆、糊顶棚纸。”郭霞一听就大声嚷嚷:“我也去,我也去。”

大太太厉声说:“不准去!县城那么远,你小娃娃干啥去?”“我就要去,我就要去!”郭霞把花一扔,哭着滚到地上。大太太举手要打,贵儿抱起郭霞说:“惹孩子干啥，好好好，大大带霞霞去。”郭霞抱住贵儿的脖子，闪着泪珠说：“大大好，妈妈坏。”大太太说：“啊呀！贵儿，这孩子非让你惯坏不可。”

西关街道。芳芳带着陈强在巷口玩儿，陈强长得很像陈刚，膀阔腰圆，浓眉大眼，虽只四岁多，但显得虎头虎脑，很是可爱。他手里拿个泥塑彩绘的公鸡，鸡冠红红，尾巴高翘，屁股上插个哨子，吹起来呜呜叫。

贵儿拉着牲口，郭霞骑在儿骡脊背上摇晃着走过来，两条小辫子随着头的转动甩来甩去。街景琳琅满目，郭霞目不暇接地东张西望，她一眼就看中了陈强的玩具，哧溜从牲口上溜下来，盯着他手上的彩泥公鸡看。

儿骡止步，拽着不走。贵儿回头看：“哎！霞霞，你怎么下来了？多危险！”

郭霞说：“我要那公鸡。”

陈强也瞅郭霞，身子直往芳芳身上靠。

贵儿说：“霞霞乖，咱不要别人的东西。”说着，把她往牲口上抱。

郭霞拽着说：“不嘛！我就要。”

芳芳看见了说：“强强，把公鸡给妹妹，妈给你另买。”

“不！那我要她手上的银豆豆。”

芳芳说：“嘿！你眼还怪有水水，那珍珠手链要多值钱！”

郭霞的珍珠手链是橡皮筋串缀的。她哧溜抹下一只说：“给！换你公鸡！”

贵儿忙挡住说：“胡闹！看你妈不打死你！”

芳芳说：“小姑娘，你那手链值钱，一条手链都能换几百只彩泥公鸡。向前走，进了西城门西街上就有卖彩泥公鸡的。”

郭霞把手链一摔说：“不嘛！我不要手链，我要公鸡。”说着就往地上滚。

贵儿忙拉住她：“哎哎哎！看把新衣服弄脏了。”

芳芳拾起手链说：“这姑娘脾气还蛮大的，好啦，他不要你的手链，把公鸡给你，一会儿我给他重买一个。”

郭霞接过手链又摔到地上：“我就要用手链换公鸡！”

“郭霞别浑！看我打你！”贵儿举手佯装要打。郭霞扑到他怀里大哭大闹：“大大坏！大大坏！”“这位哥，别惹孩子哭了，就让孩子换了，手链我保存着，随后还她，我家住在6巷16号。”芳芳说着，把手链给了陈强，把陈强的彩泥公鸡给了郭霞。郭霞转哭为笑。陈强也高兴地笑了。贵儿说：“真拿这犟女子没办法。”

芳芳问：“这是你女儿？”

“嗯……”贵儿红了脸，“不是，是我东家的女儿，我是她家长工。”

“你东家很有钱？”

“北塬上有名的郭财主。”

“噢，财主家的千金，怪不得对那么贵重的东西都不在乎。”

贵儿把郭霞抱上牲口，牵着牲口顺顺溜溜走起来。芳芳说：“这牲口也怪，娃下来了，它就站住不走；娃骑上去，它就走。”

"这孩子平常爱骑牲口,牲口好像也习惯了。"贵儿说,"郭霞,给阿姨、哥哥再见。"郭霞举着小手说:"再见!再见!"陈强也摆着小手说:"再见!再见!"

朗孟驿南楼二楼西头一间大房子,门框上方钉着一块"棋牌室"牌子。里边支四张麻将桌,有很多客人在打麻将。自从建起棋牌室后,朗孟驿一下热闹起来。邻近爱赌的居民闻风而至,住店客人也有了消磨时光的好去处。

高子文领了一些人来打牌,看了棋牌室后,悄悄对兰兰说:"你还得设个双桌的小棋牌室,咱们的人来了,要在小棋牌室打牌。""嗯!我明白了。"随后他又告诉兰兰,说最近可能要召开一次全县党的基层干部会,领导的意思是想把开会地址放在朗孟驿,问她意下如何,兰兰热情地说:"请你转告党组织,只要党信任我,我一定做好筹备工作。"

没过多久,秦彪就接到了开会通知和县委指示,除他和吴斌参加会议外,还要石老三带一个小分队化装成赶驮的进入朗孟驿,担任大会警戒。各路驮队陆续进入朗孟驿。秦彪、吴斌、石老三的驮队来了,薛队长的驮队来了,梁保长领的驮队来了……

兰兰领着朗孟驿的员工热情招待客人,按照工作的方便,把他们分别安排在相应的地点。她看了眼石老三说:"李会计,把这位哥的人安排在南楼下靠东那间大屋子里。"石老三刚想打招呼,又抑制住了。这是党的秘密工作纪律,再熟悉的人,在特殊场合,也要装着不认识。

高子文领着薛志坚来到兰兰办公室。兰兰忙起身叫:"薛老师,你好!"与薛握手,转脸疑惑地看高子文。高子文微笑着说:"薛主任是来主持会议的。"兰兰握着薛主任的手说:"是吗?我还不知道,真是太好了!薛老师、高局长,快请坐!"说着,给二人倒茶。薛主任说:"兰歌,我听他们说了你的情况,你很勇敢,也很坚强,也知道你当前的处境,是在忍辱负重为党工作,我代表党向你表示敬意!"兰兰说:"感谢党!薛老师,请安排工作吧。"

"咱们这次会议共开三天,联络由高局长负责,石老三负责警戒,你负责后勤和放哨,说说你的打算。"

兰兰自接受任务后,已思考计划了好多天,这会儿胸有成竹地说:"会议室设在小棋牌室。把石老三的人一部分留宿舍,一部分安排到大棋牌室。我在我房门口一边看孩子,一边放哨,听见我骂孩子,或把什么东西摔在地上,就是有情况,听见我哄孩子就是解除警报。你们看行吗?至于伙食,我已安排好了,保证让大家吃饱吃好。"薛主任笑着说:"你想得很周到,行!老高,抓紧时间,通知人开会!"

朗孟驿小棋牌室内,薛主任、高局长、秦队长等人,围两桌佯装打麻将,其他人坐在旁边观看。薛主任讲话:"抗日战争中,国民党、蒋介石不顾国共合作协定,一再挑起事端,屠杀我共产党人及人民军队,制造了震惊中外的皖南事变。抗日战争胜利后,变本加厉地实行反共灭共政策。一方面说,愿意和我们和谈,一方面,又调集兵力向我解放区大举进攻,党中央和毛主席早就识破了敌人的阴谋,我人民解放军与敌人进行英勇顽强的斗争，并且取得了很大胜利，截至当前，共消灭敌人一百多万。我们的解放区在不断扩大，人民军队在不断壮大。党要求我们敌占区的党组织也要增强武装力量，与敌人作斗争，在必要的时候，听候党的调遣，配合正规军作战，迎接全中国的解放。咱们这次会议的主要任务：一是要传达、学习党的七大会议精神，二是要学习毛主席的《论联合政府》及《关于目前国际形势的几点估计》，三是传达上级决定。根据咱们县的实际情况，上级指示以武工队为基础组建游击队，北区游击队与宜县游击队联合，命名桢宜游击支队，秦彪任队长，吴斌任政委；南区游击队命名桢县游击队，队长薛剑英……"

"这孩子，怎么把奶弄倒了……"外边传来兰兰骂孩子的声音。大家立即哗啦啦打起麻将来。过了一会儿，又听见她说："噢！噢！我娃乖，不哭，不哭！"会议又继续进行。

特务一刻也没放松对朗孟驿的监视，高天顺的目的，仍然是找借口抓捕兰兰。李松、张奎一发现朗孟驿情况异常，就去向他们的头儿汇报，说进出朗孟驿的人员与往日比成倍增多；还听说朗孟驿开设了棋牌室，三教九流的人都往朗孟驿钻。高天顺仰头闭目思索了一会儿，然后把他俩召拢来耳语了一阵。李松、张奎会意地点头。

朗孟驿大棋牌室，石老三等和脚夫们在打麻将。麻将牌哗啦啦响，人声嘈杂……朗孟驿小棋牌室内，桌子上的麻将牌列着方阵，像严阵以待的士兵，与那些凝神静听的党的干部相映照，显得庄严而肃穆。薛主任在念《论联合政府》："目前的国内形势怎样呢？中国的长期战争，使中国人民付出了并且还将付出重大的牺牲……"

李松和张奎大摇大摆走进朗孟驿。李松说："看门的，你们的棋牌室在哪儿？老子也想去摸两把！"

"先生想玩儿麻将啊！请上二楼。"老雷大声说，"周嫂，给二位先生带路！"

"哦！来了。"周妈迎上去说，"先生，想玩儿大的还是玩儿小的？"

张奎说："上去再说。"

兰兰在屋门口给坐在摇车内的孩子喂奶，向下看了一眼，把奶缸子往地上一撂说："这娃，怎么净把奶缸子往地下推！"孩子"哇"地哭起来。薛主任立即把文件藏起来。大家都正儿八经打起麻将来。

周妈把李松和张奎领到小棋牌室门口说："这屋玩儿大的。"李松说："进去看看。"周妈推开门，一股浓烟从屋内冲出来，里边的人只顾打麻将，没人理他们。周妈说："二位稍等，说不定，马上就有人退下来。"高局长说："你们谁上？我让位。"李松瞅瞅说："不上，到那屋去。"周妈又领张奎和李松走进大棋牌室。石老三上前抓住张奎的手说："想打麻将吗？这边来！"张奎蹙眉歪嘴，又不好意思叫出声来。周妈说："二位稍等，看有谁不打了，你们换上去。"张奎挣脱手，碰碰李松说："这儿人满，不打了，走！"说着，匆匆走了。屋内发出哈哈哈的大笑声。张山说："老三哥,你怎么了一下,那两个就夹着尾巴跑了?”石老三“哼”了一声说:“还想打麻将?再不走,我让他屁滚尿流!”

李松和张奎屁颠屁颠跑去给高天顺报告情况。当张奎述说一个个子不高,一脸杀气的家伙险些把他的手骨捏坏时,高天顺立即问:“是不是武工队的石老三?”李松说:“啊呀!对,那人我听说过,队长,赶快行动吧!”高天顺刚准备采取行动,转念一想,以前许多次擅自行动,都落了出力不讨好的下场,这次还是报告给刘书记再作定夺。刘湘永远都是谨小慎微,不求有功,但求无过,又按部就班汇报给崔县长。崔县长老和尚饮驴——老套数,招集幕僚开会研究讨论。三研究两讨论,等特务队赶到朗孟驿,地下党的代表会已经结束。这是后话。

常德胜走进朗孟驿,兰兰看见了大声说:“周妈,常大队长来了,给我房里提一壶水。”小棋牌室的人又立即打起麻将来。常德胜走上楼来。兰兰坐着没动,常德胜逗了一下孩子,问棋牌室怎么样,兰兰说打牌人多得很,高局长也在那儿,你去看看嘛!常德胜推门走进小棋牌室,高子文忙迎上去说:“常大队长来了!哎!我给大家介绍一下,这位是朗孟驿大老板的大老板。大家欢迎!”众人拍手。

常德胜拍了下高子文的肩说:“再别胡闹!”转脸对众人说,“条件怎么样?还有什么建议请提出来。”众声答:“好着哩!好着哩!”梁保长退下位要常德胜上牌桌。常德胜忙按住他说:“不不不!你打,你打!我是来看看大家,我还有事。”高子文激他说:“玩儿两把!你有多要紧的事,怕输钱吧?”“确实有事,诸位,告辞。”常德胜来到兰兰办公室,抱着孩子玩儿,小苏玲已识人逗了,脸上绽放出快乐的笑容。兰兰给他泡了一杯茶放在桌子上说:“高天顺派特务来过!”

“是吗?”常德胜一愣,严肃地说,“狗日的还不死心,不怕,我一会儿给高排长安排一下,让加强这块儿的警戒,他敢来,就让他吃不了兜着走!”

会议胜利结束,大家握手言别,恋恋不舍地离开了朗孟驿,带着火热的革命激情奔向四方,也把对朗孟驿的好印象留在了心底。后来的实践证明,这次会议对桢县革命队伍的发展壮大和革命事业蓬勃发展起了决定性作用。

薛主任特地去向兰兰辞行,说:“兰歌,同志们对你提供的住宿、伙食等,都很满意。我代表地下党县委对你的出色工作表示感谢,并予以表扬!希望你再接再厉,更好地为党工作!”兰兰谦虚地说:“薛老师,这是我应该做的。”

人逢喜事精神爽,自从有了亲生女儿郭霞,大太太心情舒畅,对佛又多了一层崇敬,隔三差五地到寺庙烧香礼拜。这天,她又要贵儿套车载她和孩子去庙里进香还愿,顺便让女主持给孩子看看相。小郭霞展臂倾身要贵儿抱,贵儿在她额头轻吻了一下说:“霞霞乖,大大去套车,套好车霞霞坐。”郭霞拍着小手高兴地嚷嚷:“哦!坐车哟!坐车哟!”秋红给孩子梳头换衣服,问:“大太太,要不要我去?”“不用了,你在家看好门户,老爷如果回来了问,你就说我去北山寺拜佛去了。”

秋高气爽,满山的野菊花烂漫开放,黄染山野。空气中弥漫着浓郁的花香,带棚马车悠然地在山梁上行驶。大太太深吸一口气,心想,啊,真香!山野真好!她就是在家里闷得慌，借拜佛出来游玩散心。郭霞指着路边喊："我要花！我要黄花花！""唷！"贵儿喝住牲口，跳下车采了一把野菊花给郭霞，并掐了一朵别在她头上，笑着说，"霞霞真好看！"郭霞看看大太太说："大大也给妈妈别一朵！"贵儿对着大太太憨笑，大太太笑着低下头，贵儿也给她头上别了一朵花。郭霞笑着说："好看！妈妈真漂亮！"贵儿把身子倾在孩子身后，指着远处说："霞霞，看！前边有一只野羊在跑。""在哪儿？在哪儿？"郭霞盯着前方看。他悄悄拉了下大太太，二人偷偷接了个吻。郭霞回头拉住贵儿嚷："大大，怎么看不见呢？"贵儿假装眯缝着眼瞅："啊呀，跑了！一会儿再见了，大大告诉你。"郭霞摇着他的手说："不嘛！我现在就要看！"大太太说："嘿！看你再敢哄孩子不敢。"贵儿有些脸红，尴尬地说："这孩子大了，还真碍大人的事。"大太太说："霞霞，别闹，妈也给你瞅，瞅着了就告诉你。闻花，看这花多香！"郭霞学着妈妈的样子闻花："啊！真香！"

贵儿想起了什么说："大太太，二太太领着春艳去娘家好长时间了，老爷为什么不差人去叫？"大太太叹口气说："唉！一个女人在那儿跌了跤，她一看见那地方就伤心，所以，她不回来还好。"

"那她能在娘家住一辈子吗？"

"其实，她现在就不在她娘家，高掌柜在县里给租了房子。"

"那老爷知道吗？"

"你想想看，什么事能瞒住老爷！"

"那……那咱俩的事……老爷知道吗？"

"你做贼心虚啦？"

贵儿面红耳赤："我怕……"

"你怕什么？只要他没把你堵在床上，什么事也没有！"

贵儿转忧为喜说："啊呀！我真想放声大唱。"

大太太放眼看了看说："这儿也没别人，咱俩对唱一段。"

"你说唱什么？"

"《西厢记》中送别那一段。"

贵儿清了清嗓子唱："碧云天，黄花地，西风紧，北雁南飞。晓来谁染霜林醉？总是离人泪。"大太太接着唱："恨相见得迟，怨归去得疾。柳丝长玉骢难系，恨不得倩疏林挂住斜晖。马儿迍迍的行，车儿快快的随。却告了相思回避，破题儿又早别离。听得道一声'去也'，松了金钏；遥望见十里长亭，减了玉肌。此恨谁知！"

郭霞痴痴地望着二人，忽然嚷嚷："不让唱！不让唱！""哈哈哈……"二人都笑出了泪。大太太抹了把泪说："贵儿，真有一天要分别了，你有何感想？""我永远都不离开你！驾！"贵儿甩了个响鞭，马儿欢快地跑起来。

来到北山寺，大太太点了一炷香插在香炉内，领着郭霞在佛前的跪垫上跪拜。郭霞指着佛像问："妈妈，那人是谁呀？"大太太说："佛祖释迦牟尼。""是不是捏泥炮用的那种泥？"郭霞问。

一旁的女主持、小尼姑云香和贵儿都笑了。大太太拍了她一下说:“不准胡说!那是天上的神。”郭霞“哇”一声哭了。蒋主持说:“不要说孩子,童言无忌,不知者不为过。”贵儿抱起孩子说:“霞霞不哭,看妈妈给神祷告呢。”

大太太俯身低头,双手合十放在额前轻声念叨:“佛祖在上,慈悲为怀,普度众生。小民承蒙佛祖照应,得贵人相助,喜得千金,活泼可爱,身体健康!不敢忘恩负义,特进香跪拜,献上缎帐,使其美名远扬,千古流芳!愿佛祖永保我全家安康。”起身作揖。她接过贵儿手里的孩子说:“你也给佛祖上炷香!祷告祷告!”

贵儿也上了一炷香,跪在跪垫上磕头默默祈祷:十五年前,在此地多亏佛祖指点迷津,幸遇吾主慈悲善良,关心爱护,小人感到无比幸福快乐。天降佳缘,吾主示爱,实不是小人图谋不轨,毁乱纲常,祈求宽恕指教!衷心感谢。请保佑我主健康长寿!财源滚滚!万事如意!拜毕,起身作揖。

大太太献上一块绣字缎帐。“谢谢施主!云香,帮施主把香帐挂上。”云香与贵儿将香帐挂在佛像旁边的墙上。红缎金字——普度众生。蒋主持说:“张施主,请坐这边用茶!”大太太抱着郭霞与蒋主持坐在方桌旁。云香给二人倒上清茶。大太太说:“贵儿,你看牲口去吧,在车上等我。”贵儿转身走,郭霞哭闹着说:“啊!我不让大大走!”贵儿踅回来哄逗孩子,郭霞安静了点儿。大太太说:“那你站旁边听!”云香取来板凳,让贵儿坐下,也给他倒了一杯茶。大太太转脸说:“蒋师,想请你给我女儿看看相。”

“好嘛!”蒋主持端详着郭霞,又把她的手抓住看,“这娃五官端正,眉清目秀,天庭饱满,耳郭阔圆,是一个有福之人。不过,”她再凝视了一下说,“这娃眉宇间透着一种凌厉之气,必定刚强耿直,桀骜不驯,难免要吃些亏的。”

“师傅说得极是,”大太太搭话说,“这娃脾气犟得很,要怎么就非得怎么,稍不如意就拼命跟你闹,这也就是我最担心的。”

“施主也不必过于担忧,儿女自有儿女福。你能管了她的前半生,管不了她一辈子啊!再说,施主乐善好施,扶伤助弱,积的德也可使女儿免祸消灾了!”

“如果真能如此,那我更要加倍地做善事了!”

“祝施主心想事成!小施主茁壮成长,前途光明!阿弥陀佛。”蒋主持双手合十祈祷。

“还有,师傅你看,”大太太抹起郭霞的左裤腿,“孩子小腿前边这点儿伤,好了犯,犯了好,久久不能痊愈,师傅不知有何良方儿?”

蒋主持审视着那伤说:“这点儿伤可不能小视,弄不好落下凉况腿(小腿溃疡)可就难治了。治这伤有一种土药材叫七叶一枝花,采回去洗净熬水洗伤,施主不妨回去一试!”贵儿插话说:“我在山里砍柴似乎见过这种药,多长在阴沟里。”蒋主持说:“这就好!阿弥陀佛,善哉!善哉!”“谢谢蒋师指点迷津!”大太太从身上掏出一叠用红纸包裹着的银圆放在蒋主持面前。

“施主,不必多礼!”蒋主持假意推辞一番,把钱收了。

四十二

自从在朗孟驿召开党的基层干部会以后，兰兰的情绪比以前好多了，她觉得自己真真正正成了共产党的一员了。领导的信任更增强了她为党工作的责任和信心。对待常德胜，她抑制着内心的厌恶，装出笑脸应付着。常德胜见兰兰对他的态度好转了，喜不自胜，以为兰兰对他心悦诚服了，更加在意兰兰和朗孟驿了。会后第三天，特务队来朗孟驿搜查，又险些和城防队起冲突，为此事，常德胜找刘湘大闹了一场，直至崔林玉亲自出面调停，为其说了一通好话才收场。只是夜深人静闲下来的时候，她就会想起双牛，党也一直在努力找寻，但始终没有他的音信。她思念他，担心他，更希望他奇迹般地出现，好一同逃出虎口，奔赴革命圣地延安。

朗孟驿劫后重生，一切都步入正轨。这天，她正在屋里伏案翻看朗孟驿这几个月的账。孩子就放在身旁的摇车内。忽然从门顶脑窗飞进一封带鸡毛的信。兰兰一怔，忙拾起信拆开看："高子文被捕叛变，党组织遭到严重破坏，党命令你速赴二站。火急！"兰兰迅速收拾账簿，取纸笔写了封短信装封好，隔窗叫："周妈，你来一下！"周妈进屋问："兰兰，什么事？""我有事要出去一下，你把孩子转移到一个安全地方，然后把这封信交给常大队长。有人找我，你就说不知道去哪儿了，快去！"周妈装好信，抱起孩子就走。"慢！"她又叫住她，在孩子额头轻轻吻了一下，"去吧！顺便告诉雷氏，给枣红马披好鞍，我马上就走。"周妈看兰兰，泪珠从那白皙的脸颊上滚落下来，再看看孩子，恋恋不忍离去。兰兰摆手说："快去！快去！"周妈迅速走了。以她对小老板的了解，此事非同小可。

兰兰到里屋取了个小袱子绑在腰间，穿上外套，匆匆下楼。老雷披好鞍正在给枣红马饮水，兰兰夺过缰绳翻身上马。老雷问："小老板，你到哪儿去？""别问！有人问，你就说不知道，招呼好门户，驾！"兰兰策马出门，穿越街道，飞奔而去。带着孩子站在巷口的芳芳看见"呸" 唾了一口，骂："嚣张什么！摔到沟里才美哩！"

敌人的逮捕行动同时也在紧锣密鼓进行。保安团冲进卖烟老头家，将王茂生五花大绑押了出来。茂生妻骂着阻挡，被两名匪徒推倒在地。

桢县中学。雷团长亲自带人将薛主任逮捕，段校长据理力争，但无济于事。段校长整了整薛主任的衣领，严肃地说："志坚同志，是非曲直很快就见分晓，暂时委屈一下，我会很快与县长交涉的。"薛主任会意地点点头，昂首挺胸地走了。

高天顺带着特务队冲进朗孟驿。老雷站在门口挡住说："你们要干什么？"张奎恶狠狠推了他一把说："闪开！抓共匪。"老雷打了个趔趄，说："这……这不是放火那小子吗？你……你想报复！""想报复怎么啦？不光报复，还要报仇。你这老不死的还要威风？""呸！"老雷唾了他一口。"啪！"张奎跳起扇了他个耳光。

高天顺下令:“给我搜!”特务们横冲直撞,翻箱倒柜,那阵势似乎要把朗孟驿闹个底朝天。李松和张奎带人冲上二楼,踢开兰兰办公室的门——空无一人。他们用刺刀戳破被子,挑翻箱子。又来到棋牌室,李松持枪说:“都别动!举起手往出走!”人们惊慌失措,面面相觑,举起手往出走。张奎迅速收了棋桌上的钱。高天顺示意,子善大声喊:“朗孟驿所有人员和住客都到大院内集合!”人们陆续来到大院小声议论:“这发生什么事了?”“这持枪抓谁呢?”……

搜查的匪兵都纷纷出来报告:“报告高队长,没搜到梁兰歌。”

“大家听着!谁看见朗孟驿女老板梁兰歌了?报告者奖大洋十块,知情不报,以共匪论处!”没有人言语。高天顺又问老雷,“门官!你家女老板哪儿去了?”“不知道。”“她平常都去哪儿?”“这儿没事就回安居巷的家了。”高天顺把手一摆说:“走,去安居巷!”特务队又一窝蜂地走了。

特务队耀武扬威地从街上走过,人们站在巷子里惊诧地观望。李松手做喇叭状向民众喊话:“喂!谁看见梁兰歌了?报告者奖大洋十块。”喊了好一阵,都没人言语。芳芳手牵着孩子忽然大声说:“我看见了!”高天顺立即来到她跟前问:“快说!去哪儿了?”芳芳指着远处说:“骑马从这儿向北跑了。”

“可靠吗?”

“说空话抽我的舌头。”

“好!等逮住了梁兰歌再奖你大洋。”

“我不要奖励,杀了狗男女就替我报仇了!”

高天顺骑马领兵向北追去。

兰兰骑着枣红马向北飞奔,在一岔道前勒马凝思,我该走大路,还是小道?如果敌人骑马追,肯定走大路,于是她调转马头向上山的小路进发。特务队一路尾追而来。在同一岔道口,高天顺勒马打着旋儿,瞅瞅前边的两条路,不知该从大路还是小路追。李松说:“报告高队长,梁兰歌骑着马,肯定从大路跑了!”“如果她想到我们会从大路追而走了小路呢?”高天顺说。张奎嘴快:“那咱们兵分两路”高天顺指示:“李松,你和张奎带一部分人上山从小路上追,我带一部分人从川道大路追!”“是!”李松、张奎、子善等奔向上山的小路。

北山梁。兰兰打马驰骋,马喘着粗气。兰兰回头望了望,心想,也许敌人不会从小路追来,下马小憩了一下,然后整装上马,悠然而行。

特务队爬上了山梁。李松敞着怀,抹了把汗说:“啊呀!累死人了。”张奎发现了前边的兰兰,拍了下李松的肩膀小声说:“你看!骑马那个女的不是梁兰歌吗?”李松向前望去,“嗯!正是。”立即小声命令,“隐蔽前进!”特务们猫着腰,从树林里和草坡上悄悄向前跑。子善走在最后,心想:糟糕!兰兰快跑!兰兰一点儿也没有觉察,依然不慌不忙地信马走着。子善欲举枪鸣放,想了想又收了枪。走到细腰梁那儿,眼看敌人就要追上兰兰了,子善急中生智把脚边一块活石蹬下山崖,发出轰隆隆的响声。兰兰一惊,回头发现了敌人,立即策马飞奔。张奎举枪射击——啪!

兰兰中弹落马，滚了一截短坡掉下悬崖。枣红马飞跑而去。子善难以控制地用枪指着张奎："你……你！"张奎惊诧地说："我……我怎么啦？""谁……谁让你开枪！高队长不是说，要抓活口吗？""老子不开枪，你就连共匪的毛也抓不着了！"李松疑惑地看了看子善，没言语，领人来到悬崖边往下看。张奎头伸向崖边瞅着说："啊呀！好深的沟，栽下去恐怕凶多吉少。"

李松说："这回去咋向高队长交代？"张奎说："就说打死掉沟里了，不就完了！"李松转脸问："子善，你说呢？"子善沉着脸说："回去高队长肯定说活要见人，死要见尸！要我说，下沟找人，不管是死是活，都带回去。"张奎说："哟！你这馊主意，这绕到梁头下山再进柳叶沟，起码得四五个小时，那时天已黑，人困马乏，你怎么把人往回运？"李松手一扬说："撤！回去给高队长汇报了再作道理！"于是一行人又沿原路返回。

贵儿赶着马车在川道上往回走。大太太抱着郭霞坐在车内，随着车的颠簸而摇晃着，小郭霞恹恹欲睡。大太太说："贵儿，蒋主持说的给娃治腿伤的草药，你啥时去采？"贵儿看看两边的山峦，"唷——"喝住牲口，"大太太，眼前就是柳叶沟，这条沟窄长阴湿，可能有那种药，我把牲口拴路边树上，你等着，我进沟看看。"大太太也向外边看看说："行！那你快去快回。"贵儿拴好牲口，钻进林木茂密的柳叶沟。小溪潺潺，顺溪边有一条羊肠小道，他披枝拨叶边探寻边前进。溪边长一棵浆果树，枝繁果密，熟透了的浆果红艳艳挂了一树。贵儿采了几颗品尝，然后铺开手帕采撷了几束裹了带着继续前进。

贵儿在山坡上的草丛中细细搜寻，在崖根那儿，他发现一块石头旁有血迹，觉得奇怪。循血迹查去，发现了躺在山坡上的兰兰，他忙用手在她的鼻下试，然后查看她的头身。兰兰已昏迷，除了左肩部的枪伤和脸部的轻微擦伤，再无外伤。贵儿审视崖上崖下，心想，要不是半崖上那棵柏树，你早没命了！他解下腰带，迅速扎住她流血的伤口，把包浆果的手帕噙在嘴里，背起她急忙往外走。

大太太看见贵儿背个人出来了，忙把睡着了的郭霞放在车上，迎上前问："怎么啦？怎么啦？"取了他口中的手帕，也搭手帮着抬兰兰。"这人从崖上掉下来昏迷了。"

"这手帕里裹的啥？"

"给孩子采了点儿熟透的浆果。"

"救人要紧！还有工夫采果子。"

"那是去时采的，本想丢了，又想果汁可能对伤者会有好处。"

还想得挺周到，大太太想。"把人先抱到河边，让我给洗洗脸，看身上脸上沾了多少泥土！""不敢！这人身上有枪伤，可能有人追，如果追的人来了怎么办？""那就快放到车棚里，回家再说。"于是二人把兰兰抬上车。大太太快速到河边浸湿了毛巾，上车给兰兰轻轻擦拭脸上的泥土，并叮咛说："路上任谁挡车也不停，如果真有人看见了，就说带我娘家侄女去寺里求神看病。""嗯，知道了。"贵儿跳坐车辕上,一甩鞭儿,马车快速行驶。

子善边随队伍行走边低头沉思,兰兰不知怎么样了?我怎样才能把消息尽快报告给自己人?他专注想心思被石头绊了个趔趄。李松回头看了他一眼说:“子善,你想啥哩?”子善猛一惊,抬头说:“唵!你问我啊?”“我看你有点儿魂不守舍的样子。”李松眼瞪着他说。子善一瞬间有点儿脸红,随机应变道:“是有点儿魂不守舍,又饿又乏,尤其口渴难忍,六神都有五神出窍了,你问大家,是不是这样?”有人附和:“是啊!是啊!”“那你想?”“下了坡就是西渠村,我想让大家到我姨家歇歇脚,吃点儿喝点儿。”有人立即嚷嚷:“要得!要得!”

“你姨愿意管咱这多人吃喝?”

“我姨夫是梁保长。”

“梁保长啊!”李松一仰头说,“那没问题。你咋不早说!”

子善笑着说:“现在说迟了吗?”“不迟!不迟!快走。”特务们加快脚步前进。

来到梁保长家,子善叫:“姨!”菊花从屋内出来说:“是子善呀!你从哪儿来?还相跟这多兄弟。”

“执行任务路过这儿。我姨夫不在家?”

“去乡上还没回来。”

“大家跑得又饿又乏,你看能不能给弄点儿吃喝?”

“行嘛!你们这多人,我看给弄点儿啥?”菊花一边绑围裙一边思索着。李松说:“婶子,麻烦你了,简单点儿,吃馍夹辣子喝开水就行!”“那好办!我这儿有青辣椒,我给大家炒一锅青辣椒就馍吃,咋样?”大家齐声附和:“好!”菊花说:“子善,你把热水瓶拿出来给大家倒水,我炒辣椒去。”子善从伙房拿来碗和热水瓶放在院子的石桌上说:“李松,你先给大家倒水喝,恐怕不够,我到灶房给大家烧水去。”说着进灶房去了。特务们在院子内争相倒水喝。灶房里,子善对菊花附耳低语:“告诉石老三,梁兰歌被特务打伤,从细腰梁掉柳叶沟里了,让他们赶快去救。如果石老三赶天黑没回来,就告诉我姨夫,今晚务必把消息传过去。”菊花点点头,眼警惕地向外瞅。

川道路上。郭福山骑着马带着保警队从下川往上走,他也是接到县政府电话去搜查堵截共匪的。半道上,与贵儿和大太太的马车相遇。贵儿忙跳下车说:“老爷,你好!你这是干啥去?”“搜山!你们去哪儿了?”大太太挡在车棚口说:“去庙里给孩子问卜看病去了。”“霞霞呢?”“睡着了,你有事就快走吧!”保警队走过去了。贵儿急忙上车,扬鞭策马,飞快前进。

忽然前边尘土飞扬,马蹄声嗒嗒,高天顺骑马带特务队急奔过来。大太太小声叮咛:“贵儿别慌,沉着应付。”说话间高天顺的人马就到了跟前。贵儿跳下车说:“高掌柜,你这急匆匆到哪儿去呀?”“执行任务!”高天顺说着翻身下马,“大太太又去庙里烧香拜佛啦?”“噢!”大太太说,“你忙就别多礼了,骑上马快走吧!”“大太太宽宏大量,那我走了。”高天顺翻身上马继续前进。

一个士兵把头靠近车棚想往里瞧，大太太扬手就给了他一个耳光。那士兵怔睖了。郭霞被惊醒，“哇哇”地哭起来。高天顺喊：“快走！多什么事。”挨打士兵摸摸脸说：“不就是一个娃娃嘛！还不让人看。”大太太拿眼瞪着他，把郭霞抱起来。贵儿甩了马一鞭子，马车又跑起来。

打发走特务队，菊花忙跑到桂花家探头探脑问：“桂花，老三还没回来？”“没有，什么事嘛？嫂子，啥事还不敢让我知道？”菊花抱着肩把她推进屋附耳向她转达了子善报告的消息。桂花惊讶地说：“啊呀！确是个急事，那人掉下去，还不知是死是活，如果还有救，耽搁迟了就完了！老三还不知啥时回来，有时候就不回来。”

“那该怎么办？我外甥说，无论如何，今晚也得把消息传过去。”桂花想了想，对菊花说：“急也没用，这样吧，再等一会儿，咱们各自准备晚饭，准备好如果他们还没回来，咱俩就去白家山我大哥家一趟。”于是各自急忙准备去了。高子文叛变的消息也传达到桢宜游击支队。石老三就是被秦彪、吴斌召去传达上级指示，研究对策去了。桂花迅速准备好晚饭，就去找菊花，菊花也刚收拾停当，二人就相跟着往出走。刚步出屋桂花又说：“我看一人拿一把镰，背个布兜，有人问，就说打把猪草，天晚了还能做防身武器。”“噢！对，要防备回来晚了，还得准备火柴、火把。”

二人拿好工具走出门，与往回走的梁保长碰了个照面。菊花说：“啊呀！你可回来了，把人急死了，我俩刚准备出发呢。”“你们到哪儿去？”梁保长急切地问。菊花关了大门，把刚才子善领着特务队的人在这儿歇脚，悄悄告诉她关于梁兰歌的事，给梁保长说了一遍，末了说：“等不见你和老三回来，我和桂花刚准备去白家山找老吴呢！”“嗯！情况确实紧急，我得赶快去白家山。”梁保长说着就往外走。“晚饭做好了，你吃了饭再去。”“顾不上吃饭了。”“那我给你拿个夹辣子馍，你边走边吃！”菊花说着，进伙房迅速夹了个馍出来，梁保长拿上馍就走。

三人来到门外，远远看见石老三从进村的路上骑马走来了。菊花说：“啊呀，妙极了！赶得早不如赶得巧。”梁保长悄声说：“桂花，你去对老三说，让他到我家来，你到村边假装割猪草，放一会儿哨。”“嗯。”桂花拿了镰和布兜迎着老三走去。石老三说：“宝他妈，天马上就黑了，你拿镰做啥去？”“你先回，我给猪割把草。”走近了桂花悄悄说，“去菊花家，有情况，我在这儿放哨。”

石老三警惕地左右看看，打马向梁保长家跑去。他一进门，菊花就把大门关了，说：“快进屋，你哥在屋里等你呢！”石老三进屋劈头就问：“啥事这么紧张？”“我也是刚到家，在乡上我就听说，高天顺带特务队抓一名向北逃窜的女共匪，县上还打电话，要郭乡长带保警队搜山堵截。我一回来就听你嫂子说，梁兰歌被特务打伤，从细腰梁跌柳叶沟里了！”“是吗？消息可靠不？”菊花进屋把具体情况再细述一遍。石老三大惊：“啊呀！我得马上去找秦队长和吴政委！”说着就往出走。“你还没吃饭吧？”梁保长拿着馍赶出来说，“这是你嫂子刚给我夹的辣子馍，我还没咬一口，你拿着路上吃！”石老三一把把馍打掉：“现在，我哪有心思吃！”说着，翻身上马飞奔而去。

李松回到乡上把打死梁兰歌的事汇报给高天顺。他一听先是很高兴，转念一想，如果没死跑了呢？如果被游击队救了呢？于是说："不行！活要见人，死要见尸，马上集合队伍连夜奔赴柳叶沟！"

傍晚，贵儿赶车进了马房院。秋红迎上去说："大太太，才回来呀，今天去的时间怎么特别长？我都在门外看几趟了。""去把大门关上。"大太太说着下了车，把郭霞往下抱。秋红踅回来往车棚里看，问："那是谁？""嘘！"大太太食指竖在嘴边嘘了口气，"别问！快把你们屋春艳那张床收拾一下，到我屋拿一套新被褥铺上。回来抬人！"秋红匆匆去了。她转脸又说："贵儿，先别卸车，就地给马喂点料，饮口水，抬下人，你立即去王村请王医生。"

秋红来了，三人小心翼翼把兰兰抬到屋里。大太太说："你俩听着，别对任何人提及此事，真正有人看见了问，就说是我娘家侄女在这儿养几天病。"秋红说："那如果老爷或二太太回来了……""照旧，别说多余话，由我来应付。"

常德胜匆匆赶到朗孟驿，人们都用异样的目光看他。他径直上楼来到兰兰办公室，屋里一片狼藉。他正要喊人，周妈随后赶到。常德胜问："出什么事了？"周妈掏出一封信给他。他抽出信默念："我走了，别问我去了哪儿？请保护好孩子。"他跌坐在椅子上。他的判断没错，他早怀疑兰兰与共产党有关系，他也估计到郭辉案与兰兰脱不了干系。他极力保护兰兰，正是想利用这契机拢住兰兰的心，把她拉到自己的怀里来。可是，没想到煞费苦心套住的鸽子，却远走高飞了，心里感到无比惆怅。他沉思默想了好一阵子说："孩子呢？"周妈说："我把娃送到我一个亲戚家去了。""离这儿远吗？""离城五里，让我去把孩子抱回来吧？""不用，你准备一下孩子的生活用品跟我走一趟。"周妈说，她把孩子的东西都拿到亲戚家去了。常德胜说："那我先走，你随后到城防队我的办公室来。"

周妈稍作收拾，迟一步来到常德胜的办公室。常德胜说："你先坐。"随后喊，"小江，你来。"江警卫员跑进来。他取出一封信，又从身上掏出一叠钱，一并给了江警卫员，"你把这信带上，随周妈去抱了孩子，就我刚才给你交代的，马上出发，到西安搭火车去香港，把孩子交给我表姐。"周妈说："明天走不行吗？今天都这么晚了。""不行！今天务必走！明天还不知会发生什么事呢。""那……那你也不想再见一下孩子吗？"常德胜摆摆手说："去吧，去吧，也许以后会有机会见面的。"

夜，郭家丫鬟屋。兰兰平躺在床上，身上盖着新被子，昏迷不醒。秋红用湿毛巾给她擦脸，昏黄的灯光映照着她苍白没有血色的脸。大太太走进来问："这会儿怎么样了？"她这已是问第五次了。秋红用手试试说："气息微弱。"这会儿，只能用奄奄一息来形容她。从那么高的崖上摔下去，在山野冻晾了大半晌，还流了那么多血，真难想象，她还有多少生还的希望。大太太往门外看看焦急地说："这王医生怎么还没来？"秋红侧耳倾听："来啦！你听车轮的隆隆声。"大太太忙跑出去，不一会儿便将王医生接进来了："王大夫你快给孩子看看！"

王医生打开药箱取出听诊器给兰兰检查。听完心肺，又翻看她的眼睛，检查全身各部位，然后抬起头说："失血过多，休克昏迷，需马上输血和处理伤口。最好马上送县医院抢救！"大太太果断地说："这人不能送县医院，你就尽最大努力抢救吧，只要把人能抢救过来，钱不少给你。"

"不是钱多少的问题，"王医生忙解释，"是我没把握能抢救成功，这儿又没输血条件。"

"你会想出办法的，我太了解你了。你总是给自己留有余地，这次就别考虑那么多了！"大太太近乎祈求地说，"你就发发慈悲，救救孩子吧！"

"唉！"王医生是军医退伍的，战地救护他太熟悉了，望着大太太那焦灼渴望的目光，"话既然说到这份儿上，那我就试试，不过，丑话说到前头，尽我所能，真正抢救无效，你也别……"大太太立即打断他的话说："尽力而为，无悔无怨！"

王医生立即对兰兰进行抢救，推注了葡萄糖加强心剂，挂上吊瓶，又开始处理伤口。他打开贵儿缠的带子，仔细瞧瞧说："这是枪伤嘛！"

"嘘！"大太太打了下手势，小声说，"你知道就行，对外保密。若老爷问起，你就说创伤，从树上掉下来摔伤了。"王医生疑惑地看看大太太问："大太太，这是你什么人？""我娘家侄女。""噢！"他捏着伤口周围，"子弹还在里边！"说着，从药箱里取出器械包，"大太太，这灯光不行，多点几支蜡烛。"

大太太取来一把蜡烛，王医生把蜡烛点着放在他前后左右的高处，指示秋红和大太太用带子把兰兰捆绑在床上，然后说："姑娘，你洗手消毒，临时给我充当助手，我要什么，你就给我递什么。大太太，你在旁边护着病人，她一动，你就按住她。"王医生穿上白大褂，戴上帽子、口罩，也让秋红戴上帽子、口罩。三人聚精会神，王医生小心翼翼地给兰兰做手术……

高天顺带着特务队打着火把在柳叶沟搜寻。好多支火把在林子里游来荡去，忽隐忽现，像一团团鬼火在游动。李松忽然喊："高队长，快来看，这儿有血！"高天顺来到大石头旁，其他人闻声也赶过来，聚集的火光一下照出一块浩亮的空间。他仰头看看说："应该是从这儿掉下来的，可人哪儿去了？"张奎在稍远处说："看！这儿还有血！"人群向前移动了一下。李松来回看着："应该是掉到那儿滚到这儿。"张奎说："看这杂乱的脚印，好像已有人来过这儿。"李松说："会不会是游击队把人救走了？"子善站在人后头向里望，心里说，谢天谢地，救走了就好。高天顺说："不可能！只一下午时间，他们怎么会知道？继续搜！"特务们又散开搜寻。

游击队赶到柳叶沟口时，天已经黑严了。石老三说："百灵、志诚，点着火把带路！""慢！"秦彪说着，上到左边高坡上向柳叶沟张望，"部队原地休息，老吴、老三上来！"他指着沟里说："你们看！"石老三惊呼："啊！火把！"吴斌说："会不会是特务队先到一步？""很有可能，"秦彪说，"老三，把队伍拉上来埋伏在这儿，派两个熟悉地理的人前去打探。"石老三跑下山坡，对百灵、志诚耳语了几句，然后带着队伍向山坡移动。

天黑夜暗，百灵、志诚只能凭借小溪的标志向沟里摸索前进，渐渐接近敌人，并看见敌人的火把在沟里游动着、闪耀着，能听见敌人忽高忽低的说话声。敌人的火把向沟外移动了。他俩火速循原路跑回来。石老三问："啥情况？"百灵气喘吁吁地说："沟里的人往出走了。"吴斌说："看清什么人了吗？"志诚说："没太看清，可能是保警队或特务队吧！"秦彪立即命令游击队隐蔽待命，小声说："没我的命令，不准开枪。"

特务队浩浩荡荡往出走。张奎举着火把走在前边，高天顺、李松带着人紧跟其后。队伍内还有几杆火把。子善举支火把走在最后。石老三对秦彪耳语："我认下高天顺和子善了。"秦彪小声向他交代了几句。石老三心领神会，提枪向林稀处潜去，瞅了个空隙瞄准射击，张奎"哎哟"一声丢了火把。秦彪喊："打！"顿时枪声大作。特务队乱成一团。

高天顺喊："熄灭火把，边打边往沟外冲！"柳叶沟林木稠密，子弹大多碰到树干上，特务队跑出沟，慌忙逃窜。张奎拉着哭腔说："我的右胳膊又受伤了！"高天顺说："到乡上就给你看医生。"吴斌问："老秦，还去不去沟里？"秦彪说："既然来了，就去看一下，即就是找不着人，也知道兰歌同志是怎样栽下去的。"石老三说："对！要去看一下。"于是秦彪分派任务，他让吴斌带一部分人在沟口守卫，以防敌人返回来。他和老三带一部分人到里边探查，约好有情况鸣枪为号。

百灵、志诚举着火把带路，秦彪、石老三一行人向柳叶沟里走去。他们散开寻找，也发现了兰兰跌落的地方，可也没见兰兰踪影。百灵说："人可能被特务队掠走了。"志诚说："特务队能把人掠走，说明兰歌同志还活着。"石老三默默祈祷："谢天谢地，兰兰，你一定要挺住！"秦彪小声对石老三交代："回去千方百计与子善联络，尽快打探兰歌下落，想尽一切办法营救。"

豆油灯在床头的桌子上忽悠忽悠闪着，结出一个白亮白亮的灯花儿。兰兰躺在床上打吊针，秋红守在床头。王医生歪坐在屋子中间的藤椅上睡着了。大太太轻轻推开门走进来，一边扣着纽扣儿，一边小声对秋红说："你去睡吧！让我守一会儿。"秋红小声说："不用，你要照护霞霞，她醒来不见你又哭。"大太太打着手势小声说："不碍事，你稍微躺会儿，要不，会吃不消。"秋红一躺到床上便睡着了。屋子里静悄悄的，大太太凝神观察兰兰，输了几瓶液，她脸上有了些许血色，头发经秋红梳理了一下，也齐整了些。看她还不到三十岁年纪，皮肤白皙，眉目秀气，愈看愈似曾相识。但究竟在哪儿见过，又一时想不起来。她双手合十，默默为她祷告。

郭霞尖亮的哭声打破了夜的沉寂，秋红和王医生都被惊醒了。秋红一骨碌爬起来，坐在床边继续看护兰兰。大太太忙跑过去哄孩子。王医生拿听诊器再给兰兰检查了一遍。秋红问："怎么样？"王太医说："生命体征基本平稳。"秋红说："王医生，那你躺我床上拉展睡一觉吧！"王医生打了个呵欠说："有事就叫我啊！"说毕，倒头便睡。秋红给灯盏里添了油，拨亮了捻子，灯像人一样就精神了亮堂了，不一会儿又结出双彩，秋红心里念叨，是个好兆头，这姑娘说不定会活过来呢。传来了第一声雄鸡打鸣声，紧接着鸡就乱叫了。

兰兰的嘴唇轻微动了一下，秋红忙用缠着棉花的筷子蘸了点儿糖水送到她唇边。兰兰抿了点儿糖水，秋红屡屡蘸糖水给她抿，兰兰嘴唇的蠕动越来越明显了。秋红高兴地说："醒了！醒了！病人苏醒了。"王医生一骨碌爬起来："什么?"说着往床边走。"大夫你看！病人喝水了！""噢！"王医生长舒一口气，拿听诊器给兰兰检查。

大太太推门进屋，也把黎明的曙光带了进来。她急忙赶到床边问："怎么？病人醒了！"秋红说："你看，喝糖水了！""啊呀，谢天谢地！"大太太说着，面向北山寺的方向，双手合十祷告，"阿弥陀佛，佛祖大慈大悲，弟子感恩戴德，永世不忘！"王医生收了听诊器说："啊呀，真是奇迹，这样的条件下，也能把休克病人救活来，只能说明是此人命大。""王医生辛苦了，秋红，你去让灶房给王大夫做饭。"秋红跑着去了。王医生说："大太太，我看这样吧，今天药就用到这儿，如果一会儿病人完全清醒了，你让给炖人参水灌上。如果要进食，先给流食，泼鸡蛋、喂羊奶都行。晚上我再来给检查用药，这样影响也小些。""行，一会儿让贵儿用车把你送回去，晚上再把你接来。"

常德胜早料到会有这么一天，不过没想到会来得这样突然，倒使他有点儿措手不及。他思考再三，翌日穿戴整齐去见崔县长。他敬了个军礼，卸下军帽、手枪放在崔林玉面前说："崔县长，鄙人夫人已不知去向，他是否是共匪，本人实不知情，愿辞职接受审查。"崔林玉把桌子一拍说："常德胜，你知罪吗?""知罪。""来人！"两个警卫跑进来。"把常德胜给我绑了！"两个警卫把常德胜五花大绑。崔林玉训斥："骄傲自大，目中无人，自以为是，这下，没什么说的了吧！该当何罪?""请大人发落！"

崔林玉咬牙切齿地"嗯"了一声，要是其他人，他绝对二话不说，就让人拉出去毙了，可想想他的幕僚中，再没有一个人能像常德胜一样，在紧要关头果断勇敢，为他救急。沉思了好一会儿，他示意警卫退下，又给张琪摆头："松绑！"张琪上前给常德胜松了绑。他瞪了常德胜一眼，厉声说，"你罪当枪毙！可是在当前形势下，我毙了你，就正中共匪下怀。念你一直忠于党国，屡建功勋，就再给你一次立功赎罪的机会，务必把你夫人缉捕归案！""是！"常德胜立正敬礼，"谢县长大人不杀之恩，卑职誓死报效党国！"张琪说："常兄啊，共匪如今犹如孙悟空，尽往牛魔王的肚子里钻，莫说你一个小小的城防队长，就是国民党中央要员，说不定也身旁卧虎。"

秋红端来了人参汤给兰兰喂。兰兰扭动身子，嘴里轻喊："哎哟！哎哟！浑身痛。"秋红盯着兰兰看。兰兰睁开了眼睛，秋红表情惊诧："咦！这不是兰兰吗?"兰兰茫然地说："你……你是谁？我……我这是在哪儿?"秋红高兴地说："我是郭家的丫鬟秋红，这是郭家。好多年没见面，我险些认不下你了。""我……我怎么会在这儿?""是大太太和贵儿上北山寺进香时把你救回来的。"

兰兰闭上眼睛，记忆渐渐恢复，她骑马在山野飞奔，"啪！"一声枪响，她中弹落马滚下悬崖，那感觉真似平日梦中那样，身子往下降，心往上提，撞到了树枝上，伤口钻心地痛……再后来就什么也不知道了。现在为什么会是这境况?

大太太进来了。秋红急切地说:“大太太,你知道她是谁吗?她就是梁家的兰兰。”“嘘!轻声点儿,是也不要对谁说,她就是我娘家侄女。”大太太蹙眉瞅了秋红一眼,秋红点头。她来到床边,端详着兰兰,心里说,姑娘出落得比以前俊秀多了,像她妈年轻的时候,细皮嫩肉,端庄秀丽。“哎!”她用食指点着她的脸颊说,“我把你从深山沟里救回来,都得不到你一句感谢的话啊?”兰兰闭目不语。“秋红,你去灶房让蒸一碗鸡蛋羹,嫩点儿,别太老了,看着蒸好你再端来。”秋红出去了。“姑娘,我知道,你不是昏迷了,也不是睡着了,有什么话,你就说吧!”

兰兰长出一口气说:“你不该救我,既然落入虎口,也就不打算活着出去,你如果还有人性,就给我一口毒药,让我一死了之,别把我交给国民党匪徒。”

“姑娘,你错怪我了!我知道你恨郭家,郭家害得你家破人亡,逼得你和你妈出走。但那都是老爷和高掌柜干的,我在后边拾掇都拾掇不迭,我还说有机会能见你妈的话,好给她赔礼道歉呢!姑娘,咱是一村人,我的为人你还不知道吗?”

兰兰心想,大太太一向口碑不错,可是谁知她什么想法?于是问:“那你打算把我怎么处置?”“医伤治病,救你出水火!”兰兰睁开眼睛说:“你真的愿意救我?”“佛祖指点迷津,绝无戏言。”“那你放我走吗?”“当然,不过,你当前还走不成,我正请医生给你看病,昨晚刚取了你伤口内的子弹,等好些了再说。”“那我在这儿的安全有保证吗?”“这你别担心,我敢收留你,就能保证你的安全。”兰兰松了口气。秋红端饭进来说:“啊呀!好香的一碗鸡蛋羹。”大太太说:“快给姑娘喂饭吧。秋红,记住,把嘴管牢,别到外边乱说。”“嗯!”秋红看了眼大太太,给兰兰喂饭。

一无所获的郭福山和高天顺在乡长办公室商议着。高天顺坚持说,女共匪不可能逃离本地区,主张把好关口,下到各村内去搜查。郭福山却信心不足,劝高天顺多一事不如少一事,回去报告说没追上不就了了。再说,从那么高的崖上摔下去,谁就是把她弄回去,还不知能活不能活。

高天顺摊牌说:“老爷,你知道这个女共匪是谁吗?她就是肖翠花的女儿梁兰歌,我们一直怀疑,是她通匪把郭辉害死的,几次逮她,都被常德胜阻挡了,这次她的身份暴露给我们提供了有力的证据。逮住梁兰歌,咱辉辉的案就有望破了!”

话说到这份儿上,郭福山便不好再打退堂鼓,要不然倒显出亲老子还不如一个下人对儿子在心,于是说:“是吗?那就快派人出去搜查。”

没找到兰兰,游击队领导心急如焚,要石老三找梁保长尽快探明情况。梁保长听石老三叙述了找梁兰歌及与特务队遭遇的情况,也认为兰兰落到特务队手里的概率大,于是说:“正好乡上通知保长开会,我立即去,即便见不着子善,我也要从其他方面把情况弄清楚。”

梁保长来到乡公所时,李松把哨子吹出长强音,大喊:“集合了!”特务队的人正向集合点跑,子善也夹在其中。梁保长看见了喊:“子善,来!你不是要棋子豆吗?你姨让给你捎来了。”“噢!”子善答应着跑到跟前。他借着给他东西小声问:

"找着了没?""没找着,现在下村去搜查。"子善说毕,匆匆走了。

北惠乡会议室内,各保的保长聚集一堂。郭福山讲话:"根据可靠消息,共匪要员北逃受伤就流落到咱们地区,上级指示我们要严密搜查。现在,出境各关隘已布兵严守。特务队和保警队也马上要下村搜查,估计共匪插翅难逃。各保长回去后,先组织人员逐户自查,发现可疑人员立即上报。保警队或特务队进村后要热情接待,密切配合,争取尽快把敌人缉拿归案。"梁保长心想,老百姓又要遭殃了。

晚上,大太太又差贵儿把王医生请来给兰兰换药。大太太对他耳语了几句,王医生点点头。他给兰兰换完肩膀上的药,又用绷带把她的头包了个严,基本上只露出耳朵、鼻子、眼和嘴。秋红看着兰兰笑着说:"我都要认不出你来了。"

高天顺难以忘怀当年在北惠乡当保警队长时那些事,忘不了石老三刀砍二狗头,忘不了武工队绑劫二太太……所以,在北惠乡搜查,孰轻孰重,他心中有数。况且,不闹出点儿声响来,谁知道他高升了,荣耀了?

这天,高天顺带着特务队直奔西渠村,径直来到梁保长家,首先对他说:"为了你这一方安宁,大家剿匪辛苦异常,今天好好给大家准备几桌饭犒劳犒劳。"梁保长虽然心里不悦,但嘴上还是诺诺应承。然后,他话题陡转说,"如果我没记错的话,你的西邻就是顽匪卫掌运家。""正是。"梁保长心里一激灵,心想,这家伙想干什么?"听说其遗孀与顽匪石云亭结合了?"梁保长顺风打旗说:"是,有那么回事。""石老三现在干什么?""神出鬼没,行动难测。"高天顺厉声说:"就把他家搜查一下,带路!"

梁保长迟疑了一下,因为石老三在不在家,他心里没底。敌人来得突然,没法通知老三,现在只能见风使舵,能多拖一分钟就拖一分钟,于是说:"急什么,喝了茶再走也不迟嘛!""马上走!逮了石老三再喝庆功酒。"这话说得倒让梁保长有点儿嫉妒。心想,保安团那么多人,耿营长没你本事大?众目睽睽下都让石老三大模大样走了,就凭你那本事,也未必奈何得了他,况且还有我暗中帮着。于是二话没说,起身就走。

桂花正在院子里择菜。梁保长领着特务队进门说:"桂花听着,县特务队怀疑你家私藏共匪,如果有,赶快交出来!"桂花说:"我家没藏共匪!"

"搜!"特务各屋内搜查,弄得柜倒桌翻,七零八落。高天顺走到桂花跟前,用脚尖踢踢她说,"你,站起来回话!"桂花极不情愿地站起来。他不无讥讽地说,"听说你死了共匪老汉又嫁了个共匪,你是要把共匪的家伙尝遍不行?"

桂花气不打一处来,唾骂:"呸!你那是嘴还是屁子?"

高天顺举枪指着桂花说:"我看你狗日的活泼烦啦!"

梁保长忙挡住他说:"高队长息怒。"转身扇了桂花个耳光,"泼妇!你敢顶撞高队长,还不滚回去!"桂花哭着回屋去了。他转身推着高天顺说:"高队长,快走,带弟兄们吃饭去。"高天顺边走边回头说:"告诉石老三,他还欠我颗人头,我迟早要砍下他的狗头!"

郭福山带着保警队回到家，一副风尘仆仆的样子。大太太问："老爷回来，怎么还把队伍带家来了？""下村搜查，顺便到家看看。"郭福山说着，进了客厅。

大太太脑子急转弯，要是让他发觉了问，还不如先发制人，断了他的邪念，于是转脸说："各位兄弟辛苦了，三子，你把兄弟们带到西边灶房院去，先洗把脸喝口水，我让灶房熬一锅猪肉、豆腐烩菜，再蒸一笼白软蒸馍，好好犒劳犒劳大家。"

众保警队员说："谢谢大太太！"随着三子一窝蜂地到西边院去了。

大太太指示秋红关了中院大门及通两边院的小门。郭福山疑惑地看看她说："多么严重的事，还这样警惕？"

大太太严肃地问："你们搜什么人？"

"共匪。"

"没名没姓？"

"听天顺说，是肖翠花的女儿梁兰歌。"

大太太一字一板地说："此人被我救了。"

"什么？！"郭福山吃惊地站起来，他简直不敢相信，"你胡说什么！"

"真的。"

"在哪儿？"

大太太把郭福山领进丫鬟屋。兰兰闭着眼，静静地躺在床上。郭福山看了看又回到客厅，轻声说："看来伤得不轻。"

"很重，都昏迷几天了。"

"啊呀，费力寻了几天，原来人就在自己鼻子底下。这真是踏破铁鞋无觅处，得来全不费工夫！"他吹着了火纸，呼噜噜抽水烟。

大太太把茶杯往他面前挪了挪，问："你打算把她怎么办？"

"救活后交给党国。"

"没相，这人我救定了，而且不惜一切代价！"

郭福山歪着头问："你为什么救她？"

"我信佛，佛祖指点迷津，我只有慈悲为怀，救助危难之人，才能保我女儿健康成长，全家平安幸福。"

"那你也要看救什么人。"

"你也不是没长眼睛，看看国民党腐败成什么样子了？那还会长久吗？"大太太语重心长地说，"老爷呀，听我一句劝，佛经上有一句名言：放下屠刀，立地成佛。我看你还是少杀人，多行善，为自己留条后路。我这是实实在在为你着想呀！老爷。"

郭福山深知自己的老婆，瞅准了什么理，非说得你五体投地不可，于是不耐烦地说："好好好！叫三子，看吃毕饭了没？马上出发！"起身就要走。

大太太拉了他一把说："老爷忙了这一向，今晚就别去了，看你劳得人都瘦了一圈儿，一会儿让灶房给你炖一只小鸡补补。"

“唉！”郭福山长叹一声，又坐下说，“叫三子来！”秋红开门叫来三子。郭福山吩咐他，吃毕饭立即带队伍回乡上，让告诉高队长，说他有点儿不舒服，今晚就不去了，他有事自行安排，并要保警队在他来之前在乡上待命，停止下村搜查，做好保卫工作。三子敬了个礼领命而去。

高天顺走后，桂花在屋内呼天抢地地哭诉，我怎么命这么苦啊，逢下男人都爱舞枪弄棒招惹是非，让我受这样的奇耻大辱啊！呜呜呜……

菊花在一旁劝说，要她想开些，逢下这事了，咱就要忍一忍，人常说，人在屋檐下，不得不低头。围了很多邻人，大家议论纷纷。

正议论着，石老三进了门，见院子里站了好多人，问：“咋啦？咋啦？”

梁保长刚打发走特务队回来，拍了下他的肩说：“走！到我屋里，我给你细说。”

“你别走！”桂花从屋里连哭带喊跑出来，“石云亭，你再要当共产党游击队，就别进我这家门，你让我受的这侮辱干什么呀！”

石老三说：“到底咋回事嘛？”

邻人们七嘴八舌争着说郭财主家的高掌柜带人到你家搜查，骂的话难听死啦！还说，你欠他个人头，他一定要砍了你的狗头……

梁保长知道石老三的火逗起来就没法收拾，就说：“桂花唾骂高天顺，高天顺拔枪要打，我为息事宁人，挡住高天顺，扇了桂花一巴掌，你别见怪呀！”说毕走了。

石老三歇斯底里地骂：“妈的！翻天啦！”拔出枪朝天“啪啪”打了两枪，“我不杀了高天顺，誓不为人！桂花，你等着，我替你报仇去！”说毕，转身就走。

那些胆小的邻居抱着脑袋出溜散了。桂花忙撵出来：“娃他爹！你别……”

菊花也跑出门喊：“老三，你回来！”石老三已骑马跑出老远。她回到家嘟囔着说，“这老三，真是火药筒子脾气，不敢见点儿火。”

梁保长说：“我就想不通那些邻居，不息事还起事，好像有意要看笑话似的。”

菊花估计石老三一气之下骑马去白家山找他大哥吴斌去了，于是催促梁保长说也快去一下，把情况给老吴他们说清楚，别让游击队把他们给怪罪下了。

石老三怒气冲冲来到吴斌家，正好遇上秦彪也在那儿，他像圈在笼子里的老虎一样，来回踅着对他俩讲述特务队怎样搜查他家，高天顺如何趾高气扬骂他的事，末了气呼呼说：“秦队长，大哥，一个小小的特务队都把咱欺负成这样，这能说明咱们扩编啦，强大啦？不教训一下高天顺，我咽不下这口气！”

吴斌说：“老三，你冷静一下，敌对双方往往谩骂激将对方，让你上钩，你不冷静恰巧中了他的计。”

秦彪搔了搔头说：“其实，老三也说得对，游击队成立了，力量壮大了，是应该主动出击一下，向敌人显示一下我们的力量。同时也搞些枪支弹药武装一下。”

吴斌蹙着眉说：“这么说，你同意老三打特务队的建议？”

秦彪点点头：“嗯！这一向特务队借着搜查共产党，吃拿卡要，胡作非为，民愤极大，打击一下是必要的，符合民意。”

石老三见说动了秦彪，高兴地摩拳擦掌，说："打吧！秦队长，我这就去集合队伍。"吴斌瞅了他一眼，又看着秦彪说："那请示一下县委再说。"

秦彪说："不必，那次在特委开会，领导说，咱们属特委直接领导，在大的问题上要与县委取得联系，小的行动可以自己决定。"

吴斌沉思了一下说："那就打，不过派人侦察一下最好，不打无把握之仗。"

秦彪想到了子善，但又不是马上就能联系得上，不知该派谁去。石老三建议让梁保长去。正说话间，梁保长进了门，如释重负说："啊呀，大家都在呀，正好……"

吴斌顺话搭腔："正好，桢县地方邪，说鳖就是蛇。大家正说你呢！"

梁保长不觉红了脸说："我也正想解释一下，所以就急急地赶来了。老三，我扇桂花耳光确实出于无奈……"

"啊呀！你这老梁哥，说那干啥？快别说闲话，还有要紧事哩。"

梁保长的话让两位领导有点儿不明白，秦彪说："老三，你让老梁把话说完嘛。"

于是梁保长就又详细把他扇桂花耳光的事说了一遍。吴斌笑着说："那事啊，梁保长你心太小了，这就如同你把石老三掀倒，让他躲过了一颗枪弹，你还须跟在他后头给他解释吗？把那事丢脑后，说正经事。"

梁保长瞅瞅两位领导。秦彪说："忠惠同志，是这样的，我们决定敲磕一下特务队和保警队，想请你去乡上侦察一下。"

"对对对！是得压一压高天顺的嚣张气焰，借着搜查作践人，顿顿摆席设宴，简直让人忍无可忍，快说，都想了解什么？"

秦彪向梁保长交代了侦察任务，要吴斌坐镇联络，他和石老三分头拉队伍去了。一场夜战拉开了序幕。

傍晚，梁保长来到乡公所，前院内静悄悄没一个人。他敲了敲乡长室门，无人应声。饭厅里传来嘻嘻哈哈的笑闹声。他向那边走去，探头往里瞅。高天顺看见了招呼道："梁保长，快来！"

梁保长边看边往里走，说："三子，乡长哪儿去了？咋让兄弟们喝稀粥？"

没等三子回话，高天顺就说："哎，这东西好，醒酒。给你也来一碗，我知道你中午喝的酒也不少。"梁保长心想，不入虎穴，焉得虎子，于是往桌旁的椅子上一坐，说："来一碗就来一碗！"

高天顺说："郭乡长在家没来，你有啥要紧事？"

"也没啥要紧事，"梁保长说，"我到镇上娃他姨家去了，顺便问一下郭乡长，有几户钉子户粮收不上来，看咋办呢？"

高天顺立即说："那有啥说的——拔钉子。要不要老弟明天帮你一把？"

梁保长忙说："不用！不用！我动员动员再说。"

高天顺摇头晃脑说："你心太软，对待那些穷鬼就不能心慈手软，这人啊，天生的夹瓤核桃——砸着吃的货！"

喝粥闲聊中，他还了解到保警队和特务队的人中午都喝多了酒，特务队的张奎醉得把大殿内的一个罗汉像都搬倒了。子善来到他跟前要给他再舀一碗粥。梁保长看着他意味深长地说:“不用了!子善,天凉了,晚上站岗穿暖和点。”子善点点头说:“记下了,姨夫。”

“那你们忙,我走了。”高天顺把他送到外边,看天不早了,要留他住一晚。梁保长:“不了,熟路,几步就到家了。高队长留步,晚上小心,加强警戒。”

高天顺不以为然地说:“没事,游击队早都吓得跑得没影儿了!”

梁保长暗暗瞪了他一眼,心想,嚣张个屎,等着吃家伙吧。嘴上却说:“就是,县武装一来,游击队就不知钻哪儿去了。”出了乡公所大门,他一路小跑去吴斌家报告消息,心里说,游击队今晚肯定能来个瓮中捉鳖。

四十三

夜漆黑,繁星密布,像无数只眼睛眨着俯瞰大地,又像无数个精灵洞幽察微。风把树叶吹得沙沙作响,夜寂寥沉静。北惠乡乡公所门口有一个哨兵在游动。夜幕中,游击队悄悄向乡公所靠拢。石老三对百灵耳语了几句,便顺着墙根向门口溜过去。百灵大模大样从大门口走过。哨兵端着枪问:“谁?干什么的?”

“过路的,长官,有火没?我有烟没火。”

“妈的,老子有火没烟,把你的烟拿过来。”哨兵放竖了枪。

百灵把烟递过去,哨兵掏火柴点烟时,石老三猛地从后边掐住了他的脖子,百灵迅速夺了他的枪。石老三用手榴弹在那人头上敲了一下,那哨兵一声没喊出来便滚到地上。

游击队冲进乡公所,一个个房门被踢开,“别动!别动!”喊声此起彼伏,保警队的人很快被缴了械。子善夹杂在保警队中说:“快告诉大殿的特务队,有情况!”

秦彪说:“把那家伙给我捆起来!”志峰上前捆了子善,把他拉到一边去了。

吴斌根据子善的提示领着游击队立即向大殿冲去。大殿内的特务听见动静,慌忙起床抵抗,怎奈得游击队猛烈攻击,几分钟便结束了战斗。有行动迟缓者,裤带还没绑好就当了俘虏。收缴武器,清点人数,不见高天顺。到他住的屋子去看,门锁着,打开窗子不见人。问特务队的人,都说不知道。

百灵悄悄去问子善,子善说:“高天顺在乡上时,好上了街上一个婆娘,可能到那儿云雨去了,让审三子,他肯定知道。”

三子架不住石老三的逼问,跪地求饶,说愿意带路去找。来到街上,三子指着一个门楼说:“到这家试试。”石老三让三子上前敲门,“岁花嫂!岁花嫂!”

里边一个妇人用娇滴滴的声音说:“谁呀?深更半夜有什么事?”

三子说:“快开门,有要紧事。”

停了好一阵子,脚步声近了。游击队员都端起了枪,门刚一打开,钱常有和梁满仓就闯了进去。岁花被撞了个趔趄,大声嚷:“干什么呀?干什么呀?”

“控制各个屋子!把这女人带屋里去。”来到屋里,石老三厉声对岁花说:“老实交代!把高天顺藏哪儿了?”“没……没有。”

“妈的!我看你是不见棺材不落泪,捆起来带走。”钱常有和梁满仓立即动手。

岁花向后拽着:“我……我说,我说。”石老三示意放了让她说。她战战兢兢说:“来……来过,听……听见枪声走了。”

石老三命人搜索了一番,没有。然后撤回北惠乡乡公所。

秦彪对特务队和保警队的人训话:“国民党是兔子尾巴——长不了,把眼睛擦亮点儿,愿意参加游击队的,我们欢迎,不愿意参加不勉强,但要胡作非为,与人民为敌,我们饶不了你!”

游击队员们扛着战利品兴高采烈往回走。

清晨,秋红刚把炖鸡蛋、风干子馍端到郭福山面前,三子慌忙跑进门说:“郭乡长,郭乡长,不好了!游击队……”

郭福山立刻放下筷子问:“怎么啦?别急!慢慢说。”

“游击队……游击队昨晚袭击了乡公所。”

“伤亡多少?”

“咱们死了一个,特务队死了两个。把武器全缴走了。”

“那高队长呢?”

“高队长去了岁花家,逃脱了。”

“现在人呢?”

“可能回县城了,特务队的人也全回去了。”

“唉!”郭福山叹口气,“这老高呀,坏毛病不改,迟早要吃亏的,走!给我备马!”

“慢!”大太太把他按坐下,“阎王爷催命都不催食。秋红,把三子领灶房去,吃了饭再走。”二人去了。她说:“又躲过一劫是不,怎么样?形势越来越清楚,在这乱世中混,脑子一定要放灵活点!”郭福山点点头,心有余悸。

兰兰躺在床上,外边说的事听得清清楚楚。她暗暗为游击队的胜利而高兴,也增强了返回革命队伍的信心。

逃回县城的李松给刘湘汇报了情况。看着一败涂地归来的特务队,刘湘气不打一处来,把高天顺狠狠训斥了一顿。高天顺羞愧难当,更加痛恨游击队和石老三了。

经过一段时间的治疗,兰兰的伤好多了,已能下床活动。尽管大太太和秋红对她关怀备至,但难以抚慰她思念亲人及革命同志的心。睡梦里,她常常回到朗孟驿,被孩子的哭叫声惊醒。她走后,那里怎么样了?周妈把孩子送哪儿去了?常德胜会怎样处理她的孩子呢?

夜深人静的时候,她躺在床上苦思细想,她曾经多么信任的高子文为什么说叛变就叛变了呢?党组织损失是否严重?再去和谁联系呢?是谁给她送的鸡毛信呢……思绪犹如一个断了线的风筝,随风飘荡,她有一种找不着方向的感觉。忽然想到她入党宣誓的地方,集英镇那个"家"还在吗?我必须尽快和组织取得联系。主意已定,归心似箭。第二天吃饭的时候,她对秋红说:"求你转告大太太,说我想走。""不行吧,你枪伤还没完全好,身子还这么虚弱。"

兰兰来回走了几步说:"不碍事。你看,我能走了。"

秋红禀报了大太太。大太太说:"你这样子能走吗?怎么,怕我这儿不安全?那天我已给老爷说了,不会有事的。"

"在大太太这儿,我放心着呢!我确实能行了,到那儿还能继续治疗。"

"你准备到哪儿去?"

"集英镇有我个亲戚,我想到那儿养一段时间。"

"宜县的集英镇离咱这儿七八十里路呢,你怎么过去?"

"是很远,麻烦大太太派个车把我送过去。"

"光派个车咋行呀?到路上你又出了事,我不是前功尽弃了?好事做到底,我亲自送你去。""那就太感谢大太太了。"

大太太还真讲信用,吩咐秋红帮她洗澡,换衣服,打发贵儿到乡上找郭福山开路条。当晚再让王医生给她检查换了次药。第二天贵儿赶车,她亲自坐车把兰兰送到集英镇。

兰兰来到兴泰典当行,像失散的孩子回到家,满眼含泪叫:"苏主任!"

苏主任睃睁地看着她说:"啊呀!兰歌同志,你可回来了,得不到你的消息,这一向可把大家急坏了!"兰兰揩着眼泪说:"我也急呀!"

"吃了不少苦吧?"

"险些回不了'家'了。你看,"她指着肩膀,"这儿中了一枪,翻身落马滚下悬崖,昏了过去。"

"真是危险!那谁救了你?"

"说来真是奇遇。"于是兰兰就把幸遇大太太、贵儿相救,请医生调治,并亲自送到集英镇的经过,对苏主任讲述了一遍。

苏主任说:"我们应该记住人家的好,说不定以后还有用得着的时候。"

"大太太的救命之恩,我永世难忘。"正说话间,进来一个女人,兰兰一见大叫,"啊呀!青叶!""兰兰!是你!"二人拥抱,热泪盈眶。

苏主任说:"青叶,兰歌同志刚到,去,把她带到宿舍休息。"

来到女工宿舍,兰兰问:"青叶,你也是……"

"和你一样,"青叶笑着说,"还记得那年你在县府大院和学生一起请愿吗?"

兰兰仰头思索,青叶抱住她那一幕立即浮上脑际。随即激动地说:"那时你就是了?"柳青叶点点头:"也是党指示我保护你的。"

“党真和母亲一样。这么说，你的单线联系人也是高子文？”

“一条藤上的瓜。”

“你说，高子文为什么好好的就叛变了？”

“软骨头！听说敌人开始并没掌握他什么事实，只是听谁反映说，他与共产党有联系，把他叫去吓唬了一下，他就蹄蹄爪爪都交代了。”

“真不可思议，怎么是那样一个小人！不知这次损失大小？”

青叶就把她知道的一些情况告诉了兰兰。得知和高子文联系的人大都暴露了，党的一些重要人物像薛志坚、王茂生等同志，都被敌人逮捕了，兰兰不无惋惜，不由得就想起了双牛，向她询问双牛的下落。“双牛是谁？”

“你不知道？”兰兰这才想起，青叶原本就不知道她和双牛的事。本不好意思说，可青叶穷追不舍地问。兰兰觉得都是自己人，就毫无保留地把双牛的情况，以及与自己的关系都告诉了她。青叶听后疑惑地说：“不是听说你嫁了常德胜吗？”

“那是为救双牛才走那步路的。”

“常德胜没放人？”

“放出来了，但失踪了！”兰兰悲从心生，不由得就蓄了两眼泪。

青叶安慰她说：“兰兰，别难过，我想党组织一定会找到双牛同志的。”

兰兰擦干眼泪平复了情绪，二人又亲密交谈起来。当听说党组织可能要护送她们去延安时，兰兰转忧为喜，情不自禁地说：“那真是太好了！”

上级指示桢宜游击支队派一名得力战士护送两名共产党员去延安。秦彪和吴斌研究后，把这一重要任务交给了石老三，并把他叫来当面交代任务。

石老三问：“怎么个走法？”

吴斌说：“混在老李头的驮队里一起走。到二站后，那里的领导会具体安排。”

秦彪说：“老三，任务艰巨，要慎重，一定要完成任务！”

石老三拍着胸脯说：“秦队长，你放心，保证完成任务！回来再给你俩一人带件二毛子皮袄。”

石老三和老李头走进典当行的院子。苏主任站在台阶上招呼道：“老李头，二位要带什么货吗？屋里说话。”于是二人进屋。苏主任握着石老三的手说：“这位就是石云亭同志吧？久闻大名！”

石老三笑着说：“苏主任过奖了，请分派任务吧。”

“有两位咱们的同志要随驮队去延安，路上可能会增加你们的困难……”

老李头说：“一家人不说两家话，秦彪都对我说了，快把人叫过来！”

苏主任拍了三下手，就进来两个英俊小伙子，腰扎粗布腰带，头绑白羊肚子手巾。老李头眯缝着眼盯住看了一阵，忽然大声叫：“若男！”

兰兰跑过去握住他的手叫：“干爹！”同时转脸叫，“三大哥！”

石老三顿时醒悟过来：“是兰兰！你咋到这儿来了？可把大家担心死了。”游击队那晚在柳叶沟没找到兰兰，以为是特务队把人虏走了，后来从子善那儿得知特务队也没找到兰兰，这可把大家急坏了。为找双牛和兰兰，石老三绞尽脑汁，想尽办法，他甚至埋怨老天有意和自己作对。一想起这两个人——他愿生死与共的小弟弟小妹妹，他就气憋心悸。他情不自禁地拉住她的手说："兰兰，见到你，我就放下半颗心了！"苏主任睖睁地看着他们说："原来你们都认识。"

老李头说："你忘了？那次就是我把她女扮男装带到你这里的。"

"噢，你看我，怎么就忘了！那梁兰歌同志就不说了，现在介绍这一位，柳青叶，也是咱们的同志，为了方便，也女扮男装，化名就叫……"柳青叶接了话茬说："兰兰叫若男，那我就叫同弟，江同弟。"苏主任说："好！那就这么定了。"

兰兰说："青叶和我小学到初中都是同学。"

老李头说："那好，你俩到路上可以做伴相互照料。"

苏主任问啥时可以出发，老李头观观天说："天色不太好，赶早不赶迟，明天天不明就上路，你俩今晚就在这儿歇着，到时我差张山来叫你们。"

寒星散尽，曙光搏击着凝重的浓雾。影影绰绰可见一个长长的驮队，蜿蜒地行走在崎岖的山路上。兰兰和柳青叶夹杂在驮队中间。两人都戴着火车头白长毛帽，身穿翻毛皮袄。老李头就走在兰兰后边，他不时说："若男，累不累？赶不上牲口就拽住牲口尾巴，既省力又不怕绊倒，你试试。""干爹，我知道。"

柳青叶回头说："李叔，你怎么光关心兰兰，都不问我一句？"

"她是我干儿嘛，你如果也做我干儿子，那我手心手背都是肉，自然都要心痛。"

"李叔，如果你不嫌弃，那我就做你干儿子。"

"大家都听见了吧，啊哈哈哈！我老汉一辈子打光棍没儿没女，没想到老了老了还洪福不浅，一下子就有了两个儿子，啊呀呀！"老李头抹了把不由自主喜出来的热泪，"心满意足啰，今天就是跌一跤死了，也能瞑目了。"

石老三嗔怪说："你这老汉胡说八道，人逢喜事精神爽，你刚认了干儿，怎么就想到死呢？"

"够了！够了！你说，咱这样的人活在世上不是给地球增加负担吗？像肖老板那样要本事有本事、要人样有人样的人都死了，咱活在世上还有啥意思！"老李头拔了嘴里的烟袋，在鞋底上磕了烟灰，然后捏着肖翠花当年留给他的蓝布红心的烟荷包挖烟，意味深长地说。

张山说："老李叔，你贵贱不能死，你一死，咱这驮队群龙无首。"

"你娃嘴上说的不是心里话，你巴不得我死呢！我一死，你就能当把头了。"

"老李叔，你冤枉死我了，我可没那狼子野心！"

"有也罢，没也罢，世界最终都是你们年轻人的，我现在就告诉你，如果我死了，你一定要带领大家奋勇前进！"

天越来越亮了，雾气却越来越重，西边的山峦被裹在茫茫雾气里。东边天际抢出一片红云，但很快被乌云遮蔽了。王良望着东方忧心忡忡地说："这天不看好，早霞不出门，晚霞晒死人。你看东边那霞，还没灼过来就被乌云吞没了。"张山说：

“千万不敢下雪，这一下雪，一路上翻山越岭，可要吃苦了。”老李头说：“风爷雨婆又不是你娃嘛，能那么听你说？其实呀，要真下起了雪，路是难走点儿，可也有好处。”

“还有好处？”

“你想嘛，大雪封山，那国民党兵龟缩在窝里不出来，不是对咱们有利吗？”

“噢！那倒是。”有谁附和着说。

柳青叶说：“李干爹这会儿的心情，就如同白居易笔下的卖炭翁——心忧炭贱愿天寒。兰兰，你说是不？”

兰兰说：“豁出去了，不管是天公不作美，还是敌人和咱过不去，咱都要往前闯！”

石老三说：“对着呢，困难咱不怕，敌人更不怕。”

“啊呀！冰凉一点滴脸上了。”张山脸朝上瞅着，伸手猛一抓，犹如捕捉遥遥天际飞来的精灵一般，大声说，“我抓到一片了，这说下就下起来了啊！”

人们不约而同地都仰起脸看，雪花悠悠地飘落下来，开始是稀稀疏疏的，犹如那羞涩的少女扭扭捏捏，不一会儿就像那天外来客，争先恐后拥挤着要到世间看热闹似的纷纷扬扬下起来，不大一会儿工夫，就下得满地皆白。驮队默默向前行进，谁也不说话，唯有牲畜的铃铛摇出一种艰涩沉重的声音。

上长板坡了，蜿蜒长坡向着山顶延伸。牲畜快步向坡上冲去，把兰兰和柳青叶撂下老远。老李头说：“快，跟上去，我说让你拽住马尾巴，你还不服，再过一会儿你都撵不上牲口了。”说着，拉了兰兰一把，让她拽住马尾巴。然后，他又赶到青叶跟前，“来！爹也拉你一把。”青叶也抓住了牲口尾巴。

柳青叶说：“干爹，你说这人拽住牲畜尾巴，它愿意吗？”

“你问嘛，你说大红马，我拽你尾巴，你愿意吗？好娃，这世上的事有时就是绑住挨，你说穷人爱吃苦，爱受欺侮？那是没办法！”

兰兰脚下滑了一下，险些跌倒。石老三扶了她一把，一下把她撂前一截子。兰兰说：“三大哥，你手劲真大！”“没这两下子敢和敌人斗啊！”石老三说着，又促了青叶一把。

老李头说：“我看你俩干脆骑上牲口，要不然，一会儿滚倒就成泥蛋蛋了。”

柳青叶说：“不行，不行，拽住牲口尾巴都问心有愧，再要骑上牲口，那真要让牲口骂死呢！”张山打趣说：“老李叔，我看你应该背上干女儿才对呢！”

“我正打算给你娃下达那样的命令呢，你倒先指东打西。”

“那样的事，我咋能争上，你不听人说：背上儿媳妇朝华山……那是老头儿的事哦！”

“哈哈哈……”大家笑起来。

老李头说：“那有啥笑的，爹背女儿还不应该？”

王良在前边喊：“上到顶了！到安骨岭了！”驮队陆续上到山顶。

狂风劲吹，雪花飞舞。只顾爬坡，人也不觉太冷，倒好像还出了汗呢。有谁嚷鞋里钻满了雪，垫得人都不能走了。老李头就说，赶快清理，下坡才难走呢。

青叶疑惑地问：“下坡不是省劲嘛，咋还难走？”

老李头说：“好娃，你不懂，山坡陡洼，好上难下。”

兰兰说：“那拽住牲畜尾巴，不就行了嘛。”

“不行！不行！”老李头说，“下坡可不能拽牲畜尾巴，你滑坡了，还要把牲畜掀滚洼呢！”青叶说：“那怎么办？”

于是老李头又不厌其烦对她俩说，下坡走在牲畜旁边，左手逮缰绳，右手抓辔头，你能站稳脚跟时，拢住牲畜让它走慢点儿。你滑倒时，牲畜头一扬，就把你拽起来了。如果牲畜滑坡了，你立即把牲畜放了。

青叶说：“那太不公平了，牲畜能救人，人就眼看着让牲畜往下滑？”

“我是指你俩，小伙子当然要先拽，一定拽不住再放，你俩不行！太危险。”

张山说：“老李叔，你偏心眼儿，重女轻男！”

王良在前边喊：“下坡了，大家小心点儿呵！”

驮队顺着蜿蜒的坡往下走。老李头还是不放心，他安排张山走在同弟前边，老三走在若男前边，他断后。

张山说：“老李叔你放心，保你的两个干儿万无一失！”石老三说：“兰兰、青叶，看见了吧，就凭老李叔对你俩这一片爱心，将来怎么说也得让他老人家老有所养，老有所终。”兰兰说：“干爹，将来你做不了了就住我家，我们全家人都孝敬你。”

青叶说：“你把爹领走了，让我咋孝敬呀？”

老李头说：“哈哈！不要争，将来革命成功了，如果你们一个住北京，一个住上海，那我就在北京住半年，再到上海住半年。”“哈哈哈……”大家笑起来。

石老三说：“那你就不想看看桂林山水？”

张山说：“还有，到杭州游西湖！”

“好嘛！好嘛！你们都给咱好好干，将来你们分布在祖国的东西南北，我就游他个四面八方。当然，也一定要去生根那里。”

一提生根，气氛有些僵，大家一时都没了话。停了好一阵，兰兰说：“干爹，你知道双牛去哪里了？”

老李头若有所思地说：“我不知道他去了哪儿，但我敢肯定他走远了。”

兰兰说：“干爹，你知道双牛下落就快说，急死人了！”

老李头又显得悔恨和急不可耐地说：“好娃！我真的不知道他去了哪儿，但你要坚信他好着呢！”

“哎哟！”兰兰滑坐在地上，枣红马头一扬就把她拽起来了。紧接着青叶“哎哟”一声也滑倒了。张山拉了她一把。

青叶蹙眉说：“这下坡还真难走！”兰兰说：“浑身冷飕飕。”

石老三说：“我看你俩别抓着辔头，向后挪一点儿，抓住牲畜背上的货物。”

“哎哟!”前边的王良滑倒跌了个仰面朝天,大家笑起来。老李头说:“王良,你真是个大老尿。”“我鞋旧了,踩在冻雪上光得净打滑。”王良翻起身,拉着骡子又走。驮队下到一个小壕沟,骡子止步不前,王良硬拉着牲畜前行,“扑通!”骡子前腿陷在泥泞里不能自拔。他失声喊:“啊呀!糟糕。”

老李头走上前一看嗔怪说:“王良,你昏头了还是咋?放着路不走,把牲畜拉沟渠里干啥?”“一抹白雪,咋就辨不清路了,这该咋办?”

“咋办?卸驮子把牲畜往出抬。”

“慢!”石老三来到跟前看看,招呼说,“都过来搭把手!”人都围拢来把住驮子。王良喊醒牲口,老李头喊号,大家齐心协力抬驮子。“驾!驾!起啰!一、二、三,起!”背上的重量陡然减轻,牲畜一鼓劲儿便跳出泥潭,上到路上。

“还是人多力量大,要是跑单帮,我非死在这儿。”王良抹了把汗说。

“闪开,让我的白马领头,老马识途。”老李头说着,把他的马赶到前边,放开缰绳让马自己在前边领路,驮队又徐徐前进了。他手搭凉棚向前观看了一下说:“大家注意了!前面不远就过检查站,做好心理准备,注意别把话说错了。”

空旷的山野里,白茫茫一片,要不是那个独眼龙似的小窗户,行人很难注意到雪地路边还有一个小小检查站。随着牲畜铃铛声逼近,屋里钻出两个幽灵般的端枪的匪兵,穿着厚厚的黄军装,戴着垂耳的黄绒军帽,匪兵甲把枪往前一伸说:“停停停!检查。”老李头笑脸相迎说:“啊呀!老总,这一年不知要过多少回关卡,都见成掐不下的老熟人了,还不放心啊,快放行吧,急着赶路呢!”

匪兵甲说:“不行!上级有令,要严格检查,最近有共匪潜入延安,说不定就藏在你们的驮队里。”匪兵乙往后一点指挥说:“排好队!一个一个过,报上姓名!”石老三在心里骂,一对扫地屎!

“我老李你还用问!”老李头说着过去了。“下一个。”

“王良。”又过去了。兰兰回头看了眼石老三,石老三摆摆头。到了兰兰跟前,匪兵乙打量着兰兰说:“你!叫什么名字?”兰兰红着脸不言语。石老三说:“我说,你是哪壶不开提哪壶!那是哑巴知道你问啥?”青叶嗓音粗,抢着说:“我替你说,他叫若男,我叫同弟。”推着兰兰过去了。

石老三往过闯,匪兵甲挡住说:“你咋不报姓名?”

“你爷我叫关云长!”

匪兵乙说:“啥?你冒充关老爷。”

“你爷我就是当官的老爷,你俩磨什么闲牙,人都冻得打战呢,还不快放行,检查个鸟!”

匪兵甲端着枪说:“妈的!你活得不耐烦啦?”

“哟!这当关的还真个厉害!来,打吧!”石老三拍着胸脯,“朝这儿打!”

老李头忙走上前打圆场:“长官息怒,我这位兄弟脾气不好,请多多包涵。”从身上掏出几张钞票塞在匪兵甲手里,挤挤眼说:“给兄弟们买壶酒喝。”

匪兵甲说:“不行！卸驮子检查。”

“长官,人真的冻得受不了,你就高抬贵手……”

“少啰唆,快卸驮子!”

老李头不情愿地把驮上的货物一件一件往下取。石老三给兰兰和柳青叶使了个眼色。柳青叶和兰兰围上去。石老三拽拽匪兵甲说:“你俩能不能分开查,检查快点,要把人冻死在路上吗？来！你查我的,我净驮些禁运物品。”又大声对众人说,“分两摊,大家帮手查快点,要不然天黑赶不到旅馆,大家就要吃苦头。”

大家围着匪兵甲、乙看货物,石老三悄悄摸了块石头攥在手里,借着匪兵甲用手摸货物的当儿,猛地向匪兵甲头上砸去。匪兵甲“哎哟”一声倒在地上。兰兰、青叶见石老三动了手,眼疾手快夺匪兵乙的枪,正相持不下,兰兰飞起一脚,正中匪兵乙胯裆,匪兵乙“哎哟”一声龟缩一团放了枪。老李头和张山随即帮手把匪兵乙按倒在地。匪兵乙哀号:“饶命！爷！饶命！我放你们过去!”

“狗头！敬酒不吃吃罚酒！和你的哥们儿一同上西天去吧。”石老三说着,抡起枪托向他的头上打去,两个匪兵就都断了气。老李头惶惶然说:“这该怎么办呀?”

石老三说:“都别慌,把人抬屋里摆好,把枪栓卸了扔远点。收拾好赶快赶路!”

大家忙活了一阵,驮队又上路了。大雪纷纷,后边的印迹很快就被飘洒的皑皑白雪掩盖了。青叶小声说:“兰兰,你啥时还学了这一招？好厉害!”

兰兰脸泛红晕,说:“都是敌人逼的,人到着急处,总有出奇处!”嘴上虽这么说,心里却不由得想起师父陈刚,那时陈刚给她讲救急要诀就有一句——剜眼救子,子就是男人的睾丸。这句话当时让她脸红得没处放,今日里却启发了她,之所以要救子,证明子是男人身体最敏感和最要害也是最脆弱的部位,她灵机一动,反其道而行,理论联系实际,一举成功。

要上石门关了,驮队走成一长线在紧张爬坡,每个人都神情紧张严肃。老李头说:“老三,过了石门关,我看你们仨就先走吧!”石老三说:“怎么,把你们扔下让敌人消灭吗？敌人还没赶上来,你慌什么?”

十几个匪兵扛着枪一溜儿向关卡走来。领头的小头目模样的人说:“这关卡的哨兵是干什么吃的,人都到跟前了,还不见他们出来,杨江,你去看看!”

“是!”一个年轻匪兵出列向屋子跑去,探头向里看,“哎！你俩,长官查哨来了,咋还睡着?”见没动静,向外边喊,“熊班长,这俩蒙头大睡,叫都叫不醒。”

“妈的,简直是玩忽职守!”熊班长说着走进屋内。匪兵蒙头平躺在炕上,枪就抱在怀里。他用手戳戳,大声说:“咳！你俩,睡死了咋的?”没有动静,他把被子一揭。众人惊呼。“死啦!”熊班长跳上炕查看,两个匪兵歪头闭目,头脸血迹斑斑。他跳下炕边往外走边说:“肯定遭游击队袭击了。”

杨江踢开一处薄雪喊:“哎,熊班长你看,这儿有牲畜粪。”

熊班长用脚研了下马粪蛋说:“粪还没冻硬,有驮队刚过去,肯定走不远,追!”

于是一行人匆匆向前追去。

驮队上到石门关。老李头回头一看，倒吸了一口冷气说："啊呀，不好！敌人追上来了。"

石老三站到高处观望——敌人一溜儿背着枪像闻到臊味的狗一样顺路追来。"妈的，按说敌人换岗时才能发现，谁知来了巡逻兵。老李叔，你带着驮队快走，我来狙击敌人！"

"没有你我能把两个同志送到延安吗？你快带队走！我来狙击敌人。"

"不行！你一个老头子能对付了那么多敌人吗？"

"你别管！把那袋子手榴弹给我留下，快走！"

兰兰说："我看咱们都走！把货物扔了，骑牲口走快点敌人追不上的。"

老李头说："胡说！敌人有枪，咱们只有老三有枪，敌人追上来咱们就都完了！我挡敌人一阵，张山，到前边村子把货物寄了，带着大家走那条小路！"

"走小路？那条小路晴天都不好走，大雪封山还能走啊！"张山为难地说。

"快走吧！我不管，你插翅也要飞到延安去！"老李头说着，不由分说取下手榴弹袋子，向石门关岗上那棵白松树下走去。柳青叶说："三大哥，也许干爹说得对，咱们就按他说的办吧，再耽搁，敌人就要追上来了！"

"啊呀！这老倔头。"石老三跑上山冈，"老哥，难为你了，会甩手榴弹吧？""会！会！你快走吧。"老李头摆手说。

"手榴弹甩完了，就往那边跑，也许敌人不会追你的。"老李头推了他一把。石老三跳下来挥手说："走！"兰兰、青叶向老李头挥手："干爹，保重！"

老李头摆手示意让他们快走。回头看了眼远处的敌人，坐在白松树后，掏出肖翠花给他的烟荷包，挖烟点火抽起了旱烟，烟火一明一灭，青烟袅袅，很快和雪雾融在一起。他不时向山下窥探，敌人已向关口逼近。

熊班长掀了掀帽子，对身后的士兵说："跟上，跟上，走快点儿，马上就到坡顶了！"士兵们步履蹒跚，气喘吁吁。

老李头窥视，磕了烟灰把烟袋往腰里一别，从身旁的袋子里抓出一颗手榴弹，"嗖"地扔了出去，"轰"一声，手榴弹在敌群内开花！有两个敌人被炸飞。敌人乱成一团，纷纷卧倒。熊班长喊："有埋伏！后撤！"敌人向后撤了几十米，都趴在地上屏息向山顶鼠目张望。空气霎时凝固了一般，能听见沙沙的落雪声。

雪花从那灰暗的天空悠悠飘落。大地沉浸在死一般的宁静中，老李头倏忽间就回到了那遥远的童年，当年他也是个英俊少年，十岁时父母就给他订了娃娃亲，那姑娘头发乌黑油亮，一双水汪汪的大眼睛秋波荡漾。十五岁上，父母正准备攒钱给他成亲时，他不慎从树上跌下来摔坏了腿，女方得知他成了终身跛子，便托媒人退了亲，从此，那美丽少女便成了他一生的梦……

熊班长伸长脖子瞅了瞅："妈的，咋没动静，射击！"

敌人一齐向山顶开枪射击，枪声像庆祝朗孟驿新屋落成时的爆竹声。老李头又从烟荷包里挖了一锅旱烟点着吸，烟雾缭绕，余味悠长，思绪又回到那函暗温馨的小屋，肖翠花留给他的享用不尽的幸福回味无穷……

"停止射击！"熊班长命令，向山上瞅着，"咋不见敌人还击？杨江，你前去打探打探！"杨江战战兢兢站起来说："班……班长，我怕打冷枪。"

"胆小鬼，怕死别当兵！"熊班长厉声喝。

杨江靠着崖根胆战心惊地盯着山顶向上走。老李头从树后窥探，对逼近的杨江扔出一块石头。"啊，手榴弹！"杨江大叫着抱头滚下坡。

石头在雪地内滚了一截就停住了。熊班长骂："妈的，狗熊！一块石头就把你吓成那样，这敌人是弹尽粮绝了。"有人说："不可能，敌人是节约弹药。"

"冲！看他能有多厉害。"于是熊班长带队又往上冲。老李头看得真切，又适时地甩出一颗手榴弹——轰！敌人又连滚带爬退了回去。熊班长观察了一阵，不无讥讽地说："哼！上边就一个人，把咱们吓成这样，听我命令，边冲边向白松树那儿射击，只准前进，不准后退，冲！""冲啊！"匪兵们喊着，边射击边往上冲。

老李头甩出两颗手榴弹。"轰！轰！"手榴弹爆炸。敌人往回逃，熊班长拿着手枪在后边督战："冲！谁退，我打死谁！"

敌人又回头冲。老李头又甩出几颗手榴弹。敌人伤亡很大，有一个匪兵的腿被炸飞。敌人不顾熊班长阻挡退下去了。

老李头看看袋子，只剩两颗手榴弹了。他把烟荷包挂在树枝上，敌人又冲上来了，他心里默念：翠花，你嘱托我的事，我尽力而为了。然后拉断手榴弹弦，举着冒烟的手榴弹向敌群冲去……

"轰！"一声巨响，硝烟弥漫。烟荷包在树枝上晃荡着……

四十四

驮队在快速前进。远处传来炒豆般的枪声和爆炸声。石老三侧耳倾听，说："接上火了，不行，得当机立断，我怕老李头挡不了多长时间。张山，那条小路到底能不能走？""那条道大多是羊肠小道，稍不慎就跌悬崖下了。"

"扔掉货物也不行吗？"

柳青叶说："如果扔货物，还不如骑牲口从大路走快些。"

石老三说："如果到前边又遇上敌人了呢？"

兰兰又想起了那句话：越是危险的地方越安全，于是说："我同意走小路。"

石老三说："那就这样决定，赶快处理货物。"

"货也不能扔在路上，这个土垛后有一个石洞，把货先藏那儿。再说，货物也不能全扔，带足生活用品，少带点儿货，不得已过卡盘查也有个说头。"于是张山指挥大家迅速处理了一部分货物,驮队拐上了侧旁一条小路。

千里冰封,万里雪飘,白茫茫一片。石老三眺望远方说:“这路在哪儿?”

张三指着远方说:“大方向是从这儿顺着梁一直向西北绕过去,越过豹子沟,翻越牛鼻岭,就基本上到达延安了。”

“得几天才能到?”

“天晴时得三四天,这下雪天就没个准了。”

“中间有旅馆吗?”

“没有。就豹子沟有一户人家。”

“今晚能赶到豹子沟吗?”张三看看天说:“不一定。”“那就快走吧!”石老三说着,拍了牲口一巴掌,大红马昂首阔步向前走。

山高林密,少有人走的山道分外坎坷,大家都只顾埋头赶路,谁也不说话,只有牲畜的铃铛声坚持不懈地敲击着山野的沉寂。太阳隐匿在雪雾内,不知走了多久,也不知是什么时辰了。天渐渐暗下来,石老三问:“张山,离豹子沟还远吗?”

张山看看天说:“远哩,天黑肯定赶不到那儿了。”

王良说:“前边就要过阴死缠了,还往前走吗?”

“什么阴死缠?”原来前边要过个大峡谷,山高沟深,羊肠小道像带子一样缠在山腰,一边是崖一边是深沟,经常有行人从那儿掉下去,所以就被赋予阴死缠的鬼名称。石老三听了解释看看天,雪小了点儿,于是说:“拣个背风坡把帐篷支起来,今晚就在这儿过夜。”于是大家纷纷拴了牲口,卸下驮子,有的把牲口牵在高梢处,让牲口觅草吃,有的给牲口头上套上料口袋喂料。

依着山崖,借着树林,简易帐篷很快就支起来了。张山动员大家分头到崖根下、石庵内找干柴,又拍拍两个青年人的肩说:“你俩,拿着鞭子跟我走。”

青叶和兰兰去拣没落雪的干蒿、柴火。举目远望,山峦像起伏的雪浪,那一树树、一丛丛雾凇,像满山遍野怒放的雪花,晶莹剔透,柔润洁白。青叶说:“兰兰,你看,这山上景色多美,蜗居城市的人根本无法领略这美景。”

兰兰放声赞叹:“啊,确实很美!这真是因祸得福,要不是敌人把我们逼上山,你能一饱眼福吗?”“是啊,是啊,”青叶说,“即便是以后形势好转了,你想要故地重游,也难是此时此景了。”

帐篷前的空地上,燃起了篝火。大家都围拢来取暖,每个人的脸都被映照得红彤彤的。有的人在烘鞋子,有的人在转着身烘衣服,有的人把冻硬的黄粱馍煨在火堆旁烤……真是腊月火比娘亲,火一燃起来,人一下活跃了,话也多了,七嘴八舌滔滔不绝。有人说:“还得烧点儿开水吧,浑身都像凉水浇,喝一点儿热水就暖和了。”“只有老李叔有一个铜脸盆能烧水,让我去取。”王良说着,取来脸盆装满雪,支起石头架在火上烧。雪滋滋地融化着,泛着微微热气。

张山和那两个青年回来了,抓住了两只兔子。张山举着兔子说:“看!多肥的兔子,好好吃一顿烤兔肉。”

石老三说："咦，你还有这本事！囊中取物样就把兔子抓来了。"

张山不无自豪地说："高中低，低中高，蒿中草，草中蒿。稍微有一点儿经验的人，在这么厚的雪地上抓两只兔子还不容易？"兰兰说："张三哥，你念的什么经？"

张山说："这是猎人总结的抓兔子经。"青叶说："噢，怪不得，这做啥事都有窍门儿。"

"去，杀兔子的任务交给你俩。"两个青年提着兔子去了。张山看见嗞嗞冒气的水说："快往盆里添雪。"王良说："人都等开水喝呢。"

张山说："人先忍会儿，牲口不会说话，会说话的话，早都喊叫开了。先给每个牲口饮一盆温水，牲口喝了就好吃草料了，这样明天赶路才会有劲儿。"

青年人把剥好的兔子提来了。王良说："我看煮着吃兔子肉滋润，一人分着喝点肉汤，要不本来喉咙都干得冒火，吃烤肉就等于火上浇油。"

张山说："那就煮着吃，化水化快点！"

石老三看见有个帆布包，建议用帆布包化水饮牲口，用脸盆烧水、煮肉。大家默契配合地劳作着，不一会儿就喝上了水，吃上了肉。

柳青叶说："为了我俩让大家吃苦了，我和兰兰感谢大家！"兰兰也说："谢谢大家！"张山说："一家人别说两家话，今生今世能在这样的环境中走到一块儿，也是缘分，只要能走出困境就是胜利。"

石老三说："敌人斗不过我们，困难压不垮我们，振作精神！兰兰，你俩给大家唱支歌吧。"大家说："好，好。"

青叶和兰兰头碰头小声商量了一阵。青叶说："我和兰兰给大家唱一首临时自编的《为了什么》，旧调新词，请大家不要笑话。""不笑话，不笑话，快唱吧。"

兰兰、青叶合唱："山高沟深路坎坷，羊肠小道在山坡。森林茂密人迹罕，土匪豺狼常出没。北风呼啸雪花落，令人浑身打哆嗦。跌打滚爬伤累累，腹中饥饿口中渴。跋山涉水为什么？为了解放全中国！为了解放全中国！"唱毕，大家拍手称好。

石老三说："到底是文化人，歌儿唱到人心坎坎里去了？谁有雅兴再来一段？"

张山说："我给咱唱两句秦腔，唱得不好，大家别笑话。""快唱吧！"

张山清了清嗓子唱："家住陕西韩城县，杏花村里有家园……"

众人拍手："好！好！"

石老三说："桢县人恋家，这两句最能表达恋乡情结。"

王良说："石大哥给咱吼两句。"

石老三说："我沙喉咙打瓦罐还能唱了戏？一声吼怕都要吓死几个人呢！"

"试试，这深山僻壤还怕谁笑话！""你说行？"

"唱啊！怕咋？""不怕我就吼啦！谁怕把耳膜震破了就把耳朵塞住。"石老三清了清嗓子唱，"有为王打坐在金銮宝殿……""好！哈哈哈……"大家狂笑欢呼。激荡的声音在空旷的山间回响。

篝火慢慢弱下来，男人们歪在地铺上睡了，兰兰和青叶在帐篷角落里相偎着睡着了，唯有石老三忧心忡忡地坐在火堆旁抽旱烟，拨弄着火堆，时不时添上一把柴。火像得了救星似的炽燃着，火光一闪一闪，把周围的雪映成了橙黄色。他望望远处，雪野山林萧瑟宁静，寒夜像猛兽一样将人团团围住。他的心头像压了一块千斤巨石，怎么用力也甩不掉它。回头看，兰兰和青叶的被子有些盖不住身子，他把身上的皮大衣脱下来盖在她们身上。

过了一会儿，兰兰醒了，给青叶掖好被子，轻轻把皮袄披在石老三身上，坐在他旁边烤火。石老三叹息一声。兰兰低头拨弄着火说："三大哥，你说干爹会怎么样呢？""能怎么样呢！"

"你不是说让他往岔道上跑吗？"

"他能跑过敌人的枪子儿吗？"

沉默。兰兰抹着眼泪说："回去时一定要看看我干爹。"石老三点点头："嗯！"吸着旱烟，烟火一明一灭……

清晨，雪又下大了。雪雾迷蒙，十米开外的物体都看不清楚。张山催促说："快走，快走！要不然，连阴死缠都过不去了。啊呀，老李头啊，在这节骨眼上，你撒手把挑子撂给我！"石老三说："张山，该怎么走，你就安排吧！"

张山指挥说："把老李头的白马放前边，我拉骡子跟其后，若男、同弟走中间，老三哥你断后，要随时首尾呼应，互通情况。出发！雪大路滑，大家都小心点儿。"

驮队走上了阴死缠的盘山小道。每个人都小心翼翼，兰兰和柳青叶一手扶着崖壁几乎是如履薄冰样前行。看一眼那深不见底的深沟，都让人心惊胆战，兰兰不慎蹬落了一块山石，几分钟后才听到石头着地的嘣咚声及随后传来的沉闷的回响。一只鹰从对面的崖壁龛中冲出，穿过雪雾向另一处悬崖飞去。

白马边走边低头探路，显得十分小心谨慎。在一个水冲的小断壑处，白马迟疑了一下。张山"唷——"一声，刚要侧身顺崖壁前去探视，白马一个箭步蹦过去，向前打了个趔趄，站立不稳跌下了悬崖。

大家都傻眼了，睖睁地看着白马消失在茫茫雾海中……

张山跺着脚说："唉！都怨我！我怎么没牵住它！"

王良苦着脸说："老李叔肯定……他是叫他的老白马来了。"

张山立即破口大骂："滚！白马掉下去了，就能说明老李叔出事啦？"

青叶在抹眼泪。兰兰再一次悔恨"越是危险的地方越安全"这句话了，危险的地方，并不一定安全。她又想起曾藏在自己办公室却出事的孟云大姐，是自己害了她。如今，又因为她而使老李头、大白马……她肠子都要悔青了，不由得泪如雨下，嘤嘤地哭起来。

石老三说："都别怕，干革命嘛，还能没有牺牲？张山，看路能不能修？千万不能再出事了。"

张山向王良要了短把镐，把牲口缰绳给他，自己则去探路，他左看右看，大声说："老三哥，这壑太深，没法填，也没什么往上架，只得把两边修平坦，让牲口能站稳脚跟往过蹦。”“行,只要牲口跌不下去就行。”

张三跳过去跳过来修着两边的路,修好了,放开缰绳在他的骡子屁股上拍了一下让它过,可牲畜只往后拽不前进。张山嗔道:“白马跌下去了,就把你吓成这样啊!”王良说:“牲口也和人一样,眼睁睁看着同伴跌下去了能不胆怯,你过去吧,在那边接牲口,我让我的骡子先过。”说着,从宽敞处把他的骡子放到前边,嘴里喊:“驾!过啰!”在牲口屁股上拍了一巴掌。“嗖!”骡子就蹦了过去。

张山在那边接住了牲口。

张山的骡子见同伴安全过去,也愿意过去了,牲畜们一个接着一个都顺利地蹦过去了。那些大男人也都一个接一个跳过去了,剩下石老三、兰兰和柳青叶了。兰兰和青叶有点儿胆怯。王良在那边喊:“大胆跳吧,只一米多宽,肯定能过来。”

青叶刚要跳,石老三说:“慢!”他先跳过去,让王良拽住他的手,他背靠着崖,腿岔开,两脚蹬在豁口两沿,伸手接她俩,“现在大胆跳吧,保你俩万无一失。”兰兰、青叶有了老三保驾护航,顺利地飞跳而过。大家又把石老三拽过来继续前进。

豹子沟唯一一家人的家长孙照儿,午后站在自家门前向远处眺望,发现一溜驮队缓缓向家门走来。他惊讶地瞪大眼睛,手搭凉棚细细观望,当确认无误后,对着屋里喊:“虎他妈,把火生着,先烧一锅开水!”

照儿妻说:“你疯啦,刚吃过午饭喝了汤,烧什么开水!”

“有客人来啦。”

“你看花眼了吧,这么大的雪,谁能飞到你这豹子沟来?”

“真的,一溜儿十几头牲口呢!”

照儿妻也走出来看,哟!当真,像是老李头的驮队吧,打头的牲口不像是大白马,好像也没有跛子老李头。“不论谁来都是客,你接着,我烧水去了。”照儿妻说着回屋去了。

驮队越来越近,张山老远就喊:“照儿哥,你好!”

照儿大声说:“张山,快把大家领进来吧!”

大黄狗对着走近的驮队“汪汪”叫着。“老黄,别叫,是咱家的客人。”照儿像对人说话一样对狗说。黄狗像懂人言似的息声卧墙角去了。

石老三说:“老哥是个热情好客的人呀!”

“啊呀!老远看见你们,我简直不敢相信自己的眼睛,这么大的雪,你们是怎么走过来的?”“一言难尽啊!”张山说着,领着驮队进了院子。

照儿东瞅西寻,问:“咋不见老李头?”

张山看看石老三,显出难以启齿的样子。石老三说:“噢!老李头留在石门关那儿办点儿事。”照儿察言观色,不再问了,转脸大声说:“各位朋友,进了咱家门,就算到家了,不要拘束,卸了驮子把牲口绑到后院马棚内,草房有草,缸内有料,喂好牲口就进屋洗脸,喝水,休息一下。我让你嫂子给咱做鸡蛋面。”

大家都忙碌着卸货物、喂牲口,然后陆续进了中窑屋。照儿妻把热气腾腾的开水一碗一碗端到大家面前。青叶和兰兰接过照儿妻递过来的开水碗时，感激地说："大嫂一家真是好人！"照儿妻盯住看她俩："这两娃咋像女娃？"

张山说："嫂子，你看像女娃，今晚就随你睡。"

"嘿嘿！行嘛，我想我不会看走眼的。"

柳青叶说："别看我俩是男娃，可会做饭，让我俩帮你做饭吧！"

"好好好！这样大家就能早点儿吃上饭了。"

兰兰说："嫂子，你把面舀好，我和面，同弟擀面，你光准备菜下面就行了。"

"行！你俩先喝水，喝好了咱就开始做饭。"

兰兰在瓷盆内和面、揉面。柳青叶在案上擀面。照儿妻忙前忙后洗菜、切菜，炒鸡蛋，下面。不一会儿，大家就都相继端上了热乎乎的鸡蛋面。王良一边扑噜扑噜吃着饭一边说："啊！真香！好几天都没吃上这样一顿热乎饭了。"

张山说："大家听着，吃饱喝好，饮好、喂好牲口，就抓紧休息，明天还要赶路。王良，你领大家睡北边那孔大窑里，若男、同弟随嫂子睡，我和老三哥、照儿哥睡南窑里，还要商量事。"

饭饱汤足，瞌睡就撵上眼，大家都熄灯休息了。唯有南窑屋的人一时还不能就寝。炕上放张炕桌，桌上蹲盏青油灯，照儿把旱烟盒子放在炕桌上，照儿拿旱烟袋、老三和张山拿纸卷着吸旱烟。照儿妻提来茶壶，给每人倒了一杯茶。

照儿说："倒好快去，我们商量要事哩！"照儿妻瞅了他一眼。

张山说："照儿哥你莫厉害嫂子，嫂子跑前跑后忙得就没喘口气。"

"兄弟，你算说了句良心话，来了客人，他就是掌柜的，我就是佣人……"照儿打断她的话说："你少说两句，哪天晚上你在我屁股上多拧两把，这该行了吧。"老三和张山笑了。石老三说："别看在人面前你装得耀武扬威，上了炕，你还是惧怕老婆三分。"照儿妻笑着出去了。

"言归正传，快说，老李头到底怎么了？"

气氛一下变得严肃沉闷，张山看看石老三。石老三掐灭烟，伸手要过照儿的旱烟袋，磕了烟灰重新装了一锅烟点着吸，长长地吐了一口烟说："听老李头和张山说，你是大好人，也恨国民党反动派，支持革命，那么，今天就不隐瞒你，我们这一行做生意是幌子，实则是护送两名共产党员去延安。"

"就是随嫂子睡的那两个，女扮男装。"照儿点点头："我也猜得八九分。"

石老三"吭吭"两声，接着，就把在检查站干掉敌人，敌人巡逻队追上来，留下老李头狙击敌人的事告诉他，末了说："这会儿也不知……"

"慢！"照儿说着溜下炕，到窑顶的壁龛里取出一炷香点着，插在香炉里，跪地就拜，嘴里喃喃："天王神、马王神、风公、雨婆、土地爷爷……老李头为人耿直，心地善良，乐于助人，德高望重，祈求众神保他安然无恙。到时我杀猪宰羊还愿！绝不食言！"然后又坐回炕上。张山又沉痛地向他述说过阴死缠时，老白马跳壑没踩稳掉沟里的事。"啊！罪过！"照儿随即又溜下炕，再给香炉里添了一炷香，嘴里又喃喃，“诸位神仙呀，老白马忠于职守，沉着稳健，说不定它就是唐僧去西天取经骑的大白马转世，今功德完满，圆觉归天，祈求众神保驾，如来大佛封它更大的官……”

张山说：“照儿哥，再别鬼念桃木橛。快过来，还有要事哩。”

照儿又跑回来：“好好好！说吧，我洗耳恭听。”

石老三说：“你这块世外桃源安全吧？”

一句话好像捅破了苦水囊，照儿诉起苦来：“好爷！老三哥，你不提还罢了，一提起来我的苦水三天三夜也倒不完。我这独家庄本来是个清静地方，可那些贼不让你安宁嘛！国民党政府三天两头来征粮，好像我这里是他的粮仓似的。还有那些毛贼土匪，没办法了，就来白吃白拿，好像是吃他爷似的有理气长。”

石老三说：“那你咋不找游击队？共产党专门是为咱穷人打抱不平出气的。”

“不知咋找嘛！再说……”

“还有啥顾虑？”

“听……听说共产党共产共妻，见谁东西多就分……”

石老三打断他的话说：“纯属胡说！共产党打富济贫，是打倒那些剥削穷人的地主老财，分那些不义之财，对人民自己劳动得来的果实是保护的。”

“老三哥，你说，共产党会不会分我的粮食？”

“你雇长工了没？”

“有时农忙时雇几个人，再大部分时间都是我们一家人自己干。”

“那你不算剥削，我敢向你打保票，共产党不会动你一点儿财产，而且还会保护你。这样吧，让我想想，你们属宜县，我给你们县的游击队丁队长说一下，你可和他取得联系，他一定会保护你的。”

“我可以参加游击队吗？”

“咋不能？只要你拥护共产党，革命意志坚定，游击队会欢迎你的。”

“啊呀！”照儿感慨地说，“老三哥，听你一席话，我心里豁然开朗了。”

老三从身上掏出几个银圆放在小桌上说：“给，这是给你付大家的饭钱。”

照儿忙推回去说：“老三哥，你这是干啥？看不起兄弟？”

“不是看不起，是公事公办。红军、游击队有三大纪律八项注意，谁也不能违犯。”

“该不会明天就走吧？好好在这儿歇几天，等天晴路开了再走。”

张山说：“哪有那好的美事，明天就得走。”

照儿说：“就那么急啊？”

石老三说：“任务繁重，刻不容缓。老孙，还想请你做向导，走快点儿行吗？”

“那咋不行，老李头为革命都不怕牺牲，我还能当狗熊！”

“好，睡觉。”

“夜深了，再吃点儿夜宵吧？”

“不不不！”石老三摆摆手，躺倒就睡。

清晨，吃了照儿妻做的拌汤泡馍，大家就赶上驮子上路了。雪停了，太阳像被冻着了，苍白地挂在东边天际。放眼望去，北国雪浪涛涛，连绵起伏。银白世界在金色阳光照耀下，更加熠熠生辉。

照儿赶一匹小黑马走在前边，驮子上捆了两袋花椒。石老三打探去延安再要过几个关卡，照儿说，就剩一个关卡了。石老三担心干掉敌人哨兵的消息已传到后边的关卡，敌人加强警戒闯关困难，问照儿："能否不过这个关卡？"

照儿想了想说："要绕过敌人关卡可以，不过，得多走半天路。那边靠近苏区，相对也比较安全。""那就走那边。"石老三果断地说。

远远望去，茫茫雪海波涛间，弹丸似的驮队穿行其间，时隐时现……

宝塔山在红霞映照下显现出来。兰兰惊喜地喊："看！宝塔山！延安！"

柳青叶也看见了，激情难抑："啊！终于到延安了！"二人高兴地在雪地上抱着跳起来。远处，飘来嘹亮的信天游歌唱声——

红格丹丹的日头照在崖畔，哎呀艰难（哟）不过（哟）庄稼汉。土疙瘩瘩林里刨光景，（哎呀）汗水流到脚后跟。白日里那个汗水直流干，到夜晚搂上婆姨当神仙。

那边唱声刚落，照儿可着嗓子唱起来——

西串铃（苦瓜）结瓜哎一串串，咱兄弟（哟）都是光蛋蛋。吃的（哟）都是同根苦，风吹雨打泥里滚。赶驮在外几百里哟，想婆姨想得我泪哗哗……

正唱着，路中间忽然跳出两个头绑白羊肚子手巾的民兵来。"站住！哪儿来的？"大家一下都愣住了。石老三使了个眼色，兰兰和青叶走上前去，掏出介绍信说："同志，这是我们的介绍信。"

民兵看了看介绍信，抬头看看他俩："是自己的同志，那他们呢？"

"赶驮做生意的，也是护送我们的。"

民兵把信还给她们："那请过吧。"

"请问，找接待站怎么走？"

"延安街上有告示牌，你一看就知道了。"

延安街上人来人往，每个人都面带笑容，一派祥和景象，随时都能听到激情昂扬的革命歌声，一个窑院门口几个战士正把"八路军办事处"的牌子往下卸。

石老三、兰兰、柳青叶忙往那边赶去。石老三说："同志，八路军办事处是不是撤走了？"那个战士看着他笑笑说："不是，解放战争开始了，党中央决定八路军改叫解放军了，所以这牌子也得换换。"说着，把一块"中国人民解放军办事处"的新牌子挂上去。

兰兰说："同志，请问办事处的领导在哪儿？"

那个战士四下瞅瞅，指着远处说："那不是？我们的孙主任来了。"

他们抬眼望去，一个圆脸大眼，留短发，戴军帽，四十岁左右，神采奕奕的女战士迎面走来。三人迎上去，兰兰说："请问，你就是孙主任吧？"

"我叫孙红女。有什么事?"兰兰和柳青叶掏出他们的介绍信给了她。孙红女看了介绍信,抬起头说:"是桢县地下党介绍来的,好!"与她俩握手,"等一下,我安排。"她看看石老三:"这位是?"

兰兰说:"他是游击队派遣护送我们的石云亭同志。"

"好好好!"孙红女与石老三握手,"同志,一路辛苦了!"

"没什么,应该的。"

"你也等一下,我让人安排你住下。"

石老三说:"不麻烦组织了,我们跟随一个驮队过来的,我就住旅馆里去。"

"路上花费多少,要补充不?"

兰兰说:"路上扔了些货,还住老乡家花了钱,三大哥回家,怕都没办货的钱了。对了,我俩骑来组织配备的两匹马交哪儿?"

孙红女说:"石同志你先住旅馆去,明天早上你到办事处来,我介绍你到后勤部去办理那些事,好吗?""好,孙主任,那我走了。"石老三挥手告辞。青叶、兰兰说:"三大哥,再见!"

石老三说:"再见!"

兰兰想起了什么,喊:"三大哥,等等!"追了过去。

孙红女对青叶说:"你俩在这儿等我一下,我安排好那边的事,就领你们去。"

石老三问:"兰兰,还有什么事?"

"回去一定去石门关那儿看看老李头怎么样了。"

"那还用你叮咛,我也操心着呢。"

"还有,"她压低声音说,"告诉张山,让他问周妈,把孩子如何安排了,再上来告诉我。""嗯!知道了。"

青叶也来到跟前说:"三大哥,回家也得小心!"

"知道。哎!走时就不一定能见到你们,好好学习呵,同志们等着你们归来呢。""记下了!"兰兰和青叶同声说。

第二天,兰兰和青叶就穿上军装,正式成为抗大学员。机会也巧,正好这一天毛主席接见从西安来的一批革命青年,她俩也加入其中,听了毛主席讲话,还和毛主席握了手,激动得热泪盈眶。第二天,石老三到解放军后勤部交了那两匹马,领了后勤部给他补充的经费。因为还惦念着老李头,于是他就匆匆回旅馆和张山商量返回的事了。

郭家马房院靠马棚屋台阶下放一口半大水缸。贵儿从马棚屋拉牲口到水缸里饮水。郭霞拿个小盆盆从台阶上走过来到水缸里舀水。

贵儿问:"霞霞你干啥?"郭霞说:"舀水和泥打爆!"

"来!让大大给你舀。"

"不!我自己舀。"郭霞说着,自己舀了水端到大门外和泥去了。

牲口头塞在缸里饮水,水位不断下降,饮过两个牲口,水缸里只剩少半缸水了。

贵儿又去拉牲口。郭霞跑进来,又拿小盆盆到水缸里舀水。人小,要够着水很困难,努力去够,噗!溜进了水缸,倒插在水缸里,脚乱蹬,蹬了几下就不动了……

贵儿拉牲口出来,见状大惊,忙撂了牲口去救孩子。从缸里提出来的郭霞脸色苍白,嘴唇青紫,贵儿失声叫:“秋红!快!”并把郭霞趴着放在膝盖上颠水。

大太太、秋红听见叫声忙跑过来。秋红见状大哭:“呀呀,妈!这该怎么办呀?”

大太太一边捶孩子的背,一边说:“哭什么!快去把大号缝衣针拿来。”秋红跑着去了。郭霞吐了几口水,但还是不哭不睁眼。秋红跑着拿来了针,大太太接过针,让秋红掌住郭霞的头,她用针在郭霞人中穴强刺了一下,郭霞“哇”哭出了声。

贵儿长出一口气:“啊呀!把人的魂都吓掉了。”

“秋红,快去拿条干毛巾给孩子擦脸!”大太太说着,把孩子抱在怀里,又对贵儿说,“你赶快套车去请王医生,让给孩子再看看。”

抗大师生在礼堂集合。横幅上写着“欢迎前线英雄报告团来校作报告”,兰兰和柳青叶坐在前三排中间。孙红女说:“请从苏北根据地归来的贺奇同志给大家作报告。”大家鼓掌。

一个高个儿,身体健壮,干练利索的年轻战士走上台行了个军礼说:“同志们、同学们,我叫贺奇,我给大家讲一个普通人的平凡故事。我和我的妻子吴爱华都是新四军七师的战士,我们有一个可爱的女儿叫苏玲……”

台下的兰兰一愣,碰了下身边的柳青叶。柳青叶小声问:“怎么啦?”

“你听见了吗?他的女儿也叫苏玲。”

“那有什么奇怪的,你的女儿叫梁苏玲,他的女儿叫贺苏玲。巧合而已,好好听他讲故事吧!”“嗯!”兰兰点头,认真听讲。

贺奇说:“我们的女儿很可爱,战士们都爱抱她、逗她玩儿。我们很爱我们的女儿,我们的女儿一刻也不愿意离开我们。可是敌人围剿,部队要转移,带着孩子累赘且危险,所以我们决定将孩子送给附近老乡抚养……”

贺奇骑着战马,吴爱华抱着小苏玲亲吻着:“玲玲,跟爸爸骑马玩儿去吧!”把孩子递上马,回头抹眼泪。战士们苦着脸无声地向小苏玲告别。

小苏玲从贺奇怀里探头向回看,哭喊:“妈妈!我要妈妈!”

吴爱华流着泪跑过去,小苏玲又回到吴爱华怀里,紧紧搂着妈妈的脖子,在妈妈脸上亲吻着。母女相抱哭泣。战士们看着不由得流下了眼泪。

贺奇说:“时间紧迫,让孩子走吧!战争结束,咱们就去接孩子。”

吴爱华再一次把孩子递上马:“玲玲乖,和爸爸玩一会儿就回来。”

“妈妈,你等我啊!”小苏玲举着小手喊。

“孩子,妈妈等你回来!”吴爱华迅速回头擦眼泪。

贺奇把孩子送到老乡家:“老哥、老嫂子,拜托了!孩子就交给你们抚养了!”

贺苏玲拉住贺奇不放:“爸爸!爸爸!我不让爸爸走!”

贺奇再次抱着孩子,孩子抱住贺奇的脖颈不放:“我要爸爸!”

贺奇泪流满面泣不成声："玲玲乖！在大伯……大妈家等爸爸，爸爸一会儿就来接你！""不！爸爸！回家！我要妈妈……"

农民老哥说："真心疼人，要没有战争该有多好。"

农民老嫂说："女女乖，听话！娘给你煮鸡蛋吃。"

"不！我要爸爸！我不让爸爸走！"

贺奇扳开孩子的手："玲玲听话！"转身跑出屋子。屋内传出贺苏玲声嘶力竭的哭喊："爸——爸——啊！啊！"贺奇骑马站在院门外擦眼泪，马打着旋儿。贺奇毅然策马离去。"嗒嗒嗒……"的马蹄声撞击着人的心扉。

会场静极了，大家屏息凝神静听。

贺奇说："孩子的哭声撕裂着我的心，可大战在即，我不得不离别我可爱的女儿，心里默念着：孩子，我一定会来接你的！"

有许多人在抹眼泪。兰兰双手捂着脸轻声啜泣。

贺奇说："战争非常残酷，敌人把我们逼在一条河边……"

敌人以近十倍于我军的兵力围剿我师直机关，战士们在临时筑的工事内英勇抗击敌人。师长说："同志们，敌人企图消灭我们，现在我命令：组织突围！骑兵在前，步兵在后，能冲出去多少，就冲出多少，会水的可以游泳过河。同志们！为革命献身的时刻到了！英勇杀敌，与敌人决一死战！"

战士们高呼："杀！"向敌人冲去。

骑兵大都冲出去了。步兵和机关干部被敌人压了回来。

贺奇和战士们与敌人拼刺刀肉搏。他一连刺死了几个敌人，一回头，看见一个敌人持刀向吴爱华刺去，爱华倒在血泊里。"啊！"贺奇大叫着向那个敌人刺去，敌人被刺死。他疯了似的横冲直撞，心想，老子不活了！老子与你们拼了！

孩子的哭声在他耳边回响："爸爸！我要爸爸！"

贺奇心想，我不能死！我死了，孩子怎么办呢？他边战边向河边退。忽然，他大喊一声："杀！"向敌人虚晃一枪，敌人闻声后退，他乘机把枪扔进河里，跳河潜水游泳逃脱。

贺奇说："回到部队，我立即去看望我的女儿，她是我在世间唯一的一个亲人了。可是，迎接我的却是无情的噩耗——我们的玲玲在离开我们半月的时候，因害痢疾病故了。我一下晕了，两眼发黑，嗯……"贺奇哭得说不下去了。

会场一片恸哭声。兰兰和柳青叶哭得更甚。

贺奇说："同志们，我说这个故事，并不是想标榜我英勇善战，杀死了多少个敌人，而是想说明这样三个问题，一是战争夺去了我妻子、女儿的生命！八年抗战，中国人民已备受煎熬，抗战胜利了，可国民党反动派还不让我们安宁，假和平真备战。二要终止战争必须英勇战斗，只有把国民党反动派消灭了，推翻压在人民头上的三座大山，建立和平、民主的新中国，我们才能过上好日子。三是要练好杀敌本领，试想想，我们的同志如果都会骑马、游泳，那将大大减少牺牲。"

会场响起呼口号声："打倒国民党反动派！""要和平，不要战争！"

夜里，兰兰翻来覆去睡不宁，贺奇讲述的故事老在她脑海里萦绕，贺苏玲哭喊的小脸不小心就变成了梁苏玲。一想到她的女儿也哭得死去活来找妈妈，她心痛欲裂……挨她睡的柳青叶也没睡着，问她想什么，她说她觉得贺奇真可怜，一下子就失去了两个亲人。柳青叶说："你也因此想起双牛和你们的女儿了吧。"

兰兰说："这不一样，我想他们，是不知道他们怎么样了，可贺奇已经知道他们死了。""有常德胜的消息吗？"

"再别提起他，我恨死他了，我的幸福就是他给毁的！"

"你毕竟是他明媒正娶……"

"我不承认！那是为了救双牛迫不得已。"

"他毕竟爱你、对你好过。"

"他对我的爱如同老虎对小羊的爱，随时都可能将我吃掉，好不容易逃出了虎口，我是无论如何再不会回虎穴去了。"

"如果这样，我看，你倒不如和贺奇结为新的伴侣，还可相互抚慰受伤的心。"

"别胡说！我可没那么想。"

"好好好！我不说。"兰兰转移话题，问青叶丈夫和儿子的消息。青叶告诉她，前些天，她丈夫托人捎话来，说她走后，敌人把他抓去逼他交人，弄不下眉眼又把他放了，说她家人和孩子都好着呢，她丈夫有机会就会来看她。她说的时候，不由自主地陶醉在幸福的回忆和向往中。

兰兰慨叹说："青叶，你真幸福！我好羡慕你。"

"兰兰，睡吧！祝你做个好梦！"青叶由衷地说。

第二天，兰兰在大院里遇见贺奇，说："贺老师，你讲得真好！"

"不敢当！你以后直呼姓名就可以了。"

"你女儿也叫苏玲？"

"是啊！是在苏北生的，就起了那么个名字。怎么，奇怪吗？"

"我的女儿也叫苏玲。"

"是吗？你女儿现在在哪儿？"

兰兰忧虑地说："我出走时把她留在家里，听说旁人把她送香港去了。"

"那么远啊！那啥时才能见呢？"兰兰摇头："不知道。"

"那你爱人呢？"

"失踪了。"

"怎么会失踪呢？"

"反正好长时间杳无音信。"

"那咱俩同病相怜嘛。"

兰兰没言语低头走了，贺奇痴痴地站在那儿望着她的背影。柳青叶从后边走来说："哎！贺老师想什么呢？"

贺奇打了个睖睁:“啊! 是青叶呀,我……我想问你件事。”

“什么事?”

“梁兰歌的情况你清楚吗?”

“咋不清楚! 我们是同乡又是同学。”

“我也是才知道,她也和我的遭遇一样。”

“有什么想法吗?”

“我想……”贺奇难于启齿,但终于鼓足勇气说,“我想,两颗受伤的心结合在一起,总能够多承受些痛苦。”

“才想到呀! 其实大家早都替你们想到了,你俩若能结合,再好不过了!”

“那……那就请你当一次红娘。”

“不瞒你说,我已提说过一次,兰兰心情很复杂,不好说。不过我可以给你支个招!”“是吗?”贺奇侧耳倾听。青叶对他耳语,贺奇边听边点头。

桢县西关街道拐角处堆着一大堆沙子。一群孩子在沙堆上玩儿,陈强站在沙堆上大声说:“玩儿打仗,我当司令,大家都听我指挥……”

比他大一点儿的小毛上前去把他一推,说:“妈的! 你这没爹的娃,还张什么! 滚! 我当司令。”陈强怒目圆睁:“你妈的屁!”一拳上去就打得小毛口鼻出血。小毛“啊”哭起来。陈强转身跑回家。

小毛爸陈大兴随后牵着小毛的手来到陈强家,后边跟着一群孩子。小毛鼻孔塞着一团棉花。大兴说:“芳芳,你咋养了这样一个土匪儿子,你看把我家小毛打成啥样了!”芳芳说:“是陈强打的? 小毛比陈强还大嘛!”陈强站在芳芳身后不言语。孩子们唧唧喳喳说开了,一部分孩子说,就是陈强打的,陈强的拳头可厉害了,另一部分孩子说,是陈小毛先动手掀陈强的。

大兴大喝:“滚! 谁叫你们跟着来了!”孩子们出溜溜跑开了。

芳芳说:“大兴哥,孩子不更事,我一定狠狠地教训他。”

大兴半挖苦半嗔怪地说:“你说,你这没大男人的家庭,大家都很同情你,你还这样可怜可憎的话,以后让人该怎样对待你! 唉!”大兴说完,拉着小毛走了。

芳芳脸红气憋。小毛和他爸一走,她就抡起巴掌在陈强的屁股上打,边打边骂:“你……你怎么净给我在外边惹是生非!”陈强上牙咬着下唇,不哭也不告饶。芳芳手打痛了,用嘴呵呵手问:“说! 为什么和人打架?”

陈强歪着头说:“他骂我是没爹的娃!”芳芳一下跌坐在地上,晕了过去。陈强见他妈闭眼不省人事,慌了,忙伏身抱住她,摇着芳芳哭喊:“妈! 我再不敢了! 你贵贱不敢死! 你死了,我该怎么办呢? 妈!”

芳芳慢慢缓过来,哭喊着:“伤天理的,你害得我好苦啊! 你让我娃都受人欺负,娃啊! 你爹死得冤哪!”

“妈,你告诉我是谁害死了我爹,我一定要为我爹报仇!”

“就……就是那个骑着马在街上耀武扬威的常大队长。他……他把你爹押在监狱里，活活折磨死了！”陈强咬牙切齿地说：“妈，你别哭，我一定为我爹报仇！”

延河畔的一个天气晴朗的傍晚，晚霞给宝塔山镀上了金色。白云一样的羊群在信天游的歌声里缓缓移动，歌声由远处飘来：“山丹丹的那个开花哟红艳艳，毛主席领导咱打江山……”延河水在哗啦啦流淌。孙红女和兰兰边散步边交谈。

“梁兰歌同志，来延安几个月了，你感觉怎么样？”

“好极了！孙主任，这感觉就好像飞出牢笼的鸟儿在浩瀚的天空自由翱翔，无拘无束！更重要的是在抗大学习了许多东西，过去只凭满腔热情干革命，现在用马列主义、毛泽东思想武装了头脑，方向明确了，意志更坚定了。”

“对！光有革命热情和干劲还不够，还要用革命理论武装头脑。抗大是培养革命干部的摇篮，将来你们毕业了，分配到全国各地去，一定会产生很大影响。还有什么想法和困难吗？”

兰兰说：“孙主任，别的都没什么，就是找不到双牛，心里闷得慌。”

提起了双牛，孙红女就顺便问起她和双牛及常德胜的关系。于是，兰兰就如实把她和双牛从小青梅竹马，为了救出双牛，不得不答应嫁常德胜等等的事情，给孙主任汇报了。她哭着说：“我不承认和常德胜这桩婚事，我不爱他。秦双牛才是我唯一合法的丈夫，我们已有一个女儿了！”

孙红女在了解了梁兰歌的情况后，对她安慰一番，然后语重心长地说：“生根同志这么长时间没与党组织联系，党也找不到他。你还年轻，组织有义务关心每个同志。我们分析了你和贺奇同志的情况，觉得你俩组成一个新的家庭，对你们、对革命都有利，同时，贺奇同志也有这方面的请求，不知你意下如何？”

兰兰果断地说：“孙主任，谢谢组织关怀，贺奇是个好同志，我很敬佩他，可是……可是我心里装着双牛，一时还容不下别人。请让我再等等双牛吧。”

随后，孙红女向贺奇转达了兰兰的意见，鼓励他说：“要有耐心，要主动热情接近她、帮助她，用热情去融化她心上的冰霜，等她心里冰融雪化了，爱情的春天也就到来了！”这桩由组织出面撮合的婚事，虽暂时没有成功，但给两颗受伤的心搭上了桥，牵上了线。

一天，校园里响起急促的军号声，全体学员紧急在大礼堂集合。原来，蒋介石派胡宗南进攻延安，大兵压境。根据党中央和毛主席的部署，要暂时放弃延安，机关、学校都要转移。

孙红女传达上级指示：“有些男学员要被抽调到西北野战军参加战斗，名单将张榜公布。这一批没有公布名字的，也要随时做好战斗准备，女学员也有可能随时被抽调去做战地救护等工作。总之，现在是一级战备状态，希望大家振作精神迎接战斗！现在立即分头行动！”

校园气氛紧张严肃。学员们都在按照命令紧张行动，有的把行李往车上搬，有的帮炊事班抬锅灶，有的向老师或同学告别……

院子内停着几辆军车，一些全副武装的战士相互帮扶着上车。

兰兰提着铺盖卷从宿舍里出来，迎面碰见贺奇全副武装向她走来，便问："贺奇，你被抽调参加战斗了？"

贺奇说："是的，我是来向你告别的。"

"祝你杀敌立功！"

贺奇红着脸说："兰兰，孙主任已向我转达了你的想法，我能理解你，我愿意等你。我爱你，兰兰，等我胜利归来吧！"

兰兰思索了一下说："贺奇，你既然把话说到这份儿上，我也明确表态：等打完了这一仗，消灭了胡宗南匪帮，如果还没有双牛的消息，我就答应你。"

"好！一言为定！战后见。"二人握手。

贺奇向军车跑去，被战友拉上了车，汽车徐徐开动。二人挥手告别……

四十五

党中央和毛主席高瞻远瞩、运筹帷幄，胡宗南虽沾沾自喜占领了延安，接下来却四处碰壁，连吃败仗。青化砭、羊马河、蟠龙镇……损兵折将，狼狈不堪。

西北野战军很快进入反攻，并决定向南突击，把战火引向敌占区。

桢县反动政府慌了手脚，崔林玉在联防会议上讲："我军虽然克复了延安，但共匪很顽固，反扑得很厉害，很有把战事向南扩大的架势。这样一来，我们这个通向西安的北大门就首当其冲，所以上峰命令我们要加强戒备。"

下边的人议论纷纷。

崔林玉紧接着宣布了一条颇有震撼性的消息。根据城防工作的需要，县政府县党部研究决定任命常德胜为城防司令，负责县城和政府机关的安全。非常时期，守卫县城的武装由他全权指挥。同时告诫他："责任重大，别辜负党国重托！"

常德胜立正敬礼，严肃受命："是！感谢党国重用，本人誓死报效党国。"

散会后，刘湘、陈院长、雷团长、常德胜等被留下。崔林玉把大家招拢来说："当前形势对咱们非常不利，陈、谢大军过黄河直逼潼关。西野二纵、四纵把目标指向桢县，所以咱们从现在起除了要加强防卫外，还要趁早作好撤退的准备。而撤退中最棘手的问题就是监狱中这些政治犯，大家讨论讨论该怎么办？"

一提此事，大家七嘴八舌各抒己见。雷团长说，上级应该有大的部署，真到了那一步，大家都忙于奔命，谁还顾得上监狱里的敌人；陈院长说，如果要向外转移，就应该提前动手；常德胜满不在乎地撂下一句，拉到南桥上枪毙了多省事。

陈院长立即反驳，说枪毙人要经过法律程序，哪能说枪毙就枪毙！刘湘又发话解脱，说战场上打死了那么多人，哪个经过法律程序了……

争吵不止，僵持不下。崔林玉敲敲桌子说："别吵了！这件事我有主意了。"

桢县的革命力量也闻风而动。地下党县委在南原张村学校召开基层领导和游击队干部会议,宣讲形势,鼓舞士气,分派任务。

秦彪、吴斌满心欢喜地把会议精神带回家,连夜在吴瞎子西窑屋召开桢宜游击支队干部会议,传达会议精神,布置作战任务。当秦彪把西北野战军二纵、四纵不日将要攻打桢县的消息报告大家时,同志们高兴地跳起来,个个摩拳擦掌,决心要配合正规军和敌人大战一场。第三分队的任务是监控北惠乡,对老奸巨猾的郭福山严加监视;第二分队是盘裕乡……石老三的第一分队领到的任务是监控河澜乡一带,重点捣毁胡宗南安插在那儿的河防队。

石老三忍不住高兴地大声说:"保证完成任务!"

因为石老三担负的任务十分重要,秦彪和吴斌把他留下来,再详细讨论了一下方案和部署。吴斌提醒说:"钱常有和梁满仓这些时候怎么样? 别紧要关头让他们害了事!"石老三说:"我想不会的。现在是我们胜利的局面,两面派的人这时候是一心往上爬,想得利。"

秦彪说:"你是不是可以利用他们这一心理?"

石老三说:"嗯! 秦队长说得极是,我回去好好想想。"

西关街道上,陈强和一帮孩子在沙堆上玩耍。常德胜骑着高头大马巡逻,后边跟着高警卫员和江警卫员。常德胜指着城墙垛口说:"把这儿的工事再加固一下!"

陈强瞅了瞅常德胜,眼睛一转,旋即离开沙堆,跑进前边一条巷子。常德胜正襟危坐在马上,目不旁视地巡视城墙。正当他走过那条巷口,陈强甩出一块石头,正中马屁股。马儿受惊,猛一颠,险些将常德胜摔下来。他一惊,回头看,陈强已顺巷子跑了。常德胜厉声喝:"妈的! 谁? 江排长,过去看看!"

江警卫员跑到巷子看了看,回来说:"大概是一个顽童,跑了!"

"马上去查,看是谁家的孩子。"

高警卫员说:"算了吧! 先执行任务,随后再查。"常德胜气呼呼打马前进。

陈强气喘吁吁跑回家,一下冲进妈的怀里。芳芳抱住他说:"强强,咋啦?"

"我……我击中……中了!"

"谁?"

"骑马巡逻的那个。"

"常德胜?"

"嗯!"

"用什么?"

"石头! 打着马了。"

"啊呀! 我娃真亲! 我娃长大了。"芳芳搂住陈强抹眼泪,"强强,再一次往那狗头上打! 你歇着,妈给你烙饼炒鸡蛋,犒劳我娃!"

这里需要说明一下,河防队其实叫河防所,内设一个武装组,一个情报组,其顶头上司是河防指挥部。大概他们觉得自己是凌驾于县武装之上,便显得盛气凌人不可一世。尤其是那武装组，十几个人的队伍，扛着枪横冲直撞，所到之处弄得鸡飞狗跳，所以人们便叫他们河防队，以讹传讹，河防队便成了河防所的代名词。河防，顾名思义，就是搞黄河防务的，可实则它是胡宗南安插在沿河地带的特务组织，专门搜索地下党、游击队的情报，抓捕地下党员、游击队员，是共产党的大敌，地下党、游击队早已把它列入捣毁计划。

石老三回到家苦思冥想，一支接一支地吸烟，在屋里踱来踱去。他心想，妈的，怎样才能将狗日的河防队给端了？要是生根在，准能想下妙计良策。转而又想，古人云，三个臭皮匠，顶个诸葛亮，我有一分队的人马，难道想不出上上之策？

桂花端饭进来说："你着什么魔了！坐卧不安。饭端来了，快吃饭！"

"不吃。"石老三说着，从炕席下摸出手枪，往腰里一别，就往出走。

桂花撵出来说："你不吃饭，又往哪儿去呀？""你别管！别等我吃饭。"

山野，林木葱郁，绿草茵茵。有一树野山楂硕果累累，有早熟者已现亮丽红色。石老三坐一块石头上，对围坐在一圈的游击队员讲话："同志们，首先给大家讲一下全国的形势。抗日战争胜利后，国民党反动派翻脸，企图把共产党及其领导的武装力量摘了青柿子，但他没想到，咱毛主席领导人民解放军与其斗争，且愈战愈强，解放军在各个战场上都取得了巨大胜利。现在我们兵力与敌人兵力的比例已发生了根本变化，不管从数量上，还是力量上比，都占绝对优势。所以毛主席适时地提出进入大反攻阶段，要求把战场逐步推进到敌占区。鉴于以上情况，西野二纵、四纵近日将要攻打桢县。""好啊！有大仗打了！"队员们雀跃欢呼。

石老三接着说："要打大仗了，你们的本领练得怎么样？是百发百中呢，还是几枪都打不中一个敌人？"大家面面相觑，相视而笑。"今天就来个战前练兵，考考大家。怎么个考法？大家看。"众人随着他手指的方向看。"树梢那儿有几颗红山楂，咱们轮流打，看谁能打下红山楂，优胜劣汰，最后看谁是神枪手。现在开始！"战士们站在相同的距离射击。经过几轮比赛，最后的神枪手是梁满仓。他又借题发挥道："同志们，通过比赛都一目了然了。技术差的要好好练，技术好一点儿的别骄傲，人上有人，天外有天，学无止境。大家对解放桢县这一仗，有信心没有？"

"有！"战士们高呼。

"好！有信心就是胜利的一半，但要取得绝对胜利，光技术过硬还不行，还要有智谋。上级分配给咱们分队的任务是控制河澜乡一带的敌人，重点要捣毁河防队，大家现在就这个问题献计献策，再比比看谁的智谋高。"

大家的热情更高涨了。钱常有抢着说，那还不好办，趁着黑夜，咱们悄悄把河防所一包围，三下五除二就把问题解决了。志诚说，你那主意不行！河防队人虽不多，但他们武器装备精良，还有一挺机枪，要硬打，咱们肯定要受损失。再说，如果河澜乡的保警队一支援，那咱们的困难就更大了。所以依我说，只能智取，不能硬打，至于如何智取，我还没想好。百灵说，我同意志诚的观点，我认为应该派人打入敌人内部，分化瓦解敌人，进而捣毁河防队。

石老三说："你小子说我心里去了，继续说，派谁打进去合适？"

百灵迟疑了一下说："反正是认识河防队的人，我一时还没想好。"

钱常有可逮着了机会说："我表哥卫克明和河防所的副所长是结拜弟兄。"

"是吗？"这个信息对石老三很重要。解散时，他把钱常有留下了解情况，问他表哥是干什么的，钱常有就把卫克明的情况对他讲了。原来此人以前在中条山的国民党队伍里抗击日寇，一次战斗中，队伍被打散，他就跑回来了。石老三想想，可以试探一下，就让钱常有明天集日把他表哥领到街上的迎宾饭馆喝酒谝闲传。

第二天，石老三戴个黑缎子瓢帽，穿件宽褂子，肩上搭个褡裢，一副牲口经纪人打扮，假借谈生意，把卫克明约到迎宾饭馆三楼包间。

经钱常有介绍互道了姓名，就老熟人似的坐下来喝酒。石老三端详卫克明，此人生得五官端正，目光炯炯有神，眉宇间透出凌厉之气，心想，是个成事的汉子！酒菜端上来了，石老三说："来！别客气，为咱们有缘相聚干杯！"

卫克明说："久闻大名，今日结识三哥非常荣幸！"三人碰杯，一饮而尽。酒过三巡，话就多了。石老三一句"抗日英雄"就打开了卫克明的话匣子，于是他把当年在太岳兵团干，条西支队被敌人打散后就跑回来的一些事说开了。当问及他如何认识河防所副所长贾有才时，他说："那时我们一同在太岳兵团干，几个乡党就结成拜把兄弟，一同跑回来后，我洗手不干了，有才又钻到胡宗南的部队里去了。"

石老三开门见山问："你对国民党和共产党是怎么认识的？"

卫克明思索了一下，说："国民党腐败无能，迟早要灭亡，所以我不给国民党干了。共产党打富济贫，主张民主，很得人心，心向往之，可是一直无缘结识。"

钱常有插话说："表哥，我今天把你介绍给共产党，就算是有缘了吧！"

卫克明瞅了他一眼，又看看石老三说："不知三哥找我有何贵干？"

石老三说："咱俩光棍对棍光，都是直性子，那就打开窗子说亮话吧，人民解放军大反攻开始了，国民党眼看就要完蛋，哥希望你能加入到革命队伍中，为人民的解放事业作贡献！"卫克明点头。"当前嘛，咱们接受任务要捣毁河防队，需要打进去一个人，听常有说，你和贾有才熟，所以就把你请来了。"

卫克明搔首沉思，夹了一口猪头肉咀嚼着，半天不言语。他认准了石老三是个张开口能看见屁眼的直肠子人，是个尻门子点炮嘴里就能喷火的人，与人共事绝不会有拐弯弯心，是个能交心共事的人。他之所以迟迟不表态，自有他的顾虑。

石老三心想，这家伙葫芦里装的什么药？我不如激他一下。于是说："怎么！胆小害怕还是……"

"吭！"卫克明笑了，"敢冒着生命危险去打日本鬼子，你说我没胆量？不知你们要怎样处置贾有才？"

"能投诚归顺共产党，我们表示欢迎，如果负隅顽抗，则坚决消灭！"

卫克明点点头说："我尽量做工作让他投诚，如果不行，干掉贾有才的绝对不是我。我不能做那背叛朋友，兄弟相煎的事！"

石老三竖起大拇指说:"痛快！够哥们儿义气,我敬你一杯!"三人碰杯喝酒。"你先进去摸摸情况,真正要动手时再作安排。"

钱常有说:"表哥,带我一起打进去吧,我做你的帮手。"

卫克明瞥了钱常有一眼说:"不急！等我进去站住脚了再说。"

石老三说:"常有,你去叫老板上饺子。"

"是!"钱常有跑着去了。卫克明乘机问:"三哥,你重用我那表弟?"

"什么意思?"

卫克明向门外看了一眼,小声说:"那可是墙头草——两边倒!"

石老三笑笑说:"知道,要蛇的还不知道蛇是啥东西?"卫克明点点头。

当晚,石老三就去向秦彪、吴斌汇报认识卫克明,并决定派他打入敌人内部的情况。吴斌笑着对他的工作下了个定义,说你这方案就叫一打入,二分化,三捣毁。

秦彪不放心,说:"不知其人看其友,钱常有介绍的人靠得住吗?"

石老三说:"这人虽和常有是表兄弟,但本质截然不同,我相信我的眼光。"

秦彪说:"看准了就大胆干,不过多加小心,一发现不对头,就立即采取措施,绝不能对革命造成影响。"石老三点点头:"知道!"

听说解放军要攻打桢县了,穷苦大众暗暗高兴,游击队也加强了活动,反动派的日子愈加不好过了。这天郭福山回家来愁眉苦脸,把大盖盒子枪卸下来放在桌子上。大太太问他怎么不高兴,他说风传解放军要打桢县,游击队活跃得不得了,昨晚一小股游击队袭击乡公所,搅得人一夜没睡成觉。他打了个呵欠,一屁股坐在椅子上。大太太问他解放军如果真的打来了准备咋办,他说就把队伍拉进城里去。

大太太忙说:"别去!"郭福山不解地问:"怎么啦?"

"都圪蹴到城里,那才是关住门打狗,解放军的炮弹往城里放,有多少人死多少人。"郭福山嗔怪说:"你说话怎么那么难听,那你说,我该怎么办?"

大太太果决地说:"要我说,识时务者为俊杰,早些向共产党游击队缴械投降,保一条老命。"郭福山一听眼瞪了老大,说:"你倒胡说个屁,我堂堂党国要员,手里瞎好还有一点儿武装,咋能还没战,就向几个游击队投降?"

大太太说:"不走那步路也罢,真打起来了,三十六计,走为上计,趁早把队伍拉上山,找个易守难攻的山神庙安营扎寨,等打完仗再下来。"

"走着瞧吧,让我先睡一觉再说。"郭福山头一挨枕头,便呼噜噜打起了鼾。

兰兰和柳青叶在战争开始没多久就随孙主任等去搞战地救护。

战地医院临时设在一道山沟里。小溪顺着崖根流淌,不远的一排窑洞前晾晒着洗过的床单、手术巾等。孙红女手抱胸前蹙眉在溪边来回踱着,手里捏着一封信。兰兰扛个担架,和柳青叶从山坡上跑下来,离老远就喊:"孙主任。"

孙红女抬起头问:"你俩撤下来了?"

柳青叶说:"战火暂停,看来,今晚打不起来了。"

"兰兰,你过来一下。"兰兰把担架给了青叶来到溪边。孙红女看着她,一副想说什么，又难于启齿的样子。兰兰不解地问："孙主任，你要给我说什么？"

孙红女停了片刻说："告诉你一个不幸的消息，你要坚强！"

兰兰惊讶地问："怎么啦？孙主任。"

孙红女把手里那封血染的信递给兰兰。兰兰看着信，眼里涌满了泪水。

孙红女说信是贺奇的战友从他遗体的口袋里找到的，说希望能把这信转给她。兰兰拿着信向溪边走去。孙红女在后边说："兰兰，坚强些！一个人坐一会儿也好。"

兰兰坐在溪边一块石头上盯着流水，脑海里幻化出激烈的战争场面——贺奇在与敌人英勇搏斗……贺奇的声音在耳畔回响："兰兰，我的父母在家乡被日本鬼子炸死了，我的妻女被国民党反动派残害了，我的心快成冰冷的石头了。要不是党拯救我，我真不知我已成什么样子了。自从遇见了你，特别是知道你的身世后，我的心里又燃起了生活之火！兰兰，我真的很爱你。孙主任向我转达了你的想法后，我心里痛苦过，可是临行前，你对我的表白又使我转忧为喜，增强了信心。我现在唯一的希望就是尽快把胡宗南匪帮消灭掉，然后咱们早日团聚。你在战地救护中也要注意安全……"

柳青叶跑过来抱住她的肩说："兰兰，别难过，孙主任让我来劝你。"

兰兰流着眼泪说："青叶，你说我是不是太残忍了？我不该拒绝贺奇。"

"不是你残忍，是国民党反动派残忍可恶！让我们化悲痛为力量，英勇杀敌，为死去的亲人报仇！"

常德胜在受任城防司令后，积极行动加强布防。这天他领着崔林玉、刘湘视察城防布局，说是向领导汇报，其实是在向领导炫耀他的能力和功绩。常德胜骑马在前，崔林玉和刘湘骑马在后。

出南城门来到南关，常德胜指手画脚说："在南城门楼架两挺机枪，封锁南桥，共军很难接近城门，只是城关这些民房很可能被敌人利用。"

崔林玉点点头。三人又来到东关。他指着东边说："崔县长、刘书记请看，磐固砦是个制高点，离城不到二里地，那儿肯定是敌人必争之地，能守住那个阵地，东城门可保。不过东关这一大片民房，仍然是我们守城的障碍。"

刘湘插话说："战争如果在旷野打还好说，在人多处打真麻烦。"

三人骑马又来到北关。常德胜指着城北崖上说："纠纠寨是个制高点，在那儿安几门大炮，可控制磐固砦、东关、北关，地理位置非常重要，可北关民房更密集……"

崔林玉说："常司令你别担心，到时候再说。"

转到西关。常德胜遥指远处说："要攻打桢县，共军必定要占领象山，我们必须守住那儿，在那儿安两门大炮，则西城门万无一失。"

崔林玉观察了一阵说："西关相对来说居民比较少。西城门我比较放心。"

常德胜笑容可掬地说："二位领导视察以后有何指示？"

刘湘蹙着眉说："从总体情况看，城墙还是坚固的，主要还要靠兵力。"

崔林玉夸赞道："常司令，你想得很周到。这样，咱们马上要召开有驻军领导参加的联防会，会上你把这些给大家讲讲，把任务落实，把命令下死，一定要把这次桢城保卫战打好！"

石老三没有看错人，卫克明还真是个江湖老手，很快就通过贾有才打进了河防所，并和杨六儿混得很熟。他一方面明提暗示给贾有才敲警钟，另一方面，借着喝酒谝闲传打探杨六儿的心思。

那天，石老三把卫克明约到迎宾饭馆询问情况。卫克明说，贾有才胆小怕事，优柔寡断；杨六儿机灵、狡猾，虽被解放大军压境所震慑，但还犹豫不决。石老三一想，不行，进度太慢。于是要卫克明集日把杨六儿叫到迎宾饭馆来，他要亲自出马。卫克明担心时机还不成熟，石老三表示不能再拖了，要不就不能为解放大军扫清障碍。他附耳低语交代了卫克明几句。

翌日，迎宾饭馆二楼包厢。卫克明和杨六儿在临窗的餐桌旁坐下来，街上的嘈杂声从开着的窗户传进来。杨六儿探头看了一眼说，今天街上人咋特别多，卫克明迎合说，逢六大集嘛！

"哈！巧！"杨六儿扬扬得意地说，"这是迎接我杨六儿嘛！"

卫克明竖起大拇指说："杨组长吉人吉相，大吉大利！"

正说话间，石老三进了门。杨六儿一愣，站起来说："这……"

"杨组长，坐，坐下。老三哥也请坐。"三人都坐了。卫克明说："我来介绍一下，这位是河防所武装组的杨组长。这位是我们的领导，游击队一分队石队长。"他把"领导"二字说得很重。"啊呀！"杨六儿又站起来，心里惶惶然。

"杨组长别慌，兄弟们都在下边吃饭，保证你的安全。"说话间，石老三细观杨六儿——戴着大盖帽，挎着盒子枪，黑脸高颧骨，满嘴黄豁牙。心想，到哪儿找兵痞，这就是活标本。杨六儿心想，狗日的卫克明啥意思？嘴上却说："老卫，你咋不预先告诉我一声？"

石老三沉着脸说："告诉你，把你那十几个人带上？存心拾掇你，你再多带些人也把你拾掇了；不打算拾掇你，你就是单枪匹马，也不动你一根毫毛。"杨六儿满脸赔笑道："我不是那意思，我是说，和大领导会面也没准备点儿礼物。"

"别客气！"石老三大声说，"上菜！"

贾老板把酒菜端上桌，给每人面前的杯子里斟上酒，下去了。

卫克明说："为咱们有缘相聚干杯！"三人碰杯干杯。

石老三说："今天我坐东，大家开怀畅饮！"

杨六儿急忙说："哎哎哎！我打理，哪能让石队长破费。"

卫克明说："你们都别争，我把你们请来，肯定是我付账。"

酒过三巡，石老三说："杨组长，咱打开窗子说亮话，形势你看得清楚，解放大军马上就要解放桢县，反动政府立即就要垮台。我们共产党的政策历来是既往不咎，立功受奖。只要你杨组长弃暗投明，我们不仅会保护你的安全，说不定还会重用你。不然的话，可别怪我们不够朋友。”

杨六儿头伸长点了几下说：“听了石队长一番话，我就如同吃了定心丸。不瞒你老兄说，我心里早都是这样盘算着呢，只是无人引荐，投靠无门。克明兄真是做了一件大好事，一言为定，我跟共产党走。石队长，你吩咐。”

“好！”石老三竖起大拇指说，“杨组长是个爽快人！那么，你现在就是咱游击队的一部分。回去后，暂且按兵不动，严守秘密，也暂时不要向你的部下透露，到时候我会通知你怎么办。”

“好！听从石队长安排。这样吧，为了表示忠心，也为了表示决心，我给你二十发驳壳枪子弹。不成敬意，请笑纳！”杨六儿从身上掏出子弹放在桌子上。

石老三说：“好，礼轻情义重，你这子弹，我收了，随后就看杨组长你的行动了。”

正说话间，街上响起了鞭炮声。三人同时往下看，只见解放军排成两列，长蛇阵般从街上走过。

卫克明惊呼：“啊呀！解放军过队伍。”说着，三人都下了楼。

石老三催促贾掌柜，让他在门口放张桌子，把碗洗净放上，倒茶水让解放军喝。自己和卫克明也一起动手支桌子、放碗、倒茶，并大声说：“欢迎解放军！”边说边鼓掌。街两边的群众也都使劲鼓掌。杨六儿看看没人注意他，溜走了。石老三兴奋地对卫克明说：“看见了吧，时不我待。回去抓紧做工作，软的不行，就来硬的。”

卫克明点头说：“是！”

河西村人迎来了千古未有的奇观。解放大军浩浩荡荡从村边大路上开过，有的背着铺盖扛着步枪，有的两人抬着机枪；有的背着锅……村边的大路两旁站满了人，群众把煮熟的鸡蛋、红枣、核桃等，往战士手里塞。战士摆手说：“谢谢！谢谢！”然后便走过去了。有几个骑马的解放军走过来。为首的大胡子王震司令员向群众招手说：“乡亲们好，桢县马上就要解放了，大家就会有好日子过了！”

群众高呼：“共产党万岁！毛主席万岁！解放军万岁！”

秋红急忙跑回来喊叫大太太，喘着气说：“村外的大路上过队伍，没头没尾，都差不多一个时辰了，还没过完。”

大太太问：“什么队伍？”“和当年的红军一样，都穿着黄军装，帽子上缀着红五星。”秋红兴高采烈地描述着。

“是吗？”大太太脸现惊喜说，“秋红，你告诉王厨师、李厨娘，收拾些麻花、油饼、鸡蛋什么的，咱也去村外犒劳解放军。”

四十六

烟霭笼罩着古城，夜空死寂宁静，天还没完全黑，家家就关门闭户，街上行人寥寥无几。远处传来几声冷脆的枪声。陈强依偎在芳芳怀里说:“妈,哪儿打枪?”

芳芳说:“要打仗了。”

“谁和谁打呀?”

“红军打白军。”

“什么是白军?什么是红军?”

“白军就是国民党的军队,像常德胜那样的坏蛋,骑在人民头上作威作福。红军就是共产党、毛主席领导的军队,也叫解放军,专替穷人报仇出气。”

“那红军来了,我爹的仇就能报了?”

“那当然!红军把白军消灭了,把常德胜枪毙了,也就替你爹把仇报了。”

“妈,那我爱红军长大了当红军!”

“好,我娃亲!”芳芳紧紧把陈强抱在怀里,抚着他的头。

敌人的末日就要到了,但这时也往往是敌人狗急跳墙,穷凶极恶的时候。崔林玉命令保安团秘密将共匪要犯押到南桥河滩执行枪决,然后对外宣布:政治犯押送途中发生暴乱,被就地处决。

刘湘竟恬不知耻地说:“对,这个理由无懈可击!”

这是一个比往日更漆黑的夜晚,是黎明前的黑暗。耿营长骑着马,保安团二营的士兵押着薛志坚、王茂生等十七名共产党员向南桥走去。每个人都戴着手铐、脚镣。薛志坚同志走在前边,长期的监狱生活使他面容憔悴,头发蓬乱,胡须丛生。但他目光犀利,一副坚强不屈的样子。匪兵推着他说,快走!快走!他问这么晚了,你们要把我们带到哪儿去?

“转移。”

“转移为什么不取掉脚镣?这能走路吗?”

“少废话!到时候自然会给你取的。”

走到南桥边,匪兵把薛志坚等同志推下河滩。一切都明了了。薛志坚大声说:“同志们,敌人要向我们下毒手了!”于是领着同志们高呼,“共产党万岁!毛主席万岁!打倒国民党反动派!”高昂的呼声划破沉寂的夜空,久久回荡。

“啪啪啪……”枪声响了。十七名共产主义战士应声倒下,血染涺水河。

“啪啪啪……”更激烈的枪声响起。解放军攻城开始了,夹带着“轰隆轰隆”的炮声。有解放军向南城门冲来。耿营长带着队伍仓皇逃回城内。

在涧西村解放军指挥部,王震司令员正在主持召开三方联席会议。指挥部设在农家的厅房里,一张方桌,两把太师椅,几条条凳。开会的人有的已到,有的正往里走。王司令员和进来的人握手打招呼。

秦彪走进司令部,先到一步的吴斌把他拉到一位先生面前介绍说,“老秦,这位是段校长,也是桢县的地下县委书记,以前一直没公开过身份。”又对段书记说,“这是我们桢宜游击支队的秦彪队长。”秦彪说:“段书记,你好!”与其握手。

段书记说:“你好,你好!快见见王震司令员。”

王司令员正好转过身。秦彪迎上去叫:“王司令员,可把你们盼来了。”并与王司令员握手。段书记说:“王司令员,这就是我给你说的桢宜游击支队的队长秦彪。”王震司令员紧握着秦彪的手说:“好,好!听你们政委汇报了,你们干得很不错,打了几百次胜仗,在我们来以前,把官庄、八家岭的中央军都打散伙撵跑了。很好嘛,就是要给他们一点儿颜色看看。说说,有啥困难?”

秦彪看看吴斌和段书记,转过脸对王震司令员说:“大家信心足,热情高,游击队发展很快,就是缺少武器弹药。”

王震司令员说:“那不怕,有蒋介石这个运输大队长给咱们供应是不是?现在形势很好,党中央已发布了大反攻的命令,我们西北野战军也打出外线了,我给你们装备,咱们共同打敌人,再多向敌人要些武器。”

大家“哈哈哈”笑了。王震扫视了一下会场说:“开会!”

段书记说:“同志们,现在开会。首先,告诉大家一个悲痛的消息,就在昨晚解放大军兵临城下的前夕,残暴恶毒的国民党反动派杀害了我党县委组织部长薛志坚等十七名共产党员。他们英勇不屈,视死如归,高呼‘共产党万岁!毛主席万岁!’英勇就义。现在让我们为死难烈士默哀三分钟。”同志们脱帽默哀,会场肃穆寂静。默哀完毕,段书记请王震司令员讲话。

王震司令员说:“同志们,国民党反动派是可恶的。我们的同志被黎明前的黑暗吞噬了,让我们化悲痛为力量,坚决彻底消灭敌人。现在我宣布战斗部署:王世泰司令员领导的四纵布防金水沟北沿,阻击南援之敌;二纵三五九旅七团攻打磐固砦;独立营攻打象山;其他的参加攻城;游击队分兵配合作战……”士气高昂,大家随着段书记高呼口号:“打倒国民党反动派!为死难烈士报仇!”

会后,秦彪、吴斌立即赶回北区,召开各分队干部会,动员鼓舞,分派战斗任务。大家热情高涨,个个摩拳擦掌,准备投入战斗。

二分队配合独立营攻打象山,三分队配合三五九旅七团攻打磐固砦,唯独没提一分队。石老三着急地喊:“哎哎哎!我们是蛮疙瘩,咋不给我们一分队分任务?”

秦彪说:“给你分啥任务?给你的任务你完成了没?”

石老三不解:“捣毁河防队,哪有攻打县城重要?”

吴斌说:“咋不重要?河防队很可能去增援县城的敌人。或者县城一失,崔林玉就会投奔河防队。”

石老三拍着脑袋说:“啊呀,咋弄下这事!我马上完成任务。”

石老三马不停蹄地去找卫克明,急切地问他情况怎么样。卫克明支支吾吾说狗日的贾有才脑子让生铁灌了,他怎么给暗示,还是那忠于主子的狗奴才相。石老三生气地说:“说不通就不等了,攻县城的战斗已打响,咱因这件事都没领到攻城任务!你看,能不能尽快动手?”卫克明想了半晌问:“你想啥时候动手?”

石老三一双焦灼的目光直逼着他:“今晚上。”卫克明再搔了一阵脑袋说:“今晚就今晚,是这样吧……”对着他的耳朵叽咕了一阵。石老三“嗯嗯”点着头。

梁山在薛峰川口以涧水为断壑。涧南山势像狮子头，曰狮山；涧北山形似大象，曰象山。远看，狮山陡峭的崖壁似雄狮龇牙，那激流入潭的轰鸣，恰似雄狮发出的怒吼。而象山南面一段长长的缓坡，又好像大象的长鼻在吸饮河水。

桢县中学在象山脚下。几个娃娃兵穿着宽大的军装从厚甫亭向象山的守兵射击，吴斌则领着游击队员和一些解放军战士从象山后坡向敌后迂回。

孙大头站在山顶趾高气扬地指着厚甫亭说：“给我狠狠地打，几个毛猴娃娃也想攻下我老孙把守的象山！”机枪“嗒嗒嗒”向厚甫亭射击，孙大头则手持望远镜向远处观望。守军背后突然受到猛烈攻击。游击队和解放军边射击边大声喊：“缴枪不杀！缴枪不杀！”孙大头一看形势不妙，抱头从后山坡的草丛中滚下。

守军举手投降，游击队员和解放军收缴武器，押俘虏下山。吴斌说：“打得干脆利落，就是让狗日的孙大头跑掉了。”

桢县城东的古堡西砦门像嵌在半崖上，“磐固砦”三个字清晰可辨。半崖一条不盈六尺的石头路通向砦门，守砦的敌人正向古城东关、北关射击。远处传来攻城的激烈枪炮声。秦彪带领着游击队和解放军战士顺着崖根向砦门前进，守敌集中火力向他们射击。解放军苏团长观察了形势说：“这儿根本攻不上去。”

秦彪说：“那就集中兵力攻东门。”苏团长说：“走。”解放军、游击队又迂回到东门。

磐固砦东门面向黄河，极目远眺，黄河闪着亮光向南缓缓流动，东原呈缓坡向河边漫下，村落、树木隐约可见。夜幕降临，解放军和游击队开始猛烈攻城。在强烈的炮火掩护下，战士们搭云梯上城，又被敌人压了下来。

梯田坎下的临时指挥部内，苏团长正在接电话：“王司令员，我是苏鸿雁。”

王震在电话那头问：“苏团长，战况如何？”

“砦墙坚固，敌火力强，二攻磐固砦又搁浅了。”

“苏团长，我是了解你的，我更了解三五九旅七团的作战能力，我相信你们赶黎明前一定能拿下磐固砦。”

“是，保证完成任务！”苏团长放下电话，把指战员们集中到指挥部传达命令。“同志们，王司令员非常信任我们七团，我们绝对不能辜负首长对我们的期望和信赖，我们要重鼓士气，重振军威，赶黎明前一定要拿下磐固砦！大家有没有这个决心？”指战员们同声喊：“有！”

苏团长说：“各就各位，听命令准备攻击。”指战员们迅速返回阵地。

秦彪走近苏团长小声说了几句什么，两人便一同来到前沿阵地。这里只能听到稀落的枪声，猛攻前的沉寂让人更觉憋闷。二人站在隐蔽处观察，秦彪指着前方说：“苏团长你看，城东北角有棵大槐树高过城墙，我们可不可以借着黑夜悄悄在树上架一挺机枪，出其不意地向敌人射击，如能打哑敌人守城机枪，则攻城绝对可以成功。”苏团长的拳头在胸前一抡说：“行，立即组织行动。”对秦彪耳语了几句离开了。不大工夫，城门那儿传来苏团长的呐喊声：“给我狠狠地打！机枪掩护，准备攻城！”

枪声炒豆般响起来，激战开始了。暗夜里，秦彪领着几个游击队员悄悄来到大槐树下。他对一个年轻队员比画着，交代着，隐约可以听到他的说话声：“王小虎，懂了吗？害怕吗？”“听懂了，秦队长，我不怕。保证完成任务！”那是一个有点儿稚嫩但却很坚强的声音。

几人支马架让王小虎踩着上树，大家举手把王小虎促上去，王小虎坐在树杈上把轻机枪吊上去。看见王小虎把枪架稳当了，几个人迅速隐蔽。“嗒嗒嗒……”树上的机枪突然打响，城头的两挺机枪哑了，敌人一下子晕头转向，乱了阵脚。

冲锋号声、解放军的呐喊声、枪炮声响彻夜空……

河防所驻扎在村外河边一个小庙院内。夜晚静悄悄，卫克明悄悄来到贾有才的房门外，敲了两下门。贾有才在屋里问：“谁？”卫克明小声说：“我，兄弟快开门！”

贾有才衣服都没扣好就开了门问：“九哥，什么事？”卫克明问他听见枪声了吗，贾有才边扣纽扣边说：“咋听不见，心焦得一夜都睡不宁。”

卫克明神秘兮兮对他说：“听说杨六儿要起事，如果他和游击队勾结上了……”

贾有才打了个寒战：“那该怎么办，九哥？”

“我看这河防所住不得了，得出去躲躲再看情况。”

“该躲哪儿去呢？”

“草堰坡那儿有个土窑，先把人带那儿再想办法。”

“那让我给高所长说一声去。”卫克明在院子等着。贾有才敲开高所长的门，对他耳语了几句，高所长就穿好衣服出来和他一起通知情报组的人。

野外黑咕隆咚，凉风呼呼，石老三领着游击队员埋伏在离草堰坡土窑不远的棉花地里。他小声叮咛：“各自埋伏好，别弄出声响来。”

卫克明领着高所长、贾有才及情报组的十多个人来到草堰坡的窑洞。这是一孔离村很远的土窑洞，大概是农人为看庄稼打的。卫克明打火一照，蛛丝马迹，尘埃满布。贾有才问：“九哥，下一步怎么办？”卫克明让他和大家先在这儿等一下，他出去看一下情况，再决定向哪儿走。贾有才却挡住他说：“九哥，你先别去，让大家先等我一下，我到村里取个东西马上就来。”

卫克明犹豫了一下说：“那你快点儿！”贾有才出窑洞向村里走去。

攻城的战斗打得非常激烈。崔林玉在接电话：“喂，什么？磐固砦告急！你给我顶住，磐固砦倘若失守，你就提头来见！”他放下电话，焦躁地在大堂内踱步。随即又说：“张琪，通知各路领导来开会。”

“是！”张琪跑着去了。不一会儿，刘湘、常德胜、陈院长、雷团长、马团长等，都急匆匆赶来了。崔林玉还没问战况如何，大家就都七嘴八舌诉开了苦。雷团长说，啊呀，不行呀！解放军凭借民房作掩护，人家能打着咱，咱打不着人家。马团长说象山失守，磐固砦摇摇欲坠，这县城难保……

刘湘大声说：“紧要关头，能献计破敌者，方显英雄本色。”没人言语。

崔林玉说：“常司令，你怎么只抽烟不言语？”

常德胜吐了口烟说:“我出绝招,怕你们不同意。”

“有何妙方？快说!”

“火烧四关,不怕敌人不退兵。”

“好！天下英雄所见略同!”崔林玉大喜过望,“你和我想一块儿了,把民房烧掉,看他解放军往哪儿藏!”

陈院长说那有违民意,刘湘立即反驳,大兵压境,也顾不了那么多,蒋委员长还花园口决堤呢！崔林玉强词夺理,说总比我们当俘虏或被打死强。况且,我们可以对外宣传说是共产党放的火。如果再没异议就这么定。

大家面面相觑,嗫嚅地说:“行!”又都把目光集中到陈院长身上,陈院长尴尬地说:“既然大家都同意,我也就不反对了。”崔林玉一锤定音:“那就这么决定！这个任务就交给保安团执行。事不宜迟,立即行动!”

一场灾难就由于这几个丧心病狂之徒的信口雌黄降临了。大火从北关烧起,借着西北风的淫威,火光冲天,灾难重重的桢县人民,战祸尚难躲避,又陷入了大火的灭顶之灾。大火烧了一夜一天,把北、东、南关的民房烧成了一片瓦砾。孩子的哭声和大人的呼喊声混杂一片,鸡鸣狗叫、牛哞马啸,践踏死伤让人不忍目睹……

吴斌大喊:“同志们,先把群众转移到安全地点。”“嗒嗒嗒……”敌人的机枪扫射过来,他忙往屋檐下躲,帽子被打了个洞。他摘下帽子弹了弹,“妈的,欺人太甚！狗日的,别高兴得太早了!”解放军战士和游击队员帮群众转移,群众帮战士搭梯攻城。敌人的残酷反而促进了军民团结,英勇杀敌……

草堰坡土窑洞里。卫克明焦急地在窑里踱来踱去,自言自语地说:“这老贾干啥去了？咋半天不回来!”高所长说:“贾有才准是会一枝花去了,没准还有什么值钱东西放在那儿。”

“没出息的东西！高所长,你等一下,让我去叫。”蒙蒙夜色中,卫克明向村子走去。在棉花地那儿,他拍了三下手,钱常有迅速来到他跟前,两人圪蹴下来叽咕了几句,然后卫克明继续向村子走去。

来到一枝花家门前,卫克明拍着门环。屋里灯亮,贾有才跳下炕绑裤子,整衣服。妖艳女人一枝花溜下炕,抱住贾有才说:“哥,再不多待一会儿?”“不行,战事紧张。等打完仗我再来,你多保重。”二人拥抱亲吻。

“啪啪啪”门环又被拍响。贾有才开门出来。卫克明焦急地说:“快走！高所长发火了。”一枝花探头看了一眼,关门回屋去了。

贾有才、卫克明相跟着向草堰坡土窑洞走去,快到游击队埋伏圈时,卫克明假借小解落在后头,并大声说:“有才,我给你说……”就在贾有才回头的当儿,梁满仓扣动扳机,贾有才应声倒地。

钱常有、梁满仓跑到跟前,卫克明也正赶上来。梁满仓给已死了的贾有才再补了一枪。卫克明在他屁股上踢了一脚,梁满仓不解地看着卫克明。

“滚！给石队长说队伍跟着我走!”那俩走后,卫克明俯身看看贾有才,把那帽檐往端地拉了拉,小声说:“兄弟,只怪你不识时务!”然后毅然向前走去。

影影绰绰可以看见游击队跟在后边。

听见枪声,窑里的人哗然。“都别慌!我出去看一下。”高所长走出窑外,看见卫克明迎面走来,大声问:“什么地方打枪?”“东南方向。”高所长扭头看时,卫克明突然开枪射击,高所长中弹身亡。窑里的人惊慌失措,有人冲出逃跑。卫克明持枪站在窑门口说:“都别动!谁动,我打死谁!”

石老三带领游击队迅速赶到,大喊:“缴枪不杀!都把手举起往出走!”窑洞里的匪兵都乖乖举手走出来站成一列。“有谁还想跑?我成全你!”匪兵们面面相觑。“快呀!有没有?没有我就训话啰。”有一个瘦猴子样的匪兵左右瞅瞅,拔腿就跑。石老三看他跑出去老远了,然后拔枪射击,那人应声倒地。敌人愕然。

“看见了没?谁要给我耍花招,就是那下场。站好!立正!”石老三一声喊,那十多个河防队员像针刺了似的陡地站直身子。“都给我扯长耳朵听着!南边的炮火激烈,那是解放军的攻城声。桢县那几毛反动武装能吃住那家伙!敌人马上就要完蛋了,把眼睛放亮,跟共产党毛主席走,是唯一正确的道路!你们的杨组长已带领武装组的人投诚了。你们如果愿意参加游击队,我表示欢迎。不愿意的,只要保证不再给敌人干,不与人民为敌,我可以放你们回家。”停了片刻他问,“有没有想回家的?”没人言语。“不说话,就是愿意!把队伍带回河防所。”

石老三把队伍开进河防所。杨六儿已带着他的武装组等在那儿,笑脸相迎。石老三说:“打开两个所长的屋子,把所有的文件都搬出来烧掉。”

游击队员们砸开门把文件抱出来,钱常有划着火柴点燃文件。熊熊大火燃起来,敌人费尽心机搜集的我党情报瞬间化为灰烬。

石老三收编了河防组,让杨六儿暂时做他的参谋,然后带队跑步向县城前进。

城外火光冲天,城内乱成一片。

解放军加大攻城力度。王震司令员亲自督战:“赶天明坚决攻下桢县城!”

墙倾脊侧,桢县城摇摇欲坠。大火未能拯救反动派,各路指挥官都不约而同地哭丧着脸跑到临时指挥部告急。崔林玉头冒虚汗,脸色难看,惊慌失措地说:“刘书记,你看怎么办?”刘湘沉吟半晌说:“听听大家意见吧。”

电话铃急促地响起来。崔林玉接电话:“什么!磐固砦失守!”他重重放下电话,一下跌坐在椅子上,浑身颤得像筛糠。常德胜说:“守不住了,下命令撤吧。”

攻城的枪炮声越来越大。崔林玉说:“现……现在我命令,暂时放弃桢县城,十二点突围,分头走,在南边的同州集合!张琪,”张琪应声站在面前,“给纠纠寨的炮兵打电话,凌晨两点再撤,加强炮轰。”

东城门被打开,崔林玉装扮成一般士兵,混在常德胜的城防队中逃出城。

解放军高喊着“冲呀”拥进城。冲锋号声嘹亮。

吴斌发现了出逃的敌人,带着游击队追赶,他举枪向敌人射击,一个敌人应声倒下。纠纠寨方向射来两颗炮弹,战士们卧倒避炮弹,敌人逃跑了。

解放军通信员跑到吴斌跟前，给他说了几句什么。吴斌喊：“同志们，王司令员命令咱们去攻打纠纠寨。”于是游击队和一队解放军一同向纠纠寨奔去。

石老三带着队伍从柿谷坡向下走，望着还未燃尽的大火和一片废墟，心里感叹，战争真是残酷啊！一座多美的城市就这样被毁了。

吴斌带队从坡下往上走，看见了石老三大声说：“老三，发什么愣！”石老三猛然醒悟：“啊！二哥，我还说怎么能找到自己人呢？”

“调转头，攻打纠纠寨。最后一个堡垒了。”

“县城攻下了？”

“大军都进城了！”

“啊，太好了！同志们，冲啊！”战士们向纠纠寨冲去。

解放大军潮水般从四门向城内涌来，逃出县党部的刘湘傻眼了，惶惶然问高天顺怎么办。高天顺观了观形势说：“我看疏散走，在北惠乡与郭乡长会合，到那儿再研究下一步怎么办。”

“就这么办，你快给特务队下命令。”高天顺刚转身，刘湘又叫住他，“哎，你和我一路走呵！”

“知道。”高天顺随即对特务们说，“各位兄弟听着，情况紧急，疏散后各自出城，在北惠乡乡公所集中。”特务队“哗”一声散开。

子善正犹豫，高天顺拍了下他的肩膀。他一愣，以为高天顺让和他一起走，忙问：“什么事？”高天顺小声说：“你绕到大华旅馆给二太太说一声，让她和春艳先回她娘家住一阵，我回来了再接她们。”

“是。”子善飞跑而去。他先给二太太传了话，然后穿小巷过大街来到中兴和，急切地敲门。门开了一条缝，小曹认出了子善，放他进来。子善急急地说：“转告石老三，刘湘、高天顺带着特务队奔北惠乡找郭福山去了。”说毕，急匆匆走了。

天亮了，桢县解放了。县政府门首插上了镰刀斧头旗，有两个解放军战士在门口站岗，不时有干部、解放军、学生等进出。到处是欢庆的人群，一些学生模样的人在街上贴标语——“欢庆桢县解放！”“打倒国民党反动派！”“中国共产党万岁！”“毛主席万岁！”……

几个干部模样的人沿街叫商号的门：“开门营业，共产党保护私营工商业者！”

“中兴和”的门大开，小曹出来点燃了一串鞭炮，噼里啪啦响起来；“天顺兴”的门开了，掌柜的出来放鞭炮；“华兴斋”开门庆祝放鞭炮……中小学生排队走上街头，举着三角小红旗，边走边呼口号。西街口贴出了一张安民告示——

各界人民群众：

黑夜已尽天亮了，桢县人民解放了！可喜，可庆，可贺！今奉陕甘宁边区政府××号令，于即日成立陕甘宁边区桢县政府。县长吉××即日赴任。县政府通令广大人民，通令士农工商各界人士，即日起恢复正常生活、生产秩序，商店开门，工厂开工，学校正常上课。一切反动残余势力，立即放下屠刀，向人民政府投降，争取宽大处理。否则,将完全、彻底消灭之……特此晓谕。

桢县人民政府

1947 年 10 月 12 日

很多人围在布告下看,脸上洋溢着幸福的笑容。

桢县人民政府会议室正在召开军政领导会议。秦彪和吴斌也在其中。

王震司令员讲话:“同志们,我们把桢县的反动派打跑了,我们胜利了!我们的新县政权建立了!我代表人民解放军二纵、四纵广大指战员向桢县人民政府表示祝贺!但我们还不能骄傲,不能掉以轻心。敌人虽然跑了,但还可能回来,所以我们要乘胜追击,把残存的敌人全部消灭……”

段书记说:“同志们,桢县解放了,桢县人民从此当家做主人了。感谢解放军帮我们打败了国民党反动派,感谢王司令员的英明指挥。摆在我们面前的任务非常繁重,我们要尽快接管金融、财政、邮政等部门。正像王司令员说的,伪县政权虽然被我们推翻,但反动派还没被完全消灭,我们要乘胜追击,消灭流窜的反动派残余势力。会后,我们的各路大军要立即出动,追剿流窜之敌……”

秦彪、吴斌走出会场。石老三急忙把他俩拉到一旁小声说:“子善传来消息,说刘湘、高天顺领着特务队逃到北惠乡会合郭麻子去了。”秦彪说:“赶快集合队伍追剿。”

四十七

刘湘、高天顺偕同特务队慌里慌张逃到北惠乡。郭福山把他俩迎进屋,看他们垂头丧气的样子,估计事情不妙。一问,果然是县城丢失了,大势已去。

郭福山心里咯噔一下,心想,又让大太太给言中了。他一向看不起这个吃斋念佛、没多少文化的夫人,但这个经常足不出户的女人,在判断和预见某些问题上却显出少有的远见卓识。幸亏听了她的建议,没有去县城,且做好了相应的准备。刘湘心有余悸地问:“郭乡长,情况紧急,咱们该怎么办?绕道西山向南逃呢?还是……”

郭福山显出胸有成竹的样子说:“刘书记,别慌,我早就预料到这一点。现在向南逃非常危险,说不定会被解放军、游击队剿灭。我前些时候就踩好了一个点,易守难攻,咱不如先去那儿,避过这个风头。国军一定还会打回来的,到那时,回乡还近些。”刘湘着急地问:“你说的是哪儿?”

“霸郎山。”

“山那么高,能住人吗?”

“山上有座霸郎庙,以前驻扎过土匪。我派人看过了,山高水高,山上有泉眼,人能生活，我把一部分粮食都运上去了。"

刘湘心想，还是郭乡长有远见。联想他递辞呈的事，心头顿生不祥预兆，催促说："事不宜迟，那就快走。"郭福山迟疑了一下说："我原先没估计到你们会来，那点儿粮食恐怕不够这多人吃。这样吧，我安排一下。"他探出头大声说，"三子，马上集合队伍准备出发。木桩到我这儿来一下。"

屋外立即响起集合的哨声。木桩跑步进来："报告郭乡长，有什么吩咐？"

"你回去对大太太说，让贵儿寻几个人，赶上牲口给霸郎山再送几驮粮食来。你护送。"木桩跑着去了。

秦彪、吴斌带领桢宜游击支队赶到北惠乡时，刘湘、高天顺、郭福山已带着特务队和保警队逃之夭夭。因一时摸不清敌人去向，于是商量让吴斌去找梁保长打探消息。秦彪和石老三召集一分队的人开会，处理收编事宜。

秦彪表扬了一分队的战斗业绩，宣布了上级的决定，给第一分队记集体三等功；给石云亭同志记三等功；给卫克明同志记二等功，并任命为一分队指导员；杨六儿反戈一击，带队起义投奔革命，我们表示欢迎，并任命为第一分队副队长……

梁满仓抢着说："秦队长，我亲手打死河防所副所长贾有才，没功劳呀？"

钱常有也说："秦队长，捣毁河防队我可是功不可没，要不是……"

石老三说："住嘴！屎壳郎钻白灰堆里了——显什么黑尻子？"

秦彪说："别操之过急嘛！每个人的功劳，党都不会忘记，给你俩也记三等功，等这段战争结束一并奖励。希望大家团结一致，再接再厉，立更多更大的功劳。"

大家热烈鼓掌。

吴斌和梁保长一同回来了。秦彪说："这么快就来了。"

吴斌说，在半道上碰见梁保长正往这儿走。梁保长说，他心系解放军打县城，心急得想知道打得怎么样了。石老三忍不住喜悦地说："桢县解放了！"

梁保长兴奋地说："吴政委告诉我了，真是大快人心！"

秦彪说："现在是人民政权了，一会儿，桢县人民政府就会派人来接管北惠乡，你要奔走相告，告诉各保尽快归顺人民政府。"

"那自然，我早就盼这一天呢！"接着，他把他掌握的郭福山的情况给秦队长作了汇报。他说，前一向郭福山向各保征粮，说是备战，后来，用牲口把粮驮到霸郎山，他估计郭福山逃往霸郎山去了。石老三骂道："狗日的，真是老奸巨猾。"

秦彪命令："集合队伍，马上追击！"

霸郎沟沟深林密，荆棘遍布，一条溪水顺沟渠潺潺流下，溪边有一条羊肠小道。士兵在前开路，刘湘、高天顺、郭福山一行艰难向霸郎山行进。子善夹杂在队伍中行进，悔恨没能把敌人上了霸郎山的消息传过去。他假借小解走到了队伍后边，把路边的灌木枝梢折坏了许多，心想，如果游击队赶上来了，就知道前边有人。

秦彪、吴斌、石老三带领游击队在后边追赶。沟弯、林密，虽相距不远，可是谁也没发现谁。游击队发现了新折坏的枝梢，肯定了前边有人，而且也想到了可能是子善传达的信息，于是加快了行军速度。

特务队、保警队踏着崎岖的山道爬上山坡。高天顺回头一望，倒抽了一口冷气：“啊，游击队追上来了！”刘湘、郭福山回头望，也惊慌失措。刘湘说：“没想到，游击队这么神速，这该怎么办呀？”

郭福山说：“都别慌！高队长，你带特务队占领这个山峁狙击敌人，我和刘书记领保警队在上边那个山口作二梯队，你抵挡一阵就往上撤，那儿地势险要，敌人绝对攻不上来。”游击队也发现了敌人，石老三大喊：“同志们，冲啊，消灭残匪！缴枪不杀！负隅顽抗，死无葬身之地。”

战斗打响，枪弹声震荡山谷。秦彪命令身边的司号员吹冲锋号。冲锋号声嘹亮，游击队员们英勇地冲上去。特务队边打边退，退到第二道防线与保警队会合，向游击队猛烈射击。

秦彪看了看山势与吴斌商量，说当前硬攻霸郎山没什么意义。吴斌说，他也这么想，硬攻霸郎山一时难以取胜，还要损兵折将，不合算，同时为了这一小撮敌人还会影响大局，就让他们暂时在山上苟延残喘，咱们先去执行其他任务。两人意见一致。秦彪命令司号员吹收兵号。石老三疑虑地回头看：“怎么又吹收兵号？”

“石队长，撤吧！”杨六儿率先撤了下来。

来到山下，石老三发牢骚说：“抽哪根筋，怎么撤兵啊？”

吴斌说：“老三，执行命令！”秦彪说：“想不通啊？用榔头打跳蚤，合算吗？既然我们没能把敌人消灭在山下，那就暂时把他们晾在山上，最后再消灭他们。”

霸郎山上，高天顺趾高气扬地说：“哈，把敌人打败了！这真是一夫当关，万夫莫开！”刘湘揩着头上的汗说：“啊呀，好险！老郭，你说，如果敌人把山口一封，咱们不能下去，山下的粮食运不上来，那不把咱饿死了吗？”

郭福山说：“那就学猴子，吃野果，饮山泉，风餐露宿，过原始人的生活呗。”

“哈哈哈！”高天顺笑了，刘湘一介书生，当文官蹲办公室，哪经过这场面。于是说，“刘书记，不怕，这山上能长草，也就能种庄稼，咱也学曹操屯田制，安营扎寨，长期住下，过世外桃源的神仙日子。”

郭福山说：“还是天顺乐观，大难不死，必有后福！三子，派两个人在这儿站岗放哨，大家快上山，让炊事班做一顿美味野餐，大家好好庆贺庆贺。”

木桩押送的驮粮队铃声叮当地进了沟，刚好与往出走的游击队相遇。木桩一见游击队扭头就跑。石老三大喝一声：“站住！再跑，老子就开枪了！”

木桩像听到咒语般“噔”地就站住不动了。贵儿等赶着的牲口驮子也不知该前该后，牲口负重在原地捣动着蹄子。石老三上前缴了木桩的枪。

秦彪问：“干什么的？”木桩说：“奉……奉命给霸郎山运粮食。”

“这么说，你是北惠乡保警队的啰？”

“不……不敢！是被逼入伍。”

秦彪说：“你别害怕，我们不杀你。可这粮食，你是运不上去了，没收归公。你回去转告郭福山、刘湘，共产党的政策是既往不咎，立功受奖，只要他们弃恶从善，回到人民这边来，我们欢迎！如果负隅顽抗，那人民是不会饶恕他们的！去吧。”

木桩深鞠一躬，连滚带爬地跑了。

失魂落魄逃上东原的崔林玉、张琪、常德胜及城防队的十多个人，一看东方发白天亮了，心更慌了。于是避开大路走小路，从东河沿直奔河防所，进庙门一看，破门烂窗一片狼藉，没散尽的纸灰满天飞，连个人影儿也没有，这下没辙了。

常德胜察看一番，说看来解放军或者游击队袭击了这儿。崔林玉心灰意冷，脸色苍白，不知如何是好。张琪说，不管三七二十一，先在这儿休息一下，吃顿饭再说。常德胜却坚决反对，说情况不清这儿不宜久留，小心被敌人包了饺子。

崔林玉问：“那向哪儿走？”常德胜说：“沿河沿向南，从司马坡上南原，过了桥头河就不怕了。”崔林玉手一摆说：“出发！”

桢县古城一片祥和气氛。街上商店照常营业，街市秩序井然。茶馆前又坐了一些人在谝闲传。

吴承谦说：“啊呀，这天说变就变了啊！昨天还一片白色恐怖，今天就成了红色海洋。你看，城头上飘扬的红旗多鲜艳！”

芳芳说：“哼！再看不到常德胜那恶魔耀武扬威巡逻了。”

段书记陪同王震司令员一行视察过来。王震司令员说，这西关损失小，建筑物还基本完好，北关、东关、南关烧得真惨啊！段书记慨叹说，国民党反动派真是对人民犯下了滔天罪行！

王司令员语重心长地说：“要好好领导人民恢复生产，建设好家园。老段，肩上的担子重是不是？”段书记说：“我一定不辜负人民的期望。”街拐角处的沙堆上，一群孩子在玩耍。小毛说：“玩打仗！我当红军！陈强当白军！”

陈强说：“滚你的蛋！我当红军你当白军！”

相持不下，陈强说：“那摔跤，谁胜了谁当红军！”

“摔跤就摔跤。”于是两人抱在一起摔起来。孩子们在一旁呐喊助威，气氛热烈。

王震司令员被孩子们的喊声吸引，凝神观看。段书记小声说：“王司令员，要不要将这些孩子赶开？”

王震司令员摆手说：“胡说！别惊动孩子们，童言无忌，童心纯真，往往比大人的呼声更可信，就好好看看孩子们玩吧。”

陈强虽小一点，但把小毛摔倒了。孩子们高呼：“陈强胜了！陈强是红军！”

陈强说：“该我当红军吧！我分人，你领一部分人当白军守城，我领一部分人当红军攻城。”

“行！”小毛说，“那还得说好，再一天玩打仗我当红军你当白军！”

“再一天仍摔跤决定！”

“那我不干！”

陈强让步说："行行行！再一天让你当红军，这下行了吧！"

于是孩子们演绎起攻城来，叽叽喳喳玩的热闹，有的拿着木棍当枪瞄准，嘴里"嘎咕嘎咕"地射击；有的学着机枪射击，"啪啪啪……"；有的学甩手榴弹，嘴里"轰隆！轰隆！"；有的拿着纸编的手枪一指一指，直到把"白军"掀得滚下沙堆。陈强领的那拨孩子站在沙堆上举手高呼："噢！红军胜利了！红军胜利了！"

王震司令员情不自禁地拍起手来。随行的人员也拍着手。

孩子们发现有人观看，吓得就要跑。

王震司令员忙上前招呼说："孩子们！别怕！你们玩的很好！知道红军好还是白军好？"

孩子们喊："红军好！白军坏！"

"知道为什么红军好白军坏吗？"

孩子们面面相觑，一时答不上来。陈强说："白狗子坏！欺侮穷人！红军为穷人报仇出气！"

王震司令员抚着陈强的头说："说的对！说的好！红军好白军坏！咱们红军把白狗子赶跑了，人民就有好日子过了是不是！孩子们，长大了想干什么？"

"当红军打白狗子！"

"好！有志气！想不想摸一下真家伙？"

孩子们欢呼雀跃："想！想！想！"

"好！大家站好，让每人都摸一下。"于是王震司令员卸下手枪，退掉膛内的子弹，让孩子们轮流拿枪把玩。

陈强拿着枪，面向空中勾动枪机，手枪"彭"响了一下。孩子们又高兴地大喊大叫："我打真枪了！我打真枪了！"

张村学校里，南区游击队薛队长正在给校长郭景堂、校等张荣、临值甲长张有宣传桢县解放及党的一系列政策，并要张有赶快把保长叫回来，对他说，共产党的政策是既往不咎，只要弃恶从善，归顺新政权，只要人民拥护，共产党还让他管村里的事。

崔林玉、常德胜等逃到张村村边，又饿又乏，崔林玉催促进村，让保长给他们派饭吃。常德胜说不可，还不知村里的情况怎么样，遇上游击队可就麻烦了。

崔林玉摆出驴死架子不倒的架势说："啊呀，共产党一夜之间就能红遍全县？我在桢县当了十多年县长，就这么快完了？进村，就说我崔县长要吃饭。"

常德胜好说歹说劝住他，说非常时期，不可贸然行事。答应先派两个人进村打探打探。转头说："小高、小江，你俩去村里打探一下！"

二人来到村巷，正好碰见从学校出来的张有和张荣。高警卫员说："哎，老乡，你们的保长呢？"

张荣见他俩穿着国民党警服，灵机一动笑着说："长官，我们的保长不在，这位是张甲长，有什么事跟他说。"

高警卫员看了他俩一眼问："你是甲长？"张有说："是是是！长官有何吩咐？"

高警卫员说:“兄弟们路过这里饿了,给咱弄顿饭吃。”

“行嘛,有多少人?”

“十八个人。”

“走,到我家去,我叫人做饭,你们把人带来。”张有说着,领着他们向家走。在拐进一个巷子时,张荣乘机溜了,高警卫员机警地瞥了一眼。来到张有家门口,高警卫员说,我们认下门了,你让做饭,我们带人去,然后拉了下江警卫员匆匆走了。

张荣飞快地跑到学校,对薛队长报告了情况。薛队长警觉地问人现在在哪儿,张荣说那两个现在可能叫人去了。他立即说:“你去盯住敌人,我马上派人去通知桥头镇的解放军,让敌人插翅难飞。”张荣跑着去了。

高警卫员和江警卫员来到村外。崔林玉急切地问:“怎么样?有饭吃吗?”

高警卫员向常德胜汇报了情况说:“我看情况不妙,此处不宜停留。”

崔林玉说:“这不吃饭咋行,人都饿得走不动了。”

常德胜劝说:“崔县长,忍耐一下,桥头沟半坡有羊肉馆,到那里吃羊肉泡馍。”于是一行人慌慌张张逃走了。

张有等不来敌人,便到学校去报告。薛队长已把这儿的游击队集合好了。张荣跑回来却说,敌人向桥头沟方向逃跑了。薛队长立即改变部署,派张荣去赵村,通知那儿的游击队员赶快向桥头沟追;派张有去桥头镇,截住向这儿开拔的解放军转向桥头沟跑步前进,追歼敌人。他自己则带着现场的游击队员们跑步追击敌人。

桥头沟是一条东西向的深沟,荒草杂木丛生,沟里有一条小河,河上有一座小桥。薛队长带游击队赶到时,崔林玉、常德胜他们已上了小桥。

薛队长命令游击队队员们齐声喊话:“放下武器,缴枪不杀!放下武器,缴枪不杀!”随之向沟中扔了一颗手榴弹。

手榴弹“轰”一声爆炸了。崔林玉吓得趴倒在地,众城防队员也吓得抱头窥探。

常德胜观察了一下形势说:“小股游击队,不用怕,给我狠狠地打!妈的,几个游击毛贼也想欺负老子。”于是城防队架起机枪向游击队射击。

双方隔河对峙,激烈开火。崔林玉吓得趴在路边的壕沟里颤抖,脸色苍白,头冒虚汗。常德胜看了眼说:“张秘书,你护着崔县长先撤。”

“是。”张琪搀着崔县长匆匆逃走。

解放军赶到,直向沟底冲来。常德胜大惊失色说:“不好!大军到了,快撤!”说时迟,那时快,几颗手榴弹在敌群开花。机枪手毙命,好多敌人受伤。常德胜带残部狼狈逃窜。

贵儿赶着牲口回到家,大太太问粮送到了没,贵儿答说,送游击队里去了。大太太惊讶地问:“咋回事?”贵儿就把被游击队截粮的事告诉她。大太太埋怨说:“老东西就是不听我说,胳膊能拧过大腿吗?解放军把县城都占了,你躲过初一,还能躲过十五吗?唉!”

正当桢县人民兴高采烈庆祝解放的时候,风云突变。按照黄龙战役的总体部署,接上级通知,西野二、四纵队全体将士要北撤西进,奔赴解放宜县的战场。军政会议上,王震司令员作了动员:“我们走后,敌人可能会回来,要避免固守县城和其他据点,尽量减少损失,关键要保存实力,在与敌人的周旋中消灭敌人。同志们,暂时会有困难,但绝不能动摇和灰心,根据全国的形势看,我们很快就会打回来的。希望大家在桢县县委的领导下,坚持对敌斗争。”

石老三小声说:“怎么才解放了几天就要走?”吴斌说:“形势需要嘛!全国一盘棋,毛主席总有他的安排。”秦彪说:“好好听段书记讲话。”

段书记随后作了安排部署:“桢县游击队负责保护县委机关转移;桢宜游击支队坚持在北边山区的斗争,尽量开辟出一块根据地来……”

四十八

天空阴霾,冷风呼呼。崔林玉坐着吉普车,马团长、常德胜骑马,张琪等以及七十二团的长长的队伍,簇拥着崔林玉向桢县进发。

张琪躬身车窗说:“崔县长,翻过桥头沟就进桢县县境了。”

“停止前进!”队伍立即原地立定。崔林玉说:“张琪,你骑马飞快回去,告诉芝秀镇镇长,组织人在司马坡下夹道欢迎我。场面一定要热烈,要锣鼓喧天,人山人海。不要怕花钱,我到任后给他拨款。”张琪骑马飞驰而去。他又问,“常司令,咱们走时遭遇追击的那个村子叫啥?快到了没?”常德胜告诉他叫张村,沟北边就是。他又骂骂咧咧说,“妈的,桥头沟大难不死,我还是回来了。把队伍开进那个村子,要保长给大家派饭。”

常德胜忙说:“崔县长,不可。咱要急着赶回去,有好多事等着咱处理呢!大权重新回到咱们手里了,那仇还怕报不了。”崔林玉长呼一口气:“也罢,随后再说。”

司马坡下,芝秀桥头。胖地主薛万财手里举着一块黑板牌,上边用粉笔写着:“欢迎崔县长归来!”后边跟随着几个家丁模样的人敲锣打鼓。

张琪跑到跟前说:“不行,不行,你们这是干啥,都买不下一张红纸?白粉笔写字,那是办丧事啊!”

薛万财立即跑回去把黑板蒙了一张红纸,写了同样的字跑回来。崔林玉的还乡团徐徐走下司马坡,那几个人使劲敲锣打鼓,欢迎的人寥寥无几。薛万财举着黑板说:“欢迎崔县长归来。青天大老爷,替我们做主吧!共产党要分我们的财产、田地……”崔林玉从车窗伸出手说:“乡亲们好,我回来了。有仇报仇,有冤申冤!”

崔林玉又坐上了他的县长宝座,趾高气扬,重新召集他的喽啰。他大声问:“有刘书记和特务队的消息没有?”张琪说:“听说他们上了霸郎山。”

“怎么还不下山?想当山大王!”他下令说,“赶快打发人去请。”

接到通知的刘湘、高天顺兴高采烈地回到了县上。郭福山回北惠乡当乡长。

桢县西北边远的崇山峻岭中有一座寺庙，名曰中子寺。此地山高林密，人迹罕至。秦彪、吴斌根据党的指示，带领桢宜游击支队在这里建立根据地，开展游击战争。形势的突然变化，使士气有点儿低落，秦彪鼓励大家说："同志们，还乡团回来了，我们的人民政府暂时离开了县城。但这绝不意味着我们失败，犹如收回拳头是为了更有力地出击一样。敌人肯定会穷凶极恶地报复，我们暂时会有困难，但大家要坚信，冬天过去就是春天，黎明前的黑暗绝挡不住光明的到来。这一段时间，凡是已经暴露了的同志，要做好防范工作，把家属尽量转移到安全地点，自己也要注意，非特殊需要不要单独行动，各分队晚间要布置岗哨，加强防卫。同时还要注意保密，因为敌人暂时还不知道我们驻扎在哪里。"大家都默不作声，大道理大家都懂，但心里的憋闷和愤恨绝不是几句话就能排解的。

县府大堂里挂了个特殊的横幅：清剿复仇誓师大会。

崔林玉、刘湘等旧县府要员，又坐回到原来的位子上，一副幸灾乐祸、满腹仇恨欲发而不能的表情。崔林玉一脸凶相，杀气腾腾，训话道："实践狠狠教训了我们一下，对敌人的仁慈，就是对我们自己的残忍，现在我们该知道共产党、游击队的狼子野心了吧，我们多少仁人志士死于共产党、解放军、游击队的枪炮下。我忘不了桥头沟那些欲置我于死地而后快的敌人。蒋委员长早就说'宁可错杀一千，也不放过一个'，可我们老是心慈手软。剿匪不离口，剿了多少年了，稍有风吹草动，一下子就暴露出那么多共匪来，尤其是教育界，县中学校长、主任都是共党要员，那不把教师和学生都带成共匪了吗？新上任的教育局卫局长，你要警惕，若再重蹈覆辙，就拿你是问。"随后大声说，"现在我下剿匪令！"全体"啪"地立正。"宗旨：宁可错杀一万，也不放过一个！国军、保安团、警察局三方配合。城内以城防队为主，然后把其他力量分成两部分，出击南北原，当地保警队配合，一定要把共匪彻底干净消灭掉！诸位，再不能姑息迁就了，对那些顽固不化的共匪，要斩草除根。"

郭福山恹恹地回到家。几十天的山大王生活，吃喝上虽没受什么大罪，但几个人住一个大炕，出门山坡陡洼，不上就下，对于过惯了荣华富贵生活的他，无疑是一次磨砺。他毛发偏长，人也显得黑糙老瘦了。大太太关切地问："没受啥大损失吧？""真危险！"他喋喋不休地讲述上山遭遇游击队尾追，双方激战的场面。最后有点儿自鸣得意地说："没想到，解放军来得迅如潮涌，败得也速似潮落。国军又打回来了！哈哈，崔县长又回到县上掌权了。"

大太太撇着嘴说："别高兴得太早了！共产党、解放军很快还会打回来的。"

郭福山瞪大眼睛问："何以见得？"

"解放军是撤军了，又不是打了败仗逃跑了，那是人家又打别处去了。你想，等把其他地点的国军都收拾了，还会不再回来收拾你们吗？"

郭福山像被当头泼了一盆凉水，心里虽还有些不服气，但他无法不相信大太太的话，因为很多事实已使他对党国的信任大打折扣。他点点头说："我也这么想过，可你没见刘湘和高天顺高兴的样儿。”

“你别看他们的样，把自己的身子看好。不出事就万幸了。”

“重任在肩，有时候也身不由己呀！不信你看，回马枪非杀得血水流成河不可。”

“擦亮眼睛，贵贱再不敢给自己种蒺藜了。哎！”大太太又问，“这一向在山上，没见高天顺带着二太太？”郭福山的脸忽地红了：“他真的胆大包天！我睁一只眼闭一只眼罢了，他还敢在我眼皮底下明目张胆，再别提那事，就当咱家没那口人。”随后转移话题问，“粮被游击队截了，人没受损失吧？”

“人家光没收了粮食，人和牲口都放回来了。”

崔林玉对桥头沟之辱刻骨铭心，耿耿于怀，催促常德胜，要去张村报仇雪恨。常德胜说，那丁点儿小事不需劳县长大驾，他派人去把那两个贼子逮了就是了。

那天，县委段书记、桢县游击队队长薛剑英、副队长杨宏升、校长郭景堂等正在学校商量事。张荣急慌慌跑来报告说：“有一队匪军向村里开来了，大约有三十多人，为首的两个人骑着马，一来就在村子周围布了岗哨。”

考虑到转移已来不及了，大家就讨论应急对策。段书记说：“别慌！先弄清敌人的目的，该不是我们中间出了叛徒吧？”

薛队长看看左右说：“不会吧！不管什么情况，先要避开敌人。”

郭校长急中生智说：“有一个放杂物的空房子，你们先藏起来，敌人真要到学校来了，我和张校等应付。”

“那就赶快行动。”薛队长给杨副队长耳语了几句，杨宏升就出去了。

郭景堂把段书记、薛队长等领到大房子里，然后锁了门，掏出粉笔在门上写上“库房”二字。回头看看，从地上抓了把尘土往字上一撒，用嘴吹吹，字就不显得那么新鲜了。

高警卫员带着城防队的人来到张村，指派一部分人包围村子，然后带另一部分人来到村里，首先找到保长，又把保长带到张有家门口，要他把张有叫出来。

张有出来看看来人问：“张保长，唤我何事？”高警卫员说：“还认得我俩吗？”

张有疑虑地摇摇头：“长官，不记得在哪儿见过。”

江警卫员说：“装糊涂吧，可记得前一向让你派饭的事吗？”

“噢！”张有一脸释然地说，“你们就是要派饭来的长官吗？啊呀！那次我把饭做好，你们怎么就没来呢？”

“把张有给我逮了。”于是，几个城防队员上前把张有绑了。张有挣扎着喊冤枉。高警卫员说：“哼，多亏没吃你的饭，要不然，早被游击队抓走了。说，和你相跟的那个人是干什么的？哪里去了？”

张有想想说：“你是说张荣吧？他是校等，大概在学校吧。”

高警卫员把手一挥，带人来到学校。张保长大声问：“张荣在学校吗？”

张荣和郭校长闻声跑出来。张荣问：“张保长什么事？”

高警卫员手一指说："就是这小子，逮了！"城防队的人又立即将张荣绑了。张荣大喊冤枉。高警卫员不理会他，问，"谁是校长？"

"我，郭景堂。"

"你是共产党员吧？"

"我不是。"

"学校藏了共产党吧？"

郭校长镇定地说："没有。学校是教书育人的地方，哪敢藏共产党。"

高警卫员嘴一撇："哼！县中学的校长、主任都是共产党的重要领导，你敢说，你这学校就干净。搜！"城防队员立即分散到学校各处搜查。

郭校长捏了一把汗。他惦念着库房，却不敢朝那儿看一眼。有一个城防队员从库房窗缝向里窥探。藏在杂物后的薛队长握紧手中枪，段书记屏气凝神，神情紧张。忽然村中响了两枪，传来杨队长的高喊声："游击队进村了！"

城防队的人如惊弓之鸟，乱了阵脚。高警卫员立即下令吹哨子集合，押着嫌疑犯匆匆回县城去了。

郭校长关了校门，跑去把段书记他们放出来，长出一口气说："真把人吓死了！"

段书记说："看来，敌人并没有发现咱们。"

郭校长说："我明白了，敌人前一向逃跑时在桥头沟吃了亏，专门寻给游击队报信的人来了。"薛队长严肃地说："这儿不宜久留，马上转移！"

风声越来越紧，国民党反动派残酷搜捕杀害共产党员、游击队员及其家属。党组织遭严重破坏，革命同志随时有被迫害的危险。就是一个平民，也可能被以莫须有的罪名而杀害。人心惶惶，风声鹤唳，桢县革命遇到了严冬酷月。

吴斌回家催促凤凤赶快躲她娘家去，凤凤恋恋不舍地看着家，丢不下她那窑洞、屋舍、东西，还要到屋里再看看。吴斌推了她一把，要她快走，凤凤一步三回头地看着，赶着牛车，带着孩子走了。

吴斌回到屋里，从梁上取下一个布袋子，里边装着游击队的活动经费。他想，这可万万不能毁了或落在敌人手里。他把它揣在怀里，担心遇上了敌人；他把它放到炕洞里，又担心敌人毁了房子。他来到院子里，看见垒在院子中间的一大堆砖，计上心来，取开砖摞上的砖，把布袋藏在砖洞里，然后把砖垒好，锁上院门，迅速离去。吴斌刚走，还乡团的人就来了。三子带着保警队员在前边开路，指着说："我们已查清，这就是游击队政委吴斌的家。"

高天顺下令："砸门！"于是匪徒破门而入。见屋里空空无也，耿营长冷笑说："哼哼，闻风而逃！逃了和尚逃不了庙，烧！"

匪徒点着了房子，大火汹汹，群众惊恐围观。高天顺又下令炸窑洞。一声巨响，吴斌同志的家，瞬间成了一片废墟。

秦彪更是敌人追捕的目标，还乡团当然不能放过。三子踢开贾财主家的门，一只大黄狗"汪汪"着扑过来，三子吓得直往后退。高天顺大骂："妈的，狗仗人势！"

掏出手枪“啪”的一声，狗倒在血泊中，嘴里发出“呜呜”的哀鸣。贾益斋和老伴急忙跑出来：“这是干什么呀！打狗还看主人面，有话跟我好好说嘛！”

高天顺说：“跟你好说个屁！把你家的长工、共匪游击队队长秦彪交出来！”

贾益斋说：“老吴早都不在这儿干了。”

“你包庇共匪该当何罪？”

“我怎么就包庇共匪了？”

“你明知他是共匪游击队队长，为什么知情不报？”

“你们整天逮共匪，都不知道他是共匪，我咋知道他是共匪！”

“我们咋不知道他是共匪？”

“你们知道他是共匪，为什么逮住又放了？”

高天顺被噎得半天答不上话来，恼羞成怒说：“嘿，你这个老奸巨猾，给我搜！”

保警队、保安团、特务队一窝蜂拥进门，捣门砸窗，打盆摔罐，闹得鸡犬不宁。一个保警队匪兵用榔头砸了水缸，水流了一地。

贾益斋气得脸煞白，只能忍气吞声，把耿营长拉到一旁，悄悄给塞了几块银圆说：“长官，高抬贵手。”

耿营长转过身说：“停停停，适可而止，让他见了人，扭送到乡上就行了。”

匪兵们气势汹汹地走了。

在桢县西关街道的沙堆上，孩子们在玩耍。小毛说：“我当红军。”陈强说：“也罢，让你过把当红军的瘾。”

于是孩子们分成两拨，模仿红军攻城的样子，呐喊着、摔打着……小毛带着的“红军”把陈强带着的“白军”掀得滚下了沙堆。小毛站在沙堆上兴高采烈地高呼：“红军胜利了！打倒白狗子！红军万岁！”

恰巧常德胜巡逻从此经过，听着孩子高喊，怒气冲冲，掏出手枪毫不犹豫地向小毛射击。“啪！”小毛应声倒下，血溅沙堆。孩子们惊恐万状，四散奔逃。

得到消息赶来的陈大兴抱着小毛的尸体放声痛哭：“天杀的！童言无忌，小孩子知道什么，你怎么就这样狠毒呀！”

陈强慌慌张张跑回家，一下扑到他妈怀里，脸色煞白，浑身发抖。芳芳抱住他问：“怎么啦？”手触到他湿了的裤裆，“强强，你怎么尿裤子了？”

陈强颤声说：“那……那人用枪把……把小毛打死了。”

“谁？”

“骑……骑马巡逻的那人。”

“害死你爹的常德胜？”陈强点点头。芳芳紧紧搂着陈强说：“孩子，这几天别出去，小心那贼害你。”“小……小毛喊红军万岁，他为什么就拿枪打他？”

“你们小孩子不懂，那一向红军打败了白军，占领了县城，这几天白军又回来了。”“那红军还会回来吗？”

“一定会回来的，和这伙土匪算账。”芳芳仰望天空，阳光照耀着泪花，闪闪发亮。

天低云暗，冷风刺骨。县广场东面搭了个简易平台，横幅上贴着白纸黑字："公审叛匪大会"。广场上站了好多人。

保安团雷团长大声喊："带叛匪上场！"好多人被绑着推上场，其中有张有和张荣。他又说："现在请崔县长讲话。"

崔林玉面带讥讽地说："诸位乡绅，各位乡民，刚刚过去的一场暴风骤雨，确实让我们触目惊心呀！共匪是不会让我们过安宁日子的，可他们小鱼翻不起大浪，'中华民国'是颠覆不了的，我们又回来了。这下我们再不会对他们仁慈了，蒋委员长说，宁可错杀一千，也不放过一个。我们再把它延伸一下，宁可错杀一万，也不放过一个。今天被绑站在台前的就是些共党分子，或给游击队通风报信者。杀一儆百，凡以后给共产党、游击队干事者，格杀勿论！"

陈院长口齿不清地宣判了一通后说："押赴刑场，执行枪决。"

警察将"犯人"押上车，徐徐向南桥开去。雷团长、常德胜、陈院长等坐在一辆指挥车上，车上架着一挺机枪。南桥河滩，河两岸、桥上站满了观看的人。

"犯人"一字儿排开。有人振臂高呼："中国共产党万岁！打倒国民党反动派！"枪声响了，"犯人"应声倒地，血染河水。

河对岸人群骚动。有人呼喊："反对滥杀无辜！""血债要用血来还！"

常德胜怒目圆睁，命令："开枪！"机枪手迟疑地看了他一眼，然后扣动扳机，机枪"嗒嗒嗒"打出一梭子子弹，一群人倒下。人们惊慌地四散奔逃……

敌人屡屡杀害革命同志的消息传到中寺山游击队根据地，同志们义愤填膺。石老三说："真憋屈！我们为什么不出击？这样的日子要过到什么时候……"

秦彪耐心地给大家解释，说要听从党中央和毛主席的部署，尽量保存实力，减少损失，积蓄力量，以利再战，并宣布说："上级决定对我们桢宜游击支队进行短期整训。具体安排如下：轮流整训先去第一分队，分队长石云亭留下另有任务，暂时由副队长杨六儿和教导员卫克明同志带队，地点在河东解放区，今晚就秘密从桥南渡口过河。"

一分队队员一听这消息，就纷纷议论开了。杨六儿兴奋地说："啊呀！要到我的家乡去整训学习，真是太好了！"百灵说："杨队长这次可是衣锦还乡，不但升了官，还带着兵，荣耀乡里。"徐方说："杨队长升了官，一定得把兄弟们请请。"

石老三把案子一拍说："都别嚷嚷，那是整训！我在和我不在一样，将来杨队长和卫教导员给我反映你们谁捣乱，看我怎样收拾你们！"

吴斌看在眼里，心里发笑。他知道，要石老三离开他的团队，就像要他丢开自己的孩子一样，心里难受。

四十九

一下子离开自己的队伍，石老三像丢了魂儿似的不自在，跑到指挥部说：“这这这……”秦彪说：“老三你别‘这这这’了。我知道你的心思，这次没让你带队去整训，一方面，确实有特别任务，另一方面，也想考验考验姓杨的和姓卫的。”

“这我理解，不过我担心那俩把我的人马带乱了。”

吴斌说：“整训期间怕什么，又不是去作战。”

石老三点点头说：“那就交代任务吧！”

秦彪对他分析形势，讲上级意图，还说：“我们不但要用武力对敌人作坚决斗争，还要善于了解敌人、分析敌人，做好敌人内部的分化工作，把那些有意或有迹象倾向我们的力量，尽可能多地争取到我们这边来，极大地孤立和瓦解敌人。以我们的观察，北惠乡乡长郭福山这一段时间与我们的对立有所收敛。再根据你汇报的，是郭福山的大太太救了梁兰歌并把她护送到集英镇联络点。所以领导研究决定，让你去调查了解这件事，以便进一步做郭福山的转化工作。”石老三把腿一拍说：“要我干这事啊！这没让我带兵打仗拿手，不过，组织既然决定了，我的兵也走了，那我服从命令，保证完成任务。”

吴斌补充说：“到河西村后，尽量争取与子善见一次面，了解一下城内敌人的情况。”

县府大堂上“清剿复仇誓师大会”的横幅依然存在。各路剿匪要员齐集一堂。崔林玉杀红了眼，刚处决了一批“共党疑犯”，就又给他的党羽作动员、下命令，要求再抓一批共党要犯开公审大会，杀人示众。他还向驻军、保安团等下达剿灭游击队的命令，说游击队吓得不敢出窝，证明他们力量薄弱，根本就不敢与国军抗衡。越是这样，就越要搜剿。他还要特务队加强侦查，尽快找到共产党的县委机关。擒贼先擒王。

崔林玉把共产党战略部署中给他造成的一点儿机会，当成了救命的稻草，穷凶极恶地镇压革命力量。压力越大，反抗力愈强。我们的革命战士忍受着革命低潮中的痛楚和愤慨，积蓄力量，待机爆发。

石老三深入河西村，在老秦和老周的帮助下，很快就摸清了情况，然后回队向秦彪和吴斌汇报。据群众反映，大太太信佛，心地善良，和睦邻里，乐善好施，出手大方。自从那年资助红军后，对红军很有好感，经常在众人面前夸赞红军。这次解放军打桢县，她和大家一样，领着家人在路边犒劳大军，郭福山态度改变，可能与她有很大关系。据说，大太太城府很深，在郭福山面前说话很管用。

吴斌说：“这情况对咱们很有利，派谁去做大太太的工作好呢？”

石老三说：“如果梁兰歌在就好了，可以让她去做做大太太的工作。”

秦彪说：“怎么做，随后再议。还有啥重要情况？”

石老三就把从子善那儿了解到的崔林玉下了剿匪令，变本加厉迫害革命群众，准备对游击队进行地毯式搜索等情况作了详细报告。“哼，好嘛！他展开手掌抓咱们，咱们捏紧拳头打他。来，咱们研究一下具体作战方案。”秦彪说着，摊开地图。

正在这时，百灵、志诚等十多个游击队员气喘吁吁跑回桢宜游击支队队部。石老三站起来急切地问：“你们怎么回来了？”

百灵说：“杨……杨六儿叛变了！”

志诚说：“把卫教导员也逮捕押走了！”

这消息使大家非常震惊。石老三用拳头擂了下石案：“妈的，狗娘养的……”

吴斌说：“老三，先别急，听他们说。怎么回事？”

原来，杨六儿回到河东，犹如池鱼归故渊，头脑发热，得意忘形，邀了昔日那些狐朋狗友、旧部吃喝调侃，拉帮结派，扩充势力，搞起了土匪那一套。他心想，既然你把兵权给了我，我就露一手，让共产党看看我的本事，也让国民党那些饭桶知道他们是有眼无珠。等咱有了实力，哼，你石老三算个屎，我要向共产党、游击队要更大的官。他很快就在他的铁哥儿们的帮助下招募了很多新兵。

卫克明觉得不大对劲，提醒说：“按说吸收队员要经过支队批准。”

杨六儿辩解说：“将在外，不由帅。这里的培训机关只管政治教导、军事训练，又不管组织发展。大家革命热情高涨，要求参加游击队，咱能把他们拒之门外吗？”

卫克明想了想，觉得这里是红区，群众觉悟高，积极要求参加革命队伍是正常现象，也不能挫伤了同志们的积极性。于是也就默认了杨六儿的行为，准备回去后再请示领导。

正当杨六儿踌躇满志做着他的升官梦时，他的大哥杨天禄却突然来访，鼻涕一把泪一把地哭诉共产党抄了他们家，他爹被戴纸帽子游了八条巷，气得病倒了。他三哥顶撞农会，被以反革命罪送进了监狱。

杨六儿一听火冒三丈，把桌子一拍骂：“妈的！革命革到老子头上来了。”那点掺杂着私心杂念的对共产党的感情被彻底颠覆了。他酗酒泄愤，犹如火上浇油，心里燃烧着仇恨共产党之火。

游击队领导并不知道杨六儿家是地主，因为收编仓促，还没来得及对他作更进一步调查。就在那天晚上，杨六儿召集他的旧部铁杆邓元、徐方及新招的铁哥儿们密谋策划，决定叛变投敌。

第二天晚上，他们悄悄卸了老游击队员的枪栓，突如其来地逮捕了教导员卫克明，用枪挟持众队员集合宣布倒戈，并把他们逼上渡船。北风呼呼，寒星闪闪，黄河滔滔，大船摇晃着向西岸驶去，船与船之间渐渐拉开了距离。第一只船将靠岸，最后一只船却在河中间搁浅。杨六儿喊：“快，下水推船。”

第一只船上，百灵暗地碰碰志诚，百灵、志诚又碰其他老队员，船一靠岸，百灵大喊:“上!”老队员都扔了枪,夺新队员手里的枪。争夺中枪走了火。

杨六儿问:“那是干啥?”有人回话:“有人夺枪要跑。”

“同志们,别跟杨六儿去卖命,回到革命阵营里去。”百灵说着跳上岸,领着一部分人绕过苇子林跑走了。

杨六儿喊:“射击!”邓方端着机枪“嗒嗒嗒”就是一梭子。

那边又有人喊:“别开枪,打着自己人了!”

跑上原顶的老游击队员们气喘吁吁。志诚说:“黑灯瞎火,也不知到哪儿了?”百灵四下观望:“那不是西山。向西走就会到那条贯穿南北的大路上,然后顺着大路向北,就不怕找不着游击队的宿营地了。”于是一行人又匆匆向前跑去。

秦彪说:“同志们辛苦了! 老三,先安排同志们休息吃饭,换换衣服,然后你就赶快到队部来。”石老三说声“走”与队员们一同出去了。

百灵、志诚等顺着沟坡向原上跑时,夹杂其中的钱常有拽了下梁满仓的衣角。二人慢下来,与众人拉开距离,并走上另一条岔道。上了原,钱常有手搭凉棚向远处瞭望:“这到哪儿了?”梁满仓挤挤眼四处瞅着:“那不是河西寨子吗?”

“啊呀,到家门口都不识路了。那咱站的位置就是柳杨沟沿。”

“没错! 赶快回家吧。”

“慢,你说姓杨的上了岸会不会也歇到咱河西村?”

“说不准! 反正过了河就是白区,他要投靠国民党,那儿都可以住。”

“那如果让他发现了,咱不是白跑了吗?”

“那你说连夜去找游击队?”

“如果想找游击队,刚才就随百灵他们走了。”

“那又投靠保警队吗? 反正国军这会儿是胜者。”

“不!”钱常有说,“我对国军的暂时胜利很怀疑,如果像那次,国民党又败了,那石老三会饶咱们吗?”“那该怎么办?”两人商量来商量去,决定既不找游击队,也不投国军,而是上黄龙山,钱常有一个亲戚家在那儿,就说躲征兵住一阵。坐山观虎斗,如果解放军打回来了,桢县解放了,那他们就是功臣,功不可没。如果国民党胜了,不走了,那他们就去找国民政府,说早都和游击队断绝了关系。如意算盘打好了,两人回家拿了盘缠,立即上路。

清晨,崔林玉和刘湘正在县府大堂地图前商量剿匪的事。张琪走进来报告,说外边一个姓刘的带了一队人马,押着一个人求见。崔林玉让他把人带进来。

杨六儿身上散发着冰霜气,裤管上沾着泥,进门鞠一躬说:“县长、书记好。”

崔林玉问:“你是干什么的?”杨六儿就笑嘻嘻地把他是原河防所武装组组长、投敌又反戈的来龙去脉向县长、书记汇报了一番,最后还表功说,他俘获游击队一个分队教导员卫克明,作为向党国的献礼。

崔林玉大喜过望说:“好,欢迎你! 你知道桢宜游击支队现在在什么地方吗?”

杨六儿肯定地说:“在中寺山。”

"可靠吗?"

"愿拿性命担保。"这大概算杨六儿给国民党反动派献的第二份大礼了。

"好,张秘书,你安排把俘获的匪徒交法院审判,让杨组长和弟兄们吃饭,休整一下。"张琪带着杨六儿出去了。崔林玉遂在地图上找中寺山,并别了个小图钉作标记。他扬扬得意地说,"真是雪中送炭,天助吾成功矣!"

刘湘说:"这和咱们侦察员的情报相符合。"

崔林玉拿个小棒棒在地图上指着说:"立即组织兵力从蟠桃川、小麦川、合儿川、野猴川向中寺山进发。"他把棒棒往桌子上一撂,"我就不信把这颗眼中钉拔不掉!"常德胜走进来说:"报告崔县长,又搜捕了一批共匪嫌疑犯。"

"好,常司令来得正好,你来看。"崔林玉兴致勃勃,又拿起棒棒指地图,"桢宜游击支队的老巢就在这儿。我准备从这儿、这儿、这儿……分击合围,一举歼灭。你看如何?"常德胜瞥了一眼说:"拿榔头打跳蚤——打不着。"

崔林玉睖睁地拿眼瞪着他:"你啥意思?"

常德胜自觉失礼,带笑说:"这就如你撵着打蚊子,不一定能打着,可它自己碰到网上了,你不费吹灰之力就能将它消灭。"

"那要等到啥时候呀!等着他们再来攻打县城吗?"

"小人胡言乱语,不能乱了县长大人的雄才大略。"

"这还像句话!常德胜,你啥时能改掉你骄傲自大的坏毛病?"

"听从大人教诲,现在就改。"

崔林玉顺便说:"投诚过来一支队伍,百十多人吧,编到你城防队。"

"谁!什么人?"

"原河防所武装组组长杨六儿,前一段时间投降了桢宜游击支队,现在又带队反戈投诚回来了,还俘虏了敌人一个分队教导员。"

"不要!那号东倒吃猪头,西倒吃羊头的货还能用?"

"看看看,刚说了,老毛病又犯了。"崔林玉指着他说。

常德胜笑着摆摆手说:"告辞。"扬长而去。

刘湘说:"常德胜脾气真坏。"崔林玉咬牙切齿地说:"嗯呀!要不是……"

刘湘摇摇头:"不可思议。"

"哎!"崔林玉忽然发现新大陆似的说,"老刘,把杨六儿的人编到特务队去。"

"行!"刘湘说,"我回去和高队长说一下。"

五十

杨六儿叛变给游击队造成巨大损失,不但使游击队的力量削弱了,而且更容易暴露目标。考虑敌人很可能会在短期内组织对游击队的围剿，游击队领导在分析了形势后，对作战计划作了重新修正和部署，并派石老三立即骑马日夜兼程去总部，把游击队当前的处境及反围剿方案向上级汇报，请求指示并派兵支援。

山野道路上，石老三打马飞奔，翻山越岭，涉水过河……像飞燕，似利箭。忽然一只兔子出现在马前，像要与马一比高下似的在马前飞跑。石老三心想，妈的，忌讳之物！杨六儿叛变已够晦气的了，你还报哪门子丧！遂掏枪射击，兔子跳跃了一下，滚到坡下去了。

编排杨六儿及部属的事，刘湘对高天顺一说，高天顺第一反应是怕杨六儿顶替了他，于是问："那到特务队给他什么职务？是我领导他，还是他领导我？"

刘湘说："当然是你领导他，给他个副队长职务。"

高天顺放心了，说："那刘书记看着办吧，我没意见。"

"那你集合队伍，我叫人，咱简单开个欢迎会。"这里李松吹哨子集合好队伍，那边杨六儿就带着投诚人员列队走来了。刘湘招手说："来来来，大家列队相对而站。咱们特务队增员扩充势力，我给大家介绍一下，"指着高天顺，"这位是特务队队长高天顺。大家欢迎！"大家鼓掌。又指着杨六儿说，"这位是新任命的特务队副队长杨六儿，大家欢迎！"大家又鼓掌。"从今往后咱们就是一家人，希望大家能团结一致，精忠报国。现在大家握手联欢。"高天顺和杨六儿首先握手，继而新旧队员相互握手。"现在大家站一起，请高队长讲话。"

高天顺示意李松整队。李松站队前喊："排四列纵队立正！向右看齐！向前看！"然后转向高天顺敬礼，"报告高队长，集合完毕。"

高天顺跨前一步昂首挺胸说："兄弟们，咱们人多势众，战斗力更强。但是没有严明的纪律，也是不可能打胜仗的，希望大家能严格遵守纪律。原来的编为一排，后到者编为二排。散会！"大家散了。

杨六儿显得很尴尬，心想，妈的，盛气凌人，都不让我讲两句话。

经过精心策划，崔林玉围剿桢宜游击支队的计划就要实施了，这次征剿由七十二团马团长任总指挥，保安团雷团长任副总指挥。县城留城防队护卫，其他武装一律出动，分头由各个川道向中寺山进发。兵贵神速！他要求各部队会后隔天全线出击，并宣称："谁最先攻上中寺山，把国旗插到敌人首脑机关，将请功嘉奖。"

黄昏时，石老三赶回中寺山，枣红马浑身湿透，肚腹下滴着汗水。吴斌惊讶地说："啊呀，老三，你真的赶回来了！你这是马踏飞燕的速度！"

石老三喘着气说："水，水，让老子先喝口水。"吴斌忙倒水，他端起碗咕嘟咕嘟灌了一气。喝毕，抹了下嘴又摸秦彪的口袋："烟，烟！"

秦彪笑着从口袋里掏出一盒哈德门烟，摇了摇说："犒劳有功之臣。"

石老三将烟一把抓到手里说："啊呀，秦队长抽哈德门烟啦！"

"这是昨晚到雷庄打牌专门替飞将军赢的。快传达上级指示！"

石老三取出烟，给每人发了一支点着吸，然后说："上级指示，让我们立即撤出中寺山，把队伍开到瓦子街，支援瓦子街战役。那儿正打得热闹！”

吴斌说：“好啊！能参加一次保卫延安的战斗，也是光荣的。”

石老三又吐了一口烟说：“上级还说，要做好战略退却，要给敌人点儿颜色看看。还要给当地群众做宣传，我们不是失败了，我们还会回来的。”

“对！走，也要给他一拳再走。”于是三人围在石桌旁看着地图研究作战方案。末了秦彪说：“老三，以你回来的那些人为基础，再给你补充成一个加强排，这次空城计，就看你演得如何了。”“你放心！硬打死拼都不怕他，做做样子还不会？”

“事不宜迟，今晚就开战斗动员会。”

吴斌说：“你俩主持开会，部队要开拔了，我还得去取经费。”

夜幕下，吴斌骑马向白家山飞奔而来。他把马拴在村边一片树林里，然后潜回家中。门敞开着，院内一片狼藉。窑屋被炸塌了，西边的厦子房被烧了。他望着断壁残垣的家潸然泪下。心里说，国民党匪帮，我迟早会和你们算账的！他把目光收回到院中垒着的砖堆上，然后藏到砖摞后，悄悄取出钱袋，拍了拍上边的尘灰，揣进怀里，骑马循原路返回。

正寒冬腊月，北风呼呼，寒气逼人。国民党军队分好几路向中寺山进发。野猴川一路，打头的是耿营长的保安团二营，紧跟着高天顺、杨六儿带领的特务队，郭福山带着北惠乡保警队走在最后。长官骑马，步兵扛枪步行。

杨六儿打马跑到前边献殷勤说：“耿营长，我的部队里有俘获的游击队员，要不要他们到前边带路？”耿营长说：“不用，到中寺山下再说。”

高天顺不屑地看了他一眼。郭福山无精打采地骑马走在后头。高天顺勒马缓了一下，和郭福山并马走在一起。高天顺说：“郭乡长，你说，这次剿匪效果会怎么样？”“老和尚饮驴——老套数。游击队滑得像鱼一样，轻易就能逮着？”

“这一次怕不见得吧！人多，地毯式搜捕，你说，他游击队往哪儿跑！”

“噢，或许吧！”郭福山打马快走，把高天顺甩在了后头。

作为游击队队部的寺院门口插着游击队队旗，鲜艳的旗帜迎风飘扬，似乎比往日更引人注目。集合的哨音吹响，队员们都向寺院门前的广场集合，有几个游击队员在寺院墙下垒好一堆柴火，匆匆向外跑去。

队伍已集合好，秦彪、吴斌、石老三等站在队前。

秦彪讲话：“同志们，根据上级指示，咱们要临时撤离中寺山，奔赴宜县战场。记住，咱们不是见敌人来了逃跑，咱们一定还会打回来的！现在由吴政委带队出发。”吴斌走到队前发号令。队伍蜿蜒着隐没在丛林中。

秦彪、石老三挥手向吴斌告别。目送吴斌他们走远了，秦彪说：“走，再看看准备得咋样？”二人向寺院走去。秦彪指着那堆柴火说：“再在上边盖些旧柴火。”

石老三点点头：“是！我马上派人办理。”

秦彪又问：“各路兵马都部署好了？”

“好了，万事齐备，只等‘司马懿’大军到来。”

“那我就不一一检查了。山下也大战在即。”

石老三笑着说：“可要给咱多赢几盒哈德门。”

乌鸦沟，因沟西的山峰像乌鸦而得名。两山高耸，沟深林密。这儿是从野猴川上中寺山的必经之路，志诚在乌鸦垒上架一挺机枪监视着路面。

耿营长等带着大队人马浩浩荡荡开进了乌鸦沟。一群乌鸦受惊飞走，“哇哇”鸣叫着，使人毛骨悚然。高天顺四面看看说：“怎么这么静呀！简直不像大战在即的景况。”杨六儿伸头四处瞅瞅说：“游击队龟缩在山上不敢出来。”

“哼！我看八成是一座空山。”郭福山话音刚落，机枪响了，志诚打出一梭子子弹。打头的保安团人抱头鼠窜。耿营长大喊：“射击！”敌人集中火力向乌鸦垒射击。志诚圪蹴在掩体里点着一支烟抽。

敌人停止了射击。耿营长说：“杨队长，让你投诚的游击队员喊话。”

杨六儿点了下小顺子说：“你，喊话！”

小顺子瞅了他一眼，对着山上喊：“游击队员们，你们被百倍于你们的敌人包围了，不要顽抗了，投诚吧！”志诚说：“小顺子，别听敌人的鬼话！中寺山布下了天罗地网，敌人个个有来无回。回来吧，别替敌人卖命了。”

耿营长厉声喝：“停下！你怎么喊话？谁是敌人？”

小顺子伸了下舌头：“长官，我喊错了。”

耿营长下令：“向上冲！拿下这个山头。”

敌人边射击边往上冲。志诚猛烈还击，并扔下一颗手榴弹。敌人的进攻被打退。小顺子拉了剑英一下，二人乘乱钻进密林，绕道上到乌鸦垒，来到志诚背后。

志诚回头一看：“啊呀，你俩吓我一跳。逃回来啦？”

“嗯，怎么就你一个？”剑英问。“别问，撤！”三人扛着枪钻进密林向上跑去。

乌鸦嘴这块山石，因从整体山形看像乌鸦的嘴而得名。志诚等跑到这儿与架一挺机枪守卫的百灵会合。百灵说：“哎呀，怎么还多了两个人？”

小顺子说：“百灵哥，我们跑回来了，其实大家早都想‘家’了。”

远处传来“噼噼啪啪”炒豆般的枪声。剑英打趣说：“你们这是以一个人当一个营呀。”

志诚说：“敌人百倍于我们的兵力，不这样行吗！”

敌人在乌鸦垒扑了空，顺沟继续前行。接近目标了，百灵喊：“打！”四人一同向敌人射击。敌人遭到迎头痛击，狼狈逃窜。百灵又小声说：“撤！”四人扛着枪钻进了山林。

“向上冲！谁往回跑，我打死谁！”耿营长喊着，带人攻上了乌鸦嘴。

“又是空巢！”高天顺说，“这游击队跑得比兔子还快！”

远处的枪声更密集了。杨六儿说：“快上！你听，各兄弟部队都冲上来了，咱们要争头功呀。”带着他的兄弟打头向中寺山冲去。

林间，远处的枪声似乎使这儿显得更加宁静而空旷。大家跟着百灵、志诚穿梭前进，脚下的积叶、松土发出轻微的吱吱声。小顺子问下一站在哪儿，百灵说到巨沟山神庙集合。剑英四处瞅瞅，问大部队在哪儿，志诚笑着说，早都撤走了。

听见前边有响动，四人急忙隐藏在树丛中窥探。十多个游击队员在树林里搜索着前进。剑英眼一亮喊“抗娃！”站了起来。那些人听见喊声跑了过来，抗娃说：“可找到你们了。”大家相互拥抱，有的忍不住抹眼泪。

百灵说：“欢迎大家归来。狗日的杨六儿把大家害苦了！咱们赶快赶大部队去，要到瓦子街打大仗了。”

雷庄雷保长家地下室里，各地来的赌客正在打麻将。烟雾弥漫，灯光昏暗。秦彪学着四川腔说：“我说四川老哥，今天还赌你的哈德门烟咯。”四川赌客说：“行么，那要拿你的袁大头换咯。”

外边的枪声隐隐约约传来。河南赌客说：“你说，那些政客们打打杀杀，有啥意思，人到世上有口饭吃就行了嘛，争眉祸眼一场空！”山西赌客说：“人都像咱们想的那就没有战争了。你打到天上栽地上，咱𡚸管，赌钱！袁大头赌成中山头，中山头现在又赌成中正头啰。”

国民党桢县县政府组织的各路大军都攻上了中寺山，争相向飘着游击队队旗的寺院冲去。杨六儿率先带队冲进了寺院，寺院内空空荡荡。他说：“妈的，游击队跑了，放火烧！证明我们首先冲进了游击队队部。”

匪徒点燃了墙下那堆柴火。“轰隆”一声巨响，剧烈的爆炸使杨六儿的人死的死，伤的伤，杨六儿倒在院子内，头脸流着血。大火瞬间扑了过来，他顾不得伤痛，爬起来急急忙忙往出跑，又倒在大门口。

耿营长急忙跑上前问：“怎么啦？怎么啦？”

杨六儿说：“柴……柴堆下埋了炸弹……”

高天顺心想，笨狗撵狼，活该！嘴上却说：“李松，快救杨队长！”两个特务架着杨六儿走了。杨六儿挣扎着回头说：“旗……旗……”

高天顺微笑了一下说：“张奎，把游击队的旗拔了，把国旗插上去。”

马团长带队赶到了，问咋回事，耿营长立正敬礼报告：“特务队率先冲进了敌指挥部，炸毁了敌首脑机关，杨副队长受重伤。”

“敌人没有漏网吧？”

“已全部消灭。”

马团长竖起大拇指说：“好！回去给你们记功！兄弟们，咱们胜利了，桢宜游击支队已被我们全部消灭。现在开赴山下的雷庄开庆祝会。”

秦彪刚揭起一张牌拿在手里，忽然一声剧烈的爆炸声传来。他把牌“啪”摔在桌子上，大喊：“胜啦！”大家都惊诧地望着他。坐在旁边的四川赌客探头看他的牌：“狗日的真和啦！你昏头啦，和啦还是胜啦？”

“胜啦不是和啦,和啦不是胜啦。老板!”雷保长跑进来,秦彪说,“我胜啦!给大家弄几个菜,温一壶酒,我和大家庆贺庆贺。”

石老三在巨沟山神庙内迎接各路陆续从中寺山撤出的游击队员。庙内已集合了不少人。百灵、志诚带着一帮人进来了。石老三惊讶地说:“哎哟!你俩的队伍还扩大了。”百灵说:“石队长,你看看他们都是谁?”

剑英、小顺子、抗娃等上前拉住石老三的手激动地哭起来。石老三拍着他们的肩说:“回来了就好。我就说,狗日的杨六儿掳不走我的人,即就是去了他那儿,也是身在曹营心在汉。”小顺子说:“大……大家都计划着往回跑呢。”

“我知道我的人,他们迟早都会归队的。看,咱们现在不就一大队人马了吗?”石老三看看天,天空悠悠地飘起了雪花。“要下雪了,整队出发!”

雪愈下愈大,游击队战士冒着纷纷大雪奔赴瓦子街战场。

雷庄广场借土台搭了个临时台子。征剿大军黑压压站了一场地,群众也被驱赶来了。天灰蒙蒙下着雪,马团长上台吹嘘了一通,说征剿大军旗开得胜,一举歼灭了犯上作乱的桢宜游击支队,等等。最后宣布:“征剿大军凯旋!”

征剿大军刚离场,雷保长就站在台子上大声喊:“哎!大家先别走,集中一下,还有一个人要给大家讲话。”秦彪出现在台子上。群众惊喜地围拢来。有人喊:“秦队长,游击队还在啊!”

秦彪向群众招招手说:“乡亲们,我们桢宜游击支队暂时撤出了中寺山,和解放大军撤出桢县一样,这是党和毛主席运筹帷幄,我们很快就会打回来的,敌人很快就要灭亡。我们一定要坚持斗争,迎接全国解放。”群众热烈鼓掌。

五十一

瓦子街战场。冰天雪地,炮声隆隆。一个山包上,六门野战炮正向敌人射击,颗颗炮弹都准确地在敌群中开花。据悉,这就是在桢县纠纠寨缴获敌人的六门炮,神炮手也被解放军感化,参加到革命队伍中。

兰兰和柳青叶正用担架抬着一个伤员向山下走。兰兰走在前边,坡陡路滑,一不小心滑倒了,担架摔在地上。柳青叶也被拉了个前爬。兰兰奋力顶住下滑的担架,柳青叶在后边拽着,好容易止住了。兰兰问:“同志,没摔着吧?”

伤员微微点了下头。二人抹了下头上的汗,相视而笑,慢慢把担架滑下坡,抬起担架继续前进。二人身上、帽子上沾满了雪。

风雪弥漫,天昏地暗。隐蔽在山坡下的战地指挥部不断有人出出进进。秦彪、吴斌披着一身雪匆匆走进指挥部。秦彪说:“王司令员,我们是桢县来的游击队。”

王震司令员握着他们的手说:“桢宜游击支队的队长和政委嘛!来,先喝口水。”说着，帮他们扫身上的雪。吴斌说：“战事紧急，还是先分派战斗任务吧。”

“不急！”王震司令员转脸对屋子里的人说，“同志们，这两位就是从桢县来的游击队领导。咱们这六门野战炮就是他们帮解放军俘获的。这六门炮在瓦子街战场上可起了大作用了，咱们桢县人民对革命是有贡献的。”大家鼓掌。“最近，你们可能吃了些苦，不过，别灰心！这一仗打完就去打桢县，桢县的反动派猖狂不下几天了。这样吧，把你们的队伍拉上去支援二纵封锁口袋，绝不能让敌人跑了。”

秦彪、吴斌立正敬礼：“是！保证完成任务。”

兰兰和柳青叶扛着担架往山上走，看见一支没穿军装的队伍从山那边绕过来。兰兰惊喜地说：“那不是石队长嘛！”柳青叶望过去：“嗯，像咱县的游击队。”

二人大声喊着“三大哥”，放下担架跑过去。石老三也认下了她俩，停下来与她俩握手谈话，队伍继续前进。看她俩穿着黄军装，戴着红五星军帽，他感慨地说：“成了标准的解放军战士了，我都要认不出来了，你们也参加战斗了？”

兰兰说：“搞战地救护。你们这是到哪儿去？”

“我们刚到，指挥部要我们去那边参加战斗。”

青叶急切地问：“听说桢县解放了，把薛主任他们救出来了没？”

石老三沉痛地低下头，把敌人在解放大军到来前杀害了薛志坚、王茂生等十七名战友，以及还乡团回来后国民党反动派变本加厉、残酷地镇压革命，桢县一片白色恐怖的情况向她俩作了简单介绍。兰兰、青叶不禁悲伤地抹起了眼泪。

石老三又鼓励她们说：“不过情况不久就会扭转。王震司令员说了，这一仗打完就去重新解放桢县。回头见！”他向她俩挥手告别，大步流星追赶队伍去了。

“三大哥再见！”她俩对着他喊，然后久久地望着家乡人的背影，心里说不出是一种什么滋味。

桢县全聚德饭庄的门首挂着一条蓝布白字横幅，上写“桢县剿匪庆功宴”，两边红纸对联写着“皑皑白雪传捷报；殷殷红酒庆战功”。一个有识之士看了看，自言自语，这不正应了当前流行的一句话嘛——青天白日遍地红。

国民党县府要员及当地驻军大小官员聚集一堂。餐桌上摆上了佳肴，酒杯里斟上了美酒，播放着靡靡之音……崔林玉大声说：“诸位，咱们桢县地方武装在国军七十二团等驻军协助下，一举收复了桢县，并乘胜剿灭共匪，战绩辉煌。尤其是日前大军直捣北区游击队老巢中寺山，彻底消灭了北区游击队。今天我们在这里举行庆功宴会，我代表桢县国民党党部及县政府向大家表示祝贺！请大家开怀畅饮，一醉方休！下边让张秘书宣布受奖名单。”

大家吃着、喝着，嘻嘻哈哈听张琪照单宣读：驻军七十二团在桢县剿匪中立下了汗马功劳，奖大洋五千；城防队在剿匪中捕、杀共匪最多，奖大洋一千；特务队在中寺山剿匪中率先冲进敌人首脑机关，拔了匪旗，插上了国旗，奖大洋一千；杨六儿英勇杀敌，身负重伤，奖大洋五百……

教育局卫局长坐在常德胜旁边，小声说：“大家都欣喜若狂，常司令为何一脸严肃,缄口无言?”

“尽是吹牛！喜从何来?”

“何以见得?”

“把游击队的人全部打死了吗？咋连一个俘虏也没带回来?”

“噢。”卫局长鸡啄米样点着头。

胡宗南的进攻很快就被人民解放军粉碎了,延安又回到了人民手中。

正当兰兰和同学们欢天喜地地庆祝胜利的时候,她却意外接到一个通知。那天,孙红女主任对她说:“梁兰歌同志,延安反击战胜利了,中国人民解放军马上就要举行大反攻。桢县二次解放在即,党决定派你回桢县县委工作,具体工作回去后由桢县县委传达。”兰兰感到惊讶又惶恐:“孙主任,我……我能胜任吗?”

孙红女鼓励她说:“经过这一段时间的学习,你的认识提高很快,同时能吃苦耐劳,战场上显示出极强的工作能力,党相信你一定能胜任新的工作。”

兰兰沉思了一下,抬起头说:“感谢党的培养和信任,我一定努力为党工作!”

“那你准备一下,马上出发。宜县解放了,到二站这段路很安全,到二站后,组织会安排把你送回桢县的。”兰兰告别了孙主任、柳青叶及同学们,告别了她留下痛和爱的至爱的延安,踏上了新的征程。

五十二

要二次解放桢县的消息,像春风吹遍桢县大地,人民欢欣鼓舞,崔林玉却像惊弓之鸟。他罪恶累累,他知道人民不会饶恕他。他把刘湘、常德胜、张琪召集到办公室说:“这里没有外人,我不想叫那些只会高谈阔论、紧要处屁都不顶的蠢货。听说解放军又要攻打桢县,咱们赶快研究对策。”刘湘说:“得赶快给上级打报告,增加援军。现在这点儿兵力,根本抵挡不住解放军的进攻。”

常德胜只顾抽烟不言语。崔林玉焦急地说:“老常,你是要我请,你才肯说话?”

常德胜冷冷地说:“我说的话不好听,怕你不高兴,所以索性不说。”

“不好听也要说!”

“那我就说,摆好防的架势,做好跑的准备。”

崔林玉气得七窍生烟:“你……你这是什么话?”

“我说的是实话,你看看全国形势,蒋委员长兵败如山倒,大城市一座一座都失守,让共军占领了,他还能顾得上一个小小的桢县城？你指望他派兵增援,那不是望梅止渴吗?”刘湘说:“这话如果让战士知道了,那不是涣散军心吗?”

“这话我只是对咱们几个人说的,城市布防的架势还要做足,宣传还要加强,对各部门传达下去,就说大军马上就要到了,我们的城防固若金汤……咱们做这样宣传的能人,大有人在。"

崔林玉是嘴硬尻子软,他表面上埋怨常德胜,其实他心里想的被常德胜一语中的。他最清楚他那点底子,根本不堪一击。于是说:"老常,你不要说了,城防还是要加强,我不相信共军就能攻破我桢县城。刘书记,召开一次联防会,给头头脑脑把气打足,让他们下去分别召开战前动员会,鼓舞士气。不怕一万,只怕万一,就如老常说的,该提前准备的还得准备。张琪,你给咱准备几辆汽车,先把家属转出去,先转咱们几个的。老常你让谁走?让家里人准备一下。"

常德胜说:"我家里人不走,我家祖祖辈辈住在桢县城,看共产党能把我怎样。"

根据二站苏主任安排,兰兰暂时不回朗孟驿,也绝不能让常德胜和家人知道她回来了,而是由石老三秘密接她直接去见县委领导。

夜里,张村学校大房子门上的"库房"两字依稀可辨。桢县共产党县委正在这里召开干部会议。石老三和兰兰走进来,段书记说:"老三,你把咱们的部长接回来了。"

"段老师,您好!"兰兰与段书记握手,不解地问,"您这话什么意思?"

兰兰在延安就已知道了段书记就是她一直想知道的桢县县委书记。不论是作为学生,还是身为下级,她都对他恭而敬之。

段书记没有正面回答她,而是向大家宣布:"经县委研究决定,报上级批准,梁兰歌同志担任共产党桢县县委组织部长,接替薛志坚同志的职务。大家欢迎!"他和大家一起鼓掌。

"段书记,真是太突然了!我一点儿心理准备也没有,唯恐难以胜任!"兰兰真的受宠若惊了,她连连向段书记和同志们鞠躬致谢。自从孙主任找她谈话后,兰兰就一直在猜测,党能给她分派一项什么工作?搞交通?妇联?文书……她万万没想到,党会把这么重要的工作交给她,心里一时还真不能适应。

石老三说:"兰兰,我代表我和生根祝贺你!我知道你能行,你有文化,胆识过人,又在延安学习了这么长时间,一定会成为党的优秀干部的。"

段书记笑着说:"看,有人支持你!来,我给你把大家介绍一下,这位是吉县长,这位是从解放区调来专门搞农村工作的刘飞同志……"

薛队长说:"段书记,你就介绍那些不认识的吧。我们当年在朗孟驿开会时,就已经认识兰兰了。兰兰,我代表桢县游击队全体指战员祝贺你!"并与她握手。

紧接着,秦彪、吴斌等都一一和她握手,代表个人和组织祝贺她。

一股莫名的冲动从兰兰心底升起,给了她自信和力量,她大声说:"同志们,感谢大家的信任和支持!我一定不辜负党和同志们的期望,希望大家在以后的工作中团结、友爱,共同提高。"

段书记招招手说:"时间紧迫,现在继续开会。全国形势刚才已经讲了,解放军已进入全面反攻阶段,西野二纵、四纵不日将要进军桢县,桢县彻底解放指日可待。咱们有大量的工作要做,首先要准备好粮食,兵马未动,粮草先行,咱们要在南北塬建五至六个粮库，为大部队储备好充足的粮食。这件事，南北塬的基层党组织协同南北塬的游击队共同完成。第二件事，根据上级指示，要团结最大多数力量组成统一战线，孤立少数顽固不化的反动派。具体来说，就是要有目的，有计划地深入敌人内部，分化瓦解敌人，化敌为友，加快革命进程……”

石老三说：“如果是罪大恶极的敌人愿意投诚，我们也要吗？”

“具体问题具体分析。我们的政策是既往不咎，只要他能弃恶从善，反戈一击，带兵投诚，我们都欢迎，而且会保证他的安全。”

兰兰说：“如果在战争中间或特殊情况下遇见此事，不能向组织请示，我们能代表组织决定问题吗？”

“只要符合人民的根本利益，党的每个成员都可以做决定，而且要大力向敌人宣传。但在可能的情况下或形势好转了，要及时向党组织汇报。”

秦彪问：“具体对象怎么定？”

“这就是我下面要讲的。大家回去后，把你们地域范围内的敌伪人员，上至县府官员，下至乡长、保长、保警队长，进行摸底排查，看哪些是可以争取的，然后开展工作。大家一定不要小看这件事，能争取一个，我们就能增加一份力量，就少了一个敌人。县委临时在南原，就派梁兰歌同志去北原开展工作，生活和住宿由桢宜游击支队安排。”随后，段书记回答了大家的疑问，安排了工作，还特别强调：“石老三，梁兰歌同志的安全由你负责。”“是！保证完成任务。”石老三敬礼回答。

郭福山嘴上不说，心里却跟明镜似的，所以他把有些该办理的事提前办理，该收拾的东西，早早都收拾好了，对乡上的事，能减少尽量减少，甚至化无；对上级布置的任务，能拖尽量拖，甚至不理。所以他在乡上的时间少而回家的时间多。

大太太问他：“你不是一天忙得很嘛，怎么这些时候净往家里跑？”

“唉，快啰！”郭福山恹恹地说。

“什么快了？”

“国民党快完蛋了，我也要树倒猢狲散了。”

大太太故作惊讶地问：“你这党国的要员怎么也说这话？”

“你一天圪蹴在家里不知外边的事，解放军又要打桢县了。这一向游击队又活动得厉害。”大太太连讥带讽地说：“你们不是把游击队都消灭了吗，怎么游击队又冒出来了？难道游击队是园子里的韭菜——斩不尽杀不绝。”

一提起剿匪，郭福山就想骂娘，他说，那都是些蠢猪，到中寺山连游击队的毛都没抓着，还把自己炸得稀巴烂。回到城内还开什么庆功会！奖这个，奖那个，大言不惭！“唉，国民党的假、大、空，就决定它非灭亡不可了！”

大太太乘机劝说：“既然你已经看清了形势，还不早早退出，等什么？等共产党、解放军把你抓去当俘虏吗？”

“我何尝不想！你想想，这时候提退出他们会怎么看你？给你个临阵脱逃或投敌叛国的罪名，你受得了吗？”

"那该怎么办?"

"听天由命,走一步看一步呗!"郭福山往床上一躺,郭霞正在旁边酣睡。他抚摸着她的头说:"郭霞这些时候怎么样?"

大太太瞥了一眼说:"调皮得像个野马驹!"

他端详着郭霞说:"这娃像个男娃性格。"

夜,中寺山游击队队部。大殿内空落陈旧,献台前用石头横支着一块石板当桌子,献台上的香炉里插着一根点燃的松明子当灯,风从门窗的缝隙灌进来,一股浓烈的黑烟摇曳着向空中升腾。每个人都显出一双黑鼻孔,看着别人都想笑,但想想自己的样子,又都笑不出声了。

兰兰看了看说:"同志们一直就在这样的环境中坚持斗争?够艰苦的了!"

吴斌说:"自从成立游击队后,才有了固定基地,以前就各在各家,秦队长还给地主当长工,白天干活,晚上才出来活动,那才叫困难呢!"

石老三打趣说:"兰兰,你是才来不习惯,这高山野林可好啦,春天山花烂漫,秋天果实累累,夏天凉风习习,冬天冰天雪地。土窑洞住上冬暖夏凉,山珍野味吃上美味可口。你要是在这儿住惯了,都不想回城里去呢。"

兰兰笑着说:"是吗?那我就长期住下不走了。"秦彪说:"其实让在城内坚持斗争的同志和在野外坚持斗争的同志换换环境,也有好处,这样斗争经验更丰富。"

兰兰说:"咱就不扯闲话了,研究县委给咱们布置的任务吧!"

于是秦彪就给她介绍情况,原来游击队早在龙门、杨庄、王村设立了三个秘密粮站,经党员带头和向群众宣传,群众捐献很踊跃,已征集了很多粮食,还有军鞋、担架等物资,现在还在继续征集。当前的重要任务,就是分化敌人搞统战。秦彪说:"我们去年就派老三摸过郭福山的底,后来敌人进攻,加之撤到瓦子街参战,那事就搁下了。现在,你回来了更好,当时老三就念叨,如果兰兰在,去看望一下大太太,做做动员工作,或许就会把郭福山争取过来。"

"我是要去看望大太太的,大太太是我的救命恩人。可是对郭福山,我是恨之入骨!他是我家的大仇人,我连见他都不想见。"

吴斌说:"大敌当前,要以党的事业为重。郭麻子控制着与我解放区接壤的大片山区,他所领导的乡保警队也是一支不可低估的力量,把他争取过来,意义非常重大。"兰兰点头说:"我心里是那么想的,但还是要把党的利益放到第一位。好,大家就研究具体方案。"

经过认真分析研究,最后决定,由兰兰和石老三秘密潜回河西村,以看望大太太的名义探探情况,争取从郭福山身上打开分化敌人的缺口。

石老三把兰兰要来的消息传给了老秦两口子,老两口非常高兴,尤其是双牛妈,想儿子都快急疯了。她也隐约听说过双牛和兰兰的事,早都想见兰兰了。夜幕降临,双牛妈在门口翘首张望,不见人影儿又回去了。老秦问来了没,她摇摇头说没见人。老秦疑疑虑虑说:"老三说的该不会变卦吧?说好今晚来的。"

双牛妈看着灯说:“这灯结彩了,一定有贵人到!”

话音刚落,石老三和兰兰就闪进门。老秦“啊哟”一声,拉住老三的手说:“你可来啦!你婶刚从外边看回来,你这真是神不知鬼不觉。”

石老三“嘿嘿”一笑说:“干我们这行的,能轻易让人发现吗?”

兰兰叫:“叔、婶。”

“噢!”双牛妈拉住兰兰的手端详着说,“这就是小时候经常和双牛在一起玩儿的兰兰吗?看出落得多么端庄俊秀!”激动得眼里闪着泪光。老秦忙取烟倒茶。

兰兰说:“我一时真不知该怎么称呼你们。三大哥可能对你们讲了,我确实和双牛结过婚,还有一个女儿,可那举行的是特殊婚礼,没法通知你们。结婚那晚,双牛就被敌人逮捕,后来一直没有消息,我想等着找到他,再一同来见你们,可……”二人都抹起了眼泪。老秦说:“唉,双牛是死是活,都没个信儿。”

石老三安慰说:“双牛不会死,一定是躲哪儿去了,我相信我的感觉。同时,老李头死前说的那话,让人觉得,他知道双牛下落,但不便对人说。”

老秦说:“这双牛,你活着也该给家里来个信嘛!”

双牛妈说:“就是苦了我兰兰了。孩子呢?”

于是兰兰就把那天敌人突然追捕她,以及后来听说常德胜把孩子送到香港他表姐那儿去的情况对老人说了。双牛妈惋惜地说,她应该早些把孩子送回来,说他俩年纪大了,也没个抓挖的,有个孙女在膝前多好啊!

石老三说:“婶,都是国民党反动派把人害的。等解放了,和平了,人民安居乐业了,咱把孩子接回来,好好过团圆日子。”

兰兰惦念着自己肩负的重任,就和他们商量,请双牛妈借着天黑,马上去通报大太太。大太太一听喜出望外,说她巴不得兰兰来呢。双牛妈暗示怕碰见老爷或保警队了不安全。大太太当即表态,说老爷今晚不回来,就是回来碰见了也没事,在她家她保证兰兰的安全。

双牛妈回家去通报兰兰,大太太就在屋门口等着。兰兰叫了声“大太太”,大太太热情地拉住她的手说:“啊,兰兰来了,快回屋!”

兰兰进屋放下手中的礼包说:“早都想来看你,可一直不能成行。”

大太太要叫秋红通知厨房给她做饭,兰兰挡住不让,说她在双牛家吃过饭了,也不让她惊动其他人,说只想和她多坐一会儿说说话。兰兰拉着她的手说:“我经常做梦都梦见在这儿的那段日子。”

“我也惦记着你呀,不知你的伤好得咋样了?”大太太说着,抹下兰兰肩上的衣服看她的伤,“枪伤好了,这儿怎么又有块伤?”

“不碍事,那是摔倒擦破了点儿皮。”兰兰说着,穿好衣服。

“好娃,好好居家过日子多好!这世上为什么总是打打杀杀不能停呢?”

“帝国主义、国民党反动派,不让人民安居乐业嘛!不打,敌人怎么会倒?”

“我还正想问你事哩!”大太太神秘兮兮地说,“听我家老头子说,解放军又要攻打桢县了,有这事吗?”

“有!”兰兰斩钉截铁地说,“解放大军不日将要二次解放桢县,国民党反动派就要完蛋了。我今天来,一方面是感谢你的救命之恩,另一方面还想给你透透消息。”兰兰说着,从身上掏出一沓钱给她,“大太太,这是你给我看病治伤的补偿。”

大太太把她的手推回去说:“你这是干啥?我缺你这两个钱啊?我是根据佛祖的旨意积福行善。只要我家里人好好的,我的孩子健健康康,我就心满意足了。”

兰兰压低声音说:“你大太太不是外人,我也给你亮句底话,我是共产党的人,是党派我给你送钱、感谢你的救命之恩来了。”

大太太早就预料到这一点,只是不便过问。今天,兰兰向她透了底,她有一种被信任被尊重的骄傲感,同时更增强了她对共产党和解放军的敬慕,于是说:“这情我领了,回去告诉你们领导,感谢他们看得起我。我知道共产党经费缺乏,这点儿钱权当我捐赠给解放军了。”

“你当年捐赠红军粮食和银圆的事,早都在桢县革命同志中传为佳话了。”

“区区小事,何须挂齿!”

“那可不是小事!共产党最看重支持她的朋友。”

大太太也压低声说:“兰兰,听说共产党分田分地,共产共妻,可有那事?”

兰兰郑重其事地说:“分田分地是事实,共产共妻那是造谣!共产党革命的目的就是要消灭压迫,消灭剥削,让耕者有其田,让人民过平等幸福的生活。”

大太太对兰兰说的剥削有疑问,认为资本家、地主雇工付工钱,怎么能算剥削?兰兰就根据她在抗大学的《资本论》的理论,对她讲解资本家、地主剥削工人、贫苦农民的剩余价值的道理。大太太听得心服口服,心想,是这么个理儿。这么浅显的道理,为什么富人就视而不见呢?还是私心太重,贪得无厌!于是说:“我明白了!怪不得共产党得人心,共产党代表大多数人的利益。兰兰,你说,如果共产党得了天下掌了权,会怎么处罚剥削人的人?”

“根据解放区的经验看,地主的财产要没收,土地要分给没土地的穷人,对那些罪大恶极的恶霸地主还要进行处置。”

“唉!”大太太叹口气说,“那我家老头子是凶多吉少了。我一再给他说对穷人要善些,可他总是不听,一意孤行,胡作非为,让我判,他都够上枪毙了。”

兰兰乘机说:“你愿意看着他去死吗?”

“那还有什么办法?”

“有!”兰兰进一步对她讲共产党的宽大政策,“只要他能弃恶从善,不再与人民为敌,对他以前的罪恶,可以既往不咎。”

“那就是说,如果从今往后他不再做坏事,多做好事,共产党就可以饶了他?”

“可以这样说吧。”

大太太想了想说:“兰兰,那我也给你交个底,我家老爷其实也早看出国民党不行了，对国民党的腐败深恶痛绝，几次想辞职，但县长不批准。”

兰兰心里暗暗窃喜。于是她抓住时机说：“是吗？其实他也不一定要辞职，只要他不再与人民为敌，为共产党游击队做事，那还能将功赎罪，将来更能得到宽大处理。”

大太太喜出望外，忙问：“那这些事，该和谁去说才算数？”

兰兰明确表态：“你先和你家老爷说好，如果他有那意愿，你通过老秦家婶转告我，我汇报给我们领导，领导就会安排人和他谈判。”

大太太想到她家的现状，征求兰兰意见，问她家里这摊子该怎么处理。兰兰再给她讲了些党的政策，结合解放区土地改革的经验给她作了些指导。

“啊呀，兰兰，”大太太五体投地地说，“今晚和你的这番谈话真是太重要了，这大概也是佛祖派你给我指点迷津来了，阿弥陀佛！”她合掌祷告。

“我也是报大太太的救命之恩呢！时间不早了，我也该走了。”

“走什么？今晚就住我屋。我想，咱俩是前世有缘，要不，为什么这么投缘？要说我救了你，如果这事办成了，你就是救了我们全家！”

“你抓紧办，我尽力而为。我还是住那边，他们都在等我呢！”

“你一定要走，我让贵儿送你。”

“不用，我是咱河西村人，路熟着呢！”

大太太说什么也不放心她一个人走夜路，就下炕去叫贵儿，吩咐把她送到老秦家，并叮咛今晚兰兰来家的事别对任何人说。

贵儿把兰兰送出门，石老三不知从哪儿冒出来了。兰兰说：“啊呀！三大哥接我来了，贵儿哥，你回去吧。”石老三边走边说：“谈的时间还不短呢！”

“可不！你就一直在巷里等着？”

“嗯！”

“你太辛苦了！”

“这是我的责任。”石老三又急切地问谈判情况。兰兰告诉他谈得很顺利，可能很快就能见分晓。

伪县政府的官员们像热锅上的蚂蚁，惶惶不可终日。崔林玉、刘湘一边对下属吹嘘援军马上就到，城池固若金汤，一边乘着黑夜把家属和家产悄悄用汽车拉走。下属官员也早看穿了上级的阴谋，谁都不想替他们当炮灰。心照不宣，各打各的主意，也都效仿主子的样儿，暗暗打着逃跑的主意。崔林玉、刘湘的家属早走了，雷团长、陈院长的家属也走了……

第二天晚上，因为一时还等不来大太太的回话，兰兰对双牛妈说，她想回老屋看看。双牛妈说，那就去吧！毕竟是自己出生的地方，去看看，也顺便祭奠一下你爹妈。于是给她准备灯笼、线香、纸钱等。

石老三说：“走，我吊远警戒。”二人摸黑去了。

兰兰打开家门，院子内荒草萋萋，屋舍一片破败景象。那棵被剥光了下半身皮早已枯死的榆树仍屹立在北边房基上，它像是饥饿年代的僵尸和标志，向世界昭示着什么。眼前幻化出当年和妈埋葬爹的景象——眼泪模糊了她的眼睛。

兰兰抹了把眼泪，点着灯笼向西屋走去。推门的当儿，灰尘"哗"地漫下，一股呛人的味儿扑鼻而来，地面上桌子上都覆着一层厚厚的尘土，顶棚纸从麻秆架上吊下来，屋角那儿房顶破了个洞，能看见外边的天。

兰兰想把供奉爹妈牌位的桌子上的尘土吹净，可是徒劳无益，还眯得眼睛都睁不开。于是，她点着了线香插在香炉内，把手帕铺在地上，跪着给爹妈烧纸钱。嘴内默默念叨："爹、妈，不孝女儿兰兰回家看你们来了！我知道你们冤屈难受！女儿不但为你们报不了仇，反而要与仇人去谈判，爹、妈，原谅女儿吧，这是党的决定，为了瓦解和粉碎敌人，为了全民族的解放，我不得不这样……"

郭福山本来就无所事事，大太太一传话，他就回来了。他问有什么事把他急着叫回来，大太太故意厉害加怕怕地说共产党、解放军马上就要攻打桢县了，国民政府末日就要到了，问他想不想给自己找条出路。

郭福山瞪大眼睛说："出路！出路在哪儿？"

大太太说："和共产党私下谈判，明着给国民党干，暗地里给共产党干。"

郭福山更加惊愕："要我脚踩两条船呀！"

"脚踩两条船有什么不好？左边胜了，你把右脚收回来；右边胜了，你把左脚挪过去。浑浑世事，大家都在看风使舵，你还逞什么能！"

郭福山掐着水烟袋吸着，思虑半天才说："事情也不是你想的那么简单，有时候背着猪头还寻不着庙门呢。"

"我就是得了信息，才把你叫回来商量。"

"你得了啥信息？"

于是她就把兰兰来看她，及给她讲的那些道理，一五一十讲给他听。

郭福山心里像十五个吊桶打水——七上八下。心想，这共产党真是厉害，工作做到他家里来了。何止这样，最近频频传说，国民党的好多高级将领都纷纷倒戈投靠共产党了。上边摇，下边跑，这下边的小毛猴官儿看风使舵，也就不足为怪了。同时，还听说崔林玉、刘湘和许多县府官员都把家属转走了，这形势不是秃子头上的虱子——明摆着吗？你们都准备跑呢！还不让下边的人自找出路吗？这样想着，倒觉得大太太说的是个机会，可转念又想，国民党万一倒不了呢……

大太太催促说："你快作决定呀！机不可失，时不再来。"

郭福山支吾说："那……那要看谁说的，她拿得住共产党的事？"

"人家说了，只要你有意，她可转达给他们领导，进行正式谈判，写出书面协定。"

郭福山思谋再三，终于迈出了可喜的一步，说："这事可以试试。但要做得天衣无缝，绝对保密，绝不能露了风声。至于啥时候举行，你和他们说好再通知我。"

大太太为他的思想开化而高兴，紧接着说："她还给我透了些消息。"

“什么消息?”郭福山警觉地看着她。

“她说,共产党不允许人剥削人,雇长工、佣人都算剥削。说解放区斗地主分地分财物都是事实,还处理了好多恶霸地主。所以,我想和你商量,咱不如趁早把咱家处理处理。”

“你想怎么办?”

“与其等共产党将来逼着咱办,还不如咱提前自己办。我思谋,今年夏粮收后把地卖出些,把那些边远租种的地干脆送给那些佃户,从今以后不再收租子。至于家里的佣人,我早觉得多,烦人,做不了多少活,还要吃饭领工钱。等咱地少了,就根本用不了那么多人,干脆精减了,让人家自谋生计去。”

郭福山沉默了一下说:“你认为她说的话可靠吗?有没有什么阴谋?”

大太太不容争辩地说:“我救了她一条命,又没把她报告给国民党政府,她给我使啥阴谋啊!而且,听话听音,她的话中有没有诈,我还能听不出来?再说,人家也没具体说要咱怎么办,只是给咱透了点儿消息,这些都是我想出来的。”

“即便她是一片诚意,如果天变不了,那咱不是前功尽弃了吗?”

“那就当咱白手起家,从头再来。天生我才必有用,千金散尽还复来嘛!”

“那家里的佣人你打算咋安置?”

“你说呢?”

“我看也不必全打发,至少也得把贵儿和秋红留下,这主要是从郭霞的情况考虑,这两个人一下走了,郭霞会一时适应不了的。”

“你和我想一块儿了!”大太太聪明,她会把自己心里想说的话让别人说出来;老爷大度,他早把大太太的心思揣摩透了,与其那样,还不如自己装个好人。桶以为自己大,但还是被井装进去了;井以为自己容得多,但还是被桶一点一点吸干了。

大太太通过双牛妈把消息传达给了兰兰。兰兰要石老三跑一趟去请示一下秦队长和吴政委,最好请吴政委来和郭麻子谈。石老三却持不同意见,说没必要,方案,大家已研究好了,再说,县委组织部长也没必要向下属请示。他鼓励兰兰大胆干,要培养独立工作能力,表示愿意保护她、支持她。

兰兰犹豫说:“我是怕万一敌人耍花招,咱们的人离得远,势单力薄……”

“不怕!”石老三说,“咱们通知他,如果有诚意,就不准带人多了。咱们两人,他们也只准两人。”兰兰想了想说:“行!那你说,咱啥时间啥地点和郭麻子谈?”

“事不宜迟,避免夜长梦多,就明天晚上,地点让他们定。”

“好!那就这样。”于是兰兰就请双牛妈再去传话给大太太。

月光朦胧,星辰暗淡,夜显得异常宁静。郭家祠堂门口有两个保警队员站岗。巷子内影影绰绰可以看见保警队员在巡逻。负责传递情报的老秦来到郭家祠堂打探消息,三子小声告诉他,说郭乡长让他快些把人带来。

老秦看看哨兵说:“你这……”三子推了他一把说:“别管!快去叫人吧。”

老秦匆匆回家对兰兰他们说了他看到的情况,石老三立马就火了:“妈的,这老奸巨猾：葫芦里卖的什么药？欺侮我没带游击队来，我这就回去搬兵！”

“慢！”兰兰挡住他说，“让我想想。”

双牛妈说：“兰兰，还是小心为是！要不谈判推后进行。”

石老三说：“要不，等我把队伍拉过来再谈。”

兰兰果断地说：“不！不用搬兵，也不必延期，现在就去！说不定，郭麻子就是想考验咱们的胆量呢。不就两个人吗？他郭麻子未必就敢动手！”

石老三也胆从怒中生：“走就走！咱也把枪带上，他郭麻子胆敢轻举妄动，我先要了他的狗命。”

于是老秦领着兰兰和石老三来到郭家祠堂。三子就等在门口，说声“跟我走”在前边领着，两个保警队员善后，像是押着他们三个来到谈判室。

老秦进门说：“老爷，我给你把人领来了。”

郭福山站起来说：“好！你去吧。”转脸说，“你俩来啦！”

兰兰瞅了眼郭福山，从腰里拔出手枪“啪”往桌子上一放说：“看你这架势，是摆鸿门宴嘛！要动手给你个机会。”

石老三双手握枪，虎视眈眈。郭福山也把手枪放在桌子上，手一摆说：“撤！”三子和两个保警队员出去了。他转脸说，“别误会！坐，坐，老三，还是你那脾气呀！”

兰兰在凳子上坐下。石老三一只脚往凳子上一踩，探着身子说：“我就说，郭乡长一把年纪了，不会说话不算数吧！”郭福山带笑说：“哪能呢！那士兵和岗哨不是对付你们的，我还得防着‘自己人’嘛，所以戒严不准生人进入这块地方。”

石老三“噢”了一声说：“郭乡长想得还怪周到。”

兰兰说：“不说闲话了，咱说事。郭乡长，大太太是我的救命恩人，所以才有今日谈判这回事，否则我才不会管你的闲事呢！你的下场如何？我想，你心中有数。”

郭福山点点头说：“我是有罪的。兰兰，我对不起你母子俩！”

“现在道歉，为时已晚！不过，从大太太那儿得知，你还算眼睛亮，看到了国民党反动派的腐败和不可救药，趁早退出是明智之举！”

“你说我如果投靠共产党，就不再追究我过去的事了吗？”郭福山心里有鬼，所以就先把这事提出来了。这事当然也是谈判的关键，如果他的性命都没保证，那他也就没有和共产党谈的必要了。

兰兰郑重其事地向他讲了一下我党的宽大政策并说：“你如果再能积极为我党办事，还能将功赎罪，受到奖赏！”

“你们都需要我干什么？”

兰兰从衣袋里掏出早就拟好的协议底稿给他。郭福山捧在手上端详着：第一，凭借乡长的权力，尽量保护共产党员、游击队员及其家属的安全；第二，在可能的情况下，为游击队提供武器弹药；第三，为游击队提供、传递情报；第四，在时机成熟时，举兵起义，反戈一击。

兰兰说：“你看，还有什么需要修改和补充的，可以提出来。”

郭福山思索了一下说："行！不过，你说话算数吗？"

"我是代表党来谈判的，咱们在协议书上签字。至于诺言能不能兑现，今后还要看你的行动。"石老三插话说："我实话告诉你，梁兰歌同志现在是桢县共产党的领导人之一。"

郭福山点点头，执笔写了两份协议书，并且双方在上面签了字。各执一份。兰兰把协议书收了说："那我们走了。"

"慢！"郭福山对着外边叫，"三子，把那个袋子拿来！"三子提进来个黑布袋，他接过转给兰兰，"这是两支驳壳枪和四十发子弹，作为礼物送给你们。"

兰兰接了递给石老三。石老三拿出驳壳枪看了看说："郭乡长，今后咱们就是朋友了，有啥过不去的坎儿，告诉我一声。"郭福山点点头，送他们出门。

要说此时伪政府官员中的不识时务者，大概就要数高天顺了。出于对共产党的刻骨仇恨，他仇令智昏，不知天高地厚，不晓从哪儿得知杨村粮站的情报，便去向刘湘汇报，请缨捣毁。刘湘深谙大局，这会儿净想着如何保住家人财产、身家性命，便推说事关重大，要他请示崔县长。崔林玉老谋深算，奸猾诡诈，一通夸赞加鼓励，什么"党国精英、前途无量、勇往直前……"，说得高天顺自觉头有柳罐大，扬扬得意。他末了说："命你带队征剿，捣毁了共匪杨村粮站，我给你记大功！"

高天顺骑着大白马，带着他的特务队浩浩荡荡开进了北惠乡乡公所。郭福山把他迎进屋问："有什么紧急任务吗？"

高天顺说："崔县长命令，让北惠乡配合特务队端掉共匪杨村地下粮站。"

郭福山一愣："什么！端掉地下粮站？你们踩好点啦？"

"没问题，侦探清楚了。"郭福山给高天顺递了一支卷烟，自己也点燃了一支吸着。心想，他妈的妙透了！昨天晚上刚和游击队订了协议，今天你就给我出难题。他试探着问："老高，你知道城内的头头们都在干什么？解放军都要攻城了，还……"

高天顺不等他说完，趾高气扬地说："咳！县城固若金汤，崔县长说，援军即日将到，定要与共匪决一雌雄！"郭福山见一时点不透这榆木脑袋，也不便向他表明自己的心思，于是装出笑脸说："那行，我们保警队刚巡回清剿回来。也罢，任务紧急，就不休息了。这样吧，让灶房给咱做饭，让大家吃饱喝好再出发。"郭福山这里稳住高天顺，暗地里立即派心腹给梁兰歌和石老三去报信。

消息很快传到双牛家。兰兰说："这郭麻子还有一定的信用度，昨天晚上谈判了，今天就把消息传过来了。"

石老三急得不行，说："情况紧急，给支队报告已来不及，这该怎么办？"

兰兰问："粮站情况咋样？"

"有人看守，但兵力肯定不及特务队和保警队人多。"

"那咱们带着一分队的人赶快去支援！"于是两人研究分析情况。石老三把他的作战计划一说，兰兰说："你分析得很正确，赶快行动！要我干什么？"

"你就在家待着，你的安全就是我的责任。"

兰兰急了："你胡说什么！你把我当宝藏啊？我在延安战场的枪林弹雨中钻过，我也要战斗！"

"那好！你带百灵、志诚那个小分队去律济桥截击敌人，我去杨村粮站救援。事不宜迟，赶快行动！"

高天顺、杨六儿带着特务队向粮站射击。守护粮站的游击队员在还击。保警队的人也在射击，但大多有一搭没一搭朝空中放枪。

高天顺喊："冲啊！"带人冲进了粮站，把粮食袋子、衣物等往大车上搬。

石老三带队向粮站狂奔，离老远就打起了枪，并大喊："同志们冲啊！把抢粮站的敌人消灭掉！"

三子看见了请示郭福山，问要不要阻击一下。"阻击个屁！"郭福山训斥了一句，把他拉到一旁耳语，随后说："喊话！"

三子大声喊："高队长，游击队援兵到了，快带着战利品走吧！"

高天顺向远处看了一眼，游击队打着枪冲过来了。尘土飞扬，喊声震天。随即喊："拉粮的车快走！特务队断后，边打边撤！"

赶车的把牲口打得飞快往县城方向跑。杨六儿埋怨只搞下两车就走，高天顺说："能抢多少算多少，快走！"

兰兰、百灵、志诚领着游击队员们埋伏在律济桥南头两边的高崖上。百灵看看远处说："梁部长你看，敌人来了，队伍前边有两辆拉东西的大车。"

兰兰随着他手指的方向看去——敌人正簇拥着大车向律济桥走来。于是说："注意隐蔽，等敌人下到沟里再打。"百灵对对面打着手势传达兰兰命令。志诚招着手回应说知道了。

石老三带领游击队紧追不舍，噼里啪啦打着枪，吓得高天顺心惊胆战，催促把车赶快点。车夫鞭打牲口，牲口挣扎着向前跑，浑身淌汗。大车下坡了，刹车声发出咿咿呀呀的响声。特务队的人紧拥在车后，缓慢地向坡下走。下到坡下的石桥上，穿过石牌楼开始爬坡了。兰兰瞅准时机大喊："打！"

崖上的游击队员射击、扔手榴弹。追击敌人的游击队员也在射击。枪声、手榴弹的爆炸声、敌人的号哭声、游击队员的喊杀声响成一片。敌人乱作一团，丢车保兵，任牲口胡冲乱闯。高天顺也丢了大白马，混迹于士兵中逃命去了。

石老三眼明手快，揪住了狂奔的大白马，一跃而上，追赶逃跑的敌人，向敌人射击。追了一截，又掉转马头跑了回来，骑在马上狂呼大笑："哈哈哈！狗日的高天顺，没抢走粮食，还倒贴了一匹大白马！"

兰兰说："三大哥，别狂了！收拾战利品往回走。"

"好！收兵！把那两车粮食送回杨村粮站。"

游击队员掉转马头，把车往北坡上赶，众游击队员在后边推车。

兰兰说："这一仗打得漂亮！"

石老三不无自豪地说："这算什么，特务队有几个人？那年打保安团才热闹哩！

那年俘获了耿营长的枣红马，今日又俘获了高天顺的大白马，哈哈哈！”

五十三

解放大军又浩浩荡荡从河西村村旁的大路上开过。小学生列队站在路旁，手里举着小三角旗喊：“欢迎解放军！共产党万岁！毛主席万岁！”群众也站在路旁观看，还把茶水、鸡蛋等，往解放军手里递。大太太也牵着郭霞的手站在人群里。

解放军战士雄赳赳气昂昂唱着歌从群众面前走过，首长挥着手向群众问好致意。

解放军、游击队把桢县城围得水泄不通，并向城内喊话：“国民党的士兵们，你们已被解放大军包围了，举手投降是你们的唯一出路！我们的政策是既往不咎，只要你们弃恶从善……”

城上守军打起了枪，解放军还击。枪声一阵密一阵疏，时而夹杂着隆隆的炮声。

伪县政府的头头脑脑们惶恐地聚集在县府大堂。崔林玉说：“诸位，敌人已兵临城下，现在是党国考验我们的时候了！上峰命令我们要坚决守住桢县城，援军指日可待，我们一定能打败共军，大家要精诚团结，齐心协力！常司令！”

常德胜：“到！”

“城防布置好了没？”

“好了！桢县城固若金汤！”

“好！马团长。”

马团长：“到！”

“给战士们把劲儿鼓足！”

“战士们精神抖擞，斗志昂扬！”

“好！回到各自的岗位上去，与敌人决一死战，我军必胜！”

做了一番样子，把人打发走了。刘湘小声问崔县长，咱们怎么办，崔林玉对他贴耳交代，让他通知马团长，随时准备把兵力调至南城门突围。

解放军指挥部正在召开指战员会议。王震司令员对大家讲解战略部署，说桢县解放在即，但我们暂时围而不打，其原因：一、仍然是我们一直沿用的围城打援的原则，等待打击从南边来援助的敌人；二、促进敌人内部分化，争取小打或不打，尽量减小因战争而造成的城市破坏和人民群众的损失。

段书记把兰兰和石老三叫到一边，表扬了他们与郭福山谈判成功，争取了北边大片地区的安宁，为革命立了一大功，组织决定为他们记功。末了说：“梁兰歌同志，组织研究决定，还要你去做一个人的工作……”

兰兰脱口而出："党要我去说服常德胜吧？"

"你已经想到了，很好！不过事关重大，这关系到城内万把人的生命安全和千年文物古迹不受破坏，这次任务，只许成功，不许失败！"

"我一定尽力而为！"

"你需要带多少人？还有什么要求？"

"一兵一卒不带，也没什么要求。"

石老三说："单刀赴会啊！我看，还是让我做你的警卫吧！"

兰兰一脸严肃地说："不用，这次和上次不一样。不过，如果我没回来，那就是与常德胜同归于尽了。如果成功了，请部队做好进城的准备！"

"兰兰，要冷静，不要过于激动，即就是谈不成，也要争取活着回来，切记！"段书记说，"老三，通知秦队长和吴政委，把游击队拉到西关，随时准备进城！"

"是！"石老三举手敬礼，跑着去了。

兰兰装扮成村妇模样，顶块黑帕，提个竹篮来到了朗孟驿。看门人老雷惊喜地说，梁老板回来了，兰兰立即向他摆手说："小声点儿！"示意他关门，来到周妈屋。

周妈激动不已说："啊呀！小姐，可把你盼回来了！"

兰兰问明朗孟驿没驻扎城防队的人，知道了西关由城防队把守，然后毅然出门，径直向西城门走去。

西城门楼上，两个城防队的士兵在站岗，高警卫员正在给士兵交代什么。

兰兰大大方方向城门口走。一士兵喊："站住！干什么的？"

兰兰把黑帕一抹。高警卫员看见了说："啊呀！太太回来了，快请进！"

城门开了，兰兰走进去后，城门又关上了。兰兰问常德胜现在在哪儿，高警卫员告诉她说，大概在安居巷的家里。于是她迅速向安居巷走去。

兰兰轻轻走进门，从窗外向客厅窥探——常德胜全副武装，背门面向西墙的祖先画像站立，轻声自语："此一去恐怕就永远也回不来了。"兰兰持手枪推门进屋。

常德胜敏捷地跳转身："谁？"手枪早拔出来握在手上。两人握着枪对峙着在屋里转圈。"如此混乱，你回来干什么？"

兰兰说："知恩当报！回来救你！"

"你救得下我吗？我杀了那么多人，即就是投降共军，也难免一死，倒不如替党国决一死战！"

"只要你弃恶从善，带兵起义，打开城门迎接解放军，使城内百姓及文物免遭损害，共产党是会宽大处理你的。"

"你说那话算什么？"

"我是党派来的，我代表共产党说话。"

"真的？"

"绝不食言！"

常德胜撂了枪。兰兰也把枪别进腰内。

常德胜说："我还有条件。"

"讲！"

"你是我明媒正娶的妻子，别抛弃我！"

"不可能！"

"那也不可能！"

兰兰重新掏出手枪说："常德胜，你想反悔？"

"开枪吧！兰兰，我早把生死置之度外了，与其让共产党杀了，还不如倒在你的石榴裙下，我无怨无悔。"

"唉！"兰兰长叹一声，把枪又别回去。"你那条件，随后再说。"

"你答应啦！兰兰。"他一下扑上去抱住她。

兰兰推着他说："别，别，你滚开！"

常德胜不由分说地把她抱到沙发上，喃喃地说："我把孩子送到了香港。表姐来信说，苏玲很聪明，她一定要让她受高等教育。"兰兰哭着。

兰兰和常德胜来到西城门。常德胜对守门的士兵说："开门！让梁秘书出去！"

士兵开了门，兰兰走到门口回头瞅了常德胜一眼。常德胜对她摆摆手。兰兰出去了，士兵关了门。

常德胜把高警卫员和江警卫员叫到僻静处小声商量了一阵，他俩便分头集合队伍去了。队伍很快集合好了。常德胜严肃地站在队伍前看着士兵，半天没话，气氛肃冷得让人窒息。好半天他才说："兄弟们！"队伍啪地立正。"稍息！大家都看到了，解放军把桢县城围得水泄不通，我们插翅难飞。如果解放军用大炮轰击，桢县城将会夷为一片瓦砾，生灵涂炭！惨哪！刚才梁秘书回来告诉我一个消息，说解放军说，只要我们反戈投诚，打开城门，让解放军顺利进军，保护城内人民生命、财产及文物不受损失，解放军将对我们既往不咎，进行改编！鉴于此种情况，我决定带队投诚，将功赎罪！"话音刚落响起一片掌声。"持不同意见者，战争结束后，我放你回家，现在必须听从命令！有违抗者，立即处决！现在各就各位，看到三颗信号弹后，立即调转枪口，向城内守兵射击，执行命令！"城防队士兵又奔上岗位。

"啪！啪！啪！"三颗信号弹腾上天空。城门大开，解放军、游击队潮水般拥进来，喊声震天。兰兰穿着军装，戴着红五星军帽，飒爽英姿地冲锋在前。

孙大头跌跌撞撞地跑进县府大堂报告："崔县长！马团长让我告诉你，常德胜哗变开了西城门，解放军和游击队已经冲进来了。"崔林玉惊慌失措："什么！赶……赶快告诉马团长，把部……部队往南城门撤！突……突围！"

孙大头跑着去了。刘湘胆战心惊，像热锅上的蚂蚁来回踱步。

崔林玉喊张琪备车。张琪跑出门，之后一辆汽车开进了县府大院。崔林玉、刘湘等人争相往汽车上挤。高天顺跑上前拉住刘湘说："刘书记，特务队怎么办？"

嘈杂声太大，刘湘双手撮成喇叭状对他说："把队伍拉上霸郎山，坚持住！我随后派人与你联系。"说毕，爬上车绝尘而去。高天顺恹恹然对着远去的汽车，望尘莫及。忽然一声爆炸声将他惊醒，他急急慌慌向外走。刚出门，杨六儿带着一帮人匆匆赶来，气急败坏地说："高队长，咱们怎么办？解放军已经打到家门口了。"

"刘书记要咱们上霸郎山坚持斗争。"

"他妈的！他们逃之夭夭，让咱们当炮灰！我不干，走！"杨六儿手一摆，带着他的人走了。高天顺在后边喊也没喊住，他们一溜烟消失在人群里。

特务队大厅内，子善向大家说："特务队的兄弟们，国民党大势已去，桢县马上就要解放了，再别执迷不悟，跟我投奔游击队，求一条生路……"

高天顺刚踏进特务队的院子，张奎就迎上前对他附耳报告，说周子善鼓动叛变。二太太领着春艳也从他屋内出来，虚说怪道："啊呀！你跑哪儿去了？"

"等一下，"高天顺说着向大厅走去。二太太和春艳也跟了过来。高天顺从开着的窗子看进去，子善正起劲鼓动："兄弟们！事不宜迟……"高天顺手起枪响，"啪！"子善应声倒地，血与脑浆迸流。众特务都惊得呆若木鸡，僵立在那里。

如晴天霹雳，春艳大哭，捶打着高天顺："你怎么把子善打死了！你这个魔鬼！你遭天打五雷击……"哭闹不止。

"把她给我弄屋子里去！"张奎和二太太一人拉一只胳膊把春艳拉回屋内去了。高天顺对那些惊魂未定的特务们说："各位兄弟，共产党没有天下，国军还会打回来的，和上次打回来一样。上峰要求我们拉上霸郎山坚持斗争，谁想叛变和子善下场一样！现在我宣布，分开各自行动，在霸郎山集合，解散！"人们散去。

高天顺回到办公室，春艳还在嘤嘤地哭。他大声呵斥："你还哭个鬼！解放军来了，就要把你剥光吊在树上打，还不化装快逃！"

南关城楼上的敌人加大火力掩护，机枪"嗒嗒嗒"鸣响，手榴弹"轰轰"爆炸，硝烟弥漫。解放军、游击队以更加猛烈的火力还击。南门打开，城内的敌人潮水般逃出城，拥挤着从南桥通过。汽车裹在人群中缓慢行进。

秦彪说："坐汽车的都是当官的，狠狠地打！"战士们向汽车射击、扔手榴弹。

崔林玉、刘湘等跳下汽车夹杂在人群中逃窜。汽车好容易过了桥，加快了速度。那些当官的争先恐后往车上爬。有一个腿受伤的军官没爬上去被甩下来，一瘸一跛撵汽车，嘴里骂骂咧咧："妈的！活见鬼！"

四城门全被打开。解放军、游击队迅速攻占县府各机关单位。

街上人声嘈杂。人群中有一个戴破草帽、拄拐杖、弓腰驼背的老头和一个衣衫褴褛、头顶黑帕的老太太，带着一个穿破花衣服、脸脏兮兮、头发乱蓬蓬的姑娘。细一看，原来是高天顺、二太太榴花和春艳，他们一路急匆匆向西门走去。走过"中兴和"门口时，春艳盯着门看，那门紧关着。她多么希望那门突然打开，石老三从里边出来，她好把子善牺牲的事告诉他。高天顺拉了她一把小声说："你找死，还不快走！"

钱常有和梁满仓背着枪急急慌慌走进西门，像两只掉队了的公鸡，昂着头胡瞧乱瞅。高天顺窥见了他俩，把草帽往下拉了拉，拽了下榴花和春艳，匆匆绕道溜了。

钱常有说："啊呀！来得有点儿迟了，橄榄枝没了，想捞点儿稻草恐怕都难了。"

梁满仓说："咱不会说战斗一打响，咱就冲进来了。"

钱常有瞥了他一眼说："你能哄过石老三那老鬼啊？"

杨六儿穿戴着国民党特务的衣帽，在人群中显得特别显眼，他自惭形秽，东躲西藏。在一个胡同里，他脱掉外衣，甩掉帽子，把枪栓扔上房，把枪扔在胡同里，鬼鬼祟祟跑向西门。梁满仓戳了钱常有一下说："你看！"

钱常有顺着他手指的方向看去："啊！杨六儿，一条大鱼，别让跑了！你从前面截住拿枪逼他，我从后边顺势一抱就把他逮了。"

"好！这下有礼献了。"梁满仓说着走了过去。钱常有也悄悄向杨六儿背后潜去。梁满仓持枪大喝一声："站住！杨六儿，还认得我吗？"

杨六儿一愣，猛抬头，随即满脸奸笑地说："这不是满仓嘛！见面不叫队长，咋还咋咋呼呼的？"

"你这个叛徒！"梁满仓厉声呵斥。钱常有猛地从后边抱住了杨六儿，二人三打五除二就把他捆了起来。钱常有说："哼！险些害得我俩上了国民党的贼船，走！把你交给共产党再说。"押着他向前走去。

杨六儿一路求饶："兄弟，放哥一马，我亏待不了你们！"梁满仓踢了他一脚说："别耍花招！要不然，我立马毙了你！"

镰刀斧头旗又插在了县政府门口，有两个解放军战士在门口站岗。政府大院内人来人往，忙忙碌碌，那些被俘的敌伪人员被集中在大院一角，由十多个解放军战士看守。钱常有和梁满仓押着杨六儿向县政府走去，碰见石老三迎面走来，急切地说："石队长，总算找到你们了！"

石老三说："哎呀！钱常有、梁满仓，你俩从哪儿蹦出来？"

"我俩听说攻打桢县，紧赶慢赶回来参加战斗。"

"你看，我们把杨六儿捉住了。"

石老三上前狠狠地踢了杨六儿一脚骂道："杨六儿！你这忘恩负义的家伙，党把你提拔成副分队长，你竟然把我的人带着投敌叛变！嗯！我真想现在就一枪毙了你！"他拿枪对着他点了点，"带那边去！"他领他们来到押敌伪人员处，对看守的解放军战士说，"这是叛徒杨六儿，特务队副队长，可要看好啰！"

解放军战士点着头把杨六儿接收进去。

钱常有问："咱们游击队的人在哪儿？"

"你俩跟我来。"石老三说着往原特务队那儿走。

梁满仓问："咱们第一分队跟杨六儿走了的人都回来了吗？"

"绝大多数人都回来了。你俩钻哪儿去了？"

钱常有胡诌乱编，说那晚过了黄河，他们侥幸逃脱，可敌人紧追不舍，他们糊里糊涂不知怎么就跑到黄龙山。梁满仓加油添醋，说后来他们准备回中寺山，又听说县清剿队把中寺山占了。石老三瞅了他俩一眼说："好了，好了，别煞费心机了，要不是看在你俩抓住了杨六儿，我才不会相信你们的鬼话。”

“啊呀！石队长英明！”

“嘿嘿！石队长，这回该给我俩记大功吧。”

“去去去！看！”石老三指着原特务队的地点说，“从那个门进去，咱们游击队队部临时设在那儿，到那儿找咱们的人，我还要去开会。”

县政府会议室正在召开县委、解放军及游击队全体干部会议。王震司令员讲话：“同志们，桢县解放了，政权又回到了人民手中，但我们决不能掉以轻心！当前的任务艰巨而繁重。我想主要要做好以下几项工作：一、尽快建立、健全县一级的党、政组织，领导人民继续革命。二、彻底、全面、干净的消灭残余的反动势力，绝不能让他们死灰复燃，卷土重来！三、尽快建立起地方自治武装。因为解放军马上就要接受新的战斗任务，解放全中国。四、根据上级指示，桢县游击队和桢宜游击支队就地整编纳入中国人民解放军。希望游击队的领导和部队有关部门合作，尽快做好整编工作。在紧张的战斗之余，轮流放同志们回家看看，和家里人聚聚，要出远门打大仗了嘛，你们说是不是？”发出轻微的笑声，紧接着是热烈的鼓掌声。

段书记讲话：“各位首长、同志们，首先，我代表桢县县委、桢县人民政府，及桢县人民感谢中国人民解放军全体指战员为我们重新解放了桢县。王司令员的指示很重要，我也对咱们的县委干部提几点要求：一、凡拟定接管各单位的人员，立即到位赴任。接管各乡镇的工作，也必须在三天内完成。二、县政府要尽快安排好群众的庆祝活动。三、配合部队和游击队穷追猛打残余在逃敌人，十日内举行第一次镇压反革命大会，杀杀敌人的嚣张气焰。现在大家立即分头开展工作，散会！”他看见正要走的兰兰叫道：“梁兰歌同志，你留一下！”

兰兰折回来问：“段书记，还有什么事吗？”

“县委决定把一项重要任务交给你。”

“什么？”

“兼任桢县公安局局长。”

“啊！”兰兰惊愕地说，“不行不行！段书记你开玩笑吧，我能胜任那工作？”

段书记严肃地说：“我没开玩笑。根据延安领导对你的鉴定，结合你这一段的工作看，你一定能胜任这项工作！”

“段书记，斗争形势复杂，我怕耽误了党的大事。”

“兰歌，大胆干吧！有党的领导和同志们支持，你怕什么？”

兰兰万万没有想到，她一个普通的柔弱女子，党却一次次把重要任务交给她，她只觉得肩上的担子更重了。低声说：“组织信任我，那我义不容辞”

“当前，你还是光杆司令。你就从一开始，给咱县建立一支强有力的警卫队，就叫公安大队吧。”

五十四

桢县城锣鼓喧天，彩旗飘飘。庆祝胜利的游行队伍从街上走过，有锣鼓队、高跷队、秧歌队，最长的是举着小三角红旗的学生游行队伍。人们欢声笑语，载歌载舞，喊着口号——庆祝桢县解放！共产党万岁！毛主席万岁！中国人民解放军万岁！……茶馆、朗孟驿、天顺兴、中兴和、杂货部等好多店铺门前都燃放鞭炮，响声震天。芳芳领着陈强在街上观看说："强强，高兴吧？好看吧？妈也给你做一面小红旗举着去游行！"

"我不要！我不敢去游行。"

"为什么呀？"

"我怕……我怕白狗子又回来了，像打小毛一样。"

"不会，强强别怕，这次白狗子是彻底完蛋了，马上就要开镇压反革命大会，常德胜等坏蛋就要被镇压枪毙。"

"我不嘛！"陈强靠在芳芳身上，上齿咬着下唇。芳芳把陈强搂在怀里，心想，常德胜，你这该千刀万剐的东西！

游击队的整编工作在紧张有序进行，为了不影响镇反和行政接收工作，队部决定轮流放假、归队，接受整编。秦彪宣布第一分队今天放假、后天归队后，石老三立即高兴地召集第一分队队员说："同志们，咱们打了多年的游击，现在就要转成正规军了！大家高兴不高兴？"游击队员们蹦跳着喊"高兴！高兴！""对，确实是一件值得高兴的事。所以啊！希望大家回去后，把这个喜人的消息告诉家人，让你们的家人也一同高兴高兴。然后尽快安抚好家里的事，按时归队！来了后就发军装军帽，然后骑马戴红花入伍。啊哈！等咱们换上了中国人民解放军的军装，再往这儿一站，看那是啥阵势！哈哈！"

石老三回到家，二话不说，抱起桂花在屋内转圈圈。桂花拍打着他说："你死呀，什么事把你高兴成这样？"

石老三仰着脸问："你猜，有啥好消息？"说着，放下了她。

"那还用猜？桢县解放了，城内一定热闹非凡。"

"那还用说，放鞭炮、敲锣打鼓、扭秧歌！"石老三嘴里敲着鼓点，拉着桂花的手在屋内扭起了秧歌。跳了两个来回，两人都不由得笑起来，激动得紧紧搂抱在一起。石老三拍着她的背说："终于盼到这一天了！"桂花趴在他的肩头轻声啜泣，泪流满面。他偶尔抬头，看见屋角桌子上卫掌运像前的香炉里插着一炷燃着的线香。他放开她，走上前点燃了一炷香插在香炉里，然后伏地跪拜："二哥在天有灵，桢县解放了！你的仇我也报了，二哥当含笑九泉。二嫂是有情有义之人，恕我不才不义，鸠占鹊巢，愧拜！”他起身回头，桂花坐在炕沿上，正擦干眼泪，给他一个不自然的笑。他坐在她身旁说：“桂花，你能猜到还有啥好消息吗？”

“解放了，胜利了，你要回家和我安安稳稳过日子了。”

“啥？我给你说过这话吗？”

“你忘了新婚之夜你抱着我说的话了吗？”

石老三拍着脑袋：“哦！我这糊涂蛋！那不算数！我那时只看着咱们桢县，现在，桢县虽然解放了，但全中国还没解放。长江以南、台湾、西南、西北一大片国土，还在国民党反动派统治下，党决定把我们游击队收编为正规军，我这就是回来给你报喜的，桂花，我马上就要成为中国人民解放军的一员了！你也要为我高兴啊！”

桂花大惊失色：“啊？你还要当解放军去远处打仗！那我才要担心死呢。不行！不行！我不让你去！我不让你去！”

“桂花，你听我说……”

“你什么也别说，不行！万万不行！”

“你怎么这样浑！这大的事，你也能挡住我？”

“我挡不住你，那你把我休了再走！那样，我就不必整天提心吊胆了。”

石老三把桌子一拍，一只碗掉到地上摔碎了，“你挡不住我！”说着冲出门去。

“你给我回来！”桂花撵出来，“你和我把手续办零干再走。”石老三骑马去了。桂花坐在门口的上马石上哭，“没良心的！我悔死啦！当初为什么要走这步呀？”

已长大了的宝强、宝珠跑出来。宝珠说：“妈，怎么啦？我大大回来没停咋又走了？”桂花说：“你大大要参加解放军，我不同意就给我耍脾气啦！”宝强说：“妈，当解放军有什么不好？我都想去参军！”桂花伸手打宝强，宝强躲开了。

菊花闻声出来问：“桂花，老三好长时间都没回来了，怎么一回来就吵架？”

“人家游击队当得不爱当了，还要去当解放军，菊花嫂，你说，让我担心到什么时候呀！”

“挡不住，你在这儿哭有啥用，你去县上找他们头头去说嘛！”

“咱到县上两眼墨黑——认得谁呀！”

“老大不是在县上嘛！听说吴斌还是老三的领导，你找他不就对了。”

宝强说：“妈！干脆让我去参军，把我大大换回来。”

桂花拾了块土疙瘩甩宝强：“你再给我提参军的事，看我不打死你。”

“来来来！”菊花招手把宝强叫到跟前耳语了几句，末了大声说，“牵驴去，和你妈相跟着把你大大叫回来。”

钱常有和梁满仓犯难了。刚躲过陕北这一仗，现在又要参军去更远的地方打仗。两人一边往回走，一边心事重重议论着。梁满仓说，他一提起打仗就心惊胆战。钱常有附和说，就是嘛，南征北战，枪林弹雨，要是有一颗不长眼的子弹钻到咱脑袋里，就别想回咱河西村来了！梁满仓哭丧着脸说，如果真死在战场上，那就冤大了，家里刚给我找了媳妇准备结婚呢！我实在不想参加解放军。

钱常有不断搔脑袋，说这不想去总得找个借口呀！梁满仓一听说借口，劲头十足，摊开两手说，看咱这指头，一根根都像小棒槌似的，啥原因？就是这几个月在黄龙山让那柳根水喝的。好了！咱就说，钻山把人钻下一身病，关节痛，腰直不展，不能去参军打仗。

“对！这理由充足，”钱常有兴致勃勃，“咱就这么说，再说，咱枪打贾有才，活捉杨六儿，他还得给咱记功发奖呢！”

“对！咱戴功回乡，名利双收，风光体面，谁也不敢小瞧咱们。”

小人得意，眉开眼笑，刚好身旁跑过去一只狗，他俩拾起土疙瘩争相打狗，追逐着向前跑去。

游击队队部这几天特别热闹，人员出出进进，说这问那，喜笑颜开。段书记和兰兰来到游击队队部，大家都热情打招呼。段书记说：“老秦、老吴，你俩都在，我正式说件事，组织任命梁兰歌同志为桢县公安局局长，肃反、治安都归她管。不过，当前她还是光杆司令，这几天你们要配合她做好各项工作。”

“好啊！兰兰，祝贺你！”秦彪与她握手，“还得感谢生根兄弟，是他发现了你这棵好苗苗！”

“什么好苗苗？这是赶鸭子上架，我真担心难以胜任。”

吴斌说：“没问题！兰兰，好好干！你三大哥要是听到这消息，说不定会蹦老高呢！”说话间，门外响起马蹄声。吴斌探头望，笑着说：“桢县地方邪，说鳖就是蛇。”

石老三在院门外拴了马，怒气冲冲直奔屋内，叫了句“段书记”，再不与任何人搭腔。秦彪说：“老三，说好明天集中，今天咋就来了？好积极哟！”石老三不理他，急得在屋内团团转，嘴里嘟囔：“混账东西！真是女人头发长见识短！”兰兰猜测他一准在哪儿受气了，假装嗔怪说：“三大哥，谁惹你啦？咋骂起我们女人来了？”

石老三伸手在吴斌口袋里掏烟。吴斌说：“你疯啦？领导都在跟前，看你那架势！”段书记掏出烟给老三发了一根，笑着说：“给，老三窝火得很。来，坐下来喷几口烟慢慢说。”

石老三抽了几口烟说：“啊呀！真丢人！这话我都说不出口。不说了，反正我也不回去了，这就等着整编吧！”

秦彪说：“这老三，有啥话就说嘛！这么多人还给你当不了参谋？”

外边又响起了牲畜的铃铛声。吴斌又探头往外看，卫宝强把他妈从驴上扶下来，搀着他妈走过来。桂花一见吴斌，声泪俱下：“大哥，你给弟妹做主呀！”说着进了屋。石老三大喝：“这臭娘儿们！咋跑这儿闹来了？你丢人不丢人，滚回去！”

吴斌厉声说：“老三，你住口！”秦彪安慰说：“桂花，别哭，有啥事你说，我给你做主。”

“我不同意老三去当解放军。他一定要去，就把我休了，和我弄零干，他就是上天入地，我也不管！”

“就为这事啊！桂花，这就是你的不对了，老三当解放军是正事。”

"秦队长,我不是说当解放军不好,你知道,自从那年宝强他爹出了事,我……我就被吓了一身病,夜内常做噩梦!自从大哥说让老三进了我家门,我就日夜提心吊胆,为他操心,他哪一天不回来,我的心就吊在喉咙口放不下。你说,他这一去,还不知何年何月能回来,让……让我这孤寡女人担心到啥时候呀!呜呜呜……"桂花说着说着就又哭起来。

宝强把吴斌拉到外边说:"大伯,我妈不让我大大当解放军,让我替我大大参加解放军吧!"

"什么!你要参军?"

"嗯!"

"你多大啦?"

"十八岁。"

"你妈让你去啊?"

"求你给我妈说说,你的话我妈准听。"

"啊呀!你们这一家人,这倒唱的哪一出戏。走,进屋!"回到屋内,吴斌说,"桂花,宝强说,让他替他大大参加解放军,你同意吗?"

石老三一下跳起来说:"不行!不行!我这解放军当定了!"

桂花更大声哭着说:"啊呀!盗命鬼呀!这一个个活活地取我命呢!我不管啦。"兰兰拽了下段书记的衣袖来到外边说:"段书记,我有将军了。"对他耳语。段书记边听边点头。说毕他们回到屋里。

吴斌正给桂花讲道理:"桂花啊!掌运同志为革命牺牲了,我们知道你心里痛苦,我们大家和你一样悲痛。我们的革命要没有这些同志前仆后继不怕牺牲地斗争,我们会取得今日的胜利吗?咱们桢县解放了,可全国还有一半以上的地方没解放,如果大家都怕危险,不让自己的亲人去当解放军打敌人,那全国能解放吗?那革命最后能胜利吗?现在正是紧要关头,如果我们不把敌人完全彻底消灭,那他们很可能就会卷土重来,就像前阶段还乡团回来一样,你愿意敌人再骑在咱们头上作威作福吗?"桂花停了哭说:"大哥,我……我没想到那些……"

段书记说:"我插一下话,刚才我和梁局长商量了一下,为了工作需要,也为了照顾桂花同志,现决定任命石云亭同志为桢县公安大队大队长,即刻上任。"

石老三急了:"这……段书记,我做梦都想着当解放军呢!"

"一样的,公安部队也是国家武装的一种。我顺便也告诉你,梁兰歌是公安局局长,你的上级。"

石老三没想到半路上杀出个程咬金,拽住段书记的袖子还要请求。

秦彪拍拍他的肩说:"老三,服从领导!桂花,这下该满意了吧?遇得好不如遇得巧,幸好遇上段书记和梁局长在这儿,要不我们还真不知该怎么处理这件事。"

卫宝强说:"大伯,这下该让我参军了吧!"

吴斌说:"桂花,你说呢?"

“唉！我也不知道了。我就想不通，国民党拉征兵都拉不下，这老的小的却都争着当解放军。这老天下晢要解放军胜呢！去吧！娃。”

秦彪说：“好！那就这么决定。卫宝强，你和你妈、你大大回去好好准备准备，明天到这儿集合接受整编。”卫宝强高兴地跳起来：“妈、大大，咱回。”

石老三说：“你和你妈先走，我随后就回来。”宝强和桂花走了。

秦彪说：“这下云开雾散了！桂花那么一哭一闹，我还真束手无策。”

吴斌说：“还是段书记想得周到。”

“也不是我想得周到，是兰歌同志出的主意。你们在，我走了。”段书记说着走出了门。大家送走段书记回到屋里。石老三埋怨兰兰出馊主意害了他下半辈子，兰兰却笑盈盈说她收下一员大将。

石老三真没想到事情从这儿来了。在一块儿偎了十多年，这就要分道扬镳了啊！一个劲低头叹息。秦彪催促说：“老三，快去快回！把儿子参军的事安排好，给弟妹好好安慰安慰。来了咱好好在一块儿喝回酒，叙叙。”

旧政权倒了，新政府还没顾上来接收，郭福山茫茫然不知所措。大太太催促说：“你等个啥呀，还不主动去找新政府请求发落，等人家来逮捕你呀！”

“我该去找谁呢？”

“谁和你谈判你就去找谁嘛！去县里找石老三和兰兰，让人家介绍你去见新县长，主动请罪，请求发落，看人家怎样答复。”

郭福山想，对！这回不用东躲西藏钻霸郎山了。幸亏那时写了协议书，我有这上方宝剑怕什么！于是打定主意，择日去县城。

大太太又叮咛：“要是去了呀，把马骑到城边边就下来，找个熟人家把马寄了，然后步行进城，时刻要提醒自己：现在不是乡长了，是共产党的阶下囚，贵贱不敢要你过去耀武扬威的臭架子。”

桂花家聚集了很多人。卫宝强穿着一身新军装，脸上挂着笑，桂花一边流泪一边给宝强拽襟整领。石老三说：“再别挤鼻流水，娃去参加解放军，你哭啥？”

宝强说：“妈，你别担心，我长大了，我能保护好自己。”

桂花说：“你大，娃去了和大哥、秦队长他们在一块儿吗？”

“是整编，肯定在一块儿。”

“那你给说说，让勤照看着娃点儿。”

“我给说了，老大说，宝娃去了先让在连部当通讯员。”

菊花等邻居来看望送行。菊花说：“啊呀！宝娃穿上军装，好英俊威武呀！给，大娘给你蒸了两对花馄饨，祝你吉祥平安！”

狗狗妈煮了十个鸡蛋，铁蛋妈给了一袋核桃，连同那祝愿、送行的话一并奉上：“想家了，吃上几个也是个念想。”桂花说：“谢谢大家为娃送行，就别送东西了。”

石老三说：“再别磨蹭，时间不早了，快走！”

大家簇拥着宝娃来到门外。宝珠红着眼圈拽着宝强的衣襟说：“哥，到那儿要常给家里写信。”

“记下了。宝珠，哥走了，你要照顾好大大和妈。”又对桂花说，“妈，我走了，再别动不动和我大大吵架，我大大也不容易，保重身体啊！”

菊花代表大伙，说：“宝娃，到部队上好好干，大家等着你把立功喜报带回家。”

宝强大声说：“我会的！大娘、乡亲们，我走了。”

石老三要宝强上马，他牵马。宝强推让着要老三骑马，他牵马。梁忠惠赶来了，给宝强戴了朵大红花说：“宝强，参加解放军光荣！骑上，伯给你牵马。”

石老三说：“你梁伯现在是新北惠乡乡长了，他也给你送行来了。”

“谢谢伯！”卫宝强骑上了马。枣红马头绾红绣球，铃铛丁零零响着，昂首阔步走了。乡亲们久久地在村头凝望。

钱常有、梁满仓做贼心虚，行动也显得鬼鬼祟祟，东瞅西瞧，见游击队队部没其他人了，才相跟着走进去。又鳖瞅蛋似的你看着他，他看着你，不言语。秦彪看了他俩一眼说：“来啦！把家里安抚好了吧？赶快去登记领服装。”

他俩脸涨得通红，相互看着，难以启齿。吴斌说：“有话就说，看你俩难为的那样儿。”钱常有说：“我……我俩不……不能去参军。”

秦彪放下手里的工作惊愣地抬头问：“什么！不能去参军？咋啦？”

梁满仓伸出手说：“你……你看，钻了几个月黄龙山，柳根水把……把人喝得得了风湿病，手指像棒槌，关节痛，腰痛得直不展！”他装出蹙眉展腰的样子。

吴斌气不打一处来，骂：“狗熊！滚回去！”二人面面相觑，站着不挪窝。“咋！还有啥心不甘？”

梁满仓嗫嚅地说：“我们枪打贾有才，活捉杨六儿，秦队长说要给我们记功哩！”

秦彪说：“噢！要回，还要载功而归，荣光体面！”

吴斌说：“不给你俩记功。打瓦子街时，你俩哪儿去了？解放桢县攻城时，不见你俩的踪影，战争快结束了，你俩倒捡了个大便宜。”

钱常有说：“吴政委，这太冤枉我俩了吧！”

秦彪不屑地说：“别和他俩闲磨牙，让文书给每人开个三等功证明。”

“光开证明啊！不给钱？”他俩同时惊呼。毕竟在游击队干了一场，吴斌又给他俩解释，说游击队把钱花光了，现在又马上要整编，要他俩拿着证明回去，将来地方组织健全了，民政局会给他们照顾和补贴的。

原桢县城防队的牌子换成了“桢县公安局”，经过一番清洁刷新，面貌焕然一新。兰兰穿着一身深蓝、笔挺的公安装，坐在常德胜当年办公坐的位置上。想当年第一次踏进此门，对这个位置简直是既艳羡又望而生畏。她轻轻摇头，心里说，历史真会开玩笑！我今天竟堂堂正正地坐在这儿了，简直不可思议。

石老三敲了两下门，大声喊：“报告！”兰兰忍住笑说：“三大哥，请进！”

石老三推门进屋立正敬礼：“报告梁局长，公安大队石云亭前来报到。”他也是公安装笔挺，大盖帽威武。

兰兰笑着说:“三大哥,你饶着妹子点儿,别把我烧死了。”

“怎么?你是名正言顺的公安局长,我是你的下属,我敢不对你恭敬?”

“好啦,好啦,没工夫和你谈笑,听我说,西边那个小院就是给公安大队的,里边库房、灶房、宿舍、办公室一应俱全,随后你派人去收拾。现在马上去开会,段书记怕都等得不耐烦了。”她拿起桌子上的大盖帽戴上,起身就走。

他俩走进县政府会议室,与会者已齐聚一堂,前边是二十多个学生,后边是县上各部门新任命的领导。

“梁兰歌,就等你们了,再迟一刻钟,就没你们的事了!快入座,开会。”梁兰歌和认识的局长们握手问好。段书记说,“我看,这样吧!同学们站到前边来,面对各位领导,这样便于领导欣赏。”下边发出笑声,学生们按指示站到了前边。“同志们,这是咱们从桢县中学选拔的第一批参加工作的莘莘学子,他们有的是党员,有的是积极分子。他们本来再有几个月就毕业了,可是革命需要,他们不得不提前下学上岗。”下边热烈鼓掌。“梁兰歌,你不是愁是光杆司令吗?看这些人才怎么样?”兰兰站起来笑着说:“好!都给我吗?”

“把你美得!你问问你身边那些人同意吗?”下边发出笑声。段书记说,“鉴于你们是特殊单位,就由你先挑两个。”

梁兰歌瞅了瞅说:“我挑,怕不合适吧,我们单位特殊,要有人愿意干才行。”

“那好!同学们,站在你们面前的是桢县公安局局长梁兰歌同志,谁愿意去公安局举手!”有两个学生举手。“举手的向前一步走,站出队列!”两个学生站出队列。一个牛高马大,一个白皙瘦削。段书记侧身观看:“啊哈!范春亭,大秀才,别看他身材瘦小,一支笔了得。李智宏,蓝球中锋,身体健壮!好!梁局长、石老三,把人领走。”梁兰歌、石老三上前与二人握手,四人一同坐到下边的座位上。段书记说:“下边就不一一挑选,按花名册顺序,叫一个单位领两个人。政府办公室——刘希民、梁孝忠,县委宣传部——张增辉、孙吉祥……”学生们一一被各部门领导领走。

梁兰歌第一次名副其实、有将有兵上班的那个早晨阳光灿烂。她感到心里充实而坚定,斗志昂扬。新中国像初升的太阳,光芒万丈,前途无量。她想,我一定要好好为祖国干一番事业!

她走进办公室,几个下属已到齐。她坐到办公桌后说:“从现在起,我就不是光杆司令了,三大哥的公安大队大队长已确定。范春亭同志当局办公室主任,李智宏同志当侦缉科科长。当务之急是招兵买马,尽快把公安大队建起来,因为游击队整编后,马上就要随大部队走,咱们立即就要担当起肃反和维护社会治安的重任。”

石老三说:“一下子要建立一支几百人的队伍,谈何容易!该到哪里去招兵呢?”兰兰说:“是有困难,但像段书记说的,大有人在,革命胜利了,群众革命情绪高涨,我们到下边一动员,肯定能招到兵。我和段书记说了,让把投诚过来的城防大队的人挑选一部分补充到公安大队来。”

石老三说:“那好啊! 那咱们马上就能有几十号人了。”

范春亭建议,现在就写个告示贴出去,树起招兵旗就有吃粮的;李智宏说,告示不光贴在城里,咱们这几天协同政府及游击队下乡,咱走到哪里,就把告示贴到哪里。兰兰兴奋地说:“还是年轻人有活力。这几天,石大队长同智宏下乡带贴告示,春亭留机关专门接待、收留来报名的人。”这时外边有人喊:“梁局长,有人找你。”

“让我去看!”范春亭立即跳起来兔子般跑出去了,不一会儿,又跑回来说,“报告梁局长,有一个半截子老汉求见。”

兰兰微微一笑说:“让他进来。”范春亭把郭福山领了进来。

石老三一见大声说:“郭福山,你来干什么?”

郭福山俯首说:“戴罪之人,请求发落! 我想再问一下,咱们当初签的协议还算数不?”兰兰说:“当然算。你的情况,我已向上级汇报了,可免你死罪,但要上大会,接受批判教育。回去规规矩矩,等待通知。”

“是!”郭福山鞠了一躬,转身走了。

游击队整编工作基本结束。游击队员们都换上了军装,喜笑颜开,相互交谈着,笑闹着。兰兰和石老三走进院子,战士们立即围上来打招呼。百灵紧紧拉住石老三的手说,石队长,你怎么忍心离开我们呢;志诚说,石队长,给领导说一声,跟我们一起走吧;众战士说,石队长,你还领导我们吧……

“唉! 同志们!”石老三与大家一一握手,胸口像塞了一团棉花,有话说不出,憋了半天才蹦出一句,“我……我真羡慕你们哪!”眼里蓄满泪水,激动得再也说不出话。兰兰说:“同志们,石队长留下来,确实是革命的需要,让咱们在不同的岗位上共同为党工作。我们给大家送行来了!”

秦彪从屋内出来说:“老三和梁局长来啦? 快屋内坐!”转脸对战士们说,“赶快准备去,咱们马上就要照相留影了。”

来到屋内,石老三禁不住擦眼泪。吴斌说他咋成了个老小孩儿了。石老三大放悲声:“大哥,你为了老弟,也害了老弟!”吴斌厉声说:“屁话! 现在说那话还为时太早……”秦彪打圆场说:“别说那些了,一句话,到哪儿都是干革命,擦干眼泪,欢欢喜喜照张相,然后大家再一起吃顿饭,就算是饯行吧。”

兰兰说:“你们坐在一起,我来为你们摄影。”

秦彪说:“还用不上你当摄影师,请你来,就为了你能和大家一起照相、吃饭。”

“我局外人掺和到你们中间算什么事!”

“你是局外人吗? 想想,从接应孟同志时,你就是我们中的一员了。”

“吴政委这么一说,我倒觉得理直气壮了!”兰兰说,“走,照相!”

照相了,摄影师指示战士们排好队,秦彪要兰兰和石老三坐中间,兰兰推让说,使不得,使不得,二位领导坐中间,我们欢送你们! 石老三也再三推辞,说秦队长这是要烧死他这老弟。

“别忸怩了,老三心里不爽快,是我们向你们告别!”秦彪把他俩按在中间座位上，喊，“摄影师，拍照！”

摄影师钻在黑布里瞄了一会儿，然后站出来一手举起，一手握橡皮球喊：“注意！都向前边看，一、二——三！”一捏橡皮球，“好啦！”

好多年后，石老三坐在炕上拿出这张合影看，禁不住潸然泪下。那是后话。

石老三领着公安战士在大院操练：“同志们！要当一个好公安战士，必须练好过硬本领。现在做一百次俯卧撑，预备——开始！”战士们伏地做俯卧撑，范春亭和李智宏也在其中。范春亭特别卖力，气喘吁吁，满头大汗还坚持着。李智宏有些坚持不下去。石老三检查走过来说：“智宏加油！坚持到底就是胜利！锻炼身体首先要磨炼意志，意志坚强加上身体健壮，才能干成大事。”

有人累得趴在了地上，有人一下和一下的间隔拉得老长，有人大喊：“啊！我完成一百下了！”

“站起来！”战士们“哗”站起来。“列两列队形绕场跑步走！”队伍跑起来。石老三喊着号子：“一二一，一二一……”跑了几圈他又喊，“立定！爬绳下集合！”队伍又站在爬绳下。“现在练爬绳，从队头开始，一个接一个来！”

有一个新兵说：“请大队长做一下示范！”

“咦！考我啊！行！”石老三把外衣一甩，“看好了！”说着纵身一跳，双手抓绳，“嗖、嗖、嗖”几下就爬到了顶。然后双手抓住横杆，一个鹞子翻身就上到了横杆上，站起。下边的人无不目瞪口呆，神情紧张。说时迟，那时快，他往后一跳，双手“啪”又抓住了横杆，拽绳，“嗖、嗖、嗖”几下就又下来了。行动熟练、洒脱，如在平地上行走一般。战士们起劲鼓掌。

石老三面不改色气不喘说：“哼！没有金刚钻，就不敢揽瓷器活，不过嘛，青出于蓝而胜于蓝，你们中间一定会练出比我武艺高强的人，下边该你们练了。”

战士们轮流练爬绳。有的爬到一半就爬不上去了，有的好容易爬到顶，累得气喘吁吁……石老三又喊：“停！休息一会儿，现在让小范给咱们教唱革命歌曲。”

范春亭站到队伍前喊号整队，他教一句大家唱一句——歌声响起：“革命军人个个要牢记，三大纪律八项注意……”

经过一段时间的追捕、审察，要开公审大会了。县广场西边面东搭了个台子，横幅上写着“镇压反革命”几个大字。

台下站满了观看的群众。广场周围有公安战士站岗。石老三大声喊：“镇压反革命大会现在开始！带反革命分子上场！”公安战士押着杨六儿、恶霸地主薛万财等十几个犯人上场，站在台下二台上面向群众；常德胜、郭福山等站台下受教育。

范春亭在群众中领呼口号——镇压反革命！坦白从宽！抗拒从严！将革命进行到底！毛主席万岁！中国共产党万岁！

石老三说：“现在请段书记讲话！”

段书记走到前台讲：“乡亲们，同志们，国民党桢县伪政权终于被我们推翻了。桢县彻底解放了！从现在起，我们将实行减租减息、土地革命等一系列有利于人民的政策。我们还要建立一个民主自由的共和国,但反动派不甘心他们的失败,随时都梦想复辟搞破坏,所以我们要坚决予以镇压！我要警告那些在逃的反革命分子,投案自首,坦白交代,争取宽大处理,是你们唯一的出路！同时,也希望广大人民群众提高警惕,擦亮眼睛,检举坏人,严防坏人破坏,保卫我们的胜利果实。”

石老三说:“现在请公安局梁局长宣布在押人犯的反革命罪行！”

兰兰走到前台说:“乡亲们,现在我来宣读以下人员反革命罪行——杨六儿,男,四十五岁,山西晋县人,大地主家庭出身。原国民党河防所武装组组长,曾收集过我方情报,杀害过我革命同志。第一次桢县解放时曾投降我方,并被委以游击队分队副队长重任。但反动本性难移,解放前夕又带队叛变投敌,使我党好多同志被敌人杀害,罪恶累累,不杀不足以平民愤！判处死刑,执行枪毙。薛万财,男,五十四岁,嵬阳乡阳村人,恶霸地主……”

芳芳问身边的大兴:“大兴哥,怎么不枪毙常德胜?”

“我也说呢,常德胜罪大恶极！大概因为她小老婆是公安局局长吧。”

“咱们上前诉苦,要求枪毙常德胜！”

芳芳和大兴挤到台下。大兴大声说:“为什么不枪毙常德胜?常德胜杀人不眨眼,我儿子喊了句打倒白狗子,他就开枪把我儿子打死了！”芳芳哭着说:“当年,常德胜把我丈夫不明不白地押在监狱里活活折磨死了,呜呜呜……”

群众高呼:“枪毙常德胜！枪毙常德胜！”

“常德胜,你这个大坏蛋,你还我儿子！”大兴伸拳去打,被公安战士挡住了。

段书记走到前台说:“大家别乱！听我解释,”声音淹没在群众的呼声中。

老韩大声喊:“郭福山也罪大恶极,也要枪毙郭福山！”

群众呼喊:“枪毙常德胜！枪毙郭福山！”

人群拥来挤去,秩序大乱。石老三在台上大声喊:“都别乱！公安战士维持秩序！”李智宏和众公安战士奋力维持秩序,但因人手少,根本无法安定混乱的局面。

兰兰拿讲稿的手在微微颤抖,焦急地说:“段书记,干脆把常德胜也枪毙了。”

段书记说:“兰兰冷静,那不是能临时决定的。”

范春亭跑上台对段书记耳语了几句。段书记说:“你快去！”随即又招呼兰兰和老三,“来！开个紧急会。”兰兰和老三来到跟前,“现在,要紧的是防止敌人乘机劫刑场,尽快执行死刑！”石老三说:“别怕！有我哩。”

范春亭钻进人堆,分别向芳芳、大兴、老韩靠拢,对着他们的耳门说:“段书记请你们上台去！有要事商量。”那三个人上台去了。没了领头闹事的,骚乱弱了点儿。

石老三又来到前台喊:“肃静！肃静！”可没用,他掏出手枪对天鸣了三枪,会场顿时安静下来,“将反革命分子押赴刑场,立即执行枪决！”

公安战士立即将反革命分子押上汽车。随着汽车的开动,人流也向街上游动。

台上,段书记对大兴、芳芳、老韩耐心解释着,三个人互相看看,点点头。

执行车出西城门,向北绕城半圈进北门,穿大街游行出南门到南桥河滩。河南岸、北岸，桥上站满了观看的群众。就在国民党反动派杀害我革命志士那儿，世事被翻转过来了，反革命分子跪了一行接受死刑。常德胜、郭福山等站在后边。一排枪声响过，敌人应声倒地。

人群爆发出排山倒海的欢呼声：“中国共产党万岁！”“毛主席万岁！”

郭福山吓得瘫软倒地，被两个公安战士一人掐个胳膊，连架带拉撂上汽车。常德胜耷拉着脑袋，往日的骄纵蛮横劲消失殆尽。

郭福山吓得得了稀屎痨，提着裤子从茅房出来，还没走到屋门口，又回头急急火火向茅房跑，再回到屋内坐在躺椅上说：“快给我拿药来。”

大太太一边给他递药，一边说：“看你那龟样！参加一回公审大会，就把你吓成那样。”“我……我真是被吓破胆了！”郭福山说着，把药喝下去。

“又没枪毙你，你害怕什么？”

“如果把我枪毙了，我倒不知道害怕了。你不知道啊！那枪‘啪’一响，犯人那脑袋就像摔在地上的腐瓤西瓜一样，血与脑浆迸溅！霎时，一股浊气从胃里直冲脑门儿，我就什么也不知道了。”

大太太撇撇嘴说：“现在，该知道喇叭是铜锅是铁了吧？”

“我真的服了！当年，我真不相信共产党那么点儿人马敢与国民党几百万军队叫板，可共产党就是一步步由弱到强，愈演愈烈，现在连南京都攻克了！看来国民党大势已去了。”

“我信佛，也许佛祖给了我一双慧目，自从我第一次看到红军，我就知道红军最后要胜呢！给你说你还不信！”大太太说着，点燃了一炷香插在壁龛的香炉内，双手合十念叨，“阿弥陀佛！”

郭福山点了一锅旱烟吸着：“现在，我信了！要细究，这条老命也是你给捡的，那时要不是听你的话，与游击队谈判，那我这次是死定了，而且，通过这次公审大会，我悟出一个道理。”“什么道理？”大太太凑过来问。

“社会财富分配不公，是酿成战争的根源。共产党之所以节节胜利，是因为他代表了穷苦人的利益，而现在世界上穷苦人太多了，大部分财富掌握在极少数人手里，而绝大多数人却在饥寒交迫中挣扎，你说，他们心里会平衡吗？我看了，一旦共产党掌了权，再别想雇工发大财了。”

大太太说：“这回认清了吧，不怀疑天变不了？那你说，咱现在该怎么办？”

“把雇工都遣散完。”

“让贵儿和秋红也走吗？”

“最后都要走的，迟走不如早走。”

“那让我把他俩叫来。”

“不要一起叫，先给秋红说。”

正说着，秋红带着郭霞回来了。大太太说：“秋红，你来！给你说个事。”

“噢！来了。”秋红跑进屋。

郭霞一下扑到郭福山怀里。郭福山蹙眉说:“哎哟!慢点儿,别压我肚子。”

“爹爹,你怎么啦?”

“爹爹跑肚子。”

郭霞摸着他的肚子说:“爹爹肚子没跑嘛!”

郭福山说:“跑肚子就是拉稀。”

郭霞懂了,嚷嚷:“臭!臭!臭!”秋红笑着把郭霞抱到怀里,坐在椅子上。

大太太说:“秋红,如今解放了,我和老爷商量,你还是回去吧!”

秋红脸忽地红了,低下头阴郁地说:“老爷、大太太,我没做错什么事吧?”

“别胡思乱想!秋红,”大太太也有些感伤地说,“说心里话,我们真舍不得你走!本想把那些人都打发了就剩你和贵儿。现在不行了,这次你和贵儿都得走。”

郭霞哭着说:“我不让姐姐走!我也不让大大走!”秋红紧紧搂着郭霞,脸贴着她的脸,汩汩流泪。

郭福山说:“秋红,你从八岁到我们家,就像我们的女儿一样,你一下要走了,我们心里也不好受,可世事变了,没得法,你要理解我们。”秋红哭着点头。

大太太又说:“你也老大不小了,回去让你爹妈给你找个好婆家。孩子,女人不能一辈子做姑娘,贵为人妇,生儿育女才是女人一生的主要角色。去吧!收拾收拾,你屋里的东西爱啥拿啥。”

秋红放下孩子说:“郭霞,去!让妈妈抱你。”

“不!我要姐姐,我不让姐姐走,呜呜呜……”郭霞大哭。

“郭霞,来,妈妈抱!姐姐回家看她妈妈一下就来了。”大太太说着,把郭霞拉过来。郭霞拉住秋红不放:“不!我不嘛!”

“走!咱还要给你秋红姐姐拿点儿好东西。”大太太拉着郭霞进内屋去了。

秋红简单收拾了个小袱子就过来了。

大太太说:“你怎么就拿那么点儿东西?”

“我只拿我几件衣服,再什么也不要。”

大太太给她一沓钱又一个小包袱:“这是你的工钱,给你多发半年的。这是一个缎子被面,权当我们送你的结婚礼物。你的婚礼,我们不一定能参加。”

秋红哭泣着说:“老爷、大太太,我还能常来看你们吗?”

郭福山说:“怎么不能?你想来就来!权当是女儿回娘家。”

秋红跪下说:“老爷、大太太,你们收下我这个女儿吧!”

大太太忙扶起她说:“起来,起来,我们收你做干女儿,你以后就和郭霞勤走动着,多个姊妹也是伴儿!”秋红又把郭霞紧紧抱在怀里说:“霞霞,等着姐姐,姐姐给你拿好东西去。”说着,放下郭霞,转身走了。

大太太抱着郭霞把秋红送出门。秋红边走边回头,泪眼兮兮地招着手走了。郭霞哭得更厉害了。“唉!”大太太叹口气,把郭霞抱了回来,也不由得抹眼泪。

郭福山磕着烟灰说:“叫贵儿吧?”

“叫！长痛不如短痛。”大太太放下郭霞说，“去！叫你大大来。”

郭霞跑着去了，不一会儿牵着贵儿的手来了。贵儿说：“老爷，有什么吩咐？”

“你坐下。”郭福山又装了一锅烟吸着，半天不语。

“不用，你说啥事，我这就去做。”

大太太说：“叫你坐下，你就坐下嘛！这事总是不能三言两语就说得清的。”

贵儿坐下，把郭霞抱在膝头。郭福山看大太太，大太太窝了他一眼。郭福山知道，这人还得他来得罪，于是说：“贵儿，你可能也看到了，解放了，共产党打倒恶霸斗争地主分房分地，还不让雇工剥削，与其让共产党勒令咱那么办，还不如咱早早行动，你说是不？”

贵儿脸现惊讶，看了眼大太太，又看看郭福山说：“老爷、大太太，你们要解雇我？”大太太脸扭过去不敢正视他。郭福山说：“难道我们愿意这样做吗？这是形势所迫，不得已而为之。”

大太太转过脸说：“贵儿，不是我们心硬，你是明白人，你就回吧。出门在外多少年了，也该回家看看，成个家，好好过日子，一个人不能一辈子老在外边混着。”

贵儿阴沉着脸低头不语。“爹爹、妈妈坏！刚才赶走了姐姐，这会儿又赶大大，我不让大大走！我不让大大走！”郭霞抱着贵儿的脖子大哭。

“霞霞不哭！大大不走。”贵儿抚着郭霞转脸说，“老爷，你们的意思我明白，可是，我该去哪儿呢？那年我家乡遭灾，父母都不在了，我孤苦伶仃四处流浪，是大太太好心将我收留。在这儿已度过了十多个春秋，早把这儿当成我的家了。如果真要赶我走，那就让我暂时在马房院住几天，等我找新政府看怎样安顿我。”

郭福山看了眼大太太说：“既然这样，那就干脆把马房院给你，把小门一垒，各过各的，他也就不会说我雇长工了。”

郭霞哭声更大了：“不！我不让垒小门，我要天天见大大。”

贵儿说：“那还有七八头牲畜怎么办？”

郭福山说：“卖！卖得只剩一头牛就行了。”

大太太说：“迟了，你去县上时，新乡政府来人通知，说咱家的财产一律不能动。”郭福山放了一口烟说：“那还说个啥呀！等待共产党发落。”

晚上，贵儿翻来覆去睡不宁，久违了的无家可归的感觉又袭上心头，如果说十多年前流离是痛苦的，那么现在失所绝不会比过去轻松。当然，现在离开郭家，他绝不会饿死，但究竟去哪儿？他确实没有心理准备。再加上他与大太太的那层特殊关系，与郭霞的父女情谊，他真不知道大太太心里究竟是怎么想的。

此时，大太太也异床同梦。让贵儿走，可以说是她心向往，也不是她心向往。贵儿听话、能干，又能给她幸福，要说她不留恋，那是假的；但做成了这事，老实说，她问心有愧，老觉得对不住贵儿。一个年轻小伙子和一个半老徐娘通奸，与一个老头儿玩弄一个年轻姑娘的感觉大概是不会一样的！谁知道贵儿怎样想？如果他就此走了，对她也是个解脱；如果他赖住不愿走，证明他是真心爱她，衷情不移！这老娘们儿,又玩深沉……

兰兰对公审大会上发生了骚乱感到非常愧疚,觉得自己新官上任主持的第一次大会就出了问题很失面子。她甚至不敢想象,如果那天真的发生了敌人劫刑场,或者踩踏伤人,那该是多么大的事故呀!她反复在心里反省,除过觉得自己能力有限外,想得更多的是自己在常德胜的问题上是不是有私心,是不是在客观上实际庇护了他,而伤害了人民的感情。

她组织公安局的干部开会讨论,总结经验教训,并请段书记亲临指导。在会上她作了深刻检查,请求撤她的职,并再一次提出重新审理常德胜。

段书记不但没批评她,还鼓励她说:"开这样的会,咱们是第一次,没有经验,这很正常,关键是要总结经验,下次一定要开好。"在对待常德胜的问题上,段书记重申了党的政策,让她不要有什么思想顾虑,要大胆工作。末了,段书记话题一转问,"小范,那天你怎么就会想到把那三个人叫上台呢?"

范春亭红着脸,搓着手说:"段老师,你忘了你给我们讲的釜底抽薪那个成语吗?"引得大家哈哈大笑。

革命洪流汹涌澎湃,迅猛异常。犹如我们站在海边的沙滩上,对我们留下的脚印还来不及回顾,便被涌来的新浪潮淹没了。1949 年 10 月 1 日,毛主席在天安门城楼庄严宣布:中华人民共和国成立了!举国欢腾,全民庆祝!绣制五星红旗,组织游行活动,排练文艺节目,举行万人集会……兰兰忙得不亦乐乎。

庆祝的热潮还没退去,土地改革运动就开始了。县委、县政府研究决定,派刘飞和梁兰歌带工作队下河西村搞试点,树立典型,全面推广。她已适应了这种快节奏、意气风发的生活,接到命令,立即整装出发。

高天顺躲进霸郎山,苟延残喘,但他还驴死骨立——架子不倒,又给他的手下吹嘘:"弟兄们,霸郎山天然险要,易守难攻,咱们驻扎在这里万无一失,大家要坚信,国军一定会打回来的。从来电获悉,崔县长荣升五县联防司令,刘书记也当了省党部特工组组长,他要我转告大家,坚持就是胜利,等大军再打回来了,他给大家封官委职。大家要抓紧修筑工事,加强防御。同时,我们还要扩充力量,把那些被共产党抄了家、破了产,对共产党有深仇大恨的坚强分子吸收到咱们的队伍里来……"

外边传来春艳的哭喊声:"子善,回来哟!子善,回来哟!"高天顺眉头一皱,小声对李松交代,让把春艳拉回屋交给二太太。李松跑到外边,不由分说拉着春艳就跑。春艳拽住不走,嘴里哭喊:"我要去找子善!子善,回来吧!"

春艳自从目睹子善遇难后,就变得精神恍惚,疯疯癫癫,整天哭喊子善的名字。高天顺原以为过一段时间她就会好,没想到几个月过去了,春艳还是念念不忘子善。他对二太太说:"春艳咋成这样子了?"

二太太说:"你不该狠心地枪打子善,伤了她的心。"

"子善通匪,我早有觉察,竟发展到明目张胆地鼓动叛变,我不打他行吗?"

“你既然知道她病在子善身上害着，就不该把她带到山上来。”

“哼！我不甘心！我要报仇！可我要报仇，后继无人行吗？再说，我就要她做小……”二太太叹口气说：“倒也是，我不争气。自从辉辉出事后，我一直恢复不了，我怕我真的不行了！你既然有那想法，就抓紧弄。女人要有了孩子，心病也就慢慢好了。”

“那我今晚就去。”说着，往出走。二太太叮咛：“去了好言相劝，别恶眉瞪眼，拳打脚踢。女人宜哄颂着使唤！”

青油灯结了个亮丽的灯花，春艳正对着油灯轻声细语：“子善，是你吗？你怎么那么傻！你说好要和我私奔的，为什么迟迟不走？等着让那挨刀鬼枪毙你吗……”

高天顺推门进屋，春艳“啊”惊叫一声，“魔鬼！你别过来！”退到炕角。

高天顺在炕沿坐下说：“春艳，都是我不好，我失手打死了子善，伤了你的心。其实我也后悔。都是战争把人逼疯了！你就原谅我吧！我今后保证对你好。”说着，伸手拉她。

“不！你狠心贼！杀人魔鬼！我永远都不会原谅你，你滚吧！别到我这儿来。”

高天顺恼羞成怒，像撕掉假面具的狼，恶狠狠说：“别敬酒不吃吃罚酒！”

春艳龟缩一团，像一头宁死不屈的羊，大叫：“不！不！不！”

高天顺“噗”吹熄灯，扑上去，强行把春艳压在炕上。春艳如逼急的兔子胡蹬乱咬，大喊大叫，高天顺近不得身，又怕丢人，扇了她个耳光，走了。

凄凉山野夜，飘荡着春艳嘤嘤的哭声……

特务队的队员都睡在大庙后殿地铺上，听见哭喊声都侧耳倾听，小声议论。同情春艳是个衷情女子，对子善忠贞不渝，可惜有情人难成眷属。

高天顺垂头丧气回到二太太屋。二太太问：“怎么，没弄成？”

“驴踢狗咬，大喊大叫！唉！真气人！”

二太太劝说：“我看算了，差人送回家，强扭的瓜不甜。”

“不行！我连个女人都征服不了，谈何抵抗共匪。哼！你看我怎样制伏她！”

“值得和一个丫鬟较劲吗？”

“她是丫鬟，也是我的小老婆！”其实高天顺暗藏的心思，并非二太太所能理解，他不想失落了他那大妻小妾、衣锦还乡的美梦。要是搁在从前，他早踢一脚让她滚了。凭他的权势，哪儿弄不下个更好的。可如今，一败涂地，名落孙山，兵荒马乱，他还能为所欲为吗？再说，虽然是上峰说让他潜伏下来，可给养谁供？到哪儿找上级？四面楚歌，岌岌可危，所以他只能屈尊小就，力保现状。

二太太似乎也揣摩出了一点儿顾忌，说：“天顺，你说咱住这孤山野岭，周围都是共产党的统治，咱能坚持多久？真的国军回不来了呢？”

“那你说怎么办？下山投降共产党吗？听说梁兰歌当了公安局长，石老三是公安大队大队长，那天镇反大会就是他俩主持的。枪毙了咱们那么多人！你说，咱大仇未报，反而向仇人投降吗？”

"我知道你负担重，为咱辉辉报仇，你费尽心机，可我却帮不上什么忙，加上我身体也不争气。你别急，我明天好好劝劝春艳，她毕竟跟了我好多年。或者，我心态好了，也许……"

"别说了，睡吧。"

五十五

工作队进驻河西村领导土地改革，这是破天荒的大事。村民敲锣打鼓，小学生列队拿着小红旗夹道欢迎。墙上、树上贴着红绿标语——欢迎工作队进驻河西村！打土豪、分田地，当家做主人！共产党万岁！毛主席万岁！……群众也议论纷纷。

工作队进村的第一件事就是召开贫苦农民代表会。会议在郭家祠堂当年红军指挥部驻扎过的那座房子里召开，老秦、老周、老韩、钱常有、梁满仓都在其中。范春亭在桌旁做记录。刘飞问："老秦，这些都是各组选出来的最穷苦的人吗？"

老秦说："应该说是吧。"

"这些人家里都有房有地吗？"

"房和地多少都有点儿。"

"再想想，看有没有比这些人更贫穷的？"

老周说："要说村里最穷的，我看就数贵儿了。十五岁从山东逃荒到这儿，给郭福山家当长工，十多年了，上无片瓦，下无寸土。听说前一阵子郭麻子遣散佣人，要打发贵儿走，贵儿没处去，家里也没什么亲人，所以现在还在郭家。"

范春亭说："那就是标准的雇农嘛！"

刘飞征求兰兰意见："那就让通知贵儿开会吧？"

兰兰对贵儿是了解的，毫不犹豫地说："通知。"

老秦跑着去叫，后领着贵儿来到会场。贵儿从没参加过什么会，显得有些拘谨和尴尬。老秦介绍说："这是工作队的领导。"

贵儿躬身说："各位长官好！"

刘飞说："不叫长官叫同志。好啦！坐下，咱们开会，为了把咱们村上的工作搞好，咱们首先得把河西村的农会建立起来，现在咱们酝酿农会主任人选。"

老韩说："以前给共产党办事，从来都是老秦哥跑前跑后，我看就让老秦哥当农会主任吧！"老秦说："我年纪大了，还是让年轻人干吧。"范春亭提议说："我看贵儿当农会主任合适。"贵儿说："我……我不行！我不行！"钱常有说："我们打了多年游击，连个农会主任都混不上呀！"梁满仓说："就是嘛！我们还是有功之臣呢！"石老三厉声说："你俩先靠后！再谁不知道，我可知道你俩的底细。"钱常有、梁满仓息了声，不满地悄悄瞪他。

“那咱就来个举手表决！同意贵儿……哎，你大名叫什么？”贵儿报了姓名。刘飞同情地看了他一眼说，“同意潘金贵同志当农会主任的举手！”除过钱常有和梁满仓都举了手。“好！绝大多数通过，那就这么定了。再选两个委员。”

老韩说：“我提议老秦和老周当委员。”

大家举手表决，并全部通过，刘飞说：“好啦，河西村农会就成立了！明天就向群众张榜公布。”他又说，“请梁局长给大家讲话！”

兰兰说：“那我就说几句，首先祝贺河西村农会成立！咱们县解放了，千百年受压迫、受剥削的穷苦人翻身了。接下来，咱们就要进行土地改革、镇压反革命、划分农村阶级成分等工作，农村的革命热潮就要到来。但是反动势力绝不甘心灭亡，他们可能会跳出来捣乱破坏，所以党就派我们公安战士为大家保驾护航，希望大家挺起腰杆子大胆革命！一旦发现有阶级敌人破坏就立即报告给我们，也希望大家能配合我们的工作，听共产党的话，服从工作队的安排，把革命工作做好！”

刘飞说：“农会干部和工作队的同志留一下，其他人散会。”其他人陆续走了。“咱们现在就召开一次河西村农会及驻村工作队联席会议，安排下一段的工作。根据县委指示，首先要召开一次对地主恶霸的斗争大会，咱首先研究一下关于郭福山的斗争大会怎么开？”贵儿忙说：“领导同志，要斗争我家老爷，我贵贱不参加！”

“那为什么？”

“我家老爷、大太太对我好着呢！我干活他们付给我工钱。大太太对我还有救命之恩，我怎么能做那忘恩负义的事情？”大家发笑。

“这么说，你对大地主郭福山根本就恨不起来？”

贵儿点点头。

老秦说：“倒也是事实。提起郭福山，大家可能会恨得咬牙切齿，可说起大太太，可能还会有人赞不绝口呢！”范春亭说：“简直是糊涂观念！”

老周说：“咱农村人老诚，是什么就是什么，不会做那昧良心的事。”

兰兰想，马克思主义的理论真急需在中国普及了，要不然，中国人还不知要愚昧到啥时候。于是说：“春亭，你就给大家讲讲革命道理。”

于是范春亭就从资本论剩余价值的观点，深入浅出地给大家讲了一番资本家、地主剥削人的道理。末了问：“贵儿大哥，你为东家干活一年至少能收获多少粮食？”贵儿想了想说：“少说也有十多担吧！”

范春亭说：“就算十担吧！他给你的工钱能折多少粮？”“一担多，不到两担。”

“这不清楚了，地主郭福山每年从你身上榨取八担粮的利润，你还不恨他！试想想，你给他干了十多年，他剥削了你一百多担粮，你如果拥有一百多担粮食，还会至今上无片瓦、下无寸土、无家可归吗？”

“可人家确实……”

“我知道，东家对你好，你扯不破脸皮，可你想过没有，他为什么对你好？这犹如主人对待牲口，有的人对牲口鞭打棍斥，有的人却对牲口呵护有加，不管他们对待牲口的态度如何不同，但目的都是一样，那就是要牲口为他好好干活儿，你说是不是？不管是温和的地主，还是暴躁的地主，他们都一样坏，这就和披着羊皮的狼和普通的狼都是狼一样，他们的本质都不会变。”

贵儿低头不语。

兰兰说：“好了，今天就说到这儿，春亭同志的道理讲得够清楚了，但是，感情和政策是两码事，政策要求当机立断，果决执行，而感情却需要慢慢转变。潘金贵同志下去好好想想，大家相信你最贫困，革命性也最坚决，所以才把你选为农会主任，希望你不要辜负了党和群众的希望！”

刘飞说：“另外，还有一件事，农会须马上办理，就是把全村农户的基本情况造册登记，以备定成分用。潘会长，你们下去也开个会，把咱们今晚研究的事造个计划，分个工。”

贵儿说：“我……我怎么向老爷说呢？”大家笑了。李智宏说：“你还给他说个鸟！斗争会一开，他就是个被管制分子，任何行动都要请示你。”

兰兰说：“由于农会的同志还没有工作经验，暂时由春亭同志协助农会工作。斗争会的事，石大队长、智宏帮助农会具体安排。刘队长，你说呢？”

刘飞说：“这样安排很好。”

贵儿回到家已是深夜，思来想去没有睡意。一下从一个阶下囚跃居人上人，别说他一时难以适应，他甚至连想都不敢想。是按工作队的指示办呢，还是听听老爷和大太太的意见小心从事？他不敢贸然行动，心想，请教一下老爷和大太太，想必也不会坏事。于是他信步来到老爷屋门口，但见灯熄屋暗，他举头看天，星星眨着狡狯的眼睛。想必老爷、大太太已睡了，他打算轻轻返回，而此时，听见响动的郭福山却在屋里发了话：“是贵儿回来了吗？”

“是，老爷，惊醒你们了！”

“进来吧。”灯亮了。大太太为他开了门。

贵儿走进屋，见郭福山和衣躺在炕上，大太太衣服也穿得好好的，问：“老爷、大太太，你们还没睡？”郭霞从被窝里探出头说：“爹爹和妈等你回来呢。”

大太太呵斥：“多嘴！快睡。”

郭霞一骨碌坐起来说：“我要大大抱！”

大太太说：“死女子！你都脱了衣服，起来干什么？”

郭霞撒娇：“嗯！我就要大大抱。”

贵儿说：“好，好，大大抱。”

大太太一边叨唠“把这死女子惯得没边没沿啦”，一边用褥子裹了她递给贵儿。贵儿把郭霞抱在怀里，郭霞在贵儿脸上亲吻着，看着他的脸说：“大大今晚上脸真红！”大太太看看说：“就是，脸怎么那么红？是酒喝多啦？”

“我没喝酒。”

郭福山说：“有什么事吗？是谁叫你？咋这晚才回来？”

“工作队叫。”

郭福山一下坐直身子:“工作队！寻你的麻达？嫌你给我当长工是不是？我那时就说让你走,可你没处去嘛!”贵儿急忙解释:“不是那事,老爷。”

“那叫你干什么?”“嗯……嗯……”贵儿看着他们,难于启齿。大太太说,“有啥事就说嘛！看你难为情的样儿。”

“他……他们要我当农会主任,我推辞不了。”

“啥！农会主任?”郭福山像听天方夜谭,“那可是要管全村的事呢！你干得了?”

大太太乜斜了丈夫一眼说:“那是好事嘛！你难为啥？为什么要推辞？啊呀！到底应验啦,那时把你往回领时,心里就想,这娃说不定将来有大出息,没想到……好事！好事!”贵儿说:“大太太,你先别高兴,他们要我领导群众开对你们的斗争会呢！我说我不干,人家不行嘛。”

郭福山是春江里的鸭子,最能感知温凉,变了口气说:“那是我预料中的事,谁让咱是有钱有势的大地主呢！你也不要不好意思,人家让斗,你就斗。”

大太太说:“从今天起你就和过去不一样了,一定要拿出当干部的派头,见了人再不要低三下四的样子,工作队要你对我们怎么,你就怎么,别想着护我们而影响你的工作,你即就是扇我们的耳光,我们也知道你心里是怎么想的。人的心只要是相通的,并不在乎表面上要怎么样。好好干!”

“那……那今后家里的活怎么办?”

郭福山说:“啊呀！都什么时候了,你还惦记我家的活。你记住,今后你就不是我家的长工,而是河西村的农会主任。如果你愿意,还是我家一口人,按时回家吃饭,有时间帮着打理打理农活,没时间就只管去忙你的。”

贵儿没想到老爷、大太太会是这态度,在会场时的顾虑小了些,但还没法完全取消疑虑,难道天真的就变了？老爷真的就再回不到从前了？他在心里暗暗告诫自己,不管别人怎么说,也不管别人怎么做,他都要凭良心做人,绝不做忘恩负义的事,绝不背叛老爷和大太太。

工作安排得基本有了头绪。刘飞、兰兰、石老三等抽了个时间去周家看望子善家属,送去了国家发的烈士证和抚恤金,安慰了老两口一番。石老三说:“子善是好样的,为革命立了功！叔、婶,我一定要打死高天顺这个大坏蛋,为子善报仇!”

高天顺还对春艳念念不忘。那天晚上,他又在二太太耳边唠叨,你劝春艳劝下啥结果了？让我等到啥时候呢？二太太告诉他,说她好说歹说不算事,劝他还是死了那条心。高天顺说,不行他就来硬的了,二太太问他怎么来硬的,他说叫两个人把她捆住塞了嘴撂到炕上,想怎么弄就怎么弄。

二太太嗔怪说:“死鬼！那样会仇气越来越大,以后还怎么做夫妻?”

“那还有什么好法子?”二太太爬到枕边对他耳语。高天顺说:“那行！你为啥不早说?”二太太指戳了下他说:“我不想在旁边看着你弄。”

高天顺调侃说:“那怕啥嘛！配种站用公马给母驴配种时,往往是把母马牵来先做做样子,母驴看着就急得转圈圈。你看几回,说不定就起性了!”

“滚!”她在他屁股上拍了一巴掌。他抱住她亲了一口说:“走,说干就干!”把她往起拉。她拽着不起来,嘟囔道:“让你轻快,我可要落春艳的埋怨呢。”“快些!”他猛地把她拉起说,“你真就起性了,让你也好好轻快一回!”

春艳听见门响,像听见狼来了一样颤抖不止。二太太先爬上炕说:“春艳,你听我说,别和人家作对,那人恼了来硬的,你受不了。”

春艳说:“我不！他就是杀了我,我也不!”

“你这娃咋不听话？做了人家的女人,不让人家弄算什么回事！你过来,我给你说句话,你肯定就愿意了。”

春艳一边向她身边挪一边说:“二太太,你别煞费苦心,我真的不愿意。”

二太太猛地把一个小褥子往她头上一捂,她立即感到胸闷气憋,又喊不出声,双手乱抓脚乱蹬。高天顺乘机冲上炕,抹了她的裤子就上了身。春艳挣扎着,抵抗着。二太太把她捂得更紧,说:“你乖乖的,要不然,我就不放你。你看你愿意轻快还是愿意难受?”

春艳精疲力竭,不挣扎了。二太太放松了点儿。高天顺却晃荡欢了,有意弄出乒乒的声响。二太太触景生情,心头忽地就蹿起一股情火,浑身燥热,下身湿痒难忍。她见他弄毕了,还意犹未尽地扎住不放,在他屁股上使劲拍了一巴掌。

高天顺滚下身收拾好,过那屋去了。春艳却哭闹着向二太太要泼:“你就这样狠心？你们搭伙把我往死的弄哩!”

二太太又抚着她说好话:“好春艳呢,我这是为你好,你看配种场那小母牛,有哪个自觉自愿让公牛跳？人就把它卡在木桩内,让它前不能前,后不能后,然后让公牛从后边跳。赶它产下牛犊爱不释手地舔犊时,它还会埋怨人的无情吗？睡吧！做个好梦,说不定就有喜了呢!”

二太太回到她屋里,迫不及待地把高天顺往她身上拉:“快！快！我起性了!”

高天顺兴奋地爬上去说:“哎呀！我今晚是一箭双雕!”

河西村要开斗争大会了。戏楼上五星红旗迎风飘扬,台上幕布正中上方挂着毛主席和朱德的像,前檐横幅上写着“斗争恶霸地主郭福山大会”。台下站满了开会的群众。工作队和农会的领导都坐在台上。台前沿正中放一张桌子。范春亭站在台上说:“乡亲们,咱们河西村农会和工作队组织召开的斗争郭福山大会现在开始,带恶霸地主郭福山及大太太张凤仙进场!”

李智宏和两个战士押着郭福山走进会场。钱常有和梁满仓带领群众呼起了口号——打倒地主恶霸郭福山！血债要用血来还！……两个人你一句我一句配合默契,好像早就商量好了。范春亭心想,这两个还蛮积极的嘛！没有安排就领呼口号,免得他再费口舌。大太太把郭霞交给双牛妈说:“麻烦你给我带一下孩子。”然后站到郭福山旁边。

老韩家的对子善妈耳语："怎么，这次还斗争大太太？"

子善妈说："弄不清？一回和一回政策不一样。"

郭霞瞪大眼睛不解地看着爹爹、妈妈、大大，她还不能理解，大大为什么站台上，而爹爹和妈为什么站台下。

范春亭说："请工作队刘队长讲话。"

刘飞走到前台说："乡亲们，共产党领导中国人民革命，就是要推翻压在人民头上的三座大山，建立一个民主、平等、自由的新中国，走大家共同富裕的共产主义道路。今天召开斗争恶霸地主大会，就是革命的继续。希望大家直起腰杆来，大胆揭发、斗争，把剥削阶级思想斗垮、斗臭，彻底清除。预祝大会圆满成功！"

范春亭说："现在请农会主任潘金贵同志讲话！"群众鼓掌。

贵儿走到桌子跟前，声音有点儿结巴地说："乡……乡亲们，我……我真有点儿不敢相信，我一个地主家的佣人能被大家选为农会主任。开始我说什么也不愿意斗争我的东家，可是听了范同志一番讲解，我明白了！"他把范春亭在干部会上讲的地主剥削穷人那道理又给大家讲了一遍，末了说，"封建主义、地主阶级确实是我们的敌人，是我们贫穷的根源。只有听共产党的话，彻底打倒剥削阶级，大家才能翻身做主人，才能共同富裕……"

有人在下面小声说："贵儿这小子还行嘛！真没看出。"

钱常有指着郭福山说："郭福山，你坏透啦！我们也要揭发斗争！那年，我和满仓投奔了游击队，你和狗腿子高天顺就把我俩吊起来打，你安的什么心？"

梁满仓说："还有你！地主婆，怎么再不耀武扬威了！"说着，二人上前去打郭福山和大太太。郭福山挨了一拳，打了个踉跄。梁满仓打大太太没打着，被公安战士挡住了。郭霞"啊"大哭一声就气闭了。双牛妈吓得大叫："大太太，快！你娃气死了！"大太太刚要跑去，范春亭厉声喝："站住！"大太太站住了，贵儿却一个箭步跳下台，跑过去把郭霞抱在怀里。

兰兰在刘飞耳边说了句什么，刘飞走到桌旁说："张凤仙去看孩子，潘金贵同志赶快上台来！"

大太太接过郭霞，忙掐她的人中穴，过了好一阵，郭霞才哭出声来。兰兰也来到大太太身边，小声说："去吧，把孩子抱回去，别来了。"

刘飞说："大家不要乱，斗争会继续！大家注意，言词怎么激烈都可以，但不可以动手，你有意见可以提出来，至于如何处理郭福山，政府会量刑而定。"

钱常有说："要求枪毙郭福山！"梁满仓说："把地主婆拉出来继续斗争！"

石老三上前说："你俩向后退！这斗争会是为你俩开的？再有啥说的没有？没有，其他人发言。"钱常有、梁满仓不满地退回人群中。

老韩走上台说："郭福山，你太狠毒了！我们租种你家的地，你不管年成瞎好都一样收租子，那年遭年馑，两料没收，你照样给我们算地租。你囤里积着粮放高利贷，村里多少人被你活活逼死了！"

李智宏领呼口号——牢记血泪仇！不忘阶级苦！打倒地主恶霸郭福山！

范春亭说："现在请桢县公安局梁局长讲话。"

兰兰走上前，诉说了郭福山怎样逼死她爹，逼得她妈和她出外要饭。同时也讲了郭福山怎样在大太太影响下改变了态度，投靠共产党，在桢县解放前就和游击队暗订合约，秘密地为我党做了些事情，所以，党决定免他死罪等。最后说："乡亲们！我们要打倒剥削阶级，谁顽固不化地坚持剥削阶级思想，我们就坚决消灭他！如果你放弃剥削阶级思想，接受思想改造，站到人民一边来，我们还把你做人民内部矛盾处理。我们要告诫那些潜逃的敌人，只要你弃暗投明，投案自首，就一定会得到政府宽大处理！如果负隅顽抗，绝没有好下场！"

晚上，贵儿来到郭福山屋，郭福山立即从椅子上站起来毕恭毕敬地说："贵儿来啦！"贵儿诧异地说："老爷你坐，起来干啥？""你也坐！你也坐！"郭福山显得畏首畏尾，缩手缩脚。

"霞霞不要紧吧？"

大太太说："哭了一下午，才哄着睡下。"

贵儿走过去摸郭霞的头："怎么有点儿发烧？要不要请大夫看看？"

大太太说："不要紧吧，可能受了点儿惊吓，明天再说吧。"

贵儿说："今天在会上说的，都是从范同志那儿搬来的，你们别往心里去啊！"

"到什么山上唱什么歌，到什么位上说什么话！你不那样说，再怎么说？我真担心你这个农会主任上台讲不了话，还好，第一次上台就讲那样好，今后领河西村没问题。"

"老爷，你笑话我？"

"我笑话你干啥？今后再别叫我老爷，叫我名字就行，或干脆叫老郭。我再强调一次，你现在不是我家的长工，而是河西村的农会主任。"

"老爷，你放心，不论社会怎么变，我是什么角色，永远都不会背叛你的。"

大太太说："你今天在会上讲的那番话，我都觉得在理，人嘛！都是爹娘生的，都有鼻子有眼，可到世上就有了贵贱之分，有坐轿的、有抬轿的，有富人、有穷人……真是不公平。也不知谁发明了这共产主义，一下把穷人给唤醒了！"

"听范同志讲，好像有一个叫马克思的人最早提出共产主义。"

大太太不解地问："什么！怎么叫马克死了？"

贵儿笑着说："不是，是名字叫马克思，外国人。"

"噢！外国人的名字也叫得怪。"

"还有一件事，我想和你们商量。"

郭福山说："什么事，你快说。"

"全村人家的成分都定了，咱家，对啦，你家是地主，我是雇农。按照政策，贫、雇农要分地主的房产，我想，与其让别人分了你家的房屋，还不如分给我，一是家里住进外人，我怕霞霞不能接受。二是我无儿无女，到最后这财产还归霞霞，老爷、大太太看怎么样?”

“当然这样最好,但你想的人家工作队能按你的意愿办?”

“只要你们同意,我去给工作队说,当前我是河西村最应分房的人。如果人家同意,我就搬西院住,你们占正院和马房院。”

大太太说:“你看怎么好就怎么办。”

贵儿的疑虑彻底打消了。天彻底变了!人民真正当家做主了,做了几十年老爷的郭福山,一转眼就不是老爷了。受人歧视、被奴役了大半辈子的他,一下子就变成了人上人,真的可以支使和领导别人了。他的心情从来没像现在这样激动过,像炉膛内熊熊燃烧的火苗儿,越烧越旺。不过,睡了一觉醒来,他还是觉得不靠谱儿。感觉自己是不是在做梦,摸摸周围,自己还睡在长工屋,他再一次警告自己:别被梦冲昏了头脑。

经过一个多月的紧张工作,划定成分已三榜定案,接下来,就是给贫下中农分房、分地、分牲口、分农具等。这天晚上,农会、工作队在郭家祠堂召开会议,研究分配方案。按情况,梁满仓家应该定贫农,但开始满仓说什么也不愿意,嫌贫农难听,要当富农,可他家情况就够不上富农,最后给定了个上中农。因没当上富农,人问他家啥成分,他就说“没农”,所以就落了个“没农”的外号。后来听说给贫下中农分东西,他又急了,让把他家改成贫农。结果,成分没改成,分东西也黄了。

贵儿把他和大太太、郭福山商量的事提到会议上。李智宏说:“有些地方,把地主都扫地出门了,还让他住什么正院!”兰兰说:“咱们对郭福山的政策还要把握分寸,不一定要将其扫地出门。贵儿提出的问题可以考虑,当了农会主任,还住在地主家也不是一回事。”范春亭说:“我看把正院和马房院分给潘主任,让郭麻子住西边院去。”这个提议很快得到大家认同,这样既体现了把地主赶出去,也照顾了郭福山,同时贵儿的分房问题也落到了实处。

霸朗山二太太屋。二太太和春艳同桌吃饭,春艳刚吃了一口,发呕,捂着嘴跑出去了。回来舀水漱口,沙哑着声音说:“这几天不知怎么啦,见饭就想呕。”二太太喜滋滋地说:“恭喜你!”

“人家都难受死了,你还幸灾乐祸。”

“那不是病,可能是你怀孕了。”

“啊!”春艳撂了水瓢说,“我怀上孽障了?”用双手捶肚子。二太太拉住她说:“春艳,你听我说,他心里是有你的,我不行了,他一心想让你给他生个孩子。”

“我不!我不给魔鬼生魔鬼!”

“别胡说!孩子有什么罪?”

“不!”春艳挣脱身跑回她屋内,爬在炕上呜呜地哭。心想,我不给恶魔生孩子!我怎样才能将这孽障打掉呢?

晚上,二太太枕边给高天顺报了喜,高天顺高兴得不得了,要二太太好好劝劝春艳,让她贵贱不敢胡思乱想,并叮咛给春艳把饭做好点儿,增加营养,为了孩子。

那天，范春亭、李智宏、老秦、老周、贵儿一行来到郭福山家，范春亭代表工作队和农会宣读了对地主郭福山财产的处理意见：留给郭福山家按河西村人口平均数的土地共七亩五分及一头耕牛，其余没收分给穷人；即日起，郭福山一家搬到西边院子去住，把正院和马房院分给雇农潘金贵。

老秦说："郭福山，听清楚了吧？"郭福山俯首说："听清楚了。"

老周说："这还是对你的照顾，要不然，要把你扫地出门的。""是是是！谢谢政府。"

李智宏说："若要花招，你小心点儿！"

郭霞见来了好多人，紧紧搂住大太太的脖子，这会儿忍不住"哇"一声哭了。

"好啦！好啦！一会儿我就让他搬。"贵儿把众人送出门，匆匆折回来说，"老爷、大太太请谅解，这可不是我的意思。那晚在会上我按咱商量的提出来，人家说，本来要扫地出门的，这样就算你出了院子。再说，这也是个缓兵之计，我想好了，你们不动，我搬西院去住。"郭福山说："还是我们搬过去，不能为这影响到你农会主任。"大太太说："那儿也好，院子大，阳火。今晚就搬过去！"

贵儿说："你急啥嘛！他们不催，你们就住着，我住马房院好好的，也不想搬。再说，还给我分了儿骡，我住那边，把咱两家的牲口喂着。"大太太说："别胡说！让人家知道了，还说咱搭伙欺骗政府，今晚务必搬！"郭福山说："你也别不好意思，按政府的法令办事，对你、对我们都有好处！"

贵儿见他们执意要搬，就在那边收拾了间大房子让他们住。末了说："这边的东西也别搬完了，反正我不打算住这房子，你们啥时要过来住就住。"

贵儿帮东家收拾好房住进去，已是上灯时分，郭霞在大太太怀里打瞌睡。郭福山说："牛你先捎带喂着，等这院收拾好了牛圈，我就亲自喂牛。"贵儿笑着说："老爷，你能喂了牛？""喂不了也得喂，我都没受过批斗，不是也上大会了吗？到什么河喝什么水，你不会就得渴死饿死。"

大太太说："快休息去吧！把小门关了，从此咱就是两家人了。""啊呀！怎么弄下这事，我真一下适应不了。"贵儿说着去了。

郭福山常不干活，今天稍微劳作了一下，就觉得乏困得受不了。"哎哟——"展腰打呵欠，早早就上床脱衣睡了。大太太把睡着了的郭霞放在炕上，收拾了一下凌乱的衣物，也关门熄灯睡了。

贵儿来到中院，闭了小门，心情和院子一样空空落落，往日郭家大院热闹和欢乐的景象不禁浮上脑际。他仰望高远的夜空，寂寞的心和寂寥星辰一样好没着落。

半夜，郭霞一觉醒来，忽然大哭大叫："我不在这儿睡！我不在这儿睡！"大太太被惊醒，拍着她说："这就是咱家，乖乖睡！""我不！我不！啊！"郭霞尖声哭叫。

郭福山也醒来了，问："怎么啦？怎么啦？什么把娃惊了？""什么也没惊，转了个窝，娃不适应。"大太太说。

"怎么就没想到这。"

“啊！啊！”郭霞哭声好大，划破寂静的夜空传得很远。大太太拍着孩子，焦急得不知如何是好，郭福山转了个身说：“要不然，你把娃抱过去睡，好在那边还没搬完。”大太太说：“那你也起来，一同过去。”郭福山拉拉被角说：“大冷的天，我怕起床。”

“啊呀！这娃，别哭了，咱过去睡。”郭霞哭声小了。大太太穿衣起床，把郭霞用褥子包好，抱着来到中院屋里。贵儿也闻声过来了，问：“怎么啦？”

“这娃换个地方睡不宁，把你也吵醒了？”

“声音好大哟！几里远都能听见。”

大太太睡在炕上拍着郭霞，他就趴在炕沿隔着大太太抚摸孩子的头。大太太“哦哦”边拍边哼睡眠曲，郭霞渐渐安静下来。贵儿挪开手说：“娃睡着了，我过去了。”“不！我不让大大走。”郭霞说着，拽着他的手放到胸前。“噢！不走，不走，”贵儿索性把身子压在大太太身上。“这鬼子精！我还以为她睡着了呢！”大太太继续拍着哄她睡。

又过了一会儿，贵儿轻轻挪开手，郭霞没有动静。他嘴挨着大太太的脸轻声说：“睡着了。”“嗯。”她拽了下他，示意他睡上来。贵儿上炕搂住她说：“老爷咋没过来？”“那懒熊这时辰把他拉都拉不起来。”她向他身上靠了靠。

“你就忍心把我掀离身？”

“不是我要掀你，形势不对了。你现在是共产党的干部，我是地主婆，过不了多久，你自然就会蹬我一脚滚蛋，迟散不如早散。”

“胡说！不管你是什么，这辈子我要是背叛你让天打五雷轰！”

大太太忙捂他的嘴：“有你这句话，我就心满意足了。”二人紧紧搂抱热吻。

霸郎山里，春艳抱着日渐隆起的肚子，忧愁地在杂草丛生的山坡上转悠，想寻一种什么草药堕胎。她专注地在草丛内搜寻着，白草、茅草、大蓟、狼毒花、地丁……竞相生长，她在一株甘遂前停住，甘遂植株挺立，茎叶嫩绿，顶梢正爆出黄色的花蕾。她想，甘遂有剧毒，吃了一定能将孽种毒死。于是她用手刨甘遂根，碰断了一枝细茎，白色液汁流出来，沾在手上立即变成黑色。随着双手刨，褐色根茎露出来，春艳用力拔，脆茎拦腰被折断，露出白色断面。春艳擦掉泥土，闻了闻，用舌尖舔了舔，然后吃进一小块，苦辣味立即弥漫咽喉，刺激得她直发呕，瞬间舌根便有些发木。她蹙眉“呸呸呸”唾着，愈加觉得口干舌涩，于是趴在山泉边痛饮一气。站起来，觉得肚内咕噜噜响，忽觉内急，蹲蹴在草丛中解手。起身走了没几步，忽然又抱住肚子跑到草丛中解手……拉了几回肚子后，春艳疲乏地躺在山坡上，脸色苍白。仰面看天，似乎蓝天都在旋转。心想，这药劲真大，把人肠子都要屙出来了，可怎么就不见把肚子里的孩子打下来。躺了一会儿，她挣扎着走回去。二太太看见她东倒西歪的样子说：“啊呀！你跑哪儿去了？我说吃饭时间不见你人。”把她扶进屋躺在炕上问，“你怎么啦？”

“我吃了点甘遂，拉肚子。”

“什么！那是剧毒药，你敢吃？”

“就是厉害，把肚子都屙空了，还屙出许多小白虫。”

“哈哈！歪打正着，把肚子里的丝虫都清理了，你身体更好了呢！好了，你躺着，我给你泼一碗鸡蛋泡馍吃。”

春艳心想，不行，这药不堕胎。

郭霞无论如何也无法接受彻底离开中院、长期住在西院这个事实。不但晚上要去中院睡，白天也要去中院。那天，大太太把饭端上桌，郭霞撅着嘴不吃，大太太说：“霞霞乖，快吃饭。”“不！我就要去那边院吃！”郭霞说着，“咚咚咚”跑过去了。“郭霞，回来！”大太太厉声喊着追了过去。郭霞闯开屋门，滚在炕上不起来。大太太跟进门，贵儿闻声也赶过来了。

“这娃真是的！给你说，这已不是咱家了，你咋不听话？”

“这就是我家！我就要在这边住！”

“大太太，你就别难为孩子了，娃小知道什么。”

“贵儿，你一会儿把小门垒了，我就不信把这娃没办法。”

郭霞大哭：“啊！我不让垒小门！我不让垒小门！”

贵儿上前哄孩子，说不垒小门。郭霞搂着贵儿的脖子哭喊，大大，你就真不和我们一家人了吗？贵儿爱怜地抚摸着她说，大大永远和你们是一家，霞霞就是大大的乖女儿。

大太太焦急地说：“你说这该怎么办呢？”

“大太太你别着急，先这样将就几天，听说工作队不久就要撤了。反正我不住你这屋，等工作队撤了，你再搬回来。”

“那也不是长久之计，将来怎么办？总不能永远让这女子拖累你吧！”

“你怎么能那样说！将来你们就是要住那边，我也要在这边给霞霞留间房子。她是我干女儿，我怕他谁说什么！”

春艳身体虽然还很虚弱，但已能出外走动。她又在山坡上转悠，找寻打掉孩子的办法。要不，时间越长，越不好办了。她来到一块梯田边，望着一丈多高的土崖，作了好一阵思想斗争：从这儿跳下去，肚子里的孩子会掉吗？如果摔死了呢？死就死吧！活在世上有什么意思？如果摔折了腿死不了呢？她在梯田里来回踱着，又到崖边看，又想，不管是死是活，也要打掉这孽种！于是她眼一闭，跳了下去。春艳昏了过去，下身流血不止，被从梯田边路过的张奎、李松救了回去。

二太太看了看说：“我知道是怎么回事了，大家都回避一下。李松，你快派人上山采些仙鹤草和茜草根来，越快越好！”

士兵们出去了，高天顺帮着二太太脱了春艳的裤子，二太太找来旧衣服、破布填在春艳臀下。高天顺问：“怎么下身流血不止？”“流产了！”

“什么！”高天顺惊讶地说，“怎么会这样？这该怎么办呢？”“山高路险，离医院又远，也只好听天由命了。”二太太拾掇好了，给春艳盖好被子说，“你在这儿招呼着，我去给她熬药。”

高天顺自言自语，好好的怎么会跌下崖去呢？二太太拿来艾条在她鼻下、肚脐灸，春艳的头稍微动了一下。“啊呀！有希望！你拿着灸，让我去端药。”

高天顺像二太太那样给春艳灸，春艳慢慢睁开眼睛，用手推开艾条，又闭上眼睛。二太太端来了药说：“她不让灸，就先把艾条拿掉。”一边用勺子小心翼翼地给春艳喂药，一边嗔怪春艳怀孕了还满山窜。春艳咬着下唇，说她是故意跳下去的。高天顺一听暴跳如雷，吼叫着：“你这个贱人！我怎么也买不转你的心了？”举手就要打春艳。二太太忙挡住说：“你死呀！她都病成这样子，去去去！”把他掀出去了。春艳无声地流着眼泪。

五十六

工作队的工作告一段落。经过上一段时间的基层组织建设和土地改革，政权的基础基本打好，各地民兵组织也相继建立，公安局集中力量剿匪的事就提上了议事日程。段书记明确指示：“根据调查，我县残留的几股匪徒，数霸郎山高天顺的势力比较大，就先拔掉这颗钉子！”

兰兰请缨出马，并立军令状：一定消灭特务队，活捉高天顺！石老三说：“哪用你梁局长亲自出马呢！我和高天顺是老对手，他扬言要杀了我，我决心要消灭他，正好较量一番，看到底谁厉害？”段书记说：“石老三说得对，梁局长不必事必躬亲，你要抓全盘，其实城防、社会治安等等问题，都亟待完善。老三，不要骄傲自大！要消灭敌人，还不能损兵折将！”石老三立正敬礼：“是！保证完成任务！”

高天顺藏匿霸郎山的日子好景不长了。

负责站岗放哨的张奎看见公安大队的人马向霸郎山开来了，就慌慌张张跑去向高天顺报告。高天顺满不在乎地说：“你慌啥！养兵千日，用兵一时，正好让大家展展手脚，哼！我要让他石老三有来无回！李松，分兵把守各要道，多准备些手榴弹，让他吃不了兜着走！立即行动！”李松吹哨子集合队伍分配任务，匪兵们慌乱地向各要道跑去。

公安大队来到霸郎山下，石老三领着干部观察地形。李智宏主张直截了当往上冲；范春亭则认为敌人虽然少，但地理位置优越，且居高临下，易守难攻，不宜作无谓的牺牲；石老三也不论谁对谁错，命令战士向敌人开火。冲锋号声嘹亮，公安大队的战士向山上的敌人射击着往上冲。特务队的人猛烈还击。枪声、手榴弹爆炸声响成一片。

张奎在一个制高点上向下扔手榴弹，春艳不知什么时候悄悄来到他身边。张奎看见了说：“看你弱不禁风的样子，跑这儿干什么？快回去！”

春艳问："这是和谁打仗？"

"桢县公安大队的大队长石老三领兵来犯。"

"是原来游击队的石老三吗？"

"嗯，狗日的和咱是死对头！"张奎说着，扔出一颗手榴弹。

春艳闭目思索了一下，故意看着张奎扔手榴弹，还夸他扔得好。张奎一听人奉承便得意忘形，说那当然啦！你看，给春艳做着示范动作——启盖，拉线缠在小手指上，把手榴弹扔出去。手榴弹在远处轰隆一声爆炸了。

春艳问："张奎，扔手榴弹为什么还要拉线？"

"手榴弹要拉断了线，才能爆炸。"

"是吗？那不怕把自己炸着了。"

"所以，断线的瞬间，必须把手榴扔出去，你想试一下吗？"

"我不敢。"

另一个山峁上有人喊张奎，说机枪卡壳了，于是他就跑去看。春艳心想，石老三知道子善被高天顺打死了吗？他能为子善报仇吗？她悄悄从箱子内拿了两颗手榴弹，用头巾裹好揣在怀中，匆匆忙忙离开了。

打了一会儿，石老三突然命令吹收兵号，公安战士便退了下来。李智宏疑惑怎么不进攻了，范春亭却心领神会，知道石老三这是在侦察火力。公安战士列队走出霸郎沟。

高天顺站在山冈上，看着石老三领着队伍走远了，脸上现出得意的笑容。李松报告："高队长，敌人撤了！"

高天顺说："是败退了。"

"对！是败退了！"

高天顺下命令："留下哨兵，其他人撤回山上喝庆功酒！"特务们欢天喜地地回去了。

春艳匆匆回到屋内，打开炕角的衣箱，把手榴弹藏进去，一下午都神情恍恍惚惚，夹杂在士兵中端菜递饭，到晚间却不知晚饭吃的是什么。

天黑以后，她关了门窗，点着灯，又悄悄取出手榴弹，把两颗手榴弹捆扎在一起，揭开后边的盖子，用一根细绳把两颗手榴弹的线绑在一起放回箱子，把细绳引到箱子外边，再锁上箱子，把细绳的外端藏在箱子后边，然后坐在炕上痴痴地发呆。想到那一刻，她的头皮好像要爆裂。

公安大队撤回北惠乡乡政府，连夜召开干部会研究作战方案。经过热烈讨论，决定采纳范春亭提出的方案，派一个小分队插进敌人心脏，里应外合，一举歼灭敌人。但要实施这个方案，必须找一条上山的秘密小道。第二天，大家就在梁乡长找到的牧羊人带领下上山探路。沟深林密，蒿草丛生，一路披枝豁叶艰难行进来到一处山崖下。山崖有两丈多高，崖畔长一棵白松树，枝丫弯弯曲曲伸向空中。

牧羊人一指说："这就是白松崖，其他能上山的路口，匪兵都派人把守。这儿是悬崖，他们不注意，如果上了白松崖，就可直达山顶。”接着给他们介绍，说年轻时他们几个朋友在这儿玩儿，比赛谁能攀上去，把一条一端带铁钩的粗绳扔上去钩住松树枝，然后有几个人就攀登上去了。石老三看了看说：“回！”一行人下山。范春亭边走边用粉笔在树身上画记号。

回到乡政府，石老三就分派战斗任务：“现决定今晚袭击霸郎山，李智宏、范春亭带领一个突击队从白松崖攀登而上，直插敌人心脏，我和高分队长带人从正面进攻。登山成功后打信号弹，总攻开始。”他又对梁乡长说，“麻烦你负责后勤，今天让灶房给战士们做一顿大米肉菜饭。明天准备一顿庆功宴，把酒准备足。”梁乡长点头说：“没问题！”

天光午后向晚，范春亭、李智宏带领突击队扛着枪，带着斧头、铁丝、锯子等工具向白松崖进发。鸟鹊鸣叫着向林深处飞去，牧羊人喊起了嘹亮的号子——哎嗨哟！领头的梢伙（公羊）你回头走噢！要吃那青青草，待到那明天早哎……

来到白松崖下，大家分工合作，默契配合，很快就做成了一个高梯子。李智宏爬上梯子，举起长杆把铁钩挂在了一枝横长着的松树枝上。用手拽了拽，见钩牢了，撂下长杆，手抓绳子足蹬崖壁嗖嗖嗖几下就上到了崖顶。他向山上看了看，向下招手说：“可以上来了！”范春亭对他挥挥手说：“下来！下来！时间尚早，上去小心敌人发现了，咱擦黑上山。现在大家都检查一下，今晚战斗可能很激烈，一定要做好充分准备。”

夜幕降临，山野一片宁静，高天顺检查了一遍岗哨，看了看山下，心里说，石老三，你想攻上山？做你的梦吧！老子尽可以高枕无忧，抱妾而眠。

他轻轻推门来到春艳屋，春艳的心悬到了喉咙口，屏息向箱子挪了挪。他上床搂春艳，春艳说：“我流产还没一个月，你又来干什么？”“我来给你打热驹，定要让你尽快给我生个孩子。”高天顺说着爬上身。“唉！”春艳叹息一声，不由得泪流如注，上齿咬着下唇，心里说，子善，我给你报仇了！右手伸上去摸着了细绳，迟疑片刻，猛揪绳子，闭上眼睛，屏气凝神……

李松在外边急促地叫：“高队长，不好了！公安部队攻上山了！”“啊！”高天顺肚腹的热情还来不及喷出，翻下身慌慌张张跑出门去。

春艳长吁一口气，关好门，点着灯，打开箱子看，原来是箱子缝把绳子夹死了，没拉断手榴弹的弦。她擦了把头上的细汗，心想，没爆炸也罢，我还没见着石老三，也不晓得他知不知道子善的事。又小心翼翼将手榴弹放回去锁了箱子。

范春亭、李智宏带领的突击队猛烈地向敌人侧后进攻。

高天顺观察了一下说：“是小股偷袭的敌人，打！”

“嗖嗖嗖”三颗信号弹腾空而起，划出三道明亮的弧线。山下枪声大作，冲锋号声响彻山谷，石老三带领大队战士向山上猛冲。

张奎大叫：“高队长！不好了！山下敌人大部队攻上来了。”高天顺说：“慌什么？打！顶住！”特务队又朝山下打。

智宏、春亭一跃而起，带领战士冲上一个山头，夺了敌人一挺机枪，调转枪口向敌人射击。敌人一下乱了阵脚，纷纷弃枪向山上跑。高天顺大喊："别乱！谁后退，我打死谁！"那些敌人又回头跑。

高天顺对李松耳语了几句，匆匆向山上跑去。李松高声喊："兄弟们！顶住，高队长说，打了胜仗每人奖大洋五个！"

高天顺跑回庙内，对已经起床的二太太和春艳说："守不住了，拾掇东西快走！越简单越好！"说着，三人一人提一个箱子向大殿跑去。高天顺揭开供桌的布帷，三人钻了进去。

李松在山坡上声嘶力竭地喊："顶住！誓死保卫霸郎山！"随后他跑到张奎身边，对他耳语了几句，两人合伙大喊，"打！打！"疯狂地扔了一阵手榴弹，拔腿向大殿跑去。

一个小特务随后跑到庙院喊："高队长，没手榴弹了！"没有回应。瞥见大殿有两个黑影一闪，急忙跑过去看，不见人影，只见供桌的布帷在晃动。他刚钻进去，公安大军就冲进了庙院。火把把庙院照得通亮。石老三说："搜！别让高天顺狗日的跑了！"

小特务吓得在供桌下发抖，带动得布帷也微微抖动。李智宏揭开布帷拽住腿把他拉出来。小特务跪地求饶："我……我……"石老三说："你什么？你以为，藏在桌子下面就能保住狗命吗？"

"不不不！我……我看见……"

"看见什么快说！"

"看……看见有人钻到桌子底下就不见了。"

"咦！是吗？挪开供桌！"李智宏、范春亭等挪开供桌，神像的方形底座下有一个窗大的小门，门从里边关着。石老三说，"哼！藏在这里边！高天顺，你已经走投无路了，出来吧！"范春亭说："缴枪不杀，弃暗投明，还可以宽大处理！"李智宏踢了踢门："听见了没？"没有应声。

石老三说："做好战斗准备！砸开门，高天顺如果负隅顽抗，当场击毙！"公安战士持枪侍立。李智宏用枪托将小门砸开，里边空无一人。范春亭照着火把走近看："啊呀！是个地下室的口。"用手试了试又说，"不对！有凉风，是个地道口。"

大家都围拢看。李智宏说："让我下去探一下。"石老三挡住说："不用了，集合俘虏！""是！"李智宏来到院子喊，"排三列横队！立正！向右看齐！向前看！"俘虏们在庙院集合好了。石老三说："查一下！看敌人里都缺谁？"李智宏查了一阵说："缺高天顺和两个太太，还有李松、张奎。""哼！看见了吧，"石老三对着俘虏们说，"紧要关头，你们的头儿把你们丢下自顾自跑了。你们别怕，罪魁祸首是高天顺及其追随者，我们饶不了他们！现在跟我们回去上学习班。学习完了以后，愿意留下来，我们欢迎；不愿意，我们发路费放你回家。"

五十七

郭福山坐在藤椅上晒太阳,贵儿从小门走过来叫:“老爷!”郭福山立即站起来说:“贵儿,你来啦!好几天没见你了。”“乡上开三干会去了几天。”贵儿说着坐在小桌旁。

郭霞从屋内跑出来叫:“大大!大大!”眉飞色舞地说,“我要上学了,我妈给我缝花书包呢!”“好好好!霞霞长大了。”把她揽到怀里。

大太太拿着个花书包边往平的捋边说:“霞霞在那院都跑了好多回了,要告诉你,她要上学了。”

“我也是为这事来的,别的孩子都报名了,看你给霞霞报了没?”

“那还能不报?人家比我消息还灵通,从巷里玩耍回来,说谁谁谁和她年龄一样大都上学了,吵着要上学去呢!”

“好样的!爱上学就是好孩子。霞霞,大大给你两件好东西。”贵儿从身上掏出个手帕裹着的东西打开说,“看!给你两支铅笔。”

郭霞接过铅笔看着说:“怎么这支有橡皮,这支没有?”

“这支是黑的,这支是红蓝铅笔。黑的写字,彩色的画画。”

“噢!我有画画儿的笔了!”郭霞蹦跳着。

郭福山说:“你破费干什么!什么都给她买好了。”

“我把郭霞送学校去。霞霞,走!”大太太牵着郭霞的手走了。

常德胜虽然被免了死罪,但还受着管制。国民党彻底完蛋了,他对党国彻底不报什么希望了。使他尴尬的是,兰兰住在机关永不回家,这他本来也可以理解,因为兰兰和他的地位,现在可以说是天壤之别。可是又想到当时兰兰策反时和他的口头协定,他还耿耿于怀,心怀侥幸,毕竟一日夫妻百日恩嘛!他把安居巷的楼房收拾得干干净净,等待兰兰有朝一日回心转意。

兰兰忙于工作,把一切都置之度外。只有在星期天、节假日看见别的同志都回家休息,或与家人相跟着散步、逛商店时,她心里会泛起丝丝惆怅,孩子和双牛不免会涌上脑际。新中国成立后她还打探过双牛的下落,但一无所获,她几乎对他不报什么希望了。很快又到了星期一,一切又被繁忙的工作代替了。常德胜实在忍不住了,就去办公室找兰兰。兰兰说:“你来干什么?”

“兰兰,回家住吧!你整天在机关,我怕你吃不好,住不好。”

“这不用你管,你走吧!再别到这儿来!”

“兰兰,当初你答应过我……”

“是的,我答应过你,要不,你这时都过了几个周年了。”

“你还答应不离开我……”

“不可能！你现在是管制分子，知道吗？老老实实接受改造！要不然，我让人逮捕你，走！”

常德胜悻悻地往出走，走到门口，又回头说：“噢！我忘告诉你了，我表姐来信说，苏玲已经上学了，很聪明。”

兰兰站起来说：“可以回国吗？”常德胜摇摇头：“两边关系恶化，很困难。”说毕走了。

兰兰跌坐在椅子上，双手捂脸，暗自垂泪。双牛越窗逃跑的那一幕，以及和孩子在一起的那些往事又涌上脑际。心里默念，双牛，你在何方？咱们一家人什么时候才能团圆？

李智宏和范春亭一同向局长办公室走，与常德胜擦肩而过。范春亭回头看看说：“那不是梁局长的老公吗？好像是刚从梁局长房里出来。”李智宏说：“我真想不通，梁局长为什么会有那样一个老公？又老又丑。”

“嘭嘭嘭”兰兰被敲门声从回忆中惊醒，忙掏出手帕擦眼泪，嘴里说：“进来！”春亭和智宏推门进屋，看了兰兰一眼，又互相对视了一下，一丝惊疑掠过脸面。范春亭灵机一动笑着说：“梁局长，我俩是来送霸郎山战斗的总结报告的。”说着把报告放在桌子上。兰兰边擦眼泪边说：“好，我看了咱们再开个座谈会。”

李智宏说：“梁局长，你没事吧？眼睛怎么红红的？”兰兰装出笑脸说：“没什么，眼里钻进了灰尘，流了两眼泪。”范春亭特机灵，说要给梁局长买瓶眼药水，抬脚就往出走。兰兰忙挡住说：“不用，不用，已经没事了。”

放学了，陈强背着书包和胡小海等几个孩子，边唧唧喳喳说话，边往回走。忽然瞅见常德胜从远处走过来，小毛被枪杀的那一幕立即闪现脑际。陈强喊一声“快跑”便领孩子们跑进一条巷子，绕道跑回家，上气不接下气地叫：“妈！妈！”芳芳惊慌地抱住他问：“怎么啦，强强？”抚着他的头说，“看，出了一头汗！”

“我……我看见打死小毛那个坏蛋了！”

“你说的是常德胜？”

“嗯！他怎么没带枪？”

芳芳松了口气，告诉他，白狗子已经彻底完蛋了，人民掌权了，他不但不能带枪，还受政府管制，你不用怕他。陈强还是不放心，瞪着眼问这问那，问他会不会再打死小孩。

芳芳沉思了一下说：“按道理说，是不会了，但你们也得警惕，防止阶级敌人报复。况且，他小老婆还当上了公安局局长。”

“公安局长？”陈强疑惑地问，“就是那个坐小车的女人吗？我见过。”

“也不知国家怎么搞的，能让那号人当公安局长。”

陈强咬着嘴唇点点头说：“妈，你别愁，我知道该怎么办了。”

贵儿越过小门走进西院的时候，郭福山正在套牛，黄牛被绑在院中一棵枣树上,牛围着枣树转圈圈。郭福山嘴里咕哝,你这坏东西,歇了一冬,吃得滚瓜溜圆还不想干活,那怎么行呀!把牛套硬往牛脖颈上安。牛头一摆,就把他甩了老远。他放下套具,拿鞭子抽打黄牛,边打边骂:"我再不如人,还能败给你!"

贵儿来到跟前说:"老爷,你套牛啊?"郭福山停下擦了把汗说:"春天了,我想把那块空闲地犁一犁,你看,这捣蛋鬼就是不让我套!""别急!让我帮你。"贵儿来到牛跟前,抚着牛说,"人常说,打马抚摸牛,别看牛温顺,闹反毛了可犟得很。"牛平静下来,甩着尾巴。他抓住牛鼻桊儿说:"你套吧。"

郭福山拿着套具往牛脖子上搭。贵儿一见"哈哈哈"笑弯了腰,"啊呀!老爷,你把牛套套反了,怪不得牛不让你套,那样子牛怎么拽?"郭福山也笑了:"啊呀,我真老糊涂了。"大太太听见了走出屋说:"笨熊!吃过猪肉,还没见过猪跑啊!"

贵儿把牛套整正套在牛脖子上,牛和顺地站着,一点儿也不调皮。郭福山看着说:"这么简单个活儿,我以前咋就没注意。""以前都是下人干,你当然不需要注意。"贵儿说着,两人都坐到院中的小桌旁拉家常。

"新社会了,老俗套得改一改,再别叫我老爷。"

"好!从现在起就改过来,老东家,今年地里种啥?"

大太太搭了话,说计划在那一块空闲地里种棉花,女儿大了,她想织一机布,给女儿做衣裳、床单什么的。贵儿说,他不知该在地里种什么,大太太就说:"你一个人,种粮食算了,我织了布,给你捎带做衣服。"

贵儿于是说:"那你们就别管地了,我稍带给你们种了。"

"也别说全代替了,就带着他种种地。他受管制,再不劳动,人家会说他地主架子不倒!"

郭福山显出毕恭毕敬的样子说:"贵儿,你以后就是我师傅了。"贵儿搓着手说:"老东家,你贵贱别那么说。"

与土地改革同时进行的还有对私营工商业的改造。有的没收,有的实行公私合营。街上商铺的面貌发生了很大变化,"中兴合""天顺兴"等牌子不见了,代之以"天桥商店""百货第一门市部"等名称。有的雕刻在墙上取不下来的匾牌就拿灰抹了或拿纸糊了。国营大商店气派多了,货物琳琅满目,价格公平、公道,一派繁荣昌盛的景象。

有一天,段书记把兰兰叫到办公室说:"兰兰,现在搞个体工商业者改造,朗孟驿的主人是你,想征求一下你的意见。"兰兰忙说:"啊呀!一天忙于事务,把这事就给忘记了,朗孟驿充公。"

"那你怎么办?听常德胜说,你也不肯回安居巷的家。"

"怎么,常德胜还找过你?简直不知好歹!他找你说什么?"

于是段书记就把常德胜谈话的内容转告她。他说他很后悔,是他害了你,但又说,他那时不光是出于私心,还有好心,说他那时如果不出面娶你为妻,恐怕你早被国民党杀害了！说后来朗孟驿发生的那些事，还有你的孩子，如果没有他，你根本过不了那些坎，但这些都不能使你原谅他。说如果能找到秦双牛，他一定会促成你们的婚姻……一提这些让人痛心疾首的往事，兰兰禁不住捂着脸啜泣起来。段书记安慰她说："坚强些！兰兰，每个人在世上都会遇到很多难以解决的问题，但是，只要我们能够勇敢地面对，积极地寻找办法，问题就一定能得到解决，况且，你是党员，党不会撇下你不管的。说说你的打算！"

兰兰擦干眼泪说："段书记，自从在党旗下宣誓那一刻，我就把自己全部交给党了。朗孟驿出事后，其实，大火已把朗孟驿烧得一无所有了，那时我就打算放弃，可党告诉我，要我坚持下去，把朗孟驿办成党的一个秘密联络点，还派人给我送来建房的木料，所以我就继续把朗孟驿办下去了。如今，党给了我一切，我有吃有住，我还有什么不满足的！"

段书记理解她的心情，也洞悉她的处境，引导说："我们共产党员也是人，也有七情六欲，家庭观念。每到周末，大家都回家与家人团聚了，可你还孤零零住在单位，无家可归，那怎么行呢？再说，我们都会有老的时候，到我们告老还乡的时候，你去哪里？"兰兰想了想，说她还年轻，真的还没考虑那些。于是段书记就说："你不考虑，党替你考虑，你要把朗孟驿归公可以，反正，常德胜的财产属于没收对象，干脆把安居巷的房子写在你的名下，你看如何？"兰兰点点头，说请组织决定吧！反正，她现在是不会回安居巷的家的。段书记又问她，说解放了，找寻双牛比过去容易了，看要不要在党的内部报刊上登个寻人启事。兰兰摆摆手说："有那个必要吗？如果双牛牺牲了，你寻人启事不起作用；如果双牛还活着，他不回家肯定有他的难言之隐，我们何必给他添麻烦呢？"段书记点点头说："嗯，你说的有道理。"

霸郎山剿匪的胜利鼓舞了士气，也震撼了敌人，小麦川、盘桃川等地的几小股匪徒望风而降，纷纷向政府投降自首。

兰兰在座谈会上对战士们的英勇善战、机智果敢给予高度评价和表扬。石老三不无遗憾地说："就是让高天顺跑了。"

范春亭说："下一步，我们要不要进一步侦察追捕高天顺？"兰兰说："当然要追捕！说心里话，党把公安局长这个职务给了我，也给了我个还愿的机会。我当年对孟云大姐的在天之灵许了愿，可如今，杀害孟大姐的三名主犯才消灭了一个。"

石老三说："也不知孙大头是去了台湾，死在战场上，还是逍遥法外？""不知道。"兰兰说，"不过，这会儿全国都在搞肃反，尤其对那些残害过革命烈士的敌人严惩不贷，如果孙大头还活着，我们就一定要找到他。"

范春亭和李智宏面面相觑。

开完会出来，两个心里充满疑虑的年轻人缠着石老三问长问短，范春亭问，他和梁局长刚才说什么呀，什么孙大头、孟云大姐把他们听得丈二和尚摸不着头脑。石老三哈哈一笑，说那都是闹革命时期的事，你们小，正在学校里念书，当然不会知道。李智宏心里不舒服地问，梁局长那么年轻漂亮，背景又好，怎么会有常德胜那样一个都能做她父亲那么老的老公？“唉！”石老三叹口气说，“一言难尽，不提那些了，吃饭去！”

“哎哎哎！”范春亭打破沙锅问到底的拗劲上来了，挡住石老三不让走，说今天咱不去灶上吃晚饭了，我请客！咱进馆子，边喝酒边听，你给我们讲讲！李智宏兴致勃勃附和说，他也凑一份。石老三被两个年轻人的热诚感动了：“嗨！还真想听啊？行！那今晚就给你俩上一堂革命教育课。”

范春亭问：“石大队长，你说去哪儿？”石老三不假思索地说：“临河酒楼。”

三杯酒下肚，触景生情，往事像酒意一样泛上心头。石老三把酒临风，侃侃而谈：“你俩听着啊！你知道我为什么把喝酒地点选在这儿呀？第一次见兰兰时就是在这儿……”

于是他就把兰兰的出身、与双牛的关系、如何走上革命道路，孟云同志被活埋，处死特务郭辉，兰兰为救双牛屈嫁常德胜等等的事情，对他俩娓娓道来。听得他俩激动不已，感动流涕。李智宏忍不住拍着桌子骂：“常德胜真卑鄙！”范春亭动情地说：“啊呀！梁局长和咱们一起工作，看起来和没事人一样，可她心里有多苦楚呀！”

石老三再干了一杯酒说：“知道了吧，兰兰是个好同志，我年龄大了，不一定能在她手下干多久，你们还年轻，要好好在她手下干，好好照顾她。”范春亭和李智宏直点头。

下午放学的时候，陈强和一些孩子一起回家，远远又看见常德胜走过来。他和伙伴们交头接耳说了些什么，就一起躲进了一条巷子。常德胜从巷口走过，猛然石块下雨般从巷里飞出来，常德胜抱头鼠窜。孩子们边追赶，边扔石块喊：“打白狗子！打白狗子！”常德胜头破血流。

陈强“嗵嗵嗵”跑回家，兴奋地对芳芳说：“妈！妈！我们今天把常德胜打美了！头都流血了。”

芳芳惊喜地问：“是吗？在哪儿？”陈强就眉飞色舞地给她讲用石头砸常德胜的经过。芳芳开始还担心地问，常德胜还手了没，骂他们了没，当听说常德胜吓得抱头鼠窜时，把陈强紧紧抱到怀里，激动得眼里蓄满泪水说：“我娃真是长大了！能为你爸报仇了！”陈强握着小拳头说：“妈，我一定要让他们知道我的厉害！”

常德胜平白无故挨了砸，依他的性格，搁过去，他非枪毙几个孩子不可。可如今他是虎落平阳，凤凰下架，也只有忍气吞声。可转念想，此事若不说道说道，孩子的毛病好惯，打顺手了，动出更大的乱子怎么办？思来想去，虽不能寻梁兰歌、石老三，总能找他当年的部下高警卫员，让他予以转达。主意已定，到卫生所包扎了伤口，便向公安局走去。说来也巧，刚好碰见高警卫员从大门出来。高警卫员一见便急切地问：“啊呀！常大队长，你头怎么啦？”常德胜把他拉到一旁，小声把一群孩子用石块砸他的经过对他述说一遍。

“为什么？”

“不知道。”

“那让我报警调查一下。”

常德胜叮咛：“也不必大张旗鼓，制止一下，以后别发生类似事件就行了。”

石老三正和李智宏、范春亭在办公室交谈什么，高警卫员推门进来，简单地介绍了一下常德胜被砸破了头的事，委婉地道出常德胜请求出面制止的意思。范春亭说：“一群娃娃敢欺侮一个大人，莫不是说谎吧！”兰兰正好来到门外，没进去，也没惊动他们，站在那儿静听。

高警卫员说：“常德胜头上缠着绷带，他一个大人该不至于说谎吧。”石老三说：“毕竟是新社会了，高队长，你调查一下，看是孩子们不懂事，还是有什么人唆使。”“别管，让自作自受去！”大家向外望去，兰兰说完，头也没回就走了。

大家面面相觑。石老三小声说：“调查一下，先别做处理。”

盛夏，正午休时节，天气像下火一样闷热。大太太一个人敞着门坐在北屋炕上做针线。贵儿来到西院，问：“怎么就你一个人在屋里？”大太太头也没抬地说：“霞霞上学去了，老爷下地去了。”

“怎么，这么早就下地了？”

大太太低头边做活边唠叨：“那人是越做越爱做了，不知听谁说太阳暴晒的中午掐棉花顶芽好，就早早下地掐花顶芽去了。”贵儿在院子的阴凉处坐下说：“没想到老东家还有这苦分。”大太太抬头看了他一眼说：“外边太阳烤，坐进来凉快些！”于是贵儿就坐到屋里的藤椅上。大太太取了扇子递给他，他把椅子往床边挪了挪，好让自己扇的风二人都能感受到凉爽，还时不时专门给她扇几下。大太太一边穿针引线一边说：“这些时候过得怎么样？”

“进门一把火，出门一把锁，一人吃饱全家不饿，倒也逍遥自在，就有一点儿不好。”

“缺个老婆？”

“那倒不是。吃完饭怕洗锅。”

“嘿嘿嘿！”大太太笑着说，“大部分男人都不爱做那婆婆妈妈的事情，干脆给你娶个伴儿，你也老大不小了！”

贵儿摇摇头，痴痴地望着她。大太太红了脸，也含情脉脉看着他。贵儿光着膀子，只穿条长短裤，肱二头肌、胸大肌、背阔肌有力地突起来，雄姿勃发。大太太穿一身白底素花洋布衫裤，丰润富态的轮廓显露出来，尤其那两个饱满坚挺的奶子特别引人注目，还有那微带挑逗的笑。他问她笑什么，她说，笑他像只壮犍牛。

“像只大公牛！”贵儿瞪着眼，忽地扑上去把她压在床上。大太太笑着推他说：“急死啦！门没关，看让人撞见了！”

忽然大门被“咣啷”一声推开，“噔噔噔”的脚步声传过来。大太太忙掀他说：“郭霞怎么回来了，你先躲帘子后边去！”

“郭霞回来怕什么？”

“孩子慢慢大了，我不想让她看见你和我单独在一起。”大太太说着，不由分说把他掀到帘子后边。

“妈,我把书忘带了。”郭霞说着跑进屋,到桌子抽屉拿了书往外走,又迟疑地抽鼻子闻着。

大太太说:“你这娃抽什么风?还不快走!”

“我大大在屋里。”

“你胡说什么!哪儿有你大大?”

“就是,就是,你哄我!”

贵儿从帘子后出来,笑吟吟地说:“霞霞鼻子就是尖,想哄也哄不了!”说着,抚郭霞的头。郭霞在他脸上亲了一口。他问:“霞霞,你怎么知道大大在屋里?”

“我闻到牲口粪的味道。”

“哈哈哈……”大太太和贵儿都笑了。

郭霞摆着手说:“再见!”跑着去了。

贵儿说:“这女子真是个精灵鬼。”大太太乜了他一眼说:“以后做事要避着孩子点儿。”

一辆吉普车“哧”一声停在公安局门口。兰兰和司机都下车回局里去了。陈强和几个孩子从斜对面的巷子向外窥探。陈强对身旁的胡小海耳语了几句,然后悄悄溜到吉普车靠墙一边,用手拔轮胎的气门桩,拔不下,又用手中的尖锥猛扎轮胎,轮胎“哧”放了气。巷子内传来一声响亮的呼哨声,陈强撒腿就跑。

高警卫员和司机从公安局出来,看见逃跑的孩子。高警卫员说:“这些小家伙干什么坏事了?你看车有问题没?”司机查看车,惊叫:“啊呀!轮胎被扎破了!”

“我去追!”高警卫员说着,撒腿去追陈强。陈强在前边跑,高警卫员在后边追。转过一条巷再转过一条巷,眼看就要追上了,陈强忽然往下一圪蹴,把高警卫员绊了个嘴啃地,而他直起身又回头跑。高警卫员站起来,揉了揉跌痛的膝盖,蹙着眉说,小兔崽子,我不信就拿你没办法!拍打拍打身上的土就又向前追。陈强已跑得精疲力竭,喘息着,显然已经跑不动了。高警卫员追了上来,陈强猛然转身用尖锥刺他。高警卫员向侧旁一闪,抓住了陈强的手,夺了尖锥说:“哼!我让你再跑!”拉着他向回走。

陈强满头大汗,气喘吁吁,被拉拽着几乎跌倒,待稍微缓过气来,他又逮住高警卫员的手狠咬。高警卫员痛得蹙眉咧嘴,在陈强的屁股上狠踢一脚。陈强痛得“啊”一声松开嘴。江警卫员也赶来了:“怎么?还怪厉害的!”说着,一人拉一只手把陈强拉到公安局。来到石老三办公室,范春亭和李智宏也跟了进来。

石老三说:“就这小家伙把局长小车的轮胎扎破了,你为什么要搞破坏?”

陈强青春年少,头大脸宽,膀阔腰圆,歪着头,咬着嘴唇不言语。

范春亭说:“小朋友,大队长问你话,你为什么要扎破国家的小车轮胎?你知道那样犯法吗?”

“我就要扎!你们能把我怎么样?”

李智宏说:“搞破坏犯法,就要吊起来打,蹲监狱!”

“随便,我不怕!”

石老三瞧瞧他说:“咦!没看出小家伙还是条硬汉子。”

高警卫员拍着脑袋说:“这孩子像谁,咋一时想不起来。”江警卫员点头说:“嗯!我也有这感觉。”

范春亭问:“哎!你多大啦?”

“你管我多大!”

李智宏说:“这娃才五六岁吧!要不然,为什么这么不懂事?”

“老子十一岁了!”

“哈哈哈……”大家笑了。

“你终于愿意配合我们的问话了。”石老三说,“好好说,为什么扎小车轮胎?”

“报仇。”

“报仇?你小小年纪跟谁有仇?”

“你管不着!”

兰兰也来了,她端详着陈强,抚着他的头说:“就这孩子扎破了汽车轮胎?”陈强抬头“呸!”唾得兰兰满脸唾沫。

兰兰倒退了一步,范春亭忙取了毛巾递给她:“这娃咋这样无礼!”

李智宏推了陈强一把说:“先吊起来打一顿再说!”

兰兰擦着脸说:“这娃咋这样恨我?”

“就恨你!你害死了我爸!”

“我害死了你爸?”兰兰莫名其妙,“你爸叫什么名字?”

“我爸叫陈刚,我妈说,就是你和那老东西害死了我爸!”

“哦!”当年陈刚无礼的一幕涌上脑际。兰兰说,“你妈叫王云芳,对吧?这么说,常德胜的头也是你砸破的?”

“就是我砸的!”

兰兰说:“把孩子放了。”李智宏不同意,说还没追究责任,怎么就放人?他又那样无理。

“孩子有什么罪!”兰兰拍拍陈强的肩,“快回去吧!告诉你妈,就说我抽空会看望她的。”

陈强转身跑了。

范春亭说:“梁局长……”

“什么也别说,谁逮了这孩子?”高警卫员回答说,是他和小江逮的。兰兰说,“今后,你俩别插手这件事,去吧!”高警卫员、江警卫员走了。

范春亭问:“究竟是怎么回事?”兰兰说:“说起这事,常德胜真该千刀万剐!让我跳到黄河也洗不清。”

范春亭说:“梁局长,我看你不能贸然去她家,你现在身份不同……”

“什么身份？当年是好姐妹，我当了局长，就不是姐妹了？”

石老三说：“兰兰，我看春亭也说得对，你就是要去，现在也不是时候。我看让春亭和智宏先去了解一下情况，把事情调查清楚了再说。”

“也好。她家住在西关六巷十六号，你俩去处理这件事，别再让发生什么事。”兰兰说完走了。

芳芳正在家做家务，一些孩子跑进门，七嘴八舌地说：“阿姨，你家陈强让警察逮去了！”

“啊！胡小海，怎么回事？”胡小海哭丧着脸述说陈强扎破局长的小车轮胎，让警察发现逮去了的事。芳芳焦急地问：“人现在在哪儿？”

“警……警察把他拉到公安局去了。”

“啊！让我去看！”芳芳说着就往外走。

外边又有孩子喊：“陈强回来了。”

陈强跑回家，芳芳一把把他揽到怀里，失声说：“好娃，你把妈吓死了！”转脸对那些孩子说，“没事了，你们快回去吧。”孩子们一窝蜂似的跑走了。

芳芳拧了条湿毛巾给陈强擦脸，问：“是那个女人的车吗？”陈强点点头。“他们打你了吗？”

“那个警察踢了我一脚。”

“踢哪儿了？让妈看！”

陈强指着右边屁股，芳芳用手去摸。“啊！”陈强痛得蹙眉大叫。芳芳把陈强扶到炕上，抹下他的裤子看，右边臀部一片青紫。“啊！”她惊呼一声，“好狠的贼，把我娃打成这样！你别动，让妈给你擦上红花油。”她取药给他上药水，“是那女人让把你打成这样吗？”

“不是，在街上逮我的那个警察踢了我。”

“那你没见那女人？”

“见了，房子里很多人在问我、厉害我，她来了，抚摸我的头，我唾了她一脸！”

“她便怎么样？”

“她问我为什么恨她，我照你说的那样说了，她问我爸叫什么，我说了我爸的名字，她沉吟了一会儿，就让那些人把我放了，还说，她抽空要来看望你。”

“是吗？”

“妈，那女公安局长一点儿也不凶，她怎么会害死我爸呢？”

芳芳脸忽地红了，说：“你还小，你不懂。”

大太太来到中院，她原来的住屋现在是贵儿住着，屋里凌乱不堪，尘埃满布。心想，没女人的男人生活就这样子啊！她清除打扫，整理床铺，很快便使屋子整洁明亮。她又来到厨房，碗筷碟勺乱七八糟，胡摆乱放，锅碗也不知几天都没洗了。她先往脏锅里倒上水，把没洗的碗筷泡在里边，然后打扫擦洗厨房。接下来洗锅碗，并分门别类地摆放好。看看天快中午了，她又着手给他和面做饭。

东边马房院大门“吱”响了一声，贵儿回来了。他先到中院住屋一看，脸现惊喜之色，又听见厨房有响动，他赶忙跑过去，声音激动地叫：“大太太！让你见笑了。”

“我一向没来这院，看你把屋里弄成啥样子了。”

“大太太，其实我也是你惯大的，那些年，光知道干苦力活，啥时进过厨房做过饭呀！”

“唉！我说过多次了，给你娶个媳妇吧，这样下去，怎么行呢？”

“大太太，你再别说，我不嘛！”两人都低头不语。

大太太“嗒嗒嗒”切着面说：“贵儿，以后也别再叫我大太太了，我现在已不是地主太太了，是平民老百姓。”

“那让我叫你啥？”

“你想咋叫就咋叫。”

贵儿红着脸憋足劲叫了句：“姐！”“啊！”大太太惊喜地回过头，撂下刀，二人热烈拥吻。“干脆你别一个人做饭了，我给老爷说一声，和我们一块儿吃。”

“不可以，我看这样还好些。”

“也好，我常过来帮你。”

“啪啪啪……”西院响起急促的敲门声。“我过去了，霞霞大概回来了。”大太太说着推开他匆匆走了。

大太太开了西院门，郭霞劈头就问：“妈！饭好了没？”

“这娃，进门屁股没挨板凳，就问饭好了没！”

“老师让我们早到校呢！”

“你稍等，妈马上给你做。”大太太说着赶紧往厨房走。

“怎么才做呀？赶不上了！嗯嗯嗯……”郭霞哼哼着“咚咚咚”跑中院去了。贵儿正在厨房煮饭，嘴里高兴地哼着小曲儿：“啊呀软的！啊呀馋的！啊呀呀美煞人咿儿呀哎哟！”郭霞拖着哭腔说：“大大，我妈没给我做下饭！”

“什么！没做下饭？没做下不要紧，吃大大的，你看，面都在锅里跳弹呢。”

“让我吃什么饭呀？”

“鸡蛋面，大大马上给你炒个鸡蛋，立马就好了。”

“那你给我端屋里来！”她跑到上房屋，瞅瞅整洁干净的屋子，一跳就躺在软绵绵的床上，瞪着眼思索着。贵儿边搅边把冒着热气的鸡蛋面端进来让她吃。郭霞从床上蹦起来说，“你这屋子是我妈拾掇的？”

“咋是你妈拾掇的？我没手？不会自己拾掇啊。”

“你就不会拾掇，痴手笨脚，我每次来，你屋里都乱糟糟的，今天咋就整洁了？”

“好好好！就是你妈拾掇的，我都让你吃饭，你妈还不能给我拾掇一下屋子？快吃饭！”

郭霞端碗吃了一口饭说：“这饭也是我妈做的。”

“咦！明明是我给你煮的饭，怎么说是你妈做的？”

“你就切不下这么细的面，只有我妈能切这细细面。”

“就算是你妈做的，你不愿意你妈给大大做饭吗？”

郭霞边吃饭边说：“愿意！大大，咱俩住这屋，让我妈给咱拾掇屋子做饭。”

“不行！那你爹爹怎么办？”

“他和我妈住西院嘛！”

“不行！大大身上脏，有牲口粪味儿，你会不舒服的。等你长大了，大大给你收拾一间房子，就像你秋红姐姐一样，你一个人住一屋。”

“好！一言为定！”郭霞伸出小拇指，“拉钩钩。”贵儿笑着，也伸出小拇指与她拉钩钩，然后抚着她的头说：“你这个小公主哟！”

范春亭和李智宏去芳芳家家访。芳芳见来了穿警服的人，心里毛毛的，心想，大概是因陈强的事找麻烦来了，于是不冷不热地说：“请问你们是……”

范春亭说：“你是王云芳同志吧，我们是县公安局的，他姓李，我姓范。”

“噢！公安局的，是说我儿子砸了人，扎了车的事吧？要杀要剐随便！”她来了个先发制人。

李智宏说：“你咋这样说话！如果要惩罚你儿子，也不会那么轻易放了他，你儿子的行为已构成违法犯罪，你知道吗？”

范春亭挡住他说：“大姐，是这样的，我们从孩子的话中知道，你对常德胜和梁兰歌有很大的仇恨，我们来，是想了解一下究竟是怎么回事，调查清楚了就好解决问题。”

“那还用来问我！她梁兰歌不是一清二楚吗？我那痴熊人打破头地给朗孟驿干，拳打孙大头，脚踢金光斗，到头来落了个冤死狱中……”

范春亭心“咯噔”一下，像是揿动了灵感按钮，那天在会上梁局长和石大队长说的逃犯孙大头蓦然跃上脑际，他忙说：“慢！大姐，你说那个孙大头？”

“国民党72团孙排长，外号叫孙大头。”

“他叫什么名字，你知道吗？”

“不知道。”

李智宏拽了下他的衣角，意思是说，咱弄啥来了，你一再问孙大头干啥？范春亭用手从后边碰碰他，示意他别打岔，说：“大姐，你丈夫为啥要打孙大头？这与朗孟驿又有什么关系？”

“我那二杆子爱打抱不平，”芳芳就把那年朗孟驿扩建，孙大头带了几个人来闹事，陈刚看不惯就和人家打起来的事说给他俩。

“是陈大哥把孙大头打跑了？”

“他哪有那大的本事！后来城防大队的高警卫员和江警卫员带人来，把孙大头带走了。”

“是哪个高警卫员和江警卫员？”

“那不还在公安局嘛！摇身一变，由白狗腿子又变成红狗腿子……”

李智宏厉声说：“你说话注意点儿！”范春亭又忙挡住他，继续问：“大姐，这么说，朗孟驿还有本事调动城防队？”

“看你说的，”芳芳以一个洞若观火者的口气说，“人家肖老板和常德胜是肉钩钩关系，城防队还能不保护朗孟驿？”

“这我就有点儿弄不明白了！既然陈大哥和常德胜都是保护朗孟驿的，朗孟驿的人怎么会和常德胜搭伙害陈大哥？”

“唉！”芳芳有点儿难以开口，但话到此也无法收回，于是说，“也怪我那不要脸的，你说你没徒弟教了，怎么要给兰兰教拳术？他哪里知道，那老东西不但和老的好，还看上了小的，人家怀疑他对兰兰图谋不轨，就借口把他逮捕害死了。”

“哦！那常德胜给陈大哥定的什么罪？”

“定屁罪了！就是不审不问，不给你吃饱饭，把人往死里饿！最后给他饱撑一顿，再放点儿毒药，他就一命呜呼了！”芳芳说着说着，眼里就不由自主蓄满了泪水。

范春亭点点头说：“我明白了！大姐，罪魁祸首是常德胜，你怨不着梁兰歌，梁兰歌也是受害者，你知道吗？梁兰歌也有恋人，从小青梅竹马，已定终身，常德胜为了得到梁兰歌，把她的恋人逮捕逼她就犯？梁兰歌为了救恋人，才嫁常德胜的。”

芳芳低下头蚊声说：“我似乎也听人说过。”

范春亭接着说：“常德胜罪大恶极，本当处决，但因他在解放军攻城时开了西城门，反戈一击，带兵投诚，所以才保下一条命。你恨他，我们能够理解，但你应该理智些，你放出儿子报复一旦失手了怎么办？你已失去了丈夫，你再丢得起儿子吗？”芳芳点头。“不多说了，看你也是个明白人，何去何从？你掂量着办！智宏咱走。”

二人走出芳芳家。李智宏埋怨说：“咱今天到底解决了啥问题？”范春亭不无自豪地说：“收获很大！”

“自吹自擂。”

“不信你瞧，老鼠拉炭锨——大头还在后头呢！”范春亭说着，喜滋滋快步往回走。

五十八

李智宏和范春亭回到公安局。看见高警卫员从公安大队出来，范春亭灵机一动，要智宏和他一同约高警卫员去喝酒。李智宏瞥了他一眼说：“你得是对陈刚教梁兰歌学拳术很感兴趣，还想再了解了解？”范春亭笑着说，就算是吧！问他去不，李智宏说他不去，径直走了。

范春亭约高警卫员到临河酒楼三楼包间喝酒，高警卫员不解地问：“范主任，怎么就想到要和我喝酒?”

“想和你谝谝闲,怎么,不给面子?”

“哪里!哪里!我是说,我应该请你喝酒才对。”

“革命同志,一律平等。我这次请你,你再次就不想请我?”

“当然要请!当然要请!”

“来!干杯!”两人碰杯,吃菜。

酒过三巡,高警卫员察言观色,迟缓地放下酒杯说:“范主任请我喝酒,大概是醉翁之意不在酒吧!”

范春亭觉得谈论正题的时机差不多了,就说:“高分队长不愧在官场混了多年,你知道,你那天逮的那个孩子是谁吗?”

“没有调查。”

“你还记得死于城防队监狱的陈刚吗?”

高警卫员迟疑了一下,夹菜的筷子也停滞在空中:“啊!记得,记得!我说那孩子的相貌有点儿像谁,像他爸陈刚。陈刚刚得很,至死大骂不休!”

“陈刚死得冤,怪不得陈大嫂恨得咬牙切齿。”范春亭说着,盯着他的脸看。

高警卫员脸色陡地变得像猪肝,夹菜的手也微微在抖,半天才说:“是不是陈刚妻子要告……”

范春亭笑着说:“别害怕,常德胜都没办死罪,能问你什么罪?我不是要调查这件事,我是想问,你知道国民党72团孙排长孙大头吗?”

高警卫员心里释然,舒了口气,又脸现活色说:“知道,那年我们拘留过他。”

“他叫什么名字?”

“孙光。”

“他老家在哪儿?”

“在广东省什么市,记不清了。”

“能搞清楚吗?”

“问一下小江或许能知道。”

“那麻烦你问一下,暂时别让其他人知道。”高警卫员点点头。

只一会儿,也就寥寥数语,范春亭便把当年发生在城防队监狱的事了解得有十之八九了。他兴冲冲跑去把搞到了孙大头线索的事告诉了石老三。石老三一听高兴得跳起来,问他告诉梁局长了没,春亭说有些事还没最后落实。石老三把他一拉说:“走!现在就去找梁局长,大家动脑筋,不是更好弄清吗?”

于是二人来到兰兰办公室。范春亭首先把他如何了解芳芳的思想实际,并给她作了分析解释,估计她不会再唆使孩子胡作非为的事,给兰兰作了汇报,然后说:“关键是她在谈话中提到孙大头。”

兰兰对此事更关心:“孙大头!她怎么说?”春亭就把芳芳怎么说,他如何在喝酒聊天中向高警卫员了解情况,调查此事已到了哪一步等,向兰兰作了详细汇报。

兰兰立即差人叫来了高警卫员和江警卫员。经过回顾核对，弄清孙大头名叫孙光，广东省Q市人。兰兰当机立断，决定派范春亭和江警卫员去广东省Q市，与当地公安机关联系调查此人。

Q市，一个中等大城市，据说有三十多万人，南北三条主大街，东西六条大小街，公安局在东边那条大街上。范春亭和江警卫员走进Q市公安局接待室，报了姓名，拿出介绍信给接待人员看。热情的戚接待员看了介绍信说："你们登记一下，然后我让人把你们招呼到招待所住下，明天早上你们来讨回话。"

二人安顿好，吃了饭，就到附近的万象街转悠。繁华市街，商贾云集，摊贩棋布，货物琳琅满目……范春亭说："真是十里乡俗不同，你看这儿，吃食、货物和咱那儿大相径庭，走这么长一截了，连一家卖羊肉饸饹的都没有。"江警卫员笑着说："你光知道桢县那羊肉饸饹，南方人多吃鱼虾，哪有那东西！你看，这儿的橘子、香蕉等南方水果比咱那儿多得多。""这儿的香蕉、橘子肯定便宜，走，买几斤一饱口福！"范春亭说着，向一个果摊走去。

果摊后，一中年男子正给顾客称橘子。江警卫员瞥了一眼，拉了春亭一把回头就走。范春亭赶上来问他怎么回事，江警卫员把他拉到一个僻静街角说，你说世上有这么巧的事吗？范春亭四下瞅瞅，不解地问他怎么回事。江警卫员向那果摊指指说："那人就是孙大头。"

"啊！"范春亭惊讶地向那边看了再看，"你该不会看错吧！"他细观之，那人生得头大脸阔，扫帚眉三角眼，一脸无赖相。江警卫员还在凝神注目观察，他拍拍他的肩说："别看了，别看了，贵贱不敢打草惊蛇，咱先进这茶馆喝茶。"

二人走进就近的悦来茶馆，在一个僻静包间坐下，心里既高兴又紧张。高兴的是出师大顺，一到Q市就找到了目标；紧张的是如何能稳、准，万无一失地逮捕逃犯。

范春亭要了一壶碧螺春茶，二人边品茶边小声交谈。范春亭说："要有十分把握，绝不能弄错了，世上长相相似的人很多。"江警卫员说："我看八九不离十！不过近距离观察一下最好，但我怕他认下我了。"

既要观察仔细，还不能暴露自己，范春亭想出了个办法：让江警卫员藏到果摊对面那条巷子里，他到摊位上借买水果吸引摊主的注意力，让江警卫员再好好观察观察。

"你不怕他听出你的桢县口音起怀疑？"

"不怕！我在学校和一个陕北同学坐过同桌，会说陕北话。"

江警卫员再想了想说："哎！对啦，他左耳朵上边头皮上有道伤痕，藏在头发里，只有一点露出发际，不注意根本发现不了，你注意观察一下。"

商量停当，二人复出。按计划，江警卫员躲进对面巷子，范春亭若无其事地来到孙大头的果摊前，操着陕北口音说："老板，这香蕉一斤多少钱？"

孙大头说："两元一斤。"

“这橘子呢?”

“八角一斤。”

“还有这,像枣似的?”

“那叫青枣。”孙大头看看春亭说,“看样子,你老弟不是咱当地人。”

“第一次到贵地。”范春亭和气地说,“你老哥看我像哪儿人?”

孙大头摇摇头说:“不知道,咱没出过远门。”

范春亭心“咯噔”一下,心想,贵贱别搞错了。随口问:“老板做生意时间长啦?”

“解放前就做这生意。”

“怪不得!”范春亭边拉话边观察。又来了一个买主,孙大头问他到底买不买,他忙说:“当然买,不过我不急,你先给别人称。”孙大头给另一个买主称橘子。范春亭借着拿青枣看,悄悄观察他的头。那个买主走了,范春亭说:“老板,现在给我称吧!香蕉两斤,橘子两斤,青枣一斤。”“好咧!”孙大头拖腔拖调说道,给春亭称果子。

范春亭付了钱提了果子在街角与江警卫员会合。江警卫员迫不及待地告诉他,说他这次看清了,没错!孙大头的相貌、姿态一点儿也没变。范春亭说,他也看清他左边头上藏在发际里的伤疤了。因当天天色已晚,二人商量先回招待所,明天再找当地公安局采取行动。

第二天一大早,他俩就来到公安局。戚接待员说:“同志,你们好早呀!我昨天把你们的事汇报给领导了,今天还没去问呢!”范春亭说:“同志,你就直接带我们去见领导吧,我们有重要情况通报!”

“这样吧,你们在那个小房子里坐着等一下,我请示一下领导。”戚接待员说着去了。没多一会儿,他领着两个人走进来说:“我来介绍一下,这位是张局长,这位是侦缉科赵科长,这两位是陕西桢县公安局派来的范同志和江同志。”大家握手问好。

张局长说:“同志,你们一路上辛苦了!”范春亭说:“情况紧急,咱就闲言少叙,言归正传。”他就把孙大头的罪行,及他俩此行目的,向二位领导作了简要陈述。赵科长插话说:“那还得查一查,看真有无此人。即就是有,到底是战死疆场了,还是……”范春亭打断他的话说:“因为情况紧急,才急着找你们。”于是就把逛街中发现孙光的事作了报告。

张局长说:“是吗?那么巧!”赵科长说:“认准了?抓错人,那可不是闹着玩儿的!”江警卫员说:“认准了!我以前见过他,况且他左边头皮上有伤疤,范主任近前看清了。”张局长说:“那好!赵科长,你通知侦缉队立即行动,逮捕疑犯孙光!”

万象街上。赵科长带着侦缉队在前边走。张局长、范春亭、江警卫员跟在后边。江警卫员忽然拍拍范春亭的肩小声说:“你看,孙大头不在那儿了。”

范春亭一看,立即拽了下张局长,对他耳语说,孙大头不见了,那儿一个妇人站摊。张局长立即对一个士兵说："通知赵科长，停止前进，让他到后边来。"

街上的人都注目突然出现的这一队警察。敏感者已在交头接耳谈论了。

范春亭又把四人召进了悦来茶馆紧急商量对策。赵科长是急性子，说："直接开过去，问她男人哪去了，他还能插翅飞了！"范春亭忙说："不可！那还真要逮不着了呢？"

赵科长问："你有啥好办法？"四人聚首听范春亭说他的计划。听完张局长点头认同，立即实施。赵科长出去叫进来三个警察，给他们耳语了几句，警察点着头出去了。

街上的警察分成三组，分别由刚才的三个警察带领向街两头及孙大头摊位对面的那个巷子走去。范春亭和江警卫员也随着第三组警察走进了巷子。

张局长和赵科长带着几个警察在街上执行公务。赵科长大声说："各位摊主请注意！根据需要，要检查一下大家的营业执照，请把你们的执照拿出来，快快快！"

摊主们都手忙脚乱地掏营业执照。张局长等看了一眼又还给摊主。

一个摊主说："好好的为什么突然查执照？"紧邻摊主说："谁知道啊，官断十条路，九条人不知嘛！"

另一个摊主说："同志，我忘带执照了。""赶快回家去取！折回来还要查的。"赵科长说着过去了。

查照快到孙大头的摊位了。江警卫员一回头，看见孙大头从巷子那边走过来。急忙走过去悄悄告诉了范春亭，问他怎么办。范春亭让他别慌，灵机一动，对他耳语了几句。

江警卫员迎着孙大头大步走过去，久别逢知己地说："啊呀！这不是老孙嘛！"与他握手。孙大头疑惑地看着他说："你是……我一时还真想不起来！"

"不打不相识！"江警卫员嬉笑着说，"还记得桢县城防大队吧！那时公务在身，多有得罪，不记恨我吧？"孙大头一拍脑袋说："啊呀！江班长，什么陈谷子烂芝麻的事，黄皮一脱，什么也不是了，你这……"

范春亭大声喊："警察！抓小偷！"赵科长、张局长等立即赶过来问在哪儿，他手一指："那不是！"

江警卫员撒腿就往巷子里跑。赵科长带人过去就把孙大头逮了。巷子里的警察也把江警卫员押了出来。孙大头说："你们逮我干啥？"

"你们是同伙，当然也要逮你呀！"

"我们刚见面，我是这街上摆摊的，不信，你问问大伙儿！"

"就算他把你连累了，去一趟公安局，没事就把你放了。"

孙大头和江警卫员被押到公安局里，警察给江警卫员松了绑。孙大头说："怎么把他放了，反而把我绑着？"张局长说："逮的就是你！"

"为什么逮我呀？你们这是侵犯人权！"

"先别嚷嚷！回答我的问题，你是不是叫孙光？"

“是又怎么样?”

“原国民党某军72团排长。”

孙光脸一下白了,嗫嚅地说:“我都退伍好多年了呀!”

范春亭说:“可是你犯的罪行并没有退!还记得桢县纠纠寨活埋女共产党员的事吗?”

“啊!”孙大头扭头想跑,被警察拉住了。

“押下去!”警察把孙大头押了下去。范春亭松了口气,总算把狗日的逮住了。张局长说:“好了,你们也回招待所休息吧!明天我派人把罪犯送过去。”

干部会上,兰兰感慨地说:“小范啊!你可给咱立了一大功!”范春亭说:“不敢当!借用一句古话,天助吾成功也!让我们一到街上就遇见了他。加之Q市公安机关的密切配合,才成功抓捕了孙大头。”

“我说嘛!走访王云芳时,她一提到孙大头,你就特别感兴趣,原来你早就操心这事了。我自愧不如,向你祝贺!”李智宏竖起大拇指说。

石老三说:“咱们公安局有春亭这么个智多星,今后的工作赖不了。”

“石大队长,可不敢这样捧我!我只不过爱动脑子罢了。”

“人逮回来了,咱们就要尽快处理此事。”兰兰说,“智宏联系法院审判定罪;石大队长准备开公审大会,这次一定要考虑周密,要声势浩大,秩序井然;春亭好好休息一下,随后给咱准备开大会的材料。”

桢县街上贴出了布告,人们奔走相告,当年活埋女共产党员的罪犯之一孙光被逮捕归案,要开公审大会了。

公审孙光那天,广场上、街上挤满了愤怒的人群。孙光被五花大绑,胸前挂个牌子,上写“反革命杀人犯孙光”,名字上用朱笔画了×。人们议论着、唾骂着,干了坏事的人,不管隔多长时间,也不管你逃得多远,藏得多隐秘,最终都会得到报应。法院刘院长宣布了孙光的罪行后说:“为镇压反革命,告慰烈士在天之灵,现将反革命分子孙光验明正身,押赴刑场,执行枪决!”

恶有恶报,时机已到。孙光被拉到活埋孟云同志的地方执行枪决。很多群众都赶来观看。想来孙光一定不会忘记那个漆黑的夜晚,孟云同志在遭受灭顶之灾时在坑里挣扎的情景。稍有良知的人只要能设身处地替受害者想想,也绝不会做出草菅人命的事。要让杀人恶魔知道杀人的恶果,最好的办法就是让他也尝尝被枪杀的滋味。

范春亭说:“让我打吧!”李智宏说:“别和我争,也给我个立功机会!”石老三说:“你俩闪后,让我给你们做个示范!”

兰兰赶到现场说:“我要亲手毙了孙大头,为孟云同志报仇!”

“梁局长,哪用你动手!”

“快!听从命令,立即执行!”

李智宏对孙光喊:“跪下!”孙光站着不跪,石老三跨上前,在他的腿弯处蹬了一脚,孙光"扑通"一声跪倒在地。说时迟,那时快,兰兰手甩枪响,"啪!"孙光倒在血泊中。

兰兰把枪递给智宏,拱手对天摇摇说:"孟云大姐,杀害你的凶手已有两个伏法,特此告慰!我们一定要杀了高天顺,安息吧!大姐。"

五十九

郭福山从未想到体力劳动有这么大的乐趣。以前当东家,四体不勤,五谷不分,整天除了使唤人就是吃、喝、睡。出门就上马,下马就蹲下,越坐越没劲,越乏越想睡。吃的好饭没食欲,睡的美床尽失眠。整天鼻嘴都冒烟,咳嗽,痰多加气喘。自从强制参加农业劳动后,那些富人病反而消失殆尽。他还染上了劳动瘾,一时不做这摸那,就觉得浑身不舒服。这天,他正在院子里给牛搔痒扫身子,贵儿从小门过来说:"啊呀!老东家,你把牛喂得滚瓜溜圆!"

郭福山笑笑说:"慢慢摸着窍门了。就你说那话,打马抚摸牛,牛心情好了,吃草就肯上膘。哎!好像又有几天没见你。"

"又去乡上开会了。"

大太太站在厨房门口边择菜,边说:"开会又有啥新指示?"

"有新政策了,我就是特地来告诉你们的。"贵儿说着,坐在院子的小桌旁。郭福山停了活也坐在桌旁,把旱烟匣放在桌子上,再放了一叠割好的纸,自己则掏出旱烟袋挖烟抽。大太太拿来了茶壶、杯子给他俩倒茶。

贵儿卷了支烟点着吸,对他们讲述政府号召农民组织互助组的政策。郭福山不懂什么是互助组,贵儿就给他详细解释,说互助组就是好多户农民组织起来,有困难互相帮助。

大太太一听高兴地说:"那好啊!其实此前我们姊妹们有时就互相帮助着干活,那样好!人多干活热闹,不寂寞。"

郭福山问:"那土地、牲畜往一块儿并不?"贵儿说:"不,土地、牲畜、农具、收入都各是各的,就是干活在一块儿。目的是解决农民一家一户劳作的困难,比如,谁家劳力弱,有个什么事的,这样人多力量大,就把问题解决了。"

郭福山说:"这共产党还挺关心农民的,过去对共产党的一些传言看来皆是诬蔑之词!"

"其实共产党一开始闹革命口号就喊得很响亮——消灭压迫剥削,实行人人平等,走大家共同富裕的道路!"

大太太说:"那如果有人不想入互助组呢?"

"自愿,不强迫,上级说,要耐心做群众的工作,先把一部分人组织起来,做个示范,等大家都看到互助组的好处了,自然就都愿意入组了。"

大太太说："那咱先组织个互助组。"

"我也是这意思，一会儿开会，我在大会上一讲，你下去就给咱联络人，第一个互助组一成立，后边的工作就好做了。"

"行嘛，子善妈、双牛妈、老韩家的……我一说，她们肯定愿意。"大太太心想，自家人当村长，说什么也得支持他。

"咣咣咣！咣咣咣！"老周敲着锣在村内转着喊："各位村民都到戏台院开会了！各位村民都到戏台院开会了！"

人们三三两两向戏台院走。钱常有遇上了梁满仓，就像勾八碰着了勾九，臭气相通，很快就黏在一起，圪蹴在黑暗角落里说些损人利己的话。钱常有小声说："哎呀！咱失算了。"

梁满仓瞪着眼问："咋啦？"

"听说游击队那时转成正规部队的那些人，现在大部分都升官了，国家给发工资，志诚、百灵分别当了团长和团政委，连抗娃都当了排长。"

"那怎么就没牺牲呢？啊呀！咱在农村，怎么连芝麻大个官都捞不上。"

钱常有恶狠狠地说："都是石老三这熊把咱害的！"

"妈的！咱多长个心眼，就不信争不过他们！"

老周在台上说："大家肃静！现在请潘主任给咱们传达上级指示。"

贵儿站在台上，把他给大太太和郭福山讲过的政策再给村民讲了一遍。解放了的农民，对党的每项政策都表现出极大的热情，大家积极发言，热烈讨论。大太太很快就联络双牛妈、子善妈、老韩家的等组织了第一个互助组，紧接着就又诞生了几个。只有钱常有和梁满仓赌气似的大声说："我家不入互助组！"

贵儿说："采取自愿，愿意入的自由联合，联合好了到村委会登记。"

午后，大太太坐在炕上专心致志地剪鞋样。郭霞不声不响走进来趴在炕上。大太太抬头看了她一眼说："往日回来咯哩山倒的，人没到声音就到了，今天咋像霜打了的茄子——蔫扑塌塌。"话没说完，郭霞就"噔噔噔"跑厕所里去了。顷刻回来，又趴在炕上。大太太瞅瞅她问："你咋啦？怎么脸色恁难看的！"话音刚落，郭霞又"噔噔噔"上厕所去了。

大太太心想，这娃不对劲，停了活儿急忙下炕穿鞋。郭霞有气无力地走进来，大太太一把把她搂到怀里。"妈。"郭霞软绵绵叫了一声。"霞霞，怎么啦？脸咋这么苍白？"

郭霞又挣扎着说："快！我要上厕所！"

"咋啦？拉肚子啊？"

"不是，撒尿，一次只撒几滴，尽想上厕所。"

"别去，上炕！"大太太说着把她抱上炕，用被子盖好，"把裤带解开。"郭霞手在被子里解裤带。大太太取来破布往她臀下塞，"别往厕所跑了，就尿在破布上，湿了妈给你换。啊呀！你身上咋这么烫？"盖好被子又摸她的头，"这么烧还了得！"

郭福山走进门问:“咋啦?”大太太说:“娃发烧,尿不利,你看脸气色都成啥了!”

郭福山到床边看郭霞,摸着她的头问:“啥时病的?”郭霞病恹恹说:“早都觉着不对劲,我到说没事,谁知今天就严重了。”

“这娃,你咋不早说!”

“快去请王大夫吧!”

“天马上就黑了,我怎么去请呀!”

“你比死人多口气!还不快把贵儿叫来。”大太太厉声说。

郭福山立马跑着去了,一过二门口就喊,贵儿,贵儿!你快来啊!贵儿闻声跑过来了,拍着郭霞说:“霞霞,你哪儿不舒服?”郭霞拉着贵儿的手说:“大大,我难受死了,你快给我请大夫吧。”

“霞霞别怕,大大这就给你请大夫。”

大太太说:“我看娃烧得厉害,怕熬不到天亮,麻烦你连夜去请一下王大夫!”

“我这就去。”

郭福山问,还套棚车去吗,贵儿说棚车久不用,早都散伙了,他拉儿骡去请,只是听说王庄把王大夫定了个敌伪旧人员,受管制,怕行动不方便。

大太太说:“贵儿,不管怎么样,都要把王大夫请来!你瞎好还是个在人前能说起话的人,把能使的本事都使出来哟!”

“嗯!我知道。”

贵儿快骡加鞭来到王大夫家。果然不出所料,王医生受管制,政府也不让他私自行医,器械不全,药也没有,不过算是看在老主顾的份儿上,问了问患者症状,对他说:“啊呀!按你说的病情分析,娃得了尿路感染,别耽搁!赶快上县医院,如果逆行感染得了肾炎,那就麻烦,再要引起尿毒症,那就更危险!”

贵儿听得头皮都发麻,匆匆赶回家,述说了情况,建议连夜去县医院为孩子医病。

郭福山忧虑地说:“那该怎么去呢?”大太太说:“咱俩去嘛!你是娃他爹爹,不救娃,谁救?”

“我老腿老胳膊的,再说也受管制,要去,还得给民兵连长请假。贵儿,你帮人帮到底,今晚就请你把娃送到县医院去。”

“何来的请字!我是娃的大大呢,娃病了,我能袖手旁观?”

大太太说:“那就快些拾掇,马上走!”

贵儿说:“我看都去,到那儿看着孩子住好了,我再把车赶回来。民兵连长那儿你们别管,我去说。”

夜,县医院急诊室。戴白帽、口罩,穿白大褂的高大夫给郭霞检查,听诊、指压脚腿肌肤、翻眼……然后趴在桌子上开单子,递给贵儿说:“赶快送化验室!”贵儿跑着去了。一会儿化验员端着器械盘来了,取了血样,接了点儿尿又走了。

大太太问:“高大夫,你看娃的病怎么样?”“不是正看着吗?”高大夫看见郭福山俯首帖耳站在旁边,说,“大叔,你坐嘛！那样站着干啥?”郭福山点头哈腰说:“是是是!”大太太暗暗瞪了他一眼。

贵儿拿来化验单给了高大夫。高大夫看着化验单,眉头紧蹙,然后抬起头说:“啊呀！这娃得的是急性肾盂肾炎,白细胞一万多,血色素只有四克,严重呀!”

大太太着急地说:“高大夫,那该怎么办?”

“得马上输血,可深更半夜到哪儿找血源呢?”

大太太说她是她妈,她的血肯定能行,让抽她的血;郭福山说,不行,她一天操劳,身体本身就弱,让抽他的血;贵儿说,让把他的血也查一下,如果行就输他的,老东家身体也不太好。

高大夫看看贵儿又看看郭福山问:“你说什么？他是你什么人?”贵儿郑重其事说:“他是我原来的东家。我是他家的长工。”

“噢！我还以为……”贵儿笑笑,大太太把头低下只顾给郭霞擦脸。高大夫说,“这样吧！把你俩的血都化验一下,谁的行就输谁的,快去!”贵儿拉了郭福山一把,相跟着出去了。高大夫慨叹说:“老嫂子,你这长工不错呀！按说,解放了,长工最恨东家了。”大太太心满意足但却沉着平静地说:“我这长工和其他长工不一般,当初来我家时是个十多岁的要饭娃,到我家一二十年了。”“怪不得。”高大夫头点得像鸡啄米。

贵儿跑回来高兴地说,他的血能用,已经抽了。郭福山随后也进了门说,啊呀！化验的说,我的血不行。大太太脸不由得有点儿红,解释说:“你年纪大了,血没年轻人的旺,不行也在情理之中。”

贵儿问高大夫,血配好了看还需要啥,高大夫说,暂时还不要啥,马上给孩子输液、输血,抓紧治疗一晚上再看。贵儿转头说:“老东家,孩子安排好了,大夫也给看着,我就先回去了。你和大太太招呼霞霞。”

“还是你留下吧！我腿脚不便,跑腿不如你,再说,如果输一次血不行呢！我的血又不能用。”

贵儿和大太太面面相觑。

沉默片刻,大太太说:“也行,那你就先回去,招呼好两家的门户。”

“那我走了,过一半天我再来看孩子。”

护士进来给郭霞扎好吊针,叮咛有问题到护办室找她。贵儿搬了板凳坐到床边,把郭霞的手放在手心里抚摸着,郭霞微微睁开眼睛。贵儿轻声问:“霞霞,想吃什么不？大大给你买去。”

郭霞摇摇头,看看输液瓶内殷红的血,用微弱的声音说:“大大,那是你身上的血?”

“是呀！输了大大的血,我娃病就好了。”郭霞闭上眼睛,有两颗泪珠从眼角滚落。

大太太坐在床另一边说:“霞霞,再喝水不?”郭霞摇摇头。“不喝就睡,睡一觉醒来,病就好了。”

郭霞闭上眼睡了,不一会儿就轻轻打起了鼾。电棒发出柔和的白光,急救室内静悄悄的。贵儿看了眼大太太说:“霞霞睡着了。”大太太也看着他说:“你睡旁边那张床上歇歇,劳累了大半夜。”

“我不睡,你乏了你睡吧,我看着孩子。”

她摇摇头:“我睡不着。”

“心放宽,娃没事。”

“真难为你了。”

“说那话干什么!”

郭霞的病情明显好转,已转到5病室10床上。大太太在旁边给他喂糖水泡馍,脸带喜色。贵儿从外边走进来,举着手里的东西说:“霞霞,你看,这是什么?”郭霞眼睛一亮:“啊呀!饼干!我要吃饼干!”从贵儿手里抓过饼干撕开包装取了就吃。

大太太说:“这娃这一向短下饭了,真能吃。少吃点儿,别又撑下病了!”

郭霞瞪了她一眼,把一片饼干填到嘴里,用劲咀嚼着。贵儿说:“没事,饼干好消化,吃不着的。”“大大,我还想吃……”郭霞仰着头想着说。“想吃什么?”“对啦!酸梅粉!糖水把人都喝腻了,带点儿酸味儿好。”“行!一会儿大大到街上给你买。”

正说话间,双牛爹、妈,子善爹、妈看望郭霞来了。大家都打招呼问好,把带来的礼物送上。大太太说:“啊呀!来了就好,还带东西干啥!”

子善妈说:“大太太,娃的病咋样了?”

“强多了!你看,只顾吃,也不叫人啊!”

郭霞说:“叔叔、婶婶好!”

双牛妈说:“好好好!霞霞真懂事,老韩家的、老朱家的,都说要看娃来呢!”

“谢谢大家关心!回去告诉他们,就说娃好了,不几天就出院。”

老周说:“你们娘们儿话多,谝着,我们老爷儿们商量事去。老秦、贵儿,走!”说着,三人来到门外过道。

老秦和老周把合作化运动发展很快,要成立人民公社,以及人民公社的性质、编制等情况告诉了贵儿。他没懂下什么叫“三级所有,队为基础”,老秦就给他解释,是以生产队为基础的队、大队、公社三级所有制。贵儿感慨地说:“这真是医院待一日,外边好几年!这发展快得都让人跟不上趟了。”老周说:“可不,县上的有线广播天天都讲合作化运动,全国的合作化运动都掀起高潮了!”

“那咱们乡、村改啥名了?”

老秦说:“北惠人民公社,河西大队。梁乡长要咱们酝酿大队委员会领导人呢!不久就要开公社成立大会。”

“我没文化，让别人干吧！”

老周说：“你这么年轻，怎么能打退堂鼓呢？钱常有、梁满仓都削尖脑袋往进钻呢！”

老秦说：“梁乡长特别叮咛，要你把好关，别让投机分子钻了空子。”

“那我安排一下就回来了。”

贵儿把众人送走回来，大太太问：“刚才在外边说啥了？保密不？”

“保啥密！又要成立人民公社了，土地、牲畜、农具都要入社。”

“不是才分过土地没几年吗？怎么又往回收？”

“合作化运动嘛！乡变公社，村变生产大队，还要分几个生产小队。公社让我当生产大队大队长，我都不想干了。”

“为什么不干？”大太太不容分辩地说，“你都看不清形势啊！共产党靠的就是贫苦大众，你放着人不鹜，爱当阶下囚？”

贵儿像受了训斥的孩子，低着头说：“你说该干呀？”

“再别三心二意，把共产党的事用心干，我看共产党是不会亏待你们这些人的。你这就回去！人家成立人民公社那么大的事你不参加，守在这儿干啥？”

“孩子的病还没痊愈嘛，我迟回几天不要紧。”

“别胡说！孩子的病不要紧了，我一个人能行，你快回吧！”大太太催促说。

郭霞撒娇说：“我不让我大大走！我大大还要给我买酸梅粉呢。”

“郭霞别浑！不吃酸梅粉就把牙掉了啊？人家大人有要紧事！”

郭霞耍泼：“我不嘛！”

贵儿忙说：“好好好！大大给你买了再走。”

兰兰好长时间没去过朗孟驿了。那天，她出城在西关转悠，信步来到朗孟驿门口。门口墙上挂着一块“桢县西关旅社”的长木牌，门顶匾牌上“朗孟驿”三个字还在，只是颜色变得暗淡了。

周妈看见了热情地把她请进来，还大声喊：“雷主任，你看谁来了？”老雷从屋里出来说：“啊呀！小老板来了，快进屋。”

朗孟驿归公改为西关旅社后，老雷就当了旅社主任，周妈管服务部。朗孟驿的基本格局没有大变，就是南院西边多了一排简易车棚，车棚下放着几辆胶轮大车。这几年又兴起用大车运输，所以住店的车夫就代替了赶驮的脚夫。

兰兰注目西南角，肖翠花的住屋被火烧掉后就再没建，她不由得就想起了妈，只觉得鼻子发酸，但忍住没让眼泪流出来。收回视线，一眼又看到了她二楼办公室的窗户。自从那天窗外飞进鸡毛信，她匆忙离开后，她就再没认真看望过朗孟驿。往事如烟，迷茫而又难以淡出记忆。

郭霞病愈出院了，贵儿赶着大车把她接回来。“吁——”贵儿一声喝，大车停在西院内，儿骡蹄腿挺立，甩着尾巴昂着头。

噢！到家了，到家了，大太太嘴里喃喃着下了车。郭福山急忙从屋里出来，啊！

我娃病好了，这一难又过去了。说着要抱郭霞回屋。郭霞一抖身子："不！"

大太太说："咦！不回屋，你要咋？"

"我大大说，给我在中院收拾屋子，我要住那边。"

"这死女子，你一个人住一屋啊？"

"噢！就是。"

郭福山抚着她的头说："你病刚好，还需要人照顾，停一阵再说。"

"不，我现在就要住过去！"

"霞霞听话，你先住你爹妈屋，大大闲了，把屋子收拾好，你再住过去。"

"不嘛！你净哄我！"

"下车，就住这边！简直把娃惯得不成样子了。"大太太说着，拉郭霞下车。

"就不！"郭霞死劲拽住不下，大哭起来。

贵儿厉声喝："别逼娃！"大太太和郭福山睖睁得瞪大眼睛，面面相觑。贵儿一瞬间脸通红，缓和了口气说，"娃那病不敢生气，就依着娃。霞霞，先下车在爹妈屋等一下，大大把车卸了，回来就给你收拾屋子。"郭霞越发犟了，撅着嘴说："不！现在就收拾！"郭福山说："这样吧！我卸车，你去收拾屋子。""也好。"贵儿说着去了中院。

"这下满意了吧！死女子。"大太太嘟囔着把车上的东西搬进屋。

给郭霞收拾的屋子是当年的丫鬟屋，贵儿在摆放桌椅板凳，大太太在铺床铺。靠窗户那儿，再放了个炕桌，为郭霞写字做作业用。贵儿想起情急中那一声喝，尴尬地说："大太太，刚才着急吼了一声，多有冒犯，你不在意吧？"

"我高兴还来不及呢！"大太太说，"解放了，你的地位不同了，可多少年养成的奴性还束缚着你放不开手脚，我暗暗替你着急呢！刚才你那一声吼，真正吼出了你的男子气概，这我就放心了，别把我们放在眼里呵。"

贵儿愈加觉得不好意思："我哪能那样对待你们呢！"

"没关系，我不是说过吗？只要心是相通的，表面上怎么样都不为过。唉！我只说解放了，和你弄两清，不要连累了你，可你看，这怎么也藕断丝连断不了。"

"有这孩子牵着，你说咱俩能断了吗？""唉！我心里愧疚着呢！把你弄得家不是家，儿不是儿，到底该怎么办呢？"

贵儿柔声说："姐，我不嫌，你别难过。"

六十

安居巷兰兰家。大厅宽敞明亮，桌明几净，南窗下摆着几盆花草，屋角放着几个花皮西瓜。常德胜把桌子上一只插花瓶摆正欣赏着，心想，我把屋子收拾得再好她也不回来住呀！他看看屋角的西瓜，想想，抱了一个大西瓜往外走。出了门又折回来，我这样光明正大地给她送西瓜，她会嫌吗？会影响她的工作吗？转而又想，反正她是我明媒正娶的老婆，这城内谁人不知，何人不晓？我躲着掖着不敢见她，反而越显生分。再说，她策反我开城门立了功，这事县政府的人都知道，我为什么不敢理直气壮地面对呢！于是，他把瓜擦净，切成连着的瓣儿，装在竹篮内，提着出了门。

兰兰办公室正在召开公安局干部会议。此时会议刚结束，范春亭打开门，大家陆续往出走，正碰上常德胜走到门口。

段书记说："咦！这不是老常嘛，给兰兰送西瓜来了。"常德胜说："段书记，别急着走，吃西瓜，大家都别走，吃瓜！吃瓜！"段书记和众人说："不了，不了！"

兰兰走出屋，脸忽地红了。随即转成笑脸，跑上前拉住段书记："先别走，都先别走，既然碰上了，就非吃不可。"段书记说："免了！免了！"

"不行！不行！你就给我个面子，你不回去，大家都不回去。"兰兰不由分说地把他拉回来，"大家都进屋啊！"段书记说："盛情难却，大家就回屋帮老常把这西瓜解决了。"

大家都走回屋吃西瓜。石老三抹着嘴打趣说："老常，你这拿得太少了呀！刚吃出甜头就没有了。"常德胜说："是是是！下一次拿多些，谢谢大家赏脸！"

"这下心满意足了吧。走了。"段书记说着走出屋，大家也都随着散了。

常德胜收拾瓜皮。兰兰没好气地说："你再不要给我丢人现眼行不？你这还不如戳我一刀子！"常德胜心里像打翻了五味瓶，但转念一想，毕竟已冲出了一步，也向众人，尤其是兰兰身边的人表明了什么，心里暗自欣慰。他还不死心，以语重心长的口吻说："兰兰，你恨我也罢，只是不要和自己赌气。安居巷的屋子收拾好了，那儿条件挺好的，你回去住吧！"

"你别管我的事，把那儿钥匙给我！你再别到那儿去，也别到我这儿来，走吧！"常德胜放下钥匙，灰溜溜走了。

北惠人民公社正式成立了，公社社长是梁忠惠。在公社两委会主持下，也选出了河西大队的领导班子：秦怀德任支书，潘富贵任大队长，周天福任副大队长，钱常有、梁满仓经过走动，分别当上了民兵连长和治安主任。

这天，郭家祠堂正在召开第一生产队社员大会。妇女们手里纳鞋底、织毛衣的活儿不停，嘴还忙着拉家常。男人们抽着旱烟，东拉西扯说着闲话，有的在玩栽庄或狼吃娃游戏。会场发出一片嗡嗡声。韩德运拍拍手说："肃静，肃静！"嗡嗡声小了点儿，"各位社员，大家选我当队长，我害怕啊！我连我的三口之家都理不好，怎么能当起这几百口人的大家呀！让大家挨饿了怎么办？"

社员们七嘴八舌议论开来——

"你怕什么呀！大家都动手动脑，又不是让你一个人养活大家。"

"就是呀！人多智慧广，你还可以征求征求大家意见嘛！"

韩德运说："好好好！今年是公社成立的第一个年头，大家就讨论讨论，今年后季秋庄稼该怎么种？"双牛妈说："我寻思啊！咱大队三个生产队，咱可不能公社化第一年就落其他队后边，大家说是不是？"韩德运说："老秦家嫂说得对，有比样啊！咱落后了，人家不光骂我一个，还说咱一队没能人，大家就畅所欲言，献计献策。"

沉默了一会儿，子善妈发言："要说理家种庄稼呀！我就服一个人，我看，你们大老爷儿们也不一定能胜过她。"韩德运四下瞅瞅说："你倒是说谁呀？别卖关子，快说呀！"子善妈眼瞅瞅说："郭家大太太。"会场顿时嗡嗡起来。人们都把注意力扯过去看大太太。双牛妈随声附和："对！大太太治家有方，懂天文识时运，就让大太太指点指点！"大太太忙说："再别胡说，我一个地主老婆子有什么能耐！"韩德运说："大太太你就别谦虚，给咱说说！"

大太太没想到会有人把她推到风口浪尖，心里高兴，可还是摆出一副无可奈何的样子争辩说："韩队长，你寻着让我犯错误啊！我家男人受管制，我有发言权吗？"子善妈说："这与他受管制什么事，你是搞好生产，又不是反党反社会主义。""就是嘛！"韩德运说，"这你别怕，我做主，是我让大家提意见出点子的。"

"再说呀！在我家，我说种啥就种啥，碰着了是运气好，碰不着，谁也怨不着，可这是大集体呀！碰着丰收了，皆大欢喜；若背时了、歉收了，唾沫星子还不把我淹死！"

"这不让大家讨论嘛！你提出建议，大家讨论，觉得行，集体决定执行，那瞎了好了大家还会怪你吗？"韩德运说，"大家说，是不是？"

"就是！就是！"社员们嚷嚷着。人往往就是这样，你自吹自夸老王卖瓜，群众倒不一定买你的账。而你藏而不露，高深莫测时，人们反而急于挤出你的"牙膏"来。

双牛妈说："大太太，你看大家这样信任你，你就把你那'五月二十六滴一点，耀州城内买大碗'什么的经验给集体奉献奉献！"

大太太确有她的看法，只不过让"地主"二字把人压着不想说话，她巴不得像贫下中农一样畅所欲言呢！有了这样的温床，还能不萌发表现欲吗？于是说："话说到这份儿上，那我就恭敬不如从命，说一点儿看法，可是开水下挂面——有言（盐）在先，说对了队上采纳，不对了，全当我没说。咱这儿呀！高原深井，十年九旱，粮食把人缺怕了，所以农民一年两料不敢停地种，而水肥根本赶不上去，结果呢？地越种越薄，下的苦不少，可事倍功半。要我说，咱队今年少种一半秋，另一半地撒上黑豆淹青，到后季种一料酷地（歇了一料的地）麦。人常说，酷地麦，请到的客。如果风调雨顺的话，说不定明年一料麦都胜种两料。到那时，大家不怕顿顿吃不上白馍白面。"

气氛立即活跃起来，大家议论纷纷，有人还拍手称赞——

"这主意不错，一家一户时怕青黄不接，集体了，有那一半秋庄稼保证大家不至于挨饿，明年好好收一料麦，那日子就好过了！"

“大太太高见!”……

韩德运说:“大太太这么一说,我自愧不如。我看这队长还是让大太太当上!”

“韩队长,你这是什么话!你要是这么说,我以后就给嘴巴上把锁,什么话都不说了!”

双牛妈说:“你那不是难为大太太嘛!要我说,让大太太当咱队的妇女队长,那不是队长的好参谋嘛!”子善妈说:“大太太当妇女大队长都是块好料。”“使不得!使不得!”大太太嘴上那么说,心里却舒服得像鸡毛拂,觉得自己的地位一下提高了。心里暗想,如果大小当个队干部,也算不给贵儿丢脸。

“这样也好,”韩德运说,“我提议大太太当咱队的妇女队长,大家看怎么样?”“好!同意!”社员们齐声喊。韩德运说:“那我一会儿就给大队汇报去。”

有苗儿不愁长,不知不觉陈强就小学毕业,下学期就要上初中了。芳芳早早就给娃把新被褥、新衣服、新书包都缝好了。可陈强却对她说:“妈,我都不想上学了。”

芳芳瞪大眼睛问:“那为什么?”

穷人的孩子早当家。芳芳累死累活操持家务,陈强看在眼里痛在心头,他说:“我想停了学帮妈干活,卖瓜子、糖果挣钱补贴家用。”

芳芳厉声说:“没出息!你就看上那芝麻般大的小事?你都不看当公安局长那女人小车来去的多牛气,当年你爹要是比常德胜官大,他敢动你爹一根汗毛吗?”

“妈,那你……”

“别管我!我就是做牛做马,苦死累死,也要供你上学,把你培养成人。你爹的仇还没报,你就松了心,真叫我失望!”

陈强咬了咬嘴唇说:“妈,那我好好学习,将来当大官,做人上人!”

“这还差不多,就要有这样的志气。再要说那些丧气话,就别叫我妈!”

陈强心里憋足了一股劲。

艳阳高照,和风习习,郁郁葱葱的包谷苗蓬勃生长。大太太领着一群妇女在锄地。大家一字儿排开,争先恐后向前赶。有说有笑,热热闹闹,好像根本就不觉得疲乏。大太太却多一份心思,因为她是个责任心特强的妇女队长。她边锄地边说:“大家注意呵!说笑归说笑,心可要用在干活上,这做庄稼看上去是个粗活,可认真做和不认真做,差别可就大了!”

梁满仓媳妇小菊和大家拉下一截距离。老韩家的回头奚落她,说你锄快点儿嘛!年轻人都赶不上老娘们儿。小菊脸皮本来就薄,这一说更急了,锄搭远一刨,跨一大步再一刨,那样子像极了舞台上的演员表演假锄地,很快就赶上和大家齐头并进了。

锄到地头,大太太看看天说:“晌午了,收工!”大家都扛起锄头往回走。她回头检查锄过的地,用脚踢踢,又大声喊:“回来!回来!都回来。”人们都惊奇地走回来。老韩家的说:“张队长,下了收工令,咋又叫回来?”大太太指着脚下那垄地说:“你看这垄地,谁锄的?锄一锄埋一锄,草根本就没锄死嘛!”老韩家的看看说:“小菊挨着我,噢!是小菊锄的。”小菊红了脸。

“小菊,是你锄的吗?”小菊点了下头。大太太说,“再检查一下,看谁锄的还和这一样。”大家都在地里查。子善妈说:“再没有了。”

“再没有了。小菊留下,大家都回!”人们又都往回走,疑疑虑虑回头看。大太太说,“来,咱俩把你锄的这垄地返个工!”小菊不好意思地说:“张队长,我……我锄得慢,急了一下就没锄好。”大太太语重心长地说:“小菊啊!婶给你说,做庄稼打不得一点儿谎,你哄地一下,地哄你一截子。你想想看,这些没锄死的草,几天就疯长起来了,把庄稼的水肥都抢去了,那庄稼还能长好吗?那不就要少收粮食吗?锄得慢不要紧,婶锄到头回头接你,但地一定得锄好!记下了没?”

“记下了!婶。”

大太太用锄刨刨说:“这前边锄得还可以,就返到这儿,回!”

小菊扛着锄头走进家门,梁满仓厉声说:“你怎么搞的!人家早都下工了,你怎么才回来?给集体干活还延晌啊?”小菊不言语。“你耳朵让驴毛塞住了,问你话咋不言语?”

“我……我……”小菊涨红了脸。

“我什么?做什么见不得人的事了?”

“地没锄好,队长让返工。”

“什么!哪个队长让你返工?”

“妇女队长张凤仙。”

“你个窝囊废!让一个地主老婆子把你都治住了,我找她去。”梁满仓说着就要往出走。

小菊忙挡住说:“你别去!你别去!人家没治我,给我讲道理,还帮我返工。”

梁满仓退了回来骂骂咧咧:“妈的屁!这个狗地主婆,等着瞧!”转脸厉声说,“快做饭!把人饿死了。”

翌日晚,贵儿来到西院屋。大太太见他沉着脸半天不言语,搭讪说:“最近上级有什么新指示吗?”

贵儿低头沉默了一会儿说:“下午我从公社开会回来,想给你说件事。”

“什么事?”

“我看,你就别当那妇女队长了。”

“怎么?”大太太警觉地问,“谁说闲话了?”

“唉!真是人心叵测!你说你的建议让一队小麦丰收了,大家都高兴能吃上白馍白面了,可有人却向公社反映说,一队大权落在地主阶级手里了。”

大太太一听,气上心头。那天让小菊返工,她心里就犹豫过,她知道梁满仓不是个省油的灯,可不严格要求,把社员都惯下坏毛病怎么办?做就做了,她不后悔,说:“那一准是梁满仓说的,嫌我让他媳妇返工,真是小人见识。”

郭福山从一开始就不想让老伴出风头当队长，这会儿顺水推舟说：“咱也不追究谁说的，反正咱不当妇女队长了。”

“唉！这个样子，我看集体化也是野大夫看娃呢——不看好。”

贵儿忙摆手制止她：“看是这么个理儿，你可贵贱不敢对外人说。”

大太太没好气地说：“我是憨憨，你是外人？你去报告把我逮了！”

“贵儿也是好意，你要态度干啥？”

大太太正有气没处出，厉声说：“马槽咋插下你这驴嘴！你要不当地主分子受管制，我也不会受这窝囊气！那时不知怎么瞎了眼，趟进这淤泥窝。”

郭福山张口结舌：“你……”

“好了，好了，都是我不好。老东家，你少说两句，大太太正在气头上，我走呀！”贵儿说着走了。

老两口憋着气，一夜连一句话都没说。

六十一

话说桢县西北山区，重峦叠嶂，森林茂密，风景秀丽，资源丰富，是桢县一块天然宝地；然而豺狼出没，匪患隐匿，从来也是个是非之地。

高天顺从霸郎沟逃跑后，就钻进了西北山区，和铁杆狗腿子李松、张奎重新网罗了一些反动分子在这一带活动。苟延残喘，奄奄待毙。忽然有一天，不知从什么地方来了一个自称蓝军党组织部长的人与他联系，一番鼓唇弄舌，说得高天顺死水重澜，企图东山再起，立即召集他的铁杆干将到他的老巢开会。

顺葫芦川而上直入大山腹地，沿小径向南进南岔沟，密林深处，西边山坡上有并排大小四孔土窑洞，窑前蒿草蓬生，有石板墙的断垣残壁。猪圈、牛栏的残迹依稀可见，荒栏内蒿草长得特别油绿茂盛。院落也不知荒芜了多长时间，新住进的人过客一样也不去收拾它，只纵横交错地踩出几多小径。最大的这孔叫老窑，窑很深，靠门口南侧是炕，从过道进去，窑中地上放一张方桌，桌子中间点一盏青油灯，桌旁围坐着五个人。灯光昏暗摇曳。

高天顺一脸得意地说：“现在，请郑部长给大家讲话！”

被称做郑部长的人身子挺了挺说：“本人大号郑虎腾，外号郑三刀，为什么叫三刀呢？大家看，”他指着额头、头顶、后脖，“这儿、这儿、这儿，让解放军砍了三刀！但咱命大，死里逃生，所以咱与共产党有不共戴天之仇！国军退走台湾时，上级让咱留下做内线，等待国军光复“大陆”。可他们一走像撵跑的兔子——没影影了。撇下咱鞭长莫及，只在夜静更深时蚊子样发电报作指示，可供给呢？军饷呢？哼！屎管娃！所以咱们兰主席决定成立蓝军党。何为蓝军党？既不同于国民党的白军，也不同于共产党的红军。青天高远，蓝海浩瀚，何其大也！世间无敌，必将得天下，谋大业！兰主席知道诸位也蛟龙被困，特派我前来共图大业！现委任高天顺为西北蓝军总司令，郝云龙为参谋长兼书记官，李松为第十军军长，张奎为副军长。”

张奎说：“郑部长，蓝军党现在有多少人了？”

“全国遍地开花！你是第十军副军长，可想而知。”

“可咱现在只有十几个人、十几支破枪呀！”

“你怕啥？发展壮大嘛！共产党开始闹革命时，也不只有十几个人吗？”

张奎还要问什么，李松用手戳了下他的腰，张奎把话咽了回去。

高天顺说：“兄弟们！出头之日就要到了，咱们再不是孤军作战了，咱们归顺蓝军党麾下，势大力强，一定能胜利！郑部长，请指示咱们当前该干什么？”郑三刀说：“发展壮大力量，伺机大打出手，反正不能让共产党安宁！同时，也可给咱们弄些给养。”

李松说：“咱们这几个人能去做啥呀？敢去攻县城吗？那不是鸡蛋碰石头？”郑三刀说：“动脑筋想办法嘛！现在没力量攻县城，可以先抢供销社、银行，暗杀共产党员……只要你们行动起来，我就可以向兰主席汇报，给你们拨经费、武器什么的。”

“我看是不是可以这样……”群匪聚首，郝云龙小声如此这般比画着说。郑三刀面带笑容说：“此计甚好！”

高天顺说：“郝会计，你在林场，要给咱多打探消息。”郝云龙点点头。

那天，梁兰歌正在办公室看文件，范春亭拿着一封信急匆匆走进来悄声说：“梁局长，办公室收到一封匿名信，说咱县出了蓝军党。”“什么？蓝军党！拿来我看。”兰兰抽出信看，紧蹙眉头说，“你快去把石大队长和李智宏叫来！”

范春亭跑着去了，兰兰忙看墙上挂着的地图，用图钉在地图上做了标记。不一会儿，那三个就都来了。石老三风风火火说：“梁局长，啥情况？”“来！看地图！”兰兰指着地图说，“信上说，在葫芦川脑，也就是这儿——桢、宜、黄龙交界的地方，有人组织了蓝军党，正在秘密串联，扩充势力，扬言要推翻共产党！”

事关重大，经过认真分析研究，大家初步制定了一个剿匪方案：派石老三装扮成剐刀磨剪人深入敌人所在地进行侦察；范春亭、李智宏带领公安小分队借给林场派护林队之机进驻葫芦川林场，一方面借巡山搞侦察，一方面暗地里保护石大队长，伺机破获反革命团伙，并把此事及时向县委、县政府作了汇报。

大道沿川而上，两山夹立，葫芦河顺川流下，清流激荡。愈深入，道越窄，林越密，大树参天蔽日，冷风嗖嗖；时闻虎啸狼嚎，使人毛骨悚然。在疑似路将尽头处，道旁出现一个面南的大门，门顶弓形铁架上嵌着“葫芦川林场”几个红漆大字。

范春亭和李智宏领着十几个背着行李扛着枪的民兵打扮的战士来到跟前。

“啊呀！终于走到了，进吧！”范春亭他们刚跨进大门，场内西墙下一只拴着的大黄狗忽地跳跃而起，向着他们“汪汪汪”狂吠。大家不约而同地退出来。“哎哟！

一来就给咱个下马威!”李智宏大声喊,“人呢？有人吗?”

郝云龙从会计室跑出来,呵斥黄狗:“老黄！别叫!”黄狗息了声儿,他转脸问,“你们是……”“我们是林业局派来的护林队。我姓范,他姓李,由我俩带队。”范春亭说着从口袋里掏出介绍信给他。

郝云龙看了介绍信,忙笑脸相迎:“快进来！快进来！我是林场会计,姓郝。”说着把大家领到大厅里,“杨场长出去了,我马上差人去叫,同志们辛苦了！先坐下歇歇,喝口水。”说着抱来一摞碗,提来热水瓶给大家倒水。场长回来了,郝云龙大声说,“杨场长,县林业局派的护林队来了。”

“噢!”杨场长走进屋说,“欢迎大家!”与大家一一握手,“请问谁带队?”范春亭指着李智宏说:“我们俩。”杨场长招呼他俩到他办公室来。

他俩来到场长办公室,范春亭从身上掏出工作证让场长看:“我们是县公安局的,公开以基干民兵形式组成护林队,但还有其他任务。你不需要知道太多,只需保密和密切配合。”场长点点头。“现在请你谈谈林场人员情况。”

“葫芦川林场有五十多人,干部带基本工十二人,再大部分都是附近民工,人员也随时变化。”

李智宏插话说:“在场内住宿的有多少人?”

“就基本工和干部在场内住,民工做完活就回去了。噢！郝会计也是本地人,有时在场内住,有时不在。”

“场内有多少党员?”

“就我和副场长,副场长学习去了。”

“郝会计不是党员?”

“不是。”

“好啦！请你给同志们安排住宿,明天安排我们巡山。”

深夜,几个蓝军党要员又在老窑屋开会。郝云龙把县林业局给林场派来一个护林队、十多个人,都配有枪支的情况作了汇报。高天顺思索了一下说:“很可能是县公安局派来的便衣警察。”李松忙说:“立即开始行动吗?”郑三刀说:“先别急,看再有没有大鱼。”

经过一番密谋策划,高天顺指手画脚分派任务,他要手下人提高警惕。李松、张奎让士兵装扮成打猎人模样,做好隐蔽,并密切关注护林队动向;郝会计注意监视场里,随时汇报情况。

张奎说:“如果敌人跑到这儿来了怎么办?”“不要紧,我仍装扮成采药人。不过也得把那几个点准备好,随时准备转移。”高天顺说,“郑部长,我看你这几天是不是先到黄龙山那边躲躲?”郑三刀一副英雄虎胆的样子说:“不,我不能临阵脱逃！好长时间没打枪了,我和士兵们一起打猎。”

山道弯弯,石老三扛着剐刀磨剪的小长凳在山路上行走。他头戴一顶破草帽,穿着一身旧衣衫,脖颈上搭着一条有些发黑的旧毛巾。一个装工具的帆布袋挂在凳子上。他走上山坡,用毛巾擦了把汗,手搭凉棚四下眺望,满目苍翠中,一个个散落的小村庄隐约可见。那一排排窑洞,像山民和善的眼睛。偶尔显现的屋舍和庙宇,昭示着山乡的发展和向往。他定了定神,然后向就近山坳里的靠山庄走去。

靠山庄依山势有阶梯形三条巷道,农家大都依崖面巷打了窑洞住宿。村巷内,老树浓荫,石块铺的路面高低不平。中间这条巷内,一个老者圪蹴在门口的上马石上抽旱烟。石老三一进村就可着嗓门喊:"剔刀——磨剪子啦!剔刀——磨剪子啦!"他看了眼老头,把凳子放在槐荫下,坐上去掏出烟荷包也挖了一锅旱烟,走上前说:"老哥,对个火。"

老汉把烟锅扣到石老三的烟锅上对着火,这一吹一吸,不但接上了火,也使两人气味相投,老相识一般拉呱起来。老三免费为老汉磨刀剔剪,老汉过意不去,硬要拉老三回家吃饭。

香喷喷的米儿面更是吃出了感情,两人进一步要做互通姓名无话不说的朋友了。老汉说:"我叫王世平。""哈哈!巧!"老三一笑说,"我叫王安泰。"

"好好好!看来,咱们的父母都希望天下太平,可这世事为啥老不安宁呢?"

石老三察言观色问:"老哥何出此言?日本鬼子没到过这儿,国共交战也打不到这儿呀!"

"那倒是,大的战争咱这儿倒没发生过,不过咱这儿山高皇帝远,土匪呀,一贯道呀,这党那党的,都往这儿钻。"

石老三听出了话外之音,忙问:"你说的这党那党指什么党?"

"比如说,国民党坐江山时,共产党在这儿打游击;共产党坐江山了,国民党的残匪又钻进山里来了。"

"那都是些陈年旧事了,解放这多年了,国民党残匪早被消灭光了。"谈话没有新义,石老三来了个抛砖引玉。

"可是,你说怪不!"王世平压低声音说,"最近听说又出了什么蓝军党,全国都有几百万军队了。"

"是吗!这话是谁说的?"

"大家都这么说,你传他,他传你,可究竟这话从谁口里传出来可就不知道了。"

石老三试探着问:"王大哥,你说共产党一天查这么严,这些人咋就能站住脚?"

"这你就不懂了,"王世平很内行地告诉他,一则,这些人到这儿来发展,肯定有内线,要吃地里水,离不开地里鬼,是吧?再则,咱这儿山高林密,遍山是宝,放蜂的、采药的、割漆的……沟沟岔岔都能住人,他混杂其中,你说,你就是有天大的本事,找得着他吗?

石老三点点头。吃毕饭又点燃一锅旱烟抽,通过拉家常,他弄清王世平除种几亩薄田外,农闲了就去山上挖挖药材,采采木耳什么的。王世平的话对石老三启发很大,他又有了新的想法,于是说:"王老哥真是个热情人,靠山庄我算有朋友了,有件事还想请你帮忙。"

“有什么事你尽管说，只要我能做到，就一定帮你。”他就说有两个同来的乡党也想上山采药，苦于认识药材很少，想请他帮带帮带。王世平“哈哈”一笑说，“那有什么不行的？我怕你把山上的药材采完了！”

“那我就先代他俩谢谢你老哥，回去说给他们，改日前来拜师傅。”

“客气什么！领他们来就是了。”石老三起身告辞。王世平说，“别急！别急！待我收拾了碗筷领你出去，我站在巷中一吆喝，要剁刀磨剪子的就都出来了。”

石老三转了一天乡，傍晚来到葫芦川林场门口，向里探了探。大黄狗立即“汪汪汪”叫起来。石老三大声喊：“林场的人哪？林场的人哪？”郝会计从房里出来说：“谁在那儿喊哪？”石老三说：“我！手艺人，转了一天乡，人生地不熟，在贵处借宿一晚，行不？”

“不行！这儿不是旅馆，到别处寻住宿吧！”

“这哪儿有旅馆呀？”

“深山小村，哪来的旅馆。”

“同志，你行行好吧！你看我出家之人……”

“少废话！”郝会计说着，转身回房去了。

护林队员们听见叫声都往外看。李智宏说：“是石大队长，我去把他接进来。”“不！”范春亭挡住他，然后到杨场长房里悄悄说明情况。杨场长点点头出去了。范春亭溜回了护林队屋。

石老三仍然在大喊大叫：“你这同志咋这样不讲理呀！人民的林场就没我的份儿吗？借宿一晚都不行？”杨场长来到门口说：“你这同志胡喊叫啥呢？我是这儿的场长，姓杨，见你怪可怜的，今晚就让你住下，本来是坚决不收留的，进来！”“青天大老爷杨场长，多谢！多谢！”石老三扛着凳子进了门。杨场长说：“也没多余房子，你就住到护林队的屋里，在他们旁边打个地铺将就将就。”

郝会计从窗往外望，心想，怪啦！杨场长还亲自管起这等小事来了，莫非……心里暗暗盘算着，眼也就专注地盯着石老三多看了几眼。

夜，护林队屋。大家围着一盏小煤油灯在开会。范春亭给李智宏耳语了几句，李智宏站在窗前向外盯梢。石老三说：“看来，咱们在局里定的那些方案纯属想象，不符合实际。据说，这些反革命分子都装扮成采药的、放蜂的、割漆的等隐蔽在山林里，很难辨认。咱们背着枪在山上找反革命，犹如拿着棍子叫狗，会越撵越远，所以咱们必须改变战略战术……”李智宏摆了摆手，石老三又讲起了故事，“从前，这山里有个婆娘，结婚七八年不要娃，于是就去山神庙求神……”

郝会计悄悄溜到护林队屋窗下侧耳倾听。“哈哈哈……”护林队屋内发出朗朗的笑声。郝会计又没趣地溜了回去。

李智宏手上下摇了摇，石老三又言归正传：“我想咱们派两名同志装扮成采药人上山采药，蓝军党要发展党员，很可能动员你加入蓝军党，这样我们就可以打入敌人内部……”

夜,匪徒们又聚集在老窑屋。郝云龙把林场又住进个剔刀磨剪人并很快和那些护林队员打得火热的情况报告给匪徒们。高天顺问:“你没听他们都说些什么?”郝会计说:“我悄悄溜过去,可听他净讲些古怪的烂故事,逗得那些年轻娃捧腹大笑。”

高天顺要他把那人的长相给他细细描述一下。于是郝云龙闭目掐指,边回忆边向他表述:个子不高,但很壮实;戴个破草帽,穿身旧衣衫;眼忽啦忽啦乱转,一看就是个机灵鬼。

“多大年龄?”

“四十岁左右吧。”

高天顺撇着嘴说:“哼!我看八成是石老三。”

郑三刀问:“石老三是什么人?”

“也算个不大不小的鱼!大号石云亭,绰号石老三,现任桢县公安大队大队长。”

“啊呀!还真把大鱼钓出来了!”郑三刀高兴地说,“怎么能确认?”

高天顺说:“那好办!李松、张奎,你俩还能认下石老三吗?”李松说:“那咋能认不下,交锋过多少次了。”张奎说:“把他烧成灰,我也能认得!”

“你俩连夜跟郝会计下山,认准后立即汇报!”高天顺说,“老郝,如果是,你要注意踩准石老三的行动轨迹。”三人点头:“是!”

郝会计溜墙根的事引起了公安小分队的怀疑。为了摸清情况,石老三先派智宏去探郝会计在场里不在,李智宏出去找了一圈回来报告说,郝会计不在场里。于是石老三就领着他俩去见杨场长。来到杨场长屋门口,石老三使了个眼色,李智宏站在外边望风,他和春亭进屋说事。

石老三开门见山地说:“杨场长,也不绕圈子了,简单说个事。”说着把工作证拿出来给他看。杨场长一看工作证,慌忙站起身,一脸谦恭地说:“石大队长,实在不知道,那天手下人多有冒犯,请勿见怪!”紧紧与他握手。

“没什么,革命需要。”石老三一脸严肃说,“来以前,我们通过组织对你进行过了解,林业局长说,你是一个很可靠的共产党员,所以我们很相信你,但现在还需要靠实一下,你会忠于党吗?”杨场长举起拳头说:“我发誓!我会像在党旗下宣誓那样忠于党。”

“那么我就把实情告诉你,我们是来侦察一件反革命集团案的,希望你能配合我们的工作。”

杨场长庄重地说:“需要我做什么,请指示!”

“你对你手下的职工都了解吗?”

“那要看指哪方面,生活、生产方面基本清楚,至于与反革命集团有无瓜葛,那就不知道了。”

范春亭说:“具体说,郝会计这人咋样?”

“郝会计在我接任以前就是林场会计，接洽广，说话圆滑，会来事，属于地里鬼那种人。”

“他现在不在场里，你估计他能去哪儿？”

“那可能就在家里吧。”

“你能不能找个借口派人到他家去，看他到底在不在家？”

“行嘛！我还真有事要叫他哩！局里打电话说，最近上级要来人视察，我要让他早些准备材料。”

回到护林队屋，说起打入敌人内部的事，石老三说他已和靠山庄的王老汉说好了，带咱们两个人去采药，咱研究一下，派谁去？李智宏自告奋勇说：“让我带一个人去吧？”范春亭说：“咱俩恐怕不行，和郝会计接触多，他早认下了，如果他真是敌人内线，那不露馅了！”正说话间，杨场长推门招手，把范春亭叫过去报告情况：郝会计不在家，家里人到村里找了一圈也没找见。石老三分析，这个郝会计很可疑，从明天起，要对他暗中监视。

郝会计深夜回家，安排李松和张奎睡在他家西边的小窑屋。回到屋内，听说晚上场长差人找过他，做贼心虚，担心是被人怀疑了。于是第二天早早就叫醒他俩，要他们赶快离开，借天尚早隐蔽在林场附近盯梢劘刀磨剪人，并叮咛这两天别来林场找他，有事到家用暗语通知。然后他匆匆来到林场，站在杨场长窗外说：“杨场长，听说你昨天晚上叫我，我有事到外村去，回来迟了。有什么事你说吧！”

“把汇报材料赶快准备一下，最近上边要来领导视察。”

石老三听见外边的说话声，对睡在旁边的范春亭耳语：“你今天装病，别上山了，监视姓郝的。”范春亭点点头说：“嗯。”

李智宏则大声喊：“起床了！起床了！”大家纷纷穿衣起床，开始新一天的工作。

葫芦川林场外是连片的庄稼地，玉米长了一人多高，腰间正戴红缨绢，好一个密实实的青纱帐。李松和张奎戴着草帽，装作下地劳动的农民，潜伏在林场附近的苞谷地里向外窥探。

石老三扛着磨刀凳走出林场大门左右瞧瞧，然后向西边一个小山村走去，边走边唱秦腔：“清早间出门来神清气爽……”

李松、张奎鬼鬼祟祟吊远跟在后边，边走边议论——

“哎！看清了吧！真是石老三。”

“没错！装得倒像个磨刀人。”

小山村传来石老三的吆喝声：“劘刀——磨剪子啦！劘刀——磨剪子啦！”

李松、张奎快步爬上村后的山坡，气喘吁吁坐在树荫下的石头上用草帽扇凉。石老三在村中给人磨刀，和群众谈笑风生的情景尽收眼底。石老三平行转移了一个村子，他们也随着在山坡上挪动一截距离。不能说如影随形，但绝对是遥遥监控。张奎说：“哎！倒不能这样不吃不喝跟着吧？饿死了，还怎么跟呀！”李松说：“这样吧，咱俩轮换着吃饭，你先去找个熟人家吃了饭，再来换我，绝不能把人跟丢了。""行。"张奎跑着去了。

葫芦川林场内。郝会计在屋里写材料，写着写着伸伸懒腰，张嘴打呵欠，站起来走出屋，护林队和工人大都上山去了，林场内静悄悄的，那只黄狗卧在墙根处张嘴伸舌喘息着。他四下瞅瞅，信步走到护林队屋外，从窗子往里瞅，咦！咋有人没上山？于是伸手敲门。

范春亭透过窗户监视着郝云龙的动静，见他出屋向这边走来，忙躺在铺上用被子蒙头装睡，听见敲门声，揭开被子睡眼惺忪地问："谁呀？"

郝会计推门进屋说："范队长，你没上山去？"

范春亭抽抽鼻子说："感冒了，头痛，没去成。"

"病了咋不看医生？"

"不知哪儿有医生，刚说要寻你去呢！"

"街子上有一个中医，一会儿我领你去看。"

"那就谢谢郝会计了。"

"谢什么！都自己人，尽点地主之谊而已。"郝云龙回屋接着写材料，心里却盘算，哼！是病了吗？

午后太阳奔山时分，石老三扛着磨刀凳顺山腰向杨树梁村走去，又吼起了秦腔："人逢喜事精神爽……"

李松拍了下张奎指着那边说："哎！石老三向杨树梁去了！"张奎说："对！那个方向就那一个村子。"

"傍晚从那儿回林场必经杨树坳。"

"哈哈！"二人几乎同时高兴地笑起来。那可是个"野猪林"一样的好地点！于是商量由李松继续盯梢，张奎跑回去向高司令报告。

半下午时分，郝会计在院子内看看天大声说："范队长，走，找大夫看病去！""噢！来啦。"范春亭装作病恹恹的样子走出门。

郝会计歉意地说光顾了写材料，把给他看病的事都忘了，范春亭回说不要紧，睡了一天，头痛轻多了。两人出了大门，边走边聊。心怀醉翁之意，谈话离题千里。

"郝会计是当地老户。"

"说是老户，也不是老户！"

"此话怎讲？"

"祖上清光绪年间逃难来到这儿，你说，能算此地老户吗？但郝家繁衍生息在这儿已居住一二百年了，你说，能不算此地人吗？"

"哈哈哈……"范春亭笑着说，"郝会计说话还怪幽默的。"

"话有三说，巧说为妙嘛！"

"好好好！郝会计在林场干了多少年了？"

"打解放初勘测在这儿建林场，我就是一个跑前跑后的小卒，到如今，送走了一个老场长，迎来了一个新场长。"

“噢！郝会计是葫芦川林场的开国元老。”春亭看看天，夕阳贴着山巅，“郝会计，天都快黑了，快到了吗？”

“林场离街子十里路，这才走了一半。”

“啊呀！这回来都到啥时候了？”

“这有啥！山里人忙，经常都是下午下了工才到街子上办事，咱这都算早的。”

“是吗？我倒无所谓，倒是怕耽误了郝会计的工作，咱还是步子跨大点儿吧！”

“我也无啥大事了，我是怕范队长身体吃不消，你觉得行，咱就走快点。”二人加快脚步向前走。

范春亭心想，狗日的葫芦里卖的什么药？郝会计寻思，哼！你想监视我，我就给你来个将计就计——调虎离山！

天色向晚，山风呼呼，杨树坳杨叶沙沙，一群麻野鹊“嘎嘎嘎”叫着向树林里飞去。山村的上空，飘荡着缕缕炊烟……石老三今天又转了三个村，借着磨刀剪和群众拉家常，他又了解到一些新情况。心情舒畅，信心坚定，又吼着秦腔向回走：“每日里在深山，常把柴砍……”

林荫道上，光线比外边更昏暗，嗖嗖的凉风吹得人透心凉。石老三望了眼密匝匝、阴森森的树林，心里顿生职业性警惕，快步穿过林荫道。忽然被什么绊了一跤，跌了个前爬，他还没回过神儿来，就被从杨树林里冲出的十多个蒙面人压在地上捆住蒙上了眼睛。石老三说：“谁？你们要干什么？”李松说：“石老三，你不是要找蓝军党吗？我们接你去见我们的司令。押走！”众匪徒押着石老三消失在密林里。他转脸对张奎耳语。张奎点点头跑着去了。

天很晚了，范春亭和郝会计才返回来。走到岔道口，二人寒暄分手，郝会计回家了，范春亭回到林场。

郝云龙走进家门，郝妻说：“你咋才回来？有人找你！”

“谁找？”

“昨晚睡在咱家那个姓张的，说老大抓了只野羊，叫你吃抓羊肉。”

郝云龙脸现惊喜说：“是吗?!”撒腿就跑，又折回来叮咛说，“如果林场来人找我，你就说我出村给人说事去了，今晚不一定回来。”

李智宏焦急地在院子踱来踱去，范春亭一进门，他就迎上去说：“你跑哪儿去了？把人急死了！”

范春亭疑惑地说：“发生什么事了？”

“石大队长到现在还没回来！”

“啊！出去找了没？”

“该到哪儿去找？我正等你回来商量呢，你咋出去这么长时间？”

“和郝会计上街子找大夫了，谁知竟那么远！”

李智宏埋怨说：“怀疑郝会计可能是一个错误。”

“先不管他，找石大队长要紧！他可能不可能是临时住在哪个群众家里了？”

"说好为了安全,每晚都回林场的。再说,即就是有事不回来,也该捎个话。"

"倒也是。走!咱俩找杨场长商量,让熟悉此地情况的工人带上咱们的人到附近各村去找。"

南岔沟老窑屋灯火辉煌。郑三刀、高天顺等坐在桌子后,一副三堂会审的架势。李松探进头说:"高司令,逮回来了!""押进来!"高天顺大声命令。两个匪兵将石老三推进来。"解了蒙眼布!"匪兵给石老三解了蒙眼布。

石老三适应了一下眼睛,瞅了眼高天顺说:"哼!果然是你。高天顺,我来以前都猜出是你了。"

"哼!道高一尺,魔高一丈!石老三,你没想到匿名信是我们写的吧!果然就把你钓进山了。"

石老三心想,狗日的小丑跳梁,螳臂挡车,蚍蜉撼树,竟还给老子使起计谋来了,于是说:"高天顺,你还不死心啊!你都不看看形势?国民党反动派大势已去,圪蹴在台湾苟延残喘,新中国蒸蒸日上,日趋强大,投诚自首、争取宽大处理,才是你们唯一的出路!"

"你都被我们逮住了,还卖狗皮膏药!你向我求饶,免你不死还差不多。"

"哈哈哈!"石老三大笑,"笑话!向你求饶,还嫌脏了我的人品!老子是干什么的?怕死就不干这一行,你以为把我杀了你们就胜利了吗?你们的阴谋不会得逞,你们迟早要完蛋的!"

郑三刀说:"把狗日的押下去!先开庆祝宴会,一会儿用狗头祭党旗!"

高天顺说:"把石老三押北边小窑里去,绑牢!门锁好!派两个人看守。"

胖瘦俩蓝匪将石老三押出去了。春艳就站在她窑屋门口看,心想,终于见到石老三了,不知他知道子善的事了没?同时,也为他捏一把汗。

高天顺问,郝会计咋还没来,张奎说郝会计不在家,他给他媳妇传了黑话。正说话间,郝云龙跑着来了,喘着气说:"还真逮住了,太好了!"高天顺说:"就等你来开庆祝会呢!快!让灶房做饭做快点儿。"

紧邻老窑屋北边的是灶房窑。二太太、春艳和一个蓝军厨师在做菜。春艳心不在焉,心想,我一定要想办法去见石老三。二太太说:"春艳,快,先把凉菜端过去!"春艳一愣,忙端菜送过去。

老窑屋摆了两张方桌,匪首、喽啰共聚一窝,个个喜形于色,翘首以待,像急欲啜食的猪。凉菜摆齐了,高天顺端起酒杯说:"现在我宣布,为西北蓝军党旗开得胜,抓住了共匪桢县公安大队大队长石云亭而庆贺!干杯!"郑三刀手一摆说:"慢!首先,我代表中国蓝军党委员会,以及兰主席,对蓝军西北司令部的巨大功绩予以表彰!"他从一只黑皮包内掏出一包银圆往桌子上一掷,"先奖现大洋一百块!随后把大家的情况向兰主席汇报,定会有更大奖励。"蓝匪们听见银圆的嚓啦声,为之一振,随即欢呼雀跃、鼓掌喊叫:"好!好!"

高天顺更是喜出望外,高兴得嘴都合不拢,端起酒杯说:"感谢党的爱戴!大家都看到了,我们有希望了,有奔头了!希望大家精诚团结再接再厉,做出更大成绩!现在举杯,干!”众匪举杯喝酒,狼吞虎咽般吃喝。

高天顺给郑三刀敬酒:“郑部长,感谢你亲临指导,使我们绝处逢生。在下衷心敬你一杯!”郑三刀说:“哪里,哪里,我只是个点灯之人,全靠大家齐心协力,初战告捷!祝贺,祝贺!干!”二人干杯。

郝云龙给郑三刀敬酒:“郑部长,蓝军西北司令部能有今日,郑部长大功盖焉!今后还望多多指教,在兰主席面前请多美言,小的毕恭毕敬敬你一杯!”郑三刀说:“那是我义不容辞的责任,今日有缘与西北诸位共谋大业,实乃三生有幸,可喜可贺!干!”二人干杯。

张奎说:“今天一定要喝个大醉方休!李松,划拳!”李松抹胳膊挽袖子说:“划就划,今日一定要把你灌醉!”于是两人划拳喝酒。那些喽啰一见,更是放开了手脚,吆五喝六,嘈杂声一片。

石老三蹲在小窑的土地上想,这是一次最大的失误,怎么就中了高天顺的奸计呢?我死不足惜,但这将给肃反工作带来巨大影响。春亭和智宏这会儿不见我回来,会有所觉察吗?他心憋得快要从胸膛内蹦出来了。环顾四周,漆黑一团,门外传来哨兵游荡的脚步声。

春艳窑屋在伙房窑北边。她悄悄回屋取了两个银圆装在口袋内。

蓝军厨师正炒好了一锅炒肉丝往旁边一放说:“快!舀碟子里送过去!”

春艳把菜拨出些,然后端碟子送过去,踅回来夹了两个菜馍来到北窑门口说:“小兄弟,先吃口馍压压饥。”把馍递给蓝匪。

俩蓝匪说声“谢谢”,接过馍吃起来。春艳乘机给二人一人塞了一个银圆。瘦匪低声问她有什么事,春艳小声说想给里边的人送一个馍一碗汤。

胖蓝匪说:“他被绑着,送进去也不能吃。”

“我给他喂,行吗?”

“啊呀!怕……”

瘦蓝匪怂恿说:“小太太是好人,让去吧。”又对春艳说:“那你快点儿!”

春艳跑回伙房再夹了个馍,舀了碗汤出来,胖蓝匪开门放她进去。春艳借着破窗透进的微微亮光把饭端近他,说:“老三哥,你吃点儿饭吧!”

老三问:“你是谁?”

“我是春艳,子善说,他如果有事让我告诉你,可我一直不得见你。”

“噢!春艳,郭家二太太的丫鬟。子善告诉过我,还请我当你们的证婚人呢!唉,可惜他牺牲了。”

“他的事你知道啦?吃一口吧!”石老三吃了一口馍。“我能帮你什么吗?”

“如果可能,把我在这里的消息告诉葫芦川林场护林队的范队长或李队长。”

“快,喝一口,唉!我真不知怎么能救你,他们今晚害你怎么办?”

石老三说:“我不怕死,你把话传到,就有人为我报仇。”

"呀！我一定要杀了高天顺，为子善报仇。"

瘦蓝匪在外边小声说："快点儿，二太太找你了。"

春艳说："石队长，我也求你件事。"

"快说。"

"如……如果你活着出去了，请劝说子善爹妈，允许我和子善结鬼亲，把我和他埋在一块儿……"

"你要干什么？"

"我有手榴弹。"春艳说毕，匆匆走了。

石老三小声叫："春艳……"

春艳来到灶房窑。二太太问她跑哪儿去了，还没等她回答又说："老窑的人这会儿吃得差不多了，那道红烧肘子还没好，咱们也抓紧吃点儿。"春艳故意按了下肚子说："把人紧张得肚子痛，让我回屋缚个腰带去。""去吧！"二太太自顾自弄了个夹馍吃。

春艳回屋从箱子里取出那两颗手榴弹，大头朝上捆扎在腰间，穿了个宽松衫子，然后对着镜子拢了拢头发，想了想，又把子善给她的那枚淡黄色蝴蝶发卡别上。二太太在那边喊她。"噢！来啦。"她答应着跑过去。

二太太说："上红烧肘子！"

春艳端着热气腾腾的红烧肘子从灶房出来，眺望远处墨绿的群山，心里反而觉得分外镇定，对守门的俩蓝匪说："看！多好的红烧肘子，耽搁过去就没有了。"

俩蓝匪跟着她进了老窑屋。张奎说："啊呀！这红烧肘子做得真好！"

高天顺对那些喝得东倒西歪的匪兵说："来来来，振作精神！把人都叫来，再碰一次杯，吃了这道菜就送石老三上西天，祭党旗！"郑三刀说："好！干！"碰杯，喝酒。

春艳也喝了口酒，假装打呛，弯下腰，拉响了腰间的手榴弹——"轰隆"一声巨响。

派出去找石大队长的各路人陆续回来了，都说没找着。正着急时，"轰隆"传来一声爆炸的巨响，大家都惊疑地支棱起耳朵听。李智宏说："哪儿来的爆炸声？"杨场长说："好像是从南岔沟方向传来的，听那响声闷闷的，是不是那儿的土窑被人炸了？"

范春亭立即喊："全体护林队员紧急集合，立即向南岔沟进发！"杨场长也说："现有的工人也带上工具一同出发。"

六十二

"轰隆！"一声巨响，小窑颤抖起来。

石老三向窑壁靠了靠,听见外边轰隆隆的塌窑声。他向上看了看,小窑没塌下来。之后,外边死一般宁静。停了片刻,他大声喊:“春艳！春艳！”没有应声,他心痛欲裂。“外边有人吗?”仍没有应声。他声嘶力竭地喊:“人呢?都死绝啦!”

“都死绝啦!”对面山崖发出响亮的回声。“唉!”他失望地靠在窑壁上。

窗外透进曙光,传来杂乱的脚步声。石老三大声喊:“救人啊！救人啊！”范春亭、李智宏等急奔小窑屋。李智宏刚要蹬门,范春亭挡住说:“别蹬,爆炸过后,小心引起塌方！缓缓把门抬开。”

护林队员把门抬开,进屋把石老三救出来。李智宏说:“好险！石大队长,是蓝军党干的吧?”石老三点点头说:“嗯！是蓝军党干的,真是死里逃生!”

老窑屋和紧邻的伙房窑被炸塌,春艳窑屋的口儿倒了一壑。火药味还未散尽,窑院一片狼藉。杨场长问:“是蓝军党内部人把他们炸了吗?”石老三说:“是烈女春艳。”

李智宏问:“春艳是谁?”

“子善的情人。闲了再讲给你们听。”

范春亭说:“回吧！你受苦了,石大队长。”

“不！杨场长,请派人立即把里边埋的人刨出来!”

杨场长说:“有必要吗?你认为里边还会有活人吗?”

“至少要把春艳刨出来,我答应完成她心愿的!”

李智宏说:“什么心愿?”

“让她和子善结鬼亲,把她的尸体和子善埋在一块儿!”

“同志们！那就快些刨吧。”林场工人和护林队员们一起紧张刨人。杨场长观察着窑院说,“这儿一下子怎么能有大小四孔窑?”

一个当地民工说:“这儿原来是户独家庄,据说,老两口给儿子娶了个媳妇,儿子不爱,就离家出走了,后来那媳妇把俩老人养老送终自己也死了。”

刨出了一具尸体。大家都围上去看。李智宏惊呼:“这不是郝会计吗?”杨场长说:“这坏种原来是内奸!”范春亭说:“我们的怀疑没错！可能就是他出卖了石大队长。”

李智宏问:“石大队长,你当时没看见他?”石老三回忆着,说审问他时郝不在场,或者是有意躲了。和他明枪执火对着干的有高天顺、李松、张奎等,还有一个像是他们的上级,说话像下命令似的。

有谁一镢刨到桌子的断木上,慢慢就刨出好几具尸体,有的身上有伤,有的纯粹是被窑塌死的。

春艳的遗体刨出来了,肠子都被炸飞了,旁边有个手榴弹把儿。

石老三说:“同志们！请大家脱帽肃立,为春艳同志默哀三分钟!”大家低首默哀。默哀完毕,他说:“春艳同志携弹与敌人同归于尽,消灭了现场的蓝军党,完成了我们没有完成的任务,她是人民的功臣！我们回去后要为她申报烈士荣誉。杨场长，请你立即安排人买一匹白布，把春艳的遗体清洗后用白布缠裹，装入一口上好的棺材，我们要立即将她运下山安葬。”

林场边的空地上临时搭了个帐篷，里边停放着春艳的遗体。两名护林队员持枪看护，时不时有群众前来观看。王世平说：“啊呀！这烈女子，敢揣着手榴弹炸蓝军党！”一山民说：“听说那剔刀磨剪子的是公安局破案的。”……

林场院内，工匠正在忙碌地做棺材。

护林队在屋里开会。石老三说：“同志们，从目前情况看，流窜在我县境内的蓝军党首脑成员已基本上被消灭，至于是不是还留有残匪，还不得而知。但即就是有，也成不了气候。所以，咱们准备撤兵，特作以下安排：我和李科长带一部分人，护送春艳遗体去河西村安葬，范主任带大部分人回县公安局，并向梁局长汇报情况，看能不能到河西村为春艳同志开个追悼会。”

范春亭问：“啥时行动？”石老三说：“你带人立即回县城，李智宏带人等棺板做成，遗体一入殓就出发，昼夜兼程向河西村赶。天热，遗体不能久放，我现在骑马就走，打前站与村干部、子善爹妈商量安葬事宜。”

石老三和子善爹老周在大队部等着，其他干部陆续来了。老秦一见说，啊呀老三，啥风把你给吹来了？一走就把河西村忘了！石老三握着他的手说，忙啊！那些特务、反革命不让咱闲嘛，这不，刚从葫芦川赶回来。贵儿也赶上前与他握手，问他有什么紧急任务，他说，人来齐了再说。

钱常有和梁满仓不慌不忙走过来，热气搭冷气地说：“啊呀！石大队长，好久没见面了。”两人同时与石老三握手。

石老三使劲儿捏了下，他俩蹙眉怪脸。“好久没见，是想见呢，还是不想见？”钱常有说：“当然想见嘛。”梁满仓说：“想得头发都落了几头，不过，又长上来了。”

“口是心非！恐怕恨我恨得咬牙切齿呢。”众人笑。石老三说，“都当上干部啦？”老秦介绍说：“一个民兵连长，一个治安主任。”

“那好！当上了就要好好为人民服务，今天的事，正好用得上你俩。”

钱常有说：“有什么事，就快下命令吧！”

石老三看看大家说：“人来齐了，我就说了。有这样一件事，因为与老周有关，我就先去了他家，征求了他们的意见，现在就放在两委会上再研究一下。大家都知道春艳吧，就是郭家二太太的丫鬟，春艳原先与子善好，这我很早就知道，子善还笑着请我为他们日后结婚做证婚人呢，可是高天顺这个坏东西在私通了郭家二太太以后，又霸占了春艳，还在解放桢县时开枪打死了子善，挟持春艳钻深山好多年。这次蓝军党就是高天顺挑头在桢县搞起来的。春艳一直怀恨在心，伺机要给子善报仇。啊呀！这次要不是春艳，我是必死无疑了！”

梁满仓着急地说：“石大队长，究竟怎么回事，你快说呀！”

于是石老三就把蓝军党如何设计逮捕了他，春艳怎样想法探视，并对他说了些什么，以及后来携弹与敌人同归于尽的事，向大家讲述了一遍。

会场肃穆寂静，每个人脸上都现出惊讶与怜惜的表情。贵儿说："没想到春艳还这么刚烈！"

老秦问："老周，春艳的请求，你和子善妈答应吗？"

"能不答应吗？我们为有这样一个好儿媳妇感到自豪骄傲呢！"

梁满仓说："啊呀！咱们河西村要办一场特殊婚礼了。"

石老三说："我是打前站来和大家商量这件事的，同时，还派范主任回去向县上汇报，给春艳请功，因为她端了蓝军党的老巢，为咱们县立了大功！咱先初步议个方案，等梁局长、范主任他们来了再定。"

钱常有说："我看，这件事要办得轰轰烈烈，舞台上挂个横幅，上写'英雄烈士周子善春艳结婚典礼'。哎！春艳姓啥都不知道。"

梁满仓说："潘大队长和春艳同在郭家干了好多年，还不知道春艳姓啥？"贵儿搔着脑袋说："我还真不知道，那时大家只春艳春艳地叫，从没听谁喊过她的姓。"

老秦说："那你就跑两步，问一下郭福山、大太太。""行！这件事让他们知道一下也好。"贵儿跑着去了。

贵儿跑回去问，郭福山眼瞪了老大，春艳姓什么他也粗心没注意过。大太太仰头思索："你别急，让我想想，那年春艳那酒鬼爹来要钱，走后大家都叫他什么来着？对啦！酒鬼老耿，春艳姓耿。你问那干啥？"于是贵儿就把在会上听到的事给他俩复述了一遍。大太太说："啊呀！春艳就那么烈？"

郭福山随即问："榴花也死了吗？"贵儿告诉他，据石老三说，在场的人不是被炸死，就是被塌死了。

大太太讥讽说："你还问那狐狸精干什么？是想把那尸体搬回来和你埋一块儿吗？"郭福山红着脸说："我不是那意思。"

贵儿打圆场说："大太太，你也别埋怨老东家，毕竟夫妻一场，还能一点儿不念想！不过，老东家你要理智一点儿，二太太死心塌地跟了高天顺，这会儿高天顺是反革命，咱最好不提她，小心引火烧身！""就是嘛！"大太太说，"咱姓啥属啥咱不知道？要我说，咱应该借这件事好好表现表现！"

"怎么表现？"郭福山不解地问。

"细说，共产党对咱够宽大的了，队里的社员对咱也算友好，咱不该好好感谢党和群众吗？可要无缘无故地表现就显得虚，春艳不是成了英雄吗？她那酒鬼爹现在也不知在世不，实际上是英雄无家。春艳在咱家干了十多年，咱把她当成咱的女儿，以娘家人身份办宴席把群众请请，不是尽善尽美吗？"

郭福山点点头："我同意，我一直也有那个想法。"

"你这想法好！不过，人家怎样看，不得而知，是这，我把你们的意思转达给领导，让大家研究决定。"贵儿回到会场首先报了春艳姓耿，紧接着述说了大太太和郭福山的建议。

老周说："大太太是好意，我家给儿子娶媳妇，义不容辞，喜宴钱我家承担一半。”老秦说：“那更好！到那天，在戏台院开大会设宴席，全大队社员参加，我看咱河西村从来还没有过这么热闹的婚庆场面呢。”贵儿说：“子善和春艳是咱河西大队的英雄，这么大的事，咱大队还能一点儿水不出？我建议大队请一班吹鼓手，吹拉弹唱，那才真正像一回事呢！”

钱常有独出心裁：“我看，请吹鼓手还不如把县剧团请来唱一天戏！”梁满仓锦上添花：“对！县剧团的《白毛女》唱得很火，就让唱本戏《白毛女》加几回折子戏。”钱常有不甘示弱：“《白毛女》的剧情倒很适合春艳，那高天顺就如同黄世仁。不过那戏太苦了，我看唱《梁秋燕》也很好！”

石老三瞅了他俩一眼说：“先不争那些了，老秦、贵儿，你们大队研究一个方案，等县上领导来了再最后决定。当务之急是先派人打墓，李科长护送春艳的灵柩马上就要到了，灵柩回来后先下葬，然后再开大会举行仪式！”

贵儿和老周来到郭家，郭福山手里正拿着一根绳摆弄着，见二人来了，手拿着绳忙起身打招呼让座。老周坐下了说：“老东家，忙什么哪？”郭福山把手里的缰绳摇了摇说：“绳索断了，我学着续接，可怎么也接不对。”

老周接过绳索看了看说：“这样接不对！”两手一拽，绳套就松松拔脱了，“应该这样压辫才接得牢，”他重新接绳索，压了几匝辫，用手拽，“你看！这样接，怎么也拽不开。”郭福山拿过来翻转着看看，恍然大悟地说：“啊呀！真是一窍不得，少挣几百。原来是那么点儿窍门啊！”

老周说：“老东家现在还勤快得很。”

“共产党要把咱从剥削阶级改造成自食其力的劳动者，咱不抓紧改造行吗？”

“哈哈哈……老东家说得好！”老周和贵儿都笑了。

大太太提来壶给他俩边倒茶边说：“那人一天不让他手闲，只见他摸揣这摸揣那，也不知干下啥人活！”

老周说：“话不能那么说，过去，那些粗活都是我们下人干的，老东家从小到大摸过那些东西没？现在能摸索着干，就了不起！这就是社会的进步，就是共产党的伟大！”

“你说那话，我不和你抬杠，他那条命是共产党给的，他要不是听我的劝，识时务思想变得快，这时怕早没命了！你看高掌柜，按说他的罪能和老东西比吗？可他顽固不化，死不悔改，越陷越深，最后落了个啥下场？佛祖说：放下屠刀，立地成佛。可有些人就是听不进去，还要连累多少好人。唉！”

贵儿把他们的建议在大队两委会上讨论的情况对他们说了。同时，老周当场表态，说他家承担一半宴席钱。

大太太说：“不用，我一家承担就行了。”

“大太太宽宏大量，众所周知，要是在过去，你家抛撒的东西比我家的家当都多。可现在不同了，大家同在一个生产队，凭工分吃饭，分的口粮一样多，说实在话，在某些方面，你这地主的生活怕还赶不上我贫下中农呢！”

大太太笑着说："有你这样知民情懂民心的干部，还怕人心不服，不众望所归？"

"我来，就是想和二位商量准备宴席的事。"

"你们看着办。最后算账，该我们掏多少钱，你们说一声就行了。"

"哎！大太太办事思考周密，我们怎么能不请示大太太？我是这样计划的，杀一头猪一只羊，早饭吃羊肉饸饹，午饭请各队的名厨给大家做席。"

"那就好！咱这儿的乡俗就那样。不过一定得寻个好主事的管理好，既要让大家吃好，也不要铺张浪费，还不能失场了。"

"大太太说得极是。"老周起身告辞，见郭福山还在那儿埋头接绳，走过去说，"老东家忙吧，我走呀。"

"啊！"郭福山站起来兴奋地说，"我终于学会了！老周，你看我接得对不对？"

老周接过绳看看，用手拽拽说："没问题，完全正确，老东家不简单！"

这天，河西村戏台布置得焕然一新。县剧团也被请来唱戏了。

台上横幅上写着"英烈周子善、耿春艳结婚典礼"。台两边的对联是："生前难为连理枝，死后愿做双飞鸟。"台前沿并排立着子善和春艳的放大像。戏台院两侧摆着好多张饭桌。戏台西侧搭着帐篷，支着锅灶，双牛妈领着几个妇女在压饸饹，饸饹床子"咯嗞嗞"作响，老韩家的边添煤边把风箱拉得"啪嗒啪嗒"响，炉火"呼呼"从炉灶口喷出来。大太太和老朱家的在冰饸饹，把冰好的饸饹捞出来一把一把放在竹筛里。老韩围个围裙拿个勺子主厨开汤。热气腾腾，夹带着羊肉的香味和辣椒刺鼻的麻辣味满戏台院飘荡。

贵儿跳上台拿起话筒向全村广播："各位社员请注意！各位社员请注意！今天在戏台院为英烈周子善、耿春艳举行结婚典礼，请全体社员参加，早饭吃羊肉饸饹，午饭大肉豆腐烩菜就蒸馍管饱。请大家快来就餐开会，县剧团演出大型现代眉户剧《梁秋燕》。"人们陆续向戏台院集中，熙熙攘攘。一个看一个的样儿从筛子里拿了碗筷到灶上舀饭趴在桌子上吃。

学校的小学生排着队举着少先队的队旗，唱着歌走进会场："我们是共产主义接班人……"歌声嘹亮。老师招呼孩子们排队站好。梁局长、石老三领着全副武装的公安战士走进了会场。老秦忙迎上去与他们握手。

兰兰与大家打招呼："大太太、秦婶、韩叔、韩婶……"与众人亲切握手。

贵儿在台上招呼："请领导上台来！"兰兰和石老三走上台。

李智宏亮着嗓门在队前喊："立正！向右看齐！向前看……"公安战士在学生旁边站成一列。钱常有也大声喊："民兵集合！快！"头扎白羊肚子手巾的民兵在学生队伍另一边列队站好。人们很快在学生、公安战士、民兵的方阵外围成一圈。

石老三主持会议，站在台上大声宣布："周子善、耿春艳婚庆典礼及追悼会，现在开始，第一项：鸣炮！奏乐！"鞭炮"噼里啪啦"炸响，吹鼓手在台前敲锣打鼓、吹奏乐曲。

"第二项：请公安局梁局长讲话！"

兰兰头戴公安帽、身穿公安服、腰扎皮带向前台一站，下边响起热烈鼓掌声："乡亲们、同志们、同学们，今天我们在这里为周子善、耿春艳举行一场特殊的婚庆典礼。大家都知道，婚庆本当是喜庆的事，可我们却不得不怀着沉痛的心情来办这场特殊婚礼。周子善同志生前是我党的地下工作者，潜入敌特务队，为党做了很多工作。新中国成立前夕，在策划特务队反正时暴露身份，被反革命分子高天顺枪杀。深爱着他的恋人耿春艳目睹了这一惨案。她被高天顺挟持进山，受尽了折磨，但她始终没忘记为恋人报仇。当我公安大队大队长石云亭同志不幸落入敌人魔掌将被杀害的紧急关头，耿春艳携手榴弹爆炸与敌人同归于尽！她为党和人民立了一大功。桢县县委、县政府决定授予她烈士称号，并圆她生前的夙愿，把她的遗体与子善埋葬在一起，同时为她和子善举办一场隆重的婚礼！所以今天既是婚庆会，也是追悼会。咱们这儿有结鬼亲的习俗，愿两位恋人在天有灵，幸福美满！"顿了一下，她接着说："乡亲们，同志们，同学们，我们今天的幸福是烈士们用鲜血换来的，所以我们一定要珍惜这来之不易的幸福，坚持走社会主义道路，把革命进行到底！"

"第三项：烈士家属讲话。"

老周走到前台，深深鞠了一躬说："感谢党和政府！感谢大家为我儿举行婚礼及追悼会！我……我为我儿、儿媳骄傲！我愿他们在天堂幸福，也愿他们早日投胎转世，享受人间的美……美好生活……"老周泣不成声。

台下有人掩面流泪。……

"第四项：为英烈献花篮！"吹鼓手奏起了哀乐。

公安战士行举手礼，并齐声喊："向烈士致敬！把革命进行到底！"李智宏和范春亭把花篮献在烈士像前。

民兵行鞠躬礼，并齐声喊："向烈士致敬！保卫胜利成果！"钱常有和梁满仓把花篮献在烈士像前。

少先队员行举手礼，并齐声喊："向烈士学习！做红色革命接班人！"少年队大队长和郭霞把花篮献在烈士像前。

"第五项：文艺演出开始！"乐器立即演奏起来。穿红袄绿裤、化妆入时的梁秋燕出台亮相，边转场边唱："阳春儿天，秋燕，去田间，臂挂着竹篮篮，手拿着铁铲铲，哎嗨哎嗨哟！慰劳军属把菜剜……"

悠扬婉转的歌声响彻云霄。

六十三

郭霞要到县城上中学了，贵儿套好了牲口车，郭福山和大太太把铺盖卷、洗脸盆等搬上车。郭霞背了个大书包坐上去。

大太太说:“第一次出家求学,管好自己。”

“知道。”

郭福山说:“霞霞,出门在外,可不比在家,别使小性子,要团结同学……”

“记下了! 记下了! 耳朵都聒麻了,大大,赶车快走!”

“郭霞当中学生了,把爹妈都不放眼里了。”贵儿说着赶动大车。郭霞又笑着向爹妈招手:“再见! 再见!”郭福山、大太太也向他们挥手。

大车驶出村巷,贵儿也跳坐在车辕上。郭霞说:“大大,我去学校了,你要勤收拾我的屋子。”

“对。”

“别让其他人动我的东西。”

“对,对。”

桢县中学位于象山脚下,大门朝南,进校门是大操场,操场北正中有座古式大戏台,此刻,戏台上正在举行文艺演出。郭霞等一群女生在表演舞蹈。郭霞显得健康活泼,舞姿优美,博得阵阵掌声。陈强夹杂在同学中观看舞蹈表演,郭霞手臂的舞动引起他的注意,目不转睛地观看。

第二天,郭霞和同学金玲在校园内边走边谈,交流对新学校的陌生新奇感。郭霞说,初来乍到就让人上台表演,举目四望,大都是陌生的面孔,好紧张! 金玲还说,一紧张脚步都乱了,险些丢丑。

陈强悄悄跟在她俩后边看。金玲瞥见了,手趴着郭霞的肩小声报告:“有人跟踪。”郭霞回头看,陈强迅速躲藏。“快走!”两人跑步甩掉陈强。跑远了,气喘吁吁缓下步子,金玲说:“县中学咋这校风,让人提心吊胆的!”郭霞说:“也许咱刚考入中学,还不太熟悉情况,有一种草木皆兵的感觉。”

“要不要报告老师?”

“先不! 等弄清他的阴谋再说。”

她俩刚缓过气来,发现陈强又跟上来了。金玲小声说:“怎么办?”

“别管,绕厚甫亭后边去。”

“那边少有人去,危险!”

“别怕,我自有办法。”二人绕了过去。

金玲四下瞅瞅,空寂无人,说:“真要发生事怎么办?”郭霞小声说:“你藏不远处的花丛后注视这儿,他胆敢行为不轨,动手动脚,你就大喊救人,然后跑教导处去报告老师。”“嗯,知道了。”金玲跑着去了。

郭霞藏在一个碑亭后。陈强跑过来,不见了人,举目张望。郭霞猛地从后边跳出来大喝一声:“干什么的?”陈强打了个睖睁,回头说:“啊呀! 你吓我一跳!”

“你流氓!”

陈强脸一下红了,说:“什么! 谁流氓?”

“为什么跟踪女同学?”

“我……我跟踪你的胳膊！”

“强词夺理！胳膊是我身体的一部分，实际上还是跟踪我。”

“具体地说，是想看清你胳膊上的饰物。”

郭霞举起右手看看：“饰物？是这只珍珠手链吗？”

“正是。”

“这有什么好看的？”

陈强眯缝着眼说：“为什么只有一只？”郭霞歪头瞅着他说：“你狗拿耗子——多管闲事！胸前挂笊篱——闲捞心！”

陈强笑笑，不慌不忙地从裤兜里抽出手，举起另一只手链：“认识这只吗？”郭霞接过手链与手上戴着的比较，惊讶地张大嘴巴：“啊呀！你就是当年用一个烂彩泥公鸡骗走我的珍珠手链的小顽童。”陈强下巴一翘说：“你就是那个扎两条小辫，摔掉手链非要换我的彩泥公鸡的小丫头。”“哈哈哈……”二人大笑。

金玲诧异地探头看——莫名其妙。郭霞大声叫：“金玲，快来！”

“咦！那儿还设了埋伏？”

“布置警察逮流氓嘛！”

“好险！”陈强说。心想，这小女生还真不敢轻视。

金玲跑过来说：“怎么没发生事还笑？”

“我的另一只珍珠手链失而复得！”郭霞举着那只手链说。

陈强慢条斯理说：“话可不能那么说，我那是拿彩泥公鸡换的。”

“那我还你一只彩泥公鸡。”

“现在还一只彩泥公鸡行吗？”

“那你要什么？”

“那你想吧！该给我什么，想好了告诉我，再见！”陈强说着，傲然离去。

郭霞在后边喊：“哎！还没告诉姓名，我是初一一班郭霞，到哪儿找你？”

陈强头也不回说：“初二二班体育干事陈强。”

金玲说：“哎哟！还是班干部！没看出。”

陈强回头说：“还是校学生会委员呢！”

“官还不小，再见！”郭霞拉着金玲的手转圈圈，高兴地蹦跳着，“噢——”

“哎！郭霞，你俩这是唱《拾玉镯》吧，说不定会引出一段儿女情缘呢！”

“狗屁！小娃娃时偶遇的事，想不到在今日重逢了。”二人漫步往回走。

“讲讲那天方夜谭的故事吧！”

儿时的记忆浮上脑际：“还是我三岁多的时候吧，你说我傻不！”郭霞像话剧演员朗诵台词一样讲述着那个颇有情趣的童年故事，不自觉地犹如重入其境一般。末了说：“没想到十多年后的今日，能与换我手链的孩童再次相遇，你说，这不是奇事吗？”

金铃大叫：“啊呀！我一下会看相、算卦了，我敢断言……”

“你断言什么?”

“你俩前世有缘,今生情意缠绵,藕断丝连。”

“捕风捉影,胡言乱语,打你四十大板!”郭霞说着捶金玲。

金玲边躲边说:“不信你看,现实将证明我的神机妙算。”

郭霞变严肃了说:“金玲,说正经话,一进中学就遇上这事,你说是好事还是坏事?”

“嗯!”金玲沉吟说,“依我看,是好事也是坏事。”

“此话怎讲?”

“一方面,交上了陈强,你就如同进入保险柜,谁胆敢欺侮你,他一定会挺身而出,拔刀相助!另一方面,陈强将会使你昼思夜想,魂不守舍,学习退步,将来考学名落孙山……”

“胡说八道!”

“说你心里去了吧!哈哈哈……”

郭霞撵着打金玲,二人戏闹着跑去了。

一大片棉花地,白花花的棉花开得耀眼。秋风习习,流云浮动,一片乌云遮蔽了太阳,投下一大片阴影。大太太和一群妇女腰间绑着棉兜在摘棉花。大太太看看天说:“这天怕要下雨了,咱们抓紧摘花,要是连绵雨,这茬棉花就损失大了!”

子善妈说:“管他呢!人家都不要你当妇女队长了,你还操那多心干什么?”

“唉!咱是凭良心办事,不是说当妇女队长就操心集体的事,不当就不操心。”

“光咱操心有什么用?”双牛妈说,“你看那些坐办公室的、站柜台的、开会的、唱戏的……人家急不?把咱这些痴熊大笨蛋支拐到地里下苦哩,辛辛苦苦一年到头,还没那些轻处漂的人挣的工分多。”

老朱家的说:“是啊!眼看家底越来越空,真要有个年馑怎么受得了!”

老韩家的说:“可能全国都一样,最近从山东、河南逃荒过来的人可多了!”

“潮流如此,也不是咱发几句牢骚能解决问题的,顺其自然吧,到时候,事实会教育人的。”大太太贵有自知之明,她知道自己姓什么,属什么,轻重几何,绝不把自己搅到是非窝里去。说毕,自顾自地摘棉花去了。

老韩家的有心事,也放快手脚赶上去,挨着她小声说:“大太太,有件事,想请你帮忙。”

大太太手不停活说:“什么事?”

“我有个表妹带个女儿从河南老家逃难过来了,想在咱队落户,请你给贵儿说一声。”

大太太从来不爱招揽闲事,一则是自家成分不好,怕人说闲话;二则不是自己非常要紧的事,她轻易不麻烦贵儿。可今天一听说是个年轻妇女,不由自主就多问了几句:“你表妹!多大啦?什么情况?家里人呢?”

“唉!命不好!才四十出头就死了丈夫,带个十多岁的女儿,那边遭灾没法过,投奔我来了。你看咱这情况，我养得起吗？你怂恿怂恿让落下来，就是帮了大忙了。"

"人咋样?"大太太的本意是问人长得漂亮不，可话一出口，觉得这么问未免太露骨，紧接着就说，"可靠吗？咱可不敢弄下惹人笑话的事。"老韩家的哪能揣摸出那心思，实打实说："啊呀！咱知根晓底，没一点儿麻达，我表妹名叫蒋秀英，老实可靠。她女儿名叫张华，十四岁，六年级毕业就失学了，现在不光急着落户，还急着安排娃上学呢。"

大太太没有听到关于那女人美或丑的表述，蹙眉想了想，美丑是次要的，见了面就知道了，于是点点头说："行！我试探一下，行不行，可就没保证了。"

"大太太你尽心办，办成了重谢，办不成，也绝不怨你。"

一石激起千层浪。老韩家说的事，在大太太心里掀起了不小的波澜，说者无心，听者有意。大太太早都想给贵儿成个家，一直以来一是没个合适的相，二是她虽有那心思，但也有顾虑，怕贵儿有了新欢，就把她撇了。所以疑疑虑虑，这事就一直在心里搁着，嘴上说着却没有举措。老韩家的一说有个年轻的寡妇，她心里的第一反应就是给贵儿做媳妇怎么样？所以就顺便问了那些话，应承下了这件事。下工后，她就一直想这事，做饭心不在焉，吃饭食不甘味。思谋已久，真正付诸实践了，却有些犹豫不决。转而又想，光说不做，这事要拖到何年何月？再想，还没见人，也还不知能成不能。这么想着，犹犹豫豫穿过小门来到中院。

贵儿在北边屋内叫："姐，你这会儿闲了?"

大太太打了个激灵，这一声叫，唤起多少美好回忆，她镇定了下情绪问："你吃饭了没?"

"胡乱吃了点盐开水泡馍。"

"吃饭哪能胡搞？我这向忙，顾不上给你做饭，你就胡搞啊！"说着，走到西边郭霞的屋门口，推门向屋内看看，"郭霞上中学了，这屋子就空下了。"

"是啊！我说你上中学去了，把你屋门锁了，人家说，我不锁，我锁谁呀？还要我给她招呼着，别让谁动她的东西。"

"死女子就张狂得不得了。"

"你屋里坐嘛！"

大太太进屋坐在椅子上，满屋子打量着，尘埃浸积，物件凌乱，她长叹一声说："唉！没女人的光景，就这样啊！"

贵儿红了脸说："姐，你想说什么?"

"噢！是这么回事，老韩家的老家一个表妹带着女儿逃难到她这儿来了，想在咱大队落户，你看行不行?"

"啊呀！不行！不行！"贵儿一口回绝，"大队干部为这等事头都痛。前一向公社新来的崔书记要向咱大队落一户人，大队干急安排不下去，给哪队，哪队不要。现在生产队这副景况，多一口人就多一口人的负担，分粮、分油、分钱……犹如在社员口里抢食,社员意见大得很,你就让她死了那条心吧。”

大太太支支吾吾说:“我也听说当今外来户口落户难,不过,我想……”

“有什么话,你就说嘛!”

“我打问了,那女人四十多岁,死了丈夫,你如果能看对,我看你不如把那女人娶了,你也就有了家,再不要过这苦行僧的日子!”

贵儿低头说:“姐,你不要我了吗?”

“我思来想去,我再不能害你了! 反正我又不能和老头子离婚和你结婚,何苦要让你受这单身汉的苦呢? 爱人不能太自私,如果我看见你有家室,儿女满堂,锣儿鼓儿都响,我心里会比占有你更高兴呢!”

“我不!”贵儿固执地说,“我给你说过嘛,我心里再装不下别的女人,我宁愿不要家,这样就好。”大太太心里难受极了,经过反复思考,权衡利弊,下决心要付诸实践的事情,眼看又要泡汤了。她咬了咬牙,暗下决心,厉声说:“男子汉大丈夫做事要果断坚决,婚姻事可遇不可求,我看这个相就适合你,不要三心二意,耽搁了,不知这辈子再遇得下不! 一会儿老韩家的来找我,我就这样对她说。”

“姐! 你别逼我! 我不……”贵儿说着,把她往怀里拉。大太太推开他说:“你下不了决心,我就下决心,从今后咱俩就断了,你再别想碰我!”说着,“噔噔噔”走了。贵儿痴痴地站在那儿。大太太走到院子中间回头说:“还愣着干什么! 把屋子收拾收拾,一会儿老韩家的来了,如果人家愿意,我就把人领过来了。”

这突如其来的事件,把贵儿的心搅乱了,如果说他曾经有过娶妻生子、成家立业的打算,那么在和大太太有了郭霞以后,他就把这念头彻底打消了。大太太是温柔且有主见的女人,又能把握住分寸,能让你尝足甜头,但绝不让你弄到腻歪的程度。所以她对他有十足、持久的吸引力。再说,郭霞对他的感情甚至超过了对郭福山。他真难以想象,当郭霞看到他成家了会是什么感受,他不愿意看见郭霞为此而伤心。他也深知,大太太是从顾全大局考虑,其实她心里也是矛盾的、痛苦的。

傍晚时分,老韩家的手里提着礼物,领着蒋秀英和张华来到郭家。一进院子就大声叫:“大太太、老东家!”大太太迎出来说:“老韩家的来了,快屋里坐!”

进了屋,蒋秀英一一按老韩家教的称呼叫过,并指教女儿张华叫伯伯、阿姨。张华甜蜜的叫声让郭福山受宠若惊,头鸡啄米般点着说:“好好好! 好好好!”大太太只一眼就把那娘儿俩尽收眼底,一边倒茶一边说:“只听说未见面,妹子一表人才! 这姑娘好漂亮!”

“可以吧! 妹子求你办事,还能低了档次。”老韩家的说着把礼物放在桌子上,“这是我表妹一点儿心意,请笑纳。”

“妹子,你这是弄啥嘛,让人知道了,说我地主受人贿赂呢。”

“没事!”老韩家的大大咧咧说,“我家是贫农,不怕人说闲话。咱那事,你说了没?”

“话是说到了,可是事不好办。”

“是不愿意给咱办吧?”

“不是不愿意办,是难办!”于是,她就把贵儿讲的那些原因对她说了。

老韩家的见大太太说得认真,知道不是和她开玩笑,着急地说:“那该怎么办呀?”刚来时的兴致大打折扣。蒋秀英也苦苦哀求:“大太太,你就行行好!我听我姐说了,大太太是这一方有名的大好人,可怜可怜我母女,你就再给说说吧。”

大太太心想,这真是天降好事,自中午在地里听老韩家的说后,她心里就直打鼓,是亲?是丑?给贵儿合适不?待一见面,她先打了个九十九分,这女人不论眉眼、条杆还是年龄,与贵儿都般配。再听她柔声细气恳求,就更起了恻隐之心,于是慢条斯理地说:“走那条路肯定不行!生产队不接人,光他大队长同意有什么用?”

听话听音,老韩家的急忙问:“大太太,那你说,还有啥路子可走?”大太太看了眼蒋秀英:“嗯——呀!那样不知行不?”

“大太太,有什么你就直说吧,这儿又没外人。”老韩家的催促说。“嗯……我想啊!妹子和贵儿年龄不差上下,你没了丈夫,他又没有婚娶,你如果愿意嫁他,那户口不就顺理成章落下来了吗?”

“妙!”老韩家的把手一拍说,“不让落户,总不能阻止人家结婚转户口吧,表妹,别失主意,你就应允了吧!”蒋秀英面红耳赤,羞答答说:“还不知人家能看上我不。”

大太太说:“我知道你的意思,还不知你能看上他不。不过,婚姻自主,你们见了面相互看嘛!能看对咱就说,看不对就走人。”蒋秀英嗫嚅地说:“那……那就请姐和大太太做主吧!”

“好好好!咱这就去吧?”老韩家的快人快语。她认为,大太太只要说行,那贵儿肯定会百依百顺。她恨不得立马生米成熟饭。

“先别急,让我先过去通融一下,如果人家愿意,咱再去!”大太太走过小门,顺手把门铁链扣上。来到上房,见贵儿还抱头趴在桌子上,拍了下他说:“先人啊!人都来了,你咋还不动弹?”贵儿一下抱住她说:“姐,你真的就狠心把我撇了!”大太太也抱住他,拍着他的背说:“好憨憨贵儿,我的心如刀扎一样!可我要把你害到啥时候呢!我给你看了,那女人比我年轻漂亮,暂时就把我忘了吧!我不是给你说过吗?两个人只要真心相爱,心永远都是相通的。”两人热烈亲吻。

郭家西院屋。蒋秀英母女俩相依偎着低头不语,默默地等待命运裁决。老韩家的和郭麻子拉着家常打发时光:“老东家过去没下过苦,现在我见你做什么都熟练得老把式一般,不简单哪!”

“唉!此一时彼一时嘛!共产党把整个社会都翻过来了,把咱个旧人员还改造不好,我现在就认识到新社会好!”

“好好好!哎,老东家,贵儿分了你家的中、东院,这小门通着,还和一家人一样嘛!”

“那咋能一样?人家是雇农,我家是地主,天壤之别!那小门原来垒了的,可我那犟女儿郭霞,硬是要在中院给她收拾一间屋子住,就又把小门打通了。”

“噢!我说呢。”老韩家的心不在焉,眼向外边瞅。心想,是有绊拉吗?咋半天不来?

大太太回来了,眼有哭过的印痕,二话没说进了里屋,用湿毛巾擦了把脸,拢了拢头发,出来说:“啊呀!你看妙不,刚过小门,忽地一股西北风迎面吹来,尘埃钻到眼里,让人流了两眼泪。”老韩家的顺坡骑驴,借题发挥:“啊呀!就是嘛!咱这儿满年四季一场风,把人刮得害怕的。大太太,问下啥情况?”“走!过去见了面再说。”老韩家的心里暗喜,心想这事有希望。

大太太领着老韩家的、蒋秀英、张华来到中院。老韩家的老远就说:“潘大队长,在家哪!”贵儿忙迎出来说:“老韩家嫂来啦,快屋内坐!”一行人来到屋内。贵儿一见秀英,心里咯噔一下,这女人咋长得和大太太姊妹俩似的,只是一脸的温良恭谦,缺乏大太太眉宇间那种凌厉气。蒋秀英看了一眼贵儿,就羞涩地低头坐在一旁。张华依偎在她妈身边。

大太太说:“老韩家的,你就给介绍介绍。”老韩家的站起来说:“啊呀!都是自家人,别拘束,这是我表妹蒋秀英,这是她女儿张华。张华,叫你叔!”

张华说:“潘叔,您好!”贵儿说:“好好好!来,坐这边喝茶。”张华说:“我不喝,叔。”

老韩家的说:“潘大队长。”

“嫂子!都自家人,你就叫我名字吧。”

“对!贵儿,大太太可能给你说了,我老家那边遭了灾,我表妹她男人也不在了,就她带个女儿,生活没法过,就投奔我来了,想在咱队落户。大太太一见,觉得你俩挺般配,就想把你俩撮合到一块儿,既相互有了照应,又解决了她的困难,两全其美,你看呢?”

贵儿看了一眼蒋秀英说:“大太太也是好意,我是个要饭娃出身,你也知道,也是家乡遭灾流落到这儿,虽然幸逢解放分了房和地,但没家底,穷!如果妹子不嫌,我也就没啥说的,不过,你放心,有我这身苦,不会让你受饿的。”

老韩家的忙说:“贵儿,有一点我得说明,你们结了婚,张华就是你们的女儿,你可不能不管她哟!”

“啊呀!老嫂子,那还用说,我怎么会只要她,不管她女儿呢?”

“这我就放心了,秀英,你看怎么样?痛痛快快给句话!”

蒋秀英低头不语。大太太说:“要么是这!今晚就算见面了,让妹子回去再考虑一晚上,愿意不愿意,明天早上给句话。”

老韩家的蹙着眉,用手暗暗在秀英腰间戳了一下说:“你说呢?”蒋秀英知趣,忙说:“没什么考虑的,我同意!”

老韩家的立刻眉开眼笑,说:“那就好!那么,这事就说定了。下来就是领结婚证、过户口,再举行个仪式。”

贵儿说："举行不举行仪式都无所谓。"

"仪式是要举行的，这事由我和老韩家妹子张罗。"

"行行行！贵儿，你这人生头一回办喜事，可要办得热热闹闹！"老韩家的喜滋滋地说。

蒋秀英起身说："姐，咱走吧！"老韩家的瞪了她一眼说："你到哪儿去？说成一句话了，这儿就是你家，从现在起，就安心住下来！"

蒋秀英红着脸说："结婚手续还没办。""那怕啥？你当你是大姑娘上轿——头一回！还羞羞答答。你是过来人，还不知道人生是咋回事，大方点，那有什么！"老韩家的不由分说地说。

"这样也行，住下来慢慢办手续，贵儿，就这样吧！"大太太向他使了个眼色。贵儿矜持地说："你……你们觉得合适，就这样吧！"

老韩家的说："还得给张华寻个住处。""现成着呢！"大太太说，"就把郭霞的屋子腾下让张华住，说干就干，咱们这就帮我把郭霞的铺盖、东西搬过去。我另给张华置办一套用具。"

"搬什么！就让张华住上，你另给郭霞布置一套。"

"你不知道，我那犟女子难说话，还是把她的东西搬过去。"

贵儿说："先别搬吧？等郭霞回来再说，她不让别人动她的东西！"大太太说："搬！还由得她了！"于是大家七手八脚搬郭霞的东西，又给张华铺上新被褥。

忙完了，老韩家的说："一切都就绪了，那我就走了。"大太太也说："贵儿，早早关了大门小门，早些休息。"贵儿点头说："知道了。"蒋秀英说："大太太、表姐，再见！"

大太太和老韩家的相跟着来到西院。老韩家的长舒一口气说："哎哟！大太太，你真给我把大事办了，两个大口吃饭，把人心重死了！"

"我也是见落户不行，才想到那办法，开始贵儿还犹豫。"

"那是他没见人，"老韩家的眼一挤，嘴一努说，"一见面就爱不释手了是不是？我表妹配他把他美死了！"

大太太微笑着说："差不多，倒还般配。"心里的醋意，要多酸有多酸。

大太太送走老韩家的回到屋，郭福山问："事情说好了？"

"说好了。"

"啥时过门？"

"什么啥时过门？"

"就是啥时娶新媳妇？"

"今晚都住下了，还要怎么进门？"

"唵！"郭福山瞪大了眼睛，"就那么快？"

"一边急着推出手，一边烈火等干柴，能不快吗？"

"啊呀！真是闪电速度！"

“唉！总算把贵儿的事安顿好了，哎！听着，明天和把泥把小门垒了。”

“还不知郭霞让不让垒。”

“再别听娃的，小娃娃懂啥！”

家里陡增了两口人，贵儿还真有点儿不适应，心里不知是喜是忧，说话不知孰热孰凉，走路不知该轻该重，抬眼碰上那娘儿俩的目光，脸烧得直觉得自己像个醉汉。他望着那和自己一样默不作声的娘儿俩说：“你和娃累了就睡，我把马房院拾掇一下！”说着，去了马房院。

张华依偎着妈小声说：“妈，我饿，晚饭只喝了点儿稀米汤，咋能熬到天亮？”

“好娃，忍着点儿！初来乍到，怎好就开口要吃的！”

“都一家人了，咋不能呢？”

“好好好！你别作声，让妈问。”

贵儿回来了问：“咋还不睡？”

“没瞌睡。你看要我母女俩做什么不要？”

“不要，不要，你才来摸索不着，我明天把家里一一向你介绍了，你再安排。”

“你晚饭吃的啥？”

“胡乱吃了点儿盐开水泡馍。”

“啊呀！那怎么行，人是铁，饭是钢，不吃好，哪来的精神！”

“这一向把人忙的，一顿顿顾不上吃饭。”

“那你想吃什么？让我给咱做。”

“如果你们也想吃的话，那你看，你做什么拿手你就做。”

张华抢口说：“我妈擀的细长面可好吃了！”

“那你就给咱擀面吃。”

“那你到灶房帮我。”秀英说，“张华，我和你爹做饭去了，你把屋子收拾收拾。”

张华娇声说：“嗯！”

贵儿把蒋秀英领到灶房屋，点着了灯，介绍说：“面在那儿，油在这儿，盐、醋、调料都在案上，菜在篮子里……”

“你不要一一介绍了，你就在这儿生火、择菜，我寻不着什么就问你。”

“行！”贵儿说着，着手生火。心里有一种从未有过的异样感觉，刚才还素不相识的一个人，这会儿怎么就觉得分外亲切；往日陪伴尘埃和冰锅冷灶的寂寞，怎么就退避三舍而代之以温馨呢？这就是家的感觉！他想。

蒋秀英一边做饭，一边说：“你一个人倒占的地方不小！”

“这是分老东家的。”

“老东家原先家业大吗？”

“嗨！北原首屈一指！”一提老东家，贵儿话就多了，给她描述那时候这大院如何热闹，有几十口人，十几头牲口；这院里住着大太太、二太太、高掌柜，张华现在住的那屋是两个丫鬟住的，西边院住着下人和厨师……

蒋秀英从没见过那阵势，惊讶地说："啊呀！那一天要吃多少粮？怎么供得上呢？""啊呀！看把你愁的，"贵儿不无自豪地说，"东家有一顷多地呢，大太太治家有方，粮食多着呢。"

秀英看了他一眼说："听你的口气，你还很留恋那一段生活？""啧！"贵儿咂了一声说，"不能说留恋，谁做了主人还想给人当下人？不过那时当长工只管低头下苦，再什么心都不用操，现在就享不上那样的清福了！"

蒋秀英在"嗒嗒嗒"切面，说："锅开了没？面马上就好了。"贵儿看看蒋秀英切的面说："啊呀！你这手工面还确实名不虚传，和大太太做的不差上下。"

"看来大太太挺关心你！"

"大太太信佛，心善，对谁都好！你看，她家虽然是地主，可她和邻里乡亲都相处得很好。啊呀！锅溢了！"

蒋秀英一边下面，一边大声说："张华，把饭桌摆好，到灶房取调料端饭来！"张华憋不住满心欢喜地脆生生应答："噢！来啦。"

夜漆黑，大太太和衣躺在床上，脑海里老幻化出和贵儿相爱的那一幕幕。心想，死呀！你想那些事干什么？有老婆的男人都喜新厌旧，你和人家是什么关系？睡吧！睡吧！翻了个身，又不由得想，唉！贵儿这会儿也不知在干什么？

夜漆黑，贵儿来到马棚屋，牲畜已经入社，棚屋空落落的。墙角还有一堆剩草，他不由得就想起当年和大太太在草堆上那一幕……一转身，一个人影儿站在他面前，他一愣，定睛一看说："你不睡，起来干什么？"

蒋秀英说："我见你忙前忙后，不知能帮上手不？"

"不用你帮手，我把这儿拾掇一下就睡，你快去睡吧。"

夜漆黑，蒋秀英躺在炕上，心亮堂堂一点儿睡意也没有，听见贵儿"扑踏扑踏"回屋的脚步声，转身问他："忙完了？""嗯！"贵儿上床和衣躺下。

沉默。听得见两人急促的呼吸声。

贵儿想，大太太真的想把我推开吗？如果只是一两次露水情倒也罢了，可我们已有了女儿郭霞，这叫我以后如何面对她母女俩？再说，身边这位骤然而至的女人，她是只为讨口饭吃才委身于我，还是真心实意想和我过一辈子？她的情况真是老韩家嫂说的那样吗？她会不会是那种和男人商量好放飞的"鸽子"？纵然欲火膨胀，浑身燥热，但他还是忍住没有贸然行动。

听见他上床的声音，蒋秀英的心紧缩着，难耐的等待马上就要结束，久违了的激情，将要在异地他乡一个陌生男人的床上重演，而这一次又意义非凡。如果他接受了她，她的后半生就有了依靠，女儿也有了着落。他真像表姐说的一直没结过婚吗？一个男人到四十多岁还没结婚仅仅是因为穷吗？以她的经验和观察，他不是一个痴憨得不懂男欢女爱的男人，况且头上还罩着个大队长的光环……唉！为什么要想那么多呢？自己都是个寡妇了，还嫌人家啥呢。她屏息凝神，严阵以待，只要他一招呼，她就立马投怀送抱。可出乎她的意料，他平静得如同卧在她身边的一块磐石。好像都能听到时间一秒一分地度过，难道让良宵就这样白白溜走吗？不能！于是她轻声说："你……你是看不上我，还是有病……"

"什么也不是，我这几天有事心情不好，提不起性儿，等调节好心情再说。你快睡吧！"

蒋秀英翻了个身。

一声鸡啼，贵儿一骨碌爬起来，揭了被子就下床。蒋秀英早醒了，说："天还不亮，你急着起床咋呀？"

"公社组织各大队支书、大队长到南原一个标兵大队去参观学习，赶天明要到公社集合。"

"那你别急，我起床给你做饭，吃了再去！"

"不用！我从来早晨起来都没吃过饭。"

"那是过去，你光棍一条，现在有老婆了，就和过去不一样了。"蒋秀英说着，穿衣起床、洗脸。灶房内炊烟缭绕，响起"嗒嗒嗒"的切菜声……贵儿心想，这女人还怪贤惠的，真不该怠慢人家。

星期六，郭霞兴冲冲跑回家叫"妈！妈！"冲进屋。大太太说："慢点儿！什么事把你高兴成那样？"郭霞举起两条胳膊转着说："看！看！"大太太惊诧地说："手链！不是早都没了吗？"

"奇迹！巧遇！传奇……怎么说都不为过！"

"看把你得意忘形的样儿！"

"妈，你说妙不！当年拿彩泥公鸡换我手链的那个男孩在我们学校初二二班，开始他老跟着我看，我还以为他是坏人，后来才知道他是看我的手链。他家在城内，他把这只手链拿来还给我了！"

"一只手链保存了十年多，算是一个有心人。"大太太喃喃地说。

"我给我大大说去！"郭霞说着跑出去了。大太太在后边喊"郭霞！郭霞！"跟了出来。郭霞兴冲冲跑到小门口，小门用砖垒了，新上的泥皮还没干。她气呼呼说："妈，这是怎么回事？"

"你大大成家了，有了妻子，还带来个女儿……"

"那我的屋子、我的东西呢？"

"妈给你搬过来了，把李厨娘当年住的那间屋子给你收拾好了。"

郭霞歇斯底里大声喊："不！谁让你们动我的屋子，动我的东西！"说着，操起墙角的镢头就刨墙！大太太上前挡，"死女子，你疯啦！"郭霞把她推了个趔趄说："你走开！我这会儿就是老虎豹子，发威了要伤人的！"

张华听见响声跑出来。小门被刨通了。她问："你是谁？"郭霞说："这是我家！你是谁？"

"我……"张华回头喊，"妈！"

"这是大太太的小姑娘吧？"蒋秀英跑出来带笑说。郭霞不理她，径直走进她原来的屋子,把张华的东西"嗖嗖"扔到院子内。"这娃!有话好说!你这是干啥?"

"哪儿来你们这野杂种!还想鸠占鹊巢,没相!早些滚蛋!"

大太太赶到了说:"郭霞,你住嘴!"

"这是我家!我就要说!滚蛋!滚蛋!滚……"

"啪!"大太太扇了郭霞个耳光。郭霞睖睁地瞪大眼睛:"啊!打我!妈,长这么大,你可从来没打过我!妈,你也把心变了!为给家里招两个野杂种,连你娃都不认了!啊!"她大哭大叫,"这家没我的立足之地了!没人的活路了!我走,给你们腾眼!"说着,跨过小门跑出去了。

大太太在后边撵:"郭霞!郭霞……"跌倒在地。蒋秀英忙扶起她说:"大太太消消气!慢慢给娃做工作。"

郭福山往回走,在大门口与郭霞撞了个满怀:"霞霞,你咋呀?""死呀!"郭霞掀了他一把,飞跑而去。

大太太踉踉跄跄走过来,大声说:"你不把死女子拉住!""咋……咋回事嘛?"郭福山问。

"死女子要人命呢!不听劝刨开小门,到那屋把人家姑娘的东西扔了一院子,还骂人家是野杂种!你说,这像话吗?我打了一掴她就跑了。"

"我……我说等娃回来再搬东西,你就不听!看……看!"

大太太气呼呼地说:"啊呀!把娃惯坏啦!惯坏啦!迟早非让这犟女子气死不行。"

张华依偎在妈身边哭泣。蒋秀英说:"别怕!你爹回来总会有个说法。"

大门"呵啷"一声响,贵儿回来了。蒋秀英说:"啊呀!你可回来了。"暗暗戳了张华一下。张华叫:"爹,你回来了!"

贵儿看着院子里乱扔的东西问:"怎么回事?"蒋秀英以为抓住了救命的稻草,拉着哭腔给贵儿诉说刚才发生的一幕,末了说:"他爹,你给我们做主呀!"

"她人呢?"

"她妈扇了她一掴,跑了!"

"唵!"贵儿大惊失色,"快快快……"

"你说怎么办?"蒋秀英问。

"你……你娘儿俩走吧!回老韩嫂家去吧。"

"唵!"蒋秀英眼瞪得比鸡蛋还大,"让我们走!咱昨晚不是说好了吗?"

"说好了是事实,可没办手续,我不娶亲了。你们快走吧!我还要去找孩子,孩子出事了可不得了!"贵儿说着,丢下她俩就跑了。

蒋秀英睖睁地站在那儿,半天不知所措。张华拽拽她说:"妈!咱走吧。"满怀希望,却落了个竹篮儿打水一场空!蒋秀英领着张华沮丧地来到老韩家。

老韩家的问:"怎么回来了?有事吗?"蒋秀英苦着脸说:"人家不要我们了!"

“什么！昨晚不是说好的吗？”

“昨晚是好好的，我还给做了一顿细长面。今早上他赶早上公社去，我又起早给做了饭，可……”蒋秀英就把刚才发生的事细说了一遍。

“没那事了？说得容易！”老韩家的赌气说，“他把你的白面收了，说没事就没事了？”

“没有！姐，”她看了眼女儿说，“张华你先出去，我和你大姨说个事。”张华出去了。老韩家的说：“什么没有？那么长的夜，棉瓜儿见火还有不着的。”

“真的没有！姐，那人像个夜猫子，做这做那，在院子里踅来踅去，把水桶、家具弄得呵啦啦响。好容易回屋了，和衣躺在床上不动声响。我说，你是看不上我，还是有病，人家说他心情不好，提不起性……”

“噢！我明白了。”老韩家的仰头闭目说，“老狐狸精大太太在演双簧戏，遮人耳目。”“姐，到底是怎么回事？”“既然不成了，我就对你实说了吧，大太太和贵儿早就有染，据说，那姑娘就是贵儿的。”蒋秀英恍然大悟说：“怪不得！怪不得那姑娘那么有理气长，怪不得那姑娘跑了贵儿那么惊慌失措。”

天色向晚，郭福山焦急地在院子转圈圈。贵儿急急慌慌跑过来找郭霞，郭福山就把郭霞一气之下跑了的事告诉了他，说他正急得不知如何是好。

“啊呀！”贵儿跺着脚说，“怎么弄下这事！我倒娶个屁亲，你说，娃能跑哪儿去？”

“她一个学生娃，我看首先是去学校，只要不出事就好，这娃的脾气瞎得很！啊呀！啊呀！”

“老东家，你别着急！我马上到队里拉头骡子去寻。”贵儿说着就走。

“天马上就黑了，要不要拿个灯笼？”

“不用，骡子有夜眼。”

“慢着！把这手电拿上。”大太太从屋里出来把手电筒给了贵儿。

郭福山说：“记着，找着找不着都要回个话，我们在家等着！”

“知道，我去了，记得把娃的东西搬过去，把屋子收拾好。”贵儿说着匆匆走了。

黄昏，郭霞茫然地站在学校门口。同班的同学都回去了，女生宿舍的门也上了锁。该向何处去呢？越来越模糊的象山庞大的倒影向她压来，她觉得自己快要崩溃了。陈强从学校里跑出来，一见郭霞，眼放光芒，兴冲冲走上前问：“啊呀！郭霞，你没回去，还是回去又来了？”郭霞转身不理他。他又跳到她面前说：“咋！是不是给我送东西，等不着生我的气了？”

郭霞把两只手链抹下来向他一摔说：“都给你！我都死呀，还要这干啥！”径直向县河方向走去。陈强拾起手链边喊边向她追去：“哎！郭霞，有啥说清楚，年纪轻轻寻死干什么？”

门房老赵走出来向他俩看看，又回房去了。

秋末，河声朗朗，河水在暗夜里闪着亮光。河滩上光滑的石头像憩息在岸边的一群绵羊，昏暗中显出点点晃白的影子。风吹杨叶发出沙沙沙的响声。

陈强快跑过去挡在郭霞前面说："你干啥去？有啥话，给我说嘛！"

"让开！不干你的事，我要跳河！"

"哈！跳河？那我可是行家！哪儿水深，哪儿水浅，我一清二楚，走！我给你找个地方跳下去，保证你立马进入水晶宫。"说着，拉着她向河边走。

郭霞捶着他说："人家都气死了，你却火上浇油！啊——啊——"号啕大哭。

"哭吧！哭吧！心里憋闷来河边哭是个好办法，河最通人性，你高兴她陪你笑，你冤枉她陪你哭，你投河自尽她把你揽入怀中……别急，坐下来慢慢对母亲河诉说吧！"陈强把她按在石头上坐下，自己也坐在她身边，把手链分别套在她的手腕上。郭霞的哭声慢慢变成了啜泣。

"心里松泛多了吧？现在给我说说你的冤屈吧。"

"我大大娶了个老婆带来个女儿不要我了，我妈也把心变了，扇我耳光……"

"哈哈哈……"陈强大笑。

"你笑什么？幸灾乐祸啊！"

"简直幼稚可笑、小心眼！"陈强笑得喘不过气来。

"如果你妈打你，你能容忍吗？"

"我妈打我像拍皮球，我挨打像吃家常便饭，如果被妈妈打一下就跳河，那我都死几百回了！你体验过真正的冤屈吗！"

"还有什么比我今天更冤屈？"

"愿意听我讲讲我的冤屈吗？"

郭霞心烦透了："我不听不听！"

"你还是听我说说，听了我的冤屈，你就会知道，你的冤屈其实根本不算什么。"郭霞啜泣着不言语。"吭吭！"陈强清了清嗓子说，"我出生一个多月，我爹就被人害死了。"

"啊！"这个开场白一下就使郭霞震惊，"你没爹？他怎么被人害死的？"

"我爹名叫陈刚，好打抱不平。后来遭城防大队长常德胜有意设计陷害，冤死狱中。临死前，我爹明白被人暗算，嘱托我妈给我取名陈强，长大了给他报仇雪恨！"

"啊呀！世事好险恶呀！"

"唉！现在说我的，我是个没爹的孩子，从小受人欺负，上小学四年级时有一天……"

幼小的陈强提着篮子在河滩打猪草。忽然跑过来一群孩子，为首的赖狗（比陈强稍大）手一挥说："给我打！"那些孩子冲上去，把陈强推倒连踢带打。

陈强大喊："你们为什么打我？"

"住手！"孩子们停住打。赖狗说，"不为什么，你起来给老子跪下叩头叫爷，我就下令不打你。"

“呸！”陈强唾骂，“你什么狗东西让老子给你下跪？打死我也不！”

“你还嘴硬，打！”那些孩子又扑上去打他。

陈强脚踢拳打，寡不敌众，被死死压住。一个叫铁蛋的孩子说：“给脸上抹屎！”于是用棍子挑来牛粪往陈强脸上抹。陈强躲避着、挣扎着、唾骂着……

远处有大人赶着牛群到河边饮水。赖狗看见了说：“撤！”孩子们一窝蜂似的跑走了。陈强圪蹴在河边，水里映出他的倒影：头发凌乱，鼻孔流血，头发上、脸上、衣服上沾了很多牛屎。陈强一边抹泪一边啜泣。

“当时，我真想一头扎进河里头，死了算了！”陈强说。

郭霞忙拽住他的胳膊说：“陈强，你贵贱不敢死！”

“为什么？”

“你死了，你妈就没儿子了，谁给你爹报仇呀？”郭霞从小娇生惯养，备受呵护，那会知道世上还会有如此冤屈。

“天下英雄所见略同！我就是出于那种想法没跳河。”

郭霞已止住了哭，问：“那后来呢？”

“后来我就拜鲁师傅学武术，鲁师见我人小志气大，还真教了我些真本事。两年后，我也结交了一帮铁哥们儿。有一天，在河滩又遇上了赖狗和他的几个坏哥们儿……”

赖狗、铁蛋等在河滩玩儿。陈强、胡小海、田小林等走过来。陈强厉声喝：“狗头赖狗，还记得当年欺负老子的事吗？”

“欺负你就欺负啦！你还不服气是不是？”赖狗不以为然地说。

“服气了就不是英雄！大丈夫报仇十年不晚，我等不到十年，现在就要报仇！”

“哼！”赖狗傲气十足地说，“你没撒泡尿把你照照，看你是老子的对手不？”

陈强跨前一步说：“有本事和老子较量较量！”

“哎哟！”赖狗歪头瞅了瞅他说，“吹得还老大！打就打，你说怎么打？”

“随便！要怎么打都行。”

赖狗抹胳膊挽袖子说：“开水下挂面——有盐（言）在先：打痛不准叫唤，打伤自己掏钱看，打死不赏命！”

“行！说话可要算数！”

“不放屁！”

两帮人各站一边，中间留出一片空地。陈强和赖狗对打，跳来蹦去，你来我往，只两个回合，陈强便把赖狗打倒在地。

赖狗一边揉腰一边站起来说：“士别三日，当刮目相看，确实功力不浅！好啦，咱兄弟们讲和，从今以后团结一致，永不再战！”

“把你说得美的！”

“那还要怎么样？”

“你当年怎样待我，我现在就怎样待你！”

“我给你下跪总行吧！”赖狗说着，“扑通”跪下。那帮人见赖狗败了，拔腿就跑。

“胡小海、田小林看住赖狗！”胡小海、田小林扭住赖狗。陈强则快跑几步把铁蛋抓住，铁蛋拽住不走，他在铁蛋屁股上踢了两脚。

铁蛋蹙着眉，摸着屁股求饶：“陈强，我再也不敢了！我以后永不再跟赖狗，我投降你！”陈强在他屁股上再踢了两脚：“谁要你？”来到跟前，让铁蛋跪在赖狗旁边。赖狗说：“陈强，还要怎么样？”陈强说：“抹屎！田小林，看哪儿有屎？”铁蛋说：“陈强，都是我不好！我罪该万死！饶了我们吧。”

“这周围没屎。”田小林找了一圈说。

“这样吧！抹屎我还嫌恶心，降一等，你向他嘴里尿，他向你嘴里尿，快！”陈强踢了铁蛋一脚。铁蛋边解裤子，边往赖狗跟前走……

“哈哈哈……”轮郭霞大笑了，“亏你想得出，后来再没人敢欺负你了吧？”

“不是我说大话，现在在桢县城这个小圈圈里，在咱们这一代人中间，如果发生了什么争执，没有我摆不平的！你才来，还不知道。”

“我虽然还知之甚少，但我相信。陈强，你这么一说，我简直把我的心酸事都忘光了，相比之下，我那点儿鸟事简直微不足道。”

“这我就放心了！不早了，回吧？”

“慢！”

“还有什么事？”

“我想了一下，我应该向你学习，我虽是个女娃，但我爹妈说我像男娃性格。今日听你一席谈，使我豁然开朗，原来我骨子里贮存的那些和你已经释放了的一样！我确实需要释放得淋漓尽致！我想拜你为师学武术，你愿意带我这个徒妹吗？”

“当师傅不敢，愿共勉！只是学武术很苦，你吃得下苦吗？”

“我不怕苦！”

“学习繁忙，怎样安排时间？”

“经过这次风波，我对家的感情已很淡了，以后星期六下午回家取了馍就来，晚上住校。每周六晚上，你在这里给我教武术，然后，每天早晨我提前二十分钟起床温习锻炼，你看行吗？”

“你的决心还蛮大的，好！就这样。”

“一言为定。”

远处传来贵儿的喊叫声：“郭霞！你在哪儿？郭霞！你在哪儿？”手电光在河滩上游弋，伴着牲口清脆的铃铛声。

“你听！谁叫你？”

“我大大。”

“你大大是谁？”

“就是当年拉着骡子和我一同上街，在街上遇见你和你妈的那个人。他当年是我家的长工,现在是我们大队的大队长。"

"你快些答应吧,让你大大瞎着急。"

"让他急急也好。"

"郭霞!你在哪儿?"贵儿叫着,手电光向远处游移而去。

陈强催促说:"快些答应,不然就走远了。"

郭霞站起来,手撮成喇叭状大声喊:"噢!我在这儿!"向贵儿跑过去。陈强也向那边走。贵儿听见应声拉着骡子走过来。

郭霞一见贵儿就嘤嘤地哭起来。贵儿抚着她的头说:"霞霞,你把大大吓死了!"

"大大,你不要我了?"

"傻孩子,大大怎么能不要霞霞!"

"那你怎么把那两个女人领回来了?"

"大大一时糊涂!大大不伴人了,我已经让那娘儿俩走了。"

"你骗我!"

"真的!不信回去看,你的屋子都收拾好了。"

郭霞回头看,陈强站在远处。贵儿问:"你和谁到河边来了?""我同学。"郭霞说着,向远处招手,"陈强,你过来。"陈强来到跟前说:"叔叔,你好!""你是……"贵儿问。郭霞抢着说:"他叫陈强,大大,你还记得当年咱俩进城,我拿手链换彩泥公鸡的事吗?他就是那个小男孩,你看,他把手链还给我了!"举起手臂让他看。

贵儿用手电照了一下说:"是吗?长这么大了!是你照顾她的?"

"我看见她哭,就跑过来看。"

"要不是陈强,我怕都跳河了!"郭霞撒娇地说。

"傻孩子!别胡思乱想,快回,你爹妈在家急着呢!"

"叔叔说得对,快回家去,免得家人担心!"

"陈强,那你也快回吧!对不起,耽搁了你大半夜!"

"没什么,再见。"陈强跑着去了。

贵儿拉着牲口,郭霞拽着贵儿的手臂走在河滩路上。手电光一闪一闪。郭霞问贵儿,怎么知道她在河边,贵儿说是看门的赵师告诉他的。

郭霞说:"大大,你怎么就想到要那女人和孩子?"

贵儿后悔不迭地说:"我本不想要,是你妈和老韩家的劝说让我收留那母子俩。"

"他们为什么要逼你做那事?"

"孩子,你不懂!他们也是好意,见我孤苦伶仃,没人做饭洗衣,老了无依无靠。"

"那我让我妈给你做饭洗衣服。"

"那我老了,没儿没女,谁给我养老送终?"

“当然是我呀！你老了，我给你养老送终。”

“那就好！有你这句话我就放心了。”昨晚忽然降临的家的感觉灰飞烟灭了，他又把自己的希望寄托在了这个小姑娘身上。来到大路上，贵儿先把郭霞扶上去骑在骡子屁股上，然后把牲口拉到一个高台边自己跳上去。

畜铃叮当，暗夜里，郭霞抱着贵儿的腰，脸贴着背，身子一晃一晃的。恍惚间，她直觉得自己是靠着一座大山，感到无比踏实和幸福。

陈强一回到家里，芳芳就举起小扫帚把要打他。陈强举臂护头说：“妈！妈！你别打。”“说！怎么这么晚才回来？是不是又和那些坏孩子相跟着打群架去了？”芳芳厉声说。

“没有！妈，我一个同学要跳河，我救人去了！”

“跳河！为什么要跳河？”芳芳举着的手放了下来。

陈强嬉皮笑脸地说：“妈，我饿了，让我一边吃饭，一边给你说。”“行！饭在锅里热着，妈给你舀去。”芳芳说着，端来了饭。

陈强扑噜扑噜扒拉了一阵饭，吃得七八成饱了，抹了把头上的汗说：“我那个同学真可笑，她妈打了她一个耳光，她就气得要跳河。”

芳芳忽然想到什么，问：“咦！是男同学还是女同学？”

“女同学。”芳芳举起手又要打，“你黑灯瞎火把人家女娃领着干啥去了？”陈强又忙挡住说：“妈，你别动怒，我给你说清楚了，你保险不打我。”

“你说！”

“你知道那女生是谁吗？”

“谁？”

“就是那天我给你说的拿手链换我彩泥公鸡那女娃。下午我做完作业往回走，一出校门见她在那儿哭，还跑河边要跳河，我就跑去劝她去了。”

“噢！好多年没见了，她变得怎么样？”芳芳的手又放下了。

“个子比我低一点儿，圆蛋脸、花眼，不太胖也不太瘦，不太白也不太黑，扎两条羊角小辫，走路一蹦一跳的，有两只黄蝴蝶在耳旁翩翩起舞！”

“蝴蝶飞她头上干什么？”

“我是说那扎辫子的黄绸蝴蝶结呀！”

“嘿嘿！”芳芳被逗笑了，“你还看得怪仔细！”

陈强做着鬼脸说：“我怕你问，就多看了几眼。”

前几天陈强给她说过给郭霞还珍珠手链的事，没想到这么快，俩娃就走得如此亲近了。芳芳心想，这两娃是不是天生有缘？心里暗暗窃喜。随后说：“你比人家大，要以一个哥哥的身份关心、保护人家。”

“那当然！”陈强心里窃喜，表情也神气活现的。

“哎！陈强，哪回找个借口把那姑娘领回来让妈看看！”

“不用找借口，我就说，我妈做了一锅饺子，请你吃饺子呢！”

"鬼子精!"

"哈哈哈……"两人都笑了。

大太太睡在炕上长吁短叹,气恨郭霞不更事把好事搅黄了,又担心娃黑灯瞎火出危险。心想,为人处世真难,处理这些揪心的事更难。把事做成这样,她真有点儿六神无主了。郭福山更是担惊受怕,郭辉之死已使他心痛欲裂,郭霞要再有个三长两短,他怎么受得了!他在院子里踱来踱去,心急得快要从胸膛里蹦出来。忽然有了动静,侧耳倾听,"丁零零"的畜铃声愈来愈近。他忙跑去开门。

贵儿和郭霞下了牲口走进门。郭福山说:"霞霞,你把爹和妈要吓死呢!"郭霞低头不语,跑过去抱住他的腰。

贵儿问:"大太太呢?"

"在屋里睡着。"

"霞霞,还不快去给你妈赔不是!"郭福山牵着郭霞的手回屋去了。贵儿绑好牲口也来到屋里。

大太太面朝里睡着,郭霞爬到她身上说:"妈,都是我不好,你消消气!"大太太转过身抱住她,手在她背上拍着说:"憨女子!你怎么这么不懂事?你知不知道你坏了大事!""我就是容不得家里添生人!"郭霞噘着嘴说。

"好娃!那是你家吗?你不让你大大伴人,他老了怎么办?现在能动呢,没啥,将来动不得了,谁管?"

"我管!我在路上给我大大说好了,他老了我养老送终!"

"啊呀!你真真的要把人气死!"

贵儿说:"对啦!再不提那事了,我已打发那母女俩走了。说心里话,我一个人过惯了,也不想拖家带口的。"

"那你去睡吧,那边屋给你重新收拾了。"郭霞和贵儿出屋过中院去了。

第二天,大太太来到中院,先到郭霞屋叠了摊在炕上的被子,打扫整理屋子,又到伙房收拾清洗,然后又提着扫帚推开贵儿屋的门。她刚要打扫,听见内屋有响动,掀帘向内看:"啊呀!你在屋里睡觉,我以为你出去了,刚说给你收拾收拾屋子。"

贵儿伸了个懒腰说:"我还没起床呢!"坐起在床上。

"啊呀!天都午后了,你还睡得没起床,是不是昨天晚上着凉了?"

"没有,心情不好,想睡觉。"

"那你还没吃饭吧?让我给你做点儿饭。"

"不用,我不想吃!那两个呢?"

"一个上学校,一个下地了。"

"那院门呢?"

"我关了。"

"那你上床陪我睡会儿,说说话。"

大太太撂下扫帚脱鞋上床，贵儿把她揽在怀里。她说："简直是弄巧成拙，让死女子把事给搅乱了！"

"坏事也是好事！我本来就不愿意。"

"现在不是你愿意不愿意的事，我怕老韩家的不肯善罢甘休，寻你闹事！"

"她闹什么事？"

"你把人家表妹睡了，说不愿意就不愿意！"

"我连碰都没碰她！"

"骗人！人家比我漂亮。"

"我说过，除了你，我心里再装不下别的女人。"

"唉！这真的拆不离了！"二人又拥抱亲吻。

六十四

实践出真知，艰苦磨砺人。兰兰已经锻炼成一个相当成熟、老练的党的中层干部，连续几年被地区和省评为优秀干部和模范党员。她领导的公安局也屡次受到上级嘉奖。

这天，段书记把她叫到办公室，向她转达了县委决定。原来，省委给了桢县一个到省党校学习的人员指标，目标明确：培养二梯队领导。县委几个主要领导开会研究，大家一致认为兰兰是最佳人选——年轻有为，工作能力强。把这样一个大县交给可靠的人，大家放心。

兰兰稍加思索说："段书记，领导的意图我理解，你的好心我领了。但说实在话，这样的角色不适合我！"

"为什么？"

"段书记，你看我一天在岗位上兢兢业业，跑前跑后，没事人似的。可是一下班，一到周末、节假日，我的心里就像打翻了五味瓶！一个连一个安定、幸福的家庭都没有的人，还怎么能干大事！"

段书记沉思了一下说："倒也是，这双牛一直没有消息，你也应该好好考虑一下自己的个人问题。你的环境确实不好，我给你提过几回，你怎么老无动于衷？如果需要组织出面，你提出来。"

"不用，我已经不指望双牛了，其他的事也不考虑，人生几十年呼呼呼就过去了，在一般岗位上好好为党工作几年就问心无愧了！"

"这样的机会难得，错过了，悔之晚矣！"段书记要她不要轻率决定，再好好考虑一下，然后再给他回话。

"不用考虑！"兰兰果决地说，"我决定不去，但我想推荐一个人。"

“谁?”

“我看范春亭行！凭他的智慧和能力，领导一个县绰绰有余，为了咱们县的未来，我建议现在就把他送出去培养。”

段书记点点头：“嗯！我和其他领导再交换一下意见。”

皓月当空，河水闪耀着银光。山峰的倒影在河水里荡漾，河边柳枝婆娑，远处有几只迟归的鸭，叫声嘎嘎……陈强和郭霞来到一块平坦的沙滩上。郭霞迫不及待地说：“今晚教我一套什么拳？太极、猴拳还是小红拳?”“哟！你还是个急性子，没走就想跑!”陈强说，“先练半年基本功，再说学拳的事!”

“唵？还得半年!”郭霞惊讶地说。

“那还要看你基本功过关不过关。”

“就那么难?”

“这是必然规律，任何拳术的基础都是基本功，你没基本功，我就是给你教几套拳路，你要的也是花架子，没有实战价值。”

“哟！没看出，你这师傅还挺严格的，好！虚心学习，请赐教!”

陈强挽挽袖子说：“咱们今天晚上就学两样：俯卧撑和下蹲。”

“那么简单?”

“看似简单，过关却难。来！咱俩一同做。”说着，趴下做俯卧撑。郭霞也学着陈强的样子做俯卧撑。做了十几下便气喘吁吁趴在地上起不来。而陈强却还一丝不苟地继续做着。郭霞站起来在一旁数，陈强连续做了二百下，心不慌气不喘。她惊羡地说：“啊！陈强你真不简单，下蹲也能做那么多吗?”

“也一样，咱们一起做下蹲运动。”于是两人又一起做下蹲运动。郭霞做下蹲的幅度不断减小。“不行！不能偷工减料!”陈强按住她的肩膀往下压。郭霞一屁股坐到地上，慨叹说：“啊呀！就这么难。”

“怕苦现在就停，免得将来半途而废!”

郭霞挣扎着跳起来说：“你把我看成什么人了！我一定要坚持下去。”

“好！那咱就继续练，今晚能各连续做二十下就停。”

月光下，二人在练俯卧撑和下蹲。郭霞暗自思忖，仇恨越深，动力越大，陈强为了报仇，才练就一身硬功夫。她就崇敬和爱戴有刚有志的男人。心想，我能学到他三分之一的功夫就心满意足了。这样想着，就忘了记次数，说：“啊呀！我做多少次都忘了。”

“够了！我给你数着数。”陈强说着站起来，“停！循序渐进，不敢一下把人练伤了，下一周就反复做这两个动作，下周六晚上检查效果。”“是！遵命!”郭霞调皮地敬了个礼。两人又相跟着向回走。陈强看着郭霞笑笑说：“郭霞，哪天放学，到我家去一下。”

“干什么去?”

“吃我妈做的饺子！我妈做的饺子可好吃了。”

郭霞自我打量着说:“我这丑小鸭,都要让你妈笑话死呢!”

“不会吧,其实……”

“其实什么?”郭霞警觉地望着他。

“其实是我妈想见你。”

“你妈怎么想见我?”

“我妈说,你小时候连哭带滚的样子很可爱,她还想再看你表演一下。”

“滚!我就知道你没安好心。”郭霞撵着打他。“哈哈哈……”二人笑闹着跑走了。

段书记传唤范春亭,范春亭心里七上八下的,拘谨地立在段书记办公桌前。段书记看看他说:“坐下,别拘束。”范春亭笑吟吟地说:“段书记,我不拘束。”说着,拿起屋角的热水瓶给段书记的杯子里添上水,然后毕恭毕敬地坐在对面的椅子上。

段书记心想,这孩子确实得人爱,梁兰歌的眼光不错。范春亭嗫嚅地说:“段书记,叫我有什么事吗?”段书记给他传达了县委让他到省党校学习的决定。让他把工作给接替的人交代一下,听通知去报到。“是!”范春亭喜出望外,敬了个礼就往出走。

“回来!”段书记又叫住他。范春亭睖睁地看着他说:“段书记,还有什么吩咐吗?”段书记迟疑了一下说:“这话本不想告诉你,但想了一下,还是让你知道的好!这个名额本来是你们局长的,可她推荐让你去。”

“是吗!这么难得的机会,她为什么不去呢?”

“这就是她的高风亮节,大公无私!你一定不要辜负了她的期望。”

“段书记,我一定好好学习,报答党和梁局长的栽培之恩!”

“去吧!”

范春亭一边走,一边低头思索,对他来说,这是一个千载难逢决定他人生命运的机遇。对梁局长来说,这是一个失之交臂可能一辈子再也难以邂逅的机会。他在心里更增加了对她的尊敬和爱戴。范春亭去学习后没多久,省公安厅办公安干部培训班,又给桢县分了一个名额,于是兰兰又派李智宏去参加培训。

又到周末,月色朦胧,郭霞和陈强又相约来到河滩练武的地方。陈强见郭霞走路有点儿蹒跚,问她这一周练得怎么样,郭霞无奈地一笑说,艰苦而卓绝!

“检验一下。”于是郭霞伏地做了二十一下俯卧撑,喘着粗气站起来。“好!超额完成任务。”陈强说,“再做下蹲运动。”郭霞做到第二十下时没有站起来,蹲坐到沙滩上,蹙眉“哎哟!”叫。陈强上前扶住她问:“腿脚肿了吧?”抹起她的裤腿看。

“你怎么知道?”

“必然规律!”

郭霞连续练了几周,腿脚肿痛,但她是个要强的人,不想让陈强知道,去河滩时走路就有点儿跛,但一见陈强,却强装出一副若无其事的样子。没想到陈强洞幽察微,早预料到了。于是她问:“那肿还会散吗?”

“没事。”

“要不要歇一段时间等肿消了再练?”

“贵贱不敢停!”陈强严肃地说。

“为什么?”

于是他就给她讲道理,说这时停了,那就前功尽弃;再练,腿还会肿。只有坚持练得让肿自动消散了,以后再怎么练腿脚都不会肿了。郭霞问:“你当初练武时腿脚也肿过吗?”“那还用说!”郭霞咬牙努嘴努力往起站:“好!继续锻炼。”

“慢!说不能终止,并不等于不能适当减少运动量,等肿消了再加大锻炼力度。”陈强蹲在地上,“来!把腿伸过来,让我给你按摩按摩。”她索性躺在沙滩上,把腿伸在他怀里。陈强抱着她的腿,一边按摩一边说:“睡觉前打一盆热水把脚泡泡,睡觉时把脚垫高,这样肿胀就会消散得快些。”郭霞觉得有一股暖流涌遍全身。她乜了他一眼,心想,没看出这刚强的汉子心也柔柔,情也绵绵。她眼转了几下说:“陈强,你去过河对岸吗?”

“当然去过!你看,对面黑乎乎那一片杨树林,我们一群孩子经常在里边捉迷藏,掏鸟窝。”她娇滴滴地说:“真想去对面看看。”

“走就走,那有何难!”

“我腿脚肿不敢浸凉水呀!”

“我背你过去。”

“不好意思。”

“那有啥不好意思!封建思想。走!”他拉她起来。

二人来到河边,陈强脱了鞋,挽起裤腿,把鞋递给她说:“来!爬到我背上。”郭霞扭扭捏捏说:“算了吧!陈强。”

“我脚都伸到水里了,快!”郭霞爬上背,陈强蹚水过河,河水悠悠,映照出两人模糊的影子。郭霞心颤颤的,嘴里像噙了糖,甜滋滋的。到了河中间,水深过膝,浪大流急,陈强忽然站住不走了。

“快呀!怎么不走了?”郭霞问。

“我累了,走不动了。”

“那该怎么办呀?赶快返回去。”

“我不!我要把你放到水里。”陈强佯装往下蹲。

“不敢!不敢!鞋、裤湿了,明天怎么上课?”

“那你答应我一件事。”

“什么事?”

“亲我一口。”

郭霞用肘捣着他的肩膀:“你坏!你坏!”

“不答应?那我就把你放水里了!”陈强说着,又往下蹲。

“哎哎哎!你死呀!答应,答应。”

陈强扭过头："快！亲呀！"

郭霞红着脸说："看你麻花扭了八匝劲，怎么亲呀？这样吧，过了河好好亲。"

"想骗我呀！"

"骗你是小狗。"

"你敢骗我，看我怎样治你！"陈强说着，几步就跨过河去。

来到岸上，陈强刚一放下郭霞，她就提着鞋"噔噔噔"跑树林里去了。陈强抹了抹湿腿，光着脚向树林里撵去。

晚上，郭福山取出传家宝龙凤砚添水磨墨，在方桌上铺开宣纸，镇纸压边，蘸墨浘笔，屏气凝神地抄写朱子家训，纸上已现出一行漂亮的行书："黎明即起洒扫清除要内外整洁……"

贵儿推门进屋看着郭福山写的字问："老东家，你这写的什么？"郭福山一边写，一边说："有一个朋友乔迁新居，要我给他写一幅中堂。"

"我问你写的内容。"

"噢！这是朱子家训，教育人勤俭治家忠诚待人……"

想想这一向暗流涌动的革命潮，想想那四处流传、骇人听闻的风言浪语，他觉得有必要让老东家知道知道当前形势，于是说："老东家你先停笔，我有话对你说。"郭福山停住，拿着笔说："有什么要紧事吗？"

"老东家，你没感觉到最近风声不对吗？"

郭福山瞪大眼睛惊诧地问："什么风声？"

"现在抓阶级斗争、破四旧，还说要搞什么'文化大革命'，我就是想给你透个消息，有人反映你宣扬封资修，是阶级斗争新动向，鼓捣着要批判呢。"

郭福山有点儿想不通说："我这写的都是古圣贤的至理名言，也有错吗？"

"你有所不知，时代不同了，潮流也变了，过去是奉孔尊儒，现在是反孔批儒！连《水浒》里的宋江都批判，说他是投降主义。现在提倡造反有理，听说北京的红卫兵都闹起来了。"

"这么说，中国几千年的文脉都要断了。"

贵儿忙做出捂嘴的姿势："老东家，贵贱不敢说那话，要让那些红卫兵知道了，不得了呢！以后尽量少写，要写就写些毛主席语录、诗词什么的。"

大太太插话说："收煞了！什么也别写！小心写错了，说你有意诬蔑毛主席！贵儿是自己人，给你透露消息，别人谁给你说。"

"罢罢罢！忍痛割爱。"郭福山刚要抓那写了半截的纸，"啊呀！还有一个字没写完。一字不成，辈辈受穷！让我把这个字补全。"提笔把最后一个字写完全，放下笔，把写上字的宣纸揉成一团，丢进纸篓里。

贵儿小声说："我来，还有一件事，有人在背后叫乖，说我阶级观念不清，走地主路线，以后我到这边走动的可能会少些，请你们谅解。""知道！知道！"郭福山说，"怎么能怪你！"

“另外，这两家之间的小门不垒，我怎么也说不清。”大太太叨唠说：“都是那死女子，我早就说怕连累你。”贵儿安慰她说：“也别埋怨娃！娃有她的想法，也别像那次一样硬垒，等星期六娃回来了，我先试着对她说。”

大太太埋怨说：“这女子心不对了！自从上灶后就连着几星期都不回家，回来一次也像贼杀一样，拿了钱就走，也不知在学校有多忙。”贵儿说：“那这事你们就别管了，我想办法见娃一面。”

青少年变化最快要算中学这一阶段了，郭霞已升到高中部，个子一下拔高了一截子，显得更加潇洒利落。小辫子变成了短发头，圆蛋蛋脸上的两个笑窝儿更明显了。自从她上中学后，贵儿就很少看见她，这乍一见都有些陌生了。她再不像过去那样，一见面就往他怀里扑，而是站在他对面带着几分羞涩，惊喜地说：“大大，你怎么来了？”贵儿贪恋地看着她说：“好久没见了，想见你！正好来县上开会，就过来了。”

“可不是嘛！我回去好多次都没见着你。”贵儿从提包里给她掏东西：一支金笔和一本硬皮笔记本，还有午餐牛肉罐头、油炸鱼罐头……郭霞说：“你买东西干啥？我已不是小孩子了。”

贵儿又从身上掏出钱说：“把这二十元钱给你！”

“你别给我钱，我什么都有，你一个人挣钱多不容易，生产队一个劳动日只分两角钱，这二十元要你多少天才能挣回来？”

“你别担心，我身强力壮，挣的工分多。再说，我当干部出外开会，每天还有五角钱补贴。”

一股久违了的感情又条件反射似的回到郭霞脑海内，童年记忆铺天盖地涌上心头，心里自责这些时候对妈和大大疏远了，便轻声问：“我妈常给你做饭吧？你能吃好吗？”

“能！能！”

“你一定要注意身体啊，不要累病了。”

“我知道。在学校忙吧？怎么经常周末都不回家？”

“学习倒不太紧张，就是勤工俭学呀！停课闹革命呀！事情真多。”

贵儿压低声音问：“是‘文化大革命’吗？”

“就是！村里也搞起来了吗？”

“可不！钱常有、梁满仓都嚷嚷着要造反哩。”

“家里没事吧？”

“当前还没什么。不过，大大想和你商量件事，”他警惕地前后左右看看。“有人反映说，我当干部走地主路线，我说没有，人家说，你和地主住一个院内，还能没牵连？”郭霞骂骂咧咧说：“放他妈那狗臭屁！你把小门垒了，看他们还能再说什么？”

“我就是想和你商量这事，怕垒了小门，再伤了你的心。”

“怎么会呢？那时少不更事，胡搅蛮缠！”郭霞想起来好后悔，那时真不该打断大大的婚姻，于是歉疚地说，“大大，那娘儿俩还在吗？你干脆把她俩再接回来。”贵儿摇摇头说：“那娘儿俩那年没落下户口，没多久就走了。”

上课铃声响了。郭霞说：“大大，我上课去了，家就托付给你了！”边挥手边跑着去了。

大太太听了贵儿的叙述，惊喜地说：“死女子，这次怎么就那么爽快？”郭福山慨叹地说：“此一时彼一时，不能用老眼光看新问题了！”

贵儿说：“从其他地方的情况看，地主、富农可能会受到二次冲击，你们要有心理准备。”郭福山拿起桌子上的石砚说：“听说红卫兵进门连砸带拿，尤其对文物破坏得厉害，我这块龙凤砚是传家宝，你拿过去给我保存住。”“那烂东西能值几个钱！放在那边让人看见了就知道是窝藏你的东西，反而坏事。”大太太从里屋拿出个黑布包说，“这是我攒的一些金银首饰和几摞银圆，你拿过去藏了，我怕放在这儿不保险。”

“贵儿，我们相信你，如果我们真的有个三长两短，你要照顾好霞霞，一定要让她上学受高等教育。”

大太太嗔怪说：“哪来的废话！当年枪顶脑门儿上都挺过来了，现在几个红卫兵娃娃能把你咋样。”

郭福山有一种说不出的异常预感，忧心忡忡地说：“也许我神经质吧！我怎么老觉得这场运动比当年那次革命来得更猛烈！现在我都有一种山雨欲来风满楼的感觉。”

“老东家，你放心，不管其他地方怎么样，河西村当前的形势还控制在大队两委会手里，退一万步说，真有什么事，我是霞霞她大大，郭霞的事，我管定了！”

经过密议，决定当晚就加班把小门垒了，并在小门下边留个猫眼洞，有什么事写个字条装瓶子里塞在里边，就能互通消息。

六十五

“文化大革命”说来就来了，势如暴风骤雨。

桢县中学两派学生在大操场进行辩论。以陈强为首的一派举着“红太阳造反队”旗帜，胡小海、田小林、郭霞都在这一派；以一个叫孙健的学生为首的一派举着“卫东造反队”旗帜，赖狗、铁蛋等都在那一派。

所谓的辩论其实就是用背诵的毛主席语录互相攻击，那时流行一句话：毛主席著作是放之四海而皆准的真理。谁学习理解的深刻，谁掌握的理论武器就多，辩论才有胜算。然而，当理屈词穷时，也不排除胡说八道。那天辩论到最后，赖狗就撂出一句:“毛主席说:陈强是个大坏蛋,应当全民共诛之。”

陈强说:“毛主席在哪儿说的,你拿出证据来。”

“毛主席悄悄对我说!”大家哈哈大笑。

“你伪造毛主席语录,该当何罪?”

“老子就那么说,你把老子尿咬了!”

“你敢骂人!同学们,上!打!”于是两派学生混战起来。红太阳队胜了,控制了学校,他们还打算走出校门与工农群众相结合。

钱常有、梁满仓也憋不住了,两人密谋策划,组织了以基干民兵为基础的“东风造反队”夺了河西大队的权。

他们先冲进郭福山家,郭福山视为至宝的龙凤砚,被当做四旧砸了;大太太奉若神灵的小佛像被当做封建迷信品打碎了;仅剩的一点儿粮食也被拿走了。

头脑发热的“红造”的学生一鼓作气,砸了“公、检、法”,夺了县政府的权。并呼喊着“破四旧,立四新!”口号四散开来,砸店铺的招牌、门匾、雕塑……人群中有人喊道:“到文庙内去砸孔夫子的狗头!”人流又潮涌般奔过去。

珍子急慌慌跑回家告诉吴承谦,说造反队在街上破四旧呢!很多门匾、招牌都被毁了,爹说过的“朗孟驿”门牌上那三个字怎么办?

吴承谦一拍脑袋说:“啊呀!真是的,我怎么就忘了!你见那三个字还在吗?”

“当前还在。谁把写横幅的红纸贴上面了,那字看不太清。”

当得知学生们一窝蜂地跑文庙闹去了,街上暂时没有动静时,吴承谦说:“那不要紧!我找人今晚就把那三个字取下来。这样吧,你揣一盒好纸烟在巷口盯着,一旦发现有人要打那三个字,你上前给散烟说好话,就说咱替他们打。没有你就别声张!”“嗯!”珍子揣了烟跑着去了。

梁满仓听了要成立桢县红色联合造反司令部的广播,立即找钱常有商量,决定赶快去县上联系,要不然就捞不上领导职位了。

面对破败零落的家,郭福山和大太太相对凄然。郭福山一副无可奈何的样子,大太太在生闷气。

郭霞兴冲冲跑回家,兴致勃勃地说:“爹、妈,我们造反队砸烂了公、检、法,冲进了县政府……”她话没说完,大太太就“啪”地扇了她个耳光:“造你妈那蛋!”

郭霞像当头挨了一闷棍,惊诧地看着妈说:“妈!你又打我!你这是怎么啦?往日回来,你总是嘘寒问暖!给我做好吃好喝的,今天怎么冷若冰霜、横眉冷对!我到底做错了什么?”郭福山拉了她一把说:“郭霞,别不更事!你妈正憋着一肚子气!”于是把家内受冲击的事告诉她。

“唵!”郭霞受惊匪浅,她在家里转看了一遍,一片劫后狼藉。她折回来说:“怎么会是这样!我找我大大去!”说着跑贵儿家去了,进门叫了声“大大!”就泪流满面泣不成声。

“霞霞别哭!有什么事,你说!”贵儿安慰她,听她讲她家的遭遇。“是吗?那么严重！钱常有和梁满仓这两个坏东西！”自从造反队夺权后，贵儿就对大队发生的事情不太过问。

他想了想，安慰她说：“那你去吧！回去告诉你爹妈，心放宽！有我贵儿吃的，你们就饿不死！让你爹妈到小门口来，我搭梯子给你们递过一些吃的东西。注意！别让造反派的人知道了。”

郭霞怏怏然往回走，巷道内有一种怪异气氛。几家欢喜几家愁，有的人嬉皮笑脸，趾高气扬，狐假虎威；有的人却低眉俯首，来去匆匆，像过街的老鼠。似乎人们都不屑和她说话，连刚才和她一同说说笑笑回家的同学也瞅她一眼，便躲瘟神一样跑开了。郭霞膨胀的革命激情被浇上了冷酷的冰水，几近火灭灰死。“怎么办？怎么办？”她恨不能插翅飞翔，尽快逃离这被称做“地主”的家。

在原来挂“桢县人民政府”牌子的地方挂上了“桢县红色联合造反司令部”牌子。红太阳造反队的学生和一些不认识的工农造反队员出出进进。胡小海从里边出来，碰见郭霞正往进走，说：“你咋才来！陈司令急着找你呢！”

“哪个陈司令？”郭霞惊诧地问。“再有谁！陈强嘛。”胡小海高兴地告诉她，成立全县红色联合造反总队了，陈强当了红造司令。

红造司令办公室（原县长办公室），钱常有、梁满仓正在和陈强交谈。

郭霞走了进来，那两个就立刻息了声，三人面面相觑。陈强站起来刚要介绍，郭霞脸一迈说：“别介绍！认识。”钱常有讨好地说：“认识！认识！一个村的。”

“那好啊！郭霞是我们红造的骨干分子，你们大队的事就和她联系！”

梁满仓看风使舵：“啊啊！好好！那我们走了。”暗暗拉了钱常有一把，二人匆匆出去了。

郭霞撅着嘴说：“陈强，我不造反了！”

陈强诧异地问：“为什么？你昨天不是还兴致勃勃嘛！”

“我家是地主，刚才那两个带造反队抄了我家！”

“唵！”陈强吃惊地瞪大眼睛，这是他始料不及的。郭霞“嗯嗯嗯……”哭着跑走了。他在后面边追边喊：“郭霞！郭霞！”

郭霞跑到县河边，满河滩的石头依然故我，在阳光下泛着白光。河水呜咽着冲刷顽石，激起朵朵白色浪花。陈强说的没错，河流最通人性，你高兴时，它的声音像笑，你忧愁时，它的声音像哭。

陈强追上她说：“郭霞，你要坚强！在复杂的阶级斗争中，一定要站稳立场！”郭霞哭诉：“我怎么这么倒霉！怎么偏偏让我生在地主家庭，这让我怎么活呀？”

“别伤心！郭霞，只要你与地主家庭划清界限，照样可以做革命者。”

“我该怎样与地主家庭划清界限呀？”

“比如说！比如说！”陈强搔着脑袋，一时也不知如何是好？想了半天，终于想出个对策，“我看这样！郭霞，当前在咱们的队伍中，除过你那两个本村，再没人知道你的出身，我暗地里给那两个打个招呼，让他俩保密！你该怎么样，还怎么样！”

“他们把我爹妈送进学习班,我将如何面对?”

“你尽量少与你父母接触,不得已要见面,尽量放在晚上,或我安排地点。你父母在学习班的生活,我安排人照顾!”

“那样行吗?”

“暂且这样。不久就要开万人大会,你负责领呼口号,一定要沉着稳重,振作起来!以一个坚强的革命者姿态出现在群众面前!”

“嗯!”郭霞咬着嘴唇点头,经陈强这么一提示,她心里踏实了许多,陡增革命勇气。想,我为什么要自暴自弃?我就是一个革命战士!

陈强穿一身黄军装,腰间扎着皮带,头戴黄军帽,左上臂缀着“红造”字样的红字臂章,两手插在裤兜内,昂首挺胸,哼着歌儿,迈着轻盈的步子走进家门。芳芳眼睛一亮,忙扳着他的肩上下打量:“哎哟,娃呀!哪来的这身军装?”

“红造发的。”

“红造是干什么的?”

“啊呀!妈,你还蒙在鼓里。”于是告诉她,红造是红色联合造反总队的简称,红造已经夺了权,控制了桢县。原来的县政府机关已瘫痪了,他当了红造司令。

“唵!”芳芳眼瞪得像鸡蛋,“你再说一遍。”

陈强一字一句说:“我当了红色联合造反司令部的司令了!”

“那不就等于是一县之长了吗?”

“反正,今天的桢县我说了算!”

“变得这么快!简直不可思议。”芳芳的心颤颤的、惶惶然,真不敢相信这是真的。可穿着军装、当了司令的儿子就站在她身边,这是事实。她忽然大呼,“啊呀,天!孽有头,债有主!陈刚,你的仇到报的时候了!嗯嗯嗯……”芳芳说着就哭起来。

“妈,你别哭!你说我爹的仇人都是谁?”

芳芳擦干眼泪说:“妈不哭!妈要瞪大眼睛,看你为你冤死的爹报仇!害死你爹的罪魁祸首是常德胜;那当公安局长的梁兰歌也脱不了干系;其次,就是那两个走狗姓高的和姓江的,过去人称高警卫员和江警卫员。现在好像又在公安局干。”

“是的,那年逮我,就是这两个坏家伙。我真想不通,这么罪大恶极的杀人犯,摇身一变就混进了革命队伍!怪不得革命队伍会变质!妈!学习班已办起来了,我明天就派人把他们都‘请’进学习班,以其人之道,还治其人之身!”

钱常有和梁满仓又犯难了,实指望给造反司令拍拍马屁能得到提拔重用,没想到一不小心就拍到马痛处。二人议论来议论去,把郭福山两口子送进学习班,肯定得罪郭霞。城门起火,殃及池鱼,必然会引起陈强不满。但不搞这两口子,又没什么抓挖,况且,已搜劫了郭霞家,你就是再不搞了,也罪责难脱。最后,梁满仓把大腿一拍说:“也不必考虑太多,运动嘛!也不是咱非要搞她家,谁让她家是地主呢?再说,人不犯我,我不犯人,人若犯我,我必犯人!她娃胆敢对咱叫板,那就让她吃不了兜着走。”“对！无毒不丈夫！”钱常有也来了精神，“搞革命还能怕这怕那！走！”于是两人气势汹汹来到郭福山家。“郭福山听着，接上峰指示，命令你明天带着铺盖卷，和你老婆到县城西关旅社报到，进学习班！”郭福山两脚并拢，挺胸立正：“是！”

夜风呼呼，灯影摇曳，窗户纸上映出两个木僵的身影。过了好一阵子，郭福山叹息说：“这明天到那儿该怎么办呢？”

“怎么办？走一步，看一步！他能一到那儿就把咱弄死！”大太太没好气地说。

“一下子弄死那倒好说，眼一闭就什么也不用操心了，就怕把你折磨得半死不活，谁侍候照顾你？”

“咱还有霞霞嘛，她能眼睁睁看着咱受苦不管。”

郭福山摇摇头说：“根据郭霞的性格，我怕现在娃都恨死咱们了！会不会管你还不一定！”

“那我十月怀胎，一朝分娩，要了块石头？”

“但愿不如此！哎，你说这事要不要告诉贵儿一声？”

大太太眼一瞪说：“告诉人家干什么！各分另院的，还嫌把人家连累的不够？”

郭福山低头沉思良久，还是抬头对老伴说：“我知道，你一直想把贵儿和咱家弄两清，可这弄得清吗？当年可是你建议把郭霞认给贵儿做干女儿的，他也在我面前承诺管郭霞，这么大的事不让他知道，咱真要有个三长两短，他不帮娃料理后事？”大太太心像凉水浇，嗔怪说：“你怎么圪话连篇！好像这次出门就回不来了似的！”

“但愿不如此！”

“但愿，但愿个屁！怎么把人说的心毛毛的！要说就快写几句话传过去。”

郭福山得到首肯，立即取纸笔写好信，装在一个玻璃酒瓶内，塞进小门的猫眼洞内，然后拾了块砖块扔过墙，那边院里便发出“嗵”的响声。他回屋吸了一袋烟，外边便响起“嘭隆隆”的砖头蹦跳声。他忙出去取回了信。贵儿在信上说：老东家、大太太，信收悉。你们的事我知道了，心放宽，别害怕！你们先走，随后我也到县上去，我会照顾你们的。至于郭霞，你们更别担心，你们离不开她！我也不能没有她！

郭福山叹口气说，“唉！这我就放心了。”大太太双手合十贴额念叨：“阿弥陀佛！”

六十六

钱常有和梁满仓把郭福山和大太太送到红造司令部。陈强指示田小林安排大太与梁兰歌住一屋，郭福山与常德胜住一屋。然后对钱常有和梁满仓说：“你俩的任务就是协助管理学习班的‘牛鬼蛇神’，具体工作由田小林安排。另外，关于郭霞同学的身世，就你俩和少数领导知道，请暂时保密，尤其不要让对立派知道了。”“那郭霞不和她父母见面吗？一见不就……”钱常有用手暗暗戳了他一下，梁满仓不言语了。

同时进学习班的还有段书记、梁兰歌、石老三、梁乡长、高警卫员、江警卫员、常德胜。茂生妻也夹杂在人群中观看，心想，这伙娃胡弄哩！那些共产党人当年提着脑袋干革命哩！咋会是‘牛鬼蛇神’呢？

学习班地点设在西关旅社，木牌右边贴着一绺红纸，上写“红造学习班”。再往上看时，门牌匾上“朗孟驿”三字不翼而飞。尽管字没有了，但朗孟驿已铭刻在人们的脑海内，不论谁一说西关旅社，人们都会想到，那就是当年的朗孟驿！

贵儿戴顶毡帽，肩披褡裢踽踽来到县政府门口，他到门房报了姓名，说要找郭霞。不一会儿郭霞跑出来，把他掀到僻静处问：“大大，你怎么来了？”

“照顾你和你爹妈来了。”

郭霞四下瞅瞅说：“你等等！”说着跑回去，没多停又跑出来小声说，“你去西关六巷十六号，就说陈强让你来的，在那儿稍等，我们马上就到。”

贵儿来到西关六巷十六号，走进院门问：“家内有人吗？”芳芳从屋内探出头说：“谁呀？”

“是陈强让我在家内等他。”

“那你进屋吧！”贵儿走进屋，芳芳说，“快请坐！”忙给他取烟倒茶。

贵儿看她，大模样未变，个儿不高，浑圆敦实、圆蛋脸，面带微笑。岁月不饶人，她比十多年前见老了许多。笑着说：“大妹子，还认得我吗？”芳芳盯着他看，这个笑容可掬，一脸憨厚的汉子似曾相识，还真一时想不起来：“你是……”

“不记得啦？十多年前，在巷口我牵头红骡子，一个小姑娘从牲口上溜下来要换你娃的彩泥公鸡……”

“哎哟哟！记起来了！”芳芳把手一拍，“稀客！稀客！大哥，当时我收了珍珠手链，给你报了我家的门牌号，让你日后来拿，可一直没消息。那年陈强忽然回来说，在学校看见郭霞戴着一只一模一样的手链，就把手链拿到学校去对，后来俩娃就认识了。”

“我听说了，那年娃从学校回来，双手擎着手链让家人看，那高兴劲儿真让人喜欢！”

芳芳心想，陈强和郭霞交往已有一些时日了，是不是女方爹妈也已知道，此人来访，大概是为两娃的亲事吧？于是说：“就是，因为一只手链两娃就走到一块儿了，算是有缘！娃一天天大了，我一直说想见见姑娘她爹妈，可陈强不让我去，你来是不是……”

“解放了，讲究婚姻自主，两娃自由恋爱是好事，大人们操心娃们的亲事也理所应当。不过……”

芳芳警觉起来:“大哥,还有什么绊啦?”

“我今天来,不是为的那事!”

“那是为什么……”

于是他就把郭霞爹妈被红卫兵收进了学习班,他不放心,来城内照看的事对她讲了。

芳芳敬仰之心油然而生,“啊呀！大哥,不是我说呢,你这人真难得,按说,现在人都像躲瘟神一样躲着地主、富农,你一个长工,却还这样照顾你的老东家!”

贵儿不无感慨地说:“唉！人生在世要有良心,我十多岁要饭来到桢县,是大太太收留了我,一步步走到现在,虽然我是长工,但老东家两口子从来没另眼看待我,还把郭霞认给我做干女儿,你说,发生了这样的事,我能袖手旁观吗?”

“应该管！应该管!”

正说话间,陈强和郭霞跑回来了。陈强一进门就说:“叔,你来得正好,我正愁该怎么办,反正当前不能让对立派知道郭霞和她爹妈的关系。”

“那就让我来照顾他们,我不怕人说闲话。”

“你家又不在城内,你怎么照顾他们?学习班也不是一天两天就能结束!”

“我在城里租所房子住下,学习班办多长时间,我就照顾他们多长时间。”

郭霞激动地说:“大大,你又不挣钱,你拿什么租房子?你吃什么、穿什么?”

“不怕！我有力气,可到县城附近给人打短工干零活,还可以拾破烂,或者就在朗孟驿门口支个摊修理自行车。”

还是陈强想得周到,他说他可以建议红造把贵儿聘请为贫下中农代表,兼管学习班的门卫,一举几得,一切问题就都迎刃而解了。当天下午,他就在红造司令办公室召开的领导成员会议上宣布了这个决定。

夜,朗孟驿二号房间(西楼下)。地上铺着麦草,常德胜和郭福山并排睡在上边,朦胧的月光下,不大能看清他们的眉眼。两人咕咕哝哝,慨谈当年年轻气盛,好高骛远,老以为天下老子第一,为所欲为,把什么都不放在眼里,到老了却落得这下场。郭福山忽然“啊哟!”手按着肚子直叫。

常德胜问:“老先生怎么啦?”

“我内急想屙屎!”

“等不到天明?”

“不行！不行!”

“那你喊人嘛。”

“我……我稍一鼓劲屎就出来了。”

“吭!”常德胜笑了。对着外边喊,“来人哪！二号房有人要大便!”

贵儿听见跑来了,问明情况,去叫梁满仓开门。梁满仓骂骂咧咧:“咋搞的?黑更半夜烦人不烦人!”。开了门让郭福山上茅房。

夜,朗孟驿五号房间(西二楼),大太太和兰兰睡在一个铺上。兰兰说:“大太太，那年你救了我，在你家住了一月多，没想到，现在又住到一块儿了。”

“前世有缘，上天安排咱俩要有几次相遇，今天不是住到你家了嘛。”

“在我家，以这样的礼遇待你，实在过意不去，要是我当朗孟驿掌柜那阵，我绝对给你安排个上等房间，以最高礼遇接待你。”

“你的盛情我领了，不过，今天咱俩是绑到一根绳子上的蚂蚱——谁也救不了谁。”

听到下边的说话声，大太太问：“下边的人在说什么？”

兰兰趴在窗口听，然后告诉她，说好像是谁拉肚子要上厕所，大太太说，肯定是她家老东西，年轻时不注意饮食把胃吃坏了，一遇上挪地方换水土就拉肚子。兰兰再侧耳倾听了一会儿，说就是你家老公，我听见常德胜叫人呢。

提起了常德胜，大太太问：“你现在和姓常的是什么关系？”

“就是人和人的关系，再什么关系都没有。”

大太太从裹兜内掏出个烟荷包和一叠纸卷烟。兰兰不理解她一个女人为什么还抽烟？大太太一边悠然地吐着烟圈儿，一边给她讲她抽烟的来历。说她当初也不会抽烟，最反对郭福山烟袋不离嘴。但随着年龄增大，烦心事越来越多，为解心烦，也就慢慢抽开烟了。

兰兰还是第一次听人这么说，就问：“抽烟真能解心烦吗？”大太太长长地冒了一口烟，眯着眼说：“按说抽烟倒没那作用，但烟像麻醉剂、迷魂药，你抽着烟的时候，眼前一片迷蒙，脑子内一片混沌，似乎世界都变得模模糊糊，也就把烦恼忘却了！”兰兰点点头说：“有道理，那我也学抽烟。”

大太太把卷好的一支烟递给她让她试着抽，兰兰点着烟吸了一口，呛得直打呛：“这……这是活受罪嘛！”“开始都是那样，我刚抽烟时，眼泪哗哗地流，慢慢地就不了，越抽越想抽。”说着，大太太又点了一支烟。二人并肩靠着墙吸着烟，屋子里霎时烟雾弥漫。兰兰眼痴痴地看着前方说：“这还真如你所说，有一种瞬间迷糊的感觉！”

“上帝造人伊始，就不让你明白，如果人对自己的未来明察秋毫，那人就没法活了，人越想明白而不得而知，就越迷糊，糊里糊涂，反而心境会好些。”

“噢！怪不得郑板桥说：难得糊涂！”

黑暗中，烟火一明一灭。大太太问：“老秦家的双牛一直没找着？”兰兰摇摇头。“唉！”大太太叹息一声说，“人生不如意事总有二三！”

石老三、梁乡长、高警卫员、江警卫员等，都关在朗孟驿三号房间。而段书记被单独关在一号房间（西楼下）。

第一拨上批斗会的是郭福山和大太太。陈强私下里给田小林交代要把握分寸。所以钱常有和梁满仓即就是想使坏，也不敢太明目张胆。

郭福山结结巴巴地说：“我……我多置了些田，买了些牲口，雇了些长工、短工，剥削穷苦人发了财……”大太太打断他的话说：“不对！你一开始就能买起地，雇起长、短工？我看还是让我说！”

田小林说：“行！张凤仙说。”

“每个人都想家运亨通，事业发达，过富裕生活，但每个人的智慧有差异，机遇又不同，所以就有了贫富差别。郭家原来也和一般家庭一样，拿现在的评定标准衡量，至多够个下中农。我嫁到郭家后，想到一句民谚：喂母猪栽桐树，几年就是大地主。于是就建议他喂母猪栽桐树，机会也好，母猪连年繁殖，桐树茁壮成长，家庭收入骤增，就置田产、买牲口，家一下就兴旺发达起来……”

“停停停！”梁满仓说，“这不是在表功嘛？吹你有本事，遮掩剥削本质。”还有人顺话搭腔发了言，最后田小林说：“地主郭福山检查得极不深刻，张凤仙的思想认识还不端正，下去好好学习反省，下次再检讨。”

每天开饭的时候，钱常有提着粥桶、梁满仓提着馍筐给“牛鬼蛇神”散发食物。这天来到二号房间，发给郭福山两个馍一碗粥，发给常德胜一个馍一碗粥。

常德胜不满地说：“咦！怎么给他的多，给我的少？”梁满仓瞪了他一眼说：“上峰的指示！”

常德胜狼吞虎咽，三下五除二就把他的一份饭吃完了。而郭福山只喝了几口粥，吃了一小块馍就抱肚蹙眉，长吁短叹。常德胜说：“老哥你怎么不快吃呀？”“肚子痛不想吃。”看见常德胜贪恋地瞅着他的饭，郭福山示意说，“不在意，就把我剩下的也吃了。”“那就谢谢了！”常德胜毫不推辞，端起碗，风扫残云般把郭福山的剩饭一扫而光。抹抹嘴说，“这还差不多！将就能吃个半饱。”

陈强用修理的办法使江旺旺和高明祥（江警卫员和高警卫员）交代了当年常德胜指示他俩害死陈刚的犯罪事实。他咬牙切齿，眼里冒火，以前，他只听妈念叨“报仇！报仇！”，可究竟爹是怎么死的，他脑海内一片空白，听了罪犯的坦白，他完全清楚了，想象着爹在监狱内遭的罪，更增加了他心中的仇恨。

这天，田小林陪陈强视察各监号。来到二号房间外，从窗子望进去，郭福山头垂胸前，精神委靡不振；常德胜双手垫脑后，半卧在地铺上，跷着二郎腿，一副等闲视之的神情。陈强气愤填膺，恨不得上前立马将他宰了，问：“常德胜咋还是那样子？”小林说：“郭福山害胃病吃不下饭，他那份饭差不多全被常德胜吞了。”陈强嗔怪说：“你咋不早说，赶快把他俩分开，一人关一个房间。”

梁满仓和钱常有想借着批斗便报当年石老三治他俩之仇，把石老三五花大绑吊在院中一棵树上。两个人你一枪我一枪打绳子，越急越打不中。

石老三在半空中哈哈大笑：“一双废物！我知道你俩想拿我当年治你俩的法子报复我，可你们本事不行嘛！把老子放下来，如果一枪打不中绳子，你屙到哪儿我吃到那儿，反之，你俩吃屎！”观众哄然大笑。

钱常有恼羞成怒，夺过一个造反队员手里的刀，上前“嚓”一声砍断绳子。石老三“嗵”从空中摔下来。“啊！”一声昏了过去。

会场大乱。田小林大声喊：“散会！散会！”

人们争抢着往出走。门小人多,人群拥过来挤过去,乱成一锅粥。桂花和菊花逆着拥挤的人群来到石老三跟前。桂花扑到石老三身上哭喊:“啊呀！天杀的,把人摔死了!”菊花用手在石老三鼻下试了一下说:“快！还活着,赶紧把人送医院。”

贵儿拿来一块门板,大家七手八脚把石老三搁到门板上抬着送到医院。后来石老三被抢救过来了,但左腿股骨骨折,落了个终身残疾。待后再述。

又到开饭时间。常德胜盼来的只是一小碗粥和一个小馒头,他问:“哎！怎么给我的粥又少了,馍也小了?”

梁满仓说:“你这人,明知故问!”

“我不知道呀！咋是明知故问?”

“陈司令让给你减的。”

“陈司令是谁？咋对我‘特别关照’!”

“你是真不知道,还是装腔作势?”

“不知就不知！我为什么要装呀!”

钱常有说:“你真的想知道？那我就告诉你,陈司令名叫陈强。”

常德胜丈二高的和尚——摸不着头脑,还几分强词夺理地说:“陈强何许人也,不给我饭吃,是何道理?”

“我说你这人吃了忘性屎了？不明白,我就再告诉你,还记得死在城防队监狱的陈刚吗？陈强是陈刚的儿子。”

“啊!”常德胜惊得跌坐在地上,粥撒了一地。

“哼！你那两个狗腿子都招了,你慢慢反省去吧。”

常德胜像挨了当头一棒的落水狗,再不趾高气扬了,他当然不会不知道“以其人之道,还治其人之身”这句名言。其实,害人的人最清楚报复者的手段和自己的下场。他再也不提为什么给他馍小了粥少了!

没多久,高明祥和江旺旺就因伤口感染,又没家属照料,死了。

对立派抓住郭霞的家庭成分大肆渲染,攻击红造队伍不纯,混进了地主阶级。郭霞又气又急,贴出了与地主家庭断绝关系的大字板。这一举动引起不小震惊,年轻人说:“啊呀！郭霞不简单!”一些老年群众却摇头,嘴内咕哝,年轻娃不更事！你与父母断得了关系吗？你不是你爹娘生的吗?

郭福山的病越来越重了,头垂胸前,面发枯憔。那天对贵儿说:“我……我屙裤子里了！快……快让郭霞拿裤子来给……给我换!”“唉!”贵儿说,“郭……郭霞革命去了,我去给你拿。”

贵儿上楼来到五号房间窗口,对大太太说了老东家的情况,问要换裤子怎么办？大太太气愤地问郭霞哪儿去了？让她回家去取,给她爹把身子洗了换上。骂:“这死女子,我们来这长时间都不见她的面。”“嗯……嗯!”贵儿支吾说,“郭霞出差去了,要不然,我跑两步去取。”

“也只得这样了。”大太太从身上掏出一串钥匙给他说,“那只最大的钥匙是大门上的，那只小黄钥匙是立柜门上的。打开柜子往上层看，有一个黄袱子包着她爹的内衣，有一个红袱子包着我的内衣，你一起拿来吧。好多天了，我也要换换衣服。”贵儿接了钥匙刚要走，她又叫住他，沉吟了一下说，“还有个蓝袱子包着我给你做的几件内衣，还没来得及送你，你顺便拿去吧。”“嗯！”贵儿踽踽地走了。

兰兰说：“大太太，你真是个细心人，日子过得有条不紊！”

大太太热爱生活，一提主妇那一套，话就多了：“人常说，吃不穷，穿不穷，计划不到辈辈穷。居家过日子全讲有计划、细心认真，大而化之的人那是混光景，不叫过日子。”兰兰由衷地说：“我真羡慕你！像我这样的人，一天只知道东奔西跑，糊里糊涂，真不知道日子怎么过！”

“我咋能跟你比，你是干大事的，想着国家大事，我们是平头百姓，想的只是油盐酱醋柴，生儿育女过日子。”

“大太太，不瞒你说，我真想做个贤妻良母，好好过日子，唉！”

“唉！”大太太也慨叹一声说，“人同一世，命运各异！你一生要做什么，上天早就给你安排好了，听天由命吧！”

“你对贵儿比对亲儿子还关心，怪不得他对你那么忠诚。”

大太太的脸有一点儿让人不易觉察的红。“唉！有什么办法，你看嘛，紧要处亲女儿跑得没影影了，还得靠他。”

见景生情，兰兰低头沉思，大太太有丈夫有女儿尚且如此，我如果到大太太这年龄这地步，会怎么样呢？倘若像郭福山那样病恹恹的，有谁侍候我呢？想着想着，不觉生出满眼的泪。

梁满仓到二楼去查号，大太太见了喊住他，让他转告郭霞，让她到这儿来一下。梁满仓不无讥诮地把郭霞贴大字报宣告与地主家庭划清界限，与地主成分的父母断绝关系了的事告诉了她。大太太一听大怒，骂道：“什么！死女子要与我断绝关系？哪有革命了，连亲娘老子都不认的！她翅膀硬了是不是？她怀里吃奶时可不与我断绝关系……”“哈哈哈！”梁满仓幸灾乐祸地大笑。

贵儿叫了大太太给郭福山换裤子，他轻轻拍了下他的肩膀叫：“老东家，”他那么轻轻一碰，郭福山骨碌滚到地上，“咯”一声出了一口凉气，眼瞪得瓷光，死了。“啊！老东家！”贵儿失声大叫，眼泪不由得流出来。

大太太刚巧走进来问：“怎么啦？”圪蹴下身用手在他的鼻下试，“哇”一声扑在他身上哭开了，“唉！我的冤家呀！你怎么就这样去了！我这该怎么办呀？啊咳咳……”贵儿小声说：“姐，节哀！这儿是学习班，到家好好哭。”大太太“扎”就止了哭。

贵儿打来了水，从后边搂腰抱起郭福山，大太太给他擦洗身子，换内衣。贵儿说：“姐，事已至此，你看后事怎么办？”大太太成竹在胸地说：“衣服不用管，我俩的寿衣，我都准备好了，这儿拾掇好后，你回家仍在那个立柜的底格找，有两个一样的蓝花袱子，一个包着我的寿衣，一个包着他的寿衣，你一看就能辩出来。至于买棺板、过事寻人等,就我给你那些货,你处理了看着办。遇上这个时代,破四旧,送葬连吹鼓手都不让叫,你就将就把他埋了。唉!这人前半生风光得不知收敛,伤天害理!天誓他要死得这样窝囊。报应!”

“咱这儿风俗,死在外边尸体不让回家,我看就从这儿直接把尸体运到公坟下葬。”

“行,你看着办。贵儿,郭霞的事,我知道了,你一定要劝劝她,无论如何也要送她爹一程,别让人笑话。”

郭霞从司令办公室出来,看见贵儿走进了院子,跑过去伏在他的肩头“嘤嘤”地哭。贵儿抚着她的头说:“霞霞,陈强告诉你啦?节哀!人生到世谁不死!走看看你爹,一会儿就要入殓,咱把你爹送回家安葬。”

“不!我不见地主分子郭福山,我没有他这样的爹!大大,我不是地主分子的女儿!”

贵儿热血上涌,满面通红,拍拍她说:“霞霞,好孩子!”

六十七

郭霞的努力并未能堵住对方的嘴,反而讽刺地说:“你宣布与地主分子的父母划清界限,断绝关系!你划得清,断得了吗?你骨子里就是地主,你血管里流着地主的血……”“啊!”郭霞大叫一声,“我跳到黄河也洗不清了!陈强,我退出,我再不连累你了!”说着,跑出去了。陈强在屋内踱来踱去,“啊呀!唐明皇上了马嵬坡——还真得忍痛割爱了!”

梁满仓对钱常有耳语,钱常有惊愕地说:“不是听说死了吗?”

“大太太城府很深,还不会使那么个欲盖弥彰的伎俩。”

“嗯!你说得有道理,要不然新生了孩子还能不过弥月。”

胡小海说:“你俩叽叽咕咕说什么?”梁满仓陡地提高声音说:“报告陈司令,郭霞不是地主郭福山和地主婆张凤仙的亲生女儿。”

“什么!”陈强惊讶说,“快说!究竟怎么回事?”于是梁满仓和钱常有你一言他一语把郭霞是大太太托贵儿抱养砖瓦窑师傅王喜的小女儿的事,一五一十告诉了他俩。

陈强问:“郭霞不知道?”

“她咋能知道?大太太把事情做得天衣无缝,村里都很少有人知道!我俩干过郭家的家丁,听郭家的下人讲的。”

钱常有补充说:“大太太怕泄露了秘密,给了王喜些钱,打发王师傅全家离开此地。而且后来还散布过那女儿死了的消息,那大概是为了遮掩少数知情人的耳目。

总之，大太太为了郭霞费尽了心机。”

“真是这样吗？”

“没问题！不是今天发生了这事，我把那事都忘了。”

“你知道郭霞亲生父母是哪里人吗？”

梁满仓思索了一下说：“只知道是河南人，具体在什么地方不清楚。”

钱常有说：“那也好打问，一个是贵儿可能知道，但他不一定说实话！再一个就是王喜在赵庄砖瓦窑好多年，那儿人还能一点儿不知道？王喜一窝孩子，我小时候还和王喜的大儿子大毛玩儿过。”

“谢谢你俩提供的新情况！”陈强转脸说，“小海，咱们尽快把此事调查清楚，然后对工总司猛烈回击，妈的，真是欺人太甚！”

县河水汹涌澎湃，在河道的乱石中左冲右闯，寻找出路，奔向东方。郭霞站在河边对河哀叹，涕泪交流。大呼：老天啊！不睁眼的老天啊！你为什么要把我降生到地主家庭？我的心在流血，你知道吗？难道我此生的命运，注定要跳河自尽，葬身鱼腹吗……

陈强疾跑如飞来到郭霞身边，一下抱住她，上气不接下气地说：“新……新情况！”郭霞推开他说：“陈强，别枉费心机了，你为我已尽心尽力了，你的情我领了，咱俩说是有缘却无缘，忘掉我吧！我再不……”

“你……你不是地主的女儿！”

“什么？”郭霞用手摸他的头，“你该不是发烧说胡话吧！”

陈强头一甩说：“我没发烧，是真的。”

“谁说的？”

“梁满仓和钱常有说的。”

“那俩的话，你也信吗？”

“听话听音！人家说得有鼻子有眼，有根有据。我应信其有，不信其无！”

“那他们说，我是谁的女儿？”

于是他就把钱常有和梁满仓说的话转告了她，末了说：“你想，一个烧砖瓦的下苦人家庭会是地主、富农吗？”

“咦！新闻，我咋就一点儿也不知道？”

“你想，你妈会让你知道吗？你从小在你妈身边长大，还不了解你妈吗？”郭霞点头思索。“他们还说，把你抱过来以后，你妈给了你生身父母些钱，让他们回河南老家去了。”

“是吗？我问他们去！”郭霞说着就要走。“慢！”陈强喊住她，“我估计你妈和你大大绝对不会给你说实话，你要注意策略！”

“我知道该怎么办。”郭霞跑着去了。

郭霞怒容满面地站在贵儿面前，那样子好似要向一个仇人讨说法。贵儿惊讶地说：“郭霞，又怎么啦？怎么这样看着我！”

“大大,我问你！我到底是谁的女儿?”

贵儿忽地面红耳赤,站起来说:“霞霞,你……你别逼我!”

“你心虚了是吧！你老实说,你是怎样把我从砖瓦窑王师傅家抱回郭家的?”

“噢吠!”贵儿长吁一口气,跌坐在床沿上。

郭霞摇着他说:“你多傻呀！你怎么把我从一个贫下中农家抱到地主家？你害得我好苦呀！大大,你说话呀,嗯嗯嗯……”趴在他肩头嘤嘤地哭。贵儿抚着她的头说:“傻孩子！你耳朵钻了什么风？根本就没那回事!”

“事到如今,你还哄我!”

“我没哄你,霞霞,抱过砖瓦窑王喜的小女儿是事实,可那孩子不到一岁就死了,再一年,你妈就生下你。”

“那那孩子叫什么?”

“那孩子叫郭霞,因为抱郭霞瞒着众人,说是你妈亲生的,给了王喜些钱打发他们回老家了,基本上没什么人知道,要说谁泄露了秘密,那肯定是二太太。那孩子夭折了,也没多少人知道。后来就有了你,你妈为了遮人耳目,把你原叫郭霞,也没给你过弥月。这就是有人还以为你是抱王家的原因吧!”

“啊呀！真是费尽心机,编的够圆的了,郭霞死了又回来了。那我是鬼呀！你哄鬼啊?”

“真是这样！郭霞。”

“我不信！我就是贫下中农王喜的女儿！我找地主婆张凤仙算账去!”郭霞说着,冲出屋去。

“郭霞！郭霞！你别胡闹!”贵儿撵出来跟了过去。

郭霞立眉瞪眼站在五号房间窗前看着大太太。大太太没好气地说:“你跑这儿干什么来了？忽然就记起你妈了！你爹死了,你都不守灵,不送葬！你是人吗？滚！你没我这妈,我也没你那女儿!”“哈哈哈!”郭霞笑出了两眼泪,“你终于承认了,哼！你整日假惺惺求神拜佛,内心却肮脏无比,蛇蝎心肠！你应该向佛忏悔,要不然,死后会被打入十八层地狱……”贵儿拍着她说:“郭霞,不要这样对待你妈!”

“我为什么要忏悔！我一辈子心地善良,帮贫济困,我所作所为问心无愧,倒让你死女子指责我!”

“你有什么脸说你无罪！你把我从我生身母亲怀里夺过来,用你肮脏的钱把他们逼离了此地,你还是人吗?”

“你说什么!”大太太简直不相信自己的耳朵。“谁说你不是我亲生的？你问你大大,他最清楚你的身世。”

“他是你的佣人,他敢不听你的话！你让他东,他不敢西,你教他怎么唱,他敢不怎么唱,你卑鄙可耻!”

“郭霞你……”大太太跌坐在地上。兰兰忙扶住她。

“啪!”贵儿扇了郭霞个耳光,“你怎么敢骂你妈!”“啊!”郭霞怔怔地望着他,

“原形毕露了！你们同流合污，搭伙残害贫下中农及他们的女儿，我找我亲爹妈去！”说着跑走了。

贵儿在后边喊：“郭霞，你回来！你回来！”

大太太哭喊：“老天爷呀！我哪辈子亏了人，给我降下这个孽障！那时生她险些受死，今日倒落下这下场！啊呀呀！我不活啦！”

“大太太消消气，儿女还有不顶不犟的，娃少不更事，长大了她自然就会明白。”兰兰劝着大太太，心里却在想，我的苏玲现在不知道干什么？她也该长成个大姑娘了，想起生女儿时受的罪，不由得也抹眼泪。她甚至想，要是女儿在身边，就是生女儿的气也幸福。

赵庄砖瓦窑那座蘑菇状的老式烧窑还在，砖场一片狼藉，杂草丛生，好像已有好长时间没有烧过砖瓦了。场边那棵白杨树长得更高更粗大了，茂密的叶子在风中沙沙作响，好像一个洞幽察微的老人在给世人絮叨着古往今来的传奇故事。砖场北边有几面闲置的土窑洞，郭霞走过去，从那破门烂窗往内看，心想，我当年就出生在这里啊！

好不容易看见一个中年人走过来。郭霞走上前问：“大哥，二十年前，这窑上有个烧砖瓦的王师傅，你知道不？”中年人摇头：“二十年前？不知道，村里有五六十岁的老人，你去问问。”郭霞向村里走去，逢人便问……

陈强让常德胜切实体验到了饥饿的滋味，他已变得毛长肉少，眼眶凹陷，鼻嘴突出，睫毛长长，胡须蓬生，俨然一个活鬼。他抓墙上的蜘蛛吃，搜裤腰的虱子食。当得知郭福山的死讯时，他面壁欲撞，但又犹豫，死不下去。转念想，我还没正儿八经面对这小毛猴，我倒要看看他能把我怎么样？

机会终于来了，那天钱常有一边吹哨子一边喊：“牛鬼蛇神听着！陈司令有令，今天上街打扫卫生，立即在大院集合！”

梁满仓逐一开着门，“牛鬼蛇神”们都出来自动到墙角取了扫帚到院子中间集合。陈强背着手在院内转看。常德胜从二号屋爬出来，刚一站起，就又蹲坐在台阶上，气喘吁吁。梁满仓嚷嚷：“你他妈的，一出门就蹲下干什么？赶快取扫帚去站队！”陈强听见嚷嚷来到常德胜面前，仇人相见，分外眼红。常德胜也用眼瞪着他，自从那次钱常有和梁满仓告诉他后，他就暗暗观察，早已认下了陈强。

陈强说：“哼！我知道你在想什么！”常德胜恶狠狠地说：“那时候没有将你斩草除根！”

“你也有失算的时候！”陈强说着，一脚将他踢得滚到院子内。常德胜栽了个嘴啃地，就势双手捂脸躺在地上，引得人们注目观看。

钱常有说：“看什么看！谁敢负隅顽抗，就是那下场，赶快集合！”

梁满仓上前去拉常德胜，陈强大喝：“别管！让他自己爬起来！”说着，走队伍集合那儿去了。梁满仓也走别处去了。常德胜脸红一阵白一阵，眼闭住，又睁开，抬眼瞅瞅，挣扎着起来向井台走去，井台在放工具的墙角方向，开始并未引人注意，他上井台时跌倒,匍匐前进。

有谁看见了喊:“看常德胜……”梁满仓慌忙向井台奔,可是迟了,常德胜一头扎进井里,发出“轰隆隆——咚!”的响声。队伍内发出“啊!”的唏嘘声。兰兰把脸转向一边,极力不向井台那边看。努力抑制脸上的表情。

陈强站在队前说:“没什么大惊小怪的!反动敌伪人员、杀人不眨眼的刽子手常德胜畏罪自杀!一会儿通知其家属,把尸体运回去!其他人继续行动!”说毕,退后一步。

钱长有走上前喊:“稍息!立正!向右看齐!向前看!向右转!齐步走!”拿着清扫工具的“牛鬼蛇神”列队向门外走去。

司令办公室里。陈强双手撑头趴在桌子上,郭霞坐在对面的椅子上,胡小海和田小林坐在沙发上。谁都不说话,空气沉闷阴郁。胡小海打破沉寂说:“郭霞,你真的要去找你生身父母吗?”

“我主意已定,决心已下,任何人也不能阻挡!我已打问好了地址和路线。”

田小林说:“没人想阻挡你,大家只是担心你的安全,形势这么乱,你一个女娃出门……”

“我不怕!是刀山火海,我也敢上!何况这是回家!听说我家还有哥哥姐姐七个,我急切地想回我那幸福快乐的大家庭。”

“你一定要去就去吧,这里也太委屈你了,只是当下不能去送你,深感遗憾!”陈强从身上掏出一叠钱给她,“这点儿钱给你路上花。”

郭霞推开他的手说:“不用,我把那双珍珠手链卖了。”

“胡闹!谁让你随便卖那双手链?卖给谁了?我一定要把它赎回来。”

“一个女友保存着,你有那心,我回来再说。”

陈强硬把钱塞在她手里:“拿着!”

胡小海和田小林也从身上掏出钱给她。嘱她路上小心,祝她一路顺风!郭霞哭着拱手说:“各……各位!后会有期!”毅然出门。

贵儿思来想去,还是把郭霞去河南安阳找王喜一家去了的事告诉了大太太。大太太气愤地说:“这死女子!怎么这样不更事,她就不是人家生的,人家认她吗?”“她还给你留了一封信。”贵儿说着,把信递给她。

大太太接信给了兰兰说:“烦你念一下,我本来眼就昏花,这一生气,就越看不清了!”

兰兰抽出信念:“亲爱的养母,请恕我那天出言不逊!后来我扪心自问,我虽不是你亲生的,但你毕竟养我二十年,养育之恩怎能忘?还有我大大。你们像对待亲生女儿一样呵护我!可是自从这场革命爆发以后,一切都变了!一向非常爱我的你们竟指责我、扇我的耳光。这也符合毛主席的阶级斗争学说,在阶级社会里,每个人身上无不打上阶级的烙印。因为你们骨子里是地主资产阶级的,所以与血管里流着贫下中农血的我格格不入。我走了,去寻找我贫下中农的、幸福快乐的大家庭，希望你们加强思想改造，尽快回到人民一边来！霞。”兰兰念毕，睖睁地看着大太太。

大太太叹息说：“唉！怎么弄下这事！一错再错！那时给她另取个名字，过个弥月，也可能就不会有这样的误会了。”

贵儿说：“你也别忧愁，我准备去一趟河南，到那儿向王喜夫妻解释清楚，我想孩子执迷不悟，大人总该通情达理。”

“那你赶快去，孩子第一次出远门，我不放心！”

贵儿走了。兰兰问：“大太太，郭霞真是你亲生的吗？”大太太拍着腿说：“这还有假？要是有什么法子能试验，我真想让试验一下！”

河南地面。郭霞身穿蓝学生装，短发头，戴顶褪色的蓝学生帽，背个印有“红军不怕远征难”字样的黄挎包，随人流走下火车，举目远眺——一马平川，没有山也没有河，最高的地点就是小土丘，庄稼地内长着一片一片杂草，郭霞好长时间没有回村了，家乡地里怎么样，她尚且不知道，或者说就没在意。面对这里荒芜的土地，她倒觉得触目惊心。她从一个卖猪返回的大叔口里得知，她所找的润丘村现在改名叫文革村了。郭霞形单影只走在这完全陌生的地方，心里有一种空落和恐惧感，能找到亲人吗？即就是找到了，他们会认我吗？

寻寻觅觅来到文革村外，平原上一片树木蓊郁中现出屋舍村落，村子西北方有一座土丘，土丘上绿树成荫，与周围的干旱荒凉形成明显对比。中午时分，田野上难觅人踪。通村的道路上，有一个姑娘骑着自行车向村外疾驰而来，穿身黄军装没肩章，戴顶黄军帽没红星。郭霞说：“请问大姐！”

姑娘刹住车，左脚尖支地，右脚蹬在踏板上问：“什么事？”

“请问，这是原来的润丘村吧？”

“就是！你来干什么？”

“我来投亲！”

“投什么亲？”

“找生身父母！”

“找生身父母？”姑娘右腿跨下支好自行车问，“你父母叫什么名字？”

“母亲的名字不知道，父亲名叫王喜。”

“叫王喜！”姑娘忽闪着一双机警的大眼睛，端详着郭霞，“你弄准了没？”

“大概不会错吧！我向别人打问的，父母在我们那儿的砖瓦窑烧砖瓦多年，有好多人都认识他们。”

姑娘愈加惊讶地望着郭霞，转看再三：“这么说，你是从陕西桢县来的？”

“正是！正是！”

“你叫什么名字？”

“郭霞。”

姑娘盯着她点着头：“家在河西村？”

郭霞也有些惊诧："嗯！"心想，她为何说得这么准？

姑娘以颇有见地的口吻说："如果我没猜错的话，你家现在应该是地主成分。"

郭霞面红耳赤，像谁捅了她心上的伤疤，跳后一步说："你……你咋对我的情况这么清楚！谁告诉你的？"

姑娘向前跨了一步，激动地说："珍妞，我是你二姐二妞。"展臂欲拥抱。郭霞惊讶地向后退着说："你该没弄错吧？我从来没叫过什么珍妞那名字。"

"你当然不知道，你一到世上就被郭家的下人和接生婆抱走了，人家给你在那边取的名字叫郭霞。你这名字是我们回家路上妈给你起的。"

"是吗？二姐！"郭霞悲喜交集，哭着与二妞拥抱。二妞抱着郭霞转圈："噢——噢——小妹回来了！小妹回来了！"放下郭霞。

郭霞瘫软地坐在路边田埂上号啕大哭："啊！啊！啊！"

"珍妹，到家了你哭什么？咱回家。"

"啊！我不，狠心的爹妈呀！七八个儿女你就多我一个吗？把我撂在地主的泥窝里……"

二妞也坐下来搂着郭霞说："小妹，你也别怨爹妈，妈为你不知流了多少眼泪，妈生下你，都没能看你一眼，地主家给了钱，就要我们回老家，给你过弥月那天，就是我们起程的日子，我们都惦念着你，大哥就领着二哥、大姐和我偷偷去郭家看你，还给你买了个玩具大红马。那大红马还在吗？"

郭霞瞪大泪眼说："什么大红马？从小到大，我从没见过玩具大红马呀！"

"没有？难道那丫鬟没把我们的礼物转到！"

郭霞想了一下说："二姐，我知道是怎么回事了。"她心里想，好狠心的养母，你连哥哥姐姐给我的一件玩具都不让我见。可见你心中有鬼！

"回家路上，妈哭着告诉我们，你们兄弟姐妹听着，陕西桢县河西村有你们一个妹妹叫郭霞，小名珍妞，你们以后一定不要忘了她！"

"姐，你知道我多苦吗？给了地主家庭，就成了地主狗崽子、黑五类……遭人白眼！被人瞧不起！不能参加革命！我声明与地主家庭断绝关系都不算事，人家说你血管内流着地主的血，骨子里的地主本质改变不了。啊！啊！啊！"

"他们瞎说，咱家是标准的贫下中农，革命家庭。现在好了，回到家就没人敢欺侮你。走！坐上自行车，姐载你回家。"二妞拉起郭霞，掉转车头，骑车向村里驶去，边走边谈。

郭霞问爹妈现在身体怎么样？哥哥姐姐们都干什么？

二妞就一一告诉她，说爹一年还能挣三百多个劳动日，妈除了去队里干活，还捎带种二亩自留地。大哥王金寿，小名大毛，刚被结合成公社革委会主任；二哥王金康，小名二毛，在南京军区后勤部工作；大姐王金花，小名大妞，是县医院的妇产科大夫；她正名叫王银花，小名二妞，在公社拖拉机站当会计；她挨身下边的叫王娟花，小名小妞，在小学当老师；再下边那两个双胞胎男孩，大的叫王金安，小名小毛，小的叫王金定,小名双毛,两个都刚从高中毕业,就"文化大革命"了,现在一天满世界跑着闹革命呢!

郭霞无限感慨,啊呀!我家原来是这样一个革命大家庭。

润丘村共有三条东西走向的宽畅整齐的大巷,二妞在第三条大巷东头一家面南的门口停下说:"到了。"郭霞端详陌生的"家",土打的围墙,红砖垒的简易门框上安着一个破旧的小门。老土墙上长着绿毛儿和擎着穗儿的毛儿草。门前有一棵大槐树,枝繁叶茂。郭霞心想,这就是我心仪已久、急着要奔赴的家吗?她这时候似乎才真正理解什么叫贫下中农了。

二妞一边把自行车往门槛内提一边说:"进嘛!急着找家,到家了咋又忸忸怩怩不进!""我……"郭霞说着,随二妞进了门。

王喜妻探出头说:"二妞,你回去了,咋又踅回来了?"见了郭霞,"咦!这是谁家的姑娘?"郭霞低头不语。

二妞支好自行车说:"妈!你猜她是谁?"

王喜妻审视着郭霞。郭霞抬头泪流满面。王喜妻好诧异:"这……"

"妈,她就是你昼思夜想的小女儿珍妞!"

王喜妻瞠目结舌:"唵!是吗?"

"千真万确!我在路上问清清的了,她寻亲生父母来了。"郭霞忍不住喊:"妈!"扑向王喜妻。王喜妻撂了手里的笸篮张开双臂:"啊!娃呀!"把郭霞紧紧搂在怀内,"你让妈想死了!"

"妈!你怎么就不要我了,把……把我给了地主家。"

"妈悔死了!"母女俩相抱痛哭。

二妞说:"妈,别哭了!小妹远天百里回来了,你咋安排?"

王喜妻一边擦眼泪一边说:"先去公社给你大哥说,让给你二哥打长途电话,再骑自行车去叫你大姐、三妹,两个野弟弟。路过堰坝工地告诉你爹,就说珍妞回来了。"

"是!"二妞跑着去了。

王喜妻打量郭霞,心里说,这就是我的小女儿吗?为了生下来没能瞅她一眼,她不知流了多少眼泪!她爱怜地抚着她的头说:"珍妞,你爹妈对你好吗?"郭霞还在嘤嘤地哭:"好倒好着哩,就是地主二字把人压死了!"

"现在是啥情况?"

"爹妈都进了学习班,我爹病故了,我妈现在还在内边。"

"我就想,遇上这'文化大革命',你家的日子一定不好过!"

"你既然知道,为什么不救我?多少年了,你都不想我?"

"妈想你都望眼欲穿了!前几年就准备让你二哥去桢县打探一下你的情况,可后来听那边过来一个人说……"

"说什么?说我夭折了是不是?这都是我养母耍的鬼把戏,怕我知道了寻根,故意散布谣言。”

王喜妻又抹眼泪：“唉！我怎么就信以为真，珍妞，你这次来，你妈咋同意啦？”

“同意啥嘛！还一再强调我是她亲生的。妈，我再不回地主家去了！”

“不了！不了！”王喜妻紧紧搂着她，“再不让我娃受那委屈了！你先坐，妈给你炖鸡蛋。”

首先跑回来的是大妞和小妞，两个人一进门就大喊大叫：“妈，小妹在哪儿？”“妈，快让我们看小妹！”

王喜妻对郭霞说：“你大姐、三姐回来了！”郭霞迎上前叫：“大姐、三姐。”分别与二人拥抱。互相端详着，大妞、小妞都穿着黄军装，大妞戴白护士帽，小妞留一头披肩发。

大妞说：“妈，你看珍妞，长得比我们都富态。”王喜妻看了看说：“就是！娃比你们都胖，一方水土养一方人嘛！”

郭霞说：“大姐，我将来也想当医生。”

“那好嘛！姐就提早给你活动。”

小妞说：“其实当教师也好。”

正说着，二妞和小毛、双毛回来了。小毛、双毛也穿着黄军装。他俩同时一个箭步蹦到屋内，口内喊：“小妹叫哥！”郭霞望着他俩，一双清癯消瘦的娃娃脸长得一模一样，说：“三哥、四哥，我真分不清你俩谁是谁。”

王喜妻拉了下小毛：“这个是你三哥，那个是你四哥，记下，别认错了。”

大妞说：“那两个球势，承不起，就别叫他俩哥！”

双毛嚷嚷说：“那怎么行？现在我可不是家内最小的了。”

王喜妻说：“二妞，你大哥咋说的？”

二妞滔滔地说，大哥说，他马上给二哥打电话！说他忙，今天就不回来了，等二哥回来了，把一家人都叫到镇上红太阳餐厅给小妹接风洗尘，全家大团圆！

王喜妻又问：“那你爹呢？”

“我给我爹说得最早。”

“这死老汉，光记下挣工分。”正说着，王喜赶回来了说：“我来了！”

郭霞跑上前叫：“爹！”又忍不住哭开了，“嗯嗯嗯！”引得大家又不由得抹眼泪。王喜拉着郭霞的手说：“都是爹不好，让我娃受委屈了！”

王家兄妹对小妹回家非常重视，老二金康特地从部队请假赶回来了，老大金寿张罗着在红太阳餐厅设宴为郭霞接风洗尘。郭霞感到这是她二十岁人生中最快乐最幸福的时刻。

王喜一家人围坐在圆桌一圈，除过王喜夫妻和郭霞再都穿着黄军装。二妞看看说：“哈！如果在军营，我看咱家够一个班了！二哥，你说是不？”二毛说：“如果是一个人过队伍，那十个班！”“哈哈哈……”大家笑。小毛说：“不是人不齐吗？如果嫂子、侄儿、姐夫、外甥等都算上，咱家够一个排呢！”

大毛说：“今天就咱们亲兄弟姐妹八个和二老先给小妹珍妞接风洗尘，到春节时，老二一家回来了再来次大团圆！”大妞说：“我建议从今年起给爹妈过生日，好好庆贺庆贺！”双毛拍着手说：“我举双手赞成！”小妞说：“爹妈生了八个儿女，功德齐天，也该过生日了。”王喜说：“不用！小毛、双毛、珍妞还没成家，我们的任务还没完成。”二毛说：“那还用你操心，我们做哥的还办不了那点儿事。”

大妞打趣说要珍妞也发表意见，郭霞偎着妈说：“我穷，给爹妈买不起生日礼物！”“哈哈哈……”大家又笑了。王喜妻搂着郭霞说：“好娃！你能回来就是给妈的最大礼物！”

大毛说：“来！大家举杯，为小妹的归来干杯！”大家碰杯干杯。

小妞说：“大哥，你还要想办法给小妹找个工作。”

“我会考虑的，不过当前最重要的是把小妹的户口转过来，珍妞，你先和爹妈在家待着，哥想办法给你办。”

二妞往外一看说：“照相师傅来了，到外边照相吧！”大家都往外走，郭霞坐着不动弹。小妞说：“快！珍妞，你咋不高兴？”郭霞噘着嘴嫌她没有黄军装。二毛说：“有哩！我给你拿回来一套！”郭霞立即转忧为喜。二妞说：“不用愁，咱家有军队后勤部长，给你弄不下一套黄军装？”

红太阳餐厅门前，天高气爽，阳光灿烂，王喜夫妇坐在凳子上，郭霞站在他俩身后中间，小毛、双毛站两边，其他兄弟姐妹站第三排。照相师傅喊：“注意啰！向这边看！”“喀嚓！”一张合家欢的特写镜头——王家兄妹瘦长脸细弯眉的群相中唯郭霞是圆蛋脸浓眉大眼。

后来的一天晚上，王喜妻在灯下久久地端详着这张照片，她盯着郭霞的相看呀看呀！心里默默地念叨：珍妞！这是我的珍妞吗？

一漠黄土平原，道路曲曲弯弯，贵儿头戴旧草帽，背着褡裢，风尘仆仆一路姗姗走来，边走边向路人问路……

润丘村外田野上。郭霞和王喜妻在田间除草。郭霞指着远处说：“妈，那个土丘上的树木，为什么比其他地方的茂盛？”王喜妻说：“那就是风脉！不管下雨不下雨，那个土丘都是湿润的，所以咱这村子以前就叫润丘村。”“呵！原来那样！”郭霞深情地浏览四野，感到陌生而又亲切。

二妞骑着自行车飞驰而来，报告说，大毛在公社给珍妞找了个电话员的工作让她先干着。郭霞喜出望外，她做梦也没想到，她还能干上公家事，便跟着二妞跨上自行车后座疾驰而去。

贵儿终于来到王喜家门前，打量打量，推开门问：“是王喜大哥家吗？”王喜妻从屋里出来问：“谁呀？”盯着他看，“你是……”

“嫂子，不认识我啦？我是河西村郭家的长工贵儿。”

“哎哟哟！你看我，都认不下你了，快屋里坐。”贵儿进屋，王喜妻忙给他倒茶取烟，“你叔，你远天百里咋能寻到这儿？”

“我边走边问嘛！”

“你没坐火车?”

“我走过来的。”

“啊呀！你真不简单。一定又累又饿了,你先坐,让我给咱做饭。”

“不忙!”贵儿着急地问,“嫂子,郭霞来这儿了吧?”

“来了。”王喜妻笑笑地说。

“哎呋!”贵儿长出一口气,“啊呀！这我就放心了,把人担心死了。”

“娃来哭的那个伤心哟!”王喜妻说着不由得用手抹眼泪,“把人心痛死了,唉！那时怎么鬼迷心窍把娃给了人!”

贵儿顺话搭话说:“唉！也怨我！和王喜哥一句笑谈,就把事情说成了,谁知道事情发展成那样!”

“你说把娃给了贫下中农还好说,偏就给了地主,娃把委屈受扎了!”贵儿一听话音不对,忙说:“嫂子,我说的不是那意思,你那孩子没……没管住!”

“还哄我啊！娃都给我说了,她妈怕她长大了寻亲爹娘,故意放出孩子死了的谣言,大太太那人,我还不知道啊,太有心计了,孩子到世上都不让我看一眼,给了钱就打发我们走！唉！想起来我烂心啊！嗯嗯嗯……”王喜妻说着就啼哭起来。

“嫂子,我真不哄你,这个郭霞不是你生的那个,是大太太的亲女儿。”

“我知道大太太对你好,你处处为她着想！可在这事上你不能……”

“我对天发誓！我没瞎说！而且,啊,我真没法对你说!”

王喜妻见他着急的样儿说:“你也别发誓赌咒的,别真把我娃咒死了。这样吧,大太太把娃养那么大也不容易,我也不想昧了当年的话,我让他爹把珍妞叫回来,娃愿意跟你回去,我不挡;如果不愿意回去,我也不能赶娃走!”说着出去了。

贵儿一个人坐在屋里想,没想到王家嫂子也这么认为。看来要把郭霞叫回去,还得颇费一番周折。没多一会儿,王喜和妻子就回来了。王喜紧紧握住贵儿的手说:“贵儿兄弟,这一晃就几十年,没想到今日还能相见!”

“王大哥,你身体还这么好,有福气啊!”

“岁月不催人自老,不行了,老了！他妈都给我说了,我去把珍妞叫回来。”

“郭霞干什么去了？咱俩一起去吧。”

王喜妻说:“娃刚当了公社电话员。不用你去,你跑了这远的路,在家歇着,吃饭,让他爹去叫。”

大太太愁眉苦脸,心事重重,唉声叹气,不思饮食。陈强借着巡视专门到五号房间探望她。私下里给钱常有和梁满仓交代,让每餐给大太太加一碟炒豆腐。兰兰也百般劝解,让她放宽心,说贵儿到那儿一定能把郭霞叫回来。

王喜领着郭霞回来了。郭霞一见贵儿便跑前去叫:“大大,你怎么来了?”说着,“嘤嘤”地哭起来。

“霞霞,回吧！你妈知道你远走他乡了,忧愁的茶饭不思,如同得了大病一般!”

“不！我再也不去地主家了,回到我的革命大家庭,我心情轻松,精神愉快！你看，"她展袖拽襟说，"我二哥给我带回套黄军装。再说，我大哥给我找了个工作，刚上班几天，我怎么能走呢？"

"傻孩子，为了投奔革命家庭，连你妈的命都不要了吗？"

"不！我不单是投奔革命家庭，我主要是回家，我坚决要把我的出身纠正过来，我再不能让他们诬蔑我血管里流着地主的血，我是贫下中农的女儿。我大哥说，只要把我的户口转过来，我就能找到正式工作，转商品粮户口。大大，帮我把我的户口转过来吧！"

贵儿感到此程使命困难越来越大，动之以情说："郭霞，你妈……"

"我写的信你没转给她吗？我感谢你们的养育之恩，将来我会报答你们的，可你们不能一错再错，置我于水火而不顾。求你劝劝我妈，别再害我了！"

王喜妻说："珍妞，不能那样说你妈！"

贵儿说："霞霞，你妈真的不能没有你……"

"我不，反正我不回去！"郭霞转身跑出去了。

"唉！"贵儿叹息一声，埋头抽烟。他这个自始至终的见证人、参与者，此时也觉无能为力，有口难辩，还有谁再能说通郭霞呢！

王喜说："贵儿，咱兄弟肝胆相照，你说句老实话，事情真是那样吗？""我真的没说假话，"贵儿就把抱他们那孩子从小就害病，喉咙呼噜噜老痰不利，请了多少医生治都不见效，还求神要过药，最后还是没保住的情况对他们细细说了。

王喜妻"嘤嘤"地哭起来。王喜说："哭个啥呀！一个小不点芽芽娃，跑了算她没在世的命，咱商量这事怎么办？"贵儿说："那个孩子夭折了，大太太心难受了好长时间，还经常念叨对不住你们。后来生下了郭霞，心情才慢慢好起来。"王喜妻擦干眼泪说："郭霞的话，你也听见了，你能把娃强扭回去吗？我看既然娃是那样认为的，咱就来个将错就错，佛教不是有句话嘛，真作假时真亦假，假作真时假亦真。咱说郭霞就是珍妞，况且孩子们都承认，咱们也再不要追究真假了，也不须向孩子们说什么，糊里糊涂一辈子就下场了，他叔，你说呢？"

"唉！我回去该怎么向大太太交代呢？"

王喜妻说："那也好说，你就说娃一心要投奔我，我也愿意接受，我那时能把心肝儿给她，她这会儿就不能把宝贝儿送我吗？那时我冲她家有钱，想让娃享荣华富贵。这会儿她冲我家是贫下中农！能让娃前途光明，青云直上，你说是不？"

"也罢！倒也是，如今的地富子女真想为贫下中农做儿，还不知有人要没。"

"就是！就是！"王喜说，"你回家对大太太说，娃在这儿受不了罪。"

六十八

陈强终于盼来了郭霞的信，他迫不及待地拆开来看，郭霞的声音在耳边萦绕：

"陈强,我终于找到家了!也许是天意使然,那天走到村口就遇到我二姐,我说明情况后,我二姐惊喜万分,姐妹俩相抱痛哭一场,随后就见了我的父母、兄弟姐妹。全家人都为我的归来而由衷地高兴,二哥从南京军区赶回来了,大哥设宴为我接风洗尘!我们家是标准的贫下中农,革命家庭,回到家我如释重负,再也不用因背着地主子女的黑锅而忧心忡忡。这儿已经成立了革委会,咱们那儿形势发展得怎么样?你要认清形势,牢牢掌握革命大方向!分别虽只月余,但我却十分想念你,每当夜深人静,咱们相处的那些往事便映上脑际,使我心痛欲裂!陈强,还记得你在河边杨树林里的承诺吗?刚好是你没有回答的第三个问题——是逆境使咱们分开了!我真不知道咱们还会走到一起吗?我虽脱离了地主家庭,但养母毕竟把我从小抚养大,决然离开,心里真不是滋味,希望你能予以照顾!吻你!郭霞。"

陈强的思绪一下子又飞回到那个销魂的夜晚。他光着脚撵到杨树林里,不由分说地抱住郭霞滚倒在厚厚的杨叶上。郭霞却挡住他说:"你真的爱我吗?"

"真爱。"

"是一时一地的爱,还是一生一世的爱?"

"天长地久,白头偕老!"

"是顺境中爱,还是逆境中也爱?"

"你咋这么多问题?"陈强不管不顾地抱住她就吻。二人笑闹着在绵软的杨叶上翻来滚去,热烈拥吻。

他叹息一声,闷闷不乐。

芳芳问:"谁的信?"

"郭霞的。"

"郭霞找到她爹妈了没?"

"找到了,郭霞家是贫下中农。"

"从郭霞她大大的口气看,郭霞是大太太的亲女儿。"

"咱不细究那些!他们村人说,她是抱河南客的,现在河南王喜一家也认她,咱为什么要相信她大大的话呢?"

"娃,娶个地主成分的老婆要连累你一辈子呢!"

"妈,你别说行不行?我心烦!"

"好,不说那事!不过我还想提醒你,咱的仇已报了,瞅机会能退就退吧!得罪人多了不好!"

"妈,这是一场革命!如果要那样想,就真成公报私仇了,群众不会答应,毛主席也不会答应!"

"妈只是担心!一看见人们争争斗斗,心就惶惶不安!"

傍晚时分,贵儿来到五号房间窗口,把找郭霞的情况告诉了大太太和兰兰。大太太听了,一下瘫软地躺下去,号啕大哭:"天啊!我真真地成了孤家寡人了!"

田小林刚好巡察过来,问上边谁为什么哭,贵儿忙向他解释,说没什么,大太太想女儿了哭两声。回头安慰说:“大太太,你别太伤心,郭霞一见我就哭,说她想咱们,说她会回来看你的!”说毕,走了。

大太太一直在嘤嘤地哭。兰兰劝解说:“大太太你要想开些,事缓则圆,事缓则变,说不定过一段时间形势变化了,娃又会回心转意的。”大太太哭诉:“唉!信了一辈子佛,什么恶有恶报,善有善报!我倒做了什么恶事了嘛,天!”

形势又有了新变化,胡小海代表红造去开会,晚上回来传达会议精神,上边派工作队来了,传达中央指示,要文斗不要武斗!同时要各造反派联合起来,成立革委会,结束无政府主义局面,听说很多地方革委会都成立了。

陈强问:“革委会成员怎样产生?”胡小海说:“主任可能是上边指派,成员从各造反派选的代表内产生。”

田小林推门进来,说他刚从朗孟驿来,听见郭霞妈哭得很伤心。说起郭霞,陈强就把郭霞已经在河南找到了她的生身父母,郭霞家是标准的贫下中农等情况告诉了他俩。

“啊呀!那就好了,为郭霞的出身,也把人折腾扎了。”

“就是苦了郭霞养母,老伴死了,女儿走了,孤苦伶仃无依无靠!”

陈强若有所思地说:“我想明天把张凤仙放了。罪大恶极的是郭福山,张凤仙在群众中口碑很好,还资助过红军,也再没查出什么问题,关下去也没啥意思,你俩说呢?”胡小海说:“我没意见。”“我也没意见!”田小林说,“我还建议加快审查,按照问题轻重结合认罪态度,能放的就放,革委会马上就要成立了,咱何必揽这烂摊子!再说,这些人要吃饭,粮站都不好好供给粮食了!”陈强果断地说:“行!明天先把张凤仙放了,然后,咱们开会研究其他人。”

夜,大太太一直在哭,由嘤嘤的哭泣变成低声吟唱——

“哎!一辈子心强不服人!到老来不能由自身!”

“哎!羊羔儿吃奶双膝跪!牛犊子吃奶顶娘心!”

“哎!尊一声西天弥陀佛,你给弟子点迷津!”

……

兰兰在那吟唱声中恹恹然似醒似梦——

兰兰觉得自己似乎正趴在朗孟驿办公室桌子上写什么,猛抬头,肖翠花抱着梁苏玲(都是当年模样)缓缓走来。

兰兰惊讶地说:“妈!你怎么来了。”

“我知道你想孩子了,就把苏玲给你抱来了!”

“女儿啊!叫妈!你让妈想死了!”兰兰叫着向孩子扑去,肖翠花和孩子忽地又消失得无影无踪。

兰兰扑了个空,醒了,出了一头冷汗。心想,怎么会是这样!我差点儿就抱着孩子了!唉!

漆黑一团,夜死寂宁静,冥冥中,肖翠花和张凤仙在小声低语——

“大太太你命好,嫁到了有钱人家,享不尽的荣华富贵 ,怎么也步我的后尘!”

“翠花,你别讽刺我!你命不好吗?傍上了大腕,风流倜傥,有多少男人拜倒在你的石榴裙下!真是艳福不浅!”

“别提那些伤心事了,女人到世上就是卖青春来了,青春犹如一篮子青菜,卖完卖不完都得蔫,到那时就一文不值,谁都想把你当烂草扔掉!”

“金钱也一样!人到世上拼命挣钱,到头来还是两手空空。有钱时,人巴结;没钱了,狗都见不得!”

“唉!世上没好过的人!”

“有!”

“谁?”

“疯子。”

“哎!对!人疯了就思维迷乱,不知廉耻,不知痛苦……”又窃窃私语。

大太太忽然放大声:“那好办……”

兰兰心想,奇怪!大太太怎么能与死人说话?她壮着胆子喊:“大太太,你与谁说话?”扎地没了声息。她伸手摸身边,空空如也。她又叫:“大太太,你哪里去了?”无人应声。她起身摸,边摸边叫:“大太太,你在哪儿?”仍无人应声。心想,咦!这大太太能去哪儿?

在门口那儿,兰兰的头碰着了大太太的身子,她摸着问:“大太太,你在这儿干啥?”打了个激灵,忙摸火柴擦着看——大太太吊死在门框上,吐舌突眼。兰兰“啊”一声滚在地上,大喊:“快……快来人哪!有……有人上吊了!快!啊……”

贵儿也一夜心焦得睡不宁,听见喊声跑出来,拍着钱常有和梁满仓的门喊:“快开门!楼上五号出事了!”说毕跑上楼。钱常有、梁满仓随后赶来开了门,点着灯。各房间的灯都陆续亮了。

贵儿抱着大太太,钱常有和梁满仓卸了袜子绾的套儿,帮着把大太太的尸体放下来。

陈强、胡小海、田小林也赶来了。人们顾了大太太,忽视了梁兰歌。胡小海忽然喊:“梁兰歌怎么也躺着不动弹了!”人们又围过去。贵儿忙掐兰兰的人中穴 ,好一阵子,兰兰才叫出声:“啊哈哈!”像哭又像笑,显得阴阳怪气。

红造司令部连夜召开紧急会议。由于学习班接二连三出事,大家都觉得很泄气。于是研究决定,学习班停办,全部放人!

梁满仓、钱常有急了,嚷嚷说:“不可啊!那我们再干什么呀?干了七七四十九天,最后打道回府啊?”田小林说:“那你想干什么?”他俩争着说:“把革命进行到底呀!不到革委会谋个差事?”胡小海打趣说:“国务院要副总理的话,我把你们推荐上去。”众笑。

陈强心思沉重地说:“严肃一点儿!还有心思开玩笑呀?现在我宣布,从明天起,除留五个常委处理遗留问题外,其他人一律解散,各回各单位。钱常有、梁满仓帮富贵大叔连夜把大太太的尸体运回去埋葬。”

天气阴霾,气氛郁闷,老天也好像憋了一肚子话无法诉说。贵儿臂缠黑纱,低头用车拉着大太太的灵柩出了村,村里的男人女人三三两两都跟了上来,以至排成了一个送葬的长队。

老周赶上说:“贵儿,你咋不套上牲口?”贵儿阴郁地说:“我想亲自拉大太太一程。”

人们你一言他一语地议论着——大太太积福行善一辈子,到老了却没有一个亲人在跟前;人常说,杀人放火儿女多,积福行善独自个,好在大太太为德好,你看,这么多人不约而同为她送行;也不能说大太太没一个亲人,贵儿就是至亲至爱的亲人;没法说,人一生最后能靠上谁,实在难说……

老秦见人越聚越多,建议说:“大家能自觉自愿来为大太太送葬,说明大太太人缘好,现在破四旧不兴叫吹鼓手,我看就敲一阵锣鼓为她送行,别让大太太走得太寂寞了。”群众呼喊着赞成。锣鼓队很快就组织起来了,敲起了有名的黄河行鼓。鼓声震天,引得四、六村的人都来观看。

六十九

梁兰歌自从那晚吓昏被救醒后就神经错乱,完全变了个人似的。她穿着一身花衣裳,头上插着两朵小黄花在街上边扭边唱:“南呀么南泥湾,陕北的好江南……下定决心,不怕牺牲,排除万难,去争取胜利!”反复唱着这两句,有时还做着握枪对敌人冲刺的动作,把围观的人吓得直往后躲。坐在“全聚德”饭庄门前台阶上的茂儿妻叹口气说:“唉!好好个人,怎么忽然就疯成这样了!”围观的人越来越多。

李智宏穿着警服戴着警帽从一个小面包车上走下来,一边说:“请让一下!”一边豁开人群向梁兰歌走去。梁兰歌跳得正欢,他从后边拍了下她的肩叫:“梁局长!”梁兰歌跳转身“啪”地抽了他个耳光:“什么鸡毛子乱叫的!”引起一片哄笑。

李智宏猝不及防,捂着发红的半边脸说:“梁局长,我是李智宏,你不认识啦?”兰兰眯缝着眼瞅瞅:“哟!小李呀!这些时候钻牛屁眼里去了,咋才冒出来?”

“我刚学习回来,还没顾上去看你。”

“拿烟来!老娘想抽烟!”

李智宏忙掏出烟盒给她取烟,她一把抓过烟抽出一支叼在嘴上,把剩下的烟装进口袋。李智宏忙取打火机给她点烟,她吸着烟又把打火机夺过来捏在手里。

李智宏笑着说:“光顾你抽,都不给我抽一支?”兰兰指戳着说:“你……你说你是不是三类人,出门既不带烟,又不带火!”群众又哄然大笑。

“是是是！我是三类人，这下该让我抽烟了吧？”

兰兰抽出支烟给他说：“记住！以后出门要带烟，别丢人现眼的。”

“好好好！走吧！梁局长，坐我的车回家吃饭去！”李智宏拉她上车。

“不去！我还要给群众唱革命歌曲！”兰兰挣脱手，转过身又自顾自跳唱起来：“南呀么南泥湾，陕北的好江南……下定决心，不怕牺牲，排除万难，去争取胜利！”

石老三出院后就窝在家里，左腿致残，得架着双拐走路。没了工作，没了工资，糊里糊涂戴了顶反革命分子帽子，他不服，让桂花用架子车拉着他去县内寻了多次，但你推他拖，问题得不到解决。四人帮倒台的消息也传到了这个小山村，他觉得机会来了，就嚷嚷着要桂花再拉他去县内告状。

正好李智宏去看望他。石老三一见，悲喜交集：“啊呀！智宏啊！我以为都见不上你了！”眼里涌满泪水。李智宏放下礼品，双手抓住石老三的肩膀激动地说：“啊呀，石大队长！那么健壮个人，怎么被整成这样啊！”眼里闪动着泪花。

“钱常有、梁满仓这样的坏蛋都能混进革命队伍，我就是不服！”

“才几年不见，你成了这样儿！梁局长成那样儿！看见她疯癫的样子，真叫人心酸哪！”

“我也听说了，就是不得见！”

“那样刚强正直个人，完全变了样儿！整天在街上跳跳唱唱，简直让人不忍目睹！劝也劝不回去，唉！”

“这次回来安排在哪儿？权力大小？”

李智宏就给他讲当前的形势，说他暂时在革委会政法组，大权目前还在造反派手里，不过根据发展形势看，要整顿，对那些过左行为还要追究责任，对受迫害的老干部要平反。并给他透露消息，说在省城工作的秦彪、吴斌平反官复原职，建议他找他俩帮忙。

石老三一下来了精神：“那好嘛！我一定去找他们！”

郭霞下班回来，叫了句“妈”便钻到屋里躺倒就睡。王喜妻在伙房答应着：“噢！珍妞回来了！你等一下，饭马上就做好了！”探头见没了声息，走到屋内问，“你咋啦？怎么一回来就睡？”

“嗯——我难受！”

“什么！”王喜妻摸她的头，“你头怎么这么烫！你感觉怎么样？快给妈说！”

“我……我头晕，乏得没一点儿劲，腰酸困，尿不利。”

“从啥时候感觉不好受？”

“好几天了，我没当回事，今天实在撑不住了。”

“这娃，有病咋不早说！”她向外看看，自言自语，这两个崽娃子，一天像脱缰的野马，跑得没踪影，着急了顶不上一点儿事。她又来到床边，俯身说：“珍妞，你想吃啥？妈给你做！”郭霞摇摇头说：“妈，我什么也不想吃，我难受！”

“这该怎么办？”王喜妻又踅到屋门口看。刚好双毛蹦跳着跑进门：“妈！饭做好了没？我饿了！”王喜妻劈头盖脸就打，“你光记下吃！让你吃屎！”双毛架手边躲边说：“妈，进门不分青红皂白就打我，为什么？”郭霞也在床上说：“妈！你打我哥干啥？”

王喜妻停了打。双毛跑到床边问：“小妹，你怎么啦？”郭霞病恹恹地说：“我病了。”

“唵！怪不得妈急！”双毛转脸说，“妈！你说咋办？”

“去公社给你大哥说，用小车把珍妞送县医院去，如果你大哥不在，就找你二姐，让她想办法。去！越快越好！”双毛箭一般出了门，蹬着自行车飞驰而去。

双毛慌慌张张在公社拖拉机站院子内跳下自行车，对着会计室“二姐！二姐！”地喊。二姐从会计室出来问：“双毛，什么事急成这样？”

双毛气喘吁吁地说：“小妹病了，妈……妈说，让找大哥用公社的小车把小妹送县医院，可大哥开会去了，你说咋办呢？”

“唵！小妹病了！严重不？”

“头烫得很！睡在床上呻吟不止！”

“走！我找辆拖拉机送去。你赶快去给公社办公室主任说一声，让转告大哥，回来了就立即到县医院来，然后你骑上自行车通知其他弟妹快往县医院走！”

拖拉机在县医院大院内停下来。二姐迫不及待地跳下车向妇产科奔去，急切地叫：“大姐大姐！珍妞病得厉害！”

“人在哪儿？”

“拉来了。”

“赶快把人往急救室抬！”大姐说着，放下手头的工作就往出走。王喜、大姐、二姐把郭霞抬进急救室，郭霞迷迷糊糊似睡似醒。高大夫给郭霞听诊、化验检查，忙了好一阵子。大姐问：“高大夫，你看我妹妹得的是什么病？”

“可以肯定地说，是泌尿系统疾病，病人可能有肾病史。”

“那怎么办？”

“立即输液，从静脉给激素和抗生素，并要马上输血，配亲属的血最好！”

“行！请你立即开处方执行！”高大夫开好处方给了护士小卫去取药。

急救室门外。王喜两口子及儿女们守在门外等待消息。王喜妻问：“金寿，给金康打电话了没？”

“还没有，等检查清楚了，如果这儿治不了，就给老二说转南京大医院治。”

大姐从急救室出来，大毛急忙问：“金花，珍妞的病查清楚了没？”

“初步诊断是泌尿系统病，还须进一步检查。当前情况是急需输血，而且是亲属的血最好！”

弟妹们都争相要求献血。大毛说：“都别争！把咱们兄弟姐妹的血都化验一下，按身体强弱顺序抽，用多少补多少！”大姐说：“就按大哥说的办，走！跟我到化验室采血化验！”王家兄弟姐妹一溜儿向化验室走去。

王喜担心珍妞的病不知怕不怕，王喜妻看了一眼娃们的背影说，有这么多人保她，不会有什么问题。

经过化验，王家兄弟姐妹六个人没一个人的血能行。

王喜妻说：“走，把我和你爹的血也化验一下。”大毛说：“化验你们的干什么！年龄大了，不用你们的血！”“只要能行，救我娃哩怎么不用！”王喜妻说着，不由分说地把大妞推着，和王喜一同去了。

护士小卫探出头说：“血准备好了没？液体输完就续血哟！”大毛说：“别急，马上就好了！”

大妞和王喜夫妇来了，二妞急着问：“姐，怎么样？”大妞摇摇头。

大毛说：“别耽搁了！金花，找血源！不管花钱多少，都要把珍妹救下！”

“行！大哥，我看安排一下，别都守在这儿，轮流照顾小妹，反正我在这儿，你每天再安排一个人协助我！今晚要紧，你看让谁守着？”

“这几天我照看，你们都各忙各的去吧！”王喜妻指示安排，“娃他爹，你照护好家，给你和小毛、双毛做点儿饭吃；小毛、双毛这几天再别胡窜了，跑跑腿，传递个消息，送送东西，听见了没？”小毛、双毛俯首帖耳说：“是！”

夜，急救室。白炽灯散发出柔和的光，输液架上挂着输血瓶，殷红的血液正通过输液管一滴一滴往郭霞身体内流。郭霞已清醒过来，王喜妻坐在床边给她喂糖水，用毛巾擦流出嘴角的水，问：“珍妞，好受些了吧？”

郭霞点点头：“妈，我这是输谁的血？”

“买的，咱家人的血，你都不能用。”

“是吗？”郭霞沉思。

“珍妞，你原先害过这病吗？”

“大概十多岁时得过这病，也住院了，还输了血。”

“那次输谁的血？”

“我大大的。”

“没用你爹的？”

“我爹的血配不上。”

“那你妈呢？”

“我妈身体弱，不敢抽血。”

“噢！”王喜妻点点头，趁郭霞不注意时，拿眼端详她。心想，看来贵儿说的是事实。又给郭霞喂糖水。

郭霞摇摇头说：“我……我不喝了。”闭上眼睛。心想，难道……童年往事一幕幕映上脑际——山野路上马车内，贵儿给大太太头上别了一朵花；夏日中午，贵儿从大太太屋内的帘子后面出来……郭霞忽然泪流满面，号啕大哭：“妈！妈！妈啊！嗯嗯嗯……”

王喜妻忙抱住她说：“妈在你身边呢！珍妞，你怎么啦？”

"妈呀！妈呀！我……啊……"郭霞哭得好伤心。

七十

正当石老三准备去省城找秦彪和吴斌时，范春亭被委派担任桢县县委书记，重点抓拨乱反正工作。范春亭一上任就积极开展工作，调查研究，走访老干部，恢复健全法律制度，侦查案件……没多久就召开了第一次拨乱反正大会。

县广场人头攒动，熙熙攘攘。主席台横幅上写着"桢县拨乱反正大会"。世事真是奇妙，内容相反的戏总要在同一舞台上演，给人截然不同的感受。这一刻，形势又翻转过来了，当年站台下受教育的石老三、梁忠惠等被请上台，而陈强、胡小海、田小林、钱常有、梁满仓等，却站在台下受教育。

范春亭、李智宏等在台上主持会议。会场骚动起来，梁兰歌被人拥进了会场，立即成为群众注目的焦点。李智宏跳下台去搀扶梁兰歌："梁局长，我来搀你上台！"

兰兰把手一抡说："你娃要咋！上就上，斗老娘啊？哈！咱就不怕！"众人哄笑。上台阶了，她又停住问："挨斗不是站在台下边嘛！上台干啥？"

李智宏说："今天不是批斗你，是给你平反。"

"平反！平什么反？老子不是反革命！"

"不是！不是！快上。"

范春亭忙迎过来说："梁局长，请坐！"把她扶到座位上，并给大家散烟。

兰兰打量着范春亭说："小范升了什么官？穿得西装笔挺，皮鞋锃亮！"

"春亭现在是县委书记。"

"什么！县委书记？那我是什么？段书记不是说培养我当县委书记吗？"

范春亭忙说："是的！是的！一会儿开毕会就请你上任！"

李智宏说："啊呀！这搅和得开不成会怎么办？"

"你们快准备开会，兰兰交给我！"石老三说，"大妹子，抽我一支好烟！"说着，把他卷好的一支旱烟给她。

兰兰接了烟看着说："看你这烟像大炮筒子！"

"嗨！这就叫土大炮台，抽着有劲！"

"有劲就有劲，老娘还怕你这大家伙！"兰兰说着，点着吸了一口，呛得直打呛，"这……这烟才真正叫烟！"接连吸了两口，便迷迷糊糊趴在桌子上。

李智宏担心地说："石大队长，怕吗？"

"没事！抓紧开会！"

王秘书大声宣布："拨乱反正大会现在开始。请桢县县委书记范春亭同志宣读平反决定。"

范春亭走到前台:"各位群众、同志们,四人帮倒台后,拨乱反正工作已全面展开,现根据上级指示,宣布以下同志的平反决定。首先说明一点,原县委段书记已调到省人大工作,对他的平反决定已在省上宣布,这里就不重复。下面我逐一宣布:梁兰歌同志,中共党员,原桢县公安局局长,1946年入党,革命意志坚定,工作成绩卓著。1967年5月被以叛徒、里通外国等罪打成反革命,并被吓致疯。属错假冤案,宣布平反!补发工资,工作仍挂职县公安局。石云亭同志,中共党员,1936年入党,对党赤胆忠心,屡建奇功。1967年5月被以叛徒罪打成反革命,在学习班被打致残。属错假冤案,宣布平反!补发工资,并送秦皇岛疗养治疗……"

石老三老泪纵横,振臂高呼:"中国共产党万岁!"群情激昂,也高呼口号:"中国共产党万岁!"

王秘书说:"现在请桢县公安局局长李智宏宣布对打砸抢分子逮捕的决定。"

李智宏走到前台说:"乡亲们、同志们,'文化大革命'中,陈强、钱常有、梁满仓等人利令智昏,丧失理智,灭绝人性,利用办学习班之机,打击摧残我革命干部,致使他们疯的疯,残的残,并有五条人命案!现决定对陈强、胡小海、田小林、钱常有、梁满仓等执行逮捕,进行审查!"公安战士立即将五人捆绑。王秘书宣布:"大会结束!"

兰兰猛地抬起头说:"唵!咋啦!咋啦!"随即跑到台中央边跳边唱,"南呀么南泥湾,陕北的好江南……"人们又围拢看热闹。李智宏说:"石大队长,你用什么妙法,让梁局长安静了一会儿?"

"给!"石老三递给他一支卷好的旱烟说,"你吸几口就知道了。"李智宏接过烟点着吸了几口,立即感到头重脚轻,晕晕乎乎,走路东倒西歪,说:"啊呀!这烟就是劲大!"

芳芳一边往回走一边抹眼泪。珍子看见了说:"现在哭迟了!那时给你说,不要整天给娃灌输报仇思想,你就是听不进去。"

"嫂子,你说该怎么办呢?我不能再没了陈强呀!"

"也不要过于悲伤,随后大家帮着想办法。"

七十一

这天,梁兰歌又穿着四个兜的干部服,两手交叉抱胸前大摇大摆在街上走,后边跟了一些闲人和娃娃看热闹。

范春亭的小车从对面开过来。他坐在后座上,王秘书坐在副驾驶座上,看见了说:"范书记,麻烦!遇见梁疯子了!"范春亭厉声说:"别胡说,是老革命。"王秘书伸了下舌头说："是！是！我说错了。"

范春亭把帽檐往下拉了拉对司机说："小李，把车开慢点儿！鸣号，能过去尽量不停！"

汽车鸣着号开过来，兰兰两腿岔开两手叉腰站在车前，小车不得不停下来。她猫腰向车内瞄："范春亭，你小子用帽檐遮住脸，就以为你老娘认不下你了！唵？"

二人忙走下车。王秘书说："老革命，范书记急着去开会，请你放行！"

兰兰手一抡说："你算老几？谁挡你啦！"

范春亭拨开王秘书说："梁局长，有什么事，你说吧？"

"没烟抽了！"

范春亭一边给她掏烟点烟一边问："你把给你补发的钱和工资都怎么了？"

"花完了。"

"你爱抽什么烟？"

"老宝成。"

范春亭掏钱给王秘书，王秘书在就近处买了一条宝成烟回来。范春亭把烟给了兰兰说："梁局长，有什么困难，就给我说，回家歇着吧！别再胡跑了！"兰兰把烟往腋下一夹说："这还差不多！"往旁边一挪，交警似的摆手示意放行。范春亭、王秘书摆着手上了车。小车徐徐开动。

人们又围拢来。有人说："老革命，书记给你那多烟，也不让大家分享！"兰兰一边走一边拆开那条烟，把烟一盒一盒向四面八方抛去。人们笑闹着抢烟。

小车内，范春亭问："王秘书，你知道梁局长的工资是怎么发的吗？""听李局长说，补发以前的一次付清了。每月工资都一次发放，可梁局长不到半月就把钱花光了。"

范春亭慨叹地说："唉！那么好一个人，让四人帮折磨成这样！王秘书你记着，回去告诉李局长，梁局长的工资指定专人管理，每月分三次发给她。有什么特殊情况随时向我汇报！"王秘书点头："是！"

又一天在西街口，兰兰一身军装打扮，军帽上的红五星闪闪发光，被人群围在中间。有人问："老革命，你从哪儿来？一身戎装！"

"哈！我从延安来！"

"在延安都见谁啦？"

"见毛主席啦！毛主席拉着我的手说，梁兰歌是个好同志！"众人"哈哈哈"大笑。梁兰歌跳唱起来："南呀么南泥湾，陕北的好江南……下定决心，不怕牺牲，排除万难，去争取胜利！"

一辆辛字牌照的小轿车在不远处停下来。一个军官模样的人从车上走下来，目不转睛地看着兰兰在人群中表演，眼圈发红，泪水盈盈，不时用手帕擦眼泪。坐在台阶上的茂儿妻注视着军官，盯住他看了一阵，走过去歪头再看了一眼说："这不是生根吗？"

生根注目老太太:“你……茂婶。”“啊!”茂儿妻紧紧抓住他的手,“怎么就遇见你了呢!”

“啊!茂婶,你……走走走!”生根把她拉进了“全聚德”饭庄,在一个单桌餐厅坐下来说,“服务员,来两碗鸡丝馄饨!”茂儿妻挡住说:“不用买饭,到我家去吃!”

生根说:“你别管,告诉我,茂叔呢?”

“你茂叔在1947年桢县第一次解放前夕,就被敌人杀害了!”生根擂了一下桌子,擦着眼泪,低头沉默。茂儿妻哽咽着说:“那时候,你茂叔经常念叨你,说你是个好苗苗,将来一定有出息!唉!死了倒好,活到现在还不知怎样呢!你看兰兰!”

“茂婶,你快告诉我,兰兰怎么会成那样?”

“‘文化大革命’中被整疯了!唉!疯了也好,就什么也不用怕,什么话也敢说。”

“她当年不是嫁了常德胜吗?”

“还不是为了救你!那时听你茂叔说,兰兰为了寻你,把旮旮旯旯都翻遍了。后来她娘上吊死了,朗孟驿着了火,要不是常德胜当后盾操持,她真要渡不过那难关呢!所以没得法就顺从了常德胜。常德胜也会对付,紧急关头,把她的孩子送去了香港。”

“她的孩子?”

“她过门六个月就生孩子,还会是常德胜的吗?”

生根一拍脑门儿:“啊呀!我真傻!”

“你到底钻哪儿去了呢?”

“那年我一出狱就去找兰兰,可我傻眼了,一乘花轿正把兰兰抬往常德胜家,鼓乐齐鸣,鞭炮喧天,我一气之下就出走了。我像一头胡撞乱窜的狮子,走呀,走呀,后来一打问竟到了兰州,我就寻咱们的部队参了军,再后来随军西征到了新疆,没想到一晃就是几十年。”

“你干好了,像是官还不小呢!”

“我在新疆军区工作。”

“怎么就想着回来了?”

“人年龄越大,越爱回忆过去,我真想过去一同战斗过的同志,后来遇见一个咱这儿到新疆贩牛的人,就向他打问,他好像只晓得梁兰歌。”

“噢!桢县男女老少哪个不知道老革命——疯子梁兰歌。兰兰可怜哪!常德胜‘文化大革命’那阵就死了,女儿远在外地又回不来,她没有一个亲人,国家给她平反后工资也不低,可她疯疯癫癫会花吗?”

“茂婶,我这次回来想把她带过去。”

“怎么个带法?”

“把她的粮户关系都转过去,然后再想办法找我们的孩子。”

茂婶拍着腿说:“哎呀!老天有眼!那真是太好了!我一天坐在这街上看兰兰那副景况,心里真难受!年纪大了,爱莫能助啊!”

"茂婶,你能不能把兰兰叫进来,咱们一同吃个饭?"

"咋不行!你等着,我去叫!"茂儿妻说着出去了。

生根说:"服务员,再加一碗饭,等人来了再上!"

兰兰侃侃而谈:"瓦子街战役打得激烈,枪声像炒豆子,啪啪啪……我和青叶参加战地救护,一阵机枪扫射过后,我们去救一名受伤的战士,他双手捂着脸喊:'我的眼!我的一只眼看不见了……'"人们都聚精会神听着。

茂儿妻豁开人群说:"让开!让开!快散吧!我们的老革命今天不讲啦!她有重要接待任务!"说着,拉住兰兰的手,"大侄女,走!老天睁眼啦!苦尽甜来啦!你这疙瘩屎,真让人操心!"

"放开!放开!你拉我干啥?"兰兰挣脱手说,"子弹把人眼打瞎了,这么严重的事,不该对他们讲讲?"

"快走!讲那些干什么?真是老狗记起陈干屎,现在的人哪管那些!你就是说你把脑袋掉了,他还说你污染环境呢!"茂儿妻不由分说地拉着她走进全聚德餐厅。

兰兰诧异地盯着双牛看。双牛说:"兰兰,我是双牛,你不认识啦?"

兰兰摇头。茂儿妻大声说:"他是新疆军区来的大首长贾生根同志。"

"球毛!"兰兰手一抡大声说,"我管他什么贾生根真生根,他官大与我球事!我见过毛主席,他见过没有?"

"没有,没有,好我的小祖宗!"茂儿妻把她按到座上,"吃饭!吃饭!先用热饭堵住你这张臭嘴。"

兰兰把桌子一拍,站起来要走:"不吃!他大官不找那官大的,找我干什么?"

茂儿妻拉住她说:"先人哩!他是双牛,专门回来接你来了,你真的就认不得了?"

"我管他牛球、驴球,老娘就不吃这一斛!"

生根尴尬地说:"茂婶,看来她一时半会儿清醒不过来,我在大华旅社 208 订了房,一会儿把她领到屋子里,我和她单独谈谈你看怎么样?"

"行嘛!让我先哄得让她把饭吃了。"茂儿妻转脸说,"兰兰,这是我侄儿从部队上回来了,我请他吃饭,就把你叫来了,你看得起我,就吃;看不起我,就滚!"

"是茂婶的饭我就吃!"兰兰说着,低头狼吞虎咽地吃饭。

茂儿妻小声说:"她对过去的事记忆犹新,可你正经问她,却所答非所问。一提起首长、红卫兵什么的,就犯癫!看来,你要让她记起你,你还须扮演过去的角色。"

生根朝自身看看说:"你是说,我这身装束?"

"对!看到你这身装束,她不大可能接受你。"

"那我到哪儿去找我过去的衣服呢?"

兰兰已扒完了饭,把筷子一摔:"我还要吃!"

生根刚要叫饭,茂儿妻挡住他大声说:"服务员,再给我侄女来一碗鸡丝馄饨。"服务员进来给兰兰换上饭,兰兰又自顾自低头吃起来。茂婶说:"那年敌人追你，你到我家换了身衣服走了，你那衣服我还保存着。”生根欣喜地说：“是吗！茂婶真是细心人！好，那我派司机载你去取。”

兰兰吃完饭，伸胳膊展腰打呵欠，睡眼蒙眬地说：“双牛不知死哪里去了！”

“看！饭后瞌睡上来了！”生根把钥匙给了茂儿妻，让她先领她到旅社房间休息。茂儿妻拉了兰兰一把说：“今天咱不在街上睡了，找一个安乐窝舒服地躺一觉。”

夜，生根换上当年的衣服来到大华旅社208房间，俨然当年的双牛回来了。兰兰横躺在床上，脚吊在床沿下。面容憔悴、倦怠。生根给她盖好被子，打来热水，坐在小凳上给她洗脚，心里说，兰兰，我有罪于你，不管你醒悟不醒悟，我都要赎一回罪！灯光摇曳着悠悠岁月，往事一幕幕映上脑际。

河西村打麦场——兰兰、双牛、子善等在玩儿跳房房。兰兰“双牛哥，双牛哥”叫声清脆，跳姿活泼……

黄河滩——双牛紧紧抱着兰兰，两个人在马蔺丛内翻过来滚过去，互相抚摸着，亲吻着……

朗孟驿兰兰屋——兰兰噙泪颤声说：“双牛哥，夜里回来你就敲这个窗……”

兰兰的脚动了一下，他忙给她擦干脚挪上床盖好，倒了洗脚水又拧了条热毛巾给她擦脸。兰兰摆了下头蒙蒙眬眬说：“少骚情！睡下炕上去！”

双牛摇着她说：“我是双牛，兰兰。”“什么牛球司令！不是老子，早把你枪毙了！”兰兰转了个身，又噜噜噜打着鼾睡去。

双牛茫然不知所措，靠墙半卧，心想，她是恨我，还是真的认不出我来了？

兰兰突然坐起来，揉着眼说：“我这是在哪儿？怎么把我弄这儿来了？快把我送回去！”

双牛扳住她的肩说：“兰兰，我是双牛，你好好看看！”兰兰怔怔地望着他，有好多熟悉的面影在眼前闪现——双牛、子善、郭辉、常德胜……心想，眼前这人似曾相识，又很模糊。她摇摇头。

“你不记得啦？兰兰，小时候咱们一起玩儿跳房房；那年在黄河滩学骑马；八月十五晚上结婚入洞房，你说你可能怀上了咱们的孩子……”

兰兰痴痴地盯着灯看，一瞬间，记忆从遥远的天际飘来——

“啪啪！”野外传来两声清脆的枪声，她神经质地跳起来，凝神静听。枪声又变成了安居巷噼里啪啦的鞭炮声……烛光扩大变幻，演绎成朗孟驿的滔天大火，浓烟滚滚。兰兰瑟缩一团，猛地“啊——”一声，“噗”吹熄了灯。

双牛划着火柴，“呼”火苗亮起来。随着那亮光，兰兰看见了一张熟悉的面孔，“嘿嘿”地笑着打灭那火，“双牛哥，你真傻！点火！点火！”抱住他在床上滚。

双牛终于找到了打开兰兰记忆的钥匙，二人拥抱亲吻……

兰兰躺在双牛怀里哭泣着说：“双牛，你害得我好苦呀！”

“兰兰，都是我不好！我再也不让你离开我了，我要赎罪，你和孩子的。”

“孩子……孩子不到三岁离开我,现……现在什么样子我都不知道!”

“别愁!兰兰,孩子会找到的,我明天就带你走,到那里再想办法找孩子。”

“你到底去哪儿了?为什么一点儿消息都没有?”

“是你妈叮咛的。”

“你啥时见我妈了?”

“你妈给老李头留了信。”

“你见信了?”

“我至今还能背出来——李哥,我因形势所迫,无法活在世上了,小女落虎口,吉凶难卜,还请你多加关照!另外,请你转告双牛,立即逃离此地,走得越远越好,别让任何人知道他的去向。切记,切记!”

“我妈把常德胜看透了,怕他不会放过你。”

“只是苦了你和孩子!从今以后,我一定要让你们过上好日子!”

“双牛,你至今还没成家吗?”

“我已经有妻子儿女,这没关系……”

“不!我不去!难道……难道我这辈子只配给人做小!嗯嗯嗯……”兰兰又伤心地哭了。

“别胡思乱想,相信我会把问题处理好的!”双牛看看窗外,“天亮了,你在这儿等着,我立即去办手续,一会儿咱们就走。”

清醒了的兰兰,对自己这多年的疯癫感到羞愧难当。找到了双牛使她欣喜,但更使她犯难。清醒了的生活,比疯癫了更难过,她趴在炕上呜呜地哭。

生根去找范春亭,进门说:“范书记,你好!”

范春亭注目他的装束:“请问你是……”生根掏出介绍信给他看。他看了介绍信说:“啊!贾主任!”热情与他握手,“请坐!请坐!不知道你来,有失远迎!”忙殷勤地倒茶递烟。

“不忙!不忙!我是办一点儿私事来的。”

“贾主任,有什么事要帮忙吗?”

“我想把梁兰歌同志带走,并把她的粮户关系一并转走。”

“是老革命梁兰歌吗?”贾生根点点头。范春亭怔怔地看着他说:“贾主任,不揣冒昧,请问,你是不是还有一个大号叫秦双牛?”

“是!你怎么知道?”

“啊呀!可算找到你了!”范春亭再一次上前拉住他的手,“那时我们在梁局长、石大队长手下干,石大队长经常给我们说起你,讲你和梁局长的故事。你怎么才接梁局长来了?她可为你吃尽了苦头!现在又疯成那样!”

“我对不起兰兰,昨晚开导了一夜,她已清醒了。”

“那真是太好了!有道是解铃还须系铃人,她同意去吗?”

“同意!同意!已经说好了。”

范春亭叫来王秘书,吩咐他给兰兰办手续,并要他转告李智宏局长,让他在全聚德订一桌饭,一方面给贾主任接风,一方面给梁局长饯行。王秘书跑着去了。生根说:“范书记,吃饭就免了,别兴师动众的。”

“不!我和李智宏从学校出来就参加工作,是梁局长和石大队长一手培养提拔的,恩重如山哪!”

“石老三现在在哪儿?”

“石大队长去秦皇岛疗养、做手术安假肢去了。”

“真不凑巧,这次见不上了。”

“梁局长现在在哪儿?”

“在大华旅社等我。”

“那咱们过去看看,叫上她一同去全聚德吃饭。”范春亭迫不及待地想见到梁兰歌,看看恢复常态了的恩人是什么样子,好好敬几杯酒,听听她的谆谆教导。

好事多磨。生根和范春亭推门进屋,惊得目瞪口呆——兰兰吊死在208房间的横梁上。双牛上前抱住她痛哭流涕:“兰兰呀!你为什么要走这步路呢!我好悔啊!”李智宏和王秘书也赶来了,大家帮着把梁兰歌放到床上。

范春亭说:“贾主任,事已至此,也是始料不及。你也别过于悲伤,你走吧!我们会隆重送葬梁局长的,并把她的尸骨安放在桢县烈士陵园!她是桢县人民的好女儿!好战士!”双牛说:“不!我要亲自送葬完兰兰再回去!”

听到消息的茂婶哭着赶来了:“呀呀妈!事情怎么会变成这样?”她拍打着双牛说,“你这死眉眼!你对她说了什么刺心话了?”

“茂婶!我开导了一夜,她总算清醒了,唉!谁知道……”

茂婶抚摸着兰兰说:“唉!可怜的人啊!与其这样,还不如疯着,清醒了,反而活不下去了啊……”

尾　声

光阴似箭,转眼已到20世纪90年代。正值清明时节,艳阳高照,春和景明。香港富商梁苏玲女士戴着太阳帽,衣着艳丽,行走在西关街上,与已显老态的吴承谦相遇,说:“老人家,你知道西关的朗孟驿在哪儿吗?”

吴承谦指给她说:“前边街西的西关旅社,就是当年的朗孟驿。”

“朗孟驿归公了?”

“‘文革’以前就归公了,改革开放以后,国家规定原来没收私人的财产都物归原主,朗孟驿的主人肖翠花、梁兰歌都先后过世了,听说她们的继承人在香港,所以朗孟驿就一直还是国家所有。”

“大叔,我就是梁兰歌的女儿苏玲。”

“啊!你就是玲玲?”吴承谦拉住她的手左瞧右看,简直不敢相信自己的眼睛,这就是他当年给起名的襁褓里的婴儿?他激动地说:“你……你才回来啊!”

“听说大陆招商引资,我就寻根来了,看能不能在朗孟驿干一番事业。”

“那好呀!改革开放,搞活经济,国家在日新月异地变化着,正需要你们这些赚了钱的回乡游子锦上添花呢!”

“不知道手续好办不?”

“好办!你是朗孟驿的法定继承人,我就是咱西关村的主任,给你开个介绍信,你去找县上。对啦!县委范书记是你妈的老部下,人也随和,他肯定会支持你的。”

“谢谢大叔!”

“走!回家!我还要交还你一样东西!”

“什么?”

“家父当年写的匾牌‘朗孟驿’三字,现在还你,你要让它重放光芒!”

梁苏玲激动地说:“那真是太好了!我尽力而为!”

吴承谦陪同梁苏玲来见范春亭,对他说,范书记,我给你带来个女财神,可以帮助咱县经济发展。

“那好呀!”范春亭疑虑地看着梁苏玲。梁苏玲说:“范书记,你好!”二人握手。

吴承谦介绍说,她就是老革命梁兰歌的女儿。

范春亭惊讶地盯视着她:“梁局长的女儿?我说呢!与你妈年轻时有点儿像,比你妈富态些。在香港发展得不错吧?”

吴承谦抢话说:“梁女士在香港有个大跨国公司,想回乡投资。”

“那好啊!说说你的打算!”

“我这次回来,一是寻根,借着清明,祭奠祭奠祖先,拾回我心灵的失落。二是在朗孟驿旧址上盖桢县最高的高楼,集住宿、商务、餐饮、娱乐为一体,促进桢县经济发展。”

范春亭语重心长地说:“苏玲啊!你奶奶、你妈了不起,是一代妇女的楷模!尤其是你妈,是坚强的革命战士,优秀的共产党员!桢县党史馆内存着她的资料,随后让王秘书领你去查阅。你要好好学习,继承先辈的遗志,把革命精神发扬光大!祭奠你妈时告诉我一声,我和李智宏要组织公安战士为梁局长扫墓!”

清明这天,风和日丽,烈士陵园梁兰歌的墓碑被刷洗一新,“梁兰歌烈士之墓”几个字也重新涂过白漆,显得特别醒目。范春亭、李智宏带着一队公安战士站立墓前。

身穿素白衣服,戴着白色遮阳帽的梁苏玲把一个大花圈放在墓上,上款写:母亲梁兰歌永垂不朽!下款写:不孝女梁苏玲敬挽。然后跪拜烧纸钱。

范春亭把一束鲜花献在墓前。

李智宏和两个公安战士把一个大祭祀牌立在梁兰歌墓前。上书:桢县公安战士悼念老局长梁兰歌,下面是一首七律诗——涺水号啕梁山哀/豪歌一曲颂英才/

为争光明求解放/巾帼不让好男儿/出生入死干革命/含冤受屈几十载/缅怀先贤忆旧事/革命豪情滚滚来。

李智宏高声喊:“立正！向梁兰歌老局长英灵三鞠躬！一鞠躬、二鞠躬……”大家向梁兰歌墓行鞠躬礼。礼毕,梁苏玲与大家一一握手:“感谢大家陪我一起祭奠我母亲!”

范春亭说:“我们今天来,一是再一次悼念我们的老革命、老局长;二是欢迎你、勉励你,希望你接过你母亲的班,在朗孟驿再干一番惊天动地的事业！同时,也在这里宣布:我们愿为你开拓进取保驾护航!”梁苏玲说:“谢谢范书记、李局长！谢谢同志们！我一定不辜负大家的期望!”

1997年,在朗孟驿旧址上,十三层的高楼大厦拔地而起,“朗孟驿”三个金碧辉煌的大字迎着朝阳熠熠生辉。一楼大餐厅内,正在举行开业典礼和记者招待会。梁苏玲女士神采奕奕地站在前台,不失肖翠花、梁兰歌当年的风范。

记者:“梁女士,在这恰逢香港回归的盛大节日,又是朗孟驿开业典礼,你有何感想?”

梁苏玲:“我的心情很激动,千言万语只归结为一句话——母亲,我回来了!”随之响起热烈掌声。

记者:“纵观历史,你对你的家史有何看法?”

梁苏玲:“我的奶奶,作为一个封建社会的叛逆者,敢于食夫肉,沿门乞讨,艰苦创业,创建‘朗孟驿’,可谓女中英贤;我的母亲,为革命出生入死,驰骋疆场,称得上巾帼英雄;至于我嘛,虽然赚了点儿钱,”迟疑片刻,“至多算个穿连衣裙的狗熊!”满场哄笑。“我们的辉煌犹如血腥土地上长出的鲜花,它有血的颜色!”全场肃然。“鲜花易折,高楼可倒,朗孟驿精神永存!”现场爆发热烈的掌声。

记者:“梁女士,听说你还有一个亲人,你想不想见他?”

梁苏玲低头沉思片刻,然后抬起头说:“是的,在这个世界上,我还有唯一一个亲人,从人性角度讲,我想见他;从道德角度讲,我不想见他;从经济角度讲,见不见都无所谓!”全场哗然!

司仪大声宣布:“庆宴开始!”顿时,笑语喧声,觥筹交错,酒香氤氲,一切都融在花天酒地中。

郭家正门口墙上钉一块“五保户”牌子。郭家大院,老态龙钟的贵儿坐在大太太当年坐过、已破烂不堪的藤椅上晒太阳。

已至中年的郭霞看了看牌子走进门叫:“大大!”泪流满面。

贵儿大声说:“谁啊？有人吗?”

“我是郭霞。”

“你说什么？我看不见也听不见。”

郭霞仰天大呼:“天啊！我的亲人！我的家……”

后　记

在故乡的文化、风物人情、地理环境的滋养、熏陶下长大的我，无时无刻不想着回报这块生我养我的土地！用文艺的笔。其实在我学会写作文时，这种回报就开始了。“文化大革命”中我停止写作，改学医学。这大概也算是以另一种形式回报家乡父老乡亲吧。改革开放后，文化的桎梏被打碎，我又重拾文学梦，拿起笔进行业余文学创作。1998年结集出版中短篇小说集《寂寞的荒沙滩》，2006年出版长篇小说“程维功系列小说三部曲”《空着的坟墓》《潮起潮落》《交易》。我力图把我的每篇文字都写成一幅家乡风景画，一篇乡土人物志，一曲脍炙人口的家乡的歌。

用文艺的形式反映家乡人民在中国共产党领导下进行革命斗争、建设美好家园的波澜壮阔的场面，更是我多年的夙愿。其实这项工程在1999年就开始了，那时我的三部曲还没完成，我就把我的构思先写成了中篇小说《朗孟驿》。小说在家乡杂志《龙门》发表后，引起强烈反响，并获“第二届杜鹏程文学奖小说奖”，这对我鼓舞很大。2006年三部曲完成后，我立即启动前续工程。我先把《朗孟驿》写成四十集电视连续剧，又把它打造成长篇小说，于2010年完稿。经过反复修改，十易其稿，长篇小说《朗孟驿》终于出版了，我很欣慰，我终于可以为家乡人民交上又一份满意答卷。

韩城市委宣传部对本书的出版高度重视，宣传部长党福勤、文联主席薛福荣深切关注并大力支持。

在本书收集材料和写作中，受到高英杰、孙安祥、程忠德、薛自新及已故原韩宜游击支队一分队指导员李继昌等帮助。出书中又得到韩城著名私营企业家张九林、张万林大力支持，在此一并表示感谢。

更要感谢太白文艺出版社西风烈编辑部的编辑，严格要求，促使我认真修改，提高质量。但因水平有限，仍觉不尽如人意，请读者谅解并提出宝贵意见。

作者

2012年8月

“西风烈——陕西百名作家集体出征”

项 目 已 出 版 书 目

书名：从长安到罗马——汉唐丝绸之路全程探行纪实(上下卷)
作者：王蓬
定价：68.00元
丝绸之路的全景式展示，“丝路申遗”的重要文化力量。

书名：兽
作者：范怀智
定价：24.80元
一幅背景幽深的乡村风景画卷。

书名：三颗青春树
作者：韦昕
定价：32.00元
叛逆的青春在社会、时代、父辈思想的框里不断冲撞、逃离与归属。

书名：逃离
作者：冯积岐
定价：25.00元
当代中国版的洛丽塔。

书名：莲花度母
作者：唐卡
定价：25.00元
当代女大学生励志修行必读小说。

书名：爱情们
作者：王春
定价：22.00元
女人写书，书写女人。

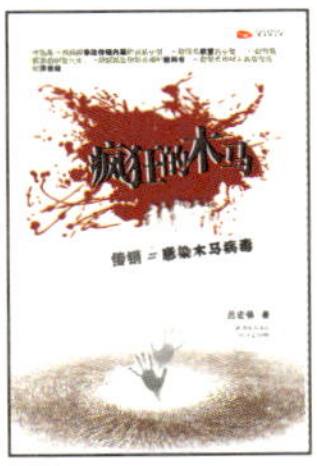

书名：疯狂的木马
作者：吕宏强
定价：32.80元
传销人真实生活的浮世绘，传销圈套的解密大全。

书名：北京传说
作者：寇挥
定价：26.00元
中国小说界良知写作的代表人物寇挥，沉默九年之后，再推力作！

书名：我们的孤独是一座花园
作者：李佳璐
定价：28.00元
一部关于孤独与梦想的诗歌般小说

书名：含泪的信天游
作者：吴克敬
定价：23.80元
四段凄美温婉的故事、四个女人的命运交响曲、四场清雅或浓烈的爱情。

书名：西夏春秋
作者：任海涛 任海印
定价：38.00元
一部既有历史情境感又有文学品格的章回体小说。

书名：鬼神劫
作者：景斌
定价：34.00元
一部悲怆的乡村断代史。

书名：民乐园
作者：鹤坪
定价：28.80元
叹唱恶百年焰上烹狗，再现辛酸事水底生烟，搜索老西安俗浮浪事，钩沉风月场蛇媚狐行。

书名：颜真卿
作者：权海帆
定价：32.80元
讲述书法巨擘颜真卿鲜为人知的悲舛一生。

书名：野滩镇
作者：贺绪林
定价：26.00元
“关中匪事”系列之五，关中刀客的惊世传奇。

书名：战俘
作者：兀方
定价：34.80元
一段鲜为人知的悲情史实，一场战俘营内外的攻心战。

书名：陕西楞娃
作者：杨玉坤
定价：79.80元
一部水神传。

书名：北方战争（上、下部）
作者：赵熙
定价：89.00元（全二册）
一部展示战争与和平、生死与爱的宏大力作。

书名：公主的预言
作者：孙雨婷
定价：28.80元
“后青春期”的一次奇幻之旅。

书名：米脂婆姨
作者：文兰
定价：32.00元
一部人文和地域文化元素的集大成之作。

书名：貂蝉
作者：张艳茜
定价：28.80元
掀起历史中的美人薄纱，还原薄纱下的历史美人。

书名：大学，大学
作者：雪岩
定价：22.00元
在人网的层面上，走近校园；
在校园的层面上，观照社会；
在社会的层面上，思考未来。

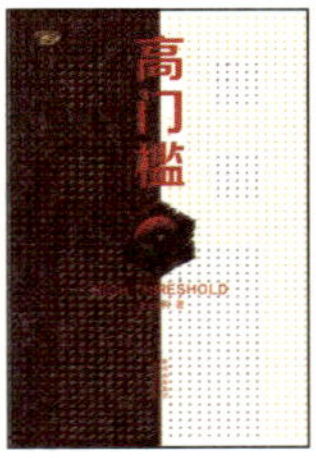

书名：高门槛
作者：张仙利
定价：38.00元
探索女性生存意识，关注社会热点问题
实力派才女作家张仙利社会问题三部曲之二

书名：城市门
作者：王海
定价：32.00元
一部从中央到地方关注的“农民失地进城后生存状态”的作品

书名：道北名门
作者：张之沪
定价：36.00元
一出让人忍俊不禁开怀一笑而又心酸难忍静心思考的文学丑角大戏

书名：阿宫
作者：党益民
定价：28.00元
一幅关中渭北民间艺人的浮世绘，一部跨越两千年历史的阿宫绝唱！

书名：西榴城
作者：冷梦
定价：32.00元
一个家族的惊世奇冤，两代人的魔幻爱情，一群人的穿越传奇。

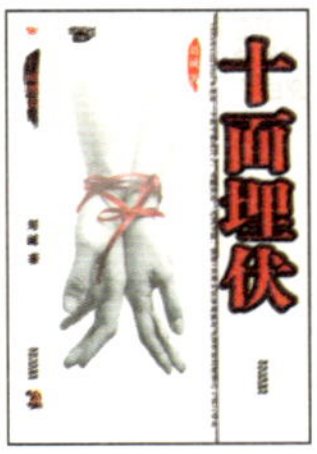

书名：十面埋伏
作者：刘诚
定价：26.00元
当代中国版之《一个陌生女人的来信》，引领你重返二十世纪八十年代峥嵘岁月……

书名：七九式
作者：高峰
定价：29.80元
他们是红旗下的蛋，是理想主义的孩子，是一群逆流而上的大马哈鱼……

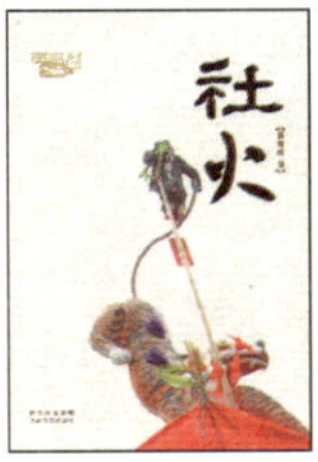

书名：社火
作者：吴双虎
定价：28.00元
一部哀怨惆怅的社火人的血泪史，一曲慷慨悲壮的社火人的奋斗史！

书名：都市挣扎
作者：韩晓英
定价：38.00元
一代文化青年的成长、奋斗、挣扎和蜕变的心灵映照。

书名：蜜月
作者：乔凤琴
定价：25.00元
蜜月结束，她还是处女……

书名：热土
作者：王兴根
定价：58.00元
情与法的冲突，爱与恨的纠葛，权与利的争夺，正义与邪恶的较量……

书名：第二枪
作者：炳新
定价：28.00元
一场革命的洗礼，一个家族的兴衰，回首一百年前，探寻历史真相。

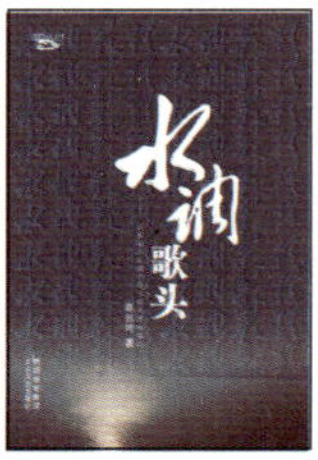

书名：水调歌头

——国家南水北调中线工程水源地探行

作者：陈长吟

定价：28.00元

一部反映国家南水北调中线工程建设的纪实文学作品。

书名：守望

作者：姚家明

定价：35.00元

一部对当今社会现实有独特发现与感悟的优秀长篇小说。

书名：西去东来

作者：杨长安

定价：29.80元

家庭，夫妻，伦理，友情，亲情，爱情群居动物的人类有关怀、温暖，也有露出牙齿的撕噬。

书名：书房沟

作者：李巨怀

定价：29.00元

一部重现大关中西秦沧桑岁月变迁的惊心动魄近代史。

书名：黄帝传之命世之英

作者：李延军

定价：50.00元

这是一幢结构复杂的祖屋，走进去，五千年前先民生活的画卷徐徐展开……

书名：烟雾

作者：李康美

定价：31.00元

一部颇为奇特的涉案小说。

书名：红门英雄

作者：郭群

定价：36.00元

品味消防战士鲜为人知的幕后故事，感受他们高尚超越的非凡人生。

书名：藏风巷

作者：哑鹦鹉

定价：45.00元

《藏风巷》里，藏着几代女人对忠贞善意的坚守，藏着特殊年代的民间乱相，藏着平凡男女的铁血柔情……

书名：两河口

作者：郑征

定价：34.80元

两河口，三蛟出世，演绎了一场惊心动魄的殊死决斗。

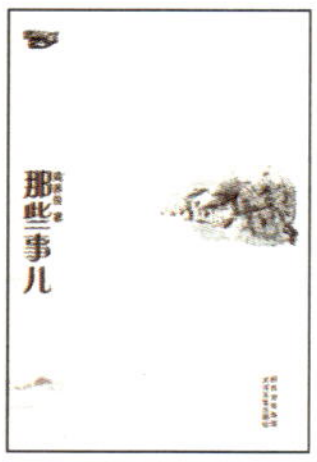

书名：那些事儿

作者：周养俊

定价：28.00元

以感动之心、细微之想、真善情怀、清正趣味体味人生。

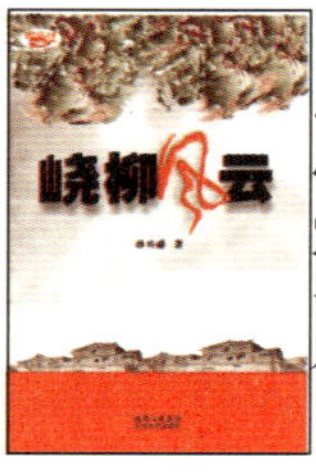

书名：峣柳风云

作者：孙兴盛

定价：32.00元

一方水土，一方人文，一方人情世故。

书名：黑金白银

作者：苗雨田

定价：38.00元

一部陕北煤老板坎坷、辛酸的创业史。